Jürgen Neff

KREUZFAHRT AM ABGRUND

Thriller

Alle in diesem Buch geschilderten Handlungen und Personen sind frei erfunden. Ähnlichkeiten mit lebenden oder verstorbenen Personen wären zufällig und nicht beabsichtigt.

Lektorat: Erik Kinting – www.buchlektorat.net
Umschlag & Satz: Erik Kinting

Verlag und Druck:
tredition GmbH
Halenreie 40-44
22359 Hamburg

978-3-7469-8015-7 (Paperback)
978-3-7469-8016-4 (Hardcover)
978-3-7469-8017-1 (e-Book)

Bibliografische Information der Deutschen Nationalbibliothek:
Die Deutsche Nationalbibliothek verzeichnet diese Publikation in der Deutschen Nationalbibliografie; detaillierte bibliografische Daten sind im Internet über http://dnb.d-nb.de abrufbar.

Für meine Familie,
für Sarah, Thomas und Hartmut

Der Autor

Jürgen Neff studierte Literaturwissenschaft und Philosophie, arbeitete einige Jahre am Theater und schrieb mehrere Theaterstücke. Dann fuhr er über zehn Jahre auf Kreuzfahrtschiffen zur See. Heute coacht und trainiert er u. a. Schiffspersonal, Seefahrer und Piloten in Resilienz, Kommunikation und Crew-Ressource-Management.
Die Schreiblust hat ihn nun auch in das Thrillergenre gelockt: In seinem ersten Roman lässt er die Albträume eines Kreuzfahrers wahr werden.

Prolog

Kein Halt – nichts!
Er versuchte, etwas zu ergreifen. Irgendwas!
Nur geiferndes Wasser; dieselnd und alt.
Und schleimige tote Wände.
Er trat, er schlug um sich ... gelangte zurück an die Oberfläche, holte Luft, um nach Hilfe zu brüllen.
Doch die beißende Brühe schnappte schon wieder zu, brach über ihn herein und kein einziger Laut drang aus seinem öligen Mund.
Ein brennender Schluck lief ihm die Kehle hinab.
Gurgelnd ging er wieder unter, tastete verzweifelt an den gleichgültigen Mauern nach etwas, an dem er sich festkrallen konnte: ein Vorsprung, ein Riss!
Nichts! Nur schlierige kalte Glätte.
Tiefer und tiefer sank er hinab.
Und das gütige Licht von dort oben wurde schwächer und immer schwächer.

Kapitel I

Die Motoren der *GCL SOLARIA* arbeiteten mit halber Kraft und legten einen sanften und beruhigenden Ton über das verlassene Deck des Schiffes. Ein rosa Schleier der beginnenden Abenddämmerung wob über der Meeresoberfläche. Hand in Hand spazierten Nicole und Philip versonnen auf dem Promenadendeck rund um das Schiff der *GERMAN CRUISE LINES*. Gedämpfte Klänge aus dem Theater waren zu hören, das sich einige Decks weiter oben befand und in dem gerade Führungsoffiziere des Kreuzfahrtschiffes vorgestellt wurden. Ein Spektakel, das sich außer dem jungen Paar fast niemand der Urlaubsgäste entgehen lassen wollte.
Gemeinsam mit über zweitausend Passagieren und sechshundert Besatzungsmitgliedern befanden sie sich auf Kurs durch den Golf von Thailand. Eine traumhafte Route erwartete sie in den nächsten vierzehn Tagen: Start der Weihnachtsreise war in Laem Chabang, in der Nähe von Bangkok, wo die Gäste gestern, am 23. Dezember, per Flugzeug aus dem verschneiten Europa angereist waren und morgens ihre Kabinen bezogen hatten. Viele hatten sich dann sofort aufgemacht, um die thailändische Hauptstadt zu erkunden, andere waren lieber auf dem Schiff geblieben, um sich zu akklimatisieren und an die schwüle asiatische Hitze zu gewöhnen.
Heute, am Heiligen Abend, hatten sie dann nachmittags abgelegt und Kurs auf Koh Samui genommen, die thailändische Trauminsel mit ihren weißen Sandstränden, dem türkisfarbenen Meer und den hohen Kokospalmen. Die nächsten Stationen waren Penang, Brunei und Kuala Lumpur in Malaysia, dann die Weltmetropole Singapur, wo das Schiff über Nacht liegen sollte, um ihnen die Möglichkeit zu geben, diese außergewöhnliche Stadt ausführlich zu genießen, bevor es dann über Ho-Chi-Minh-Stadt wieder zurück nach Laem Chabang ging.

Fast dreißig Grad Celsius und ein sternenklarer Himmel versprachen eine unvergessliche Reise fern des deutschen Weihnachtstrubels. Überall auf dem Schiff waren bunt geschmückte Weihnachtsbäume verteilt, das Mittagessen war wundervoll gewesen, mit einem festlichen Buffet, Tannenzweigen und Plätzchen. Jetzt am Abend gab es ein wenig Seegang, den die Stabilisatoren der *SOLARIA* jedoch komfortabel ausglichen.
Gedankenverloren schlenderten Nicole und Philipp unter den Rettungsboten entlang in Richtung Schiffsspitze. An der Rezeption war, wie sie durch die Fenster erkennen konnten, außer einer Angestellten keine Menschenseele zu sehen. Anscheinend waren sie die Einzigen, die die ruhige Abendstimmung dem Trubel im Theater vorzogen.
Alles stimmte: Die laue Luft, die jetzt, als die Sonne in einem wundervollen Abendrot ins Meer versank, langsam abkühlte, das gleichmäßige Rauschen der See, die querliegende Mondsichel umringt von den ersten Sternen, die sich nun immer deutlicher am Firmament abzeichneten … Heiligabend. Seit Stunden hatte Philipp auf diesen Moment gewartet. Gleich war es soweit, wenn sie beide vorn am Bug des Schiffes angekommen waren …

***

Zur selben Zeit schlug einige Decks weiter oben eine metallene Sicherheitstür gegen die Bordwand. Robert Fielmann schleppte sich blutend über das verlassene Pooldeck zur Reling und griff nach der Tür, doch es gelang ihm nur halb, denn seine rechte Hand fehlte. Er beugte sich über die Brüstung, hörte durch den Schleier des Schmerzes die Bugwellen in fast dreißig Metern Tiefe klagen, dann versagten seine Beine und er ging in die Knie. Sein Herz raste, sein Bewusstsein bestand einzig aus Schmerz und Todesangst.

Mit der noch intakten Hand versuchte er, sich wieder hochzuziehen, war aber zu schwach. Er blickte sich um und die Gestalt in dem blauen Arbeitsanzug trat hinter ihn. Er wollte schreien, nach Hilfe rufen, doch nur ein tonloses Röcheln drang aus seiner trockenen Kehle.

Umweltoffizier Fielmann nahm seine verbleibende Kraft zusammen. Auf allen Vieren versuchte er, zu dem roten Kästchen zu gelangen, das er einige Meter entfernt entdeckt hatte. Als er den blutenden Stumpf an seinem Arm erblickte, musste er sich übergeben, kroch aber weiter, bis sein Verfolger ihn am Nacken packte.

»Wo willst du hin?«, flüsterte die Gestalt, »zum Feuermelder?« Ein Lachen erhob sich, das jedoch vom Rauschen des Kielwassers in der Tiefe verschluckt wurde. Dann ergriff die Gestalt mit beiden Händen Fielmanns Kopf, drehte ihn brutal zu sich und sah ihn seelenlos an. »Tut mir leid, dir das sagen zu müssen: Du warst nur zur falschen Zeit am falschen Ort.«

Fielmann stöhnte, zog seinen zerschundenen Arm zurück, aus dem der gesplitterte Handgelenksknochen herausragte wie die spitze Klinge eines Porzellanmessers, und rammte ihn seinem Gegner mit aller Gewalt ins Gesicht.

Dieser schrie auf und lockerte für einen Augenschlag seinen Griff und Fielmann versuchte, loszukommen. Doch da traf ihn auch schon ein Schlag. Sein Kopf wirbelte zur Seite und schlug hart gegen Metall.

»Du kleines Stück Dreck!«

Fielmann spürte, wie er hochgehoben wurde, und versuchte ein allerletztes Mal, sich zu wehren, doch er hatte keine Kraft mehr: Voller Entsetzen schrie er auf, als er bereits im Fallen war, hinab in die tosenden Fluten und in die Gischt um die *GCL SOLARIA*, die unbeirrt ihre Fahrt durch den Ozean fortsetzte.

***

»Fröhliche Weihnachten!«, rief einer der beiden Moderatoren und alle klatschten erfreut Beifall. Generalmanager Julian Arnold und Eventmanager Andreas Hübner hatten vor wenigen Minuten den Abend eröffnet.

Journalist Tom Geyer reckte seinen Hals, um über die Zuschauermenge hinweg einen Blick auf die Bühne zu erhaschen. Sofort wurde ihm wieder schlecht. Seekrankheit. Es schien einfach nicht besser zu werden.

»Meine Damen und Herren, liebe Gäste, im Namen der ganzen Besatzung und der *GERMAN CRUISE LINES* dürfen wir Sie nochmals herzlichst hier an Bord der *GCL SOLARIA* begrüßen. Wir freuen uns auf eine ganz besondere Reise, die alles für Sie beinhalten wird, was wir und Südostasien zu bieten haben. Deshalb ist es mir ein großes Vergnügen, es heute Abend – Heiligabend – zu verkünden: Einfach abschalten – ab jetzt beginnt Ihr Traumurlaub!«

Wieder lauter Applaus.

Es herrschte ausgelassene Stimmung im Theater der *SOLARIA*, dem neusten und größten Schiffe der GCL-Flotte. Ebenso wie der Rest des Schiffes war auch das Theater absolut beeindruckend: Die Mischung aus luxuriöser Eleganz und modernem Design traf exakt Toms Geschmack. Gerne hätte er vor seiner Reise die Architekten der Reederei kennengelernt, doch die waren, das hatte er bei seinen Recherchen erfahren, schon mit dem Bau des nächsten Passagierschiffes der Flotte beschäftigt. Der Markt boomte definitiv.

Tom fand die ganze Anlage faszinierend. Er wusste, dass das Theater mit modernster Technik ausgestattet war: einer großen fahr- und teilbaren LED-Wand, einem Flugwerk für Artisten, an denen diese weit über dem Bühnenboden angeseilt in der Luft schwebten und ihre halsbrecherische Akrobatik vollführten, und einer Drehbühne.

Gleich nach der Offiziersvorstellung sollte die Weihnachtsgala gezeigt werden, auf die Tom schon sehr gespannt war. Allerdings kam es ihm so vor, als ob die meisten Gäste im gut gefüllten Theater die Vorstellung der Offiziere noch viel mehr interessierte, allen voran die des Kapitäns der *GCL SOLARIA*. Ob dies an den romantischen Vorstellungen lag, die manch einer mit einem *Captain's Dinner* verband? Daran, dass fast jeder hier einige Folgen der Traumschiff-TV-Serie gesehen hatte? Oder einfach nur daran, dass die schicken Uniformen die Offiziere zugegebenermaßen sehr gut kleideten?

Als der Jubel der Gäste versiegte, fuhr Hübner fort. »Bevor wir Ihnen unsere eigens für diesen besonderen Abend konzipierte Gala zeigen, möchten wir Ihnen die wichtigsten Führungsoffiziere der *SOLARIA* vorstellen.«

»Meine Damen und Herren«, übernahm sein Co-Moderator Arnold, »wir haben ein voll ausgestattetes Hospital hier an Bord. Also, wenn auch mal der zweite Magenbitter nicht hilft oder Sie wider Erwarten die Seekrankheit ereilt: Auf Deck drei finden Sie unser Hospital mit zwei fähigen Ärzten und drei Krankenschwestern. Begrüßen Sie mit uns stellvertretend für unser medizinisches Team heute auf der Bühne Doktor Henning Münsch.«

Arnold sah dem grauhaarigen Mann entgegen, der würdig von links auf die Bühne trat, freundlich ins Publikum blickte und sich verbeugte, um dann zwei Schritte nach hinten zu treten.

Nun übernahm wieder Hübner: »Der nächste Mann, den wir Ihnen vorstellen möchten, hat sein Hobby – Essen, Trinken und Schlafen – zu seinem Beruf gemacht. Er ist der Hauptverantwortliche für alles, was den Hotelbereich angeht, betreut mit seinem Team elf Bars, sieben Restaurants und über tausend Kabinen. Es ist der Mann, der sein Haupthaar gerne offen trägt, der Hotelmanager Christian Wulfert aus Bochum.«

Unter dem Beifall der Zuschauer betrat ein glatzköpfiger Mann mit einem dünnen Bärtchen um die Mundwinkel die Bühne. Zügig schritt er in die Mitte, schlug die Hacken etwas gezwungen lächelnd zusammen und winkte ins Publikum, um sich dann neben dem Schiffsarzt zu positionieren und stramm zu stehen.

»Und wenn Sie mal etwas über U-Boote wissen wollen: Der Mann war auch zehn Jahre als Koch und Proviantmeister bei der Deutschen Marine«, fügte Hübner hinzu und Wulfert nickte ergeben.

»Mit dem folgenden Herrn, liebes Publikum, sollten Sie sich gutstellen«, übernahm nun wieder Arnold. »Wenn Sie ihn einmal an Bord treffen, sprechen Sie ihn ruhig an, laden Sie ihn auf einen Kaffee ein und seien Sie besonders nett zu ihm. Er ist nämlich für die Verteilung der Plätze in unseren Rettungsbooten zuständig. Sein Ressort umfasst die Brandbekämpfung, die Rettungsmittel und die Ausbildung der Crew für Notfälle. Meine Damen und Herren, hier ist unser Sicherheitsoffizier: Norman Schneider aus Kiel.«

Schneider betrat die Bühne, ein hochgewachsener, drahtiger Mann mit ernstem Gesichtsausdruck und entschlossenem Gang. Nur kurz sah er ins Publikum, verbeugte sich zackig, dann reihte er sich sofort in die Linie der Offiziere ein.

Tom Geyer warf einen schnellen Blick zu seiner Begleiterin. Flüchtig glaubte er, einen unwilligen Ausdruck in ihrem sonst so fröhlichen Gesicht zu erkennen, der aber sofort wieder verschwand.

Sinah Dietrich, die attraktive junge Frau, die aufmerksam das Bühnengeschehen verfolgte, war ihm tags zuvor bei seiner Ankunft als Kontaktperson vorgestellt worden. Er hatte Glück. Nicht, weil die hochgewachsene und gut gekleidete Blondine ein Blickfang war und dies offensichtlich auch wusste, sondern weil sie als Mediamanagerin der *SOLARIA* ein Profi war. Sie sollte Tom alles zeigen, ihm Interviews verschaffen und ihn zu den Terminen begleiten – ein Service, den Tom Geyer sehr schätzte, weil die Mediamanagerin

sein Metier kannte. Sie war mit der journalistischen Herangehensweise vertraut und verstand, was er für die Arbeit an seinem Reisebericht benötigte. Das würde ihm in den kommenden dreizehn Tagen sicher vieles erleichtern.
Tom hatte im Laufe der Jahre mit vielen unterschiedlichen Pressesprechern, Referenten und Unternehmensbossen zu tun gehabt. In der Regel bekam man immer eine verantwortliche Person an die Seite gestellt, aber leider kannte diese sich nur selten mit dem Mediengeschäft aus. Meistens wurde in aller Eile irgendjemand benannt, der sich um ihn *kümmern* sollte. Dann hatte er zwar rechtzeitig einen Kaffee, es waren ein paar Termine verabredet und ein billiges Hotelzimmer in der Nähe gebucht, aber mehr auch nicht. Dagegen hatte er hier wirklich luxuriöse Bedingungen mit einer zwar fensterlosen aber recht hübschen Kabine auf Deck sechs und einer sympathischen Ansprechpartnerin, die ihm kompetent zuarbeitete, viele Fragen vorwegnahm und ihm zahlreiche Informationen eigenständig zur Verfügung stellte. So hatte sie ihn zum Beispiel vor der Offiziersvorstellung unaufgefordert durch den hinteren Teil des Zuschauerraums geführt und war dann mit ihm in den Crewbereich abgebogen. Tom war nicht darauf vorbereitet gewesen, in einem Raum mit lauter halb bekleideten jungen Menschen zu landen, und hatte sich instinktiv sofort wieder zurückziehen wollen.
Doch Sinah ließ ihm keine Gelegenheit dazu: »Das ist der Backstage-Bereich«, erklärte sie kurzerhand. »Hier bereiten sich die Darsteller für die Show vor.«
Der Raum war ausgestattet mit zahlreichen Sitzgelegenheiten vor einem langen Spiegel, gerahmt von unzähligen Glühbirnen. Auf jedem der Plätze lagen Schminkutensilien herum und die Künstler waren, Ellbogen an Ellbogen, damit beschäftigt, Kostüme zurechtzuzupfen, Lidstriche nachzuziehen oder Lippenstift aufzutragen.

»Nicht viel Platz hier. Wie viele Darsteller haben Sie?«, erkundigte sich Tom.
»Platz ist das rarste Gut an Bord. Insgesamt acht Tänzer, sechs Solisten und drei Seilakrobaten. Bei der Weihnachtsgala stehen sie gleich alle auf der Bühne. Da wird es hier hinten ziemlich eng.«
Sie führte ihn einen Gang entlang, der sich zu einem breiten Treppenhaus öffnete.
»Nicht ganz so gefällig wie draußen im Gästebereich«, bemerkte Sinah amüsiert, als Tom die nackten Röhren und Schaltkästen an den Wänden betrachtete.
In der Tat. Der Linoleumboden hatte einen urinfarbenen Gelbton, die Treppengeländer waren nicht wie draußen im Gästebereich mit Blattgold verkleidet, sondern in schlichtem Krankenhausweiß gestrichen, und auch die Wände hatten dieselbe Farbe – ohne jeden Schnörkel und Glanz. Es erinnerte ihn an das Hospital, in dem er vor zwanzig Jahren gelegen hatte; damals, nach dem Unfall in der Garage.
Nein … Er stutzte kurz, das war nun schon über fünfunddreißig Jahre her. Tom musste innerlich lachen. Wie oft einen doch die innere Uhr betrog. Er war gerade mal fünf Jahre alt gewesen, als er beinahe in der mit Regenwasser und altem Diesel angefüllten Grube in der Garage ertrunken wäre. Aber seither hatte er den Tag immer wieder durchlebt und deshalb war er ihm wohl auch so präsent geblieben.
»Rauchen Sie?«, fragte Sinah und holte Tom zurück in die Gegenwart.
»Nein … äh, ja … manchmal. Wieso?«, stotterte er.
Einen Moment später wurde ihm klar, warum. Das Treppenhaus hatte auf dieser Ebene einen geräumigen Absatz, der als Raucherbereich genutzt wurde. An der Wand hingen Aschenbecher, vor denen paffende Mitarbeiter standen, die sich unterhielten und neugierig zu ihnen herübersahen.

»Das ist *Neuneinhalb.* So nennen wir diesen Bereich, eine der wenigen *designated Smoking-Areas* für die Crew.« Sie waren die paar Stufen die Treppe hinauf gegangen. »*Neuneinhalb*, weil wir uns zwischen Deck neun und zehn befinden. Ist sehr zentral gelegen. Deshalb kommen hier viele Kollegen vorbei. Ich kann mir mindestens zehn E-Mails sparen, wenn ich hier ab und zu eine schmöke.«

Tom hörte ihr zwar zu, konnte jedoch seine Augen nicht von zwei Artistinnen lassen, die sich gerade im Treppenhaus aufwärmten und die faszinierendsten Verrenkungen vollzogen. Die zwei Mädchen, die Tom auf höchstens achtzehn schätzte, bogen und dehnten sich in alle Richtungen und unterhielten sich dabei ganz entspannt, so schien es, auf Russisch. Eine der beiden ging in den Spagat, wechselte am Boden dann in den Männerspagat und wieder zurück in die Ausgangsposition.

»Ich bekomme immer Leistenziehen, wenn ich das sehe«, bemerkte Sinah neben ihm.

Die zweite der Artistinnen ging nun ebenfalls in den Spagat, griff mit einem Arm hinter ihren Kopf, zog ihr Bein hinter sich nach oben und senkte zu Toms Verblüffung die Fußsohle zuerst auf die eine Schulter, dann auf die andere. Als sie das Bein wieder losließ und den Kopf hob, trafen sich ihre Blicke und sie lächelte ihm zu.

Tom erwiderte es und wandte sich dann wieder seiner Begleiterin zu, die ihm ihre Schachtel hinhielt. »Eigentlich hatte ich aufgehört.«

»Tue ich auch – jeden Abend.«

Tom nahm sich einen der Glimmstängel und dankte ihr. Sie gab ihm Feuer und er nahm einen kräftigen Zug. Es tat gut. Er war schon ganz weg gewesen von dem Zeug. Aber damals, als das mit seiner Frau geschehen war, war es das Einzige gewesen, das ihn in irgendeiner Weise hatte beruhigen können. Heute rauchte er zwar nur noch gelegentlich, aber wenn er angespannt war, unsicher oder in einer

fremden Umgebung oder Situation, dann konnte er nur schwer dem Drang nach Nikotin widerstehen.
»Vielleicht hilft es«, hoffte er.
Sinah musste lachen. »Sagen Sie jetzt nicht, Sie sind noch immer seekrank.«
Im Gegensatz zur Besatzung empfand Tom die seitlichen Schiffsbewegungen in der Tat ganz deutlich, aber er ging nicht darauf ein.
»Ich bin wirklich sehr dankbar für die Einblicke«, wechselte er das Thema, und zog wieder an der Zigarette. Die Artistin, die soeben ihren Kopf zwischen die Knie geklemmt hatte, ließ er nicht aus den Augen. »Ich danke Ihnen, Sinah.«
»Bitte, Tom, ich wurde dafür eingeteilt, Ihnen alles zu zeigen.«

Nachdem sie ihre Kippen gemeinsam in einem der Wand-Ascher ausgedrückt hatten, gingen sie zurück in den Theatersaal.

***

»Gleich tritt Kapitän Buske auf«, informierte Sinah ihren Gast.
Tom Geyer nickte. Bisher schien ihm alles zu gefallen, was sie ihm zeigte. Sinah freute sich über den Spezialauftrag, auch wenn sie sich bei ihrer Freundin Sarah in ironischem Unterton bedankt hatte, als diese sie vor einigen Wochen aus dem Kieler Headoffice angerufen und sie darüber informiert hatte, dass ein Journalist an Bord komme und es ihre Aufgabe sei, ihn zu betreuen.
Die Weihnachtsreisen waren immer besonders arbeitsintensiv, aber Tom zu betreuen bot eine willkommene Abwechslung. Zum Glück war ihr der Mann gleich sympathisch gewesen, als sie ihn gestern gemeinsam mit ihrem Chef in der *MIDNIGHT BAR* kennengelernt hatte. Mit dem gepflegten leicht melierten Bart und den vollen

dunklen Haaren, die an den Schläfen schon ein wenig ergrauten, schätzte sie ihn auf vierzig. Er gab sich kommunikativ, schien Humor zu haben, dazu auch noch charmant zu sein, wie sie bei ihrem gestrigen Schiffsrundgang feststellen konnte.
Und Tom war gut vorbereitet, was sie sehr schätzte. Er hatte fast in jedem Bereich kompetente Fragen gestellt, die darauf schließen ließen, dass er sauber recherchiert hatte. Und seine Kompetenz zeigte sich auch jetzt wieder, denn er bemerkte sofort, dass etwas nicht glatt lief auf der Bühne.
Gerade hatte Sinahs Chef Andreas Hübner wieder die Moderation übernommen: »Bevor wir Ihnen Kapitän Detlef Buske vorstellen, präsentiere ich Ihnen noch einen weiteren wichtigen Mann an Bord. Umweltschutz liegt uns sehr am Herzen und deshalb haben wir auch dafür einen zuständigen Offizier. Begrüßen Sie mit mir Robert Fielmann, unseren Umweltoffizier, von uns auch liebevoll der *Grüne Punkt* genannt.« Der Eventmanager blickte zur Seitenbühne, von wo aus die Offiziere auftraten. Doch dort stand nur noch Kapitän Buske, der sich suchend umsah, dann aber mit den Achseln zuckte.
»Scheint nicht da zu sein«, bemerkte Tom neben ihr.
Sie reckte den Hals. Robert Fielmann war tatsächlich nirgends zu entdecken.
Nach einigen peinlichen Sekunden, in denen der Moderator noch darauf zu hoffen schien, dass er den Kollegen Fielmann nur übersehen hatte, versuchte er, den Patzer zu überspielen: »Anscheinend muss Herr Fielmann gerade Dosen und Flaschen trennen, weil die Passagiere der letzten Reise wieder alles zusammen entsorgt haben.«
Ein schwaches Lachen durchzog das Publikum und sein Co-Moderator sprang ein. »Ich darf Ihnen nun den wichtigsten Mann des Schiffes vorstellen, denn es kann nur einen geben: Er ist der Mann an der Spitze dieses wundervollen Schiffes, der Mann, der Sie

die kommenden zwei Wochen sicher in den nächsten Hafen bringen wird. Liebe Gäste, begrüßen Sie mit mir unseren und Ihren Kapitän Detlef Buske aus Kiel!«
Laut erklang der übliche Song *Say Captain, say what* und als der Kapitän die Bühne betrat, machten die beiden Moderatoren Platz für ihn und reihten sich in die Riege der Offiziere ein.
Sinah beobachtete ihren Chef. Er wirkte verärgert.

***

Aus dem Theater drangen fern die Klänge von *Say Captain, say what* als Philipp sanft die Arme um seine Freundin legte. Der Fahrtwind am Bug vorne war kühl und sie fröstelte.
»Alles in Ordnung? Sollen wir wieder rein gehen?«, fragte er besorgt und hoffte darauf, dass sie *Nein* sagte.
»Es ist alles gut. Ein wunderschöner Abend. Wir haben uns richtig entschieden. Und unsere Eltern werden sich schon wieder einkriegen. Ich genieße es sehr, einmal mit dir ganz alleine Weihnachten zu feiern.« Sie küsste ihn und sah ihm lange in die Augen.
»Ja, es ist eine ganz andere Welt und ein ganz besonderes Weihnachtsfest.«
»Und das ist Geschenk genug. Man fühlt sich hier nicht dazu verpflichtet, dem anderen etwas Besonderes zu schenken; weil hier alles besonders ist.«
Philipp lächelte und freute sich. »Und wenn ich nun doch ein Geschenk für dich hätte?«
»Philipp! Wir hatten ausgemacht …«
»Ich weiß«, unterbrach er sie. »Es ist im Grunde auch kein Weihnachtsgeschenk. Es ist eine Art Siegel.«
Sie sah ihn ein wenig unwirsch an. »Siegel?«

»Ja.«
Er brauchte einige Momente, bis er den Ring in der Hosentasche fand und ärgerte sich, dass er ihn nicht in der Schatulle gelassen hatte. Doch dann ertastete er ihn, nahm ihn heraus, hielt ihn aber noch versteckt in seiner Faust.
Er sah ihr in die Augen. Nicole war schon seit einigen Jahren die Frau an seiner Seite. Er hatte ihr viel zu verdanken. Sie hatte es fertiggebracht, ihm seine beruflichen Flausen auszutreiben und ihm geholfen, eine vernünftige Arbeit zu finden. Und sie hatte es auch geschafft, dass er sich mit seiner Familie aussöhnte, hatte seine Eltern und ihn an einen Tisch gebracht und keine Ruhe gegeben, bis die Fronten aufgeweicht und schließlich alle alten Zwistigkeiten beseitigt waren.
Er tat das Richtige, dessen war er sich sicher. »Nicole.«
Sie sah wundervoll aus im Gegenlicht des Abendrots.
»Ja?«, antwortete sie etwas zu kokett.
»Wir sind seit über vier Jahren ein glückliches Paar.«
»Das sind wir. Ich bin sehr glücklich mit dir.«
Sein Herz schlug so laut, dass er es fast hören konnte. »Nicole …«
In diesem Moment zuckte sie zusammen, ihre Augen weiteten sich vor Entsetzen, als ob sie hinter ihm etwas ganz Schreckliches entdeckt hätte.
»Was ist?«
Sie sprang an die Reling, beugte sich hinaus und blickte hinunter in die See.
»Nicole, was hast du?«
Mit halb zugekniffenen Augen suchte sie das Meer unter ihnen ab. »Ich habe gerade etwas gesehen.«
»Was?«
»Da!«, schrie sie und zeigte mit dem Finger ins Meer hinab. »Da ist jemand ins Wasser gefallen!«

»Was?«, Philipp beugte sich auch über die Brüstung. »Wo denn?«
»Dort!«
Und dann entdeckte Philipp ihn auch, den Körper, der dort unten in den abendlichen Fluten trieb.
»Mein Gott … Mann über Bord«, keuchte er. Nach einem kurzen, fassungslosen Moment kam Bewegung in ihn. »Mann über Bord!«, brüllte er nun. »Wirf einen Rettungsring raus, schnell!«

***

Tom blickte durch eines der großen Glasfenster, die das Theater umgaben, hinaus auf die unruhige See. Viertel nach sechs. Bald war es dunkel.
Für ihn hatte die Nacht nicht nur etwas Romantisches oder Schönes, nicht einmal hier im Urlaubsparadies Thailand. Tief in seinem Inneren empfand er sie seit damals gleichermaßen als Bedrohung. Auch wenn er gelernt hatte, mit diesen Gefühlen zu leben.
Ihm war nach wie vor flau im Magen und er fragte sich, ob das nun die ganze Reise so weitergehen sollte. Er hatte es Hartmut gesagt. Aber natürlich war es längst zu spät, sich darüber zu ärgern, dass sein Chefredakteur ihn zu der Reise überredet hatte. Außerdem … wenn er ganz ehrlich war, konnte er das Geld gebrauchen. Wenigstens hatte er Hartmut, als er ihn mittags über sein Satellitenhandy anrief, aus dem Bett geholt. Die Zeitverschiebung hatte er doch tatsächlich völlig vergessen.
Tom kratzte sich an seinem Bart.
»Wir übertragen auch jede Show im Bord-TV«, informierte ihn Sinah, während auf der Bühne der Kapitän seine Begrüßungsansprache hielt.
Doch Tom war gerade nicht mehr so ganz bei der Sache. Das flaue Gefühl im Magen machte ihm immer mehr zu schaffen. »Das heißt,

Ihre Mitarbeiter müssen sich nicht nur mit der Filmproduktion auskennen, sondern benötigen auch Erfahrung mit Live-Sendungen«, resümierte er mehr aus Freundlichkeit denn aus Interesse.
»Ganz genau.«
Erfreut entdeckte Tom so etwas wie Anerkennung in Sinahs Blick.
Er wandte sich wieder der Bühne zu, wo der Kapitän soeben seine Rede beendete und den Gästen nochmals eine wundervolle und erholsame Reise wünschte: »Auf jedem der GCL-Schiffe, das macht uns schon aus der Ferne erkennbar, ist am Bug das Bild eines lächelnden Wales zu sehen. Das ist unser Versprechen an Sie, liebe Gäste. Und ich persönlich verspreche Ihnen, dass ich Sie sicher, pünktlich und mit einem entspannten Lächeln zu den beeindruckenden Destinationen im wundervollen Asien bringen werde.« Unter dem Applaus der Zuschauer verließ der Kapitän, gefolgt von seinen Offizieren, die Bühne.
»Meine Damen und Herren: Unser und Ihr Kapitän, Detlef Buske«, verabschiedete Julian Arnold den Obersten.
Dann ergriff Eventmanager Hübner wieder das Wort: »Wir dürfen Ihnen nun eine ganz besondere Show ankündigen, die Sie nur heute Abend und nur hier auf der *GCL SOLARIA* bewundern können, denn sie wurde eigens für unser gemeinsames Weihnachtsfest inszeniert. Wir wünschen Ihnen viel Vergnügen mit unserer Galashow!«
Hübner und Arnold gingen ebenfalls und nachdem der Applaus verebbt war, zog das Licht ein und sanfte Glöckchen erklangen.
»Hat Ihnen Sinah schon alles gezeigt?«, sprach Hübner Tom an, als er ihn sah.
»Ja, danke, es ist alles sehr beeindruckend«, bestätigte Tom und musste wegen der Eröffnung der Show seine Stimme heben.
»Sie haben noch lange nicht alles gesehen«, meinte Sinah lächelnd.
»Hast du Fielmann irgendwo entdeckt?«, erkundigte sich Hübner etwas bissig bei ihr. Als sie verneinte, ging er gekonnt zum nächsten

Thema über: »Herr Geyer, haben Sie Kinder? Sie müssen sich unbedingt unser tolles Kinderland ansehen. Das ist, wie ich finde, einer der reizvollsten Plätze des gesamten Schiffes.«
»Das werde ich auf jeden Fall, Herr Hübner. Sagen Sie, wäre es möglich, auch einmal den Kapitän persönlich zu sprechen und die Brücke zu besichtigen?«
Tom bemerkte das Zögern des Entertainers, das jedoch schnell von einem breiten Lächeln abgelöst wurde. »Wir tun das nur noch ganz selten«, erklärte Hübner. »Früher war es gang und gäbe, dass wir Brückenführungen für die Gäste anboten. Aber seit dem elften September haben wir den Zugang zu sensiblen Bereichen stark zurückgefahren.«
»Verstehe.«
»Aber, Tom … darf ich Tom sagen?«
Eigentlich nicht.
»Für Sie, Tom, machen wir das. Ich rede mit dem Kapitän.«
Tom ärgerte sich über die plumpe Vertraulichkeit, aber wenn es half, konnte er sich damit arrangieren. Er war es gewöhnt, dass sich ihm viele Türen öffneten, hinter die Kulissen gehen zu können, Prominente in VIP-Lounges zu treffen oder in verbotene Bereiche geführt zu werden. Auf der anderen Seite war ihm klar, dass ein guter Reporter sich solche Privilegien erarbeiten musste. Man musste die richtigen Leute kennen, ihnen das Gefühl geben, wichtig zu sein und dass es sich für sie auszahlte, der Presse einen Gefallen zu tun. Und man musste, das war mindestens genauso wichtig, das Selbstvertrauen haben, mit dem Presseausweis zu winken und frech zu fragen.
Ganz Profi setzte er also seinen dankbaren Gesichtsausdruck auf, als Hübner nochmals unterstrich, dass man ja Verantwortung für über dreitausend Menschen trage und in den heutigen Zeiten nie wissen könne. Weiter hörte er nicht zu, er kannte den Text und wurde gera-

de vom Bühnengeschehen abgelenkt. Dort hatte er die Artistin entdeckt, die zu den Klängen von *All I want for Christmas* auftrat. Sie hing einige Meter über dem Boden und verdrehte schon wieder ihren Körper auf äußerst unmenschliche Art und Weise.
»Beeindruckend, nicht wahr?«, bemerkte Hübner.
Tom nickte. Sein Magen meldete sich wieder und er bewunderte die junge Künstlerin aufrichtig dafür, dass sie bei dem Schwanken dort oben solch halsbrecherische Verrenkungen durchführen konnte.
»Über acht Meter Höhe und ohne Netz.«
Tom wollte soeben seine Anerkennung ausdrücken, da verstummte plötzlich die Musik und es erklang ein entsetzlich lautes und unmenschlich lang gezogenes Klingelzeichen durch das Theater.
»Was ist los?«, erkundigte sich Tom bei Hübner, der nicht minder irritiert zu sein schien.
Doch noch bevor Hübner etwas antworten konnte, schallte eine Durchsage von der Brücke durch das ganze Theater: »Achtung! Attention! Man overboard! Man overboard!«
Hübner und Sinah blickten sich ungläubig und mit großen Augen an.
»Mann über Bord!«, wiederholte Sinah entsetzt.
»Mein Gott! Ich muss auf die Brücke«, stieß Hübner aus. Als die Musik der Show wieder einsetzte, zeigte er wild gestikulierend den Bühnendarstellern an, mit der Show fortzufahren. »Entschuldigen Sie mich«, stieß er dann hastig hervor. »Ich muss sofort los.«
Tom reagierte, ohne nachzudenken.

***

Tom hatte Mühe, mit Hübners schnellen Schritten mitzuhalten. Während er hinter dem Eventmanager her eilte, lief sein Gehirn bereits auf Hochtouren. »Kann ich mit auf die Brücke?«, hatte er reflexartig gefragt und war mitgelaufen. Neugier, Dreistigkeit oder Selbstüberschätzung? War es tatsächlich in den Genen veranlagt oder die Folge einer gewissen Erziehung oder eines speziellen Charakterzugs? Tom hatte aufgehört, darüber nachzudenken. Er wusste nur, dass er ihn hatte: den Drang, wann immer etwas geschah, das nach einer Story roch, dabei sein zu wollen – dabei sein zu müssen! Genau das machte einen guten Journalisten aus: Er *musste* dabei sein, er durfte nichts Wichtiges, nichts Spektakuläres verpassen. Und *Mann über Bord* fiel definitiv in diese Kategorie. Hübner hatte einen Augenblick gezögert, doch dann genickt.

Zügig durchquerten sie das Kasino und gelangten in die Bar, in der sie sich am Vortag zum ersten Mal getroffen hatten und Hübner ihm seine *persönliche Betreuerin* vorgestellt hatte. Den Begriff hatte Sinah, die jetzt direkt hinter ihm war, mit einem abfälligen Blick kommentiert, den Hübner souverän übersehen hatte.

Tom war sich im Klaren darüber, dass Sinah nicht nur die Aufgabe hatte, ihm Einblick in alle Bereiche zu verschaffen, sondern auch seine Aufpasserin war. Sie war sein Schatten, der darauf achtete, dass alles im rechten Licht erschien, dass er nicht zu tief bohrte. Auch das war Routine für ihn. In jeder Firma gab es Probleme, Knatsch unter Kollegen, unzufriedene Mitarbeiter, Aussagen und Dinge, die missgünstig ausgelegt werden konnten. Die Aufgabe eines persönlichen Betreuers war es, die Aufmerksamkeit eines Reporters davon abzulenken, dafür andere, positive Dinge ins Licht zu rücken, unangenehme Fragen abzufedern oder ungeschickte Antworten zu relativieren. Und natürlich hatte sie zudem darauf zu achten, dass er gewisse Regeln befolgte und die Abläufe nicht störte.

Sie stürmten durch die *MIDNIGHT BAR* und durch eine Tür in ein Treppenhaus der Crew. Oben angelangt, kamen sie zu einem langen Gang, der zu einer massiven Tür führte. Rechts und links gingen ebenfalls Türen ab, neben denen jeweils kleine Schilder mit der

Aufschrift *Doorcard* angebracht waren. Auf der ersten *Doorcard* stand *Staff-Captain* und der Name *Hardy Köpke*. Die *Doorcard,* die dann folgte, war die des Kapitäns Detlef Buske höchstpersönlich.
Tom wunderte sich, dass die Kabinentür offen stand. Doch er hatte keine Zeit, darüber nachzudenken, denn Hübner öffnete bereits die schwere Tür am Ende des Ganges. Dahinter befand sich ein kleiner dunkler Raum, der lediglich durch eine rote Lampe beleuchtet war, die unverblendet von der niederen Decke ragte. Zwei Meter weiter versperrte eine weitere Tür den Weg – eine Schleuse. Hübner hatte nicht übertrieben mit den Sicherheitsmaßnahmen, obwohl die offene Tür der Kapitänskajüte dazu nicht recht zu passen schien.
Nachdem Sinah die erste Schleusentür hinter sich geschlossen hatte, drückte Hübner auf den Knopf eines kleinen elektrischen Gerätes, das aussah wie eine gewöhnliche Türklingelanlage, positionierte sich mit seinem Gesicht vor der kleinen Kamera, die sich direkt über dem Klingelknopf befand und wartete.
»Kein freier Zugang zur Brücke, selbst als hochrangiger Offizier«, stellte Tom fest.
»Richtig. Der Generalmanager ist der Einzige aus dem Hotelbereich. Ansonsten sind es lediglich Offiziere des Decks, die ohne explizite Erlaubnis Einlass erhalten.«
»Ja?«, ertönte jetzt endlich eine schroffe, hektisch klingende Stimme.
»Der Eventmanager.«
Nach einigen Sekunden surrte es an der Tür.
Hübner wollte sofort eintreten, doch der Sicherheitsoffizier, *Norman Schneider* stand an seiner Brust, ließ ihn nicht vorbei. »Was will *der* hier?«, blaffte er. »Wir haben keine Zeit für Interviews.«
»Das ist mir bewusst«, antwortete Hübner, ohne auf den rüden Ton einzugehen. »Herrn Geyer wurde von der Geschäftsleitung uneingeschränkter Zugang versprochen. Wo ist das Problem?«

»Dass wir gerade ganz andere Probleme haben!«, schnauzte Schneider, gab aber den Weg frei und ließ sie passieren.
»Was ist los, Norman?«, fragte der Staff-Captain, gerade als Tom einen ersten Blick auf die Brücke werfen konnte.
»Eventmanager Hübner schleppt Firmenfremde an. – In einer Notsituation!«
»Denkbar schlechtester Augenblick«, versetzte Staff-Captain Köpke ernst in Richtung Hübner. »Gehen Sie rüber zur Nock und verhalten Sie sich bitte ruhig.« Dann ließ er sie stehen und begab sich gemeinsam mit Schneider zum Kapitän, der breitbeinig in der Mitte der Brücke stand.
Tom, Hübner und Sinah Dietrich gesellten sich zu Generalmanager Julian Arnold, der sich im rechten Seitenflügel der Brücke befand und sie besorgt anblickte.
»Das geht einfach gar nicht«, hörte Tom den Sicherheitsoffizier blaffen, der unfreundlich zu ihnen herübersah.
Auch Kapitän Buske fixierte Tom verärgert, schwenkte jedoch schnell wieder zurück zu Schneider. »Das ist jetzt nicht wichtig, Norman.«
Tom schaltete unmittelbar seinen inneren Beobachtungsapparat an. *Alles mitschneiden, Tom!*
Die verglaste Brücke erstreckte sich über die komplette Breite des Schiffes und hatte in den beiden Nocks zwei transparente Flügel, die noch darüber hinausragten. Die gesamte Front war von Schalttafeln, blinkenden Leuchten und Anzeigemonitoren gesäumt. Auf der Brücke befanden sich neben dem Kapitän, seinem Stellvertreter Hardy Köpke und dem rüden Sicherheitsoffizier Schneider noch ein Offizier und zwei Matrosen, die an der Vorderfront patrouillierten und mit Ferngläsern Ausschau hielten. Außerdem waren der Schiffsarzt und eine Krankenschwester anwesend.
Der Geräuschpegel war hoch, es piepte von allen Seiten, der Kapitän diskutierte lautstark mit Köpke und Schneider. Aus einem Funk-

gerät, das der Offizier in den Händen hielt, plärrte es. Er war offensichtlich Italiener und sein Englisch klang entsetzlich, als er etwas antwortete. Die Anspannung aller war deutlich zu spüren.
»Was ist denn überhaupt los?«, erkundigte sich Hübner bei dem Generalmanager.
»Wir haben ein MOB«, antwortete Arnold.
»Ernsthaft?«
Arnold nickte abwesend, und blickte wieder aufs Meer hinaus. Tom folgte unwillkürlich seinem Blick. Er war überrascht, wie viel man auch so spät noch erkennen konnte. Es war inzwischen fast 18.30 Uhr und die Sonne schon untergegangen, doch hier oben hatte man trotz der Dämmerung noch immer eine passable Sicht.
»Ein Paar befand sich auf dem Vorderdeck und hat beobachtet, wie etwas ins Wasser fiel. Etwas Großes. Sie waren sich nicht ganz sicher, klar. Aber sie glaubten, einen Menschen im Wasser gesehen zu haben.«
»Das ist ja schrecklich«, antwortete Hübner und sah Sinah an, die die Fassung behielt.
»Noch nie vorgekommen bei uns«, erläuterte sie Tom.
»Die Maschinen wurden sofort gestoppt«, erklärte Arnold, »aber …« Er schüttelte hilflos den Kopf. »Und so etwas auf der Weihnachtsreise.«
Natürlich. Tom war das bei dem Trubel völlig entfallen. Heute war der besinnlichste Tag des Jahres! Vor seinem Reiseantritt hatte er darüber räsoniert, wie wohl der Heilige Abend auf einem Kreuzfahrtschiff gefeiert wurde. Er selbst hatte sich nie viel aus Weihnachten gemacht – bis er Jenny kennengelernt hatte. Danach war eh alles anders gewesen.
Jenny hatte ihn *aus einem tiefen Loch herausgeholt*, wie sie es gerne ausgedrückte. Sein Leben hatte aus Karriere, Partys, Sauftouren und belanglosen Frauengeschichten bestanden. Mit seiner athletischen

Erscheinung und seiner charmanten Art war er bei der weiblichen Hälfte der Menschheit immer sehr gut angekommen, etwas, das er beruflich wie privat stets gut einzusetzen gewusst hatte und was seine Mutter immer, nicht ohne Stolz, belächelte. »Irgendwann wird eine kommen«, hatte sie immer prophezeit, »die wird's dir zeigen.« Sie hatte recht behalten. Jenny war anders gewesen. Sie hatte sich von seiner Attraktivität ebenso wenig beeindrucken lassen wie von seiner Lebemann-Masche. Je mehr er sich bemühte, desto kühler hatte sie reagiert. All seine hart erarbeiteten Verführungstricks waren an ihr abgeperlt wie Regen an der Windschutzscheibe. Es hatte ihn wahnsinnig gemacht, vor allem, als sie irgendwann tatsächlich mit ihm ausging und er für das Rendezvous alles aufbot, was ihm an Extravaganz einfiel. Der Abend hatte damit geendet, dass er im Auto ungeschickt versuchte, sie zu küssen, Jenny ihm aber gekonnt ausgewichen war. Er erinnerte sich gut, wie sie ihm noch einmal frech zublinzelte, bevor sie durch die Haustür verschwand und ihn im Wagen sitzen ließ, umgeben von ihrem berauschenden Duft. Noch bevor er sie endlich das erste Mal geküsst hatte, war er ihren Eltern vorgestellt worden. Zugegeben, es war Zufall gewesen und hatte nichts mit dem Kuss zu tun, aber dennoch seltsam für einen wie Tom, der den Besuch bei den Eltern einer Freundin vermied, solange es ging. Ihr Vater hatte ihn damals mit misstrauischen Blicken durchbohrt, doch Jennys Mutter war sofort nett zu ihm gewesen, und hatte gleich verstanden, was sie an ihm fand. Jedenfalls hatte Jenny das später so erzählt. Und obwohl sie nicht mehr da war, stand Tom noch immer eng in Kontakt mit ihren Eltern und telefonierte regelmäßig mit ihnen.
Er musste an den Moment ihres ersten Kusses denken. Er hatte ein bisschen gestottert und war nervös gewesen, ein Gefühl, das er seit er fünfzehn war nicht mehr gehabt hatte, als er zum allerersten Mal ein Mädchen küsste. Und Jenny hatte es genossen – genossen, ihn

so hilflos zu sehen. Dann war alles schnell gegangen. Der erste Sex, die tosenden Wochenenden im Bett, spontane Kurzreisen, Händchenhalten im Tierpark, dummtrunkenes Knutschen in der Kaufhausumkleide, durchbrochen von Phasen der Unsicherheit mit unnötigen Eifersuchtsszenen und unglaublich intensiven Versöhnungsnächten, wundervollen Grillabenden bei ihren Eltern, heimlichem Sex in deren Gartenlaube … das Zusammenziehen schon nach vier Monaten und die Verlobung und Heirat nach einem Dreivierteljahr.
Er schloss die Augen und senkte den Kopf. *Ach Jenny. Warum?*
Er holte tief Luft. Das war alles schon so lange her und noch immer konnte er es nicht fassen. Aber jetzt musste er sich zusammenreißen und seinen Job machen.
Als er die Augen wieder öffnete, erschrak er beinahe zu Tode: Er blickte in einen tiefen Abgrund.

***

Sarah Küpers hatte Wollmütze, Schal und Handschuhe angezogen, sich fest in ihren langen Wintermantel eingemummelt, ihre Thermoskanne geschnappt und war für die Mittagspause hinaus auf den Hof gegangen, um dort in der kalten aber frischen Luft ihr belegtes Brot zu essen, das sie sich von zu Hause mitgebracht hatte, weil die Kantine Weihnachten geschlossen war. Zufrieden saß sie mit ihrem wärmenden Tee in den Händen auf der kleinen Bank und freute sich an dem Anblick des bunt blinkenden Weihnachtsbäumchens, das im Innenhof von *GERMAN CRUISE LINES* aufgestellt war. Sarah war klar gewesen, dass sie kaum jemanden im Gebäude von GCL antreffen würde. Das war nun mal so, wenn man an Feiertagen Dienst hatte.
Es war kalt in Kiel am 24. Dezember und sie nahm schnell einen weiteren wärmenden Schluck. Sinah kam ihr in den Sinn: Sie schip-

perte gerade irgendwo in Asien herum, wo es sicher mehr als fünfundzwanzig Grad warm war. Doch heute war Heiligabend. Wenn sie daran dachte, dass sie nach Feierabend einen Abstecher auf den Kieler Weihnachtsmarkt machen und später zu ihren Eltern fahren würde, um mit ihnen besinnlich zu feiern, dann beneidete sie ihre beste Freundin kaum. *Tee und Glühwein schmecken besser als Mai Tai und Singapure Sling* dachte sie grinsend und hob ihre Teetasse. »Ich hoffe, dein Reporter ist nett, liebe Sinah«, sagte sie und trank.
Sarah war die Sekretärin und persönliche Assistentin von Bettina Rupp, *Director of Guest Service* von *GCL*. Vor einigen Wochen war die PR-Abteilung auf Bettina und sie zugekommen, weil eine namhafte Hamburger Zeitung einen ausführlichen Bericht über die Weihnachtsreise der *SOLARIA* bringen wollte. Gern hatte Bettina Rupp der Bitte entsprochen, dem Reporter möglichst viele Einblicke zu ermöglichen, und Generalmanager Arnold und Kapitän Buske informiert, damit diese sich darauf vorbereiten konnten. Dass Sinah die Kontaktperson von Tom Geyer sein sollte, war Sarahs Vorschlag gewesen. Nicht, weil Sarah ihrer Freundin ein wenig Abwechslung verschaffen wollte, sondern weil sie Sinah tatsächlich für die beste Wahl hielt.
Sie überlegte, wie spät es dort gerade war. Thailand hatte im Winter eine Zeitverschiebung von fünf Stunden, die Sonne dürfte dort bereits untergegangen sein.
Sarah fröstelte. Es war schon verdammt kalt hier. Der Kieler Hafen, an dem das Firmengebäude von GCL stand, war seit Tagen zugefroren.
Gerade wollte sie einen weiteren Schluck Tee nehmen, da klingelte es aus ihrer Manteltasche. Das Diensthandy? Merkwürdig. Sie hatte für die Pause das Festnetz umgeleitet, aber wer rief um diese Zeit an?
»Ich bin‘s. Fröhliche Weihnachten«, meldete sich zu ihrer Überraschung eine trockene, wohlbekannte Stimme.
»Bettina?«

»Wer sonst?«
»Kontrollieren Sie, ob ich auch arbeite?« Sarah lachte.
»Das kann ich sehen. Drehen Sie sich mal um.«
Als sie es tat, entdeckte sie ihre zierliche Chefin, die nicht einmal auf einen Meter sechzig Körpergröße kam, sofort an der Glasfront ihres beleuchteten Büros. Mit Telefon am Ohr und ernster Miene stand sie dort und blickte zu ihr herab.
»Was tun Sie hier?«
»Es gibt Arbeit. Die *SOLARIA* hat ein MOB-Signal gesendet.«
So schnell sie konnte packte Sarah ihr Picknick zusammen und rannte die Treppe zu ihrem Büro hinauf. Das musste ein Irrtum sein.

Doch im Büro angekommen bestätigte Bettina ihr erneut den Notruf des Schiffes. Sie war direkt aus ihrer nicht weit entfernten Wohnung ins Büro geeilt und hatte umgehend zwei weitere Kollegen informiert.
Mann über Bord! Sarah war fassungslos. Als Bettinas rechte Hand war sie unter anderem dafür zuständig, bei Ausnahmefällen wie der wetterbedingten Umroutung eines Schiffes oder dem Ausfall eines Liegeplatzes die Verantwortlichen zu benachrichtigen und in Absprache mit ihrer Chefin ein Blitzmeeting anzuberaumen.
Dafür gab es ein genau definiertes Prozedere. Je nach Fall entschied Bettina Rupp, wie groß der Kreis derjenigen sein sollte, die per Mail und parallel auf dem *Blackberry* kontaktiert und sofort in die Kieler Zentrale beordert wurden. Betraf die außergewöhnliche Lage lediglich den Hotelbereich, war der Kreis kleiner als in Fällen von nautischer oder sicherheitstechnischer Relevanz. Im aktuellen Fall hatte sie sofort entschieden, den vollen Umfang zu aktivieren. »Weihnachten hin oder her«, legte Bettina in ihrem typisch resoluten Ton fest, der niemals auch nur den Hauch einer Emotion verriet. »Meeting in einer Stunde, genau um halb drei im *Golden Gate*.«

***

Tom fasste sich langsam wieder. Er hatte sich in Gedanken an Jenny verloren und nicht bemerkt, dass in die Außennock eine Glasplatte in den Boden eingelassen war, auf der er die ganze Zeit mit beiden Beinen gestanden hatte.

Mit einem unauffälligen, aber doch großen Schritt trat er auf eine Stelle, die mit Teppichboden belegt war und sich angenehmer unter den Sohlen anfühlte. Seinen Blick jedoch konnte er kaum von den Wellen abwenden, die dort unten in der Tiefe zusammenschlugen. Er sah hinab in die Gischt und hatte das Gefühl, er baumle über einer Klippe, musste sich am Geländer festhalten.

»Ich bitte um Aufmerksamkeit«, ergriff Kapitän Buske das Wort und die Brückenoffiziere gingen in Habachtstellung.

Tom zwang sich, sich zu konzentrieren und genau zu beobachteten, was vor sich ging.

Man merkte dem Kapitän die Anspannung an, wenn auch weniger deutlich als dem Generalmanager neben ihnen, der nervös auf seiner Unterlippe kaute. »Es ist Ihnen allen bekannt: Wir haben einen möglichen MOB. Und wir müssen jetzt schnell handeln. Wir haben das oft geübt. Jetzt zeigt es sich, ob wir es im Ernstfall beherrschen. Das MRCC ist benachrichtigt, damit auch das Kieler Headoffice automatisch alarmiert. Der *Search-and-Rescue-Transponder* wurde sofort nach der Meldung ausgesetzt. Wir wissen jedoch nicht, wie viel Zeit bis dahin vergangen war, somit kennen wir nicht die Distanz zwischen der Boje und der eventuell zu rettenden Person.« Der Kapitän machte eine kurze Pause.

Tom wusste, dass mit MRCC das *Marine Rescue Coordination Center* gemeint war, welches bei allen Arten von Seenotfällen kontaktiert wurde und weltweit vernetzt war.

»Die kleine SART-Boje mit Lichtsignal und Navigationshilfe wird sofort von der Brücke aus ins Wasser geworfen, wenn jemand über Bord geht«, flüsterte Sinah Tom zu. »Um die ungefähre Position mit Abdrift bestimmen zu können. Offen bleibt, wie weit die Person von dem Transponder entfernt ist. Insofern ist es ein Lotterie-Spiel.«
»Es gibt zwei klassische Manöver, zwischen denen man in diesem Fall wählen kann«, fuhr der Kapitän fort. Neben ihm stand Sicherheitsoffizier Schneider, der gerade, so schien es Tom, lange die Mediamanagerin fixiert hatte. »Ich habe mich gegen die Quickstopp-Wende entschieden. Stattdessen fahren wir ein knappes Q-Manöver. Wir gehen jetzt vor den Wind, leiten einen Williams-Turn ein und kehren an den Ausgangspunkt zurück. Wir haben höchstens noch eine halbe Stunde eingeschränkte Sicht, Leute, dann ist es stockdunkel und wir können es vergessen. Also, das muss jetzt schnell gehen. Legen wir los.«
Die Offiziere sprengten auseinander. Der Italiener begab sich zurück an die Seekarten und auf beiden Seiten der Brücke postierte sich jeweils ein Matrose mit Fernglas.
»Wir hatten schnelle Fahrt. Es könnte sein, dass wir bereits über eine Seemeile entfernt sind«, erklärte Sinah Tom leise.
In diesem Augenblick blickte der Kapitän streng zu ihnen herüber und Tom erstarrte. »Läuft die Show noch im Theater?« Der Kapitän hatte sich an Julian Arnold gewandt, der hinter Tom stand.
Es war jedoch Hübner, der antwortete: »Ja, ich wollte erst einmal kein Aufsehen.«
»Sofort abbrechen. Es wird jetzt ruppig.«
Umgehend griff der Unterhaltungschef zum mobilen DECT-Telefon an seinem Gürtel und ging ein Stück beiseite.
Buske drehte sich zu einem Schaltpult, drückte einen Knopf und man hörte einen kurzen Gong. Noch einmal wandte er den Kopf zu ihnen, und Tom war sich sicher, dass dieser durchdringende Blick

nun definitiv ihm ganz allein galt. Dann setzte Buske seinen Mund an ein Mikrofon: »Verehrte Gäste, hier spricht Ihr Kapitän. Wir haben einen Notfall. Es könnte sein, dass eine Person über Bord gegangen ist. Deshalb müssen wir beidrehen und eine Suchaktion starten. Bitte machen Sie sich darauf gefasst, dass wir in wenigen Sekunden hart beidrehen und dabei in Seitenlage gehen. Keine Sorge, die Krängung wird nicht all zu stark. Bitte halten Sie sich fest, setzen Sie sich am besten hin und achten Sie darauf, dass Ihnen nichts auf den Kopf fällt. Dies ist keine Übung. Ich melde mich später wieder.«

Jetzt war es ausgesprochen. Tom konnte sich vorstellen, was nun auf dem Schiff los sein würde. Verängstigte Gäste würden das Personal ansprechen, sich an Stühle krampfen. Andere gerieten vielleicht in Panik, rannten trotz Warnung zu ihren Kabinen und stürzten, wenn der Kapitän das Ruder herumriss. Es würde Chaos ausbrechen. Aber das alles war jetzt unvermeidbar. Die Passagiere kannten wenigstens die Fakten und spekulierten nicht wild herum. Gäste, die sich gerade nicht bei ihren Mitreisenden aufhielten, würden wahrscheinlich auf die Suche gehen und schnell durchdrehen. Tom stellte sich Eltern vor, die ihrem Kind erlaubt hatten, sich allein auf den Weg zu machen, um an einer Bar ein Eis zu kaufen. An der Rezeption war jetzt sicher die Hölle los.

Das war auch Julian Arnold klar, der momentan wie wild telefonierte. Zunächst hatte er den Bar-Manager angerufen, dann die Chef-Rezeptionistin, nun hatte er den Hotelmanager an der Strippe. »Es werden sicher gleich viele Passagiere auf Deck fünf und elf an der Reling hängen. Ihr müsst unbedingt so viele Leute wie möglich dorthin schicken. Verteilt euch und beruhigt die Menschen. Der Service wird nur minimal beibehalten. Aber nicht ganz stoppen!«

Toms Aufmerksamkeit kehrte zurück zur Brücke. Hier herrschte im Gegensatz dazu nun völlige Stille, die nur durch einen gelegentli-

chen Befehl des Kapitäns unterbrochen wurde, der breitbeinig mit dem Staff-Captain an seiner Seite dastand und voraus blickte.
»Ruder hart Steuerbord, auf sechzig Grad und dann legen wir sie vor den Wind.« Staff-Captain Hardy Köpke drückte einige Knöpfe, gab etwas in den Computer ein und das Schiff drehte sich sofort, viel schneller und härter, als Tom es erwartet hatte. Er griff reflexartig wieder nach dem Handlauf.
Arnold und Hübner warfen sich einen erstaunten Blick zu und Sinah, die außer Reichweite des Holzgeländers um die Brückennock stand, ergriff Toms Oberarm, um nicht aus dem Gleichgewicht zu geraten. »Shit. Jetzt gab‘s im Restaurant sicher einige Scherben«, stieß sie leise aus.
»Norman, ich kann noch nicht sagen, ob wir die Person Luv oder Lee aufzunehmen versuchen. Bitte beide Rescue-Boote steuerbord und backbord vorbereiten.« Der Kapitän war nun in Fahrt, er kommandierte lautstark und entschlossen. »Wir peilen erst mal die SART-Boje an und sehen dann, ob wir von dieser Position aus auf Sicht etwas ausrichten können. Wenn nicht, müssen wir beide zu Wasser lassen und solange kreuzen, bis wir den Rettungsring entdecken, der einigermaßen schnell ins Wasser ging.«
»Aye, Kapitän!«, antwortet Sicherheitsoffizier Schneider mindestens ebenso zügig und lautstark und stürmte mit den Worten »LSA von der Brücke!« davon.
Tom war ein wenig enttäuscht, dass der Kapitän kein Steuerrad in der Hand hielt und herumriss. Natürlich funktionierte heutzutage alles über Computer, aber irgendwie hatte er erwartet, dass ein solches Schiff, wenn es nicht über Autopilot fuhr, dann doch über ein klassisches Steuerinstrument gelenkt wurde. Stattdessen wirkte es eher wie bei *Raumschiff Enterprise*: Captain Kirk gab Befehle und der Steuermann führte sie per Knopfdruck und Computer aus.
»Ruder hart über auf Gegenkurs«, gab Buske gerade Anweisung.

Tom ließ seinen Blick nicht von ihm. Sein Ton war bestimmt, aber ruhig. Er agierte ohne übertrieben militärisches Gehabe, doch es war ganz klar, dass auch auf einem zivilen Kreuzfahrtschiff nur einer das Sagen hatte: der Kapitän. Wie jedes andere Schiff hatte auch ein solcher Urlaubsdampfer eine streng hierarchische Struktur, die von Disziplin und Autorität geprägt war. Buske war vollkonzentriert und traf die Entscheidungen zügig und selbstbewusst. Seine Offiziere vertrauten ihm und folgten seinen Anweisungen.

»Peilung des Transponders?«

»Wir sind noch fünfhundert Meter entfernt, müssten ihn eigentlich trotz Seegang schon sehen können.«

»Halt sie gerade, zwei Grad mehr Steuerbord. – Ja, ist voraus!«

Tom spähte nach vorn und entdeckte tatsächlich die blinkende Boje rechts der Schiffsspitze, die zeitweise hinter den Wellen verschwand und dann wieder auftauchte. Bei dem Anblick wurde Tom erneut schlecht und er musste an den Passagier denken, der gerade ebenso durchs Meer schaukelte, mal über und mal unter dem Wasser – natürlich nur, wenn er nicht vom Aufprall bewusstlos geworden und sofort in die Tiefe gesunken war.

»Ist die Boje auf etwa ein bis zwei Uhr, drehen wir bei und fahren einen Nahezu-Aufschießer«, befahl der Kapitän mit den Augen am Fernglas. »Dann versuchen wir zu schätzen, wie weit er verdriftet sein könnte.«

»Der kann überall sein«, bemerkte Hübner neben Tom.

»Ruhe!«, stieß Buske mit scharfem Blick zu ihnen aus.

Tom sah wieder durch die Bodenscheibe. Unter ihnen schlug gerade erneut eine heftige Welle gegen die Schiffswand. Wie sollte sich jemand in diesen Fluten über Wasser halten? Dann spürte er, wie Sinah sich noch fester an seinen Oberarm klammerte. Er musste an Jenny denken. Manchmal war es vorgekommen, dass sie ihn überraschend am Oberarm gepackt hatte, um ihn in eine bestimmte Richtung zu ziehen, ihm etwas in einem Schaufenster zu zeigen, zu warnen, dass die Fußgängerampel gerade auf Rot gesprungen war, oder auch nur, um ihm für zwei Sekunden ihre Form von *Ich liebe dich* oder *Du gehörst mir und ich will dich jetzt haben* zuzuflüstern. Es waren Momente gewesen, in denen sie ihm mehr sagte, als in manchen Gesprächen über ihre Beziehung. Sinah jedoch wusste davon nichts und deshalb hatte Tom das Gefühl, gleich beiden Unrecht zu tun – weil er Sinahs Griff zuließ und weil er sie dafür benutzte, die Erinnerung an Jenny zu genießen.

Er veränderte seine Körperposition, was Sinah veranlasste, seinen Arm loszulassen, sich an die Brüstung zu begeben und dort festzuhalten.

»Zweihundert Meter voraus auf ein Uhr«, meldete der Staff-Captain.

»Gut«, kommentierte Buske. »Bring uns längsseits. Hat schon jemand den Rettungsring entdeckt?«

Zu den beiden Ferngläsern der Matrosen in den Flanken der Brücke und dem des Kapitäns gingen zwei weitere nach oben.

»Verdammt!«, stieß Staff-Captain Köpke aus, »das ist nicht so einfach – selbst bei dem geringen Seegang.«

»Und die Sicht wird von Minute zu Minute schlechter«, setzte Kapitän Buske frustriert hinzu.

***

Das fing ja gut an.

Angelika Carstensen nahm einen kräftigen Schluck aus ihrem Glas. Ihre Mutter und sie waren beide zum ersten Mal an Bord eines solchen Schiffes und Angelika eigentlich bis vor einer Dreiviertelstunde sehr froh gewesen, ihr diese Reise zum fünfundsiebzigsten Geburtstag geschenkt zu haben. Ihre Mutter war in den letzten Jahren nicht mehr viel aus der Hansestadt herausgekommen und hatte sich auch lange gesträubt, dieses Geschenk überhaupt anzunehmen. Doch Angelika hatte sie mit sanftem Druck dazu genötigt: »Die Reise ist bereits bezahlt und verfällt sonst. Und alleine gehe ich nicht.« Das hatte am Ende bei der alten Dame gezogen und sie konnte ihre Freude an dem *Rummel*, wie sie die Offiziersvorstellung bezeichnet hatte, trotz der Anstrengungen des langen Fluges nur wenig verbergen. – Auch wenn sie es leugnete: Angelikas Mutter war eine typische Person der Nachkriegsgeneration, sparsam, obwohl sie es mit ihrer Rente nicht unbedingt nötig hatte, und gönnte sich nur selten etwas. Deshalb musste sie ab und an sanft dazu genötigt werden, hatte dann aber ihre Freude daran.

Angelika nahm einen erneuten Schluck und sah hinaus aufs Meer. Das war doch aussichtslos! Bald war es stockdunkel.

Sie hatte ihre Mutter auf die Kabine bringen müssen, so sehr hatte diese sich aufgeregt. Die erneute Unterbrechung der Theatershow und die darauffolgende Durchsage des Kapitäns, der kurz zuvor noch auf der Bühne gestanden und eine so wundervolle Begrüßungsrede gehalten hatte, hatte großen Tumult im Publikum verursacht. Gäste waren aufgesprungen und zu den Glasscheiben gerannt, um etwas zu entdecken. Eine Frau rief lauthals nach ihrem Mann und erst als dieser sich ebenso laut von der Bar aus meldete, beruhigte sie sich wieder. Angelikas schwerhörige Mutter hatte nur die Hälfte der Durchsage gehört, jedoch verstanden, um was es ging. Die Vorstellung, ein Passagier sei während der Weihnachtsgala über Bord gegangen, hatte eine furchtbare Wirkung gehabt. Als ihre Mutter eingeschlafen war hatte Angelika sich in den Außenbereich einer Bar begeben, um dort einen Drink zu sich zu nehmen und abzuwarten, wie das Drama nun weiterging.

Es war kaum noch etwas zu sehen. Die Nacht legte sich unerbittlich über die See. Wie wollten die bei diesen Sichtverhältnissen jemanden finden?
»Sieht nicht gut aus für den armen Kerl«, kommentierte der Barkeeper, der seinen Hals hinter der Theke reckte, um ebenfalls etwas mitzubekommen.
»Hin ist hin«, erwiderte Angelika. »Hätte auch noch bis Koh Samui warten können, mit dem Schwimmengehen. Die Strände sollen traumhaft sein.«
Der Barkeeper musste lachen. »Stimmt allerdings«, erwiderte er mit deutlichem Berliner Dialekt. »Das zweite, meine ich, mit den Stränden.«
Nun musste Angelika lachen. »Die Frage für mich ist eher: Ist er gesprungen oder war er einfach nur sturzbesoffen?«
»Beides schrecklich«, antwortet er.
Gelangweilt zog Angelika an ihrer Zigarette und blies den Dunst in den dunklen Himmel. Dann nahm sie einen erneuten Schluck. Die Suchscheinwerfer flogen wie irre gewordene Glühwürmer über die schwarze See.
»So richtig Spannung kommt bei dem Tragödienstück nicht auf. Die Weihnachtsgala wäre mir lieber gewesen. Also, Ronny, ick nehm ma‘ noch einen«, ahmte sie seinen Berliner Dialekt nach.
»Is jut«, erwiderte er.
Der Barkeeper musste erneut lachen, verschluckte sich jedoch daran, als er den bösen Blick des Hotelmanagers am Ende des Tresens entdeckte. Sofort eilte er zu ihm.
»Findest du das witzig, Ronny?«, fragte Wulfert.
»Nee, nee«, antwortete dieser schnell.
»Dann darf ich jetzt also auch mal bestellen«, bemerkte er mit übertriebener Höflichkeit, die nicht wirklich verbarg, wie genervt er war.

Angelika erkannte auch recht schnell, warum: Neben dem Hotelmanager, der ihr bereits bei der Offiziersvorstellung positiv aufgefallen war, stand ein aufgebrachter Gast, dem Wulfert gerade ein Glas Sekt spendierte und der unentwegt auf ihn einredete und dabei immer lauter wurde:
»Es ist doch nicht so schwierig, Tomatensaft auf ein solches Schiff zu bringen. Sonst haben Sie doch auch alles hier.«
»Sicher«, antwortete Wulfert beschwichtigend, auch wenn die Halsschlagader des Hotelmanagers sichtbar anschwoll.
»Also, warum sparen Sie dann ausgerechnet an den Basics?«, erwiderte sein Gegenüber.
»Spaaaren, Spaaaren ...« Wulfert zog das Wort ironisch in die Länge. »Wir sparen nicht. Aber es ist aus operativen Gründen nicht so einfach, an jeder Bar eine Bloody Mary zu mixen.«
»Wo liegt das Problem?«, echauffierte sich der füllige Gast, der sich offensichtlich schon einen Sonnenbrand zugezogen hatte.
»Da kommt Ihr Gläschen Sekt, Herr Franzke.« Stinkfreundlich versuchte Wulfert ihn ein wenig abzulenken.
Doch dieser ließ sich nicht beirren: »Ich will aber eine Bloody Mary.«
»Trinken Sie eben einen verdammten Wodka-Blutorange«, mischte sich Angelika von der Seite ein. »Wo liegt das Problem?«
Im Rücken des Gastes, der sich zu ihr umgedreht hatte, musste Wulfert fast lachen.
»Was geht Sie das an?«
»Es geht mich gar nichts an«, antwortet Angelika gleichgültig. »Ich habe das eh nie verstanden. Sie etwa?«, fragte sie mit Blick zu dem Hotelmanager. »Was finden die Leute eigentlich an diesem Gesöff? Das ganze Jahr über trinkt keine Sau Tomatensaft oder Bloody Mary. Und dann sitzen sie in einem Flugzeug in den Urlaub, gerieren sich plötzlich wie neureiche Lottogewinner und anstatt mal einen

scheißteuren *Dom Pérignon* zu saufen, bestellen sie dieses Zeug, weil es nichts kostet und sie mal in einem schlechten Achtzigerjahre-Agentenfilm gesehen haben, dass der Lebemann das so tut.« Sie kicherte und nahm einen Schluck aus ihrem Glas.
Der dicke Franzke schnappte mit rotem Kopf nach Luft und wusste offensichtlich nicht, was er darauf antworten sollte. Es dauerte einige Sekunden, bis er sich wieder gefangen hatte. »Also ich trinke regelmäßig Bloody Mary. Und ich bin hier Gast und darf doch wohl, wenn mir etwas fehlt oder am Service auffällt, eine Anmerkung machen.«
Angelika hatte ihren Blick wieder aufs Meer gerichtet, wo sich allerdings nichts Interessantes ereignete.
»Wir können schlicht nicht an jeder Bar offenen Tomatensaft lagern, weil er nur ganz selten bestellt und auch sehr schnell schlecht wird«, erläuterte Wulfert dem schnaubenden Franzke, der ihn kopfschüttelnd seinen Satz nicht einmal ganz beenden ließ und gleich atemlos einfiel:
»Also ich sehe schon, Sie wollen mir nicht helfen. Es ist ihnen offensichtlich egal, dass ich in meinem verdienten Urlaub bei Ihnen nicht meine Wünsche erfüllt bekomme.«
»Herr Franzke, es ist mir sogar sehr wichtig«, antwortete Wulfert, dem anzusehen war, wie er innerlich kochte.
»Aber?«, fragte Franzke blitzschnell und mit einem derart ironischen Ton, dass Angelika sich nicht beherrschen konnte:
»Aaaber … da draußen treibt verdammt nochmal vielleicht gerade die Leiche eines seiner Gäste. Glauben Sie nicht, dass der Hotelmanager etwas anderes im Kopf hat, als sich um Ihre bescheuerte Regelblutung zu kümmern?«, fauchte sie.
Franzkes Augen weiteten sich vor Empörung und er vergaß für einige Sekunden völlig das Atmen. Als er es bemerkte, schnappte er nach Luft, starrte zunächst sie erbost an, dann den Hotelmanager und

dann schüttete er das Glas Sekt in sich hinein, stellte es auf die Theke, drehte auf dem Absatz um und tappte ohne ein weiteres Wort davon.
Wulfert lachte erleichtert, als Franzke die Bar verlassen hatte. »Danke.«
Er hob sein Sektglas in Angelikas Richtung und sie erwiderte die Geste.
»Ich konnte nicht anders.« Sie nahm einen großen Schluck und lehrte damit ihr Glas. »Solche Leute machen mich krank. Sollen doch einfach mal Urlaub machen. Aber für Sie ist das sicher Routine.«
»Na ja, es gibt immer Gäste, die spezielle Wünsche haben.«
Angelika hob ihr leeres Glas in Richtung Barkeeper, der ihr zunickte und sofort begann, ihr einen neuen Drink zu mixen.
»Der geht auf mich«, bestimmte Wulfert sofort.
Als sie das Glas gerade an den Mund setzte, machte das Schiff ein erneutes überraschendes Manöver.

***

»Wind von dreißig Grad backbord. Er müsste eigentlich in unsere Richtung getrieben sein. Alle Maschinen stopp«, entschied Buske und ergriff das Walkie-Talkie, das vor ihm auf der Manöverstation bereitstand.
»LSA für Brücke.« Aus dem Funkgerät ertönte die Stimme von Norman Schneider.
»LSA hört.«
»Sind die Rescue-Boote bereit?«
Der Sicherheitsoffizier bestätigte mit durchs Funkgerät verzerrter Stimme. Wenn Tom den Schnellkurs, den er sich hatte verabreichen lassen, richtig in Erinnerung hatte, waren diese Boote einzig für

solche Einsätze gedacht. Sie hatten nur Platz für einige Personen, waren wie kleine Schnellboote und konnten zügig zu Wasser gelassen werden.
»Haltet euch bereit, beide auszusetzen«, antwortete ihm der Kapitän und presste schon wieder das Fernglas vor seine Augen. »Entweder ist er auf dreißig Grad backbord, vermute ich, oder er müsste auf Steuerbord direkt zu sehen sein.«
Geschlossen blickten sie auf die immer dunkler werdende See – die Brückenbesatzung mit ihren Sichthilfen, alle anderen Anwesenden ohne. Auch Tom verlor einen kleinen inneren Kampf und stierte mit zusammengekniffenen Augen aufs Meer hinaus.
Sah man genauer hin und beobachtete eine Weile das Wasser, wurde einem erst klar, wie rau die See momentan war. Es war wie mit einem Bild der Impressionisten: Solange man nicht einzelne Regionen, sondern aus der entfernten Höhe das Gesamtensemble mit Horizont fokussierte, erschien es einem eher romantisch vor sich hin schwappend. Nahm man jedoch nur einen kleinen Ausschnitt aufs Korn und stellte sich vor, man treibe gerade in diesen Wellen, wurden sie zu einer Armee reißender Ungeheuer. Hie und da gab es kleine Ruhepunkte, dann aber stießen wieder zwei Wassermassen aufeinander und die Gischt spritze meterweit nach oben. Sollte die Person vom Aufprall verletzt worden sein oder gar etwas benommen, dann glaubte er nicht daran, dass sie sich länger als ein paar Minuten hätte über Wasser halten können. Die einzig realistische Chance war, dass sie es zu dem Rettungsring geschafft hatte. Ansonsten war es aussichtslos.
Auf der Brücke herrschte angespannte Stille. Stumm blickten alle, in der Hoffnung, etwas zu entdecken, aufs Meer hinaus. Tom ertappte sich dabei, dass er zu atmen vergaß. Irgendwo da draußen musste er sein und um sein Leben kämpfen – oder er hatte diesen Kampf längst verloren.

»Fünfundvierzig Grad steuerbord und kleine Fahrt voraus«, befahl der Kapitän fast flüsternd, ohne das Glas zu senken. »Aber ganz langsam.«

Nervös kaute Arnold neben Tom auf seiner Unterlippe. Sein Kollege Hübner stand mit dem Rücken zur Brücke, die Hände auf dem Geländer und so nah mit dem Gesicht an der Scheibe, dass seine Nase sie beinahe berührte. Die Sekunden verrannen fast hörbar. Tom hatte den Eindruck, als spüre er ein kleines Hämmerchen im Nacken, das Schlag um Schlag dagegen donnerte.

Nichts. Da draußen war nichts als Wasser. Sie hatten die blinkende Positionsboje schon längst auf der linken Seite des Schiffes passiert. Langsam und unaufhaltsam glitt das Schiff durch die Wellen – unbeeindruckt von den hochschlagenden Wassermassen – und mit jeder Sekunde schwand die Chance, dass sie den Passagier noch finden würden.

Scheinbar ruhig schien der Staff-Captain neben Buske zu stehen, doch Tom sah an ihm hinab und bemerkte, dass er mit seinem rechten Fuß die Sekunden im Takt mitschlug.

Tom ließ die Zunge über seine Lippen gleiten. Seine Kehle war trocken und er hätte am liebsten gehustet, wagte aber nur ein fast lautloses Räuspern. *Da ist nichts, verdammt. Gar nichts.*

Tom drehte sich behutsam zu Sinah um, die seinen hilflosen Blick erwiderte und die Augenbrauen nach oben zog. Lange sahen sie sich an und Tom bemerkte in dem Moment, als sie ihren Blick wieder von ihm ab und auf die See hinaus wandte, dass sie dieselbe Augenfarbe wie Jenny hatte.

Gerade wollte er sich wieder umdrehen, als er durch die langen blonden Haare der Mediamanagerin hindurch etwas Orangenes erblickte. Er hielt in der Drehbewegung inne, verlagerte seinen Körper etwas zur Seite, um an ihr vorbeisehen zu können, und glaubte einen kurzen Moment lang, dort draußen einen hellen Punkt zu entdecken, der jedoch in diesem Moment verschwand. »Da, was war das?« Seine gekeuchten Worte klangen tonlos und heißer. War da wirklich etwas gewesen oder hatten sich nur Sinahs Haare etwas merkwürdig gekräuselt?

Tom eilte an die hintere Glaswand der Nock. Sinah hatte sich zu ihm umgedreht und auch der Generalmanager und der Eventmanager waren sofort neben ihnen.

»Was?«, fragte Arnold.

»Ich dachte, ich hätte etwas gesehen«, kam es zweifelnd aus Tom.

In diesem Moment stand bereits der Staff-Captain neben ihm. »Wo?«

Tom zeigte schweigend mit seinem Arm die Richtung an und stierte ins Leere hinaus. Nein, da war nichts, oder?

Köpke suchte mit dem Feldstecher, konnte jedoch nichts erkennen. »Wie weit entfernt?«

Tom konnte das beim besten Willen nicht einschätzen und zuckte mit den Schultern.

»Klar.« Das klang abfällig, konnte aber auch nur Stress sein.

»Da!«, stieß Sinah aus und wies in eine Richtung schräg hinter dem Schiff.

Und tatsächlich, in diesem Moment tauchte hinter einer Welle deutlich sichtbar ein orangener Fleck im Wasser auf.

»Ja, da ist der Rettungsring!«, bestätigte Köpke lauthals.

Buske trat schnell hinzu: »Nur der Ring oder ist jemand zu sehen?«

Köpke visierte das Objekt mit seinem Feldstecher an. »Dreihunderfünfzig Meter, circa. Hm. Moment. Ja! Ich kann etwas erkennen! Da hängt etwas im Ring! Da ist jemand!!«

»Mein Gott! Alle Maschinen stopp!«, rief Kapitän Buske.

***

»Noch einen Wodka-Orange?«

Die Frage des Barkeepers kam überraschend für Angelika, die sich voll auf das Schnellboot dort draußen konzentrierte. Soweit sie erkennen konnte, wurde soeben ein Körper in einem Rettungsring aus dem Wasser gezogen. Das stählerne Mondlicht wurde von Suchscheinwerfern durchbrochen, die das Rettungsteam unterstützen.

»So schlapp wie der ist, kann man ihm nur wünschen, dass er wirklich ganz hinüber ist und nicht nur dreiviertel.«

Wulfert sah sie verwundert an, doch sie ließ sich nichts anmerken und beobachtete weiter das Geschehen.

Inzwischen hatten da draußen zwei Matrosen die geborgene Person gesichert und kümmerten sich um sie. Angelika konnte nicht erkennen, ob sie ihn beatmeten. Es war zu weit entfernt, auch zu düster.

»Glauben Sie, man kann ihm noch helfen?«

»Kann man schwer sagen«, entgegnete der Hotelmanager.

Gemeinsam beobachteten sie, wie der Sicherheitsoffizier das kleine Boot in Richtung der *SOLARIA* steuerte, während er gleichzeitig in ein Handfunkgerät sprach. Hinter ihm hielten die zwei Matrosen den Körper des Verunglückten fest. Es sah aus, als wäre er komplett nackt. Würde man sich ausziehen, wenn man sich im Wasser das Leben nahm?

Angelika mussten sich ein wenig strecken, um über die Reling hinweg noch in das kleine Boot sehen zu können, das sich nun langsam dem Schiff näherte. »Jetzt bringen sie ihn.«

»Ja«, erwiderte Wulfert ernst.

»Glauben Sie, es war ein Suizidversuch?«, fragte Angelika.

»Was sonst?«

«Zumindest recht beliebt um Weihnachten. Oder ein Unfall. Zu viel Bloody Mary und dann über die Reling gestürzt.«

Wulfert schüttelte den Kopf. »Kam noch nie vor. So einfach fällt man nicht über Bord.«
Angelika konnte nun einen deutlicheren Blick auf den Verunglückten werfen und erkannte, dass er gar nicht nackt war. Er war komplett in weiß gekleidet und durch die Nässe hatte es nur so ausgesehen. Und jetzt entdeckte sie auch deutlich die Schulterklappen.
»Das ist jemand von der Besatzung!«, stieß sie aus.
»Was?«
Wulfert ging ganz an die Reling und sie folgte ihm.
Gerade steuerte der Offizier das Boot vorsichtig an die Außenwand der *SOLARIA*. Einer der Matrosen warf ein Seil zum Schiff, jedoch zu kurz, sodass er es nochmals einholen und es erneut versuchen musste.
»Sie haben recht«, stieß Wulfert aus.
Jetzt hatte ein Kollege unten das Seil erwischt und das Boot wurde seitlich an das Schiff herangezogen.
»Wer ist das?«, erkundigte sie sich.
»Kann ich nicht erkennen.«
Sie mussten sich nun beide weit über die Brüstung lehnen, um noch etwas sehen zu können. Die Matrosen hoben den schlaffen Körper an und versuchten, ihn ins Schiff zu hieven. Das war nicht so einfach, denn die Wellen hoben und senkten das kleine Rescue-Boot.
»Er hat seine Schuhe noch an«, stellte Wulfert zu ihrer Verwunderung fest.
»Ja und?«
»Ich habe in meinen über zwanzig Jahren Seefahrt schon einiges gehört und gesehen. Menschen, die von Bord springen, ziehen sich vorher meistens die Schuhe aus.«
Angelika zog die Augenbrauen nach oben. »Was die Leute sich dabei denken.« Sie sah sich Wulfert genau an. Der Mann gefiel ihr.
»Oder eben weder Selbstmord noch Unfall.«

»Wie meinen Sie das?«, fragte Wulfert, dem sofort die Antwort klar wurde. »Das ist nicht Ihr Ernst.«
»Das sind die drei Optionen, nicht wahr?« Angelika sah ihm tief in die Augen, hinter denen es gerade zu ticken begann.
Er nickte anerkennend. »Immer gerade raus.«
»Mein Lebensmotto.«
»Auch eines der meinen.«
»Bei der Marine sicher nicht immer karriereförderlich«, erwiderte sie lächelnd.

***

Die Verabschiedung von der Brücke und den beiden davoneilenden Gastgebern verlief sehr kurz. Noch im Gang fing Arnold an, seinem Unterhaltungschef Anweisungen zu geben, was nun zu geschehen hatte. Die abgebrochene Weihnachtsgala sollte nachgeholt werden. »Geh auf die Bühne«, befahl Arnold, »sag, dass wir alles Menschenmögliche tun und die Gala später zeigen. Ansonsten müssen wir abwarten.« Dann eilte er mit einem »Bis später!«, davon, ohne sich noch einmal umzusehen.
Hübner fing sofort an zu telefonieren, um alle zu informieren. Dann nahm er Sinah beiseite und gab ihr einige Anweisungen, danach wandte er sich hektisch an Tom: »Tom, es tut mir leid, dass Ihr Besuch von einem so unerfreulichen Vorfall überschattet wird. Ich bin mir sicher, Sie werden trotzdem noch eine interessante und schöne Reise erleben.«
Tom nickte abwesend. Er war noch immer geschockt von den Ereignissen der letzten Stunde – und von der Szene, die sich ereignet hatte, bevor sie die Brücke verlassen hatten, denn als Arnold gerade die Schleusentür öffnen wollte, hatte der Staff-Captain den Gene-

ralmanager aufgehalten: »Julian, wir müssen uns später einmal in Ruhe unterhalten …« Das Folgende hatte Tom, obwohl leise gesprochen, gut verstanden: »Ich weiß, Herr Geyer hat alle Freiheiten, aber wir müssen für den Bordbetrieb genauer definieren, was das heißt. Die an Land stellen sich das manchmal so einfach vor und die Presseabteilung nimmt die Sicherheitsbestimmungen vielleicht etwas auf die leichte Schulter, aber wir hier an Bord brauchen klare Regeln.« Arnold hatte sofort zugestimmt: »Ist mir klar. Wir werden uns zusammensetzen. Das ist in unser aller Interesse«, gab Arnold zurück. Köpke war erst einmal zufrieden und überraschte Tom mit einem festen Händedruck. »Wir sehen uns ja sicher noch, Herr Geyer.«

Tom hatte ein mulmiges Gefühl und diesmal lag es definitiv nicht an der Seekrankheit. Verloren stand er auf einer offenen Fläche im Sportbereich, die für Aerobik- und Spinningkurse genutzt wurde, wie er gestern beobachtet hatte. Erschöpft ging er zu der Glasfont, die an der Seite den Blick nach draußen öffnete, und setze sich auf eine Bank. Er war froh, ein wenig alleine zu sein. Er war müde und fühlte sich matt.

Als gelernter Reporter erlebte man solche Ereignisse stets doppelt: Zunächst auf der Ebene, auf der sie alle wahrnahmen, als Episode des Lebens, in der etwas Besonderes, etwas emotional Bewegendes passierte. Ein neuer, erinnerungswürdiger Moment im Leben eines Menschen, wie der Hochzeitstag, die Geburt eines Kindes, das Auslaufen eines Schiffes aus einem wunderschönen Hafen oder eben ein unerwarteter schrecklicher Unfall. Bei seiner Profession kam allerdings noch eine Ebene hinzu, nämlich die der medialen Verarbeitung. Bei allen Ereignissen von größerem Interesse lief bei ihm, wie bei jedem routinierten Medienmenschen, sofort die innere Maschinerie an: *Was passiert hier genau? Wie agieren die verantwortlichen Personen? Wie würde ich den Artikel anlegen? Was*

müsste alles erwähnt werden? Wo und was recherchiere ich? Wie soll die Headline lauten? Benötige ich Fotos? Hat jemand der Akteure versagt ...
Er war hierfür nicht an Bord gekommen, es war nicht sein Auftrag, aber das ließ sich nicht abstellen – Berufskrankheit. Kein guter Journalist ließ sich davon abhalten, dem brüllenden Lockruf einer Story zu folgen.
Eine Welle traf das wieder losgefahrene Schiff von der Seite und es machte eine starke, ruckartige Bewegung. Tom stand langsam und vorsichtig auf. Sein Magen fühlte sich steinern an und er musste einen Würgereiz unterdrücken.
In diesem Moment erklang der Klingelton und der Kapitän meldete sich mit einer Durchsage: »Liebe Gäste, viele von Ihnen werden es mitbekommen haben: Wir haben soeben die vermisste Person an Bord geholt und ins Hospital gebracht. Sie brauchen sich keine Sorgen mehr zu machen. Die Bergung ist reibungslos verlaufen und es geht ihr den Umständen entsprechend gut. Wir werden nun unsere Reise fortsetzen und haben wieder Kurs auf Koh Samui genommen. Es ist uns aufgrund der dramatischen Ereignisse schwergefallen, aber wir wollen Ihnen die versprochene Weihnachtsgala nicht vorenthalten. Deshalb darf ich Sie herzlich einladen, um 21:00 Uhr ins Theater zu kommen. Ich wünsche Ihnen – trotz allem – einen schönen Heiligabend.«
Den ›Umständen entsprechend‹ gut? So hatte das von der Brücke aus gar nicht ausgesehen. Tom fand die Formulierung infam. Das konnte doch nicht sein Ernst sein! Ihm war bewusst, dass der Kapitän die Gäste nicht beunruhigen wollte und eine gewisse Schweigeverpflichtung hatte, aber der Reporter in ihm wehrte sich dagegen. Die Menschen hatten das Recht, die Wahrheit zu erfahren. Er bezweifelte jedenfalls, dass der sicher fähige Arzt den Verunglückten noch retten konnte.

Wieder beugte sich sein Magen und er konnte nicht sagen, ob es wirklich nur der Seegang oder noch etwas anderes war. Jedenfalls entschied er, seine Seekrankheit sei just in diesem Moment noch einmal schlimmer geworden. Er musste ins Hospital, um sich dort etwas verabreichen zu lassen. Und zwar sofort.

***

Eisblumen zogen sich am Fenster hinunter wie kristallisierte Tränen. Es sah friedlich aus in dem verschneiten Innenhof, dort draußen hinter der Glasfront des Kieler Kontrollzentrums. Auch wenn der Himmel mit grauschweren Wolken verhangen war und der Ostwind das bunt beleuchtete Weihnachtsbäumchen in Schieflage zwang.
Im Gebäude von *GERMAN CRUISE LINES* war dagegen die Hölle los. Das *Golden Gate*, wie das Kontrollzentrum von den meisten genannt wurde, hatte sich binnen einer Dreiviertelstunde in einen überfüllten Jahrmarkt verwandelt, wie ihn Sarah Küpers noch nie hier gesehen hatte. Selbst damals nicht, als 2010 in Island der Vulkanausbruch alle Flugverbindungen lahmgelegt hatte und Tausende Passagiere umgebucht oder mit Bussen aus ganz Europa nach Hause transportiert werden mussten.
Natürlich hatte es in den zehn Jahren, in denen Sarah nun bei der Firma tätig war, schon den ein oder anderen Unfall an Bord gegeben, aber noch nie einen tödlichen und noch dazu so mysteriösen. Und kein einziges Mal einen realen Fall von MOB. – Es war noch niemals vorgekommen, dass ein Passagier oder ein Crewmitglied über Bord gegangen war; in der ganzen siebzehnjährigen Firmengeschichte nicht. – Ein Offizier über Bord gegangen? Und das am Heiligabend? Ob Umweltoffizier Fielmann verheiratet war, Kinder hatte? Eine ganz entsetzliche Vorstellung!

Die meisten der dreiundvierzig Personen, die Sarah mit schlechtem Gewissen aus dem Feiertag und von ihren Familien weggerissen hatte, waren bereits eingetroffen und standen mit Kaffeetassen in der Hand im *Golden Gate*. Sie diskutierten in kleineren Gruppen oder hatten sich bereits an ihren Platz gesetzt, telefonierten, checkten ihre E-Mails auf dem *Blackberry* oder naschten eines der Weihnachtsplätzchen, die Sarah noch schnell organisiert hatte, um wenigstens etwas da zu haben.
Die wichtigsten Leute der *Shore-Operation*, die für die Landausflüge verantwortlich waren und sich natürlich brennend dafür interessierten, ob es eine Routenänderung gab und die Touren umorganisiert werden mussten, waren da. Außerdem die Chefs des Hotelbereichs sowie der Nautik, der Vizepräsident, dann der landseitige Vorgesetzte der Umweltoffiziere und natürlich auch Daniel Schmücker, der Oberkommandeur der Flotte, der Kapitän der Kapitäne sozusagen, der zugleich *Head of Crisis Management* war. Schmücker stand vor dem mächtigen Kontrollmonitor und beobachtete die Bewegungen der Flotte.
Nur zwei fehlten noch im *Golden Gate*: ausgerechnet der oberste Chef für Sicherheitsfragen, *Director Maritime Management* Patrick Müller, und Sarahs Chefin, Bettina Rupp, die sich in ihr Büro zurückgezogen hatte. Sarah beschloss, zu ihr zu gehen, um sie zu fragen, wann das Meeting beginnen sollte.
Doch Bettina war nicht da und darum ging Sarah erst einmal nach nebenan in ihr eigenes Büro. Bei solchen Aktionen war es immer dasselbe: Man kam mit dem Tagesgeschäft ins Hintertreffen. Alles konzentrierte sich für kurze Zeit auf den einen Fall beziehungsweise das eine Schiff. Die Firma hatte mittlerweile jedoch insgesamt vierzehn Schiffe, die überall auf der Welt unterwegs waren, sodass zu jeder Tages- und Nachtzeit E-Mails oder gar Anrufe eingingen. Während also gerade ein Notfall wie dieser gemanagt wurde, hatte

man immer im Hinterkopf, dass sich zur selben Zeit E-Mails im Postfach anhäuften und man die kommenden zwei Tage damit beschäftigt sein würde, das wieder aufzuholen.
Sarah überprüfte rasch ihre Nachrichten und stellte erfreut fest, dass zwar einundzwanzig eingegangen, viele davon jedoch nur Bestätigungen des anberaumten Blitzmeetings waren, neben einigen Nachrichten, die Zeit bis nach dem Meeting hatten.
Doch wo war Bettina? Nervös tippte Sarah mit dem Fingernagel auf ihre Maus, überflog die Eingänge erneut und löschte einige. Sie war müde. Die Organisation des Blitzmeetings, vor allem aber die Aufregung wegen des MOB auf der *SOLARIA*, nahmen sie mit. Wie würden sie verfahren? Bettina Rupp und Daniel Schmücker, der Crisis-Manager, hatten nicht nur zu entscheiden, wie man mit der Presse umgehen würde, sondern auch, wer die Angehörigen benachrichtigte und ob man die Reise überhaupt fortsetzte.
»Sind alle da?«, fragte Bettina, die plötzlich in der Verbindungstür zwischen ihren Büros stand.
»Ja, warten alle ungeduldig«, sagte Sarah.
Bettina rollte mit den Augen. »Ich musste mich noch kurz mit Patrick besprechen.«
»Hallo, Frau Küpers«, begrüßte Patrick Müller sie und schüttelte ihr die Hand.
Sarah hatte den sympathischen und kompetenten Müller selten so ernst gesehen. »Schlimme Sache, diesmal«, meinte sie.
»Das können Sie laut sagen.«
Bettina nickte. »Dann lieber zehnmal Sandy«, sagte sie und Sarah konnte ihr nur zustimmen.
2012 hatte der Hurricane *Sandy* die *GCL* GRACIELLA zu einer Änderung der Fahrtroute gezwungen. In New York hatte eigentlich ein Passagierwechsel angestanden, doch das Schiff war förmlich vor dem Sturm geflüchtet, weil der New Yorker Hafen geschlossen

worden war. Der geplante Reisewechsel war stattdessen in Miami durchgeführt worden. Sämtliche Flüge hatten umgebucht und Hotelzimmer im Großraum Miami organisiert werden müssen. Zwei Nächte hatten sie wegen der Umroutung im Büro auf dem Boden übernachtet. Bettina, so war es Sarah zumindest vorgekommen, hatte damals komplett durchgearbeitet. Nach der ganzen Aktion hatte Sarah ihrer Chefin gesagt, wie sehr sie sie bewunderte, ihre Geradlinigkeit und Fähigkeit, bestimmt und selbstsicher auch unpopuläre Entscheidungen zu treffen und zu vertreten. Nachts um vier hatte Bettina plötzlich eine Flasche Champagner angeschleppt und ihr das *Du* angeboten. Den Champagner hatten sie zusammen getrunken, doch es war Sarah einfach unmöglich gewesen, Bettina Rupp zu duzen, und so hatten sie sich darauf geeinigt, beim *Sie* mit Vornamen zu bleiben. Doch bis heute konnte sie sich selbst daran nicht gewöhnen, die resolute Bettina mit ihrem Vornamen anzusprechen.

»Geben Sie mir zwei Minuten, Sarah«, bat diese nun. »Ich muss noch einige Unterlagen zusammensuchen.« Sie verschwand in ihrem Büro.

Während Müller abwesend aus dem Fenster sah, nahm Sarah rasch den Stapel Briefe in die Hand, der auf ihrem Schreibtisch lag und sich in den letzten Tagen angesammelt hatte. Die ersten drei waren definitiv unwichtig. Sie legte sie zur Seite, um sie später zu öffnen und wahrscheinlich direkt in den Müll zu werfen. Dann kam ein Brief aus Hamburg, wo die Eventabteilung von GCL angesiedelt war, den sie öffnete und überflog. Der Vorgang hatte jedoch Zeit und sie würde ihn Bettina nach den Feiertagen vorlegen. Als sie den restlichen Stapel ergriff, fiel ihr ein brauner DIN-A5-Umschlag auf, der nicht ordentlich beschriftet war.

»Was ist jetzt, gehen wir?«, rief Bettina aus dem Nebenzimmer, schien aber selbst noch nicht ganz fertig zu sein.

»Eine Sekunde«, antwortet Sarah.
Müller stand im Türrahmen zwischen den Büros und beobachtete sie beide wartend.
Sarah nahm den braunen Umschlag in die Hand und fragte sich, wie er auf ihren Schreibtisch gelangt war. Der Brief hatte weder Briefmarke noch Eingangsstempel. Auch ein Absender fehlte und als Adressat stand lediglich *Geschäftsleitung GERMAN CRUISE LINES* darauf. War das nur Werbung? Sie konnte sich nicht erinnern, dass der Brief am Morgen schon dagelegen hatte. Im Inneren befand sich ein einziges Blatt Papier ohne Briefkopf und ohne direkten Adressaten. Sie sah kurz zu Patrick Müller auf, beugte sich nach vorn und lugte in Bettinas Büro, doch Bettina schien noch irgendetwas zu suchen und Sarah entschied, das Schreiben wenigstens zu überfliegen. War das ein Dankesbrief oder eine Beschwerde oder was? Sie rutschte einige Zeilen weiter, überflog Freundlichkeiten und Komplimente, stutzte dann bei einer Zeile, in der sie an einem Schlüsselwort hängen blieb. Sie starrte auf den Text.
»Jetzt!« Bettina stand neben Patrick Müller in der Zwischentür.
»Einen Moment«, bat Sarah, hob den Brief demonstrativ in die Höhe und stand auf. Sie las, nun stehend, den Anfang des Absatzes noch einmal. Zwei Zeilen und ein spastisches Augenzucken später sackte ihr das Blut in den Magen.
Bettina Rupp bemerkte Sarahs Entsetzen sofort. »Was ist los?«
Mit schneller werdendem Puls überflog Sarah die letzten Zeilen, sah dann mit offenem Mund zu ihrer Chefin auf und überreichte ihr den Brief. Sie ließ sich in den Bürostuhl fallen. »Vergessen Sie das Meeting, Bettina. Und vergessen Sie Heiligabend.«

***

Udo Bammert versuchte aufzustehen, um sich den Eindringling zu schnappen, aber die Schmerzen warfen ihn sofort wieder zurück auf den Boden. Er konnte nur zusehen, wie der Mann mit der blutigen Wunde auf der Wange sich bückte, die abgetrennte Hand aufhob und das schreckliche Ding wieder in der Plastiktüte verstaute, in der er es hergebracht hatte. Er ging zu der Werkbank, nahm einen Schraubendreher in die Hand und betrachtete ihn, legte ihn wieder weg, griff nach einem größeren und steckte ihn in die hintere Hosentasche seines Overalls. Dann drehte er sich um und erklomm die Treppe, die in den Maschinenraum führte, das Herz des Schiffes, in dem die Motoren stampften wie donnernde Panzer.

Oben an der Tür sah er sich noch einmal nach Bammert um. »Fröhliche Weihnachten, Chief«, rief er, schloss die Tür zum Maschinenraum hinter sich und ließ ihn allein.

Chief Engineer Udo Bammert wollte aufspringen und ihm nach, aber seine Beine reagierten nicht. Er konnte die Zehen nicht spüren. Seine Maschine versagte – sie war gerade mit etwas anderem beschäftigt: sterben.

Bammert saß auf dem Boden, fast als ob er sich in der Ecke des Kontrollraums zu einer kleinen Verschnaufpause niedergelassen hätte: an die Wand gelehnt, die Beine gespreizt und von sich gestreckt. Ihm gegenüber hing an der Anzeigenkonsole der bunte Adventskranz, den ein Kollege vom letzten Landgang mitgebracht hatte und den sie mittags aus Ermangelung geeigneter Dekoration gemeinsam mit Stahlwolle und buntem Schmirgelpapier verziert hatten.

Der Chief sah an sich hinab. Die Schmerzen schienen merkwürdigerweise nachzulassen, verdrängt zu werden von einem Gefühl der Ruhe und Gelassenheit. Mit beinahe technischem Interesse beob-

achtete er alles, blickte auf das riesige Leck in seinem Körper, auf die rote Flüssigkeit, die zwischen und neben seinen Fingern aus ihm herausquoll wie warmes Schmieröl aus einem offenen Filter. Eigentlich hätte er gedacht, dass mehr Druck auf den Venen läge und es viel stärker spritzen müsste, wie bei einer durchlöcherten Kraftstoffleitung. Doch das Blut floss eher gemächlich aus ihm heraus und an ihm hinab, sickerte warm über seinen Unterleib, zwischen seine Beine und auf den Boden, wo es sich mit einer Öllache vermischte und einen schwarzen Film bildete.
Sein Herz pumpte im gleichen Sekundentakt wie die Uhr über den Armaturen, die gerade 19:55 anzeigte, pumpte den rötlichen Lebensstoff aus ihm heraus. In einer Stunde begann die Weihnachtsgala und er war sich sicher, dass bis morgen früh niemand seinen toten Körper finden würde.
Er blickte sich um. Der Maschinenkontrollraum kam ihm unwirklich vor, so weit entfernt. Die Farben verblassten allmählich. Alles wurde schwarz-weiß: sein blauer Overall, der graue Boden des Kontrollraums, die tiefrote Pfütze um ihn herum, der grüne Adventskalender mit dem bunten Schmirgelpapier … Dann zerfloss das Bild endgültig in tiefes Schwarz.
Nun horchte er nur noch, lauschte seinem Herzmuskel nach, der das Blut in die Adern pumpte, in sein gesamtes System, auch in die Areale, welche nun leck waren. Könnte er es stoppen, die Pumpe für einige Zeit abschalten, dann würde man die beschädigten Druckschläuche zusammenflicken können. Bei laufendem Betrieb war das jedoch unmöglich. Der Treibstoff des Lebens floss ins Leere und je mehr das System an Kraftstoff verlor, desto mehr verschwanden alle anderen Geräusche um ihn herum, desto lauter hörte er das Hämmern seines Herzens, welches unaufhörlich sein Leben aus ihm herauspumpte, immer im selben Takt, wie es das seit einundvierzig Jahren unbemerkt und ohne jede Wartung getan hatte.

Dann wurde es plötzlich langsamer: Die Taktzahl der Schläge wurde niedriger, als ob der Kapitän in den Hafen einführe und nun die Knotenzahl stetig drosselte. Nur noch wenige Meter bis zur Pier, gleich legten sie an. Langsamer und langsamer.
Und dann, als er auf den nächsten Schlag seines Herzens zu lange wartete, wurde ihm klar: Es war stehengeblieben.

***

Sehr geehrte Geschäftsleitung der *GERMAN CRUISE LINES*,
seit Jahren verfolge ich mit großem Vergnügen den Aufstieg und Erfolg Ihrer Firma. Ich wurde vor nunmehr über sechs Jahren auf GCL aufmerksam und beobachtete seither alle Ihre strategischen Schritte, die sukzessive Expansion und Ihre beeindruckende Erfolgsgeschichte. Hinzu kommt meine große private Leidenschaft, eine gewisse Faszination für das Thema Seefahrt und Piraterie. Diese alten Seeräubergeschichten um Sir Francis Drake, Henry Morgan oder Blackbeard haben mich schon immer in den Bann gezogen. Das mag auch mit ein Grund dafür sein, dass es nach langer Vorbereitung zu dem glücklichen Umstand kommt, Ihnen diesen Brief zukommen zu lassen. (Mein Gott: wie oft habe ich ihn schon mit größter Freude in Gedanken verfasst.)
Wie gesagt, habe ich mich zunächst mit Ihrer geschäftlichen Seite befasst, bin jedoch in diesem Jahr – nicht nur zur Erholung – mehrere Male selbst mit Schiffen Ihrer Flotte gefahren und hatte einige wunderbare Reisen. Ich möchte Ihnen an dieser Stelle für die wundervollen Erlebnisse danken und Ihnen hiermit sagen, dass ich diese Form des Reisens und Urlaubmachens sehr schätze und das Konzept für stimmig und Ihr Produkt für herausragend halte. Ihrer Firma steht eine rosige Zukunft bevor und sie werden sicher die kom-

menden Jahrzehnte den Markt im deutschen Sektor bestimmen. Insofern bin ich beruhigt, dass die folgende Ankündigung Ihre Firma zwar ein wenig in ihrer zielstrebigen Aufwärtsbewegung bremsen wird, sie aber schnell wieder auf Erfolgskurs sein werden.
Aus dieser Zuversicht heraus möchte ich ohne Umschweife zur Sache kommen und Ihnen in aller Verbundenheit ankündigen, dass wir Ihnen eines Ihrer Schiffe stehlen werden. Kapern nennt man das wohl im Fachjargon. Keine Sorge. Sie bekommen es wieder zurück, denn auch in der Piraterie hat sich ja einiges getan in den letzten 300 Jahren. Man kommt nicht mit Enterhaken in der Hand mehr längsseits, schwingt sich mit Säbel im Mund auf das Schiff, metzelt alle armen Seelen nieder, nimmt sich dann Hab und Gut und verscharrt es auf einer einsamen Insel. Zum Glück hat uns der Fortschritt die Möglichkeit gegeben, so etwas heute viel zivilisierter zu lösen.
Wir haben also Folgendes vor: Eines Ihrer Schiffe – Sie werden verstehen, dass ich Ihnen zum momentanen Zeitpunkt nicht den Namen verraten kann – wurde von mir und meinen Leuten infiltriert. Sie stehen an den entscheidenden Schaltstellen bereit und wir werden Ihr Schiff demnächst übernehmen. Meine Gefährten und ich sind zwar zahlenmäßig unterlegen, dafür aber zum Äußersten entschlossen. Ich verspreche Ihnen jedoch, dass alles so wenig tollkühn wie möglich verlaufen wird.
Sie können dazu beitragen, indem Sie uns binnen 48 Stunden 50 Millionen Euro in bar aushändigen. Das ist viel Geld, ich weiß. Aber wenn man bedenkt, was so ein Schiff kostet, relativiert dies den ersten Eindruck doch sehr schnell. Wann und wo genau Sie uns die Summe übergeben werden, teilen wir Ihnen rechtzeitig mit. Dann allerdings sollten Sie vorbereitet sein.
Ich muss Ihnen nicht sagen, dass es unschöne Konsequenzen hätte, sollte das Geld nicht rechtzeitig eintreffen. Ich denke, Sie wünschen ebenso wenig wie ich eine Eskalation und ich bin deshalb zuver-

sichtlich, dass Sie mit uns kooperieren. Wir werden Ihnen über einen weiteren Kanal eine Botschaft zukommen lassen, die Sie davon überzeugen wird, dass wir es ernst meinen.
Ob Sie es für nötig halten, die deutsche Polizei hinzuzuziehen oder nicht, überlasse ich Ihnen. Wie Sie wissen, ist die See außerhalb der Zwölfmeilengrenze nicht ihr Hoheitsgebiet. Allerdings rate ich Ihnen, sollte Ihre Entscheidung positiv ausfallen, sich trotzdem auf Ihr eigenes Einschätzungsvermögen zu verlassen und nicht blind irgendeinem angeblichen Fachmann der Kriminologie zu vertrauen. Ihre eigene Urteilskraft hat Ihre Firma genau dahin gebracht, wo sie jetzt ist, und insofern denke ich, Sie können in allen Situationen auf sie vertrauen.
Und bedenken Sie vielleicht noch eines: Ein Schiff ist nach meinen Informationen zwischen 300 und 500 Millionen Euro wert, das Leben der Passagiere und der Crew sicher mit keinem Geld der Welt aufzuwiegen.
Wir melden uns innerhalb von 24 Stunden wieder und erwarten dann eine Entscheidung von Ihnen. Bis dahin verbleibe ich in aller Hochachtung,
Ihr Alan Posseidoni

Paralysiert stand Bettina Rupp an den Türrahmen gelehnt. Sarah hatte sie noch niemals so fassungslos gesehen. Während Bettina den Brief ungeduldig überflogen hatte, war ihr Gesicht mit jeder Zeile mehr eingefallen und ihre Mundwinkel waren mit jeder Sekunde tiefer gesackt. Nun starrte sie Sarah mehrere Augenblicke lang an, bis sie sich endlich fing und reagierte.
»Ich brauche sofort den Präsidenten am Telefon. Wenn Sie mich durchgestellt haben, benachrichtigen Sie Flottenkommandeur Schmücker: Unsere Schiffe – sämtliche Schiffe! – dürfen den Hafen auf keinen Fall verlassen!«

»Was ist mit denen, die gerade auf See sind?«
»Überlege ich mir, während ich mit dem Präsidenten rede.«
Bettina wollte hinüber in ihr Büro stürmen, drehte jedoch noch einmal um: »Und Sarah! Wenn ich mit ihm telefoniert habe, verbinden Sie mich sofort mit Willie.«
»Willie?« Sarah war überrascht.
Doch ihre Chefin hatte keine Lust für Erklärungen. »Ja. Willie.«

Kapitel II

Es war bereits nach acht Uhr und die offizielle Öffnungszeit des Bordhospitals mehr als eine Stunde überschritten. Tom klopfte zum wiederholten Male an die Tür, diesmal etwas lautstärker, doch es rührte sich nichts. Er wandte sich ab und überlegte, was er tun sollte.
Die Eingangstür zum Hospital befand sich auf dem dritten Deck gegenüber der *PIER BAR*, die ebenfalls geschlossen hatte. Er schlenderte lustlos um sie herum.
Wenn er das System richtig verstand, war sie nur tagsüber und lediglich dann geöffnet, wenn man vor Anker lag und hier unten die Gangway für den Landgang ausgefahren war. Dann gab es sogar die Möglichkeit, an der Seite des Schiffes zwei Luken zu öffnen und einen kleinen Balkon auszufahren. Jetzt aber war ein Rollladengitter rund um die Theke vorgezogen, die Bar lag im Halbdunkeln und die Seitenluken, vor denen er stand, waren geschlossen.
Gerade, als er sich überlegte, ob er wieder gehen oder es erneut versuchen sollte, hörte er hinter sich Stimmen und sah wenig später zwei Personen vor die Tür mit dem Roten Kreuz treten. Es waren der Sicherheitsoffizier Norman Schneider und Hotelmanager Christian Wulfert, die ihn im Dunkeln nicht wahrnahmen. Um sie nicht zu erschrecken, beließ er es dabei.
»Wie Sinah mich ignoriert hat«, mokierte sich Schneider soeben. »Schleppt diesen Geyer auf die Brücke. Während eines Ernstfalls!«
Tom zog sich instinktiv noch mehr ins Dunkel zurück, als er seinen Namen hörte.
»Glaubt, sie könne hier tun, was sie will.«
»Sicher nicht ihre Entscheidung, sondern die ihres Bosses«, antwortete Wulfert.
»Der Kulturminister. Auch so ein Vogel.« Verächtlich verzog Schneider das Gesicht.

»Auf mich hat der Umweltoffizier immer sehr ausgeglichen gewirkt«, schien Wulfert den aufgebrachten Offizier ablenken zu wollen.
»Kann mir nicht vorstellen, dass Robert sich etwas antäte.«
»Hat er auch nicht«, antwortete Wulfert, sah sich nach allen Seiten um und dämpfte seine Stimme. »Er hatte seine Schuhe noch an.«
»Das hat nichts zu bedeuten.«
Wulfert schüttelte entschieden den Kopf. »Glaubst du das wirklich oder willst du es nur glauben?«
»Seemannsgarn. Lass das ja nicht den Alten hören. Ein Unfall ist ausgeschlossen und etwas anderes noch viel mehr. Muss ein Selbstmordversuch gewesen sein«, entschied Schneider, sann jedoch weiter nach. Es dauerte eine ganze Weile, bis er endlich etwas hinzusetzte: »Die Verletzung an seinem Arm ist allerdings etwas merkwürdig.«
Wulfert sah ihn fragend an.
Schneider zögerte. »Er muss es sich im letzten Moment anders überlegt und sich irgendwo festgeklammert haben.«
Wulfert schien den kryptischen Schneider ebenso wenig zu verstehen, wie Tom es tat.
»Seine rechte Hand fehlt.«
»Was?«
»Er muss versucht haben, sich abzufangen, und sie sich dabei abgerissen haben. Jedenfalls hatte er an seinem rechten Arm nur noch einen Stumpf. Die Hand selbst fehlte.«
»Entsetzlich«, entfuhr es Wulfert.
Schneider schien es nicht anders zu gehen, doch bevor er noch etwas sagen konnte, wurden die beiden gestört.
»Da ist ja mein charmanter Hotelmanager«, hörte Tom nun eine weibliche Stimme aus Richtung der Fahrstühle, die er aus seiner Position nicht einsehen konnte. »So schnell trifft man sich wieder, Herr Wulfert«.

»Was machen Sie denn hier unten auf Deck drei?«, erkundigte sich Wulfert, ganz offensichtlich erfreut.
»Mir ist ein wenig flau im Magen und ich wollte im Hospital nachfragen, ob ich eine Pille gegen Seekrankheit bekomme. Es könnte natürlich auch an dem letzten Wodka-Orange liegen oder an dem charmanten Herrn, der ihn mir bezahlt hat.«
Wulfert räusperte sich mit einem Seitenblick zu Schneider.
»Aber ich gehe in solchen Dingen nach dem Ausschlussverfahren vor. Sie werden doch nicht rot werden, Herr Wulfert«, bemerkte die Dame lautstark und lachte, als sie zu den beiden und damit in Toms Blickfeld trat. Sie reichte zunächst Wulfert kokett die Hand, dann seinem Begleiter.
»Der Sicherheitsoffizier, mit dem man sich gutstellen muss.« Sie musterte ihn von oben bis unten.
»Ein Scherz des Generalmanagers«, antwortete ihr dieser.
Wulfert stellte ihm die Dame vor: »Norman, das ist Frau Carstensen. Frau Carstensen: Norman Schneider.«
»Wir haben selbstverständlich für alle Passagiere genügend Rettungsmittel an Bord«, setzte Schneider nach. »Tatsächlich sind es sogar mehr als die international vorgeschriebenen fünfundzwanzig Prozent Überschuss.«
»Davon ging ich aus«, erwiderte Angelika, die noch immer Schneiders Hand schüttelte. »Deutsche Gründlichkeit.«
»Das ist schon wichtig, Frau Carstensen«, wehrte Schneider ab und erhielt seine Hand zurück.
Wulfert lachte frech. »Können Sie einem echt deutschen Sicherheitsoffizier aus Kiel nicht sagen, Frau Carstensen.«
»Nennen Sie mich bitte Angelika, sonst fühle ich mich so alt. Ich habe mich noch nie darum geschert, was ich wem sagen darf und was nicht. Ich dachte, wir wären uns darin einig.«

»Sind wir auch, sind wir auch, Angelika.« Wulfert hatte nochmals ihre Hand genommen und schlug mit einer kleinen Verbeugung die Absätze zusammen. »Christian.«
»Nun, wie sieht es aus, Christian, kann der Hotelmanager mir eine Tablette besorgen oder nicht?«
Wulferts Blick wanderte kurz zu Schneider, der jedoch nicht darauf reagierte.
»Kommen Sie mal mit«, entschied Wulfert.
Tom passte den Moment exakt ab. Die drei hatten ihm soeben den Rücken zugedreht und wollten in einen Crewgang neben der Hospitaltür abbiegen, als er aus seiner Deckung kam und ihnen zügig folgte. »Gehen Sie ins Hospital?«, sagte er laut.
Noch bevor Wulfert sich umwandte, hatte er mit einem »Jawohl« geantwortet. Als er Tom erkannte, ruderte er zurück: »Also … das Hospital hat geschlossen. Aber Frau Carstensen ist ein wenig seekrank.«
Tom setzte sein harmlosestes Lächeln auf. »Das trifft sich gut. Mir geht es ebenso.«
Der Blick des Hotelmanagers verriet Tom, dass er ihm kein Wort glaubte, ganz zu schweigen von den negativen Schwingungen, die ihm vonseiten des Sicherheitsoffiziers entgegenschlugen. Die lange Pause, die Wulfert für seine Antwort benötigte, bestätigte dies.
»Landratten«, kommentierte Schneider, seine Abneigung kaum verbergend.
»Ich weiß nicht, ob das der richtige Moment ist«, reagierte Wulfert darauf.
Tom legte seine Hand auf den Bauch und verzog flehend den Mundwinkel, um seiner Bitte mehr Nachdruck zu verleihen. Er realisierte, dass sein Magen sich tatsächlich ziemlich flau anfühlte – er hatte seit heute Mittag nichts gegessen.
»Also gut, wenn das so ist«, ließ sich Wulfert mit Blick zu der Dame erweichen und versicherte sich dann stumm bei Schneider.

Der schien wenig begeistert, wandte aber nichts mehr ein.

»Kommen Sie mit.«

Tom folgte den Dreien den Crewgang entlang zur nächsten Tür die, wie der Eingang im Passagierbereich, ein großes Rotes Kreuz trug. Darunter war ein Ausdruck mit den Öffnungszeiten für die Crew angebracht.

Wulfert drückte die Türklinke nach unten, aber auch diese Tür war verschlossen.

Der Sicherheitsoffizier reagierte sofort und zog einen Schlüsselbund heraus. Während er aufschloss, sah Tom den kahlen Gang hinab, der fast bis zum Ende des Schiffes zu reichen schien. Gegenüber der Tür befand sich ein blaues Schild, auf dem mit weißen Lettern *Crew Road* geschrieben stand.

Sie traten leise in einen dunklen Vorraum, der wie ein typisches Wartezimmer eingerichtet war und direkt in einen weiteren Bereich überging, in dem sich die Anmeldung mit einem kleinen Tresen befand.

»Setzen Sie sich doch. Ich sehe, was sich machen lässt«, sagte Wulfert zu Angelika und Tom.

Die beiden nahmen Platz und die Offiziere begaben sich in den nächsten Raum vor die Anmeldung. Unschlüssig standen sie dort und blickten in einen dunklen Gang, wo sich die Behandlungszimmer befinden mussten.

»Müssen ja da sein«, flüsterte Schneider Wulfert zu.

Beide zögerten jedoch, nachzusehen.

»Zum ersten Mal auf einer Kreuzfahrt?«, lenkte Angelika Tom von den Offizieren ab.

»Ja«, antwortete er und setzte ein Lächeln auf, das sich für ihn etwas künstlich anfühlte.

Die auffällig geschminkte Dame schien es jedoch nicht zu bemerken und reichte ihm ihre Hand. »Angelika Carstensen.«

Tom erhob sich halb aus seinem Sitz, um sie zu ergreifen, seinen Namen zu nennen und sich zurückfallen zu lassen.
»Hier unten scheint es weniger zu schaukeln, oder, Herr Geyer?«
Tom nickte lediglich und wusste nicht recht, ob er ihr zustimmen sollte oder nicht.
»Die Crew behauptet ja, die Schiffsbewegungen gar nicht zu bemerken«, fuhr Angelika fort.
»Wer weiß. Wenn man lange genug auf einem solchen Schiff dient, wird man vielleicht immun.«
»Sind Sie alleine auf Urlaub?«, erkundigte sich Angelika, die ihn kurz von oben bis unten musterte und ihm dann auffallend lange und direkt in die Augen blickte.
»Ich bin nicht auf Urlaub hier.«
Angelika schien nicht überrascht. »Sie wirken aber nicht wie ein Crewmitglied.«
Tom schüttelte den Kopf und beobachtete aus dem Augenwinkel die beiden Offiziere, die noch immer am Tresen standen und sich etwas zuflüsterten. »Ich bin Journalist und schreibe einen Artikel über die *SOLARIA*.«
»Ach, ein rasender Reporter.« Angelika rückte sich im Stuhl zurecht. »Und da haben Sie ausgerechnet einen geschickt, der keinen Seegang verträgt?«
»Tja, mein Chef meinte offensichtlich, ich sei der Richtige.«
»Wollte Ihnen sicher einen Gefallen tun.«
Angelika schien den Eindruck zu haben, er taue ein wenig auf. Tom war jedoch nicht in Stimmung für Small Talk, antwortete deshalb lediglich mit einem kurzen Nicken und wandte seinen Blick dann wieder den Offizieren zu.
»Scheint niemand da zu sein«, gab die Dame nicht auf.
»Nein«, erwiderte Tom, ohne zu ihr zu sehen.

»Oder die sind gerade alle damit beschäftigt, das Unfallopfer zusammenzuflicken. Schlimme Sache, oder?«
Tom nahm ihr ihre Anteilnahme nicht wirklich ab. Wenn ihn seine Menschenkenntnis nicht täuschte, war die Frau eine eher reservierte Person und verbarg es nur gekonnt hinter viel Charme.
»Ja«, antwortete er, um dann wieder ins Leere zu blicken.
Es entstand eine Pause, die sie als peinlich empfand und damit zu überbrücken schien, in ihrer Handtasche nach etwas zu suchen. Sie zog einen Handspiegel mit Rouge hervor und puderte sich ausgiebig die Wangen, kontrollierte den Lippenstift, der für Toms Geschmack für ihr Alter etwas zu auffällig war, wenngleich er zu ihr passte. Dann packte sie den Spiegel wieder weg.
»Ich habe auch schon viel mit der Presse zu tun gehabt, das ist in meinem Beruf quasi an der Tagesordnung.«
Tom kommentierte dies nur, indem er ein wenig die Augenbrauen nach oben zog.
»Ich bin Schauspielerin.«
»Ach«, antwortete er mit gespieltem Interesse. *Das erklärt einiges.*
Es entstand erneut eine Pause, in der Angelika die beiden Offiziere beobachtete, um sich dann, mit dem Fuß auf dem Boden tippend, im Raum umzusehen. Ihr Blick fiel auf den Tisch zwischen ihnen, auf dem einige Zeitschriften lagen. Eine Plastikflasche mit Wasser und Einwegbechern standen ebenfalls dort sowie eine undurchsichtige rote Plastikdose mit der Aufschrift *Spaßdose*. Sie schenkte sich ein wenig Wasser ein. Als sie den Becher wieder absetzte, fiel ihr Blick auf die Dose. Sie hob vorsichtig den Deckel und machte ihren Hals lang, um hineinzusehen.
»Ganz besondere Spaßbonbons«, bemerkte sie zu Tom, der nicht reagierte, und zog ein Kondom heraus.
»Safety first«, lachte der Hotelmanager herüber, der sie dabei beobachtet hatte.

Angelika lachte ihm entgegen. »Auch für die Crew. Natürlich.« Angelika hielt das Präservativ zwischen Zeigefinger und Daumen vor sich. »Ich sage es ja. Ein echt deutsches Schiff. Gründlich in allem und für jede Situation gerüstet.« Herausfordernd fixierte sie den Hotelmanager und steckte das Kondom demonstrativ in ihre Handtasche.
»Ganz genau«, erwiderte Wulfert laut lachend.
In diesem Moment tat sich etwas hinter ihm und er drehte sich zu dem dunklen Gang, aus dem eine Krankenschwester und der Schiffsarzt erschienen. Die Schwester war kreidebleich und sah einigermaßen geschockt aus. Der alte Arzt hinter ihr machte einen konzentrierten Anschein, fand Tom, mehr konnte er aus der Mimik des betagten Mannes nicht herauslesen.
Erst einige Momente später erkannte er noch eine weitere Person, die den beiden folgte und nun aus dem dunklen Gang trat. Es war Kapitän Buske.

***

Das Blut rann ihm die Wange hinunter und bildete schnell einen kleinen Tropfen an seinem Kinn, der rasch der Schwerkraft nachgab und nach unten fiel.
»Scheiße«, fluchte Willie Löwes laut, als er sah, wie sich ein Blutfleck auf seinem weißen Hemd ausbreitete. Er hatte es erst vor drei Minuten aus dem Schrank genommen. *Oh Mann, näh.*
Genervt legte er seinen Rasierer auf den Rand des Waschbeckens, rollte sich einige Blätter Toilettenpapier ab, wischte sich mit ihnen das Blut aus dem Gesicht und drückte sie dann auf die Schnittwunde an seiner rechten Wange. Als es ein wenig nachließ, riss er erneut ein Stück Papier von der Rolle und klebte es auf die Schnittverletzung.

»So ein Mist, näh«, motzte er laut vor sich hin.
Hastig zog er das Hemd aus und wusch den Fleck mit viel kaltem Wasser aus. Dann sah er erneut in den Spiegel. Auf dem Papierschnipsel bildete sich ein dunkelroter Fleck. Er atmete tief durch, ging dann entschieden ins Schlafzimmer und zog schon auf dem Weg dorthin auch das weiße Unterhemd aus, das ebenfalls beschmutzt war, warf beides in den Wäschekorb und öffnete seinen Wandschrank.
In Reih und Glied hingen mehrere gut gebügelte Hemden vor ihm. Er mochte es nicht, sie zu bügeln. Und er war auch kein Hemdenträger, bevorzugte Pullover oder T-Shirt. Aber ein aufgeräumter Schrank, in dem die wenigen Hemden bereithingen, sollte er doch einmal eines benötigen, war ihm wichtig.
Seine Frau war schon über acht Jahre tot, aber er musste jedes Mal an sie denken, wenn er vor dem Schrank stand. Sie hätte sich gefreut, wenn sie das gesehen hätte. Er hatte eine Weile gebraucht, als sie damals ging, bis er sich an die Arbeiten im Haushalt gewöhnt hatte, aber mittlerweile war er zu Hause mindestens ebenso gut organisiert wie an seinem Arbeitsplatz im AZSK, dem *Ausbildungszentrum für Seeleute Kiel.*
Liebevoll hatte sie immer behauptet, dass er ohne sie aufgeschmissen wäre, auch wenn sie es nicht ernst meinte und ihr bewusst war, dass er fünfzehn Jahre bei der Marine gewesen war und gelernt hatte, Ordnung zu halten.
Bewaffnet mit neuem Unterhemd und einem frischen weißen Hemd, begab er sich zurück ins Bad, beendete seine Rasur, zog sich an und band vor dem Spiegel seine Krawatte. Dann nahm er vorsichtig das Papier von der Wunde und warf sich eine extra Ladung Aftershave ins Gesicht. Das Zeug brannte wie Feuer und er zog vor Schmerz eine Grimasse. Er holte aus dem kleinen Glasschränkchen ein Pflaster und klebte es auf die Wunde. Er sah in den Spiegel und fuhr sich

mit der flachen Hand über die zwei Millimeter langen Haarstoppeln auf seinem Kopf.

Willie war vierundfünfzig, hatte aber bereits mit dreißig eine sehr hohe Stirn gehabt und trug seither denselben praktischen Haarschnitt. Kein Föhnen, kein Kämmen. Simpel, wie es Seemänner mochten.

Noch einmal fiel ihm das Pflaster in den Blick, das nun seine Wange zierte. »Na toll, Willie, näh«, motzte er sein Spiegelbild an.

Erneut zupfte er seinen Krawattenknoten zurecht. Er fühlte sich nicht wohl in Anzug und Krawatte, trug das nur, wenn es wirklich sein musste. Aber heute, da er sich mit seiner Tochter zum Essen traf und anschließend bei ihr, ihrem Mann und den Enkeln den Heiligabend verbringen würde, fand er es angemessen und wollte ihr damit eine Freude machen.

Sie sahen sich nicht so oft, seit sie den Job am Hamburger Flughafen hatte. Und seine Arbeit am AZSK, das Seemänner in diversen Kategorien von *Basic Safety Trainings* – die Grundausbildung der Seemänner – über spezielle Brandbekämpfungskurse für Sicherheitsoffiziere bis hin zur Piratenabwehr ausbildete, nahm ihn auch sehr in Beschlag. Doch für Weihnachten hatten sie und ihre Familie ihn eingeladen und er würde gleich losfahren, um in zwei Stunden zunächst seine Tochter in Tim Mälzers *Bullerei* zum Essen auszuführen und anschließend mit zu ihr und ihrer Familie zu gehen.

Er sah auf die Uhr. »Fünfzehn-drei-null, näh. Zeit, zu gehen, Willie.«

Er klatschte sich noch einmal zur Erfrischung mit den Handflächen auf die Wangen, eilte ins Wohnzimmer, wo sein kleines Übernachtungsköfferchen und die Geschenke seit gestern Abend auf dem Sofa bereitlagen, packte den Armeekoffer in die eine Hand, mühte sich dann ein wenig damit ab, alle vier Geschenke in die andere zu bekommen, und wollte gerade los, als sein Blick auf das kleine grüne Lämpchen an seinem Anrufbeantworter fiel.

»Ne, näh?«, entglitt es ihm.
Der Anruf musste gekommen sein, während er unter der Dusche war. Eine Sekunde stand er mit den Sachen in den Händen da, starrte auf den AB und überlegte sich, ob er es einfach ignorieren sollte. Aber es konnte ja sein, dass es seine Tochter war, die die Verabredung ändern oder gar absagen wollte.
Grummelnd stellte er den Koffer wieder ab und drückte die Wiedergabetaste des Gerätes.
Doch es war nicht seine Tochter, sondern jemand, von dem er ganz sicher nicht erwartet hätte, heute zu hören: Bettina Rupp.

***

Der Kapitän war zunächst äußerst kurz angebunden, als er zu seiner offensichtlichen Überraschung Tom im Hospital bemerkte. Ein kurzes, unfreundliches »Abend«, dann widmete er sich wieder dem Arzt.
»Machst du bitte die Papiere fertig?«, sagte dieser zu der Krankenschwester und wollte schon wieder gehen, doch Wulfert hielt ihn auf.
»Wie sieht es aus, Henning?«, flüsterte er, was Tom nicht daran hinderte, es auf die kurze Distanz zu verstehen.
Der Schiffsarzt sah Wulfert lange und durchdringend an, dann schüttelte er resigniert den Kopf. »War nichts mehr zu machen, Christian.«
Wulfert und Schneider waren schockiert. »Shit« entfleuchte es dem Sicherheitschef und der Kapitän nickte bestätigend.
»Aber er hat noch geatmet«, wandte Schneider ein.
»Hat viel Blut verloren und sein Herz hat irgendwann einfach aufgegeben«, entgegnete der Doktor.

»Mein Gott, wie entsetzlich.« Wulfert war fertig. »Hat er noch was gesagt?«, fragte er leise.
Doch der Arzt verneinte.
»Mir schon«, flüsterte Schneider und der Kapitän sah zu ihm hoch. »Draußen im Rescue-Boot hat er meine Hand gegriffen und mich zu sich gezogen. Ich habe es zuerst nicht verstanden und musste ganz nah an seinen Mund heran. Er hat ständig von seiner Hand gefaselt und dann hat er mir zweimal das Wort *Incinerator* zugeflüstert. Fragt mich nicht, warum.«
»Der Müllverbrenner?«, erkundigte sich Buske.
»Ja. Keine Ahnung, was er meinte.«
»Und er hat gar nichts mehr darüber gesagt, was passiert ist? Ob es ein Unfall war oder er gesprungen ist? Man hat bei seinen Sachen keinen Abschiedsbrief oder Ähnliches gefunden«, drang Wulfert in den Arzt, der nur den Kopf schüttelte.
»Was machen die hier?«, flüsterte der Mediziner und deutete mit einer Kopfbewegung auf Angelika und Tom.
Wulfert öffnete die Gruppe zu ihnen und sprach nun wieder in normaler Lautstärke.
»Wir haben Frau Carstensen und Herrn Geyer im Gang getroffen. Sie fragten nach Seekrankheitspillen.«
»Sicher«, meinte Münsch und wies die Schwester an, ihnen ein Mittel und einige extra *Spuckbeutel*, wie er es nannte, auszuhändigen.
Während die Krankenschwester Angelika und Tom erläuterte, wie die Tabletten einzunehmen waren, flüsterten der Arzt und die drei Offiziere weiter. Diesmal konnte Tom nichts verstehen.
Die Schauspielerin neben Tom hatte sich wenig für die Anweisungen der Schwester interessiert und stattdessen mit spitzen Fingern eine der *Sicknessbags* ergriffen, um dann angeekelt zu bemerken: »Man wird es doch hoffentlich noch bis zum nächstgelegenen Bad schaffen.«

Tom hatte die Tabletten in seine Hosentasche gepackt und sich entschlossen, keine davon zu nehmen, weil sie nach Aussage der Schwester sehr müde machten. Die *Spuckbeutel* hatte er dankend liegengelassen.
Dann hatte der Arzt die Versammlung aufgelöst, indem er sich entschuldigte, und sie hatten alle gemeinsam das Hospital verlassen.
»Herr Geyer, schlafen Sie gut«, verabschiedete sich Wulfert vor den Aufzügen. »Morgen liegen wir vor Koh Samui, dann ist es definitiv vorbei mit dem Seegang. Angelika, ich wünsche Ihnen trotzdem süße Träume. Mit den Tabletten wird es sicher gehen.«
Angelika gab ihm kokett die Hand und lächelte ihn herausfordernd an. »Wehe, wenn nicht. Ich mache Sie persönlich verantwortlich.«
Als die Aufzugtüren sich gerade geöffnet hatten und die drei Offiziere sich anschickten zu gehen, ergriff Tom die Gelegenheit, den Kapitän um ein kurzes Gespräch zu bitten. Dieser zögerte, sah auf die Uhr und willigte dann dennoch ein.
Mit enttäuschtem Blick stieg Angelika alleine in den Fahrstuhl.
Und Buske bat Tom, ihn und Schneider auf die Brücke zu begleiten.

Buske machte an der schweren Eisentür der Brückenschleuse halt und wandte sich zu der Sprechanlage, neben der ein kleines weißes Plastikkästchen befestigt war, welches an der oberen Seite ein metallenes Quadrat freigab. Der Kapitän legte seinen rechten Zeigefinger auf das Metall und sofort leuchtete unterhalb eine rote Diode auf, die nach einigen Sekunden grün wurde.
»Fingerprintanlage«, kommentierte Buske.
Tom und der miesgelaunte Schneider folgten ihm durch die Schleusentür.
»Kapitän auf der Brücke«, intonierte Buske in einem für alle wahrnehmbaren Ton sofort, als sie die Kommandozentrale betraten.
»Die Brücke ist gut gesichert«, bemerkte Tom.

»Was dachten Sie denn?«, versetzte Schneider mürrisch, der direkt hinter Tom war.
Tom konnte sich vorstellen, wie sehr es Schneider nerven musste, dass Tom sich schon zum zweiten Mal auf seiner Brücke befand. Er gestand sich ein, dass es ihn ein wenig freute.
Es war stockdunkel auf der Brücke, die nur durch die Beleuchtung an den Armaturen erhellt wurde.
Es war Tom wichtig, dem Kapitän deutlich zu machen, dass er die Abläufe an Bord nicht stören wollte. Er musste Buske klar signalisieren, dass er wusste, wo sein Platz war, und wollte das möglichst bald geklärt haben.
»Das Backoffice der Rezeption, mit unserem Tresor, hat auch eine solche Fingerprintanlage, auch noch ein paar andere sensiblen Bereiche wie das Security-Büro mit der Komplettüberwachung des Schiffes und natürlich der Maschinenraum, in dem sich quasi alle Steuerungseinheiten der Brücke doppeln, der IT-Raum und die Brücke selbst«, erläuterte Buske und führte Tom in dieselbe Seitennock, in der er heute schon einmal gestanden hatte.
»Alles restriced Areas mit extra Fingerabdruck-Kontrolle«, resümierte Tom und Buske nickte. »Statt bewaffneter Security?«
Buske lachte. »Ja. Waffen sind strengstens verboten an Bord.«
»Sie haben keine Waffen zur Selbstverteidigung?«
»So ist es.«
»Sie haben also keine Möglichkeit, zum Beispiel Piraten abzuwehren, wenn die Ihr Schiff kapern wollen?«
»Möchtegern-Jack-Sparrows? Nein. Aber im Ernst: Erstens haben Piraten – wie es sie zum Beispiel im Golf von Aden vor Somalia gibt – kein Interesse an Passagierschiffen. Sie sind schlecht zu kapern, weil sich darauf so viele Personen befinden. Zweitens sind Waffen so oder so immer eine Gefahr. Wer stellt sicher, dass diese nicht von einem bösen Buben entwendet und zweckentfremdet werden?«

Tom nickte.
»Die Richtlinien hierzu sind eindeutig. Außer Leuchtpistolen in Rettungsbooten und den Messern in der Küche gibt es auf diesem Schiff nichts, mit dem aggressive Handlungen unterstützt werden könnten. Und das ist gut so.«
»Klingt einleuchtend«, bestätigte Tom.
»Also, Herr Geyer, was kann ich für Sie tun? In einer halben Stunde ist die Weihnachtsgala«, drängte der Kapitän jetzt. Tom konnte sein Gesicht in der Dunkelheit kaum erkennen. »Für ein ausgiebiges Interview bleibt bei den heutigen Turbulenzen keine Zeit. In einigen Tagen stehe ich Ihnen aber gern zur Verfügung.«
Tom schüttelte den Kopf. »Das leuchtet mir absolut ein. Es war auch gar nicht mein Anliegen, Herr Kapitän, Sie nun mit so etwas zu behelligen.«
Buske sah ihn aufmerksam an.
»Ich wollte Ihnen nur noch einmal versichern, dass ich bemüht bin, Sie und all Ihre Kollegen nicht bei Ihrer Arbeit zu behindern. Glauben Sie mir das bitte.«
Buske nickte. Lange sah er Tom an, bis er antwortete: »Hören Sie zu, Herr Geyer. Dies war eine völlig neue und außerordentlich heikle Situation, die wir heute hatten. Da ist es nur natürlich, dass der eine oder andere ein wenig aufgekratzt war. Wenn sich die Wogen geglättet haben, werden Sie bemerken, wie die Anspannung nachlässt und wir alle wieder etwas gelöster reagieren werden.« Er sah Tom verschmitzt an und deutete mit einer feinen Kopfbewegung in die Richtung des Sicherheitsoffiziers, der sich gerade mit dem Steuermann unterhielt und sie nicht hören konnte. »Auch bei etwas aufbrausenderen Gemütern.« Buske räusperte sich bevor er weitersprach. »Noch etwas. Es mag so ausgesehen haben, dass ich Sie nicht auf der Brücke haben will. Ich möchte Ihnen aber versichern, dass dem nicht so ist. Nicht grundsätzlich.« Tom wollte etwas sa-

gen, aber Buske ließ ihm keine Gelegenheit dazu. »Es war eine besondere Situation, eine Krisensituation, und für uns alle, auch für mich, neu und sehr bewegend. Ich versichere Ihnen, dass ich Sie gerne auf die Brücke hole, Ihnen alles erkläre und Sie auch gerne mal bei einem spannenden An- oder Ablegemanöver dabei sein können.«

»Herr Buske. Sie sind der Kapitän dieses Schiffes und Sie entscheiden ganz allein, wer auf Ihre Brücke darf und wann. Ich war mit dem Eventmanager zusammen und hatte zwanglos gefragt. Im Nachhinein tut es mir leid.«

Letzteres war nicht ganz richtig, aber Tom war Profi und eine solche höfliche Notlüge gehörte eben dazu.

»Es muss Ihnen nicht leidtun, Herr Geyer. Letztlich bin ich froh, dass Sie dagewesen sind.«

Tom verstand nicht.

Buske lächelte. »Na, erstens können Sie nun berichten, dass wir zu jeder Zeit Herr der Lage waren und uns professionell verhalten haben, und zweitens waren *Sie* es, der den armen Fielmann entdeckt hat. Also, gut gemacht, Seemann.«

»Nur bitter, dass es Fielmann nichts mehr genutzt hat«, erwiderte Tom.

Buske wurde sofort ernst. »Ja. Was für eine Scheiße. Verzeihen Sie, aber das ist einfach unfassbar. Auf meinem Schiff geht einer außenbords.«

»Was geschieht nun mit ihm?«

»Wir werden die Behörden auf Koh Samui benachrichtigen und seine Leiche morgen ausschiffen. Dann wird sie nach Hause geschickt.«

Tom wollte nochmals sein Bedauern ausdrücken, doch sie wurden durch das Klingeln an Buskes Gürtel unterbrochen.

Sofort nahm er sein DECT-Telefon aus der Arretierung. »Captain«, meldete er sich und nach einer kurzen Pause: »Hallo, Frank. Was gibt's.« Buske hörte eine Weile zu. »Ausgefallen? Wie ist das möglich?« Eine weitere lange Pause, in der Buske sich von Tom wegdrehte. »Wo überall? Müllverbrennung? Okay, unwichtig. Deck drei? Und?« Wieder eine Pause. »Kein Problem. Klar. Das geht nicht so schnell. Aber nach der Galashow möchte ich einen Statusbericht.« Er bedankte sich.

Als er sich zu Tom umdrehte, schien Buske schon wieder ganz bei ihm zu sein, doch bevor Tom etwas sagen konnte, rief der Kapitän Schneider zu sich: »Norman. Wundert euch nicht, wenn einige der Überwachungsmonitore in den nächsten Stunden schwarz bleiben. Der IT-Techniker hat mich angerufen. Frank sagt, es gibt ein paar Probleme mit einigen der Sicherheitskameras.«

Mit einem abfälligen Blick zu Tom nickte Schneider und begab sich sofort zurück auf seinen Posten.

Buske sah ihm noch nach, als er schon weitersprach: »So, Herr Geyer. Nun wird es langsam Zeit. Ich muss noch meine Rede für die Gala vorbereiten.«

Als der Kapitän ihn zur Schleuse begleitete, musste Tom wieder an den Umweltoffizier denken. »Armer Fielmann. Dass so etwas ausgerechnet Weihnachten passieren muss, ist besonders schrecklich, nicht wahr?«

Buske nickte. »Ja.«

»Ist er nun eigentlich gefallen oder gesprungen?«

»Muss gesprungen sein. Etwas anderes ist undenkbar. Vielleicht hatte er familiäre Probleme«, bemerkte Buske bitter. »Habe ihn gemocht, den *Grünen Punkt*«, fügte er hinzu, als Tom bereits im Türrahmen der Schleuse stand.

Tom sah Buske einen Moment lang an, bevor er seine Frage ganz gezielt abfeuerte: »Merkwürdig bleibt die abgetrennte Hand.«

Buskes Reaktion darauf blieb zu Toms Überraschung sehr souverän, auch wenn er eine gewisse Verblüffung nicht verbergen konnte.

»Die abgetrennte Hand?« Buske machte eine lange Pause. »Ich denke, er ist irgendwo hängengeblieben.«
»Klingt nicht sehr wahrscheinlich, oder? Hat man sie denn gefunden?«
Buske schüttelte unwillig den Kopf. »Nein. Wir haben ein wenig Blut gefunden, auf dem Oberdeck … auf Deck vierzehn. Aber die Hand muss mit ihm ins Wasser gefallen sein …« Dann brach Buske ab. »Herr Geyer. Ich wünsche Ihnen trotzdem einen schönen Heiligabend.«
Tom konnte erkennen, dass Buske nicht weiter darüber reden wollte. Er versprach, zur Gala zu kommen, und wollte gerade die Tür hinter sich schließen, als der Staff-Captain Buske von der Seite ansprach.
»Captain, ich benötige Sie sofort im Büro.«
Buske dreht sich zu ihm. »Was ist denn los?«
Doch Köpke antwortete nicht, sondern sah nur aufgeregt zu Tom und wirkte dabei äußerst angespannt und ungeduldig.
»Bis später, Herr Geyer. Sie sehen, wir haben zu tun«, verabschiedete sich der Kapitän und folgte dem Staff-Captain.
Tom wollte die Tür zur Brücke schließen, entschied sich jedoch im letzten Moment um und hielt sie, kurz bevor sie ins Schloss schnappte, auf. Leise zog er die Schleusentür wieder ein wenig zu sich und bewegte sein Ohr an den Türspalt. Er musste genau horchen, weil die beiden sich mehrere Meter wegbewegt hatten.
»Was gibt es? Hardy, du guckst, als ob du den Klabautermann persönlich gesehen hättest.«
»Das nicht, aber ich habe soeben mit Patrick Müller gesprochen.«
»Wie, Kiel hat angerufen?«
»Ja«, antwortete Köpke. »Ich dachte, er wollte nur einen üblichen Weihnachtsgruß loswerden. Deshalb wollte ich dich nicht in deinem Gespräch stören. Aber er hat mich völlig überrumpelt.«

Köpke machte eine lange Pause, dann fuhr er fort: »Detlef«, flüsterte er nun mit entsetzter Stimme, »sie haben einen Drohbrief erhalten.«

Es gibt Momente im Leben, in denen es einem so vorkommt, als ob alles einen ganz bestimmten Sinn hat, das Leben einem geheimen Plan folgt und wir nur herausfinden müssen, was dieser Plan ist und wie wir in ihn hineinpassen, was genau unsere Funktion in diesem komplizierten Gebilde ist. Diese Momente ereignen sich in der Regel ohne Ankündigung. Es gibt vage Vorzeichen, man spürt etwas herannahen, ein leichtes Unruhegefühl oder einen kleinen, aber nicht richtig greifbaren Gedankenblitz. Oft ist es auch nur ein unbestimmtes Gefühl in Kopf oder Magen, dass gerade irgendetwas anders ist als sonst, man ein wenig anders tickt oder etwas nicht genau einordnen kann. Zuerst wirkt es nur wie eine Irritation, ein Fehler, wie ein Fleck auf der Linse, den man nicht wegbekommt, bis man begreift, dass da tatsächlich etwas naht. Dann wird daraus ein leuchtender, heller Punkt in der Ferne, als ob man auf den Ausgang eines Tunnels zurauscht. Da ist eine weiße Stelle auf der Netzhaut, die mit jedem Moment größer und dominanter wird. Unausweichlich rast man auf das Licht zu. Dann treffen einen die ersten direkten Strahlen und man muss die Augen halb zukneifen, um nicht zu stark geblendet zu werden. Und schon schießt man hinaus ins grelle Sonnenlicht und die Klarheit trifft einen unnachgiebig und erleuchtet alles um einen herum. Alles erglänzt in hellem Schein, alles ist deutlich zu erkennen. – Und plötzlich ergibt alles einen Sinn.

Ähnlich erging es auch Tom in diesem Moment. Er hatte keine Zusammenhänge in all den Dingen erkannt, doch jetzt, als er von diesem Drohbrief an die Firmenleitung hörte, veränderte sich plötzlich etwas für ihn. Sein Inneres begann zu leuchten vor Anspannung und

Erregung, aber er konnte das Gefühl noch nicht so richtig einordnen.
»Einen Drohbrief erhalten?«, wiederholte Buske ungläubig.
»Sie wissen noch nichts Genaues. Auch nicht, welches Schiff. Es gibt jedenfalls einen und die behaupten, sie wollen ein Schiff der GCL-Flotte kapern.«
»Scheiße«, sagte der Kapitän leise.
Es entstand eine Stille, die Tom ewig vorkam, und er presste seinen Kopf noch näher an den Türspalt, sodass sein Gesicht sich in die Schleuse hinter ihm hineindrehte und sein Blick auf die Fingerprintanlage fiel.
Drohbrief, Erpressung, Restricted Area, arbeitete es in ihm.
Köpke und Buske flüsterten etwas, das er nicht verstand. Dafür ratterte es in seinem Kopf immer lauter und plötzlich hatte er den Eindruck, dass es in der düsteren, nur mit Rotlicht beleuchteten Schleuse mit einem Schlag taghell wurde.
»Glaubst du, Fielmanns Tod hat etwas damit zu tun?«, bemerkte Köpke gerade.
»Warum sollte es?«
Zuerst konnte Tom es nicht genau deuten, was sein Hirn für Sprünge machte. Erpressung, Piraten, Gewaltverbrecher, Blut auf dem Deck, Ausfall der Sicherheitskameras, Waffen, Fielmann, die fehlende Hand … dann die Fingerprintanlage und die Brücke. *Restricted Area!* Dann blitzten seine Synapsen und feuerten eine Verbindung nach der anderen heraus wie ein Maschinengewehr. Tom wurde heiß und kalt. »Oh Gott«, rutschte es ihm heraus. »Die Brücke, sie sind auf der Brücke!«
Tom riss die Tür der Schleuse auf. Buske und Köpke standen vor ihm.
»Geyer! Wie kommen Sie hier rein?«
»Ich war erst gar nicht draußen. Die Brücke, Herr Buske, sie sind auf der Brücke!«

»Was meinen Sie?«
Tom war in heller Aufregung und wusste nicht, wo er zuerst anfangen sollte. »Die fehlende Hand, Fielmanns Hand. Sie brauchten sie.«
Buskes Blick verriet, dass er immer noch nicht begriff.
»Die Hand?«, fragte Köpke stellvertretend, der ebenso hilflos dreinschaute wie sein Kapitän.
»Sie wurde nicht bei einem Unfall abgerissen. Sie haben ihn getötet und seine Hand gestohlen, um mit seinem Finger auf die Brücke zu gelangen; in alle Restricted Areas!«
»So ein Quatsch«, fiel der Sicherheitsoffizier ein, der soeben zu ihnen getreten war.
»Verstehen Sie denn nicht, Schneider?«, insistierte Tom. »Es war kein Unfall und es war auch kein Selbstmord. Sie haben ihn getötet und ihm seine Hand abgetrennt, damit sie mit seinem Fingerabdruck auf die Brücke gelangen!« Toms Stimme überschlug sich fast.
Buske und Köpke sahen sich nachdenklich an und man hörte förmlich die Gedanken in ihren Köpfen rauschen.
Schneiders Gesichtszüge dagegen drückten schlicht blanke Ablehnung aus. »Der hat doch ‘ne Macke, Detlef. Geyer, es ist an der Zeit, dass Sie die Brücke verlassen.«
Schneider bewegte sich auf Tom zu, doch Köpke hielt ihn zurück. »Norman, warte. In Kiel ist ein Drohbrief eingegangen.«
Schneider sah ihn an und konnte nichts antworten.
»Und Sie glauben, dass die hier sind?«, sprach Buske Tom stirnrunzelnd an. »Und sich Zugang zur Brücke verschaffen wollen?«
»Oder schon haben! Ist das nicht naheliegend?«
Buske rieb sich nachdenklich das Kinn.
Tom setzte nach: »War Fielmann Rechts- oder Linkshänder?«
Der Kapitän sah fragend Köpke an, doch dieser zog lediglich die Schultern nach oben.

»Linkshänder«, fiel Schneider in noch immer rüdem Ton ein.
»Welche Hand hat Fielmann gefehlt?«
»Die rechte. Es war die rechte«, antwortete Schneider, verstand aber offensichtlich Toms Gedankengang nicht.
»Wenn er einen Sturz hätte abfangen wollen, was glauben Sie, welche Hand er reflexartig dazu benutzt hätte?«
»Wahrscheinlich die rechte«, antwortete Schneider. Es dauerte einige Sekunden, dann weiteten sich seine Augen.
»Lässt sich nachprüfen, welche er für die Fingerprintanlage genutzt hat?«, fragte Tom.
Buske blickte sich nach rechts und links um und überlegte. Die Sekunden zerrannen, dann endlich kam Leben in den Kapitän: »Es lässt sich noch viel mehr nachprüfen. Holt mir den Sec-O her, sofort!«
»Wurde bereits nach Müllers Anruf informiert. Muss jeden Augenblick kommen«, antwortete Köpke sofort.
»Wir verstärken erst mal das Sicherheitspersonal und gehen sofort auf Security-Level red. Und wir müssen das Schiff zur Sicherheit komplett durchsuchen. Zuallererst aber soll Marko das Logbuch der Fingerprintanlage einsehen.«
»Das können Sie?«, fragte ihn Tom erstaunt.
»Sicher. Sollte Fielmanns Fingerabdruck in den letzten beiden Stunden noch an irgendeiner der Anlagen genutzt worden sein, dann wird es ganz böse.«

***

»Da bin ich, näh«, stieß Willie lauthals aus, als er in Anzug und Krawatte in den ihm wohlbekannten Kontrollraum von GCL stürmte, bremste jedoch noch im Türrahmen ab, als er die Menschenan-

sammlung im *Golden Gate* erblickte, die an einer Seite des Raumes standen und gemeinsam auf ein Stück Papier starrten, das dort an die Wand geheftet war.
Der Erste, den er in dem Pulk wahrnahm, war Daniel Schmücker, der sich mit zornigem Blick umwandte, dann aber sofort wieder dem Papier widmete, um das sich die Führungspersönlichkeiten der Firma reihten, eine wichtiger als die andere. Erst zuletzt entdeckte Willie hinter dem hochgewachsenen *Senior Manager Security* auch seine alte Freundin Bettina Rupp.
Als Bettina ihn wahrnahm, hellte sich für einen Moment ihr ernster Blick auf. Viel mehr bekam man von ihr nur privat zu sehen, das wusste Willie, niemals, solange sie im Dienst war. Sie kam ihm mit entschlossenen Schritten entgegen.
»Mächtig was los hier, Bettina, näh«, begrüßte er sie.
»Kannst du laut sagen«, gab Bettina zurück und umarmte ihn flüchtig aber kräftig.
»Bin so schnell gekommen, wie ich konnte. Auch wenn deine Nachricht äußerst geheimnisvoll war.«
Willie sah auf den mächtigen Kontrollmonitor, der am oberen Rand mehrere Uhren darstellte, die die jeweiligen Ortszeiten auf dem Globus angezeigten. Die Kieler Uhr stand auf 15:53. Er war in neunzehn Minuten von seinem Häuschen am Rand von Warnemünde hergefahren. Neuer Rekord, es war aber auch nicht viel Verkehr gewesen.
Bettina hatte in den fast zwölf Jahren, seit er sie kannte, eine steile Karriere bei GCL hingelegt und sie waren deshalb bei unterschiedlichen Gelegenheiten aufeinandergetroffen. Von Anfang an hatte sie eine gegenseitige Wertschätzung verbunden. Sie, glaubte er, mochte seine Geradlinigkeit und schätze sein nautisches Know-how, er liebte seinerseits ihre Direktheit und den unvergleichlichen, etwas harschen Ton. Seine verstorbene Frau hatte ihn einmal gefragt, ob er

auf den *kleinen Giftzwerg* stehe. Er hatte nur gelacht und gesagt, dass sie sich keine Sorgen machen müsse. Es sei lediglich professionelle Bewunderung, die sie verband, und eine wirklich tiefe Sympathie, mehr nicht. Auf keinen Fall aber war Bettina jemand, die ihn am Heiligen Abend ohne Not anrief. Die wenigen Andeutungen, die sie machte, hatten äußerst besorgniserregend geklungen, deshalb hatte er sich auch sofort hinters Steuer geklemmt und von unterwegs seiner Tochter Bescheid gegeben.

»Tag Willie«, begrüßte ihn nun auch Schmücker sachlich, der zu Bettina und ihm gestoßen war.

Willie gab ihm die Hand.

»Schicker Anzug«, bemerkte Schmücker humorlos.

»Also, wozu das ganze Aufgebot?«

»Das fragst du lieber Bettina. *Sie* wollte, dass du herkommst«, entgegnete Schmücker kühl und wandte sich schon wieder ab.

Das war deutlich.

Willie sah sich um. Vier Operatoren an den Rechnern – volle Besetzung, eigentlich mehr als an einem normalen Wochentag. Er kannte sich sehr gut aus bei *GERMAN CRUISE LINES*, war er doch vor einem Jahr fast täglich hier ein- und ausgegangen, als er Schmücker bei der Konzeption des *Golden Gate*s beraten hatte. Aber so viele Leute hatte er noch niemals hier gesehen.

»Gehst du zu einer Hochzeit«, fragte nun eine jugendliche Stimme in seinem Rücken.

Willies Gesicht erhellte sich zu einem Strahlen, als er in die hellgrünen Augen seiner Lieblings-GCL-Mitarbeiterin blickte. »Sarah. Du bist auch hier?« Er umarmte sie herzlich.

»Wo soll ich denn sonst sein?«, fragte sie mit gespielter Irritation und einem Seitenblick zu Bettina.

»Keine Ahnung, Prinzessin. Im Weihnachtsurlaub jedenfalls.«

»Du hast Ideen. In der Haupturlaubszeit.«

Für einen kurzen Moment vergaß Willie seine Neugier. Er hatte das natürliche Mädchen mit den langen brünetten Haaren sofort ins Herz geschlossen, als diese mit ihrer besten Freundin Sinah Dietrich bei ihm das *Basic Safety Training* für ihren ersten Schiffseinsatz absolvierte und sie und er standen seither in regelmäßigem Kontakt. Die Kleine mit dem frechen Mundwerk war ihm vom ersten Moment an sympathisch gewesen. Willie freute sich auch jetzt, sie zu sehen, und schloss sie noch einmal kräftig in die Arme. Doch dann nahm er wahr, wie kraftlos sie es erwiderte und ließ sie los. »Also, näh: Was ist hier los?«

***

»Kiel hat einen Drohbrief erhalten und es ist möglich, dass Fielmann sterben musste, weil er etwas entdeckt hat.«
»Shit!«, rutschte es dem muskelbepackten Sec-O, dem Securitychief heraus. Kapitän Buske dachte nichts anderes, als er es sich in dieser Klarheit aussprechen hörte.
»Oder die seine Hand dafür nutzen, um auf die Brücke zu gelangen«, ergänzte Tom.
Das waren die Fakten, auch wenn alles Weitere nur Vermutungen waren. Aber man musste diese Möglichkeiten ernsthaft in Betracht ziehen.
»War heute vor dem Auslaufen irgendetwas ungewöhnlich beim Shipsearch?«, erkundigte sich Köpke beim Sec-O.
Dieser dachte kurz nach und schien gerade verneinen zu wollen, doch dann weiteten sich plötzlich seine Augen. »Es erschien mir nicht wichtig, aber es gab eine Kleinigkeit. Fielmann ist ja derjenige, dem die einzelnen Bereiche Meldung machen, wenn sie alles abgesucht haben. Es gab eine Irritation, weil nicht ganz klar war,

wem die Kisten gehören, die im Incinerator-Raum stehen. Der Proviantmeister meinte, er habe sie nicht in seinem Bestand.«
»Und hat sich das geklärt?«, fragte Buske ungeduldig.
»Frank, der IT-Techniker und der Showmanager hatten erklärt, dass sie den externen Kollegen gehören, die das Silvesterfeuerwerk inszenieren.«
»Und?«
»Fielmann wollte das nochmals überprüfen. Ich weiß nicht, ob er es gemacht hat.«
Buskes Puls wurde schneller. Auf den Weihnachts- und Silvesterreisen wurden immer externe Firmen dazugeholt, Pyrotechniker, die Material für das Feuerwerk mitbrachten. Er fühlte sich eigentlich immer unwohl, wenn die mehrere Kilo Sprengstoff auf sein Schiff luden.
»Incineratorraum«, wiederholte Tom noch einmal.
»Schick sofort ein paar Leute hin und lass es kontrollieren«, befahl Buske dem Sec-O.
»Das mache ich selbst«, sagte dieser. »Ich überprüfe, wann Fielmann zum letzten Mal auf der Brücke war, dann gehe ich sofort runter.«
»Gut«, entschied Buske nun schnell und beruhigte sich damit, dass das alles noch nichts zu bedeuten hatte. Schließlich waren auch auf allen anderen Schiffen der GCL-Flotte derzeit Pyrotechniker vor Ort. »Herr Geyer. Ich danke Ihnen, möchte Sie nun aber bitten, uns alleine zu lassen.« Er schob den Journalisten eigenhändig zur Schleusentür hinaus und schloss sie hinter ihm. »Norman«, rief er nach seinem Sicherheitsoffizier. »Du rufst sofort alle Abteilungsleiter durch und sagst Ihnen, dass wir in einer halben Stunde eine erneute exakte Schiffsdurchsuchung durchführen müssen.«
Norman sprang sofort ans Telefon.

»Im Restaurant- und Hotelbereich ist jetzt Rushhour, aber wir können es nicht ändern«, warf Buske ihm hinterher. »Köpke«, rief er nun und dieser überraschte ihn, weil er direkt hinter ihm stand, als er sich meldete. »Hat Müller sonst noch etwas gesagt? Gibt es Anordnungen vom Oberkommandeur?«

»Alle Schiffe unter Fahrt sollen sofort den nächsten Hafen ansteuern.«

Liegt auf der Hand, dachte Buske. »Steuermann! Wir drehen unauffällig bei, in einem langen Bogen, und fahren das Festland an. Berechnen Sie den Kurs und führen Sie es eigenständig durch.«

»Ich habe erst mal Fielmanns Fingerabdruck für alle Bereiche gesperrt«, meldete der Sec-O.

»Gut. Es ist jetzt 20:54 Uhr. In sechs Minuten beginnt die Weihnachtsgala. Wenn wir die noch mal abblasen, haben wir Chaos unter den Gästen. Außerdem signalisieren wir, dass wir etwas ahnen, und provozieren vielleicht, dass die … Piraten schneller handeln als geplant. Wir ziehen es also durch und spielen erst mal auf Zeit«, entschied Buske. »Ich halte meine Weihnachtsansprache und bin sofort wieder hier. Ansonsten bleiben die Informationen in diesem Personenkreis. Ich will keine Panik! Wir gehen auf Security-Level drei, durchsuchen auf der Stelle die Brücke, den Incinerator-Raum und dann das ganze Schiff«, fuhr Buske fort. »Und du, Köpke, du kontaktierst sofort Kiel und teilst ihnen unseren dringenden Verdacht mit, dass die Täter vielleicht bei uns an Bord sind.«

***

»Es ist die *SOLARIA*! Die *SOLARIA* ist verschwunden!«

»Nicht möglich!«, widersetzte sich Schmücker vehement dem Operator vor dem rot blinkenden Bildschirm im *Golden Gate*. »Sie kann ja nicht einfach weg sein!«

Schmücker war in heller Aufregung. Ungläubig starrte er auf den Kontrollbildschirm. Sein Tonfall kaschierte nur mäßig seine Wut. Willie konnte das gut nachvollziehen. Er war noch immer perplex von dem, was er vor einigen Minuten von Bettina und Sarah erfahren hatte. »Wer, näh, ist so blöd, ein Kreuzfahrtschiff zu kapern?«, hatte er fassungslos gefragt. »Sag du es mir, Willie«, hatte Bettina geantwortet und ihn nur noch darüber informiert, dass nicht klar war, welches Schiff der Flotte gemeint war und sie deshalb alle Schiffe zum nächsten Hafen beordert hatten. Das hatten sie auch auf dem Kontrollbildschirm des GCL-Kontrollzentrums mitverfolgen können.

Das *Golden Gate* war mit den neuesten technischen Anlagen ausgerüstet, die es derzeit auf dem Markt gab. Schmücker, das wusste Willie sehr gut, weil er in einigen Dingen sein Berater gewesen war, hatte die Installation der meisten Hightech-Komponenten im Laufe des endenden Jahres selbst angeordnet und überwacht. Nachdem er den Posten des Oberkommandeurs übernommen hatte, war er es gewesen, der der Geschäftsleitung klargemacht hatte, dass die Flotte jährlich wuchs, bald mehr als fünfzehn Schiffe unter der GCL-Flagge segelten und man nun endlich eine Gesamtübersicht benötigte, die es ermöglichte, die Aktivitäten aller Schiffe gleichzeitig zu überwachen und zu koordinieren. Die heiklen Situationen während des Wirbelsturms *Sandy* hatten dies letztes Jahr nochmals deutlich gezeigt. Deshalb war dieser zentrale Kontrollraum – die Brücke aller Brücken oder das *Golden Gate*, wie Schmücker es gegenüber der Geschäftsleitung immer bezeichnet und wie es sich schnell bei allen eingebürgert hatte – für über zehn Millionen Euro sukzessive aufgebaut und nach und nach mit allen Einrichtungen ausgestattet worden, die auch eine Schiffsbrücke hatte und weit darüber hinaus. Schmückers ganzer Stolz war der Touchscreen-Monitor, der das *Golden Gate* dominierte und die Weltkarte auf vier mal drei Metern anzeigte. Er stellte nicht nur – speziell markiert – sämtliche GCL-Schiffe und deren Geschwindigkeit, Kurs und vieles mehr dar, sondern letztlich alle Schiffe, die derzeit auf den Weltmeeren unterwegs waren. – Nur die *GCL SOLARIA* nicht; denn diese hatte zwar wie alle anderen Kurs auf das Festland genommen, war aber plötzlich spurlos vom Bildschirm verschwunden.

»Gibt es irgendwelche Fehlermeldungen im System?«, blaffte Schmücker den Operator ungeduldig an, doch dieser verneinte.

»Funktioniert alles.«

»Nochmals anrufen!«

»Schon versucht«, informierte ihn Patrick Müller. »Keine Verbindung – weder per Funk noch per Telefon.«

Nicht gut, dachte Willie. Das war gar nicht gut. Willie starrte auf den rot umrahmten Monitor, der östlich von Thailand einen ebenso roten Bereich eingekreist hatte und in dessen Mitte ein dickes Fragezeichen neben *GCL SOLARIA* blinkte: die letzte Position, die an das System übermittelt worden war. Das schmeckte Schmücker natürlich überhaupt nicht.

»Seit wann haben wir keine Daten mehr erhalten?«, erkundigte Willie sich bei dem Operator.

»Seit zweieinhalb Minuten«, antwortete ihm Schmücker bullig.

Willie schluckte. Das System glich die Daten alle drei bis vier Sekunden an.

»Und ein Software-Fehler ist definitiv ausgeschlossen«, hakte Schmücker bei dem Operator nach.

»Ich habe die Selbstdiagnose bereits durchlaufen lassen. Der Chief-IT ist per Modem von zu Hause aus im System, hat bisher jedoch kein Feedback gegeben, dass irgendetwas defekt wäre.«

»Kann eigentlich nur noch eines bedeuten«, entfuhr es Willie und Schmücker warf ihm einen äußerst bösen Blick zu.

»Was«, fragte Bettina.

»Der Präsident ist unterwegs?«, erkundigte sich Schmücker, bevor Willie ihr antworten konnte.
»Er ist in den USA. Müller, du und ich haben vollen Handlungsspielraum.«
»Und damit auch die volle Verantwortung«, setzte Schmücker bitter hinzu.
Bettina stellte ihre Frage erneut. »*Was* kann das nur bedeuten?«
»Dass das Signal durch irgendetwas gestört ist«, fiel Schmücker ein.
Doch Bettina ließ nicht so schnell locker: »Das kann viele Ursachen haben«, erwiderte sie mit ihrer unverwechselbaren Prägnanz. »Durch was sollte das Signal gestört werden? Vielleicht wird es gar nicht ausgesandt. Bedeutet das, dass die Geräte an Bord nicht funktionieren oder abgeschaltet wurden oder dass das Schiff gesunken ist?«
»Eine Schiffsführung würde niemals eigenmächtig die Kennungssysteme abschalten«, wehrte sich Schmücker empört gegen den Gedanken.
»Außer, sie wird dazu gezwungen«, sagte Bettina langsam und blickte Schmücker durchdringend an.
Einige endlose Sekunden verrannen. Willie beobachtete Schmücker, der zu seinem Bildschirm sah, auf dem das rote Fragezeichen bedrohlich blinkte.
»Er ist in den USA?«, sagte Schmücker leise.
»Bis übermorgen. Der Präsident kann auf keinen Fall früher hier sein.«
Schmücker wandte sich wieder an den Operator, der den Bildschirm keine Sekunde aus den Augen gelassen hatte: »Welche Schiffe sind in der Nähe?«
Der Operator vergrößerte den Bildausschnitt erneut und gab den südlichen Teil Thailands frei. Um das rot eingekreiste Schiff waren nun zwei weitere zu erkennen.

»Haben Sie die Schiffe kontaktiert?«, fragte Schmücker.
»Sie haben die *SOLARIA* alle auf dem Radar und versucht, sie anzufunken, aber keine Antwort erhalten.«
»Keiner auf der Brücke oder was?«, platze Schmücker heraus.
Warum war das Schiff nicht auf dem verdammten Kontrollmonitor zu sehen, wenn es auf den Radarschirmen war?
Willie wandte sich an Bettina. »Verzeihung, näh«, flüsterte er, »was soll *ich* hier?«
»Helfen, Willie.« Es klang fast flehend. »Ich weiß. Du gehörst nicht zur Firma und Daniel war, um ehrlich zu sein, dagegen, dich hinzuzuziehen. Aber das ist eine Situation, mit der wir alle keine Erfahrung haben und ich brauche jeden, der uns in irgendeiner Weise beraten kann.«
Willie sah sie lange an und überlegte. Er kannte den Oberkommandeur, seit dieser noch ein einfacher, aber schon damals äußerst fähiger Brückenoffizier war. Dieser hatte Willies Erfahrung und sein Know-how gern genutzt. Dass Bettina ihn jetzt hinzuziehen wollte, weil er Fachmann für Piraterie und Kriminalität auf Schiffen war, konnte Schmücker natürlich nicht recht sein. Das verstand Willie, wenngleich dabei auch falsche Eitelkeit mitschwang, denn in diesem Bereich hatte Schmücker weniger Erfahrung als er. Nichtsdestotrotz war Willie kein Mitarbeiter von *GCL*, sondern eines unabhängigen Ausbildungszentrums für Seeleute. »Ist die Polizei schon informiert?«
»Polizei und Terrorschutz.«
Dann würden die hier schon bald aufschlagen und alles in die Hand nehmen. Was also sollte und konnte er hier helfen? Willie wusste nicht, was er tun sollte.
Als er Bettinas wartenden Blick nicht länger aushielt und sich von ihr abwandte, entdeckte er seine Sarah, die sich auf einen Stuhl gesetzt hatte und zusammengesackt war. Sie kämpfte mit den Tränen.

Er ging zu ihr. Bettina folgte ihm.
»Kleines, was ist los?«, fragte er leise.
Sarah griff sofort nach seiner Hand.
»Was hast du denn?«
Sie sah zu ihm auf. »Willie«, schluchzte sie. »Sinah ist auf dem Schiff.«
»Ach du Scheiße!« Er sah, wie sich ihre Augen mit Tränen füllten. Willie bekam ein flaues Gefühl im Magen. Er wusste, wie sehr Sarah an Sinah hing. Er nahm sie tröstend in die Arme. »Kleines, die werden den Leuten nichts tun, näh. Die wollen nur Geld und dann lassen sie alle frei.« Er beugte sich vor und drückte Sarah kräftig an seine Schulter.
»Aber was, wenn dabei jemand verletzt wird … oder noch schlimmer?«
»Wir wissen noch nicht einmal sicher, ob sie auf der *SOLARIA* sind, näh«, wiegelte Willie ab. »Also … hör zu, näh. Es geht ihr sicher gut. Wir werden das managen. Wir alle gemeinsam«, bestimmte er und wartete, bis Sarah nickte. »Gut, näh«, sagte er nochmals entschieden und nötigte sich ein Lächeln ab.
Dann erhob er sich und sah Bettina an. Mit einem kurzen Seitenblick zu Schmücker, der abwesend vor seinem Monitor hin und her tigerte, sagte er leise: »Okay, aber lediglich als Berater.«
»Mehr wollte ich auch gar nicht«, antwortete Bettina, nun wieder mit der Festigkeit, die er von ihr kannte.
Willie nickte und sah hinab zu Sarah, die nun auch ein wenig zuversichtlicher dreinschaute. »Wenn ich gewusst hätte, näh, dass du hier bist, hätte ich dir dein Weihnachtsgeschenk mitgebracht, näh.«
Sarah nickte erneut, auch wenn es ihr schwerfiel. »Näh … solange es kein Näh-Zeug ist«, brachte sie über die Lippen und zwang sich ein Lächeln ab. Sie war die einzige, die sich traute, Willie wegen seines Sprachticks zu veräppeln.

»Wer weiß«, entgegnete er schmunzelnd und wandte sich wieder zu den anderen um.
Patrick Müller war neben Schmücker getreten und fixierten wie dieser das Fragezeichen auf dem Monitor.
Zwei Schiffe in der Nähe. Das heißt, in weniger als drei Stunden könnten wir das Schiff evakuieren.
Selbstverständlich war noch nichts sicher. Es konnte sich alles als Defekt im Satelliten- oder im Bordsystem herausstellen.
Keiner im Raum sagte etwas. Stumm und regungslos stierten alle nur auf den Monitor und auf das rote Fragezeichen neben der *SOLARIA*, welches bedrohlich vor sich hin blinkte wie die Lämpchen des Weihnachtsbäumchens draußen im Hof.
Aber was, wenn? War die *SOLARIA* in Seenot? Wenn niemand per Funk antwortete, hatten die Gäste und der Kapitän das Schiff bereits verlassen? Konnte es sein, dass das Schiff gerade sank? Dieses verdammte Fragezeichen auf dem Monitor half doch keinem weiter!

***

Genug für heute.
Nur mit einer Unterhose bekleidet saß Hartmut Schüssler am Schreibtisch seines Arbeitszimmers und klappte träge den Laptop zu. Er hatte bereits gestern entschieden, erst gar nicht ins Büro zu gehen, sondern die wichtigsten Angelegenheiten von zu Hause aus zu erledigen, um dann früh Schluss zu machen. Allerdings hatte er nicht geplant gehabt, am Heiligen Abend so früh mit der Arbeit zu beginnen. Schon um kurz nach sieben hatte sein beschissenes Diensthandy geklingelt und ihn aus dem Bett geholt. Es war Tom Geyer aus Asien gewesen, der ihn darüber informieren wollte, dass er gut angekommen war und seine Recherchen aufgenommen hatte.

Äußerst wichtige Information.
Dass er die Zeitverschiebung nicht beachtetet hatte, glaubte er Tom keine Sekunde. Seine Entschuldigung hatte ebenso heuchlerisch geklungen wie seine Begeisterung, als er ihm diesen Job zugewiesen hatte. Dabei hatte er es verdammt noch mal gut gemeint, auch wenn Tom ihm das nicht glaubte. Er hatte gedacht, es wäre besser, wenn Tom Weihnachten nicht zu Hause war. Momentan gab es nun mal keine Brennpunkte, wo er ihn einsetzen konnte, also war es doch eine gelungene Abwechslung, einen hübschen Reisebericht über eine deutsche Kreuzfahrtreederei zu verfassen. Außerdem war kein anderer verfügbar gewesen und Tom kannte sich noch dazu sehr gut aus in Asien.
Hartmut sah auf die Uhr. Schon kurz vor vier.
Seit der Geschichte mit seiner Frau hatte Tom sich verändert. Er war stiller geworden, grüblerischer.
Hartmut schloss die Augen, stemmte die Ellbogen auf den Schreibtisch und legte gähnend das Gesicht in seine Hände. Es war einfach zu früh gewesen, heute Morgen. Er würde sich jetzt ein wenig hinlegen. Ein Mittagsschläfchen konnte nicht schaden, damit er fit war für den Abend.
Hätte Tom ihn bloß nicht so früh rausgeklingelt. Aber so waren sie nun mal, die Reporter. Und ganz besonders solche wie Tom: Journalisten, die viel in der Welt herumkamen, aus Krisengebieten berichteten und dunkle Machenschaften aufdeckten, glaubten immer, ihr Bauchnabel sei der Mittelpunkt des Universums und die Geschichte, die sie gerade bearbeiteten, die Sensation des Jahres oder gar Jahrzehnts.
Hartmut erhob sich langsam und ging ins Wohnzimmer.
Tom war genauso, sogar einer der Schlimmsten. Er dachte immer, hinter etwas ganz Unglaublichem her zu sein. Aber er war gut, verdammt gut. Über die letzten Jahre hatte er immer wieder beeindru-

ckende Stories ausgegraben, auch – seit er nicht mehr aus Kriegsgebieten berichtete – in Deutschland und Europa. Hatte Dinge aufgedeckt, die einige Leute gerne unter den Tisch gekehrt hätten, die Politiker das Amt gekostet hatten und die zugegebenermaßen gut für das Ansehen des Blattes und die Auflage gewesen waren. Tom hatte eine verteufelt gute Spürnase, das konnte Hartmut neidlos zugeben, auch wenn er ihm damit manchmal unsäglich auf die Nerven ging.
Denn eine zweite Eigenschaft ergänzte Toms Spürnase zwar ideal und machte ihn erst zu dem brillanten Journalisten, der er nun mal war, aber exakt diese war es auch, die einen auf die Palme bringen konnte: seine Penetranz. Als er Jenny noch hatte, war diese Penetranz noch erträglich gewesen, doch seit er sich nach der Geschichte mit seiner Frau zurückgemeldet hatte, war Toms Dickkopf nochmals um einiges schlimmer geworden, war er noch verbissener.
Hartmut ließ sich auf die Wohnzimmercouch fallen und erschauerte ein wenig von dem kalten Leder auf seinem nackten Rücken und den Oberschenkeln. Gedankenverloren blickte er durch die Fensterfront hinab auf die vereiste Elbe, die man von seiner Wohnung in der Hamburger Hafencity überblickte. Auf dem Couchtisch stand neben der nicht ganz geleerten Rotweinflasche von gestern Abend noch das volle Glas Wasser, das er sich extra dazu eingegossen, es aber unberührt gelassen hatte. Er nahm einen kräftigen Schluck und verzog das Gesicht – warm und schal.
Verbittert hatte Tom sich damals monatelang eingeschlossen und sich nicht mehr gemeldet, auf keine E-Mail oder Nachrichten auf dem AB geantwortet. Irgendwann stand er dann einfach da, als ob nichts gewesen wäre, und meldete sich wieder zum Dienst. Und dann hatte er sich derart in die Arbeit gestürzt, dass er binnen weniger Wochen drei große Skandale ans Licht brachte.
Hartmut hatte eine Weile gebraucht, um zu erkennen, was anders war an Tom: Er sah irgendwie älter aus, nachdem er zurück war,

und das lag nicht allein daran, dass er sich einen Bart hatte stehen lassen. Erst Wochen später hatte er realisiert, dass Tom ergraut war. Nur ein wenig, aber er hatte silberne Schläfen bekommen.
Hartmut erhob sich. Er wollte unter die Dusche. Nachdem ihn Tom aus dem Bett geklingelt hatte, war er ohne sich anzuziehen sofort an den Schreibtisch gegangen und jetzt wollte er sich endlich frischmachen, um dann den Heiligen Abend einzuläuten, seinen Heiligen Abend, so wie er ihn immer verbrachte – seit Jahren: mit viel Rotwein vor dem Fernseher.
Auf dem Weg ins Bad klingelte wieder sein Diensthandy. Als er die Nummer auf dem Display sah, verdrehte er die Augen. »Oh nein.« Er nahm das Gespräch an. »Tom. Verdammt. Warum hab ich dir nicht schon vor Jahren dein Satellitentelefon abgenommen?«
»Weil Ihnen bewusst ist, dass ich mir dann ein eigenes kaufen würde, Eure Durchlaucht, und weil du mich brauchst.«
»Wofür?«, krächzte Hartmut ins Telefon. »Geyer nicht rum, Tom. Was gibt es? Du hast mich heute schon aus dem Bett geholt. Ich würde jetzt gerne meinen Weihnachtsabend genießen, ein paar Plätzchen essen und mich mental darauf vorbereiten, mich später volllaufen zu lassen.«
»Es gibt hier an Bord eine dramatische Entwicklung«.
»Ist eine der Weihnachtsgänse angebrannt?«
»Es könnte sein, dass das Schiff Opfer eines Anschlags wird.«
Hartmut hätte fast das Handy fallen lassen. »Was?«
»Ja, da staunst du.« Tom versuchte gar nicht erst, seine Genugtuung zu verbergen.
»Verarsch mich nicht, Tom. Nicht an Weihnachten!«
»Ich meine es ernst, Hartmut!«
»Wo bist du jetzt?«
»Auf dem Schiff.«
»Mann! Das ist mir klar!«

»Ich bin jetzt auf dem Außendeck der *SOLARIA*, sonst hätte ich ja auch keinen Empfang. Aber ich komme gerade von der Brücke und es gab einen Drohbrief an die Firma, dass sie ein Schiff von GCL kapern wollen.«

»Was machst du auf der Brücke?«

»Ich habe mich mit dem Kapitän unterhalten. Es gab einen verdächtigen Todesfall an Bord und es könnte sein, dass unser Schiff bedroht wird, dass Fielmann – also dieser Tote – ermordet wurde und sich Kriminelle an Bord befinden!«

»Komm schon, Tom. Lass mich in Ruhe mit deinen Geschichten.«

»Im Ernst, Hartmut. Der Kapitän hat soeben entschieden, das komplette Schiff zu durchsuchen!«

Es knisterte in der Leitung.

»Durchsuchen? Wirklich?«

»Ja!« Tom war kaum noch zu verstehen.

»Bist du sicher?«

»Sicher bin ich sicher, aber ...«

Es knarzte in der Leitung.

»Was? Was sagst du?«, brüllte Hartmut, doch er hörte nur noch ein Rauschen.

»Tom! Bist du noch dran?«

Zwischen dem Rauschen und lauten Knackgeräuschen hörte Hartmut nur noch »Festland« und »hoffentlich rechtzeitig«, mehr war nicht zu verstehen.

»Tom. Ich kann dich nicht hören!«, brüllte Hartmut ins Telefon. »Pass auf, Tom. Die Verbindung ist scheiße. Wenn das wirklich stimmt, dann bist du mal wieder mitten drin. Wie üblich«, setzte er in einer Mischung aus Ärger und Respekt hinzu. »Aber ich brauche mehr Informationen. Was du bisher hast, reicht nicht mal, um die Firmenleitung zu kontaktieren und nach einem Statement zu fragen.«

Ein Tuten war die Antwort.

»Scheiße.« Hartmut sah auf sein Handy. Die Verbindung war abgebrochen.

Die *GCL SOLARIA* Opfer eines Anschlages? Kriminelle an Bord? Klang verrückt. Piraten? *Die interessieren sich doch nicht für Kreuzfahrtschiffe. Was brütest du da wieder aus, Tom?*

Hartmut wusste nicht, was er tun sollte. Noch bevor er sich zu etwas entschließen konnte, brummte sein Handy und zeigte ihm den Empfang einer SMS an.

Bleibe dran. Versuche dich später zu kontaktieren, wenn ich mehr weiss.

Hartmut tippte schnell eine Antwort. »Mann, Geyer. Immer dasselbe mit dir«, brummte er und ging duschen.

***

Toms Hand zitterte, als er auflegte. Er hatte ein verdammt mulmiges Gefühl im Magen und das stammte definitiv nicht nur vom Seegang. Aber jetzt hatte er *seine Durchlaucht* informiert und das war nicht mehr rückgängig zu machen.

Hartmut Schüssler war wahrlich journalistischer Adel, erfahren in seinem Job, ein alter Hase, seit über zehn Jahren aus der Redaktion nicht wegzudenken. Um ihn scharten sich die hellsten Köpfe der Zeitung: die bissigsten Kolumnisten, die cleversten Investigationsjournalisten, die gebildetsten Korrespondenten – ein Haifischbecken. Und Hartmut war der Oberhai, gespannt und wach im Oberstübchen – manchmal gefährlich wach. Jede Volte von ihm saß auf den Millimeter genau. Er war ein Bullterrier, wenn es darum ging, eine Story durchzudrücken. Wenn er wirklich eine Fährte aufgenommen hatte, dann ließ er sich durch nichts mehr stoppen, biss sich fest, schlug die Zähne hinein und zerrte solange daran, bis sie ans Tageslicht gelangte. Das erfüllte nicht nur Tom mit großem Respekt, sondern sein ganzes berufliches Umfeld. Das war sicher auch der Grund, warum *seine Durchlaucht* diesen Posten schon so lange unangefochten innehatte. Kam man mit einer guten Story zu ihm und konnte ihn von ihr überzeugen, dann ließ der Haifisch nicht mehr locker.

Auf der anderen Seite war Hartmut ein Kauz; ein Mensch mit vielen äußerst speziellen Eigenschaften – gewöhnungsbedürftig. Starrsinnig bis zum Bersten, egozentrisch. Ein Macher, der stets nach dem Motto arbeitete *Verlass dich auf andere und du wirst verlassen.* An sich war Hartmut von Grund auf unfähig, auch nur die kleinsten Dinge zu delegieren. Deshalb musste selbst die Wettervorhersage, die unwichtigste Nachricht, die nebensächlichste Glosse der letzten Seite zuerst von ihm selbst geprüft und durchgewunken werden. Ein in Stein geschlagenes Faktum wie, dass Wasser feucht ist. Launisch war er auch. Er konnte eigentlich gar nicht anders, als seine Launen an anderen auszulassen. Auch deshalb – und nicht nur, weil er ein Workaholic war – war er im Grunde ein sehr einsamer Mensch. Das wusste Tom. Beileibe nicht unsympathisch, nur eben mit vielen Ecken und Kanten – verdammt vielen. Er hatte wenig Freunde. Selbstverständlich war er Single, alles andere schien undenkbar, obwohl Hartmut in jungen Jahren mal verheiratet gewesen war.

Abgesehen von diesen menschlichen Schwächen war Hartmut eine Bank. Für die Zeitung und auch für Tom. Und das nicht nur, weil er ihm nach seinem Schritt in die Selbstständigkeit treu und zuverlässig Aufträge erteilte; und das nicht nur Ramsch, sondern durchaus anspruchsvolle Geschichten. Da war zudem noch etwas anderes: Sie beide verband etwas, worüber keiner von Ihnen jemals auch nur ein Wort verloren hätte. Nicht, weil es nicht stimmte oder einer Angst hatte, der andere empfände dies nicht so, sondern weil es eine unausgesprochene Abmachung war, dass man es niemals offen aus-

sprach: Sie beide hatten dieses Reporter-Gen. Den unumstößlichen Willen, den bis zum körperlichen Bedürfnis gehenden Drang, Dinge ans Licht zerren zu müssen, die die Menschen etwas angingen. Alle Menschen, nicht nur ein paar Geheimkrämer, *Geheimnisträger*, wie Politiker sie gerne schönfärberisch nannten.
Jedenfalls konnte er sich darauf verlassen, dass Hartmut sorgsam mit dem Wissen umging, dass er hier unter Umständen an etwas Großem dran war. – *Unter Umständen!* Wie sich das anhörte. Aber vielleicht irrte er sich ja. Es konnte durchaus sein, dass sich alles als Irrtum herausstellte, dass Fielmann tatsächlich einen Unfall gehabt hatte oder lebensmüde war. Aber es gab zumindest Anzeichen dafür, dass hier irgendetwas nicht stimmte. Das musste auch Kapitän Buske zugeben. Immerhin hatte es einen Toten gegeben, zum ersten Mal in der Geschichte der Reederei. Und es gab definitiv die Drohung, ein Schiff zu entführen. Das konnte doch kein Zufall sein. Aber wenn er sich getäuscht hatte und sich das alles als Hirngespinst herausstellte, dann würde er nicht nur Probleme mit seinem Chefredakteur bekommen. Sollte er die Schiffsleitung um Buske unnötig verrückt gemacht haben, dann war klar, dass er das, wozu er eigentlich an Bord gekommen war, vergessen konnte. Und das würde ihn selbst bei Hartmut in Schwierigkeiten bringen.
Er holte tief Luft und machte sich auf den Weg zum Theater, wo in wenigen Momenten die Weihnachtsgala beginnen sollte. Dort würde er sicher Sinah Dietrichs antreffen. Er musste unbedingt mit irgendjemandem reden.

Als er Sinah fand, stellte er sich in ihre Nähe. Sie unterhielt sich noch mit jemandem und er wollte nicht stören. Erneut musste er an Jenny denken. Sie hatte ihn immer geerdet. Ohne sie war er von Zweifeln zerfressen, ob er das richtige tat. Ohne sie war er nicht … richtig. Nichts war mehr richtig, wenn man es genau betrachtete.

Ja, er hatte gelernt, damit zu leben. Neu gelernt zu leben, sich damit abgefunden. Schon lange. Er dachte nicht mehr darüber nach – oder über Selbstmord. Träume hin oder her. Er hatte sich entschieden, zu bleiben und es auszusitzen. Jenny hätte es *seinen Dickkopf* genannt und es hätte sie sicher beruhigt, vielleicht sogar ein wenig stolz gemacht.

Aber natürlich: Wenn er genauer darüber nachdachte und ehrlich mit sich war, hatte er sich aus reinem Trotz dafür entschieden weiterzumachen. Und tat es jeden Tag aufs Neue. Er war nicht glücklich mit seinem jetzigen Leben, dem Leben *danach*. Tägliche Umtriebigkeit, gelegentliche Treffen mit alten Freunden oder Jennys Eltern. Arbeit … Ja, die Arbeit machte ihm Spaß. Er empfand eine gewisse Dankbarkeit dafür, dass er etwas tat, das er als seine Berufung empfand. Das war schon immer so gewesen. Sein Leben hatte einen Sinn – noch.

Sicher, er war nicht glücklich, war kein Göttergatte mehr und auch nie Vater von Jennys Kinder geworden – zumindest nicht im engeren Sinne. Aber es brannte nicht mehr lichterloh in ihm. Die Glut war noch da, unter dem Unrat des Alltäglichen, doch es war auszuhalten. Und noch empfand er diesen Unrat als etwas Nützliches und sich selbst zu etwas nütze. Deshalb hatte er auch nicht vor, in nächster Zeit abzutreten. Schon gar nicht hier in Asien und erst recht nicht auf diesem Kreuzfahrtschiff.

Was ihm fehlte, war momentverlorenes Sein, Wärme, gelebte Nähe, reichhaltiger Alltag, das saftige Leben genießen, beseelte Zeit; Heimat. Sex. Sicher, der fehlte auch, zum Teufel! Sich mit allem hinzugeben, was man hatte, sich mit Schweiß und Sperma an jemand anders zu verschenken. Die Seele riskieren und dafür eine andere zum Geschenk erhalten. Mein Gott, wie ihm das fehlte! Aber aufgeben? Nein. Er hatte sich bewusst dagegen entschieden. Er würde noch weitermachen.

Außerdem musste er sich um Tabby kümmern, das Einzige, was ihm geblieben war. Für diese Reise hatte er sie bei Jennys Eltern einquartiert.
»Was überlegen Sie?«, riss Sinah ihn aus seinen Gedanken.
»Dass ich eine Zigarette brauche.«
Sie schmunzelte. »Also ... was machen wir jetzt?«
»Wir genießen die Weihnachtsgala«, antwortete er und empfand seinen Zynismus selbst für seine Verhältnisse überzogen.
Eine Mischung aus weihnachtlichen Musikklängen der Backgroundanlage und dem Gemurmel von unzähligen festlich gekleideten Kreuzfahrgästen erfüllte das Theater. Sinah und Tom standen, umringt von herausgeputzten Crewmitgliedern, im hinteren Bereich des Zuschauerraums. Vor ihnen hatte sich im Rund des Auditoriums eine Menschentraube angesammelt. Wer keinen Sitzplatz mehr ergattert hatte, stand an einem der kleinen Stehtische und verfolgte von dort aus das bunte Treiben. Schon vor einigen Minuten hätte die Weihnachtsgala beginnen sollen, verzögerte sich aber offensichtlich noch. Sinah wurde erneut von jemandem beiseite genommen.
Toms Gedanken schweiften wieder ab. Tabby war ein Trostpreis; so selbstsüchtig und ungerecht das klang. Aber wenigstens hatte er noch sie. Er erinnerte sich an eine Nachricht, die Jenny ihm einmal geschickt hatte, und musste trotz der skurrilen Situation schmunzeln. Er war für einige Tage nach Berlin gereist. Früh morgens schickte er ihr eine Nachricht aus dem Hotelzimmer:
Hey. Bist du wach?
Keine Antwort.
Hallo? Schläfst du noch?
Nein. Auf dem Weg zur Arbeit.
Hast mir gar nicht geschrieben heute Morgen.
Sorry, ja. Tabby und ich waren im Stress.
Ah. :-) Klar.

Saß vor der Schlafzimmertür und wollte fressen.
Jaaa!
Und war wieder im Schrank eingesperrt und ich spät dran!
Der Tabbster und meine Liebste. Meine zwei Dramaqueens.
Ja?!!
Wie haben wir ohne sie leben können?
Keine Ahnung.
Ich liebe euch!
Wir dich auch!
Damals, direkt nach dem Unfall … Wäre die Katze nicht gewesen, er wäre ertrunken. Wäre da damals nicht der sanfte innere Zwang gewesen, sich um sie kümmern zu müssen, sie zu versorgen, wäre er heute nicht mehr hier. Dessen war er sich bewusst.
Hatte er getrunken, damals? Und wie. Eine Zeit lang, ja. Geraucht und buchstäblich gesoffen. Tabbster hatte es geduldig mit angesehen, hatte auch akzeptiert, dass er sie nicht anfassen, nicht streicheln wollte. Er konnte es zu dieser Zeit nicht, konnte einfach keine Zärtlichkeit aushalten und schon gar nicht geben. Auch nicht dem Tier, das sie von ihrer Hochzeitsreise mit nach Hause gebracht hatten. Und sie hatte sich instinktsicher von ihm ferngehalten. Dann aber, nach Monaten der trunkenen Dunkelheit, eines Nachts, als er mal wieder um vier Uhr mit einem Zigarettenstummel zwischen den Fingern die Augen öffnete, da lag Tabby neben ihm auf dem Sofa, nur wenige Zentimeter vor seinem Gesicht, und beobachtete ihn. Sie schnurrte nicht, sie tat gar nichts, musterte ihn nur geduldig, vielleicht ein wenig herablassend. Er richtete sich auf, streichelte sie ein paarmal, nahm sie auf den Arm und wollte ihr etwas zu fressen geben. *Um diese Zeit! Spinnst du?*, hörte er Jenny auf dem Weg zur Küche mit ihm schimpfen. Doch er ignorierte sie lächelnd. Er kam an dem Spiegel im Flur vorbei und blieb stehen: Er sah erbärmlich aus. Viel zu lange Haare, ungekämmt, unterlaufene Augen, Tränen-

säcke bis hinab zum bärtigen Kinn. Noch immer blickte ihn Tabby an, in dieser Mischung aus geduldiger Güte und weisem Vorwurf: Und da traf er die Entscheidung. – Letztlich war es Tabbys stiller Tadel gewesen, der ihn dazu gebracht hatte, sich aufzuraffen: *Lass dich nicht so gehen, Tom. Es gibt noch jemanden, um den du dich kümmern musst.* Am nächsten Morgen war er zuerst zum Friseur und dann zu Hartmut in die Redaktion gefahren. Nur seinen Bart, den hatte er nicht abgenommen, ihn lediglich in eine ordentliche Form gebracht.

Tabby war Sinn, war schnurrende Hoffnung. Ein Stück Klugheit des Lebens. Und solange er zumindest quasi Familienvater war, musste er weitermachen. Das Leben leuchtete zwar nicht mehr in den hellsten Farben, aber es hatte noch welche. Auch wenn sie ein wenig matter waren. In Ordnung, viel matter – aber nicht grau. Deshalb hatte er auch nicht vor, hier in einem hellen Blitz zu verdampfen. Nicht hier. Und auch nicht heute!

Tom gab sich einen Ruck und blickte in die erwartungsvolle Menschenmenge vor sich. Er wusste beim besten Willen nicht, wie er das alles emotional verarbeiten sollte und war völlig überfordert beim Anblick dieser fröhlichen Ansammlung Ahnungsloser und dem gleichzeitigen Wissen, dass sich vielleicht Kriminelle an Bord der *SOLARIA* befanden. Sein Reporterherz sagte ihm, er müsse die Information hinausschreien, damit alle wussten, dass sie vielleicht in großer Gefahr schwebten. Die Vernunft jedoch widersprach dem Wahrheitsdrang in ihm: *Wir sind mitten auf dem Meer! Wo sollen die Leute denn hin?* Sollten sie sich alle in ihrer Kabine unter dem Bett verkriechen, in die Rettungsboote flüchten oder einfach über Bord springen? Nein. Bis die *SOLARIA* irgendwo angelegt hatte und alle das Schiff verlassen konnten, waren die Urlauber genauso wie die Crew in einem schwimmenden Gefängnis eingesperrt. Und bis dahin gab es nur die Hoffnung, dass sich alles als ein harmloser

Irrtum herausstellte, der Drohbrief ein makabrer Scherz war oder zumindest ein anderes Schiff betraf.

Und wenn nicht?

Tom nahm eines der Sektgläser, die von Kellnern auf Tabletts herumgetragen wurden.

Es machte ihn wahnsinnig, keine neuen Informationen zu erhalten. Hartmut hatte natürlich recht. Es war wenig, was er bisher hatte: Der Umweltoffizier, der unabgemeldet bei der Vorstellung gefehlt hatte … Kein Abschiedsbrief. Die Schuhe … er hatte seine Schuhe noch an. Und was hatte er mit der Müllverbrennungsanlage gemeint? Hatte er einen beruflichen Fehler begangen, der so gravierend war, dass er sich das Leben nahm? Klang alles nicht sehr überzeugend. Dann die fehlende Hand und die Fingerprintanlage. Und letztlich der Drohbrief.

»Ich habe gehört, Sie sind im Hospital gewesen?«, sagte Sinah, als sie sich erneut zu ihm gesellte.

»Scheint sich schnell rumzusprechen«, meinte er nur. Er konnte nicht einschätzen, ob sie auch davon wusste, dass er erneut auf der Brücke war und sich mit seiner hanebüchenen Geschichte weit aus dem Fenster gelehnt hatte.

»Tja, das Schiff ist ein Dorf. Geheimnisse hat man hier nicht viele. Musste ich vor Kurzem auch wieder schmerzlich erfahren.«

Tom überging diese Bemerkung, die einen bitteren Beigeschmack zu haben schien.

»Haben Sie dort vielleicht auch etwas Neues über den Unfall erfahren?«, fragte sie und konnte die Ironie dahinter nur schwer verbergen.

Tom musste schmunzeln. »Nun ja, es scheinen sich einige Zweifel aufzutun.«

»Tom, Tom. Sie haben eine blühende Fantasie.«

»Das muss man – in meinem Job.«

»Ich weiß auch, dass sie nochmals auf der Brücke waren und dort für ordentlichen Wirbel gesorgt haben. Mein Chef ist deshalb ziemlich ungehalten. Norman Schneider auch.«

Tom nickte nur. *Niemals jemanden unterbrechen, der bereits am Erzählen ist.*

»Fielmann hat tatsächlich keinen Abschiedsbrief hinterlassen«, gab sie nun zu. »Und es gibt keinen offensichtlichen Grund für einen Selbstmord.«

»Und dass ein erfahrener Offizier über die Reling fällt, klingt auch unwahrscheinlich«, sagte Tom, seine eigene Berufsmaxime ignorierend.

»Unwahrscheinlich«, wehrte Sinah schnell ab, »aber nicht unmöglich.«

Doch Tom kam bereits ihn Fahrt: »Jetzt mal Tacheles, Sinah: Es gibt einen Brief an die Firma, in dem angedroht wird, dass ein Schiff der Flotte entführt werden soll. Wissen Sie davon?«

»Das ist undenkbar«, antwortet sie bestimmt.

»Ebenso undenkbar wie die Tatsache, dass es heute den ersten MOB der Firmengeschichte gegeben hat«, konterte Tom.

»Das ist doch lächerlich«, sagte Sinah, deren Stimme weitaus weniger sicher klang als sie vermitteln zu wollen schien.

»Sie wissen, dass ich recht habe: Es *ist* denkbar, dass man Fielmann getötet hat, um mit seinem Fingerabdruck auf die Brücke zu gelangen.«

»Um was zu tun? Den Kapitän gefangen nehmen? Ohne Waffen? Jeder Gast wird mehrmals durchleuchtet, bevor er auf das Schiff kommt.«

Tom musste ihr recht geben. Aber wie sollten die sonst ein Schiff kapern wollen, wenn nicht mit Waffengewalt?

Er sah auf die Uhr. Es war 21:06. Wenn das Schiff anlegte, dann war der ganze Spuk vorbei. Aber noch befanden sie sich auf See.

Er sah sich erneut im Theater um, sah sich die Gäste an. Viele hatten sich in Schale geworfen. Kleine Kinder, in ebenso festlichen Aufzug gezwungen, rannten durch die Beine der Gäste und spielten arglos Fangen. Eines rempelte einen hochgewachsenen bleichen Mann an, der durch den kleinen Schubs einen Schluck seines Drinks über seinen dunklen Anzug verschüttete und dem Kind ärgerlich hinterher sah. Ein älteres Pärchen stand händchenhaltend an einem der Tische und blickte sich innig in die Augen.

Mein Gott, wenn ich Recht habe? Wenn die wirklich hier sind? Das *Last Christmas*, das soeben aus der Soundanlage erklang, erhielt im Angesicht dessen eine ganz andere Dimension.

***

»Gleich geht es los«, sagte Sinah, um das Thema zu wechseln.

Soeben war der Showmanager mit seinem Headset auf dem Kopf an ihnen vorbeigerauscht, hatte etwas in sein Mikrofon gemurmelt und ihr zugezwinkert. *Meine Mickey Maus*, dachte sie. Er war einfach ein verrückter Typ, genau deshalb mochte sie ihn so sehr.

Es gelang ihr aber nicht, Toms Verdacht aus dem Kopf zu kriegen. War an der Sache wirklich etwas dran? Konnte es sein, dass er recht hatte? Vielleicht waren ja wirklich Verbrecher an Bord und wollten versuchen, auf die Brücke zu gelangen und die *SOLARIA* zu übernehmen. Aber wie sollten die das anfangen? Ohne Waffen war das unmöglich. Jedenfalls hatte Tom mit seinen Vermutungen die Brücke ziemlich nervös gemacht. Und ihr Chef hatte sich von Norman anhören müssen, er hätte den Pressefutzi nicht im Griff. Norman verhielt sich einfach unmöglich.

Sie schüttelte unwillig den Kopf. »Tom, es wäre gut, wenn wir zwei eine Möglichkeit fänden, dass ich auch Sie jederzeit erreichen

kann«, sagte sie und zog ihren Pager von ihrem Gürtel. »Ich habe ein Bordtelefon. Ich gebe Ihnen meinen Pager. Wenn er klingelt, wird eine Nummer angezeigt, die sie von jedem Telefon auf dem Schiff zurückrufen können. Kommen Sie damit zurecht?«
»Klar, die Dinger kenne ich«, antwortete er. »Ist zwar ein anderes Modell, aber wird schon gehen. Danke.«
»Der wird uns die Tage die Arbeit erleichtern. Natürlich nur, wenn Sie zurückrufen«, setzte sie hinzu und er grinste.
»Guten Abend«, erklang in diesem Moment die Stimme des Sicherheitsoffiziers an Sinahs Seite. Schneider hatte sich unbemerkt neben sie gestellt.
Sinah antwortete nicht, sondern nickte Norman lediglich flüchtig zu.
»Guten Abend, Herr Schneider«, sagte Tom stattdessen.
Schneider musterte ihn kühl. »Ah, der Herr Journalist. Das neue Crewmitglied. Haben Sie noch neue Geheimnisse und Morde entdeckt?«
»Momentan nicht, Herr Schneider«, antwortete Tom betont freundlich.
»Einen Pager scheint er jetzt auch schon zu haben«, fuhr Schneider fort und schüttelte den Kopf. »Nur damit Sie es wissen: Von mir erfahren Sie nichts. Gar nichts. Sie sind kein Mitglied der Crew. Interna gehen Sie nichts an.«
»Musst du nicht hinter die Bühne zum Offiziersauftritt der Gala?«, meinte Sinah ruhig. »Ich glaube, dem Eventmanager würde es ebenso wenig wie deinem Kapitän gefallen, wenn schon wieder ein Offizier seinen Auftritt verpasst.«
Schneider gab sich gelassen: »Lass dat mal meine Sorge sein, Sinah. Der Alte weiß, dass ich hier rechtzeitig antanze, auch wenn mir die Muppet-Show ziemlich egal ist.«
»Dir ist überhaupt egal, was andere denken, Norman. Das ist dein Problem«, meinte Sinah etwas bissiger, als gewollt.

»Müssen ja nicht alle solche Geheimniskrämer sein wie Frau Dietrich. Wünsche noch einen schönen Abend und frohe Ostern.«
Er schritt gemütlich davon und stellte sich demonstrativ einige Meter von ihnen entfernt zu einer Gruppe fröhlicher Spa-Mitarbeiterinnen.
»Idiot«, zischte Sinah.
Tom sah sie überrascht an. »Sie scheinen sich nicht sehr grün zu sein.«
»Ja«, knurrte sie.
Nach einer längeren Pause, in der er sie nur verwundert ansah, verdrehte sie die Augen. Warum sollte er es auch nicht wissen? Sonst wusste es ja auch jeder. »Wir waren bis vor drei Monaten ein Paar«, flüsterte sie. »Bis er dachte, er müsse sich in der Crewbar über unsere Intimitäten auslassen.«
Tom wirkte wenig überrascht.
»Seither nimmt er jede Gelegenheit wahr, mich in die Pfanne zu hauen. Kommen Sie, wir sehen uns die Gala vom TV-Studio aus an«, schlug sie vor und ging bereits los.

***

Weihnachtsglocken erklangen mal von der einen, dann wieder von der anderen Seite und wurden behutsam von einem Teppich aus klassischer Musik abgelöst. Dann öffnete sich der Vorhang langsam und die Gruppe festlich gekleideter Solisten, die Tom gestern Abend bereits auf der Bühne erlebt hatte, sang in getragener Intonation *Stille Nacht*.
Im TV-Studio stellte Sinah Tom ihre beiden Mitarbeiter vor, die konzentriert an der Schnittanlage saßen. »Von hier aus steuern wir die drei fest installierten Kameras im Theater«, erklärte sie.

Tom war durchaus beeindruckt von der guten Ausrüstung des Studios, auch wenn er momentan wenig Sinn dafür hatte. Von seiner langjährigen Arbeit bei einem lokalen Fernsehsender kannte er das meiste der hier verwendeten Technik. Die Fernsteuerung der Kameras jedoch war ihm tatsächlich neu.

»Ist gut, dass du kommst, Sinah«, meinte einer ihrer Kollegen. »Ich habe versucht, dich zu erreichen. Dein Telefon scheint nicht zu funktionieren.«

Sinah griff nach ihrem Mobilteil. »Der Akku ist voll.«

Auf der Bühne traten soeben unter dem Applaus der Gäste Hübner und Arnold in Galauniform durch die noch singenden Darsteller.

»Einen wunderschönen Heiligabend wünschen wir Ihnen und begrüßen Sie herzlich zu unserer Weihnachtsgala auf der *GCL SOLARIA*.«

Man sah Hübner die Anspannung an, fand Tom, was angesichts der jüngsten Ereignisse nicht verwunderlich war. In einer solchen Situation wollte er weder mit den beiden Moderatoren noch mit dem Kapitän tauschen. Nervös strich er sich mit dem Handrücken über die Stirn und zwang sich, ruhig zu bleiben. Er wandte sich zu dem Operator um und sah auf den Bildschirm vor ihm.

Mit ernster Miene fuhr Arnold fort: »Verehrtes Publikum. Es fällt uns heute nicht leicht. Bevor Sie gleich die seit Wochen geprobte Weihnachtsgala sehen, möchten wir Sie bitten, mit uns für eine Minute innezuhalten und unseres verunglückten Kollegen, Umweltoffizier Robert Fielmann, zu gedenken.«

Schlagartig wurde es totenstill. Die meisten senkten demütig ihre Häupter und kreuzten die Hände. Tom fiel in einer der Kameraeinstellungen das ältere Ehepaar von vorhin ins Auge. Mit Blick zum Boden standen die beiden eng nebeneinander, hielten sich an den Händen und griffen mehrere Male nach, indem sie die Finger öffneten um sie dann um so fester zu schließen.

Von Sinah hatte Tom erfahren, dass Fielmann gerade erst einunddreißig geworden war und sich vor Kurzem verlobt hatte. So jung … Er musste an Jennys Beerdigung denken. Er hatte damals gedacht, sein Leben wäre vorbei. Alles war sinnlos geworden und hätte er nicht die Verpflichtung verspürt, sich um Tabby und seine Schwiegereltern zu kümmern, dann wäre er sicher in eine noch viel tiefere Depression gefallen; oder schlimmeres. Erst später hatte er verstanden, dass nicht er sich um sie gekümmert hatte, sondern sie sich um ihn. Helmut und Silvia hatten ihn regelmäßig gebeten, sonntags zu ihnen zu kommen, um gemeinsam mit ihnen alte Fotoalben anzusehen und Geschichten über ihre Tochter auszutauschen. Begründet hatten sie es damit, dass sie so noch ein Stück von Jenny bei sich hätten. Doch im Grunde hatten sie ihm damit geholfen, sich nicht zu Hause zu vergraben und wenigstens einen einzigen sozialen Kontakt zu pflegen, auch wenn sie genug Grund dazu gehabt hätten, ihn zu meiden oder gar zu hassen.
»Ich danke Ihnen im Namen der gesamten Crew«, sagte Arnold gerade heißer und sichtlich ergriffen.
Die Schweigeminute war Tom ewig vorgekommen.
Hübner machte weiter: »Liebe Gäste, wir wollen trotzdem das Weihnachtsfest gemeinsam mit Ihnen begehen und hoffen, dass die nun folgende Gala Ihnen Freude bereiten wird. Wir haben einundzwanzig verschiedene Nationalitäten in der Schiffsmannschaft, mit ganz unterschiedlichen Weihnachtstraditionen. Doch in einem stimmen sie alle überein: dass Weihnachten das Fest der Liebe und der Familie ist. Und wir alle sind heute zwar fern von Zuhause, bilden aber für diesen Moment hier an Bord eine große Familie, feiern gemeinsam dieses besondere Fest, denken an die Liebsten, die nicht bei uns sein können, und senden ihnen einen Gruß übers Meer in die Ferne. Wir beide wünschen Ihnen im Namen der Besatzung einen wundervollen Heiligen Abend, ein fröhliches Fest und viel Vergnügen bei unserer Gala.«
Sichtlich mitgenommen warteten Hübner und Arnold den Applaus der Gäste ab, der nicht zu enden schien. Dann erklang wieder leise

Musik und auf der leuchtenden LED-Wand wurden Schneeflocken sichtbar. Bevor Tom jedoch genau erkennen konnte, was auf der Bühne geschah, wurde er durch Sinah abgelenkt, die die ganze Zeit versucht hatte, ihr Telefon in Gang zu bringen.
»Scheint nicht zu funktionieren«, bemerkte sie. »Entschuldigen Sie mich. Ich gehe kurz zum IT-Techniker.«
Sie verließ das Studio durch eine Tür, die in den Crewbereich führte.
»Achtung«, sagte in diesem Moment der Kollege am Mischpult zum TV-Operator an der Kamerasteuerung. »Sie öffnen die Bühnenversenkung. Jetzt fährt gleich der Kapitän nach oben.«
Tatsächlich hatte sich direkt vor den beiden Moderatoren das Rund der Bühne geöffnet und fuhr langsam zu den Klängen von *You Raise Me Up* nach oben. Zum Vorschein kam, flankiert von den zwei Artistinnen, die Tom schon kennengelernt hatte und die in weiße, zarte Engelskostüme gekleidet waren, der ernst dreinblickende Kapitän in Galauniform. Er hatte ein Mikrofon in der Hand. Die Zuschauer begannen zu klatschen und während die letzten Takte erklangen, hob Buske das Mikrofon zu seinem Mund.
In diesem Moment wurde das Schiff von etwas so enorm erschüttert, dass der Kapitän sich nur durch einen beachtlichen Ausfallschritt auf den Beinen halten konnte. Weniger Glück hatte eine der Artistinnen, die direkt am Bühnenrand stand, das Gleichgewicht verlor und in die vorderste Zuschauerreihe stürzte. Eine Frau kreischte auf, als sie dieser direkt in den Schoß fiel. Gläser gingen zu Boden und ein Raunen durch die gesamte Zuschauermenge.
Der Kapitän reagiert cool. »Da hat uns aber eine mächtige Welle getroffen«, bemerkte Buske souverän durchs Mikrofon. Er wurde jedoch sofort berichtig, denn plötzlich stand da ein Mann im dunklen Anzug neben der Bühne und antwortete ihm lautstark: »Das war keine Welle, Käpt‘n! Das war eine Bombe!«

Kapitel III

Tom war binnen Sekunden schweißnass. Die *SOLARIA* schien zu schlingern. Es dauerte eine ganze Weile, bis er realisierte, dass es nicht das Schiff war, das ihm den Boden unter den Füßen wegzuziehen schien, sodass es ihm sofort wieder gallig den Magen umdrehte, sondern sein Gemütszustand, seine ureigene Angst vor dem Ertrinken: Er hatte Panik!
Versteinert starrte der Kapitän den Fremden an, der wie aus dem Nichts erschienen war. Es war derselbe hochgewachsene Mann, der wegen des kleinen Jungen seinen Drink verschüttet hatte. Tom konnte den Fleck auf seinem dunklen Anzug deutlich erkennen. Buske wusste offenbar nicht, was er auf die Worte des Mannes erwidern sollte, der selbstbewusst die Bühne betrat, langsam auf den Kapitän zuging, der seinerseits einige Schritte zurücktrat, bis er an den Rand der Bühne gelangte. Dann hielt der Fremde Buske mit höflicher Miene seine flache Hand entgegen.
»Darf ich, Herr Kapitän?«, fragte er mit einer kleinen Verbeugung und Blick auf das Mikrofon und nahm es dem völlig perplexen Buske aus der Hand.
Tom erholte sich nur langsam von dem Schock. Noch immer war ihm entsetzlich übel und nur schwer bekam er die Bilder von Jenny und dem vollaufenden Auto aus dem Kopf. Doch langsam gewann der Profi in ihm die Überhand. Er wollte gerade er aus dem Studio stürmen, um näher am Geschehen zu sein, als die Tür hinter ihm aufschlug, durch die Sinah vor einigen Minuten verschwunden war. Ein Mann in beiger GCL-Uniform, dessen Hände mit einem Kabelbinder gefesselt waren, stolperte herein, gefolgt von Sinah und einem muskulösen Riesen mit blutiger Narbe auf der Wange, der der Mediamanagerin einen Schraubenzieher an den Hals presste.

»Keinen Schritt weiter!«, befahl der Fremde und drückte Sinah den Schraubenzieher noch tiefer in den Hals, sodass sich ihre Haut nach innen wölbte wie ein Stück Teig, in das man eine Rosine quetschte. Sie spreizte die Finger ihrer nach oben gestreckten Hände und riss entsetzt die Augen auf.
Tom war wie gelähmt. Mit zitternder Stimme brachte er lediglich ein »Wer sind Sie?« heraus.
»Maul halten!«, schnauzte der Fremde. »Du da, am Steuerknüppel. Sind wir auf Sendung?«, blaffte er den Operator am Mischpult an, der vor Schreck nichts sagen konnte und lediglich nickte. »Kannst du auch die LED-Wand und alle anderen Monitore auf dem Schiff dazuschalten?«
Der Operator nickte wieder, blieb aber wie angewurzelt auf seinem Stuhl sitzen.
»Dann tu es!«, brüllte der Fremde, worauf der Operator sich hastig zu einer Schaltkonsole begab und einige Knöpfe drückte.
Tom drehte sich für eine Sekunde um und sah durch die Glasscheibe auf die Bühne, wo in diesem Moment die Großaufnahme des Kapitäns und der wartenden bleichen Gestalt auf dem Großbildschirm erschien.
»Geht ja«, blaffte der Hüne und stieß Sinah nun von sich.
»Ah, wir sind auf Sendung«, sagte der Mann im selben Moment auf der Bühne durch das Mikrofon in seiner Hand. »Dann können wir wohl.«

***

Stefan Buchmann, *Manager GCL-TV und Bordmedien*, konnte es noch immer nicht fassen. Er kochte vor Wut, als er ungeduldig den richtigen Schlüssel an seinem Bund suchte, ihn endlich fand und

damit hastig die alte Tür am Gebäude von *GCL EVENT* in Hamburg aufschloss. Er hatte diese Woche alles vorbereitet gehabt, die letzten dringenden Dinge erledigt, einige wichtige E-Mails versendet und dann die automatische Antwortfunktion aktiviert, um über die Feiertage auch wirklich mal seine Ruhe zu haben und ein paar Tage nicht ans Büro denken zu müssen. Und dann war er heute morgen verzweifelt durch die ganze Wohnung geirrt auf der Suche nach dem Geschenk für seine Freundin, bis ihm nach über einer Stunde angestrengten Nachdenkens eingefallen war, dass es noch unter seinem Schreibtisch im Büro liegen musste.
Griesgrämig schloss er die Tür hinter sich wieder ab und betrat den Eingangsbereich der Firmenaußenstelle. Die Unterhaltungsmaschine von GCL war nicht in der Zentrale in Kiel angesiedelt, sondern in einem geschichtsträchtigen ehemaligen Museumsgebäude in der Musical- und Entertainmentstadt Hamburg. Das lag daran, dass sich die Leitung von GCL damals bei der Firmengründung dafür entschieden hatte, die Bordunterhaltung einer Fremdfirma zu überlassen, die dafür eigens von zwei erfahrenen Theatermachern gegründet worden war.
Die TV-Abteilung lag im Souterrain des alten Gebäudes. Das Haus beherbergte noch ein voll ausgestattetes Fernsehstudio, eine eigene Schneiderei und Kostümabteilung und ein modernes Tonstudio. Hier wurden die Bühnenshowprogramme der Schiffe entwickelt und mit den Ensembles einstudiert. Neben dem großen Tanzsaal im Erdgeschoss gab es verschiedene kleinere Tanzräume, alle versehen mit Schwingboden, Ballettstangen und Spiegelwänden. Die Gesangsstudios waren schalloptimiert und die Schauspielsäle fachgerecht für den Unterricht ausgestattet. Das alte Gemäuer bot ideale Verhältnisse.
Normalerweise musste Buchmann jedes Mal schmunzeln, wenn er auf das Gebäude zu ging und die beiden grinsenden Löwen sah, die

den Haupteingang bewachten und von den zwei selbstironischen Gründern von *GCL EVENT* zur Eröffnung angebracht worden waren. Heute hetzte er eher genervt zwischen ihnen durch. Er war nicht in Stimmung.
Er müsste längst bei seiner Mutter sein – sie hatte ihn gebeten, ihr nachmittags zu helfen, den Weihnachtsbaum aufzustellen – und nun hatte er extra nochmals ins Büro fahren müssen, um das vergessene Geschenk abzuholen, nur um dann wieder ans andere Ende der Stadt zu jagen und sich von seiner Mutter anzuhören, dass er mal wieder zu spät komme, dass man sich noch nicht einmal am Heiligabend auf ihn verlassen könne und so weiter und so fort.
Hastig durchquerte er das Treppenhaus und gelangte in den ersten Stock. Links lag das Büro der beiden Geschäftsführer, gegenüber das der Leiterin der Abteilung *Productions*, Uschi Maiser. Die Türen waren, wie alle anderen, an denen er den Gang hinab vorbeirauschte, verschlossen. Es war niemand im Büro – natürlich! Es war verdammt noch mal Heiligabend und bereits nach 16:00 Uhr. Alle waren auf dem Weg zu ihren Familien oder saßen schon beim ersten Eierpunsch unter dem Weihnachtsbaum und aßen selbst gebackene Plätzchen von Muttern.
»Fröhliche Weihnachten«, motzte er halblaut vor sich hin und eilte durch die Glastür am Ende des Ganges, die in ein zweites Treppenhaus führte. Schon auf der Treppe suchte er am Bund den Schlüssel für sein Büro und stolperte dabei beinahe. Fluchend öffnete er die Tür. »Nun fehlt nur noch, dass ich mich geirrt habe und du doch schon im Kofferraum liegst. Dann hol ich die Schnapsflasche aus der Schublade und besauf mich an Ort und Stelle!«
Doch wie vermutet lag das bereits eingepackte Geschenk unter seinem Schreibtisch, wie er bereits von vorne durch die Beinöffnung erkennen konnte. Er musste sich hinknien und ein Stück weit in die Öffnung kriechen. Gerade als er es erreicht hatte und es in den Hän-

den hielt, ertönte über ihm ein lautes Klingeln und er erschrak so, dass er nach oben schnellte und mit dem Kopf gegen die Unterseite der Tischplatte donnerte.
»Verdammte Scheiße!«, schrie er. Er wusste, es hörte ihn niemand.
Das Telefon klingelte ein zweites Mal und Buchmann krabbelte, das Paket in Händen und sich auf die Ellenbogen abstützend, ungelenk unter dem Schreibtisch hervor.
Während er sich aufrichtete läutete es ein drittes Mal. Wütend riss er den Hörer aus der Schale und brüllte so laut er nur konnte: »Fröhliche Weihnachten!«
Nichts. Zur Antwort erhielt er nur ein Knistern. Es knackte und kratzte, aber niemand meldete sich.
»Hallo? Hallo!«, blaffte er ins Telefon. »Wer ist da?«
Das Einzige, was Buchmann vernahm, waren ein gelegentliches, nervendes Knarzen mit einem andauernden Rauschen darunter und dann plötzlich das Besetztzeichen.
»Scheiße«, entfuhr es Buchmann erneut, der die Beule an seinem Hinterkopf befühlte. So langsam hatte er keine Lust mehr auf diesen Tag.
Angefressen griff er mit beiden Händen nach dem Geschenk, klemmte es sich lieblos unter den Arm und nahm seinen Schlüssel, um zu gehen. Dabei fiel sein Blick auf die Anzeige des Telefons, die ihm, im Falle eines firmeninternen Anrufes, den Ursprung des Telefonates anzeigte.
Er hielt sofort inne, blickte zwei Schrecksekunden auf das Display, schloss genervt die Augen und ließ die Schultern nach unten sinken. Er legte das Geschenk übertrieben langsam auf dem Tisch ab, um dann das Telefon nochmals vorwurfsvoll zu fixieren.

***

»Die Erschütterung, die Sie soeben gespürt haben, rührt von einer Explosion in der Müllverbrennungsanlage her«, sagte der Fremde auf der Theaterbühne.

Ein Raunen ging durch die Zuschauermenge und der Mann musste trotz Mikrofon seine Stimme erheben, damit er von allen gehört wurde. Dennoch blieb er gelassen und sanft: »Aber, Herr Kapitän, liebe Kreuzfahrgäste, keine Sorge: Das Schiff ist nicht schwer beschädigt, keiner schwebt in Gefahr.«

Das Murmeln wurde dadurch nicht weniger.

»Ich bitte um Ruhe! Beruhigen Sie sich!«, insistierte der Mann nun bestimmt, aber nicht minder höflich. »Ich möchte Ihnen erst einmal allen ein fröhliches Weihnachtsfest wünschen«, setzte er jovial hinzu.

»Wer sind Sie?«, fragte Buske endlich mit lauter Stimme, sodass es durch das Theater hallte.

»Mein Name ist Alan Posseidoni. Ich bin ab jetzt der kommissarische Kommandant dieses Schiffes.«

Der Geräuschpegel im Publikum flammte wieder auf.

»Wie bitte?«, protestierte Buske.

»Bitte, Herr Buske, gewähren Sie mir einige Minuten, um es näher zu erläutern«, sagte Posseidoni charmant.

In diesem Moment erklang eine Durchsage von der Brücke: »Assessment Call. Assessment Call. Assessment Team proceed to Incineratorroom, deck three, firezone five.«

Buskes Miene erstarrte. »Wenn das wirklich eine Detonation war, dann werde ich auf der Brücke benötigt.«

Entsetzt sah Tom Sinah an. Er war zu ihr geeilt und hatte sich, ohne eine Sekunde ihren Angreifer aus den Augen zu lassen, versichert, dass es ihr gut ging. Sie hielt sich zwar den Hals, in den der grobe

Kerl den Schraubenzieher gedrückt hatte, aber außer einer kleinen Rötung an der Stelle war sie unversehrt.
Tom hätte erwartet, dass sie unter Schock stand, war aber nicht allzu überrascht, dass sie stattdessen stinksauer war.
»Geht es Ihnen gut?«, fragte Tom.
»Natürlich geht's mir gut«, fauchte sie. »Bis auf die Tatsache, dass dieser Klotz da mich angesprungen hat, als ich das Büro von Eike betreten habe.«
Eike war offensichtlich der Name des gefesselten Offiziers, der sich völlig verstört und ängstlich in die Ecke des Studios verkrochen hatte.
»Ich schlage vor, dass ihr beiden jetzt die Klappe haltet und lieber Alan zuhört, was er zu sagen hat«, blaffte der Hüne sie an.
Sinah und Tom sahen daraufhin zu den Bildschirmen. Posseidoni genoss die absolute Stille, die im Auditorium eingekehrt war, und reizte den Moment bis aufs Letzte aus. Tom warf Sinah aus den Augenwinkeln einen Blick zu. Hätte man ihn gefragt warum, hätte er keine Antwort gehabt, aber etwas sagte ihm, dass sie angestrengt über etwas nachdachte und es nicht die Frage war, was dieser Kerl da auf der Bühne von ihnen wollte. Sie fixierte den Bildschirm, Tom hatte aber das Gefühl, dass sie durch ihn hindurchsah, als ob sie gerade eine schwierige Aufgabe löste.
Dann drehte sie sich zu dem Mann mit der Gesichtsverletzung um: »Sollen das alle an Bord sehen und hören?«
Der Angreifer brachte vor Verblüffung kein Wort heraus.
»Dann wäre es gut, wenn ich die Rezeption benachrichtige, damit die das in die Restaurants übertragen«, fuhr Sinah selbstsicher fort.
Der Mann antwortete noch immer nicht.
»Die Rezeption kann das in die öffentlichen Bereiche schalten. Es sind sicher noch viele Leute beim Essen oder sonstwo. Wenn es wirklich so wichtig ist, dann sollten das alle hören, oder?«

Hilflos blickte der Hüne zu seinem Komplizen, der noch immer auf der Bühne seinen großen Moment auskostete und darauf wartete, dass das Auditorium ihm geschlossen zuhörte.
»Was ist nun?«, quengelte Sinah in einem derart fordernden Ton, dass es Tom mulmig wurde. »Anrufen oder nicht?«
»Mach schon«, stieß er nun aus.
Ohne zu zögern griff Sinah zum Telefonhörer auf der Konsole, drückte eine Kurzwahltaste und wartete. Tom, der direkt neben ihr stand, hörte es leise in der Leitung tuten, einmal, zweimal, dreimal, dann knarzte und zischte es. Die Verbindung schien gestört zu sein und Sinah legte wieder auf.
Denen hat sie aber nicht viel Zeit gelassen.
Schulterzuckend bemerkte sie: »Geht niemand ran.«
Der Mann mit der blutigen Wange durchbohrte sie mit einem Blick, der Tom erzittern ließ. Sinah musste ihn förmlich spüren, sah jedoch weiterhin Tom in die Augen, bis der bleiche Mann auf der Bühne ins Mikrofon räusperte.

Lustvoll drehte sich der Fremde dort um die eigene Achse. Er blickte sich in aller Ruhe um, sah dann feinsinnig schmunzelnd zu seiner eigenen Großaufnahme auf der LED-Wand, strich einmal über den kleinen Fleck auf seinem Jackett und verkündetet sanft: »Die Detonation wird nur ein einziges Compartment in Mitleidenschaft gezogen haben. Ihre Sicherheitsmannschaft wird schon auf dem Weg sein und kann sich ohne Sie um alles kümmern. Wir benötigen Sie hier.« Dabei sah er Buske an.
Ohne auf eine Antwort des Kapitäns zu warten, sah sich der leichenblasse Mann erneut im Publikum um und lächelte freudig: »Nun gut. Wie ist die Lage? Meine Damen und Herren, ich möchte Ihnen hiermit mitteilen, dass ich und meine Leute im Laufe des gestrigen und heutigen Tages mehrere Sprengladungen auf dem

Schiff installiert haben. Die Ladungen sind scharf und werden unwiderruflich detonieren.«
Totenstille.
Posseidoni genoss es für einige lange Momente, dann fuhr er fort: »Die Geschäftsleitung von *GERMAN CRUISE LINES* wurde schon darüber informiert; mit der gleichzeitigen Bitte, uns eine bescheidene Summe zukommen zu lassen. Ich bitte Sie, dies nicht falsch zu verstehen. Es geht uns nicht um Geld. Solche egoistischen Motive sind uns völlig zuwider. Es würde uns freuen, wenn Sie es als eine kleine Aufwandsentschädigung ansähen. Ein solches Projekt verschlingt nun mal Unsummen. Wir möchten eigentlich auf uns aufmerksam machen, aber dazu kommen wir später.«
Posseidoni wandte sich an den Kapitän: »Herr Buske: Wir haben bisher ihre Brücke in Frieden gelassen. Das hätte zu viel Aufmerksamkeit erregt. Ich bin mir jedoch sicher, dass Sie mir ab jetzt Zugang gewähren werden. Der IT-Raum und der Maschinenstand gehören uns bereits. Insofern könnten wir das Schiff auch ohne die Brücke steuern. Einfacher wird es jedoch, wenn Sie uns unterstützen.«
Die Stille im Theater war fast unerträglich. Alle warteten auf eine Antwort von Buske, der Posseidoni stumm und regungslos anstarrte. Ein weinendes Kind durchbrach das Schweigen und erregte die Aufmerksamkeit des Kapitäns, doch als er zur Seite blickte, fing Posseidoni ihn wieder ein.
»Um unsere Entschlossenheit unter Beweis zu stellen, haben wir eine gezielte Sprengung vorgenommen.«
Buske war sofort wieder bei ihm. »Was soll das heißen?«
»Vermutlich wird das Schiff ein kleineres Leck haben«, erwiderte Posseidoni sanft, »das jedoch durch die Abschottung der betroffenen Zone in den Griff zu bekommen sein wird. Es tut mir leid, aber wir mussten Ihnen und der Geschäftsführung natürlich zeigen, dass wir es ernst meinen.«

Buske presste schweigend die Kiefer aufeinander.
Tom wandte entsetzt den Blick zu Sinah, die mit offenem Mund neben ihm stand und auf den Monitor starrte. Dann drehte er sich wieder zu den Bildschirmen und ging näher an denjenigen heran, der den Kapitän in Großaufnahme zeigte. Man konnte ihm ansehen, dass er innerlich kochte. Es hatten sich einige feine Schweißperlen auf seiner Stirn gebildet und eine davon rann von seiner rechten Augenbraue über die Schläfe hinunter zur Wange. Doch Buske schien dies nicht wahrzunehmen. Starr und ohne zu blinzeln fixierte er sein Gegenüber. Soeben wollte er etwas erwidern, doch bevor er dazu kam, fuhr Posseidoni fort:
»Nun stehen einige Entscheidungen an. Wir sind natürlich nur wenige, Sie sind viele.« Er machte eine lange Kunstpause, die er ganz offensichtlich genoss wie ein Pokerspieler, der seine Gegner warten lässt, bevor er sein Blatt auf den Tisch legt. »Sie können selbstredend versuchen, uns zu überwältigen, alle Sprengladungen zu finden und zu entschärfen. Allerdings lässt es sich nicht ausschließen, dass wir einige – nennen wir sie einmal *Mitarbeiter* – inkognito unter die Gäste gemischt haben, sodass es nicht sicher ist, ob der eine oder andere unserer Freunde unerkannt bleibt und dies zu verhindern weiß. Dann könnte es auch sein, dass Sie nicht alle Sprengsätze finden. Und selbst wenn, ist es nicht gerade einfach, sie ohne Schaden zu nehmen, außer Gefecht zu setzen. Dafür haben wir natürlich gesorgt. Also, Herr Buske, es ist Ihr Schiff und Sie tragen die Verantwortung. Ich benötige eine klare Aussage von Ihnen. Bin ich ab jetzt der kommissarische Kommandant dieses Schiffes? Ja oder nein.«
Tom sah auf dem Monitor den Blick des Kapitäns, der Posseidoni förmlich erdolchte. Seine Augen waren immer schmaler geworden und Tom hatte geradezu spüren können, wie sich die Wut in Buske immer mehr angestaut hatte. Die Schweißperle auf seiner Wange

war mittlerweile weiter nach unten geronnen und nun an seinem Kiefer angelangt, blieb dort durch ihre Oberflächenspannung hängen und funkelte im Scheinwerferlicht. Mehrere Sekunden lang geschah nichts und Tom wartete schon fast darauf, dass Buske Posseidoni auf offener Bühne ansprang. Doch dann lösten sich die wutschnaubenden Gesichtszüge des Schiffsoberhauptes und er blickte zu Boden.

»Gut, die Brücke gehört erst mal Ihnen. Ich muss an die Gäste denken.« Buske blickte wieder auf und setzte scharf hinzu: »Aber ich werde permanent dabei sein und Sie garantieren mir, dass niemandem etwas geschieht.«

»Aber natürlich, Herr Kapitän. Ich freue mich, dass Sie die Sache vernünftig angehen. Ich möchte betonen, dass zumindest mir persönlich unnötige Gewalt zuwider ist.« Den letzten Satz richtete er direkt an den Kapitän, der noch immer mit heraustretenden Halsschlagadern dastand und aussah, als wolle er Posseidoni jeden Augenblick niederschlagen.

»Gut. Um unnötige Hilferufe zu vermeiden haben wir einige Vorkehrungen getroffen. Die Schiffskommunikation ist ausgesetzt. Weder mobile Bordtelefonanlage noch Satellitentelefon oder Internet et cetera sind momentan nutzbar. Ein Handynetz ist, wie sie bemerken werden, hier draußen auf See nicht existent. Zur Sicherheit haben wir aber auch einen Störsender mit an Bord. Liebe Urlauber, sehr geehrter Herr Kapitän, ich vertraue auf ihre Vernunft und Kooperation. Wenn wir alle ruhig und vernünftig agieren, dann muss niemand zu Schaden kommen. Wir erhalten unsere Publicity sowie eine kleine Entschädigung und Sie können schon in wenigen Tagen nach Hause fliegen und feiern dort Silvester und Wiedergeburt in einem.«

***

16:15 Uhr. In Asien war es jetzt Viertel nach neun. Nun war sein erstes Weihnachtsgeschenk für GCL hochgegangen. Noch wussten die hier im *Golden Gate* nichts von der hübschen Überraschung. Das würde noch dauern, aber er freute sich schon auf den Moment, wenn die Nachricht einschlagen würde. Vor allem freute er sich darauf mit anzusehen, wie die Rupp und vor allem Schmücker darauf reagieren würden.
Es dauerte zwar noch ein wenig, bis die Bombe auch hier in Kiel platzte, aber in nicht mehr allzu langer Zeit würden sie alle ihr Fett wegkriegen und was das Beste war: Er durfte es live miterleben. Er durfte dabei sein, wenn Schmücker sein Schiff verlor, wenn er erfuhr, dass eine Bombe auf der *SOLARIA* detoniert war und das Schiff sich in ihrer Hand befand.

***

»Ende der Vorstellung«, raunzte die dunkle Gestalt mit der Gesichtsverletzung. »Schaltet die Übertragung ab.« Der Operator legte einen Schalter um und die Bildschirme sowie die Großbildwand auf der Bühne wurden schwarz.
»Die Kommunikation ist komplett lahmgelegt«, hörte Tom jemanden sagen und als er sich umdrehte, stand plötzlich eine weitere Person im Raum: ein großer kräftiger Mann mit derselben beigen Uniform wie der Offizier in der Ecke. Tom konnte dem Namensschild entnehmen, dass es Frank Ströhl war, der IT-Techniker.
»Gut«, antwortete ihm der Hüne.
»Mein Gott, Frank, was tust du?«, entfuhr es Sinah.

Der sah sie steif und wortlos an. Bevor er ihr etwas antworten konnte, blaffte das Narbengesicht bereits los: »Schnauze! Und jetzt alle raus hier!«
Sinah und Tom begaben sich gemeinsam mit den anderen aus dem Studio in den Zuschauerbereich des Theaters, wo in der Zwischenzeit ein unsicheres Gemurmel entstanden war. Die Gäste waren entsetzt, einige heulten oder wimmerten, an andere Stelle war ein lautstarker Disput zwischen einem energischen Gast und einem Offizier entstanden. Die meisten Gäste saßen einfach nur fassungslos da und starrten auf die Bühne, zu Posseidoni und Buske.
Tom fiel eine junge Dame auf, die ihren Blick nicht von dem Gangster nehmen konnte. Ohne ein einziges Blinzeln starrte sie Posseidoni unentwegt an. Tränen liefen ihr dabei über die Wangen und sie schüttelte permanent den Kopf. Ihr Partner neben ihr hielt ihre Hand und versuchte, zu ihr durchzudringen: »Nicole. Nicole? Alles in Ordnung?« Die junge Frau hörte ihn nicht, heulte leise vor sich hin und starrte unentwegt Posseidoni an, der in der Zwischenzeit von der Bühne in den Zuschauerraum gesprungen war und auf den Kapitän wartete.
Nicht weit von ihm und Sinah entfernt nahm Tom auch die Schauspielerin Carstensen wahr, die er aus dem Hospital kannte. Auch sie war offensichtlich sehr aufgebracht, machte allerdings einen weniger hysterischen als vielmehr wütenden Eindruck. Hotelmanager Wulfert, der bei ihr stand, entgegnete mit grimmiger Miene etwas, während sie einen kräftigen Schluck aus ihrem Cocktail nahm. Doch die resolute Dame ließ ihn nicht wirklich zu Wort kommen und unterbrach ihn mitten im Satz. Dann schien ihr die Diskussion zu dumm zu werden und sie drehte sich entschlossen zur Bühne, die der Kapitän gerade verlassen hatte, weil er Posseidoni gefolgt war.

»Was sollen wir denn jetzt machen?«, rief Angelika lauthals zu den beiden hinüber, sodass es plötzlich wieder still wurde im Zuschauerraum. Beide wandten sich ihr zu.
Posseidoni sah sie lange an. Tom gefror für einen Moment das Blut in den Adern. Dann spürte er, wie Sinahs Hand erneut seinen Oberarm umfasste, wie sie es heute schon einmal getan hatte. Anscheinend hatte die Mediamanagerin den Unterton dieses Ausrufs als ebenso provokant empfunden wie er, auch wenn es sicher eine berechtigte Frage darstellte.
Er hatte den Eindruck, die Zeit würde stehen bleiben, auch wenn es nur ein paar Sekunden waren, in denen der Verbrecher die Schauspielerin reglos anstarrte, um dann endlich lächelnd, mit dem Finger auf das Mikrofon tippend, festzustellen, dass es noch angeschaltet war: »Was Sie jetzt tun sollen, Madame? Nichts.« Posseidoni zuckte mit den Achseln und lächelte sie höflich an. »Genießen Sie Ihren Urlaub. Trinken Sie ein Gläschen Champagner. Ich kann davon ausgehen, dass der Hotelmanager die Bars anweisen wird, die Drinks umsonst auszuschenken. Gehen Sie in die Restaurants, nutzen Sie alles, was das Schiff zu bieten hat, und lassen Sie es sich gutgehen.«
»Und wir müssen nicht auf unseren Kabinen bleiben oder unsere Wertsachen abgeben oder so etwas?«, rief die Carstensen in demselben harschen Ton.
»Madame. Wir sind nicht auf Ihre Wertgegenstände oder Ihr Bargeld aus. Sie als Personen sind unser Unterpfand und das auch nur, bis GCL unsere Forderungen erfüllt hat.«
Angelika schien dadurch zufriedengestellt. Sie nickte Posseidoni zu, zwang sich sogar ein, wenn auch etwas herbes, Lächeln ab und hob ihr Cocktailglas als Zeichen, dass sie verstanden hatte. Posseidoni neigte seinen Oberkörper zu einer vornehmen Verbeugung, wandte sich zu Buske und gab ihm ein Zeichen, dass er nun gehen wolle.

Gemeinsam kamen sie die Treppen in der Mitte des Zuschauerraums herauf und direkt auf Tom und Sinah zu. Tom erschrak, denn der Terrorist sah ihn direkt an, als sie näherkamen.
Posseidoni wandte sich an den Kapitän. »Darf ich Ihnen meinen Assistenten vorstellen? Das ist Gabriel.«
Erst jetzt realisierte Tom, dass Posseidoni nicht ihn, sondern den Angreifer aus dem Studio fixiert hatte, der direkt hinter ihm stand.
Buske verzog keine Miene. »Ihr Assistent. Aha.«
Posseidoni ignorierte das Desinteresse Buskes. »Und …Sie sind …?«, fuhr er fort, wandte sich mit einer angedeuteten Verbeugung an Sinah und hielt ihr seine ausgestreckte Hand entgegen.
Sinah zögerte einen Moment, sah zu Buske, der jedoch keine Regung zeigte, und schüttelte dann unwillig die Hand des Verbrechers.
»Sinah Dietrich, die Mediamanagerin der *GCL SOLARIA*«, sagte sie frostig.
»Ah ja. Ich habe Sie in der Live-Sendung gesehen, richtig. Sehr schön. Wirklich. Wir werden Ihre Dienste sicher noch benötigen.« Posseidoni ließ ihre Hand los, konnte jedoch seinen Blick nicht von Sinah wenden. »Sie sollten Ihre Sendung auch die kommenden Tage wie geplant durchführen. So können Sie die Gäste weiterhin auf dem Laufenden halten.«
»Das muss ich erst einmal mit meinem Chef klären.«
»Klären Sie, klären Sie. Und wer ist das?« Er wandte sich überraschend an Tom.
»Tom Geyer, von der *Hamburger Abendpost*.«
»Oh, sieh an. Ein Herr von der Presse. Sagen Sie bloß, Sie schreiben einen Bericht über die Reise.«
»So etwas Ähnliches. Aber daraus wird nun wohl nichts.«
»Sagen Sie das nicht. Dieses Schiff bietet so viel Komfort und Luxus, da lässt sich doch sicher einiges darüber schreiben.« Posseidoni war schon mit ihm fertig. »Wir gehen an unsere Arbeit. Herr Buske,

wenn es Ihnen Recht ist, würden Gabriel und ich Sie nun gerne auf die Brücke begleiten.«
Posseidoni nickte Tom und Sinah noch einmal zu und ging dann voran. Sein Adjutant und der mürrische Kapitän folgten ihm und Buskes Stellvertreter Köpke stieß ebenfalls zu ihnen.

***

Stefan Buchmann konnte nicht glauben, was er gesehen hatte.
Fassungslos saß er vor seinem Monitor, hatte die Hände wie zum Gebet vor Mund und Nase gefaltet und war an seinem Schreibtisch nach hinten in die Rückenlehne des schwarzen Bürostuhls gesackt.
Soeben hatte er verfolgt, wie ein leichenblasser Typ auf die Bühne der *SOLARIA* getreten war und verkündet hatte, dass er das Schiff unter seiner Gewalt hätte. Das konnte doch nur ein makabrer Scherz sein.
Den merkwürdigen Anruf konnte er nicht ignorieren, denn sein Telefon zeigte ihm an, dass er von der *SOLARIA* gekommen war. Er war zwar genervt und wollte so schnell wie möglich zu seiner Mutter, um das zu erledigen, und dann sofort weiter zu seiner Freundin hetzen, doch vorher musste er versuchen, die *SOLARIA* zurückzurufen, um herauszufinden, was die von ihm wollten. Vielleicht hatten sie größere technische Probleme oder es war jemand krank geworden. Es gab einige vorstellbare Notfälle, die einem Fernsehteam, gerade auf einer so wichtigen Reise wie der Asientour zu Weihnachten, erhebliche Schwierigkeiten bereiten konnten und es war nun mal seine Aufgabe, bei Problemen sofort Unterstützung zu bieten. Und rief ein Mediamanager am Heiligabend um diese Uhrzeit an, konnte er davon ausgehen, dass etwas nicht stimmte.
Er versuchte Sinah Dietrich anzurufen, aber die meldete sich nicht. Also versuchte er es im Studio, aber auch da ging keiner ran. Schließ-

lich rief er mehrmals die Telefonzentrale an, aber nichts: Er bekam niemanden ans Telefon.
Er fuhr seinen Rechner hoch und checkte die E-Mails, fand aber keine Meldungen über Ausfälle, Umroutungen oder dergleichen von der *SOLARIA*. Weil er nicht wusste, was er nun tun sollte, fuhr er die Observations-Software hoch, mit der er die Sendungen auf den verschiedenen Schiffen live mitverfolgen konnte.
Die *SOLARIA* war in Asien fünf Stunden voraus. Die Weihnachtsgala musste bereits über die Bühne gegangen sein und nun in der Wiederholungsschleife laufen. Doch als sich das kleine Applikationsfenster auf dem Monitor öffnete, dachte er zunächst, er hätte das falsche Schiff angewählt, weil er nur zwei einsame Personen auf dem Bildschirm sah. Mit einem schnellen Blick auf das Wahlfeld hatte er jedoch gecheckt, dass er das richtige Schiff aktiviert hatte, vergrößerte das Anzeigefenster und deaktivierte die Mute-Funktion, um den Ton zu der Live-Einspielung zu erhalten. Fassungslos hörte er, wie dieser Typ erklärte, sie hätten mehrere Bomben an Bord platziert und er übernehme nun das Kommando über das Schiff.
Was sollte er tun? Es war niemand im Büro. Wen sollte er als Erstes informieren? Die Hamburger Polizei? Seine beiden Chefs, die Leiter von *GCL Event*? Oder vielleicht doch jemand in der Hauptzentrale in Kiel? Es war 16:38 Uhr. War dort jetzt überhaupt noch jemand?
Nervös kaute Buchmann an einem seiner Fingernägel. Als er es bemerkte, blickte er sich suchend auf seinem Schreibtisch um, öffnete dann die oberste Schublade seines Sideboards und zog eine offene Packung Brownies heraus, die er gestern schon halb verputzt hatte. Vor sich hin kauend dachte Buchmann nach. *Oh Mann, ich besauf mich heute wirklich.*
Er nahm die interne Telefonliste zur Hand und schlug eine Nummer nach. Dann griff er zum Hörer und tippte zunächst die Vorwahl von

Kiel, dann eine Büronummer, die er bisher noch nie gewählt hatte. Es klingelte und er schnappte sich einen weiteren Brownie, biss gleich die Hälfte auf einmal ab.

***

»Kapitän auf der Brücke«, blaffte Buske noch in der Tür lauthals heraus, nachdem er widerwillig die Fingerprintanlage in der Schleuse bedient und die Eindringlinge auf die Brücke geführt hatte.
Wie erwartet herrschte auf der Brücke hektisches Treiben. Von allen Seiten piepten Alarmsignale, an den Konsolen blinkten rote und gelbe Warnleuchten und die Brückenmannschaft rannte mit Walkie-Talkies in den Händen herum.
Schneider, der momentan die Leitung hatte, stand in der Mitte der Brücke, ebenfalls mit Walkie-Talkie, und brüllte wild gestikulierend Befehle. »Käpt'n, wir hatten eine Explosion im Incineratorraum!«
»Ich weiß«, brüllte Buske, nicht ohne einen verhassten Seitenblick zu Posseidoni und dem Kerl mit der hässlichen Wunde im Gesicht.
»Wie schlimm ist es?«
»Das Assessment-Team ist auf dem Weg.«
»Kann man schon sagen, ob wir ein Leck haben?«
»Ja, das ist schon von der Nock aus zu sehen.«
Buske stürmte zur Nock der Steuerbordseite und blickte hinab zur Wasseroberfläche. Dort klaffte ein zwei Meter großes Loch in der Schiffsaußenwand.
»Verdammte Sch…« Buske verschluckte den Rest, als er Posseidoni hinter sich bemerkte.
»Ist ein gutes Stück über der Wasseroberfläche, wird also keine ernsthafte Gefährdung des Fahrbetriebs darstellen«, bemerkte dieser gelassen.

Buske wirbelte zu ihm herum und wollte etwas sagen, verkniff es sich jedoch. Einige bitterkalte Sekunden verstrichen.
»Ich schlage vor, Sie stellen uns nun vor.«
»Ich muss jetzt erst einmal den Schaden kennen, den Sie angerichtet haben. Staff?«
»Hier«, meldetet sich Köpke, der hinter ihnen die Brücke betreten hatte und sofort zu Schneider an die Konsolen geeilt war.
»Wir haben sicher Wassereinbruch, auch wenn es von hier aus nicht so schlimm aussieht.«
»Scheinen stabil zu sein. Aber wenn das Leck bis unterhalb der Wasseroberfläche reicht, dann … Wir müssen abwarten, was das Assessment-Team berichtet.«
»Wie lange brauchen die eigentlich da unten?«, wollte Buske von Schneider wissen.
»Bei der letzten Meldung vor einer Minute befanden sie sich im Gang zur Crewmesse, also kurz vor dem Incinerator. Dort im Gang stand etwas Wasser und der Weg in den Raum selbst war durch die Folgen der Explosion versperrt. Der Gang ist voller Trümmer. Darf ich wissen, wer die sind«, fragte Schneider mit Blick auf Posseidoni und seinen Komplizen.
Selbstherrlich stand der Hüne mit der blutroten Gesichtsnarbe an einen der Metallpfeiler gelehnt und hatte die Arme verschränkt. Er sah Schneider herausfordernd an.
»Das hat Zeit, Norman«, sagte Buske nur.
»Assessment-Team für LSA«, meldete sich in diesem Moment Schneiders Walkie-Talkie.
»LSA hört.«
»Wir sind jetzt vor Ort. »Es sieht verheerend aus. Die Explosion hat die Müllverbrennungsanlage stark beschädigt und einen Teil der Innenwand zum Gang herausgerissen. Wir haben ein mannsgroßes Leck in der Außenwand.«

»Tritt Wasser ein?«, wollte Schneider mit Blick zu Buske wissen.
»Ein wenig, aber nur, wenn uns eine hohe Welle trifft. Oh Gott. Das ist Marko! Scheiße!«
»Was ist?«, fragte Schneider.
»Wir haben den Sec-O gefunden.«
Buske bekam einen Schweißausbruch, als ihm klar wurde, dass sich der Securitychief auf dem Weg in den Incineratorraum befunden hatte, um dort alles zu checken.
»Er ist tot«, kam es blechern aus dem Walkie-Talkie.
Entsetzt starrte Schneider Buske an, der wütend zu Posseidoni herumwirbelte.
»Das verstehen Sie also unter *Es wird niemandem etwas passieren*?«
Auf Posseidonis Gesicht zeigte sich der Anflug einer Unsicherheit, der aber sofort wieder verschwand. »War nicht eingeplant, dass sich zum Zeitpunkt der Explosion jemand dort aufhält.«
Bevor Buske, der sein Gegenüber am liebsten mit einem Fausthieb niedergestreckt hätte, antworten konnte, sprach Schneider wieder zu seinem Assessment-Team: »Ihr werdet jetzt genau kontrollieren, ob das Leck tatsächlich das einzige ist und ob weitere Verletzte oder Tote dort sind. Ihr schafft sie dort alle raus. Dann verlasst ihr den Bereich und meldet euch, damit wir ihn abschotten können.«
»Alles klar. Ich denke, das wird gehen. So wie es hier aussieht, müssen wir die gesamte Feuerzone fünf abriegeln.«
»Copy«, antwortet Schneider.
»Habe ich Ihnen nicht gesagt, dass es keinen größeren Schaden geben wird?«, stellte Posseidoni lapidar fest.
Buske musste sich erneut am Riemen reißen, um ihm nicht an die Gurgel zu gehen.
»Sie haben unseren Securitychief getötet!«, brüllte Köpke. »Sie haben Menschen auf dem Gewissen, ist Ihnen das klar?«

»Beruhigen Sie sich.«
Buske platze jetzt der Kragen. »Sie haben Fielmann ermordet und nun hat Ihre Bombe Marko zerfetzt! Verdammte Scheiße! Es wird Zeit, dass Sie sich eingestehen, dass Sie das alles nicht im Griff haben.«
»Ich schlage nochmals vor, dass wir uns nun bekannt machen. Es wird Zeit, dass wir vorankommen.«
Buske durchbohrte ihn mit seinem Blick und wusste nicht, was er sagen sollte?
»Und dass wir dann den neuen Kurs bestimmen«, setzte Posseidoni hinzu.
Das schlug ein. Buske sah zu seinem Staff-Captain, dann wieder zu Posseidoni.
»Wie bitte?«, sagte Schneider in einem Ton, der eisiger nicht sein konnte.
Buske sah Posseidoni lange an, dann zu seinem Staff, der ihm mitteilte, dass das Schiff stabil lag und erst einmal seetüchtig sei. *Wenigstens etwas*. Für einen Moment schloss Buske die Augen. Er musste an Marko denken. Er kannte ihn seit Jahren und war gern mit dem bulligen Sicherheitschef gefahren. Das alles war unfassbar. Er öffnete seine Lider und blickte sich ruhig in der Runde der so unterschiedlichen Männer um.
»Und wo genau darf ich Sie hinkutschieren?«, fragte er gefasst.
»Nach Vung Tau«, antwortete Posseidoni.
Vung Tau also, dachte Buske. Der Hafen lag in Vietnam, etwas südlich von Ho-Chi-Minh-Stadt, direkt an der Küste gelegen. Er atmete noch einmal durch, dann gab er den Befehl: »Also gut. Schneider. Wir ändern den Kurs.«
Schneider sah ihn an, als wolle er ihn fragen, ob er völlig bescheuert sei, blickte dann zu Hardy Köpke und wieder zurück.
»Das war ein Befehl, Norman!«
Der LSA wachte endlich auf. »Aye, Sir.«

***

»Kaffee?«

»Danke.« Bettina ergriff eine der Tassen auf Sarahs Tablett, zwang sich zu einem bemühten Lächeln und nahm einen kräftigen Schluck aus dem Porzellanpott, auf den mit farbigen Lettern die bunten Firmenbuchstaben gedruckt waren, die normalerweise für fröhlichen Urlaubsspaß, Lebensfreude, gelassene Erholung und sorgenfreie Tage standen.

Von Gelassenheit konnte jedoch im Moment keine Rede sein. Seit über fünfundvierzig Minuten war die *SOLARIA* ohne Kontakt zur Firmenleitung und buchstäblich vom Bildschirm verschwunden. Zwar wussten sie, dass das Schiff sich auf dem Weg zum nächsten Hafen befand und in circa eineinhalb Stunden dort anlegen würde, das jedoch war ihnen nur durch die Radardaten zweier Schiffe bekannt, die sich in der Nähe befanden, aber nicht durch die Satellitendaten der *SOLARIA*. Der direkte Kontakt zur Brücke war ebenso abgebrochen wie die Signale zum Kontroll- und Leitsystem des *Golden Gate*.

Sarah hielt das Tablett Willie hin, der noch immer Jackett und Krawatte trug, ein für sie völlig ungewohnter Anblick. Er nahm sich ebenfalls dankend eine Tasse.

An sich war das alles unmöglich, weil die Systeme ohne Zutun der Brücke Signale aussandten, das wusste Sarah. Sie kannte sich mit der Technik zwar nicht besonders aus, aber nach allem, was sie davon verstand, übermittelte jedes Schiff, das sich auf den Weltmeeren bewegte, selbst wenn es nur im Hafen lag, die AIS-Werte über Funk an die umliegenden Schiffe und speiste alle LRIT-Daten per Internetverbindung und über Satellit in das *Long-Range Identification and Tracking System* ein. Wie konnte es also sein, dass all diese Einrichtungen gleichzeitig ausfielen? Die *SOLARIA* musste eine

äußerst schwere technische Störung haben oder aber jemand an Bord hatte sämtliche Systeme vorsätzlich abgeschaltet. Das konnte doch eigentlich nur eines bedeuten: dass sich tatsächlich Kriminelle auf dem Schiff befanden, genau wie es in dem schrecklichen Drohbrief angekündigt wurde. Eine grauenhafte Vorstellung. Was, wenn das Ganze eskalierte? Wenn die sich wirklich einschleusen konnten, dann hatten sie es vielleicht auch geschafft, Waffen mit an Bord zu schmuggeln.
Sarah kannte aus ihrer Zeit als Redakteurin der Bordmedien neben ihrer Lieblingsfreundin einige weitere Crewmitglieder der *SOLARIA*. In Gedanken ging sie die Kollegen und Freunde durch, die sich ihres Wissens momentan auf dem Schiff befanden. Mit Andreas Hübner, dem Eventmanager, war sie zwei Mal gefahren. Der etwas skurrile, aber sehr nette Showmanager, war auch schon mal mit ihr auf dem Schiff gewesen. Kapitän Buske kannte sie aus mehreren Einsätzen und hatte ihn auch bei einigen Schiffsbesuchen und Management-Reviews mit Bettina getroffen. Sie mochte den alten Haudegen sehr und es beruhigte sie ein wenig, dass dieser ebenso besonnene wie erfahrene Mann an Bord war und nicht einer der jungen Wilden. *Besser einen der Alten, in einer solchen Situation,* dachte sie.
War sonst noch jemand ihrer Bekannten an Bord der *SOLARIA*? Bei näherem Nachdenken fiel ihr nur noch der grobe Sicherheitsoffizier Schneider ein, der hinter jedem Rockzipfel her war und der auch sie mehrmals angebaggert hatte. Sinah hatte vor Kurzem eine Liaison mit ihm gehabt.
Weitere Personen fielen ihr nicht mehr ein. Im Prinzip war es auch nicht wichtig. Sie machte sich um die Sicherheit aller Gäste und Crewmitglieder gleichermaßen Sorgen. Sie sah der ernst dreinblickenden Bettina an, dass ihr dieselben grauenvollen Gedanken durch den Kopf gingen, auch wenn sie noch keinerlei Bestätigung für solche Horrorszenarien hatten.

Noch nicht. Es konnte sich alles noch als ein technischer Fehler erweisen.
»Die *SOLARIA* hat abgedreht!«, rief in diesem Moment einer der Operatoren und sprang aus seinem Rollsessel auf.
»Was?« Schmücker eilte zu ihm und der Mann zeigte ihm die neuen Radarbilder, die soeben eingetroffen waren.
»Die hat die *MIRACLE* gerade geschickt.«
»Abgedreht«, wiederholte Bettina, die ebenfalls sofort beim Terminal des Operators stand.
»Unmöglich. Müller hat persönlich mit dem Staff gesprochen«, widersetzte sich Schmücker. »Hat die *SPIRIT* das bestätigt?«
»Ich habe soeben angefragt. Antwort kommt gerade.«
»Und?«, drängten Schmücker und Bettina im selben Moment.
Der Operator setzte sich wieder in seinen Sessel, öffnete hastig die neue Nachricht und überflog sie. »Bestätigt. Die *SOLARIA* entfernt sich vom Festland und fährt Richtung Osten.«
»Sie fährt nach Osten? Wieso nach Osten? Richtung Vietnam?«, hakte Schmücker bei dem Operator nach, der ihm einen Ausdruck der neuen Radarbilder reichte.
»Sieht so aus.«
»Verdammt. Wo wollen die hin?« Schmücker stierte auf den Ausdruck und regte sich keinen Millimeter.
Bettina dagegen tigerte nervös durch den Raum und blieb neben Sarah stehen, die sich vor Angst, ein unnötiges Geräusch zu machen, nicht vom Fleck bewegt hatte.
»Was heißt das?«, flüsterte sie Bettina zu, die ihr in ihrem typisch durchdringenden Ton fast noch lauter als üblich antwortete:
»Das heißt, dass wir ein Problem haben.«
»Sagt noch gar nichts«, wiegelte Willie ab.
»Dein Wort in Gottes Ohr«, meinte Bettina.
»Was soll es denn sonst bedeuten? Das da ist eine klare Ansage.« Schmücker deutete auf den an die Wand geklebten Erpresserbrief.

»Die Kursänderung kann doch immer noch eine andere Ursache haben, oder?«
»Kann mir keine vorstellen, Willie«, sagte Schmücker.
Bettinas Blick verriet Sarah, dass ihre Chefin dies ebenso sah. Bestätigte das schon alle Befürchtungen? Zumindest wurde es immer wahrscheinlicher.
Sarah sah sich im *Golden Gate* um und in die betroffenen und ratlosen Gesichter des Notteams. Es schien allen gleich zu gehen. Sie musste an die Island-Krise denken. Der Vulkanausbruch war eine schlimme Sache gewesen. Das hier aber war eine ganz andere Kategorie von Krise. Damals hatte es keine Toten oder Verletzten gegeben, sondern einfach nur Chaos. Und die Sache war, im Nachhinein betrachtet, dank Bettina Rupp und Patrick Müller sehr gut und koordiniert abgelaufen. Sie hatten wie verrückt Flüge umgebucht, Notunterkünfte gesucht, Busse organisiert und Angehörige von Gästen benachrichtigt. Einige Passagiere der *GCL SPINOZA* hatte man zum Beispiel noch vier Tage länger auf dem Schiff gelassen, um sie von einem anderen Hafen leichter mit Bussen nach Deutschland bringen zu können. Und auch die *GCL ROMANA* war nach Barcelona umgeroutet worden. Die ganze Aktion war zwar absoluter Stress gewesen und die Telefondrähte hatten über achtundvierzig Stunden förmlich geglüht, aber aus heutiger Sicht hatte es auch irgendwie Spaß gemacht, eine Herausforderung dargestellt und das Team, wie es auch jetzt anwesend war, extrem zusammengeschweißt. Der Einzige, der damals nicht dabei war, sondern sich – noch als Kapitän – auf einem der Schiffe befunden hatte, war Schmücker.
Dieser stand nun wie angewurzelt vor dem Großbildschirm und beobachtete das rote Fragezeichen, das die letzte Position der *SOLARIA* anzeigte und das sich seit mehr als einer Dreiviertelstunde keinen Millimeter bewegt hatte, obwohl sie wussten, dass das Schiff sich nicht mehr dort befand.

Sarah nahm eine Tasse Kaffee vom Tablett und brachte sie Schmücker, der sich stumm bedankte.
»Hat sich der Präsident schon wegen des Lösegeldes gemeldet?«, erkundigte sich Bettina bei Sarah.
»Nein.«
»Sicher, dass du den Anruf nicht verpasst hast?«
Sarah musste ein wenig schmunzeln über die Frage. Schon vor Stunden, als Bettina entschieden hatte, das komplette Notteam zusammen zu trommeln, hatte sie das Bürotelefon auf ihr Headset umgeleitet, welches sie seither permanent trug, sodass sie ständig erreichbar war, auch wenn sie zwischen den Büros, der Kaffeeküche und dem *Golden Gate* hin und her eilte. *Standardprozedere.*
Bevor sie mit ihrem Zeigefinger auf das Gerät an ihrem Ohr tippen konnte, um ihrer Chefin anzuzeigen, dass sie selbstredend ihre Kommunikation im Griff hatte, klopfte es tatsächlich in ihrem Headset an. »Vielleicht ist er ja das«, sagte sie und zog sich einige Schritte zurück, um das Gespräch anzunehmen. »Sarah Küpers, Assistentin von Bettina Rupp.«
Es knirschte zunächst nur am anderen Ende der Leitung, als ob die Verbindung äußerst schlecht wäre. Dann meldete sich jemand und Sarah erkannte, dass das Geknacke und Geknirsche nicht an der Leitung lag, sondern daran, dass ihr Gesprächspartner am anderen Ende gerade Chips oder Kekse aß:
»Buchmann. Ah … ich hatte nicht erwartet, dass wirklich jemand am Feiertag rangeht.«
»Mit wem spreche ich bitte?«, hakte Sarah nach, die wegen dem Geknirsche fast nichts verstanden hatte.
»Stefan Buchmann, *Manager GCL TV und Bordmedien*. Hier ist *GCL EVENT* in Hamburg. Fröhliche Weihnachten!«
Sarah war genervt. Sie kannte Buchmann nur flüchtig. Was machte der jetzt noch in seinem Büro? Und vor allem: Was wollte er an einem solchen Tag von ihr?

»Hallo Stefan. Was gibt es? Wir haben hier gerade viel zu tun.«
»Viel zu tun? Heute? Was ist denn los?«
»Nichts.« Am anderen Ende hörte sie ein erneutes Knirschen, bevor ihr Gesprächspartner sich wieder meldete.
»Habt ihr irgendwelche Meldungen von der *SOLARIA*?«
Sarah spürte, wie sich ihr Magen zusammenzog.
»Von der *SOLARIA*? Wieso?«
Sarah sah zuerst zu Schmücker und Bettina, dann zu Willie, die wie alle anderen im Raum bei dem Schiffsnamen aufgeschreckt waren und nun ihr Telefonat verfolgten.
»Weil ich hier auf dem Videokanal eine völlig verrückte Weihnachtsgala mitverfolgt habe.«
»Wieso? Was war verrückt daran?«
»Da lief keine Show. Die Gala fand nicht statt.«
»Fand nicht statt? Woher weißt du das?«
»Wie gesagt: Ich habe es auf dem Monitor gesehen. Wir können uns hier in Hamburg in jede TV-Livesendung einklinken und sie mitverfolgen. Das habe ich bei der *SOLARIA* gerade getan und statt einer Gala stand dort Kapitän Buske und noch so ein Kerl auf der Bühne und der hat erklärt, dass er das Schiff unter seiner Kontrolle habe.«
»Was?« Sarah wurde schwindelig.
»Oh Gott. Warte einen Moment.« Sie eilte zu einem der Telefone im *Golden Gate*.
»Was ist los?«, wollte Bettina ungeduldig wissen.
»Sekunde.«
Sie tippte die Kennziffern auf der Konsole ein und schaltete das Gespräch auf die Lautsprecheranlage. Zunächst war wieder nur das Knirschen zu hören und Sarah schnaubte vor Wut bei dem Gedanken, dass Stefan dort in Hamburg Weihnachtskekse vernaschte, während womöglich Kollegen auf der *SOLARIA* in Lebensgefahr schwebten.

»Ich habe Stefan Buchmann von *GCL EVENT* dran«, sagte sie, »der gerade eine äußerst merkwürdige Szene per Live-Übertagung von der *SOLARIA* verfolgt hat.«
»Er hatte Kontakt mit der *SOLARIA*?« Schmücker kontrollierte erneut seinen Bildschirm. »Wie ist das möglich?«
»Stefan, bist du noch dran? Ich hab dich auf laut«, erklärte Sarah und nahm ihr Headset ab.
»Sicher bin ich noch dran.« Nun konnten alle im Raum ihn deutlich hören.
»Was hast du genau gesehen?«, erkundigte sich Sarah.
»Also ich hatte einen merkwürdigen Anruf von der *SOLARIA* auf meinem Display und hab dann versucht, zurückzurufen. Da ging aber niemand ran.«
»So geht es uns hier auch«, brummte Schmücker.
»Und deshalb hab ich mal in die Live-Übertragung der Weihnachtsgala reingesehen, aber da lief keine Gala auf der Bühne, sondern irgendwas anderes.«
»Was anderes?«, bohrte Bettina ungeduldig.
Doch Buchmann hatte deutlich hörbar an etwas abgebissen und musste es erst ein wenig kauen, bevor er antworten konnte.
Bettina wurde ärgerlich. »Nun sagen Sie schon!«, fuhr sie ihn an.
»Da stand ein Typ auf der Bühne, zusammen mit Kapitän Buske, und der behauptete, sie hätten soeben eine Bombe auf dem Schiff gezündet.«
»Oh Gott!«, entfuhr es Sarah.
»Eine Bombe? Sind Sie sicher?«, rief Bettina.
»Ja. Ich kann es mir nur nicht vorstellen. Muss doch ein Scherz sein. Aber ich dachte, ich muss irgendjemand informieren. Wahrscheinlich hatten meine Jungs vom TV- Team mal wieder Langeweile, haben ein paar zynische Outtakes produziert und neu vertont, um mich damit zu foppen.«

»Das glaube ich leider nicht«, sagte Schmücker.
»Wie sollte denn jemand auf so eine Idee kommen«, wehrte Buchmann am anderen Ende ab. »Und wie sollte er es bewerkstelligen?«
»Das wissen wir auch nicht«, antwortete Bettina ungeduldig. »Aber das ist jetzt auch nicht wichtig. Was haben die noch gesagt?«
»Keine Ahnung. Dass sie die Brücke übernehmen.«
»Die Brücke übernehmen«, rutschte es Sarah heraus.
Bettina durchbohrte sie mit einem Seitenblick. »Mehr haben sie nicht gesagt?«
»Nein.«
»Was war mit den Gästen? Brach Panik aus? Wie haben sie reagiert?«
»Schien alles ganz ruhig zu sein, soweit ich das bei der miesen Bild- und Tonqualität erkennen konnte. Deshalb erschien mir das Ganze ja auch so merkwürdig. Die Leute müssten doch in Panik geraten. Sie müssen sich das mal ansehen, das kann doch nicht echt sein.«
»Ansehen?«, hakte Schmücker nach.
»Ja, ich habe das meiste mitgeschnitten. Ich dachte sofort, dass da was nicht stimmt und wollte zur Sicherheit eine Aufzeichnung davon haben, um meine Leute dafür ordentlich abzuwatschen.«
»Sie haben das auf dem Rechner? Können Sie uns das schicken?«
»Sicher, kann ich gleich machen.«
»Sofort! Schicken Sie es sofort«, schrie Schmücker.
»Okay, mach ich. Hat aber keine gute Qualität, sag ich Ihnen gleich. Kann ich sonst noch etwas tun?«
»Sagen Sie uns, warum Ihr Signal durchgeht.«
»Das weiß ich leider auch nicht. Muss eine andere Satellitenverbindung sein. Da müssen Sie mal Ihre IT-Techniker fragen. Sonst noch was?«
»Schicken Sie erst mal das Video und dann bleiben Sie an Ihrem Arbeitsplatz, bis wir Ihnen Bescheid geben«, antwortet Bettina.

»Entschuldigung«, hörte sie am anderen Ende der Leitung. »Wissen Sie, was heute für ein Tag ist?«
Bettina sah aus, als ob sie jeden Moment in die Luft gehen würde. Sarah war froh für Stefan, dass dieser sich gerade fast hundert Kilometer entfernt in Hamburg befand, denn Sarah hatte Bettina in diesem Zustand schon erlebt und gesehen, wie sie Kollegen den Kopf waschen konnte, dass denen Hören und Sehen verging. Willie, der Bettina noch länger kannte als Sarah, schien es ähnlich zu gehen.
»Wer ist denn da überhaupt?«, erkundigte sich Stefan nun recht unfreundlich.
»Bettina Rupp ist hier, Herr Buchmann«, fauchte sie.
Auch wenn sie wusste, dass es nur Einbildung war, glaubte Sarah, ein Schlucken am anderen Ende der Leitung gehört zu haben. Und Willie neben ihr konnte sich ein Grinsen nicht verkneifen.
»Äh, ach so. Ja, ähm …«, stotterte Buchmann.
»Ja, ich weiß, was für ein Tag heute ist. Sonst noch was?«
Sarah kannte Bettinas Wirkung auf Mitarbeiter. Sie war zwar eine extrem fröhliche und auch faire Chefin, aber gewiss ebenso bestimmt und straight. Und wenn ihr etwas nicht passte, konnte sie äußerst unangenehm werden.
»Soll ich vielleicht weiterhin versuchen, die Mediamanagerin Sinah Dietrich zu erreichen?«, fragte Buchmann schnell.
Sarah erstarrte, als sie den Namen ihrer Freundin hörte.
»Also, Stefan…«, versuchte Bettina sich abzuregen und freundlich zu klingen. »Sie bleiben, wo Sie sind und zwar, bis *ich persönlich* Ihnen die Erlaubnis erteile, zu gehen. Nötigenfalls die nächsten fünf Tage. Lassen Sie sich eine Pizza kommen oder rufen Sie jemanden an, der Ihnen etwas vorbeibringt. Aber Sie verfolgen permanent den Livestream der *SOLARIA* und berichten uns sofort, wenn es wieder eine Übertragung gibt.«

»Jawohl«, sagte Buchmann kleinlaut. Er hatte nun nichts mehr im Mund.
Wurde auch Zeit, dachte Sarah.
»Und schicken Sie uns Ihren Mitschnitt – auf der Stelle!«, setzte Bettina hinterher.
Auf ihr Nicken hin beendete Sarah das Gespräch.
Es war totenstill. Alle hatten sie gespannt das Gespräch verfolgt. In diesem Moment öffnete sich schwungvoll die Tür des *Golden Gate*s und Patrick Müller stand in der Tür, zusammen mit einem Mann im Anzug, der Sarah unbekannt war.

***

Tom starrte blicklos ins Leere.
»Sie sehen so aus, wie ich mich fühle«, versuchte Sinah, die Situation aufzulockern.
»Ich brauch jetzt erst einmal einen Drink«, antwortete Tom schwach und ließ sich von Sinah bereitwillig zur nächsten Bar führen.
Auf dem Weg zur Theke hatte Tom den Eindruck, dass das Schiff nicht nur stärker schwankte, sondern auch ein wenig Schlagseite bekam. Sofort wurde ihm wieder übel. »Wenn wir wirklich ein Leck haben, wird das Schiff doch mit Wasser volllaufen und wir werden sinken«, keuchte er.
»Nicht, wenn es so ist, wie der Kerl gesagt hat«, erklärte ihm Sinah. »Das Schiff ist von vorn bis hinten unterteilt in mehrere Sektionen, so genannte *Compartments*, die sich einzeln durch wasserdichte Panzertüren abschotten lassen. Selbst wenn etwas die Außenhülle beschädigt und ein solches Compartment komplett vollläuft, sinkt ein Schiff wegen des Auftriebs der anderen nicht. Das war das Pro-

blem bei der *TITANIC* und wurde beim Bau neuerer Schiffe geändert.«

Tom konnte sich des Eindrucks nicht erwehren, dass Sinah nicht nur ihn, sondern auch sich selbst beruhigen wollte. Mit der Erwähnung der *TITANIC* erreichte sie bei ihm allerdings genau das Gegenteil.

Um die Theke der Bar war reger Betrieb. Das Theater hatte sich in der Zwischenzeit geleert. Entweder waren die Gäste unter lautem, ängstlichem Gemurmel oder heftigen Diskussionen gegangen oder sie hatten sich direkt an die Bar begeben, um sich mit einem alkoholischen Freigetränk von dem Schock zu erholen. Auch die Carstensen stand noch mit Wulfert an die Theke gelehnt und orderte ein Getränk. Zu ihnen stieß gerade ein fülliger Mann, der Wulfert sofort lautstark attackierte. Tom konnte bei dem Geräuschpegel nicht alles verstehen, aber der aufgebrachte Mann schien von Wulfert irgendetwas zu erwarten. Doch der Hotelmanager zuckte nur mit den Achseln.

»Und wenn die Firma nicht bezahlt?«, brüllte das nervöse Schwergewicht und wischte sich mit der Hand den Schweiß aus dem Nacken.

Tom sah, wie Angelika ihm amüsiert eine Serviette reichte, die der Mann jedoch nicht annahm, sondern die Schauspielerin nur mit einem äußerst abfälligen Blick durchbohrte.

»Wir müssen erst mal Ruhe bewahren, Herr Franzke«, hörte er Wulfert sagen.

»Ich hoffe, nein, ich erwarte, dass Ihre Firma sofort Maßnahmen ergreift und das Lösegeld umgehend auftreibt«, blaffte Franzke Wulfert an, der ruhig blieb, obwohl er gerade einige Spritzer Speichel abbekommen hatte.

Tom wandte sich ab und beobachtete die unterschiedlichen Reaktionen der Gäste und Crewmitglieder. Währenddessen zückte Sinah erneut ihr Bordtelefon, um festzustellen, dass es tatsächlich immer noch nicht ging. »Die scheinen wirklich alles lahmgelegt zu haben.«

Noch bevor Tom etwas antworten konnte, trat Hübner von hinten an sie heran. »Sinah, in fünfzehn Minuten in meinem Büro zur Besprechung«, sagte er mit ernster Miene.
»Alles klar.«
»Kannst du versuchen, dem Showmanager Bescheid zu geben. Ich kann den nirgends finden.« Damit eilte Hübner bereits davon und hinüber zu Wulfert.
Sinah sah Tom an.
»Tut mir leid, Sie müssen mich entschuldigen.«
»Selbstverständlich. Nun hat sich die Lage natürlich grundsätzlich geändert.«
»Ich verstehe nicht.«
»Sie müssen sich jetzt nicht mehr verpflichtet fühlen, sich um mich zu kümmern. Sie haben sicher andere Sorgen, als Kindermädchen für einen verhinderten Reisereporter zu spielen.«
»Tom, ich hoffe doch, dass Sie das nicht so empfunden haben«, protestierte sie sofort. »Wir arbeiten hier zusammen.«
»Sicher«, wehrte er ab.
»Ich bin Ihr Ansprechpartner auf diesem Schiff und das wird sich auch in dieser Situation nicht ändern. Ich kontaktiere Sie nach dem Meeting über den Pager.«
Tom nickte freudig und das war nicht gespielt: Er freute sich wirklich über ihre Worte. »Denken Sie, das Pager-System funktioniert?«
»Lässt sich einfach überprüfen.« Sie ging zu einem Telefon, das einige Schritte entfernt an der Wand angebracht war, und wählte eine Nummer. »Freizeichen habe ich schon mal.«
Es dauerte keine drei Sekunden, dann erklang ein leises Summen auf Toms Pager, der auf Vibrationsalarm eingestellt war.
»Sehr gut«, bemerkte er und nahm das Gerät aus seiner Hosentasche, um den Anruf zu bestätigen und ihn auf dem Display zu löschen.

»Also, Tom, wir bleiben in Verbindung, egal, was die kommenden Tage passiert.« Sinah nötigte sich ein Lächeln ab, dann eilte sie hastig davon.
Tom sah ihr nach. Er ertappte sich, wie er seinen Hals nach der sympathischen Mediamanagerin reckte und fragte sich, was das zu bedeuten hatte, bevor er von einem lauten unflätigen Ruf nach dem Barkeeper abgelenkt wurde.
Dieser Franzke hatte noch keinen Gratis-Drink erhalten. An der Bar standen jetzt natürlich viele Gäste an und das Personal war völlig überlastet. Mit den Fingern auf die Theke hämmernd stand Franzke am Tresen und fixierte den Barkeeper, der hektisch Cocktails mixte und an die Gäste verteilte.
Tom wandte sich ab und sah in den Zuschauerraum des Theaters, der sich nun gänzlich geleert hatte. Still lag die weihnachtlich geschmückte Bühne im Dunkeln, wo noch vor kurzem Posseidoni mit dem Kapitän im Licht der Scheinwerfer gestanden und verkündet hatte, dass dieses Schiff mit Sprengladungen versehen war.
Unglaublich.
Was sollte er jetzt tun? Sollte er versuchen, erneut Kontakt zu Hartmut aufzunehmen, um ihm von den spektakulären Ereignissen zu berichten, die sich hier zutrugen? Aber sein Satellitenhandy funktionierte angeblich nicht. Er ging nach draußen und probierte es aus. Tatsächlich, kein Empfang.
Auch die Satelliten-Verbindungen des Schiffes hatten die Verbrecher gestört, das glaubte er Posseidoni jetzt aufs Wort. Der Kerl hatte davon gesprochen, dass sie den Maschinenraum und die IT-Abteilung unter Kontrolle hatten, insofern war es glaubhaft. So wie es aussah, gab es momentan keinerlei Möglichkeit, irgendjemand auf dem Festland zu kontaktieren.
Das nervt.

Er war nicht der Typ, der tatenlos zusah, aber momentan konnte er nichts tun. Er musste abwarten, ob Sinah neue Erkenntnisse aus dem Meeting mitbrachte. Vielleicht klärten sich dann ja einige Dinge.
Tom entschied sich, etwas zu essen. Ihm war zwar noch immer übel und das Schiff schwankte nach wie vor, aber er hatte seit heute Mittag nichts mehr zwischen die Zähne bekommen.

***

Patrick Müller betrat mit seinem gut gekleideten Begleiter den Kontrollraum. Er begrüßte Willie mit einem kurzen Nicken und steuerte dann mit dem Fremden an seiner Seite zielstrebig auf Schmücker zu. Auch Bettina begab sich zu der Gruppe und Willie ahnte bereits, was nun folgen würde.
Nachdem das Dreigestirn den ernst dreinblickenden Mann händeschüttelnd begrüßt und einige Worte mit ihm gewechselt hatte, wandte sich Daniel Schmücker an das gesamte Notteam: »Meine Damen und Herren, ich bitte um ihre Aufmerksamkeit. Ich darf ihnen Emil Zimmermann vom LKA Schleswig-Holstein vorstellen. Ihm unterstehen die Spezialeinheiten des Bundeslandes, das Sondereinsatzkommando SEK sowie das Mobile Einsatzkommando MEK.«
Der kräftige Mann verzog keine Miene. Obwohl es offensichtlich ein Maßanzug war, kam es Willie so vor, als ob er ihm nicht wirklich passte.
»Den Spezialeinheiten obliegt die operative Bekämpfung der schweren Gewaltkriminalität wie zum Beispiel Entführungen und Erpressung«, fuhr Schmücker etwas unsicher und mit fragendem Blick zu dem Polizisten fort, der das mit einem kaum wahrnehmbaren Nicken bestätigte. »Wir werden gemeinsam mit ihm versuchen, eine Vorge-

hensweise zu erarbeiten und unsere Optionen abzuwägen. Herr Zimmermann, möchten Sie dazu vielleicht schon etwas sagen?«
Zimmermann trat mit zackigem Schritt vor. Er schien ein Mann der Tat zu sein. *Aber das wird ihm hier nicht viel nützen*, dachte Willie, denn seiner Meinung nach war er hier fehl am Platz. Sicher, sie waren die Ersten, die in solchen Situationen benachrichtigt wurden, aber was sollte die Landespolizei in ihrem Fall ausrichten? Das Schiff befand sich schließlich irgendwo in Südostasien, auch wenn sie momentan nicht wussten, wo genau dort.
»Guten Abend«, sagte Zimmermann. »Nur einige Dinge in aller Kürze zur Ergänzung. Das LKA wurde informiert, dass es einen Drohbrief an Ihre Firma gegeben hat und wir es wahrscheinlich mit einer Geiselnahme zu tun haben. Ich weiß: Für Sie ist eine solche Situation neu und beängstigend. Das ist sie immer.«
Er machte eine Kunstpause, um das wirken zu lassen. Die fast dreißig Menschen im *Golden Gate* gaben keinen Mucks von sich. Sarah sah Willie an und ihre Augen füllten sich schon wieder mit Tränen. Unauffällig rückte Willie ein wenig näher an sie heran, sodass die Finger seiner herabhängenden Hand die ihren berührten. Auf Sarahs Gesicht zeichnete sich schüchtern die Andeutung eines bemühten Lächelns ab.
»Ich kann Ihnen versichern, dass wir über große Erfahrung mit solchen Situationen verfügen. Unser SEK ist darauf spezialisiert und wird grundsätzlich zu allen schweren Verbrechen hinzugezogen. Es unterstützt den polizeilichen Einzeldienst immer in solchen besonderen Einsatzlagen.«
Obwohl Willie nicht die geringste Regung in Zimmermanns Zügen wahrnehmen konnte, hatte das Letzte für ihn etwas eitel geklungen. Es war nicht so, dass das SEK die einzige Spezialeinheit in Deutschland war. Und die Polizei holte die Truppe auch nicht in jedem Fall dazu, auch wenn sie das sicher gerne hätten.

»Nach diesen Grundsätzen kommt unser Einsatz insbesondere in Betracht bei Geiselnahmen, Entführungen, Erpressungen und viele weitere schwere Bedrohungslagen wie Amokläufen, organisierter Kriminalität oder Terrorgefahr.«
Willie konnte sich das gut vorstellen. Die kamen und übernahmen, ob die örtliche Polizei es wollte oder nicht.
»Ich kann Ihnen versichern, dass die Kräfte des SEK äußerst gut ausgebildet und auf alles vorbereitet sind. Sie sind in guten Händen.«
Zimmermann schien schon fertig zu sein. Er drehte sich wieder zu Schmücker um und flüsterte ihm etwas zu.
Schmücker trat einen Schritt nach vorn. »Liebe Kollegen. Ich weiß, das ist eine außerordentlich ernste Situation und wir machen uns alle große Sorgen. An oberster Stelle muss nun die Sicherheit der Passagiere und der Crew stehen. Ich bin sicher, dass wir das alle gemeinsam schaffen. Wir müssen nur Ruhe bewahren und mit den erfahrenen Behörden zusammenarbeiten.«
Zimmermann ergriff noch einmal das Wort: »Die Rettung der Menschenleben steht für uns an oberster Stelle. Das versichere ich Ihnen. Zunächst aber müssen wir herausfinden, womit wir es exakt zu tun haben und die Zuständigkeiten klären und abstecken.«
»Das hat sich schnell erledigt«, ertönte in diesem Moment eine laute Stimme in Willies Rücken. Und diesmal wusste Willie, als er sich umdrehte, sofort, wer der Mann war, denn ihn hatte er bereits erwartet und das Gesicht war ihm wohlbekannt: Es war Olaf Jansen, der Chef der GSG-9. Und der bestand unmittelbar auf seiner Führungsposition: »Hier sind wir zuständig.«
Die Spezialeinheit der Bundespolizei ist da, freute sich Willie, *jetzt kann der Zauber losgehen.*

***

Sollten sich die Behörden doch gegenseitig zerfleischen, ihm war das mehr als recht. Fast ein ganzes Jahr hatten die Vorbereitungen gedauert, doch jetzt war es endlich so weit. Seine Rache rückte mit jeder Minute näher. Bald würden sie alle dafür bezahlen, allen voran Daniel Schmücker. Und auch die Firma würde die Quittung für alles erhalten.

Nur dass Willie Löwes hinzugezogen wurde, schmeckte ihm nicht so ganz. Es war schwer genug, die taktischen Schritte der Behörden vorherzusagen und sie alle im Blick zu behalten, aber dass nun auch noch Löwes dabei war, der sich immerhin sehr gut mit gewaltsamen Auseinandersetzungen auf See auskannte, das hatte er nicht vorhergesehen. Doch damit musste er sich jetzt eben abfinden.

Die Schiffsleitung wusste jetzt auch schon mehr, als geplant war. Nicht genug, dass ihnen der Umweltoffizier in die Quere gekommen war, etwas Verdächtiges entdeckt hatte und deshalb von Gabriel beseitigt werden mussten, das hatte auch noch zu einer unnötigen Auffälligkeit auf der *SOLARIA* geführt und die außerordentliche Zusammenkunft des Notteams hier zu einem verfrühten Zeitpunkt heraufbeschworen. Sie hatten nur Glück gehabt, dass die Brücke der *SOLARIA* dadurch nicht bereits Verdacht geschöpft hatte. Und dann auch noch der Mittschnitt der Ansprache, sehr unglücklich, dass ihnen die Übertragung des Livestreams durchgerutscht war.

Was für ein Zufall aber auch, dass dieser Buchmann am Heiligabend nachmittags in seinem Büro war, als diese Dietrich ihn angerufen hat!

Das musste unmittelbar vor Unterbrechung der Funkverbindung gewesen sein. Diese Frau würden seine Leute auf dem Schiff im Auge behalten müssen.

Er tröstete sich damit, dass das Notteam trotz allem noch ziemlich im Dunkeln tappte. Zwar hatten sie ein wenig früher als geplant von den Sprengsätzen erfahren, von den an Bord befindlichen Störsendern, die das *Golden Gate* und Schmücker ebenso blind wie taubstumm gegenüber der *SOLARIA* machten, aber das stellte letztlich kein Problem dar. Schade fand er es nur, dass Schmücker nicht noch ein wenig länger im Unklaren geblieben war. Er hatte es bis in die Haarspitzen genossen, zu sehen, wie der Ex-Kapitän nervös und planlos im *Golden Gate* herumgetigert war, ohne zu wissen, was auf der *SOLARIA* vor sich ging. Voller Genugtuung hatte er beobachtet, wie der Oberkommandeur hilflos vor seinem millionenteuren Kontrollmonitor gestanden und gewinselt hatte, dass sein Lieblingsspielzeug nicht ordentlich funktionierte.

Aber eigentlich gefiel ihm die Wendung, dass die Unterhaltungsabteilung ein Signal aufgefangen hatte, während Schmücker noch nicht einmal die Position seines Schiffes kannte, fast noch besser. Zufrieden sah er zu, wie der GSG-9-Mann die Bühne des *Golden Gate*s betrat und sich sofort aufblies. Er selbst hielt sich im Hintergrund und genoss einfach nur, wie sein ganz besonderes Weihnachtsgeschenk für Schmücker sich entwickelte und wie dieser ahnungslos versuchte, die Situation in den Griff zu bekommen.

Er würde sich noch wundern, wo das alles hinführte.

***

»Wir sind auf Kurs«, stellte Kapitän Buske widerwillig fest und sah seinem Gegenüber in die Augen. »Ganz wie Sie wünschten.«

»Dann sollten wir nun mal ein ernstes Gespräch führen, Sie und ich«, meinte Posseidoni vertraulich.

»Sagen Sie mir lieber, wie lange das so gehen soll«, fuhr Buske ihn an. »Was soll ich den Menschen hier an Bord sagen? Ich muss Sie informieren, damit keine Panik ausbricht.«
»Das hat noch ein wenig Zeit.«
»Was wollen Sie denn noch? Ich habe den Kurs geändert! Obwohl mein Schiff beschädigt ist und Sie bereits zwei Menschenleben auf dem Gewissen haben. Fast drei!«
Buske fiel es schwer, diese bittere Erkenntnis laut auszusprechen. Was für ein Wahnsinn. Zwei Tote und ein Schwerverletzter! Sie hatten inzwischen erfahren, dass der Securitychief bei seiner Kontrolle des Incineratorraums noch einen seiner Männer bei sich gehabt hatte. Marko hatte überhaupt keine Chance gehabt, weil er sich in unmittelbarer Nähe des Sprengsatzes befand, sein Begleiter konnte aber schwer verletzt geborgen und ins Hospital gebracht werden, noch bevor sie von der Brücke aus die umliegenden Schotten geschlossen und damit die komplette Sektion abgeriegelt hatten.
»Also was?«, fragte Buske ungeduldig Posseidoni, der ihn freundlich anlächelte.
»Wir besprechen die nächsten Schritte.«
Die Höflichkeit dieses Mannes ging Buske maßlos auf die Nerven. Er hatte seinen Leuten inzwischen die Lage erklärt, dass dieser affektierte Kerl nun das Kommando und sie alle als Geiseln hatte. Natürlich hatte Schneider wutschnaubend verlangt, ihn solange zu foltern, bis er die Bombenverstecke verraten würde. Aber für Buske war das natürlich keine Option. Die Sicherheit ging vor.
»Gib mir zehn Minuten in der Arrestzelle mit ihm! Nur zehn! Ohne Kameras und Beobachtung«, hatte Schneider fast gebrüllt.
Nicht, dass Buske es nicht in Betracht gezogen hätte: Am liebsten hätte er die Eindringlinge eigenhändig an den Haaren in die Arrestzelle gezerrt, ihnen dort mit einigen Männern ordentlich eingeheizt und sie dazu gebracht, ihm die Orte zu nennen, an denen die

Sprengsätze versteckt waren. Doch was hätte das genutzt? Sie hätten sie nicht entschärfen können, das war ihm klar, allerhöchsten über Bord werfen. Aber wenn diese mit einem Bewegungsmelder oder so ausgerüstet waren, dann würden sie dabei vielleicht hochgehen. Und selbst wenn nicht, gab es keine Garantie, dass sich nicht noch weitere Angreifer inkognito auf dem Schiff befanden und vielleicht Sprengsätze per Fernbedienung zünden würden. Nein. Er musste an die Passagiere und die Crew denken, klein beigeben und erst mal alles tun, was die Verbrecher verlangten. Auch wenn es ihm verdammt noch mal nicht schmeckte.

Es war zum Verrücktwerden, Waffen hatten die Kerle offenbar nicht an Bord schmuggeln können, aber Sprengstoff. Wie hatten sie das nur gemacht?

»Kapitän von der Brücke«, stieß er aus und führte Posseidoni in seinen Besprechungsraum, der sich direkt hinter der Brücke und neben seiner Kabine befand.

»Du bleibst hier, Gabriel«, sagte Posseidoni seinem Adjutanten, der sich wortlos neben Schneider positioniert hatte. »Pass auf, dass wir weiterhin Kurs halten.«

»Und du passt auf ihn auf, Hardy«, hatte Buske seinem Staff-Captain befohlen, um die Fronten zu klären.

Buske mochte Hardy. Er fuhr verdammt gern mit ihm, auch wenn er fand, dass er keine besonders starke Persönlichkeit hatte. Er war ein wenig zu weich für seinen Job. Das fiel ihm immer wieder auf, wenn er mit dem freundlichen aber etwas zu willfährigen Mann Dienst tat. Das war sicher auch der Grund, warum seine Karriere nicht mehr vorankam, obwohl er bereits seit über acht Jahren auf seiner Position war und an sich schon längst an der Reihe gewesen wäre, Kapitän zu werden. Stattdessen waren Jüngere, Stärkere, Auffälligere zum Zuge gekommen. Deshalb hatte ihn Köpkes entschlossenes Eingreifen etwas überrascht, als dieser den aufgebrachten Schneider vorhin entschieden zurückgepfiffen hatte.

»Und was sind nun die nächsten Schritte?«, wollte Buske wissen, kaum dass er die Tür hinter ihnen geschlossen hatte.
»Wir werden einige Regeln verabreden müssen«, sagte Posseidoni höflich. »Zur Befehlskette, ebenso zur Informationspolitik. Das ist in unser beider Interesse, Herr Buske.«
»Für Sie immer noch Kapitän Buske. In unser beider Interesse«, setzte er bissig hinzu.
»Bitte sehr, Herr Kapitän. Wir sollten auf jeden Fall beide vernünftig sein und das Beste aus der Situation machen.«
Buske nahm in seinem Sessel Platz, der sich am Kopfende des langen Tisches befand. Posseidoni nahm den Platz am anderen Ende der Tafel ein, sodass sie einander in einiger Entfernung gegenübersaßen. Buske war dankbar dafür, denn momentan wollte er diesen Mörder nicht so nahe bei sich haben.
»Nun gut: Wenn es Ihnen recht ist, dann treffen wir zwei nun einige Verabredungen, die Sie dann weiterkommunizieren.«
Buske nickte.
»Fangen wir damit an, dass Sie fürs Erste keinerlei Anordnungen ohne meine persönliche Erlaubnis treffen.«
Buske spürte, wie es schon wieder in ihm aufbrodelte, aber er riss sich zusammen. »Das heißt, Sie werden permanent auf der Brücke sein?«
»Nein. Deshalb wäre es günstig, wenn Sie mir einen Pager geben könnten. Dann wäre ich jederzeit für Sie erreichbar und könnte Sie über die Festnetzanlage anrufen. Einer von uns, Gabriel oder ich, wird immer da sein, aber Sie konsultieren bitte immer erst mich, bevor Sie Befehle erteilen.«
Buske sah Posseidoni lange an. Es dauerte eine ganze Weile, bis er antwortete: »Bei jedem Befehl? Wissen Sie, wie viele Befehle ich pro Tag gebe?«
»Ich meine lediglich die nautischen Befehle, die Schiffsmanöver betreffend. Nicht, wenn Sie anordnen, ein wenig Gebäck auf die

Brücke bringen zu lassen oder das Wasser im Swimmingpool auszuwechseln.«
»Das läuft alles ohne mein Zutun«, brummte Buske. »Aber gut. Ich habe verstanden. Sie erhalten nachher einen Pager.«
»Gut wäre es, wenn Gabriel auch einen bekommen würde.«
»Wird erledigt. Was noch?«, drängte Buske ungeduldig, der diesen Wunsch bereits vorhergesehen hatte.
»Wenn meine Berechnungen stimmen, können wir in etwa dreiunddreißig Stunden in Vung Tau sein.«
»Zweiunddreißig«, verbesserte Buske ihn. »Auch wenn wir nicht volle Fahrt machen können, weil Sie uns ein Loch in den Rumpf gesprengt haben«, setzte er trocken hinzu.
Doch Posseidoni ging nicht darauf ein. »Es liegt also ein Seetag vor uns. Um es den Gästen so angenehm wie möglich zu machen, wäre es gut, wenn das Bordprogramm ganz normal fortgesetzt wird.«
»Morgen wäre eigentlich Landgang gewesen. Aber ich werde es weitergeben und der Eventmanager wird sein Programm entsprechend ergänzen. Für die Shore-Operation fallen natürlich Ausflüge aus. Wir sollten die Agenten auf Koh Samui benachrichtigen, dass wir nicht kommen, auch wenn sich das womöglich herumsprechen dürfte, da die LRIT-Daten schon anzeigen, dass die *SOLARIA* nicht auf Kurs ist.«
»Das glaube ich nicht, weil wir das LRIT-System ebenso wie das AIS außer Gefecht gesetzt haben.«
»Sie haben was?«
»Sie haben richtig verstanden. Aber ich denke, dass wir damit leben müssen, dass einige Destinationen vergeblich auf die Ankunft eines Schiffes der Smiling-Whale-Flotte warten.«
Buske schluckte, ließ sich jedoch seinen Ärger nicht anmerken. »Was noch?«

»Es wäre gut, wenn wir kommunizieren, dass es morgen um dreizehn Uhr eine Sondersendung im Bord-TV geben wird, die über alle Kanäle und die Bordanlage geht. In dieser Sendung gebe ich die neuesten Informationen bekannt.«
»Ich werde mit in der Sendung sein.«
»Ich denke, ich werde es ohne Sie schaffen.«
Buske musste erneut seinen Ärger runterschlucken. Was bildete sich dieser Fatzke eigentlich ein?
»Es wäre das falsche Zeichen an die Gäste, wenn Sie dabei sind, ich jedoch alle entscheidenden oder gar unpopulären Anordnungen treffe. Das schafft nur Unsicherheit unter den Passagieren und schwächt das Vertrauen in Ihre Position. Es ist besser, ich mache das alleine und bin der Buhmann. Und Sie können als der Gute von mir aus Ihre Durchsagen machen und über die bösen Buben wettern. Good guy, bad guy. Sie verstehen.«
Buske verstand sehr gut und musste, auch wenn es ihm überhaupt nicht schmeckte, diesem schmierigen Widerling recht geben. Es war wahrscheinlich wirklich besser für die Stimmung und Moral an Bord, wenn er als Kapitän nicht in all seiner gegenwärtigen Hilf- und Machtlosigkeit in Erscheinung trat.
»Sonst noch was?«, drängte er weiter.
»Das wäre alles«, sagte Posseidoni selbstsicher und blieb sitzen, als Buske bereits aufgestanden war. »Wir sind uns also einig: Das Unterhaltungsprogramm, die Restaurants und auch der sonstige Betrieb finden statt. Alles ganz normal. Bis wir in Vung Tau ankommen. Hoffentlich ist dann bereits alles so gut wie vorbei. Und bitte tun Sie mir einen Gefallen.«
»Was denn noch«, blaffte Buske genervt.
»Versuchen Sie nicht, hinter unserem Rücken nach den Bomben zu suchen, ihre Firmenleitung zu kontaktieren oder einen Aufstand zu organisieren. Das wäre äußerst unklug. Und pfeifen Sie bitte Ihren

Sicherheitsoffizier zurück, der scheint wenig Fingerspitzengefühl zu besitzen.«
»Verstanden. Ich lasse Ihnen nun einen Pager organisieren und mache dann eine Durchsage.«
Er wollte endlich gehen, doch Posseidoni war immer noch nicht fertig.
»Ich nehme an, dass Ihre Firmenleitung die Behörden informieren wird. Sie täte gut daran, sich nicht zu sehr von denen beeinflussen zu lassen. Wir haben unsere Mittel und Wege und es wäre besser, man würde sich entschließen, unsere Forderungen zu erfüllen und keine unklugen Entscheidungen zu treffen.«
»Es wäre trotzdem sinnvoll, wenn ich der Zentrale melde, dass es uns soweit gut geht und die Lage unter Kontrolle ist.«
»Wann und wie wir Ihre Firma kontaktieren, besprechen wir später.«

***

Sie machten gute Fahrt, obwohl sie ein fünf Ellen langes Leck in der Seite hatten und der gesamte Bereich der Müllverbrennung vollgelaufen war. Das Schiff reagierte nahezu normal, auch mit wahrscheinlich 3.000.000 Litern einseitigen Zusatzgewichts im Rumpf.
Sicherheitsoffizier Norman Schneider stand breitbeinig auf der fast dunklen Brücke, die lediglich durch die für die Nachtfahrt übliche Notbeleuchtung spärlich erhellt war, und blickte mit dem Unterkiefer malend auf die schwarze See hinaus. In der Ferne sah er auf dreißig Grad die Positionsleuchten eines Schiffes. Es war die *MIRACLE*, wie er durch einen schnellen Blick auf das elektronische Seekartensystem erfuhr. Ob die da drüben Bescheid wussten, was

hier los war? Bisher war seines Wissens nach das Headoffice von GCL jedoch noch nicht kontaktiert worden. Und selbst wenn die da drüben etwas wussten, was konnten sie schon tun?
Schnaubend checkte er erneut den Kurs. In seinem Rücken spürte er die kritischen Blicke dieses hochgeschossenen Gabriels, der regungslos im Dunkeln stand und alles beobachtete und die Frechheit besessen hatte, sich eine Uniform – einen Overall der Maschine – zu stehlen. Sein ekelhafter Komplize hatte sich mit dem Kapitän zurückgezogen, um sich mit ihm zu besprechen. Buske machte sich so klein vor diesem Abschaum!
Wer von diesen beiden Verbrechern den armen Fielmann getötet hatte – der etwas feiner aber dafür hinterlistiger wirkende Posseidoni oder dieser muskulöse Hüne mit der hässlichen Wunde im Gesicht – wusste er nicht, aber es war ihm auch egal. Für ihn waren beide Mörder, Kidnapper, und mussten nicht nur schnellstens von Bord, nein, vorher musste ihnen auch noch jeder einzelne Knochen im Leib gebrochen werden. Aber Kapitän Buske hatte nur klein beigeben! Schneider verstand das einfach nicht. Der Alte hatte den Schwanz eingezogen und gekuscht.
Einige Meter neben dem regungslosen Gabriel wusste er Köpke am spärlich beleuchteten Pult stehen, der die Seekarte studierte und Gabriel nicht aus den Augen ließ. Köpke hatte Schneider das Ruder überlassen. Dieses Weichei. Sein Verhalten wunderte ihn nicht. Er war ein Feigling und kuschte nun mal. Aber dass der Kapitän sich das gefallen ließ, dass der Alte sich von diesen Kriminellen erpressen ließ, das konnte er nicht fassen. Und das Schlimmste war, dass er selbst dabei mitspielte, dass nicht mal er etwas unternahm. An sich sollte er seinen Vorgesetzten sein Misstrauen aussprechen, sie ihres Amtes entheben und dann aus diesen Mistkerlen alles herausprügeln, was er brauchte, um die Situation selbst wieder in den Griff zu bekommen.

Er wandte sich um, als er hörte, wie die Tür zur Brücke geöffnet wurde, und sah, dass der IT-Techniker Frank eintrat. Zu seiner Überraschung ging dieser direkt auf Gabriel zu. »Alles in Ordnung. Alle Störsender arbeiten einwandfrei. Telefon-, Mail- und Satellitenverbindung, LRIT-Ausstrahlung und Funk sind komplett außer Betrieb.«
»Gut«, antwortete Gabriel nur.
Was? Frank?
»Das Kamerasystem läuft wieder komplett. Können wir sicher brauchen, um die Bewegungen auf dem Schiff im Auge zu behalten«, setze Frank hinzu.
Schneider wollte es nicht wahrhaben. Es dauerte einige lange Sekunden, bis er die überraschende Erkenntnis auch emotional verarbeitet hatte. Dann aber wurde er noch wütender, als er es ohnehin schon war. *Diese Drecksau!* »Du lässt dich auf so etwas ein?«, blaffte er.
Der IT-Techniker antwortete nicht, das wurmte Schneider noch viel mehr.
»Wie lange bist du jetzt bei der Firma, Frank? Sechs Jahre, sieben? Ich hoffe, die bezahlen dich gut.«
Doch der behäbige IT-Mann sah ihn nur ausdruckslos aus dem Dunkeln an und reagierte mit keiner Regung.
»Hoffe nur, du bist stolz auf dich«, machte er weiter.
Doch Frank ließ sich nicht aus der Ruhe bringen. Seine Ignoranz brachte Schneider immer mehr auf die Palme.
»Was Andrea wohl sagen wird«, bohrte er weiter. Franks Frau arbeitete auch für die Firma.
Keine Reaktion.
»Die ist doch Hausdame, oder? Bei der bist du sicher ordentlich unter der Fuchtel, was?«
»Norman!«, kam es in diesem Moment vom Pult her.
Schneider war ein wenig überrascht vom schneidenden Ton des Staffs.

»Hör jetzt auf«, setzte Köpke noch hinzu.
Schneider ballte seine Fäuste und versuchte, sich zu beruhigen. *Dieser Arsch.* Um irgendetwas zu tun, ging er zu einem Pult und kontrollierte eine Anzeige.
Als er zurück auf seinen Posten wollte, sah er im Halbdunkeln, wie der IT-ler ihn äußerst frech angrinste und in diesem Moment sah Norman Schneider rot. Im Bruchteil einer Sekunde war er bei ihm und rammte ihm die Faust in den Magen, noch bevor Frank reagieren konnte.
Schneider genoss den Anblick: Die Augen des behäbigen Technikers quollen hervor und sein Oberkörper kippte nach vorne. Schnell ergriff er Franks Schultern, drückte ihn noch ein wenig mehr nach unten und zog gleichzeitig ruckartig sein rechtes Bein nach oben. Es klatschte laut, als sein Knie Franks Gesicht traf, der sofort zu Boden sackte und stöhnend liegen blieb. »Norman!«, hörte er Köpke noch brüllen, doch in diesem Moment erwischte ihn bereits ein harter Faustschlag von Gabriel direkt gegen das Jochbein.
Hart schlug Schneider auf dem Boden der Brücke direkt neben Frank auf. Es dauerte einige Sekunden, bis die tanzen Sterne vor seinen Augen sich wieder verloren. Er kam auf die Knie schüttelte den Kopf und versuchte, die Orientierung wiederzuerlangen. Als er sich aufrappelte und umdrehte, stand dieser Koloss bereits hinter ihm und packte ihn knapp unter der Gurgel an der Uniform. Schneider erwiderte sofort den Griff mit einer Hand und holte mit der anderen zum Schlag aus, als er erneut seinen Namen hörte, diesmal jedoch von Buske. Der stand im Rahmen der Schleusentür, direkt hinter ihm war Posseidoni.
»Was ist hier los?«, brüllte der Alte.
Schneider ließ seine Faust sinken. Dann sah er zu Gabriel, dessen Blick ihn von oben herab durchbohrte. »Wir lernen uns ein wenig näher kennen«, tat Schneider harmlos.

Doch Buske war nicht in Stimmung für Sprüche. »Norman, lass los!«, zischte er.
Aber Schneider dachte gar nicht daran. Stattdessen zog er den Griff, mit dem er den Maschinen-Overall des Hünen gepackt hielt, noch fester zu und biss die Zähne zusammen.
»Das ist ein Befehl!«, blaffte Buske von der Seite.
Norman sah zu dem hässlichen blonden Bullen auf und für eine genussvolle Sekunde stellte er sich vor, wie er ihm von unten die Faust gegen das Kinn donnerte, sodass dessen Narbengesicht nach hinten fliegen und er mehrere Zähne verlieren würde, dann aber ließ er los, hob beide Hände mit gespreizten Fingern über den Kopf, als wolle er sich ergeben, und ging zwei Schritte zurück, ohne jedoch seinen Gegner aus den Augen zu lassen.
»Das ist aber nicht schön, meine Herren«, bemerkte Posseidoni schmierig. Er war Buske auf die Brücke gefolgt und reichte dem sich aufrappelnden Frank ein Taschentuch. »Ich hatte gehofft, dass wir uns wie zivilisierte Menschen verhalten können.«
»Das werden wir auch!«, blaffte Buske in die Runde.
Mein Gott, dachte Schneider, war er denn der Einzige hier, der Eier hatte?
»Ich halte es für besser, wenn du die Wache von Norman übernimmst«, sagte Buske zu Köpke.
»Sicher«, bestätigte dieser.
Schneider konnte es nicht fassen. »Das ist nicht dein Ernst!«, brauste er auf.
»Das ist mein voller Ernst.«
»Ich habe Wache bis null Uhr.«
»Jetzt nicht mehr.«
Nun wurde er richtig wütend. »Ich tue hier meinen Dienst, so wie ich eingeteilt wurde!« Im selben Moment wurde ihm klar, dass das ein Fehler war.

»Reden wir von Meuterei?«, fuhr Buske ihn so scharf an, dass Schneider einige Tropfen Speichel ins Gesicht flogen. »Sicherheitsoffizier Schneider! Sie verlassen umgehend die Brücke!«
Schneider war klar, dass er jetzt den Schwanz einziehen musste. Es wäre das absolut falsche Zeichen an diese Kriminellen, wenn er vor Ihnen die Autorität des Alten untergrub.
»Aye, Käpt'n«, bestätigte er übertrieben lautstark und machte auf dem Absatz kehrt, um die Brücke zu verlassen.
»Es wäre besser, wir würden diesen Scheißer über Bord werfen«, bemerkte Gabriel in diesem Moment zu Posseidoni.
Schneider wirbelte zornig zurück.
Posseidoni schien anderer Meinung zu sein. »Ich sehe dafür keine Veranlassung«, entgegnete er mit Blick zu Buske.
Doch Frank, der das Taschentuch gegen seine blutige Lippe presste, wollte sich wohl bei Schneider revanchieren: »Sperrt diesen Spinner wenigstens weg. Der macht uns doch nur Ärger«, sagte er durch den blutigen Stoff hindurch.
»Das wird nicht nötig sein. Ich bin mir sicher, Herr Buske hat seine Mannschaft im Griff«, beruhigte ihn Posseidoni mit einem sanften Lächeln. »Nicht wahr, Herr Schneider?«

***

Zu seinem Bedauern hatte Tom feststellen müssen, dass die Buffet-Restaurants bereits geschlossen hatten. Natürlich. Es war schon halb elf. Nachdem er sich damit abgefunden hatte, dass er dort nichts mehr bekommen würde, hatte er sich entschieden, in den *Biergarten* zu gehen, um nachzusehen, ob es dort noch etwas gab. Auf dem Weg dorthin betrachtete er sich die festlich gekleideten Passagiere. Äußerlich erschien alles ganz normal. Hätte man es nicht besser

gewusst, wäre es einem vorgekommen wie ein friedvoller Weihnachtsabend. Der einzig feststellbare Unterschied lag in der Lautstärke der Unterhaltungen. Vielleicht bildete er es sich auch nur ein, aber der Geräuschpegel in den Gängen kam ihm im Vergleich zum vorherigen Abend ein wenig gedämpfter vor. Es schien, als ob die Gäste ihre Stimme dämpften, weil sie damit rechneten, dass sie jemand belauschte, jemand, der ihnen nichts Gutes wollte, dem dieses Fest nicht heilig war und der sie, obwohl sie heute das Fest der Liebe feierten, böswillig bedrohte. Und genau so war es ja auch.
Einige Gesprächsfetzen, die Tom bei seinem Spaziergang durch die Menschenmenge aufschnappte, zeigten jedoch, dass es momentan nur ein einziges Thema gab: Niemand konnte es so richtig glauben und so ging es ihm ja auch. Das Ganze war einfach zu fantastisch. Man konnte es im Kopf nicht zusammenbringen, dass man sich gerade auf einer Traumreise durch Südostasien befand und gleichzeitig Opfer eines Verbrechens war. Auch er wollte nicht wahrhaben, dass sie alle – sämtliche Passagiere und die gesamte Crew – Gefangene waren. Geiseln.
Im *Biergarten* angekommen stellte er fest, dass dort lediglich ein paar einzelne Gäste saßen. Und es wurde noch Essen serviert. Er sah sich um und überlegte, wo er sich platzieren sollte. Dabei fiel sein Blick auf einen hageren Mann in beiger Uniform, der in einer Ecke saß und einen großen Teller sowie einen Krug Bier von einer Servicekraft in Dirndl serviert bekam. Es war der etwas behäbige Communication-Officer, den dieser Gabriel vorhin gemeinsam mit Sinah und ihm im TV-Studio festgehalten hatte. Verschwitzt und mit rotem Kopf machte der Mann sich über das Eisbein mit Sauerkraut her. Er schlang geradezu.
Tom ging zu ihm. Als er dort ankam, griff der Offizier gerade hastig nach seinem Bier und spülte eine weitere Riesenladung fast ungekaut die Kehle hinunter.

»Guten Abend, Eike«, begrüßte Tom ihn, nachdem er einen schnellen Blick auf dessen Namensschild geworfen hatte.
Eike hatte ihn nicht bemerkt und verschluckte sich ein wenig an seinem Bier. Hustend begrüßte er Tom seinerseits.
»Abend«, gluckste er und griff schon wieder zur Gabel.
»Darf ich mich zu Ihnen setzen?«, fragte Tom höflich und der Communication-Officer nickte schüchtern und schob sich die nächste Fuhre Sauerkraut in den Mund.
»Wenig los hier«, bemerkte Tom, der nicht wusste, was er sagen sollte.
Eike nickte erneut. Als er den Inhalt seines Mundes hintergedrückt hatte, bemerkte er in schrillem Ton: »Ist hier oft so. Die Leute gehen lieber ans Buffet. Deshalb bin ich gern hier, wo nicht so viele Leute sind.«
Er legte bereits wieder nach und schob sich diesmal so viel auf die Gabel, dass Tom sich nicht vorstellen konnte, wie er diese Ladung in seinen Mund bekommen wollte. Doch für den schwitzenden Offizier schien das kein Problem darzustellen. Tom sah zu, wie auch dieser Berg im Mund des angegrauten nervösen Mannes verschwand.
»Verrückte Sache, oder? Diese Kidnapper«, bemerkte Tom, um überhaupt etwas zu sagen.
Nachdem er Tom mit rollenden Augen und vollem Mund zugenickt hatte, sah Eike auf sein Essen hinab und schüttelte lange den Kopf.
»Wie geht es Ihnen?«, erkundigte sich Tom, dem bewusst war, wie merkwürdig das klingen musste.
Eike hörte auf zu kauen, obwohl er den Mund noch voller Essen hatte, und sah ihn lange an. Schweißperlen standen auf seiner Stirn.
»Entschuldigung, ich habe Ihren Namen nicht mitgekriegt«, sagte Eike schließlich.
»Tom. Tom Geyer ist mein Name. Ich recherchiere hier für einen Reisebericht in der *Hamburger Abendpost.*« Erst nachdem er es ausgesprochen hatte, realisierte Tom, wie blöd sich das in der ver-

änderten Situation anhörte. Das alles war nun nicht mehr wichtig. »Wird nun eher eine Exklusivstory, wenn ich nicht irre«, setzte er deshalb lapidar hinzu.
Doch sein Gegenüber reagierte nicht darauf, sondern griff nach dem Bierkrug. »Eigentlich hätte ich Urlaub. Aber vor einer Woche haben sie mich angerufen und gesagt, der Kollege, der mich ablösen soll, hätte sich das Bein beim Skifahren gebrochen.«
»Oh, das tut mir leid«, sagte Tom etwas lahm.
Eike blickte auf sein Essen hinab und zuckte leicht, als er aufstoßen musste. »Verzeihung.«
»Keine Ursache.«
Es entstand eine weitere Pause. Zu Toms Glück kam eine Bedienung und nahm seine Bestellung auf. Als er ein paar Bratwürste mit Kartoffelsalat und einem Bier bestellt hatte, war Eike bereits wieder dabei, mit glänzender Stirn seinen Teller zu leeren.
»Hat sie wohl mitgenommen?«, fragte Tom mit Blick auf Eikes zitternde Gabel.
»Dieser Verrückte hat mir einen Schraubenzieher an die Gurgel gedrückt. Ich dachte, der bringt mich um«, sagte Eike mit vollem Mund und hektisch blinzelnden Augen.
Tom war überrascht, wie er mit so viel Kraut im Mund überhaupt einen verständlichen Laut herausbringen konnte.
»Das ist nichts für meine Nerven. Eigentlich würde ich mit meiner Familie im Wohnzimmer sitzen und jetzt Geschenke auspacken.« Eike schüttelte erneut den Kopf, wischte sich mit zitternder Hand den Schweiß von der Stirn und schloss dabei für einige Sekunden die Augen. »Wahrscheinlich bringen die uns alle um.«
»Das glaube ich nicht«, meinte Tom beschwichtigend, wusste aber selbst nicht so genau, woher er diese Zuversicht nahm. »Wenn ich es richtig verstanden habe, haben die keine Waffen. Ich denke, wenn die bekommen, was sie wollen, werden sie uns in Frieden lassen.«

»Und was, wenn nicht?«
Genau das hatte sich Tom auch schon gefragt. Momentan war ja noch nicht einmal klar, was sie überhaupt wollten. »Ihre Firma wird sicher kooperieren«, beruhigte er Eike und, wenn er ehrlich war, auch sich selbst.
»Hoffentlich«, meinte Eike unsicher.
»Warum sollte sie nicht?«
»Ich weiß es nicht. Vielleicht gibt es so was wie eine Wir-verhandeln-nicht-mit-Verbrechern-Politik oder die Forderungen sind einfach nicht zu erfüllen.«
Tom konnte darauf nichts antworten. Natürlich wusste auch er nicht, was diese Leute eigentlich wollten oder wie sich die GCL in einer solchen Situation verhalten würde. Was Tom ebenfalls ärgerte, war, dass er Hartmut nun nicht mehr erreichen konnte. Schweigend sah er Eike zu, wie dieser sein Essen verschlang. Er schien das alles schwer zu verkraften.
Um ihn ein wenig abzulenken, setzte er erneut zu einem Gespräch an: »Dieser Frank, das ist Ihr Kollege, oder?«
Eike sah von seinem Essen auf. »Hätte niemals gedacht, dass der bei so was mitmacht. Er ist der IT-Techniker an Bord. Ich der Kommunikationsoffizier. Wir haben eine ähnliche Ausbildung und arbeiten eng zusammen, aber im Prinzip macht er alles, was Software und Computer angeht, ich dagegen das, was sich sonst noch an elektronischen Kommunikationsgeräten an Bord befindet. Funkgeräte, Telefone, Radaranlage, Fernsehen … so Zeug eben.«
»Und er hat offensichtlich alle Nachrichtenwege nach draußen abgeschnitten, wenn ich das richtig verstehe. Dieser Posseidoni sagte, sie hätten Störsender an Bord geschmuggelt.«
Eike nickte. »Ja, ich konnte es in unserem Büro hinter dem TV-Studio miterleben, wie er zunächst die Satellitenverbindung und damit auch die Telefonanlage und den Mailverkehr lahmgelegt

hat. Das waren aber nur die letzten Schritte. Von unserem Arbeitsplatz aus hat er nur die Software manipuliert, um damit noch eine zweite Sicherung einzubauen, falls seine Störsender gefunden und deaktiviert werden. Das hat er während ich dort war diesem brutalen Kerl erklärt. Die Störsender allein würden eigentlich ausreichen, um die permanente Sendung unsere Positionsdaten, die Telefonverbindung und auch die Satellitenkommunikation auszuschalten.«

»Und diese Störsender legen alle Satellitenverbindungen lahm?«, fragte Tom und zog sein Handy aus der Tasche. »Das würde auch erklären, dass mein Telefon kurz vor der Galashow nicht mehr funktionierte.«

»Sie haben ein Satellitentelefon?«

Tom erklärte ihm, dass er es noch aus der Zeit seiner Einsätze in Kriegsgebieten hatte und die Redaktion mehr oder weniger vergessen hätte, es ihm abzunehmen, nachdem er sich damals entschlossen hatte, nur noch weniger gefährliche Aufträge anzunehmen. Eigentlich hatte er sich schlicht an dieses technische Wunderwerk gewöhnt gehabt, das es ihm ermöglichte, wirklich überall auf der Welt zu telefonieren, und er hatte Hartmut ein wenig damit erpresst, dass er nur fester freier Mitarbeiter der Firma bliebe, wenn er sein Diensthandy behalten konnte.

»Darf ich mal sehen?«, erkundigte sich Eike.

Tom reichte es ihm über den Tisch.

»Kein günstiges Vergnügen«, bemerkte der Offizier, der das Gerät beeindruckt in seiner Hand wog.

»Ich weiß.« Er wollte gar nicht wissen, was es die Firma im Jahr kostete.

»Globalstar. Hübsches Gerät. Expeditionstechnik, die fast nur Wissenschaftler am Nordpol dabeihaben.«

»Ich weiß«, wiederholte sich Tom nicht ohne gewissen Stolz.

»Oder Militär. Über welches System läuft das Handy? Iridium?« Eike war erkennbar beeindruckt, als Tom nickte. »Das einzige Gerät auf dem Markt mit nahezu weltweiter Netzabdeckung. Aber leider können Sie jetzt damit auch nichts anfangen.« Eike gab es ihm zurück.
»Was glauben Sie, wie die das gemacht haben?«
»Ich denke, sie haben einen Jammer an Bord geschmuggelt. Für Frank ist das kein Problem. Er erhält ständig Lieferungen technischer Geräte.«
»Jammer?«
»Jammer senden in den zu störenden Frequenzen ein breitbandiges Rauschen oder Pulse aus.«
»Und die können Satelliten und Funk komplett ausschalten?«
»Die können alles ausschalten. UKW-Funk, Handyverbindungen, Radio- und Satellitenverbindungen, damit sogar unsere GPS-Positionierung. Ich nehme an, dass deshalb auch unsere mobilen DECT-Telefone nicht mehr funktionieren.«
»Das bedeutet: Wir können davon ausgehen, dass die Firmenleitung momentan nicht weiß, wo wir genau sind.«
»Außer, wenn sich Schiffe in der Nähe befinden und die uns auf ihrem Radar sehen«, erklärte Eike. »Das können selbst die nicht verhindern.«
»Aber es gibt momentan definitiv keine Möglichkeit, eine Nachricht nach draußen zu schicken?«, hakte Tom nochmals nach.
»Solange die Störsender intakt sind, nein. Die Brücke könnte wahrscheinlich noch nicht einmal ein Schiff kontaktieren, das sich mit uns auf Kollisionskurs befindet.«
Beängstigender Gedanke.
Der Offizier schüttelte den Kopf und sah auf seinen leeren Teller hinab.
Tom dachte nach. Konnte man der Firmenleitung an Land irgendeinen Wink geben, der ihr einen Vorteil verschaffte? Wenn er wenigs-

tens Hartmut erreichen könnte. Grübelnd saß er da und blickte auf den Scheitel von Eike, der nicht mehr zu ihm aufsah, sondern auf seinen leeren Teller starrtet.
Da brachte die Kellnerin Toms Essen. Er bedankte sich, griff zum Besteck und wollte schon anfangen, als ihn ein Surren an seinem Gürtel innehalten ließ. – Sein Pager hatte sich gemeldet.

***

Natürlich war er zu weit gegangen, aber es war nun mal passiert. Und dieser dreckige Fahnenflüchtling hatte es auch verdammt noch mal verdient gehabt! Sicherheitsoffizier Norman Schneider fasste das Bierglas vor sich noch fester. Für sich war er im Reinen. Die Drecksau hatte bekommen, was sie verdiente.
Je länger er darüber nachdachte, desto klarer wurde ihm, was ihn daran so wurmte. Es war weniger, dass Frank schamlos die Firma hinterging, dass der IT-Fuzzi mit diesen skrupellosen Leuten gemeinsame Sache machte und mithalf, unschuldige Menschen festzuhalten, ihr Leben zu bedrohen und ihrer aller Arbeitgeber zu erpressen. Das war zwar fies, aber nicht das schlimmste. Was ihn eigentlich traf war vielmehr der Treuebruch unter Seeleuten, die bittere Tatsache, dass Frank damit ihnen allen in den Rücken gefallen war, ehrliche Kollegen hinterging und langjährige Freundschaften einfach so in den Schmutz zog. Einer, der Seemannsbruderschaft verletzte, den Ehrenkodex unter ihnen, und deshalb hatte er auch alles richtig gemacht. Ja. Frank hatte diese Abreibung verdient. Definitiv.
Norman nahm einen großen Schluck. Nachdem ihn der Alte von der Brücke verwiesen hatte, war er wutschnaubend direkt in die *MIDNIGHT BAR* gegangen und hatte sich ein Bier bestellt. Mit hängen-

dem Kopf saß er an einer Ecke des Tresens, war bereits bei seinem zweiten und stierte verloren hinein.
Er konnte einfach nicht verwinden, was hier ablief. Nicht genug, dass diese Leute es geschafft hatten, Sprengstoff an Bord zu schmuggeln und dass der Käpt‘n und der Staff sich von ihnen erpressen ließen. Einer ihrer eigenen Leute half sogar noch dabei! Wie viele Einsätze hatte Frank mit Marko gefahren? Und jetzt war er tot. Fielmann auch. Sollte er Frank nochmals außerhalb dieses Schiffes begegnen, dann …
Komm runter, Norman! Das bringt nichts.
Er nahm einen weiteren Schluck und umklammerte dabei den Henkel des Bierkruges so kräftig, dass seine Finger davon ganz blass wurden.
Das nutze doch nichts. Er musste sich beruhigen. Er wusste, dass er sich manchmal nicht im Griff hatte. Es war eben mit ihm durchgegangen, verdammt noch mal. Aber jetzt galt es, vernünftig zu sein. Die offene Konfrontation zu suchen, brachte nichts. Vor allem nicht mit diesen Erpressern.
Kooperation, dachte er angewidert und hätte es fast laut ausgesprochen.
Schneider gestand sich ein, dass es nicht besonders klug gewesen war, sich mit diesem Gabriel anzulegen. Nicht, weil er sich ihm in einer körperlichen Auseinandersetzung nicht gewachsen gefühlt hätte, sondern weil eine Eskalation tatsächlich niemandem etwas nutze und es besser war, Ruhe zu bewahren und abzuwarten.
»Kooperation«, sagte er nun angeekelt in sein Bierglas hinein, diesmal tatsächlich hörbar.
»So viele schöne Os in dem Wort«, sagte jemand lachend von der Seite.
Als Schneider aufsah, blickte er in Wulferts fröhliche Augen. Breit grinsend sah ihn der Hotelmanager an und lachte dann erneut,

schien jedoch zu bemerken, dass Norman nicht in Stimmung war und nahm ohne weitere Bemerkung neben ihm am Tresen Platz. Gemeinsam saßen sie da und sahen ins Leere.
Es dauerte eine ganze Weile, bis Wulfert erneut das Wort ergriff: »Was war los da oben?«
Sofort flammte es in Schneider wieder auf. »Nichts«, erwiderte er wütend. »Ich habe Frank eine verpasst.«
Wulfert drehte sich erstaunt zu ihm. »Tatsächlich?«, freute er sich und Norman spürte, wie gut ihm das tat. »Hat's nicht anders verdient, die Drecksau«, kommentierte Wulfert stumpf.
»Der Alte hat mich dafür der Brücke verwiesen.«
»Wirklich?«
Norman nickte nur und sah wieder in sein fast leeres Bierglas.
Wulfert winkte dem Barkeeper und bestellte noch eine Runde für sie beide. »Aber was will er auch machen?«, griff er den Faden dann wieder auf.
»Schon klar.«
»Kooperieren«, äffte ihn Wulfert ironisch nach.
Norman musste trotz seines Ärgers lachen. »Aber gutgetan hat's trotzdem.«
»Glaub ich dir«, meinte Wulfert.
Die beiden hoben die Krüge und stießen an. Dann ging Normans Pager und als er die Nummer des Kapitäns erblickte, rutschte ihm ein wenig das Herz in die Hose. Er ließ sich vom Barkeeper ein Telefon reichen und tippte die Nummer ein.
»Was kommt jetzt?«, fragte er Wulfert, der ihn, obwohl dieser die Nummer erkannt haben musste, noch immer anlachte.
Buske meldete sich schon nach einem einzigen Klingeln. »Norman?«
»Aye«, antworte er. *Wer sonst?* Er verkniff sich jedoch jede dumme Bemerkung.

»Pass auf. Das dürfen die nicht wissen, aber ich möchte, dass du mir einen Gefallen tust.«
Norman war überrascht. »Ja.«
»Kannst du in Markos Büro gehen und dir mit einem seiner Kollegen die Videofiles der letzten zwei Tage ansehen?«
»Äh, ja.« Norman verstand nicht gleich. Vor allem aber hatte er eine ganz andere Art von Gespräch erwartet. Er hatte eigentlich gedacht, dass ihm Buske nochmals ordentlich den Kopf waschen würde. »Warum?«
»Wir haben im Maschinenkontrollraum den Chief gefunden. Er ist tot. Direkt neben ihm ist eine der Bomben deponiert.«
»Scheiße«, entfuhr es Schneider und Wulfert wurde sofort ernst. »Restricted Area.«
»Genau. Ich möchte, dass du versuchst, herauszufinden, wo die sich überall herumgetrieben haben. Vielleicht lässt sich sagen, wo die anderen Bomben sind.«
Norman war baff. Das hatte er nun wirklich nicht erwartet. Entsprechend zögerlich musste sich seine Antwort anhören: »Okay. Ich dachte … Aye, Kapitän. Wird gemacht.«
»Hör zu, Norman. Das muss unbedingt unter uns bleiben. Halt dich bitte zurück. Ich möchte einfach, dass wir unsere Optionen ausloten. Alles klar?«
Norman bestätigte, dass er verstanden hatte, auch wenn er noch nicht wirklich begriff, was da ablief. »Das sind sehr viele Videoaufzeichnungen. Ich könnte Hilfe gebrauchen.«
»So viele nicht. Frank hat einige Kameras manipuliert. Die sind deshalb gestern und heute nicht mitgelaufen. An wen denkst du?«
Norman fixierte Wulfert, der ihn neugierig anstarrte und jedes Wort aufsog. »Wulfert sitzt gerade bei mir.«
Am anderen Ende der Leitung blieb es für einige Sekunden stumm, dann kam ein »In Ordnung« und Norman bestätigte.
»Aber sonst darf davon niemand erfahren. Ist das klar?«

»Aye, Sir«, meinte Norman und legte auf.
Langsam ließ er den Hörer sinken, griff zu seinem neuen Bier und nahm einen extragroßen Schluck.
Gespannt sah Wulfert ihn an und erwartete eine Erklärung.
»Moment«, vertröstete Schneider ihn. Das musste er erst mal verarbeiten.

***

Nervös saß Tom auf einem Stuhl hinter dem Moderationstisch und wartete auf Sinah. Sein Magen knurrte. »Wir müssen uns unterhalten«, hatte sie nur gesagt, als er sie zurückgerufen hatte, und vorgeschlagen, sich im Theater vor dem TV-Studio zu treffen.
Das Theater lag fast im Dunkeln. Lediglich drei Gäste saßen noch drüben an der *THEATER BAR* und lauschten den Klängen des Pianisten, der einen verjazzten Weihnachtssong trällerte. Tom konnte sich ein bitteres Lächeln über die Skurrilität dieser Szene nicht verkneifen.
Schon von Weitem sah er Sinah durchs Theater auf ihn zusteuern. Sie war bleich, das tat aber ihrer Attraktivität keinen Abbruch. Ihr Gang, ihre ganze Haltung strahlte diese spezielle Entschiedenheit aus. Das war es auch gewesen, was er an Jenny so geliebt hatte: ihre Entschlossenheit in allem, was sie tat. Er kam sich irgendwie schäbig vor bei dem Gedanken, dass es exakt diese Eigenschaft zu sein schien, die auch Sinah Dietrich anziehend für ihn machte. Es war, als ob er Jenny dadurch untreu wurde.
Die hochgewachsene Blondine kam mit ernstem Blick auf ihn zu und versuchte diesmal gar nicht erst, ihr unverbindliches TV-Lächeln aufzusetzen. Tom nahm es als Kompliment: Nach allem, was sie in dieser kurzen Zeit miteinander erlebt hatten, waren sie

beide über diesen Punkt hinaus. Die Trennlinie hatte sich eindeutig verschoben und Tom gefiel der Gedanke.
»Guten Abend, Tom«, begrüßte sie ihn kurz und sachlich. »Konnten Sie etwas essen?«
Er schüttelte den Kopf. »Nein. Ich bekam gerade mein Essen, als Sie angerufen haben.«
»Sie sehen nicht gut aus. Was macht die Seekrankheit?«
»Ist da, aber hält sich in Grenzen«, log Tom. Seit das Schiff wieder mehr Fahrt machte, war es schlimmer geworden. »Sie sehen aber auch nicht aus wie das blühende Leben.«
»Das liegt sicher an den schlechten Nachrichten.«
»Noch schlechtere?«, fragte Tom direkt.
Sinah wollte gerade etwas antworten, als der Gong der Bordanlage ertönte, den Tom nun schon von vielen Durchsagen kannte.
»Guten Abend, hier spricht Ihr Kapitän. Ich habe zu später Stunde noch einige Neuigkeiten für Sie. Wie sie alle wissen, ist heute etwas Unvorhergesehenes vorgefallen. Unser Schiff wurde angegriffen, von Fremden gekapert und wir wurden gezwungen, den Kurs zu ändern. Ich möchte Ihnen zunächst versichern, dass die Explosion, die sich vor einer Stunde auf Deck drei ereignet hat, keine ernsthaften Schäden verursacht hat. Sie müssen sich also keine Sorgen machen. Die Männer, die uns zwingen, Kurs nach Vung Tau zu nehmen, wo wir übermorgen früh ankommen werden, haben mir garantiert, dass sie keine weitere Gewalt anwenden, sofern wir tun, was sie von uns verlangen. Ich möchte Sie also bitten, Ruhe zu bewahren und sich kooperativ zu zeigen. Wir sind in Verhandlungen mit diesen Leuten. Wir kontaktieren demnächst gemeinsam die Firmenleitung und werden eine Lösung finden. Ich melde mich dann morgen früh wieder bei Ihnen.«
Man hörte, wie der Kapitän am Mikrofon tief Luft holte und Tom glaubte fast zu hören, wie Buske überlegte und dann fortfuhr:

»Und nun wünsche ich Ihnen trotz allem einen schönen Heiligabend. Lassen Sie sich das nicht nehmen. Ich meine es ernst. Heute ist das Fest der Liebe und auch wenn in dieser Welt nicht nur Schönes und Gutes existiert, es immer Menschen mit bösen Absichten und gemeinen Hintergedanken gibt: Liebe und Gemeinschaft, Ehrlichkeit und Zusammenhalt werden am Ende siegen, dessen bin ich mir sicher.«
Tom und Sinah sahen sich an. Die Mediamanagerin schien dasselbe zu denken wie er: Das hatte er sich nicht nehmen lassen – den Verbrechern klar zu signalisieren, was er von ihnen hielt.
»Ich bewundere seine Integrität«, meinte Tom, ohne damit zu übertreiben.
Buske hatte Schneid, ein solches Statement abzugeben. Und er hatte es damit geschafft, die Gäste sowie die Crew hinter sich zu einigen, daran zweifelte Tom nicht.
Wer weiß, wozu es noch gut sein wird.
»Was hatten Sie denn mit unserem Communication-Officer zu besprechen?«, fragte Sinah nun.
»Wir haben uns nur zufällig getroffen und uns über die Blockade der Kommunikation unterhalten. Nur ganz allgemein, wie Störsender funktionieren«, wiegelte Tom ab. Er konnte nicht einschätzen, ob Sinah es guthieß, wenn er jetzt den Investigativjournalisten raushängen ließ und das auch noch, wenn sie nicht dabei war.
Doch Sinah hatte ihn bereits durchschaut und überraschte ihn mit ihrer Antwort: »Ganz allgemein. – Selbst wenn wir Kontakt zur Landseite aufnehmen könnten, wäre damit nichts gewonnen. Diese Leute haben Bomben an Bord geschmuggelt und sprengen womöglich das Schiff in die Luft, wenn es eng für sie wird.«
»Sicher. Die Frage ist nur, ob wir uns nicht einen Vorteil verschaffen, wenn ihre Firmenleitung früher erfährt, was hier eigentlich abläuft und wie die Dinge gerade stehen.«

»Wäre möglich.«
Tom sah sich die Mediamanagerin an. Gedankenverloren stand sie neben ihm und blickte ernst ins Dunkel des verlassenen Theaters. Ihm lag schon seit einiger Zeit etwas auf dem Herzen und vielleicht war jetzt der richtige Zeitpunkt gekommen.
»Darf ich Sie etwas fragen?«, sagte er spontan. »Als Sie im Studio mit diesem brutalen Kerl diskutierten, ob sie die Rezeption benachrichtigen sollten, um die Rede dieses Posseidoni über die Bordkanäle zu übertragen«, Tom glaubte ein wenig Genugtuung über Sinahs Gesichtszüge fliegen zu sehen, »da schien es mir, als ob Sie nicht ganz die Wahrheit sagten.«
Sinah sah ihn lange an, dann lächelte sie. »Sie sind ein sehr aufmerksamer Beobachter.«
»Berufskrankheit.«
»Sie haben recht. Ich habe nicht versucht, die Rezeption zu erreichen, sondern einen Kollegen in Hamburg.«
Jetzt war Tom allerdings überrascht. Ein Kollege der landseitigen Eventabteilung?
»Ich wusste, dass Frank, unser IT-Techniker, gerade damit beschäftigt war, einige Störmechanismen einzurichten. Das hatten er und dieser Gabriel erwähnt. Aber ich hoffte, ich könnte noch meinen Supervisor an Land erreichen, Stefan Buchmann, damit er der Firmenleitung Bescheid geben kann.«
»Hat aber schon nicht mehr funktioniert«, vermutete Tom.
»Nein. Ich konnte zwar hören, dass er abnahm, aber es war nur noch Rauschen in der Leitung.«
»Verdammt.«
»Leider.«
»Riskante Sache«, fand Tom. »Was hätten Sie gemacht, wenn Gabriel Ihnen den Hörer abgenommen hätte?«

Sinah zuckte mit den Achseln. »Keine Ahnung.«
»Wirklich schade, dass Sie ihm kein Zeichen mehr geben konnten.«
»Vielleicht habe ich das trotzdem«, meinte Sinah mit blitzenden Augen. »Wenn er wirklich abgenommen oder gesehen hat, dass ich es war, der anruft, dann hätte er versucht, zurückzurufen. Und wenn er mich nicht erreicht, dann könnte es zumindest sein, dass er irritiert war und einen Verdacht schöpfte, dass irgendetwas nicht stimmt.«
Tom begriff, auch wenn er nicht sah, wie das nutzen sollte. »Gut. Aber wenn er Sie telefonisch nicht erreicht und Sie ihm auch nicht sagen konnten, was hier vor sich geht, dann hat Ihr Anruf doch nichts bewirkt.«
Sinah machte erneut eine Kunstpause und rückte verschwörerisch etwas näher an Tom heran, sodass er ihr angenehmes Parfüm in die Nase bekam. »Wenn er mich nicht erreicht, dann hätte er vielleicht etwas anderes versucht. Die Live-Übertragungen der Gala kann *GCL EVENT* in Hamburg mitverfolgen. Mit ein wenig Glück hat er genau das getan.«
Tom sah Sinah mit großen Augen an. »Eine Live-Übertragung zur Landseite? Das geht?«
»Ja. Seit einem Jahr ist das System am Laufen. Die Kollegen in Hamburg können sich so in die Bordsendung jedes Schiffes einklinken, wann immer sie wollen.«
»Glauben Sie nicht, dass das Signal ebenfalls geblockt wurde?«, wandte Tom ein.
»Kann natürlich sein. Ich weiß aber zufällig, dass die Übertragungen auf einer ganz anderen Frequenz gesendet werden. Es ist zumindest möglich, dass es noch funktioniert, auch wenn Telefon oder E-Mail-Übertragung gestört sind.«

Tom dachte nach. Das eröffnete zumindest potenziell einige Möglichkeiten, auch wenn es unwahrscheinlich klang. Nachdenklich kniff er sich mit Daumen und Zeigefinger in die Unterlippen. Dann hatten sie vielleicht die Chance, der Firmenleitung von GCL Informationen zu übermitteln.

»Wird im System angezeigt, wenn Ihr Headoffice sich in eine Übertragung einklinkt?«

Sinah verneinte.

»Das heißt, Sie können nicht wissen, ob Ihr Kollege die Übertragung gesehen hat.«

»Leider nicht. Wir können es nur hoffen.«

»Und selbst wenn, dann haben wir nicht viel gewonnen, außer dass sie das wüssten, was sie womöglich eh bald erfahren werden.«

»Das ist richtig«, musste Sinah zugeben. »Aber es würde der Firmenleitung einen Zeitvorteil verschaffen. Sie könnten sich schon jetzt darauf einstellen.«

»Und wenn der Kanal wirklich nicht gestört ist, hätten wir die Möglichkeit, noch mehr Informationen zu senden«, flüsterte Tom fast unhörbar.

»Exakt.«

Das musste Tom erst einmal sacken lassen. Er richtete sich wieder auf und holte tief Luft. Es vergingen einige Sekunden, in denen er ins Nirgendwo blickte, bis ihn eine erneute Welle, die soeben das Schiff und damit auch seinen flauen Magen traf, zurückholte.

»Haben Sie das in Ihrem Meeting Ihrem Chef erzählt?«

»Nein«, antwortete Sinah zu Toms Überraschung.

»Das sollten Sie aber schleunigst tun.«

»Sicher. Ich musste mich nur erst einmal sammeln. Das alles ging so schnell und ich habe noch immer nicht richtig kapiert, wo wir hier reingeraten sind. Wenn wir nur ein bisschen mehr wüssten, womit wir es zu tun haben. …«

Tom beobachtete sie von der Seite, wie sie sinnierend in die Ferne blickte. Diese Frau hatte nicht nur wie er den unstillbaren Drang, mehr zu erfahren und ihre Informationen allen entscheidenden Stellen mitzuteilen, sondern auch die Entschlossenheit, wenn nötig zu handeln.

»Was glauben Sie, haben diese Leute vor«, fragte er schließlich.

Sie blies Luft durch ihre dezent roten Lippen. »Keine Ahnung. Bisher wissen wir ja nur, dass sie Geld verlangen und nach Vung Tau wollen. Der Hotelmanager meint, er könne sich nicht vorstellen, dass es nur um Geld gehe.«

»Wulfert? Tatsächlich?«

»Ja. Er sprach vorhin von Terrorismus.«

»*Terrorismus* ist ein wirklich monströses Wort, Sinah.«

»Ich weiß. Aber man muss zumindest mal darüber nachdenken.«

Er konnte sich das einfach nicht vorstellen. Sie schienen doch nur darauf aus zu sein, sie so lange festzuhalten, bis sie das Lösegeld hatten. Tom sah der Mediamanagerin an, dass sie gerade einen inneren Kampf ausfocht. Irgendetwas schien sie noch zusätzlich zu beschäftigen.

»Es gab einen weiteren Toten – bei der Explosion«, sagte sie nun.

Tom sah sie betroffen an.

»Marko, der Security-Offizier. Einer seiner Kollegen wurde schwer verletzt.«

Tom wurde schlagartig klar, dass er es war, der dafür gesorgt hatte, dass der Incineratorraum durchsucht wurde. Er trug indirekt Mitschuld am Tod des Mannes. Doch bevor er etwas dazu sagen konnte, piepte der Pager an seiner Hüfte.

Er zog das Gerät aus seiner Halterung. »Null null null drei«, wunderte er sich.

Sinah sah ihn überrascht an. »Das ist Schneiders Nummer auf der Brücke.«
Widerwillig ging Sinah zu einem Telefon, das sich einige Schritte von ihnen entfernt an der Wand befand, nahm ab und wählte Normans Nummer. Sie hatte keine Lust, mit Schneider zu reden, aber was sollte sie machen. Zu ihrer Überraschung meldete sich allerdings nicht der Sicherheitsoffizier, sondern Posseidoni, der sich mit ihr verabreden wollte, um ihre morgige gemeinsame Sondersendung zu besprechen.

***

Willie Löwes war äußerst überrascht darüber, wie schnell der Kommandeur der GSG-9 in Kiel aufgetaucht war. Die Hauptzentrale der Bundespolizei lag in St. Augustin bei Bonn. Entweder waren die Behörden viel früher benachrichtigt worden oder Jansen musste per Hubschrauber gekommen sein.
»So eindeutig erscheint mir das nicht«, wehrte sich Zimmermann, die Zuständigkeit abzugeben, doch Jansen war sich seiner Sache ziemlich sicher.
»Kannst du mir mal erklären, wer die alle sind«, fragte Sarah, die von den ganzen Abkürzungen irritiert war.
»Das LKA ist die Kriminalpolizei des Landes; die wird bei schweren Verbrechen immer als Erstes alarmiert. Die haben Spezialisten zur inländischen Bekämpfung von Terrorismus, Geiselnahmen, Bombenentschärfung und so weiter; das Sonderkommando SEK. Die GSG-9 dagegen ist die Spezialeinheit der Bundespolizei und kann auch außerhalb Deutschlands agieren«, erklärte ihr Willie leise, »internationale Terrorbekämpfung, Geiselbefreiung und so was. Der da ist der Chef der Truppe.« Willie freute sich schon wie ein Kind darauf, den Mann einmal persönlich kennenzulernen.

Sarah sah sich den GSG-9-Mann lange und ausführlich an und Willie folgte ihrem Blick. Olaf Jansen war ein schlanker, durchtrainierter Mann um die fünfzig. Sein Haarschnitt war fast so kurz wie sein eigener, er trug seine grauen Haare jedoch nicht in einem US-Marines-Schnitt. Dafür, dass dieser Mann ausgebildet war, Menschen zu töten, hatte er ein freundliches, ja fast fröhliches Gesicht und ein sympathisches Lächeln. Er entdeckte in seinem Blick aber auch etwas Raubtierhaftes. Sarah schien es ähnlich zu gehen: Der Mann faszinierte sie offensichtlich.
»Ich bin dafür, dass wir die Gruppe hier erst einmal ausdünnen«, sagte Jansen dem LKA-Mann gerade so laut, dass alle im Raum es hören konnten. »Wer hat das Kommando?«
»Ich«, meldete sich Schmücker.
»Okay. Und was tun alle anderen hier?«
»Sie sind Teil des Sonderteams für außergewöhnliche Fälle«, sagte Schmücker.
»Gut, aber Sie tragen die Verantwortung?«
»Ich und Bettina Rupp.« Er wies zu ihr.
Bettina nickte einmal und Olaf Jansen betrachtete sie für einen kurzen Moment. Sie war gut zwei Köpfe kleiner als er und es war ihm anzusehen, was er dachte.
»Gut. Sie beide und mein Kollege vom LKA begleiten mich nach draußen. Wir müssen besprechen, was wir haben.«
»Und Willie«, entschied Bettina.
Schmücker warf ihr einen vorwurfsvollen Blick zu, als Willie zu ihnen trat.
»Willie – Herr Löwes – ist unser Berater in Sachen Piraterie«, erklärte Schmücker hastig, um Bettina zuvorzukommen.
Willie hatte das Gefühl, seine Hand stecke in einem Schraubstock, als Jansen sie schüttelte. Dieser sah ihn mit durchdringendem Blick an. »Gut. Mehr aber nicht.«

Gemeinsam verließen sie das *Golden Gate*. Bettina führte sie strammen Schrittes den Gang hinab in den kleinen Konferenzraum.
Willie war gespannt, was folgen würde: Es war klar, dass die Landespolizei wenig ausrichten konnte. Letztlich war das Schiff außerhalb der BRD gekapert worden und damit hatte das LKA nichts mehr mit dem Fall zu tun. Spannender war die Frage, wie Jansen vorgehen wollte. Eine gewaltsame Befreiung stand seiner Meinung nach nicht zur Debatte. Was konnte die Truppe schon auf einem Kreuzfahrtschiff, auf dem über zweieinhalbtausend Menschen gefangen gehalten wurden, ausrichten? Jede gewaltsame Auseinandersetzung musste unwillkürlich zu vielen Toten und Verletzten führen. Gut, sie wussten nicht, ob diese Verbrecher Waffen an Bord hatten – aber was, wenn?
Die Debatte um die Zuständigkeit wurde jedenfalls schnell beendet, kaum dass die Türen des Konferenzraums sich hinter ihnen geschlossen hatten. Zimmermann begnügte sich damit, eingebunden zu bleiben, weil die Firma innerlands einen Erpresserbrief erhalten hatte, somit auch noch innerhalb der Landesgrenze bedroht wurde und deshalb das LKA ebenfalls Ermittlungen einleiten würde. Die Entführung des Schiffes aber und die Entscheidung, wie mit der Situation dort umgegangen wurde, oblag definitiv der GSG-9 und damit Jansen. Das hatte sich dieser telefonisch auch durch den Innenminister bestätigen lassen und damit jede weitere Diskussion abgewürgt.
Dann brachte Jansen einen gewaltsamen Befreiungsversuch ins Gespräch.
»Das ist völlig illusorisch«, meinte Zimmermann aufgebracht. »Das haben wir mit der *STAVANGER* doch erlebt. Wir sollten uns lieber darauf konzentrieren, die Hintermänner zu finden, um die auf dem Schiff dadurch zu zwingen, aufzugeben.«

»Welche Hintermänner?«, fragte Jansen gelassen. »Solche Gruppen arbeiten meist autark. Wir wissen momentan noch gar nichts von denen.«

Willie wusste, worauf der Landespolizist anspielte. Für eine geplante Befreiung des Containerfrachtschiffes *HANSA STAVANGER*, das im April 2009 vor der somalischen Küste entführt worden war, hatte damals eine größere Einheit der GSG-9 vor Ort bereitgestanden. Es wurden mehr als zweihundert Mann der Spezialtruppe sowie einige Hubschrauber nach Mombasa in Kenia transportiert und ein Kommando auf einen amerikanischen Hubschrauberträger vor der Küste verlegt, um eine Befreiungsaktion vorzubereiten. Die Aktion wurde jedoch wegen des zu hohen Risikos für die Geiseln und auch die Beamten seitens des interministeriellen Krisenstabes der Bundesregierung abgeblasen.

»Ich habe das auch nur der Vollständigkeit halber erwähnt«, sagte Jansen. »Wir müssen über alles reden. Alle Optionen müssen auf den Tisch. Wie wir dann entscheiden, werden wir sehen. Aber ich gebe dem Kollegen Zimmermann recht, dass eine gewaltsame Befreiung kaum Chancen auf eine Genehmigung hat.«

Willie war sich nicht sicher, ob Jansen diese Variante damit tatsächlich ausschloss. Nicht auszudenken: Eine Auseinandersetzung mit Waffengewalt auf einem Schiff mit Tausenden Zivilisten? »Unbemerkt auf ein solches Schiff zu gelangen, näh, ist nahezu unmöglich«, wandte er nun ein. »Und selbst wenn man es schafft, befinden sich so viele Leute an Bord, dass man sie schwer alle unter Kontrolle halten kann. Deshalb, näh, sind derartige Objekte ja normalerweise auch so uninteressant für Piraten.«

»Trotzdem hat es diese kriminelle Gruppe geschafft, nicht wahr«, meinte Jansen kühl. »Und was die können, können wir schon lange.«

»Die töten hundert Leute, bevor ihr auch nur an sie rankommt, oder sprengen alles in die Luft«, meinte Zimmermann mühsam beherrscht.
Jansen ging nicht weiter darauf ein und wandte sich an Schmücker und Bettina: »Wie gesagt, das ist alles Zukunftsmusik. Solange wir nicht wissen, womit wir es genau zu tun haben, wie viele Angreifer sich dort befinden, wie sie ausgerüstet sind und was genau sie vorhaben, können wir keine Entscheidungen treffen. Sie haben also bisher nur die Informationen, die der Drohbrief und das zufällig übermittelte Video ergeben haben? Sonst nichts?«
»Exakt«, antwortete Bettina ernst.
»Und das Schiff ist vom Satellitensystem verschwunden?«
»Genau«, bestätigte Schmücker bitter.
»Wir wissen nicht, wo die Geldübergabe stattfinden soll?«
»Nein. Und auch nicht, ob die überhaupt dort ankommen. Keine Ahnung, wie stark das Schiff beschädigt ist.«
»Die Detonation ist das andere Problem«, sagte Jansen nachdenklich und sah auf die Uhr. »Ich will jetzt erst einmal das Video sehen. Wenn ich richtig verstanden habe, ist nur einer der Kriminellen darauf zu sehen und der ist unbewaffnet – was allerdings nichts zu sagen hat.« Olaf Jansen wartete keine Antwort ab und stand entschlossen auf. »Es ist jetzt halb sechs, im Golf von Thailand bald Mitternacht. Das Schiff wird also übermorgen früh in Vung Tau sein. Bis dahin haben wir viel zu tun.« Er trat zur Tür und sah die anderen auffordernd an.
Gemeinsam gingen sie zurück ins *Golden Gate* und sahen sich alle noch einmal das Video an. Absolute Stillte kehrte ein.
Als die Aufnahme durch war, stellte Jansen fest: »Wir wissen eigentlich gar nichts, außer dass sie angeblich mehrere Bomben auf dem Schiff angebracht haben und fünfzig Millionen Euro wollen.« Er sah sich ernst in der Runde um. »Was wir nicht wissen ist, wo sie

das Geld hin haben wollen, wie viele gegnerische Zielpersonen an Bord sind und auch nicht, wo und wie viele Sprengladungen sie installiert haben.«
Sarah sah Willie ängstlich an. Ihm ging es nicht anders: So deutlich ausgesprochen klang das alles äußerst schlecht.
»Fazit: Wir benötigen Informationen. Viel mehr Informationen«, schloss Jansen.

***

Erschöpft rieb Hotelmanager Christian Wulfert sich die müden Augen. Es war spät, verdammt spät, und der Tag war äußerst anstrengend gewesen. Schneider und er saßen bereits seit mehr als zwei Stunden im Security-Office und sahen sich ein Videofile nach dem andern an – eine äußerst stupide Arbeit. Es gab einfach zu viele Kameras auf dem Schiff. Wulfert wusste das, aber er hatte es sich nie wirklich klar gemacht. In den vielen Jahren, in denen er nun schon in der Kreuzfahrt arbeitete, war es natürlich öfter mal vorgekommen, dass etwas gestohlen wurde oder ein betrunkener Gast nachts irgendwo randaliert und etwas kaputt gemacht hatte. In solchen Fällen wusste man ja Zeit und Ort und konnte so recht schnell die entsprechenden Aufzeichnungen finden. Wulfert hatte es nie ernst genommen, wenn die Securitys jammerten, das sei nicht so einfach und würde eine Weile dauern. Nicht, weil es ihm nicht klar war, sondern weil es ihm einfach egal gewesen war. Aber ihm war auch nicht bewusst gewesen, wie schwierig es in Wirklichkeit war, aus den undeutlichen Aufnahmen eine oder mehrere Personen herauszufiltern und nichts zu übersehen. »Gibt es denn keine Gesichtserkennungssoftware, wie in den amerikanischen Krimis?«, hatte er sich genervt bei Schneider erkundigt. Doch der hatte ihn nur

ausgelacht und ihm eine Summe genannt, die die Jahreseinnahmen für die teuerste Suite auf dem Schiff überstieg.
Bisher war nichts, aber auch gar nichts bei ihrer Suche herausgekommen. Es gab über hundertvierzig Kameras und sie hatten weder einen exakten Zeitraum noch einen Ort, auf den sie ihre Suche hätten beschränken können. Sie wussten ja noch nicht einmal, was sie überhaupt suchten. Außer dem Aussehen der drei Gangster, die sie bereits kannten, hatten sie, wenn man es genau überlegte, eigentlich gar nichts. Und man musste natürlich davon ausgehen, dass Frank exakt die Kameras außer Gefecht gesetzt hatte, die ihnen entscheidende Informationen liefern konnten. Bereits seit dem Ablegen in Thailand hatten mehrere Kameras auf Deck drei im Crewbereich nicht funktioniert, zum Beispiel im Maschinenkontrollraum. Aber dass sich dort ein schiffsfremdes Objekt befand, wussten sie bereits, seit ein Team bei der Durchsuchung des Schiffes die Bombe dort entdeckt hatte, zusammen mit dem leblosen Körper des armen Chief-Engineers.
Mittlerweile waren sie mit ihrer Recherche beim aktuellen Abend angelangt. Wulfert fragte sich bereits, ob das Ganze überhaupt irgendetwas brachte. Posseidoni hatten sie mehrmals identifiziert, aber lediglich, wie er durch die öffentlichen Bereiche geschlendert war oder sich im Restaurant Essen am Buffet geholt hatte. Und einmal, wie er nachts an der Rezeption gestanden hatte. Nichts Auffälliges. Auch seinen Adjutanten hatten sie wiederholt erkannt. Das war schon schwieriger gewesen, weil dieser sich eine Uniform der Maschine angezogen hatte und sich auf dem Schiff viele Kollegen der Technik mit demselben blauen Overall bewegten. Ihn hatten sie ein paar Mal auch auf den noch laufenden Kameras im Crewbereich entdeckt, daraus aber keinen entscheidenden Schluss ziehen können. Gabriel hatte wohl hier und da die Lage sondiert und Wege ausgekundschaftet. Aber wäre er mit schwerem Gerät unterwegs gewesen,

dann wäre ihnen das sicher aufgefallen. Einmal hatten sie ihn vor einigen Stunden während der Offiziersvorstellung mit einer Plastiktüte den Gang hinab in Richtung Maschinenraum schleichen sehen und sich mit Grauen vorgestellt, dass sich darin Fielmanns Hand befunden haben könnte. Aber sonst hatten sie bisher nichts gefunden.

Mit kleinen Augen rutschte Schneider ungeduldig neben Wulfert auf dem Bürostuhl hin und her. Sie sahen sich gerade die Aufzeichnungen der einzigen noch funktionierenden Kamera im Theater an, die hinter der *THEATER BAR* installiert war. Es war der heutige Abend und das Theater wie auch die Bar waren völlig überfüllt mit rausgeputzten Gästen. Deshalb konnte man noch weniger erkennen als sonst, weil ständig irgendjemand vor der Linse stand. Außerdem waren es einfach zu viele Menschen. Eine einzige Person aus der Masse herauszufiltern war fast unmöglich.

Wulfert musste gähnen. Verdammt. Es war halb zwei durch.

»Da ist Sinah mit dem Schmierfink«, bemerkte Schneider neben ihm.

Wulfert sah interesselos auf den Monitor. »Aha«, antwortete er nur. Die beiden waren offensichtlich auf dem Weg ins TV-Studio.

»Glaubst du, da läuft was?«, fragte Schneider.

»Was?«, fragte Wulfert und musste erneut gähnen.

»Zwischen denen.«

Wulfert hatte keine Lust auf dieses Thema. Als sie Sinah und den Showmanager auf einer anderen Aufnahme gesehen hatten, war er ihm schon genügend damit auf die Nerven gegangen. Schneiders Eifersucht ging so weit, dass er sogar hinter dem homosexuellen Showmanager einen Konkurrenten vermutete, dabei hatte Sinah ihn doch schon längst abgeschossen.

Wenn Schneider ehrlich war, dann musste er zugeben, dass ihm eigentlich nicht im Geringsten etwas an Sinah lag – so wie eigent-

lich an keiner. Es war lediglich seine dickköpfige Eitelkeit, die verletzt war, weil sie ihn derart abserviert hatte.
Aber Schneider konnte nicht aufhören mit diesem Thema und Wulfert hatte keine Lust, sich das schon wieder anzuhören.
»Da ist dieser falsche Hund«, stieß Schneider jetzt aus und rückte näher an den Monitor heran.
Wulfert war froh über die Ablenkung. Die Aufnahmen zeigten Posseidoni, wie er an der *THEATER BAR* Platz nahm. Das Timetracking am unteren Rand des Bildschirms zeigte 20:50 Uhr an. *Kurz vor der Weihnachtsgala,* dachte Wulfert. Posseidoni bestellte sich gerade etwas.
Gabriel und er waren sehr vorsichtig vorgegangen. Sie hatten auf unterschiedlichen Decks gebucht, weit voneinander entfernt. Und sie hatten sich – zumindest nach dem, was Schneider und er auf den Videoaufzeichnungen bisher entdecken konnten – so gut wie nie getroffen. Es musste alles schon vorher minutiös geplant gewesen sein. Zweimal hatten sie ein kurzes Gespräch auf dem Gang miteinander geführt, das war aber auch schon alles. Vielleicht hatten sie telefoniert, vermutete Wulfert. Und auch jetzt stand Posseidoni ganz alleine an der Bar. Aber zu dem Zeitpunkt war das auch nicht überraschend, denn Gabriel musste sich bereits im IT-Raum hinter dem TV-Studio befunden haben.
Posseidoni erhielt gerade sein Mineralwasser. *Warum ist da keine Zitrone im Glas?* Der erfahrene Hotelier ärgerte sich, nahm dann aber wahr, dass es gerade nicht darum ging, den Service zu überprüfen, und konzentrierte sich wieder auf das Wesentliche. Hatte Posseidoni gerade etwas gesagt? Es hatte so ausgesehen, als ob er mit sich selbst redete. Wulfert strengte sich an, seine müden Augen weiter zu öffnen, und beobachtete Posseidoni ganz genau. Die Aufnahme war nicht nur unscharf, sondern auch sehr dunkel, deshalb konnte man es nicht besonders deutlich erkennen, aber als dieser Verbre-

cher einen Schluck aus seinem Wasserglas genommen und es wieder abgesetzt hatte, bewegte er erneut seine Lippen.
»Redet der mit irgendjemand«, fragte Wulfert.
»Sieht fast so aus. Aber der ist doch alleine gekommen«, meinte Schneider.
Wulfert rückte mit seinem Stuhl näher an den Monitor heran. »Da. Er sagt schon wieder was.«
Schneider hatte es ebenfalls gesehen.
Wulfert ging noch näher ran. Dann sah er, wie ein Mann neben Posseidoni ebenfalls etwas sagte. »Da, der spricht mit Posseidoni!« Wulfert zeigte mit dem Finger auf den blonden Mann neben ihm. Die beiden blickten sich zwar nicht an, redeten aber ohne Zweifel miteinander.
»Kann sein«, stimmte Schneider zu.
»Du kannst das nicht vergrößern, oder?«
»Nicht bei laufender Aufnahme. Nur Standbilder.«
Jetzt sagte Posseidoni wieder etwas. Es war eindeutig. Die beiden unterhielten sich unauffällig.
»Ganz sicher«, stellte Wulfert nun aufgeregt fest, »die haben eine geheime Unterredung!«
Schneider meinte: »Warte. Ich versuch mal was.« Er hielt die Aufnahme an und machte eine Vergrößerung des Ausschnittes.
Das Bild wurde zunächst noch unschärfer, sodass man die Köpfe der beiden nur noch an den Umrissen und der Haarfarbe erkennen konnte, dann klickte Schneider etwas am oberen Bildschirmrand an und in der Mitte erschien ein Feld mit der Überschrift *Schärfe verbessern*. Er stellte den Zahlenstrahl auf hundert Prozent. Das Feld verschwand wieder und stattdessen zeigte sich vor dem unscharfen Bild eine kleine Sanduhr. Es dauerte einige Sekunden, dann wurde der Bildausschnitt scharf und man konnte Posseidoni und den Mann neben ihm in einer leidlich guten Qualität erkennen.

»Da hol mich doch der Teufel!«, stieß Schneider aus. »Das ist einer der Pyrotechniker.«
»Bist du sicher?«
»Ich habe sie doch gestern erst gesprochen, wegen des Silvesterfeuerwerks.«
Der Blick des Sicherheitsoffiziers schärfte sich. Schneider drehte sich zurück zum Monitor, klickte das *Fidelio*-Programm der Hotelerie an und gab einen Namen ein. Es dauerte einen Augenblick, dann erschien die Gästeinfo mit dem Bild des Mannes auf der rechten Seite.
Schneiders Gesicht verzog sich zu einem Grinsen. »Ich weiß, wo du wohnst, Sascha Gulkow.«

***

Das tat gut. Über das Waschbecken gebeugt warf sich Tom eine weitere Ladung kaltes Wasser ins Gesicht. Tom fuhr sich mit beiden Händen über sein müdes Gesicht und blickte in den Spiegel. Er sah furchtbar aus, blass, die Haut grau und fahl. Seine Stirnfalten glichen dem Grand Canyon, die Tränensäcke unter den Augen zogen dunkle Furchen und die Falten, die die Nasenflügel abwärts verlängerten, schienen im Laufe des Tages doppelt so tief geworden zu sein. Das eine zu lange Barthaar, das ihn schon den ganzen Tag in die Unterlippe gepiekt hatte, nervte ihn schon wieder, aber er war viel zu müde, um sich jetzt noch den Bart zu stutzen.
Das nach wie vor schwankende Schiff ließ seine Seekrankheit nicht besser werden und die Tatsache, dass er seit heute Mittag nichts mehr in den Magen bekommen hatte, unterstützte dies vermutlich noch. In irgendeiner Seitentasche seines Gepäcks musste noch ein Müsliriegel stecken.

Tom sah auf seine Armbanduhr. Es war zwanzig vor zwei.
Sinah und er hatten sich vor einer halben Stunde getrennt. Nachdem sie mit Posseidoni telefoniert hatte, war ihre Stimmung miserabel gewesen. Das war der Auslöser gewesen, auch wenn sie selbst es in ihrer Wut nicht mehr realisiert hatte, denn Sinah hatte sich dann so aufgeregt, dass sie sich eigentlich über alles geärgert hatte: Darüber, dass sie ihren Kollegen in Hamburg nicht erreicht hatte, dass sie nichts tue, dass eigentlich niemand etwas gegen diese Leute unternehme, dass alle nur zuschauten, wie diese Verbrecher das Leben eines jeden auf dem Schiff bedrohten … Tom hatte versucht, sie zu beruhigen. Was konnten sie schon tun? Und was, außer gute Miene zu machen, konnte die Schiffsleitung unternehmen? Diese Leute hatten alle Trümpfe in der Hand und es wäre verantwortungslos, sich dagegen zu wehren und das Leben aller aufs Spiel zu setzen. Kapitän Buske hatte keine Wahl und auch Sinah durfte sich nicht quer stellen.
Schlapp und träge zog er Hemd und seine Hose aus und legte sich ins Bett.
Außerdem hatte sie ja bereits versucht, etwas zu unternehmen, und dabei nicht wenig riskiert. Ob es richtig war, dass sie bisher niemandem außer ihm davon erzählt hatte, konnte er nicht einschätzen. Er hoffte nur, dass diese Kriminellen es nicht herausfanden.
Doch die missmutige Sinah schien sich darüber wenig den Kopf zu zerbrechen. Sie wollte nicht mit diesem schmierigen Kerl vor die Kamera treten. Das einzige, was ihr ein wenig half, war die Hoffnung, ihm vielleicht irgendetwas entlocken zu können, das mit etwas Glück über den Livestream an die Firma ging. Aber auch diese minimale Hoffnung hatte ihre Laune nur ein wenig verbessert. Frustriert hatte sie ihm schließlich eine gute Nacht gewünscht, ihn dabei zu seiner Überraschung umarmt und sich mit erzwungenem Lächeln von ihm verabschiedet.
Toms Magen knurrte unwillig.

Was ihn am meisten wurmte, war, dass sich hier derart spektakuläre Dinge ereigneten und er keine Möglichkeit hatte, es seiner Redaktion mitzuteilen. Es war frustrierend. Momentan konnte er lediglich Notizen machen und vielleicht ein paar Fotos schießen. Der einzige tröstliche Gedanke war, dass er definitiv eine Exklusiv-Story hatte. Und was für eine!
Er machte das Licht seiner Nachttischlampe aus. Wie sollte er jetzt nur schlafen? Seine innere Maschine arbeitete auf Hochtouren, auch wenn er hundemüde war. Tom zog die Nase hoch. Er roch noch immer das Parfüm, das sie verströmt hatte, als sie ihn zum Abschied umarmte. Die attraktive Mediamanagerin hatte Mumm. Das musste man ihr lassen.
Mit offenen Augen stierte Tom in der Dunkelheit an die Decke. In seinem Kopf herrschte Chaos. Jenny, Sinah, diese Verbrecher und er mitten auf dem Meer, auf einem entführten Schiff im Nirgendwo. Einerseits war er an einer Riesenstory dran, andererseits konnte er es immer noch nicht fassen, dass Hartmut es gewagt hatte, ihn hier her zu schicken. Aufs Wasser. Auf ein Schiff. Nach Asien.

***

Er ließ sich in den Sessel seines Kieler Büros fallen. Aufregender Tag, verdammt aufregender Tag! Er war zufrieden.
An Bord schien alles glatt zu laufen, bis auf den kleinen Fehler mit der TV-Übertragung. Dass die Störsender dieses Signal nicht auch lahmlegten, war wirklich überraschend, doch es machte im Grunde nichts. Dann wussten sie eben jetzt schon von den Bomben.
Soweit lief alles nach Plan: Posseidoni hatte das Kommando und Buske hielt die Füße still. Die Detonation zur Warnung war anscheinend wie vorgesehen hochgegangen. Und schon bald würde sie

Posseidoni kontaktieren, um eine Entscheidung von Ihnen zu verlangen, ob die Firma das Lösegeld bezahlte.
Nur die Mediamanagerin mussten sie im Auge behalten. Offensichtlich hatte sie das Zeug dazu, ihnen Schwierigkeiten zu bereiten. Deshalb musste er seine Komplizen jetzt warnen. Weitere Informationen durften nicht unkontrolliert von Bord gehen. Sinah Dietrich musste unter Beobachtung gestellt werden.
Momentan konnte er zwar wegen der Störsender selbst keinen Kontakt herstellen, aber er konnte eine SMS auf Posseidonis Satellitenhandy senden. Sobald dieser zur Übermittlung der zweiten Botschaft an die Firmenleitung die Blockade für einige Minuten aussetzte, würde er die SMS erhalten. Und dann konnte Posseidoni unterbinden, dass über den TV-Kanal weitere Dinge bekannt wurden.
Zur Sicherheit schloss er sein Büro im dritten Stock des Kieler Headoffice ab, bevor er die SMS tippte. Das war zwar nicht nötig – wer sollte schon darauf kommen, dass ausgerechnet er mit den Kidnappern gemeinsame Sache machte, aber er fühlte sich dadurch sicherer.
Als er fertig war und die Sendetaste seines *Blackberrys* drückte, musste er erneut an den ahnungslosen Schmücker denken, der noch nicht vorhersah, was auf ihn zukam. Er freute sich schon unglaublich auf den Moment, in dem der Oberkommandeur die Nachricht erhielt, dass das Schiff gesunken war.

***

Er sank hinab.
Tiefer und tiefer glitt er in das Dunkel, weg von dem spärlichen Licht, das von der Oberfläche herabfiel und immer ferner, immer schwächer wurde.

Das ölige Wasser umströmte sanft und warm seinen Körper, umschmeichelte seine Haut und legte einen glatten Film auf ihn.
»Asien«, flüsterte ihm Hartmut zu.
Irgendwann legte sein Körper sich sanft auf den Grund – zuerst die Fersen, die Waden, dann touchierte sein Gesäß den weichen Sand, sein Rücken und seine Arme legten sich wie in Zeitlupe nieder, ganz zuletzt sein träger und müder Kopf.
Friedlich lag er da, mit offenen Augen.
Weit oben und nur ganz schwach schimmerte noch das Licht und warf einen glitzernden Strahl herab in die Tiefe.
Dann sah er den anderen Körper auf dem sandigen Grund liegen.
Ein Leuchten umgab die Gestalt. Sie hatte die Augen geschlossen und lächelte gütig. Entfernt hörte er Glöckchen klingen. Es roch nach Diesel.
Er wollte zu Jenny, wollte hinüber zu ihr und stand auf.
Doch die Strömung arbeitete gegen ihn, er schien auf der Stelle zu treten. Langsam, nur ganz langsam kam er voran und die Glöckchen wurden immer lauter.
Als er ihr endlich etwas näherkam, bemerkte er die dunkle Gestalt, die bei ihr saß und ihre Hand hielt.
»Asien«, flüsterten Sinah und Hartmut ihm von irgendwoher zu.
Er versuchte, den letzten Meter zu überbrücken, um Jenny zu erreichen, um nach ihrer Hand zu greifen. Verzweifelt mühte er sich ab und als er endlich ihre Hand fassen wollte, öffnete sie plötzlich die Augen und riss den Mund auf wie ein sterbender Fisch.
Er erschrak, als er bemerkte, dass es gar nicht Jenny war, sondern Sinah, und in diesem Moment blickte die dunkle Gestalt neben ihr mit leeren Augenhöhlen zu ihm auf.
Er sah in Posseidonis leichenblasses Gesicht und wich zurück.
Laut dröhnten die Glocken in seinen Ohren.

Tom schreckte hoch, als er das Piepen des Pagers erkannte. Schwitzend und aufrecht im Bett sitzend schüttelte er den Kopf. Hatte er verschlafen? Er sah auf die Digitaluhr. Es war erst kurz vor zwei Uhr morgens.
Wer zum Teufel ...
Tom machte das Licht an, stand auf und nahm den Pager von seiner Jeans. Das Display zeigte Sinahs Büronummer an.
Er fühlte sich schrecklich, griff aber dennoch zum Festnetzapparat in seiner Kabine und wählte Sinahs Nummer. »Was ist denn los?, stammelte er benommen in den Hörer.
»Wir haben neue Informationen. Wir müssen uns treffen«, sagte Sinah aufgeregt.
»Jetzt?«
»Nein. Aber morgen in aller Frühe. Wir kennen einen weiteren Komplizen.«
Tom brachte kein Wort heraus.
»Haben Sie gehört, Tom?«
»Äh, ja.«
»Ja? Das ist alles?«
»Ja«, sagte Tom matt.
»Wulfert und Schneider haben sich die Aufnahmen der Sicherheitskameras angesehen. Sie haben gesehen, wie Posseidoni sich mit einem der Pyrotechniker unterhielt. Sie vermuten, dass der mit ihnen gemeinsame Sache macht. Wir müssen einen Weg finden, das der Landseite zu übermitteln. Morgen um sieben in meinem Büro. Okay.«
»Okay.« Tom stellte mit letzter Kraft seinen Wecker und schlief sofort wieder ein.

Kapitel IV

Es war ein wunderschöner Morgen. Viel zu schön!
Gleichmäßig und sanft zog die SOLARIA ihre Bahn über das Meer in Richtung Südosten auf dem Weg nach Vung Tau. Die See lag ruhig und glatt über dem Golf von Thailand. Sie machten gute Fahrt dafür, dass sie ein Loch im Rumpf hatten.
Kapitän Buske hatte sich soeben die Sonnenbrille von seinem Scheitel ins Gesicht gezogen. Vor wenigen Minuten war die Sonne vor ihrem Buck aufgegangen und stand nun mittschiffs knapp über dem Horizont.
Die Anzeige des Controlpanels zeigte 06:24 Uhr. Sein Wecker hatte bereits um 04:30 Uhr geklingelt, nachdem er gestern Abend vergessen hatte, ihn auf Seetag umzustellen. Da nutze es auch nichts, dass sie die Uhren für Vietnam um eine Stunde nach hinten gestellt hatten. An sich wäre heute Landgang auf Koh Samui gewesen und er hätte längst den Lotsen auf der Brücke begrüßt, der bereits um 05:45 an Bord kommen sollte.
Was für ein Weihnachtsfest, dachte Buske matt. *Gekapert, entführt, erpresst.*
Müde sah er auf einen Kontrollmonitor, der vier Kameraansichten von verschiedenen Schiffsknotenpunkten präsentierte. Das Pooldeck war noch fast verlassen. Einige wenige Gäste schlenderten über das Außendeck. Er glaubte nicht, dass es bei allen die Aufregung über die spektakulären Geschehnisse war, die sie schon um diese frühe Zeit aufs Oberdeck trieb. Es war vielmehr normal, dass sich schon vor sieben die ersten Passagiere dort einfanden. Einige, weil sie empfindlich auf die Schiffsbewegungen reagierten und deshalb einen schlechten Schlaf hatten, andere schlicht deshalb, weil sie dem verbreiteten Phänomen unterlagen, mit zunehmendem Alter weniger Schlaf zu benötigen. *Senile Bettflucht*, nannte er es. Oder aber, und das war

noch häufiger der Fall und deshalb viel wahrscheinlicher für diese paar Frühaufsteher: Sie waren aufs Pooldeck geeilt, um sich die besten Sonnenplätze zu reservieren. Eine Krankheit, von der manche glaubten, sie sei eine speziell deutsche, die aber auf italienischen, norwegischen und amerikanischen Schiffen genauso verbreitet war, wie Buske von Kollegen anderer Reedereien wusste.
Dass Gäste aber selbst in einer solch prekären Lage noch immer zu einem so egoistischen Verhalten fähig waren, wunderte ihn schon ein bisschen. Doch warum sollte die außergewöhnliche Situation die Gewohnheiten der Passagiere auch wirklich ändern? Viele würden heute trotzdem aufs Sonnendeck gehen, vermutete er, und versuchen, den Tag irgendwie zu genießen. Das war nun mal so. Prompt konnte er über die Monitoranzeige von Deck elf ein älteres Paar entdecken, das gerade seine Handtücher auf zwei Liegen platzierte, um sich vermutlich dann erst einmal zum Frühaufsteherfrühstück ins *RESTAURANT* zu begeben. Buske musste schmunzeln. Was sollte man machen.
Auf dem Weg zu den Treppen am Pooldeck, das konnte er über eine andere Kamera sehen, trafen die beiden auf eine ältere Dame, die seit zwanzig Minuten auf dem Joggingkurs ihre Runden drehte. Buske hatte die Dame, die gestern Abend im Theater Posseidoni so herausfordernd angegangen hatte, zunächst auch im Verdacht gehabt, eine Liegenreserviererin zu sein, doch sie hatte ihr mitgebrachtes Handtuch nur an ein Geländer in der Nähe des Schornsteins gehängt, war dann sofort im Nordic-Walking-Stil losmarschiert und nun sicher bereits zehn Runden auf dem Parkour um den Schornstein gestöckelt, hatte also schon zweieinhalb Kilometer hinter sich gebracht. Gar nicht so schlecht für die rüstige Dame.
Irgendwie war es ein friedlicher Morgen, so falsch sich das auch anfühlte. Die pralle Morgensonne, die von dem für Asien typisch diesigen aber wolkenfreien Himmel herab stach, die hohe Luftfeuchtigkeit, die die Sicht in die Ferne etwas trübte, und die bereits

jetzt auf sechsundzwanzig Grad gestiegene Außentemperatur machten einen träge und faul.
Das Schiff lag dank der Stabilisatoren ruhig auf der leicht bewegten See. Sie hatten bereits hundertzwanzig Seemeilen geschafft. Mit dieser Geschwindigkeit würden sie morgen früh um fünf die Lotsenposition erreichen und spätestens um sechs vor dem Hafenbecken ankern. Dann war der Spuk hoffentlich bald vorbei. – Natürlich nur, wenn Vung Tau sie ohne LRIT-Positionierung oder andere Vorankündigung überhaupt vor Anker gehen ließ.
Ein Husten in seinem Rücken erinnerte Buske daran, dass sich ein Fremder auf seiner Brücke befand. Gabriel stand breitbeinig seit über sechs Stunden an derselben Stelle neben dem Kartenpult, wenn er dem Wachoffizier glauben durfte. Buske drehte sich um und sah sich den Hünen an, der keine Reaktion zeigte, sondern nur mit hellwachen Augen über den Bug aufs Meer hinausblickte. Die Sonne, die direkt in sein Gesicht fiel, schien ihm nicht das Geringste auszumachen. War er es gewesen, der den Chief getötet hatte? Waren es diese Hände gewesen, die Udo Bammert ein zentimeterdickes Metallrohr mitten in den Unterleib gerammt hatten, um neben ihm im Maschinenkontrollraum eine Bombe zu deponieren? Sie waren sogar so dreist gewesen, den Sprengsatz erst gar nicht zu verstecken – sie wussten, dass keiner an Bord in der Lage war, so ein Ding zu entschärfen. Am ehesten noch der Chief … Buske durfte gar nicht darüber nachdenken. Der Chief war tot! Noch ein unschuldiges Opfer. Das alles durfte einfach nicht wahr sein. Er hatte den Chief seit über zehn Jahren gekannt, seine Frau und die Kinder, die den sympathischen Kauz schon mehrmals besucht hatten, seit er Kapitän an Bord war.
Buske räusperte sich laut, um sich die bitteren Gedanken aus dem Leib zu husten.
Wann hatten diese Kriminellen vor, endlich die Firmenleitung zu kontaktieren? Die Zentrale musste doch Bescheid wissen, wenn sie Lösegeld forderten, und er musste verdammt noch mal wissen, wie

es dann weitergehen sollte. Gut, momentan war es in Deutschland nach Mitternacht, aber nötigenfalls erreichte er Schmücker ja jederzeit auf der Notfall-Leitung.
Gabriel hatte sich die ganze Zeit nicht einen Millimeter gerührt. Wütend drehte sich Buske wieder nach vorne. Auf einem der Kontrollmonitore sah er Norman Schneider die *Crew Road* entlanggehen. Er kam wahrscheinlich aus der Crewmesse. Buske mochte den Sicherheitsoffizier nicht besonders und der Brückenverweis war ein ziemlich drastisches Mittel gewesen. Im Grunde hatte Schneider aber recht und vor fünfundzwanzig Jahren hätte Buske sich vielleicht ebenfalls dazu hinreißen lassen, dem Meuterer die Fresse zu polieren. Aber jetzt trug er die Verantwortung für all die Menschen auf dem Schiff und musste vernünftig sein.
Die Walkerin beendete soeben eine weitere Runde und kehrte zu ihrem Handtuch am Geländer zurück. Sie schien fertig und auf dem Weg in die Kabine zu sein. Als sie gerade ihr Handtuch genommen und sich damit den Schweiß vom Gesicht gewischt hatte, trat ein bleicher dunkel gekleideter Mann auf den Jogging Parkcour. Posseidoni! Wo war der plötzlich hergekommen? Er begrüßte die Dame mit einer höflichen Verbeugung und sie erwiderte es. Statt zu gehen, hielt sie inne und fing zu Buskes Überraschung tatsächlich ein Gespräch mit dem Verbrecher an.

***

06:50 Uhr!
Er war Frühaufsteher und hatte sowieso sehr unruhig geschlafen, aber trotzdem wusste er beim besten Willen nicht, warum sie sich um diese Uhrzeit treffen mussten.
Tom saß noch immer mit hängendem Kopf auf der Bettkante. Er fühlte sich zu matt, um sich die Schuhe anzuziehen. Er hatte wieder

geträumt, wahrscheinlich das Übliche. Irgendwie war Hartmut darin vorgekommen, das wusste er noch, und Sinah auch.
Als er es endlich geschafft hatte, sich fertig anzuziehen, torkelte er auf den Gang. Die Kabinentür schlug laut hinter ihm zu und versetzte ihm einen Stich. Seine Nachbarn würden es ihm sicher nicht danken, aber er hatte in seinem Tran nicht schnell genug reagiert und so war sie von der stramm eingestellten Schließautomatik ins Schloss gepfeffert worden, noch bevor er hatte reagieren können.
Zu spät. Nein, zu früh. Definitiv zu früh.
Er drehte sich müde um und ging los.
Einer der externen Pyrotechniker war also vielleicht in die Sache verwickelt. Zumindest machte das Sinn. Er hatte Know-how mit Sprengstoff. Aber was sollten sie mit dieser Information anfangen? Sein Hirn arbeitete noch nicht klar. »Das tut dir gut«, hatte Hartmut gesagt. »Du kennst dich doch in Asien aus«, hatte er gesagt. »Du weißt schon, dass Thailand unsere Hochzeitsreise war«, hatte Tom bitter geantwortet und Hartmut hatte ihn nur mit großen Augen angesehen. Und dann hatte sich Tom irgendwann sagen hören: »Scheiß drauf.« Warum hatte er sich nur überreden lassen?
Tom schlürfte träge den Gang hinab. Er hatte das Gefühl, dass er schwankte. Oder war es der verdammte Seegang? Er war einfach nicht fit. Das nervende Barthaar stach schon wieder in die Lippe.
Seit er denken konnte, hatte er diese *feuchten Träume*, wie er sie gerne verharmlosend nannte. Nicht immer, aber oft. Seit dem Unfall in seiner Kindheit. Immer die stets präsente Angst vor dem Ertrinken: Er war dem Tod damals zwar glücklich entkommen, aber dieser würde das nicht auf sich sitzen lassen. Diese Überzeugung verfolgte ihn seit seiner Kindheit nächtens und manchmal auch tagsüber. Der Tod würde sich irgendwann an ihm rächen. Eines Tages, wenn die Gelegenheit kam, würde er plötzlich dastehen, ihn kalt

und zahnlos angrinsen und ihn ins Wasser zerren, ihn mitleidlos unter die Oberfläche zwingen und hinab in die kalte Tiefe reißen.
Tom glaubte nicht an Schicksal. Überhaupt nicht. Aber irgendetwas in ihm war überzeugt, dass das Glück, damals davongekommen zu sein, auch eine Art Diebstahl war. Der Tod musste es als ein Verbrechen ansehen, das gesühnt werden musste. Und dieser Gedanke begleitete ihn nun schon sein ganzes Leben. – Fast sein ganzes Leben: bis er Jenny heiratete. Dann war es plötzlich damit vorbei gewesen.
Nicht einmal fünf Jahre war er alt gewesen, als es passierte. Er hatte im Garten Ball gespielt und sein Vater war in der Nähe. Seine Mutter war in der Küche und hatte das Mittagessen zubereitete. Die Verandatür hatte offen gestanden, aber der alte Rasenmäher war derart laut, dass seine Eltern sein Glucksen und Schreien beinahe nicht gehört hätten, dann wäre er in der alten Grube in der Garage ertrunken. Quasi in letzter Sekunde hatten sie ihn jedoch aus dem nach Altöl und Diesel stinkenden Wasserloch gezogen, als er bereits nicht mehr daran geglaubt hatte.
Tom ging müde den leeren Kabinengang hinunter, nahm die Treppe und ging ein Deck tiefer und erreichte nun die breite Schiebetür, die in den Crewbereich hinter der Rezeption führte, wo sich Sinahs Büro befand. Bevor er die Tür öffnete, atmete er noch einmal tief durch.
Der Tod hatte sich tatsächlich nicht betrügen lassen. Er hatte sich gerächt. Nur hatte er nicht ihn geholt, sondern Jenny.
Tom wischte die bitteren Gedanken zur Seite, als er eintrat.
»Guten Morgen, Tom«, begrüßte Sinah ihn strahlend.
»Guten Morgen«, antwortete er und spürte, wie wenig überzeugend das klingen musste.
Als er sich Sinah genauer ansah, erkannte er, dass der Unterschied zwischen ihrer beider Verfassung nicht größer hätte sein können.

Obwohl sie nicht mehr Schlaf abbekommen hatte als er, sah Sinah blendend aus. Sie hatte eine andere Frisur, die Tom noch besser gefiel als die gestrige, dezentes Make-up und trug einen schicken hellen Overall, der ihre Figur sehr betonte. Sie wirkte frisch und erholt und strahlte Energie aus. Auch ihre Laune schien sich völlig ins Gegenteil verkehrt zu haben. Sie war zwar nicht heiter, aber wirkte äußerst entschlossen und geradezu optimistisch.

»Sind sie bereit?«

»Sicher«, log Tom schwerfällig und erkannte die Zweifel in Sinahs Augen, die es jedoch höflich überging.

Ohne zu zögern bat sie ihn, ihr zu folgen, und führte ihn an der Rezeption vorbei und hinab auf Deck drei zur *Crew Road.* Auf dem kahlen Gang schlug sie den Weg Richtung Schiffsspitze ein und erzählte ihm noch einmal, was er schon heute Nacht erfahren hatte: Sicherheitsoffizier Schneider und der Hotelmanager hatten Videoaufnahmen durchstöbert und dabei eine Verbindung zwischen einem der Pyrotechniker und den Erpressern gefunden.

»Wir wollen besprechen, was wir daraus machen können«, sagte sie.

Sie erreichten eine Treppe, die ganz an der Spitze des Schiffes liegen musste. Sinah nahm auf dem Weg zwei Decks hinab jeweils zwei Stufen auf einmal.

Als er unten ankam, wartete sie schon lächelnd auf ihn. »Da sind sie ja«, bemerkte sie ein wenig amüsiert.

Tom ignorierte es. »Wo geht's lang?«

Sinah zeigte auf eine Tür. »Hier hinein«.

Als sie den kleinen Raum betraten, stand Wulfert unmittelbar vor ihnen.

»Morgen«, begrüßte er sie in zackigem Ton.

Sinah gab ihm die Hand. »Hallo Christian«.

Tom streckte ebenfalls seine Hand aus und wollte soeben den Hotelmanager begrüßen, da entdeckte er die Glasscheibe hinter Wul-

fert, die kein Fenster nach draußen war, sondern den Blick in den danebenliegenden Raum freigab. Sofort erkannte er Schneider, der an einem Tisch stand. Als Tom den Kopf ein wenig zur Seite neigte, entdeckte er, dass sich dort drüben noch eine weitere Person befand, die am Tisch saß, den Oberkörper nach vorne gebeugt und das Gesicht in ihre Hände gelegt.
Das Adrenalin schoss sofort in seinen Kopf. »Oh Gott. Sie haben ihn hier?« Tom war schlagartig wach.

***

Sarah Küpers löschte das Licht und schloss leise die Tür. Die Neonleuchten auf dem Gang blendeten sie und sie kniff ihre erschöpften Augen zusammen.
»Den Gang hinunter finden Sie die sanitären Anlagen, Herr Jansen. Es sind auch Duschen und alle notwendigen Hygieneartikel und Handtücher vorhanden. Es ist alles da.«
»Ich danke Ihnen sehr«, antwortete der hochgewachsene GSG-9-Chef mit gedämpfter Stimme und schenkte ihr ein freundliches Lächeln, das seine Augen mit sympathischen Falten umrahmte. »Für alles vorbereitet«, setzte er anerkennend hinzu und sie war ein wenig stolz.
Sarah hatte ihm einen Platz zum Schlafen gezeigt. Auf ihr Drängen hin hatte Bettina nach dem mehrtägigen Gau wegen des Wirbelsturms *Sandy* im Keller Notquartiere für die Mitarbeiter einrichten lassen. Sarah hatte es persönlich betreut. Es waren zwei Räume mit jeweils zehn Feldbetten, die mit dem Nötigsten ausgestattet waren, um einige Tage leidlich auszukommen. Auch die meisten anderen Personen des Notteams hatte sie hier, nach Geschlecht getrennt, einquartiert. Einige schliefen bereits.

Nur ein paar Kollegen, die es nicht so weit hatten, wie Bettina und Patrick, die beide nur fünf Gehminuten vom Gebäude entfernt wohnten, hatten sich entschieden, zu Hause zu schlafen. Auch Schmücker wollte die Nacht im *Golden Gate* verbringen, hatte sich aber für alle Fälle trotzdem in einem nahegelegenen Hotel ein Zimmer genommen.

»Wenn Sie noch irgendetwas benötigen, sagen Sie mir einfach Bescheid«, flüsterte Sarah, um niemanden aufzuwecken.

Er dankte ihr erneut. »So haben Sie sich Ihren Weihnachtsabend sicher auch nicht vorgestellt, oder?«

Sie lachte. Es war kurz nach zwei. »Sie sicher auch nicht.«

»Nicht ganz.«

Sarah ging voran die Treppen hinauf. Sicher hätte er sagen können, dass er bei seinem Beruf immer damit rechnen müsse oder auf so etwas keinen Wert lege und vielleicht war es ja auch so. Dass er keine dieser Floskeln verwendete, empfand sie jedoch als sehr angenehm.

»Was wird jetzt geschehen?«, fragte sie ihn auf den letzten Stufen zum Erdgeschoss.

»Heute nichts mehr. Das LKA versucht weiterhin, etwas über diesen Posseidoni herauszufinden. Bisher gibt es keine Spur. Und meine Einsatztruppe ist in Alarmbereitschaft. Unser Transportflugzeug kann um sechs in Leipzig/Halle Richtung Asien starten.«

»Und Sie müssen nicht mit hin?«

»In Zeiten von Videoübertragungen, Satellitentelefon und Liveschaltungen nicht mehr. Der Hai ist vor Ort und regelt alles.«

»Der Hai?«

»Er ist der Chef unserer maritimen Einheit, ausgestattet mit Puma-Helikoptern und Kampftauchern, trainiert auf das Entern von Schiffen.«

»Der Hai«, wiederholte Sarah beeindruckt.

»Für Außenstehende klingen solche Spitznamen vermutlich ziemlich affektiert und militant.«
»Nein, nein«, wehrte sie höflich ab, obwohl er sie durchschaut hatte.
»Kann man nur verstehen, wenn man drinsteckt. Wenn es zu einem Einsatz kommt, müssen meine Männer ihr Leben riskieren. Es muss alles blitzschnell, äußerst exakt und hochkonzentriert ablaufen. Und dafür muss nicht nur jeder einzelne Mann perfekt ausgebildet sein, die Truppe benötigt auch ein hohes Maß an gegenseitigem Vertrauen, Anerkennung von den Vorgesetzten und Motivation. Und solche Dinge – Trophäen für Schießübungen, Orden für Verdienste oder auch merkwürdige Titel – helfen den Männern, puschen sie zu Höchstleistungen.«
Sarah nickte, sah zu ihm auf und in seine strahlend blauen Augen.
»Und Höchstleistung bedeutet in diesem Fall, effizient zu töten?«
»Wenn es nötig ist.«
Er schien zu bemerken, wie sie zögerte. »Sie haben Freunde auf dem Schiff?«
»Ja, meine beste Freundin ist dort Mediamanagerin.«
Er mühte sich ein zuversichtliches Lächeln ab. »Ein gewaltsamer Befreiungsversuch ist wirklich unsere letzte Alternative. Glauben Sie mir das, Frau Küpers.«
Sie sah ihn noch einige Sekunden an, dann ließ sie den Kopf sinken und nickte, auch wenn seine Worte sie nur mäßig beruhigten.
Nachdenklich ging sie den Gang zum *Golden Gate* hinab, als sie Bettina und Willie erblickte, der die Arme vor der Brust verschränkt hatte und zu Boden sah. Auch ihn hatte sie vor einer halben Stunde im Keller einquartiert. Er hatte schon einmal dort übernachtet, als er ein spätes Abendseminar zur Pirateriеabwehr im Kieler Zentrum abgehalten hatte. Willie hatte Jackett und Krawatte abgelegt und seine Ärmel bis zu den kräftigen Oberarmen hochgekrempelt. Beide sahen müde aus, auch wenn es bei Bettina schlimmer war.

»Ich glaube, wir sollten jetzt erst mal alle schlafen gehen«, stellte Sarah fest, als sie zu ihnen stieß.
»Sehe ich auch so. Hat Jansen seinen Schlafplatz?«
Sarah nickte. »Seine Truppe ist morgen früh startklar.«
»Ich weiß.«
Sarah musste die ganze Zeit an Sinah denken. Wenn sie wenigstens wüsste, wie es ihr ging. Sie nahm erschöpft ihr Headset ab.
»Das Lösegeld wird morgen frei gegeben«, verkündete Bettina. »Der Präsident hat vorhin angerufen.«
Sarah sah Willie an. Sie war froh, dass ihr Freund hier war. Es half ein wenig. Vielleicht ging es Bettina ähnlich.
»Was kann diese GSG-9 Truppe ausrichten, Willie?«
Er schnaubte und zog die Achseln nach oben. »Viel oder gar nichts, näh. Keine Ahnung. Die Einheit besteht aus zweihundert Mann, näh, alle hart gesottene Typen. Scharfschützen, Einsatztaucher, Sprengstoffexperten und so, näh. Die Marineeinheit ist verdammt gut, wenn man den Medienberichten glauben darf. Die haben kugelsichere Kampfhubschrauber und können sich damit auf ein Schiff abseilen und versuchen, alle zu überwältigen. Aber überraschend kann man so etwas auf See nur schwerlich machen und wenn die Bomben versteckt haben und womöglich nur auf den Knopf drücken müssen, dann …«
»Und ob so etwas stattfindet, entscheidet Jansen allein?«, hakte Sarah nach.
»Ja. Früher war die GSG-9 dem Bundespolizeipräsidium unterstellt. Seit einiger Zeit hat Jansen aber nur noch dem Innenminister persönlich zu gehorchen, ansonsten kann er frei entscheiden. Wenn es aber wie vor Somalia läuft, dann kommt es erst gar nicht so weit.«
»Was ist damals eigentlich genau passiert?«, wollte Bettina wissen.
»Eigentlich nichts«, entgegnete Willie. »Das war ja das Argument dieses Polizisten. Die *STAVANGER* wurde mitsamt der vierund-

zwanzig Crewmitglieder entführt und Lösegeld gefordert. Und dann haben sie die komplette GSG-9-Truppe da runter geschickt, um die Geiseln rauszuholen, den Einsatz aber abgeblasen, weil das Risiko zu hoch war.«

»Und ist die Crew freigekommen?«, fragte Sarah nach.

»Ja«, wusste Bettina. »Die Reederei hat das Geld bezahlt und sie sind Monate später heimgekommen. Aber nicht alle. Und es hat Folterungen an Bord gegeben. – Ich gehe nach Hause«, sagte sie. »Wir sehen uns morgen um halb sieben. Schlaft gut.«

Ohne weiteren Gruß verließ Bettina die beiden. Sarah sah ihr nach, wie sie entschlossen den Gang hinunter in Richtung Haupteingang marschierte.

»Jansen scheint mir ein vernünftiger Mann zu sein«, bemerkte Willie.

Sarah drehte sich zu ihm, froh, dass er ihren Eindruck bestätigte. »Er wird nichts tun, was die Leute gefährden könnte, oder?«

»Ich denke nicht, näh.«

Sie lächelte ihn erleichtert an, umarmte ihn und drückte ihm einen Kuss auf die Wange. »Vernünftiger Mann, wie du.«

Willie grinste verlegen. »Jaja. Geh jetzt schlafen, Kleines. Das tu ich auch.« Er drückte sie noch einmal und machte sich dann mit müdem Schritt auf den Weg.

***

»Nur die Ruhe, Herr Geyer«, versuchte Wulfert ihn zu besänftigen.

Mit aufgerissen Augen stand Tom am Fenster und starrte hinüber in den Verhörraum. Er kam sich vor wie in einer schlechten Krimiserie. Erst jetzt nahm er wahr, dass der Mann, der an dem Tisch zu ihnen gewandt saß und soeben die Hände von seinem Gesicht ge-

nommen hatte, einen blutunterlaufenen Fleck am linken Auge hatte.
»Sind Sie wahnsinnig?« Tom wusste nicht, was er sich zuerst ausmalen sollte: Wie Posseidoni reagierte, wenn er erfuhr, dass sie einen seiner Komplizen festgesetzt hatten, oder was Kapitän Buske sagen würde oder aber einfach nur, wie das ganze Schiff mit ihnen allen in die Luft flog. »Ich soll Ruhe bewahren? Was ist, wenn diese Verbrecher Wind davon bekommen?«
»Dann sind wir so weit wie vorher«, sagte Sinah noch vor Wulfert lapidar.
Dieser pflichtete ihr stumm bei.
Scheiße. Das war eine verdammt riskante Sache, nein, es war einfach nur kompletter Wahnsinn! Aber zu ändern war es jetzt nicht mehr. »Was haben Sie vor?«
»Das finden wir gemeinsam heraus«, antwortete Wulfert.
Tom wehrte sich noch immer, warf Sinah einen vorwurfsvollen Blick zu, erhielt ein fröhliches Lächeln zur Antwort und dann gab er auf und drehte sich zurück zu der Scheibe.
Die beiden anderen traten neben ihn. Im Verhörraum drüben hatte sich Schneider gerade vor dem Pyrotechniker aufgebaut. Mit beiden Händen auf den Tisch gestemmt durchbohrte er diesen mit seinem Blick. Der Mann sah ängstlich zu ihm hoch. Bei näherer Betrachtung erkannte Tom, dass er noch weitere Blessuren hatte. Er trug lediglich ein Unterhemd, das mit Blutspritzern übersät und an einer Seite halb zerfetzt war und herunterhing. Sie mussten ihn direkt aus dem Bett geholt haben. Das Auge schwoll bereits an und war stark gerötet. Er hatte offensichtlich auch aus der Nase geblutet, denn diese erschien Tom ebenfalls dick und zeigte an den Nasenlöchern Reste von Blut, vermischt mit Rotz. Am Kinn hatte er eine große Schürfwunde, als ob er auf einer scharfen Kante aufgeschlagen war, und er fasste sich immer wieder an den rechten Arm.
»Was haben Sie mit ihm gemacht«, fragte Tom Wulfert.

»Ich? Gar nichts«, wehrte dieser ab. »Aber Schneider hat ordentlich zugelangt.«
Tom sah in die panischen Augen des Mannes. Er schien sehr eingeschüchtert und zitterte.
Soeben stemmte sich Schneider erneut auf den Tisch und beugte seinen Oberkörper so weit nach vorne, dass seine Nase beinahe die seines ängstlichen Gegenübers berührte. »Also, Sascha. Was machen wir zwei Schönen jetzt? Ich würde gerne von dir wissen, was dieser Posseidoni vorhat.«
»Ich sage doch: Ich habe keine Ahnung«, brüllte Sascha in einer Mischung aus Angst und Trotz.
»Wir wissen, dass du zu dieser Bande gehörst, also verarsch mich nicht«, blaffte Schneider.
»Ich habe es Ihnen schon einmal erklärt: Ich hatte nur den Auftrag, die Teile der Bomben an Bord zu schmuggeln, sie zusammenzubauen und zu aktivieren. Alles Weitere haben die anderen gemacht.«
»Und was will Posseidoni damit tun? Das Schiff in die Luft sprengen?«
»Nein. Vielleicht. Ich weiß es nicht!«
»Gehören deine Kollegen auch zu dieser Bande?«
»Nein. Die wissen gar nichts. Die haben nicht bemerkt, dass die Hälfte der Ladung gar keine Feuerwerkskörper waren.«
»Sicher?«
»Ja.«
»Du hast also bei dem ganzen Unternehmen keine weitere Funktion, behauptest du?«
»Nein. Posseidoni hat mir nur gesagt, ich solle mich jeden Tag einmal telefonisch bei ihm melden, dann würde ich weitere Anweisungen erhalten.«
»Aber du musst wissen, wo die Bomben versteckt sind.«
»Nur die im Müllraum und die im Maschinenkontrollraum.«

»Die haben wir bereits gefunden«, erwähnte Schneider.
Doch Sascha schien das nicht zu beeindrucken.
»Neben dem toten Chief«, setzte Schneider hinzu und schlug Sascha mit der flachen Hand gegen den Hinterkopf.
»Und wenn schon«, antwortete dieser trotzig, »wenn ihr sie anrührt, fliegen wir hier alle in die Luft.«
Tom spürte, wie ihm der Schweiß ausbrach.
»Wer gehört sonst noch zu eurer Bande?«
»Weiß ich nicht.«
»Wie viele seid ihr?«
»Keine Ahnung.«
Schneider wurde sauer. Er stemmte sich vom Tisch ab und schnellte hoch. »Aber *du* kannst es! Du Arschloch kannst die Dinger entschärfen«, schrie er ihn an.
»Das kann ich nicht! Die Dinger sind aktiviert und gesichert! Außerdem weiß ich nicht, wo der Rest versteckt ist.«
Schneider machte eine Pause. Er bog seinen Rücken gerade, stemmte die Hände in die Hüften und sah Sascha eine Weile lang einfach nur an. Nervös blinzelte dieser. Sascha versuchte, Schneiders Blick auszuweichen und sah auf seine Hände hinab, die er die ganze Zeit schon knetete. Weil aber nichts geschah, hob er irgendwann den Kopf und sah den Sicherheitsoffizier an, der immer noch stumm dastand und ihn anstarrte.
Tom spürte Sinah neben sich, die wie er gebannt die Szene beobachtete.
Schneider ließ den Augenblick lang werden. Es war absolut still. Nur Saschas nervöser Atmen war zu hören.
Als Schneider endlich eine Bewegung machte, fuhr Sascha ängstlich zusammen.
»Du weißt, wir sind hier auf See«, zischte Schneider. »Hier gibt es keine Gesetze.« Langsamen Schrittes ging er um den Tisch und

blieb im Rücken seines Gefangenen stehen. »Das gilt nicht nur für Posseidoni und dich. Das gilt auch für mich«, flüsterte er in einem derart gefährlichen Ton, dass es Tom ganz bange wurde.

Schneider ging ganz nahe an Saschas Ohr heran, bevor er weiter redete. »Wenn ich dir den Arm breche oder noch schlimmere Dinge antue, kann mich kein Gericht der Welt dafür verurteilen.«

Tom wusste nicht, ob das stimmte, aber es machte Eindruck auf ihn. Und auf Sascha, auf dessen Stirn sich Schweißperlen bildeten. Sein Atem wurde noch schneller und seine Hände verkrampften sich vor ihm auf dem Tisch ineinander.

»Was wollen Sie?«, jammerte er, ohne Schneider anzusehen, und beugte sich vornüber, um Schneiders Atem auszuweichen.

»Ich will, dass du uns alles erzählst, was du weißt«, flüsterte der kaum hörbar.

Sascha schloss für einen Moment die Augen. »Das habe ich«, wimmerte er und noch im selben Moment schlug Schneiders Faust vor ihm so brutal auf den Tisch, dass Sascha zusammenzuckte und aufschrie.

»Wie viele Bomben gibt es an Bord?«, brüllte Schneider und packte ihn im Nacken.

»Vier! Es sind vier!«, schrie Sascha panisch.

Schneider zog Saschas Gesicht ganz nah an das seine heran und brüllte weiter: »Und wo sind die anderen versteckt?«

»Ich weiß es nicht! Ich weiß es wirklich nicht! Ich schwör `s!«, winselte Sascha.

Schneiders Blick durchbohrte Sascha. Er packte ihn an der Kehle, dann stieß er ihn von sich.

Sascha keuchte und zitterte.

Schneider ging zur Tür. Dann drehte er sich nochmals um und sah Sascha durchdringend an. »Wir zwei sind noch nicht fertig.«

***

Was für Augen die Geschäftsleitung wohl machen würde, wüsste sie, dass die Zünder für die Sprengsätze mit einer ganz regulären Container-Lieferung über den firmeneigenen Schiffsausrüster an Bord gekommen waren? Der Gedanke machte ihm große Freude. Vielleicht würde Schmücker das ja eines Tages erfahren.
Zufrieden setzte er sich auf sein Bett. Was für ein Heiligabend! Einen erhebenderen hatte er noch nie erlebt.
Es war nicht leicht gewesen, unauffällig herauszubekommen, wer in diesem Jahr auf der *SOLARIA* das Feuerwerk gestalten sollte. Zwar hatte er eine Position, in der man so einiges erfahren konnte, doch die Entscheidung, welche Pyrotechniker die Silvesterillumination machte, oblag der Abteilung *GCL EVENT* und da er eigentlich nur etwas mit der Nautik zu tun hatte, wäre es zu auffällig gewesen, wenn er nachgefragt hätte. Deshalb hatte er eine Weile auf die richtige Gelegenheit warten müssen. Zu seinem Glück war sie vor einigen Monaten gekommen, als er zu einem Sommerfest im neuen Gebäude von *GCL EVENT* eingeladen war, dort hatte er bei harmlosen Plaudereien alles erfahren, was er wissen wollte. Den Sprengstoff in Malaysia zu besorgen, war dann ein Leichtes für Posseidoni gewesen. Mit der glücklichen Fügung, dass sie sogar einen Mann direkt in das Team der Pyrotechniker einschleusen konnten, der das Material unverdächtig aufs Schiff schmuggeln konnte, hatten sich wirklich fast alle Probleme in Luft aufgelöst. Ein Kinderspiel.
Etwas schwieriger wurde es jetzt, die Übergabe des Geldes über die Bühne zu bekommen, ohne dass die GSG-9 ihnen ins Handwerk pfuschte. Auch wenn ihm das Geld eigentlich egal war. Für ihn stellte es lediglich eine kleine Entschädigung dafür dar, was ihm angetan worden war, als die GCL sich entschieden hatte, die neue

Position eines Flottenkommandeurs einzurichten. Und wer hatte diesen Posten erhalten? Der Jungspund Schmücker! Der Karrierist unter den Kapitänen, der es von Anfang an verstanden hatte, sich immer in ein äußerst positives Licht zu rücken. Dabei hatte es mehrere andere ebenso kompetente Bewerber und sicher auch erfahrenere Kollegen gegeben als den verdammten Grünschnabel. So auch ihn selbst. Er war fünf Jahre länger bei der Firma und auch schon viel länger Kapitän der Flotte! Aber dieser Emporkömmling würde nun sein Fett wegbekommen. Er würde dafür bezahlen, dass er sich so infam in diese Position hineingedrängt hatte.

War es jetzt schon so, dass er zu einem seiner Schiffe keinen Kontakt mehr herstellen konnte und auch keinerlei Einfluss auf die Vorgänge dort hatte, so würde er es schon bald ganz verlieren. Und damit war er in seiner Position nicht mehr länger haltbar. Selbst wenn die Firmenleitung ihm für das Desaster offiziell keine Vorwürfe machen würde, er in den Medien und internen Gremien von aller Schuld freigesprochen würde, verlor er als Leiter des Krisenstabs mit dieser Katastrophe das komplette Vertrauen der Flottenkapitäne und war als ihr Befehlshaber nicht mehr tragbar.

Er nahm sich vor, ihm – wenn alles vorbei war – eine entsprechende Nachricht zukommen zu lassen, in der er ihm exakt das nochmals aufs Brot schmierte.

Zusätzlich freute er sich schon darauf, dass er der Firma mit der Zerstörung der *SOLARIA* einen empfindlichen Schlag versetzen würde. GCL hatte es nicht anders verdient, nachdem sie Schmücker diese Position gegeben hatten und nicht ihm. Im Gegensatz zu Schmücker, der erst später dazugekommen war, als es bei GCL schon richtig gut lief, hatte er nämlich in der Zeit, in der die Firma lediglich vier Schiffe gehabt und es versäumt hatte, genügend junge Kapitäne heranzuziehen, fast zwei Jahre am Stück Dienst getan und beinahe keinen Urlaub gemacht. Seine Ehe war dadurch in eine

schwere Krise geraten. Seine Frau hatte einfach nicht eingesehen, dass sie ganz allein um ihr behindertes Kind kümmern sollte.
Und auch die Indienststellung des ersten Schiffes der neuen Schiffsklasse in Neapel, der *GCL SPINOZA*, hatte zwar Schmücker in der Werft mitbetreut, aber auch nur, weil er gerade Zeit hatte. Er dagegen hatte als Kapitän dann über fünf Monate auf diesem Schiff gehockt, was seiner Ehe den Todesstoß versetzt hatte. Seine Frau war schon ausgezogen, als er zurückkam.
Die gesamten Ehren hatte indes natürlich Schmücker erhalten, obwohl dieser beim Bau der völlig neuen Schiffsklasse Fehler begangen hatte, was der Firmenleitung allerdings nicht vermittelbar war. Sie hatte nie reagiert, vertraute Schmücker blind in allen Belangen und hatte ihn nach Beendigung der Bauzeit sogar mit einem berauschend hohen Bonus belohnt, mit dem Schmücker noch prahlte, genauso wie damit, dass er in Aussicht gestellt bekommen hatte, die Position des Oberkommandeurs zu erhalten. Die Stelle an Land, zu Hause, von der er selbst immer geträumt hatte und die überhaupt erst eingerichtet wurde, weil er so lange bei der Firmenleitung dafür plädiert hatte.
Er ließ sich nach hinten auf das Bett fallen. Es war bald zwei Uhr. Er wusste nicht, ob er jetzt schlafen konnte. Zu sehr freute er sich schon auf den morgigen Tag.

***

Tom beobachtete Sascha. Er war bis auf wenige Zentimeter an die Scheibe herangetreten. Obwohl er wusste, dass dieser ihn nicht sehen konnte, hatte Tom das Gefühl, als blicke der Ukrainer ihn an.
»Was hat uns das Ganze nun eingebracht?«, fragte Tom, ohne den Blick von Sascha zu nehmen.

»Zumindest wissen wir, wie viele Bomben es sind«, antwortete Sinah, die neben ihm stand und ebenfalls den Blick nicht von Sascha ließ, der sich in der Spiegelung der Scheibe seine Blessuren ansah.
»Vielleicht kriegen wir ja noch mehr aus ihm raus«, hoffte Wulfert, der hinter ihnen stand.
Nervös tigerte Sascha in der Zelle hin und her. Schneider hatte ihn ordentlich eingeschüchtert. Aber ob er ihnen alles erzählt hatte, konnte man nicht sagen.
»Wäre gut, wenn wir wüssten, wer noch alles mit drinsteckt«, dachte Tom laut nach.
»Ja, dann wäre es einfach, sie zu überwältigen«, stimmte Sinah zu.
»Wir sind immerhin ein paar Leute mehr«, hörten sie nun Schneider in ihrem Rücken sagen, der soeben in den Raum getreten war.
Tom und Sinah drehten sich um.
»Hallo Sinah.«
»Hallo«, antwortete sie kühl.
Schneider sah Tom an und nickte. »Geyer. Morgen.«
»Guten Morgen, Herr Schneider.«
»Wäre gut, wenn der Sec-O da wäre. Er hat mehr Erfahrung mit Verhören«, stellte Schneider verbittert fest, ging zu einem der Stühle und ließ sich hineinfallen.
»Weiß Kapitän Buske eigentlich, was wir hier tun?«, wollte Tom von Sinah wissen.
Schneider sagte sofort: »Natürlich nicht.«
»Wir handeln hier auf eigenes Risiko«, bestätigte Wulfert. »Sollten die uns erwischen, können sie Buske nicht dafür bestrafen und eigentlich auch niemand anders.«
Tom musste das erst einmal in seinem Kopf klarkriegen. Gut, sie hatten einen der Komplizen und wussten nun, dass insgesamt vier Sprengkörper an Bord waren. Und zumindest hatten diese Mörder noch keine Ahnung davon und würden es vielleicht auch nicht so

schnell bemerken, weil sie untereinander nur losen Kontakt hielten, um ihre Gegner im Ungewissen zu lassen. Trotzdem bestand die Gefahr, dass sie es irgendwann bemerkten. Was dann passieren würde, konnte keiner von ihnen voraussehen.
»Wir wissen auch nicht viel mehr als vorher«, brummte Tom.
»Verdammt, ich konnte einfach nicht nur hier rumsitzen und die Hände in den Schoß legen«, verteidigte Schneider sich.
»Aber was machen wir mit der Info, Norman?«, fragte Sinah neben Tom.
Schneider sah sie nachdenklich an. Es dauerte einige Sekunden, bis er antwortete: »Ich sehe erst mal zu, ob ich noch mehr aus ihm herausquetschen kann. Zum Beispiel wäre es interessant, wie die das mit den Störsendern hinbekommen haben.«
Sinahs Blick wurde heller. »Stimmt. Wenn es möglich wäre, jemand an Land zu kontaktieren, um zu wissen, wie die vorgehen wollen … das könnte viel bringen. Vielleicht können die uns auch irgendwie helfen, die Bomben zu entschärfen.«
Schneider schien ihr zuzustimmen, sah sie jedoch nur lange und durchdringend an.
»Gäbe es denn eine Möglichkeit, heimlich eine Nachricht zu senden, wenn wir die Störsender außer Gefecht setzen?«, fragte Sinah.
»Ich weiß es nicht, Sinah«, antwortete Schneider auffallend sanft.
»Ich denke, ein Satellitentelefon könnte etwas bringen«, stellte Tom nun fest.
Doch Schneider schüttelte nur den Kopf, ohne seinen Blick von Sinah zu nehmen. »Das gibt‘s nur auf der Brücke, da komme ich nicht unbemerkt ran.« Er ließ seinen Blick auffallend lange und ausgiebig über Sinahs Körper wandern.
»Ich habe eins«, sagte Tom lässig.
Schneider starrte ihn an. »Ach.«
»Das ist ja großartig!«, stieß Sinah erfreut aus.

Tom spürte, wie ihn die Blicke des Sicherheitsoffiziers durchbohrten. »Das heißt doch, wenn wir es irgendwie schaffen, die Störsender unbemerkt zu deaktivieren, dann können wir direkt mit Kiel kommunizieren.«

»Vielleicht kann Eike uns dabei helfen«, schlug Wulfert vor.

»Gute Idee«, stimmte ihm Sinah zu. »Wenn einer den Mist von Frank rückgängig machen kann, dann er.«

»Okay«, entschied Wulfert. »Norman, du machst mit Sascha weiter. Ich werde mich mit Eike unterhalten. Vielleicht hat er irgendeine Idee. Tom, würden Sie Ihr Satellitenhandy holen? Vielleicht laden Sie es auch gleich noch mal ordentlich auf.«

Tom willigte ein und sie verabredeten, dass sie sich in zwei Stunden erneut treffen würden. Der Raum lag sehr abgelegen und stellte eine sichere Möglichkeit für eine geheime Zentrale dar. Sie würden versuchen, noch mehr Informationen zu sammeln. Wenn sie die Gelegenheit bekämen, Kontakt aufzunehmen, konnten sie die Landseite über alles informieren und mit etwas Glück sogar Ratschläge von den Behörden erhalten. Das alles funktionierte aber nur, wenn sie unbemerkt blieben und die Störsender fanden.

»Ihr müsst verdammt gut aufpassen, dass sonst niemand davon erfährt«, schärfte Schneider allen ein. »Auch der Kapitän darf nichts wissen – in seinem eigenen Interesse. Eigentlich gar niemand. Verstanden? Wir wissen nicht, wer noch alles dazugehört.«

»Wir kommunizieren ausschließlich persönlich, über Pager und Telefone«, setzte Wulfert zustimmend hinzu.

»Und was machen wir mit dem da?«, fragte Tom und sah zu Sascha.

»Ich sperre ihn später in einen Locker beim Bootsmann. Da gibt es keine Kamera und da kommt selten einer hin. Aber zuerst hab ich noch ein Tänzchen mit ihm«, bemerkte Schneider grimmig.

Tom hätte fast über den Ausdruck geschmunzelt, den Schneider sicher in einem schlechten Thriller aufgeschnappt hatte, aber das

Lachen blieb ihm im Halse stecken, als er daran dachte, was dem Ukrainer noch bevorstand.
Als sie gerade gehen wollten, ergriff Schneider Sinahs Arm und hielt sie auf. »Wenn das alles vorbei ist, dann müssen wir mal reden.«
Die blonde Mediamanagerin sah ihn freundlich an, antwortete jedoch nur mit einem kurzen Nicken und verließ mit Tom und Wulfert den Raum.
Vor der Tür verabschiedeten sie Wulfert, der sofort zu einem Telefon wollte.
»Kommen Sie klar mit ihm?«, fragte Tom Sinah, als der Hotelmanager weit genug entfernt war. »Ich meine Schneider.«
»Es ist alles geklärt, schon lange«, antwortete sie leichthin.
Und nach einer Pause ergänzte sie: »Wissen Sie, er ist eigentlich gut in dem, was er tut. Er ist ein guter Sicherheitsoffizier, meine ich. Nur charakterlich ist er eben eine Null.«

***

»Wie viele Seemeilen noch bis Vung Tau?«, erkundige sich Buske beim Staff-Captain, den er soeben auf der Brücke ablöste.
Normalerweise machte ein Kapitän keine Brückenwache, aber Köpke hatte schon den gesamten Morgen hier verbracht, und Schneider wollte er vorsichtshalber nicht hier haben. Diesen Gabriel wollte er aber auch auf keinen Fall nur mit dem Zweiten Offizier alleine lassen.
»Wir liegen im Plan«, antwortete Köpke.
Buske sah auf die Uhr. Es war exakt halb zehn. »War irgendetwas?«
Köpke schüttelte den Kopf und Buske sah hinüber zu Gabriel, der noch immer auf demselben Platz stand wie bei seinem ersten Brückenbesuch vor mehreren Stunden.
»Hat der sich mal bewegt?«

»Keinen Zentimeter.«
»Hast du überprüft, ob er noch lebt?«, fragte Buske und beide mussten leise lachen.
»Also, Hardy, dann Gute Ruh«, verabschiedete Buske sich von seinem Stellvertreter.
»Danke. Gute Wacht«, antwortete dieser und ging zur Schleuse.
Als Köpke bereits an Gabriel vorbei war, drehte er sich noch einmal um und meldete in überraschend kräftiger Lautstärke: »Staff-Captain von der Brücke!«
Gabriel fuhr herum und starrte Köpke an. Nach wenigen Sekunden bewegte er aber schweigend seinen Körper zurück in die Ausgangsposition.
Hardy sah zu Buske und grinste. Dann war der Staff auch schon verschwunden und Buske drehte sich nach vorn und sah in sich hinein lachend auf die offene See hinaus. *Lebt noch.*
Wir aber auch, dachte er trotzig. Sie würden nicht den Kopf in den Sand stecken. Sicher, man musste kooperieren – aber nicht kuschen. Und sollten sich irgendwelche Möglichkeiten ergeben, die Chance eines koordinierten Widerstandes, einer gesicherten Flucht oder Ähnliches, dann würde sie diese Möglichkeit erhobenen Hauptes wahrnehmen.
Er nahm ein Fernglas zur Hand und scannte den Horizont. In dieser Gegend war nicht so viel los. Außer ein paar Dschunken konnte er nichts entdecken.
Apropos Möglichkeiten. Hatte Schneiders Sichtung der Aufnahmen eigentlich etwas ergeben? Seit er ihm gestern Nacht den Auftrag erteilt hatte, sich heimlich die Videofiles der vergangenen Tage anzusehen, hatte der sich noch nicht bei ihm gemeldet. Bis zehn würde er ihm noch Zeit geben, entschied er, und ihn dann anpagern.
Buske ging zum Pult mit den Überwachungsmonitoren. Die Kameras auf dem Pooldeck zeigten, dass dort kaum noch ein Platz frei

war. Auch die Gäste schienen sich nicht so schnell kleinkriegen zu lassen. Gut. Er wechselte zu den Kameras des Maschinenraums. Auch hier schien es ruhig, wenn auch im Kontrollraum eine Vorrichtung zu sehen war, die dort nicht hingehörte: die Bombe, die sie gestern neben dem toten Chief gefunden hatten. Der Senior Engineer war vor Ort und hatte die Funktionen des Chiefs weitgehend übernommen. Er konnte den Senior nicht zwingen, unter diesen Bedingungen dort zu arbeiten, aber er benötigte unbedingt jemanden im Maschinenraum. Und der Senior hatte sich trotz der großen Gefahr sofort dazu bereit erklärt.

Buske wechselte zur Ansicht der Kameras auf Deck drei. Die *Crew Road* war wie üblich sehr belebt. Gerade sah er den Eventmanager und den Generalmanager mittschiffs den Highway entlang Richtung Büros gehen. Auf einer andere Monitoransicht entdeckte er Wulfert, der zusammen mit Sinah Dietrich auf dem Weg bugwärts war. Wo wollten die hin? Und wollte Wulfert nicht Schneider bei der Videoauswertung assistieren?

Buske wurde durch das Geräusch der Schleusentür abgelenkt: Posseidoni hatte soeben die Brücke betreten.

»Kommandeur auf der Brücke«, meldete Gabriel trotzig zu Buske herüber, der es vorzog, das nicht zu kommentieren.

Seemannsgrüße aus dem Mund von Landratten und schmutzigen Verbrechern waren wie Rülpsen in der Offiziersmesse oder in der Kirche fluchen.

Posseidoni grüßte wortlos und unterhielt sich dann leise mit Gabriel.

Buske konnte nicht hören, was sie sagten, es war ihm aber auch egal. Er wandte sich wieder dem Monitor zu und sah, wie Wulfert und Dietrich soeben die Treppe hinunter zur Zelle nahmen und aus dem Sichtfeld der Kamera verschwanden. Er drückte auf einen Knopf und wechselte zur Kamera vor der Brigg. Dort sah er Tom

Geyer stehen, zu dem die anderen traten. Was machten die alle verdammt noch mal dort unten? Noch bevor er weiter spekulieren konnte, sah er zu seiner Überraschung nun auch noch Schneider aus der Zelle kommen, der Brigg, der Arrestzelle unten auf Deck zwei. Buske wechselte eilig die Ansicht und sah einen Mann in der Zelle, den er nicht kannte. Er schaltete auf einen größeren Bildausschnitt um. Der Mann war ihm unbekannt, aber sein Gesicht sah aus, als ob er sich mit Rocky angelegt hätte.

Verdammt! Schneider! Was machst du?

»Guten Morgen«, sagte in diesem Moment Posseidoni neben ihm.

Buske schaltete instinktiv auf eine andere Kamera um. »Morgen«, brummte er zurück.

»Sie brauchen sich deswegen keine Sorgen machen«, sagte Posseidoni und deute auf den Bildschirm vor Buske, der den Maschinenkontrollraum mit dem Sprengsatz zeigte. »Nach der Geldübergabe wird genügend Zeit bleiben, die Bomben unschädlich zu machen.«

Buske atmete eine Sekunde durch, dann drehte er sich zu Posseidoni. »Das bringt uns den Chief auch nicht zurück.«

»Sie sehen, meine Leute sind entschlossen. Sie täten also gut daran, uns zu unterstützen«, bemerkte Posseidoni in jovialem Ton.

Buske spürte Trotz in sich aufsteigen. »Wir sollten lieber endlich die Firmenleitung kontaktieren. Damit die Bescheid wissen, was hier vor sich geht und was Sie von denen fordern.«

»Das wissen sie bereits«, antworte Posseidoni. »Ihr Headoffice wird sich längst zusammengereimt haben, dass die *SOLARIA* entführt wurde. Und es liegt bereits Nachricht über unsere Forderungen vor.«

Buske wurde ärgerlich. Momentan waren sie doch völlig abgeschnitten? Dann hatten die Verbündete an Land. Sicher, das musste es sein. Sollten die bereits in Kontakt mit der Firma getreten sein, dann war dort im Augenblick die Hölle los.

»Alles Weitere klärt sich im Laufe des Tages. Ich möchte Sie bitten, in Ihrer Mittagsdurchsage nochmals explizit auf meine Sondersendung mit Frau Dietrich hinzuweisen.«
Buske grunzte nur. Er war gespannt, was Posseidoni verkünden wollte. Er dachte kurz darüber nach, ihn jetzt zu fragen, entschloss sich aber dagegen.
»Hat sich Sascha heute schon bei dir gemeldet?«, erkundigte sich Posseidoni bei seinem Adjutanten.
Buske fragte sich, wer das war. Offensichtlich hatte Posseidoni nicht gelogen. Es gab noch weitere Komplizen. Oder die Frage war nur eine Finte.
»Ruf ihn an«, ordnete Posseidoni an und Gabriel verließ zum ersten Mal seinen Posten, ging zu einem Telefon und wählte eine Nummer. Er ließ es einige Male klingeln und sah dabei zu den beiden herüber, doch offensichtlich ging niemand ran. Er legte auf.
»Gut, Herr Buske. Ich verlasse Sie erst mal. Es genügt, wenn wir heute Mittag ein gemeinsames Telefonat führen.«
»Dann sehen wir uns bei der Sendung«, entgegnete Buske.
Posseidoni stutzte. »Ich habe doch gesagt, dass ich sie alleine mit Frau Dietrich machen werde.«
»Sie ist meine Mitarbeiterin und ich werde vor Ort sein, wenn sie in die Sendung geht.«
Posseidoni sah ihn schweigend an, dann nickte er. »Gut. Dann sehen wir uns dort.« Mit einem Seitenblick auf das Pult bemerkte er: »Behalten Sie alles im Auge.« Dann drehte er sich um und verließ die Brücke.
Werde ich. Keine Sorge. Das werde ich.

***

»Einen Screwdriver, bitte.«

»Kommt sofort, Angelika«, antwortete der Barkeeper lauter als nötig, nahm ein Longdrinkglas zur Hand und füllte es mit Eiswürfeln.

Angelika kniff die Augen zusammen und kontrollierte, ob ihre Mutter weiterhin schlief oder nicht doch bemerkt hatte, dass sie sich heimlich davongeschlichen hatte, um sich einen weiteren Wodka-Orange zu holen. Natürlich trank sie heute viel. Es war heiß und die Situation, in der sie sich befanden, mehr als nur skurril. Und ein, zwei Drinks halfen.

Ihre Mutter mochte Alkohol nicht. Angelikas Vater war Seemann gewesen und hatte Zeit seines Lebens Bier und Korn in sich hineingeschüttet, bis er daran elendig krepiert war. Zumindest sah ihre Mutter das so.

Der Barkeeper stellte ihr das Glas hin. Automatisch reichte sie ihm ihr Bordkärtchen, um zu bezahlen, denn unabhängig davon, was Posseidoni großspurig verkündet hatte, gab es mitnichten alle Drinks umsonst. Es wurden weiterhin die Bordkarten belastet, was hauptsächlich dazu diente, dass nicht bis zum Umfallen gesoffen und gefressen wurde, vermutete sie. Das war wahrscheinlich auch sinnvoll. Die Situation war so schon angespannt und mit Aufrechterhaltung der Kostenlage blieben die Gäste in einem vergleichsweise engen Korsett, das die Umfangsformen stützte. Nur einige wenige hatten beschlossen, dass sie ab sofort lebten, als gäbe es kein Morgen. Mit denen wurde die Crew aber fertig.

»Auf dich, Ronny«, sagte Angelika und hob ihr Glas.

Sie nahm einen extra großen Schluck. Das tat richtig gut. Mit der freien Hand wischte sie sich den Schweiß von der Stirn und setzte sich auf einen der freien Barhocker an der Poolbar.

So ließ es sich aushalten. Hier war ein wenig Schatten. Dort, wo sie um elf Uhr noch einen Platz auf dem Pooldeck ergattert hatten, war leider kein bisschen mehr davon und sie hatte sich geärgert, dass sie es nicht wie alle anderen gemacht hatte und bereits vor dem Frühstück nach oben gegangen war, um einen Schattenplatz für ihre Mutter und sich zu reservieren. Es war nun kurz vor zwölf und die asiatische Mittagssonne brannte gnadenlos vom Himmel herab. Das Pooldeck war überfüllt.

Sie beobachtete die Menschen, die sich auf den Sonnenstühlen rekelten. Fast schien es, als sei es ein ganz normaler Seetag auf einem Kreuzfahrtschiff. Die Gespräche vermischten sich zu einem Stimmengewirr, das das Pooldeck füllte. Einige Kinder planschten und spritzen sich gegenseitig nass, die Gästebetreuer veranstalteten eine Poolaktion, moderierten und interviewten Badegäste. Überall standen Menschen herum oder lagen auf ihren Liegen, genossen die Sonne, cremten sich ein oder lasen Bücher. An der Seite der Poolbar war ein zusätzlicher Bierschank aufgebaut worden, vor dem sich eine Schlange gebildet hatte.

»Freibier – des Deutschen liebstes Getränk«, bemerkte soeben eine bekannte Stimme hinter Angelika.

Sie drehte sich erfreut zu Wulfert um. »Schön, Sie zu sehen. Auch wenn ich ein wenig sauer auf Sie bin.«

»Was habe ich denn verbrochen?«

»Waren wir heute morgen nicht zum Walking verabredete?«, meinte sie vorwurfsvoll.

»Ach, das war Ihr Ernst?«

»Aber sicher«, entrüstete sie sich. »Ich war pünktlich um sechs Uhr auf dem Joggingparcour. Aber von dem Hotelmanager, der gestern noch so großspurig getan hat, keine Spur.«

Wulfert lachte etwas verlegen. Sie konnte nicht einschätzen, ob er ihre Verabredung tatsächlich nicht ernstgenommen hatte, einfach nur zu faul gewesen oder aber bewusst dem Treffen ferngeblieben war. Was sie besonders schade gefunden hätte, weil ihr der kauzige Hotelier wirklich gefiel.

»Also das tut mir jetzt wirklich leid, Angelika. Ich hatte tatsächlich nicht damit gerechnet, dass Sie in Ihrem Urlaub so zeitig unterwegs sind.«

»Jaja«, antwortete sie und tat schmollig.

»Unsere Unterhaltung über Sport war von meiner Seite aus insgesamt nur ein Scherz. Ich habe, glaube ich, seit ich bei der Marine aufgehört habe, nie wieder Turnschuhe an den Füßen gehabt. Höchstens einmal zum Kegeln.«

»Das sollten Sie aber tun, lieber Christian. Sie werden auch nicht jünger«, meinte sie. »Aber gut. Das kostet Sie auf jeden Fall etwas. Das ist klar.«

»Was kann ich Ihnen denn anbieten«, blitzte er ihr zu.

»Na, also sicher keinen Drink, Christian. So billig kommen Sie mir nicht weg«, lachte sie.

Erst nach einer Pause, in der sie seinen Blick genüsslich ausgekostet hatte, ließ sie ihn vom Haken: »Wir werden sehen.« Sie drehte sich kokett von ihm ab zum Pooldeck und sah wieder hinaus in die Menge der Sonnenbadenden.

»Sehen Sie sich das an, Christian«, bemerkte sie nach einer Weile und nahm einen erneuten Schluck aus ihrem Glas. »Da liegen sie alle und holen sich einen Sonnenbrand. Aber wer kann es ihnen verdenken? Eigentlich fühlt es sich auch an wie ein ganz normaler Urlaubstag. Wir sind in Asien, die Sonne scheint … Man kann es sich gut gehen lassen.« Sie seufzte theatralisch. »Wenn man es nicht besser wüsste, wäre es ein ganz normaler Seetag auf einem wundervollen Schiff.« Sie sah zu Wulfert, der es offensichtlich nicht ganz so lustig fand wie sie. »Christian, soll ich Ihnen ein Geheimnis verraten?« Sie dachte einen Augenblick nach, ob sie ihm das wirklich

anvertrauen sollte, aber der Alkohol lockerte ihre Zunge und was machte es schon aus, wenn er es wusste. »Ich bin völlig pleite.«
Die Augen des netten Bochumers weiteten sich.
»Es ist nicht so schlimm, wie es sich anhört, aber ich habe tatsächlich mein letztes Geld für diese Reise mit meiner Mutter ausgegeben. Ich bin jetzt dreiundvierzig Jahre alt und da gibt es nicht mehr so viele Rollen für Schauspielerinnen. Im letzten Jahr hatte ich nur für zwei Monate ein Engagement. Zum Glück kam dann eine unerwartete kleine Filmrolle. Nichts Weltbewegendes, hat aber ein bisschen was eingebracht.« Sie sah sich Wulfert an und bereute bereits, es ihm erzählt zu haben. Aber jetzt war es zu spät. »Meine Mutter und ich wohnen zusammen in einem Häuschen, das ihr gehört. Es geht uns gut, aber momentan ist bei mir Flaute. Das kleine Engagement hat mir aber ein wenig Luft verschafft und ich habe das ganze Geld sofort in diese Reise investiert. Wissen Sie, meine Mutter ist nicht mehr so fit und ich wollte diese Reise machen, weil ich nicht weiß, wie lange wir beide uns noch haben.«
Wulfert nickte verständnisvoll, sagte jedoch nichts.
Sie war froh. Er war der Einzige, der das außer ihr wusste und es fühlte sich gut an, es einmal loszuwerden. »Aber …« Sie legte mit verschwörerischem Blick den Finger über ihren Mund und lachte.
»Wenn ich mir vorstelle, dass ich mein letztes Geld dafür ausgegeben habe, mich von Verbrechern nach Vietnam entführen zu lassen …«
»Ach, wir wären ja sowieso noch nach Vung Tau gefahren. Jetzt kommen wir eben ein wenig früher an.«
Angelika freute sich über den Zuspruch und strahlte Wulfert an. Der Mann hatte wirklich Talent dafür, sie aufzumuntern. »Aber das ändert nichts an der Tatsache, dass Sie mir etwas schulden. Auch wenn ich so das zweifelhafte Vergnügen hatte, heute morgen stattdessen mit unserem Entführer ein Gespräch unter vier Augen zu führen.«

Wulfert sah sie überrascht an.
»Ja, da staunen Sie.«
»Posseidoni? Wirklich?«
»Plötzlich stand er dort oben am Schornstein vor mir, als ich gerade mit meinen fünfzehn Runden fertig war.«
»Was für eine Überraschung. Früh unterwegs, der Mann«, entgegnete Wulfert. Er wollte noch etwas sagen, kam aber nicht mehr dazu, weil der Schiffsgong ertönte und der Kapitän sich meldete.
»Meine Damen und Herren, liebe Gäste, hier spricht Ihr Kapitän. Für alle, die meine übliche Durchsage um zehn nicht gehört haben, möchte ich das Wichtigste noch einmal kurz wiederholen. Ich hoffe, Sie hatten alle eine ruhige und erholsame Nacht. Wir befinden uns nach wie vor auf dem Weg nach Vung Tau und in den Händen von Verbrechern. Momentan haben wir eine Außentemperatur von sechsundzwanzig Grad Celsius. Wie ich sehen kann, ist das Pooldeck gut gefüllt. Das zeigt mir, dass Sie das tun, was ich für das einzig Richtige halte: Sie lassen sich von der ernsten Situation nicht unterkriegen. Trotzdem möchte ich Sie bitten, sich nun alle in die Nähe eines öffentlichen Monitors auf dem Pooldeck oder im Theater zu begeben oder sich die gleich beginnende Sendung unseres Bord-TVs in Ihrer Kabine anzusehen. Der Anführer der Gruppe, die uns bedroht, möchte einige Dinge bekanntgeben und es ist sinnvoll, dass alle dies verfolgen. Obwohl wir bisher noch keinen Kontakt mit unserer Firmenleitung hatten, versichere ich Ihnen, dass sie und wir alles dafür tun, die Situation schnellstmöglich zu bereinigen. Ich danke Ihnen.«
Das war kurz und knapp, fand Wulfert, und hatte sich auch einigermaßen angefressen angehört. Der Alte schien so langsam ungeduldig zu werden. Konnte er gut verstehen.
»Na dann wollen wir mal sehen, was der uns zu sagen hat«, kommentierte Angelika neben ihm schroff und stand auf.

»Sie kriegt nicht so schnell was klein, oder?«, reagierte er schnell. Angelika konterte unmittelbar.
»Nur Kleingeister glauben, sie könnten das Leben beherrschen. Andere wissen, dass es immer schlauer ist als man selbst.«
Wulfert sah sie schmunzelnd an. Ihre Augen trafen sich und verharrten etwas länger als gewöhnlich. Sie musste wissen, was er gerade dachte. Zumindest sah es so aus.
»Sehen wir uns heute noch, Christian?«
»Ich werde Sie finden.«
Sie gab ihm die Hand und strahlte ihn lange an. Sehr lange.
»Ich freue mich drauf.«
Er sah ihr nach, wie sie sich zu ihrer Sonnenliege begab, sich neben ihre Mutter setzte und sie sanft weckte.
Er hoffte wirklich, dass er Zeit fände, sie heute nochmals zu treffen. Hätte sie gewusst, was ihn morgens abgehalten hatte, wäre sie sicher ein wenig gnädiger mit ihm gewesen. – Doch hätte er das wirklich gewollt?
Nachdem er sich zu früher Stunde mit Schneider, Sinah und Geyer in der Brigg getroffen hatte, hatte er den ganzen Vormittag damit verbracht, unauffällig das Schiff nach den Störsendern und den Bomben abzusuchen. Bisher war dabei aber überhaupt nichts herausgekommen. Um halb zehn hatten sie sich erneut getroffen, aber auch Sinah und Geyer waren bis dahin erfolglos gewesen. Ebenso wie Schneider, der den Pyrotechniker weiter verhört hatte.
Sinah hatte sich danach erst einmal ausgeklinkt, um sich auf ihre mittägliche Sondersendung vorzubereiten. Und auch er hatte einige anderen Dinge zu erledigen gehabt. Sie hatten sich also vertagt und ein weiteres Treffen nach Sinahs Sendung verabredet.
Angelika rückte gerade den Sonnenstuhl ihrer Mutter zurecht und drehte ihn so, dass sie beide gute Sicht auf den Großbildschirm des

Pooldecks hatten. Hatte sie tatsächlich Posseidoni am Schornstein oben getroffen? Was hatte er dort zu suchen gehabt?
Er sah auf die Uhr: Nur noch wenige Minuten bis zur Sondersendung.
Er entschied sich, den Weg über den Joggingparcour zu nehmen, dort oben vorbeizusehen und dann ins Theater zu gehen, um sich das Schauspiel im TV-Studio anzusehen, direkt dort, wo es produziert wurde.

***

»Da kommt doch nichts mehr!«, stieß er frustriert aus.
Mit verquollenen Augen hing Stefan Buchmann in seinem Bürosessel in der Hamburger Unterhaltungszentrale und kritzelte mit einem Kugelschreiber Strichmännchen auf ein Blatt Papier. Es lagen schon mehrere um ihn herum auf dem Schreibtisch.
Was war das für eine Nacht gewesen. Und das alles nur, weil er dieses verdammte Geschenk im Büro vergessen hatte. Er war entsetzlich müde. Die Nacht im Büro war der Horror. Erschöpft ließ er seinen Kopf nach hinten auf die Lehne fallen und schloss die Augen. Es war erst sieben. Verdammt!
Hätte er gestern nur bloß nicht den Livestream zur *SOLARIA* aktiviert! So aber saß er matt und fertig vor seinem Rechner und stierte, seit Bettina Rupp ihm gestern Mittag die Anweisung gegeben hatte, auf den Monitor und wartete darauf, dass erneut etwas passierte. Wozu? Es würde keine Sendung mehr kommen. Glaubte die Rupp wirklich, dass diese Verbrecher sich per Videokonferenz meldeten?
Seine Freundin schlief sicher noch. Mann, war die sauer gewesen. Seit er mit ihr zusammen war, hatte es schon mehrere Male ordentlich Stunk gegeben, weil er überraschend auf ein Schiff fliegen

musste. Anfangs hatte sie dafür Verständnis gezeigt, aber je öfter sich solche überraschenden Dienstreisen ergeben hatten, desto weniger hatte sie es toleriert. Doch für all das hatte sie immer noch mehr Verständnis aufbringen können als für seine kurzfristige Absage am gestrigen Abend. Ihre offene Aggression am Telefon war allerdings nicht halb so schlimm gewesen wie die enttäuschte Kälte, die sie gezeigt hatte, als sie gestern Abend auf dem Weg zu ihren Eltern bei ihm im Büro vorbeigekommen war. Geradezu verbittert hatte sie seine Versuche, sie zu umarmen oder ihr einen Kuss zu geben, abgewehrt und ihm einen schönen Heiligabend gewünscht. Dann drehte sie sich um und ging einfach wieder. Seither hatte er ihr mehrmals eine SMS geschickt, aber sie hatte keine davon beantwortet.

Was für eine Scheiße.

Er brühte sich eine weitere Tasse Instantkaffee auf. Die Milch war alle, aber das war ihm momentan gleichgültig. Nachdem er die schwarze Brühe mit einer doppelten Ladung Zucker gesüßt hatte, ging er wieder zu seinem Monitor, der nach wie vor schwarz blieb.

Was sonst?

Buchmann nahm den ersten heißen Schluck und verzog unwillig das Gesicht. Er nahm wieder den Stift in die Hand und kritzelte weiter an seinen Männchen. Gerade malte er eines, das an einem Galgen baumelte, als sein Handy brummte. Er nahm es aus der Tasche und sah, dass er eine SMS von seiner Freundin erhalten hatte.

Hab scheiße geschlafen. Warum bist du nicht bei mir? Wenn du wieder kannst, müssen wir reden.

Buchmann legte die Hand in seinen steifen Nacken und schloss die Augen. *So eine Scheiße. So eine verdammte Scheiße.*

Als er seine Augen wieder öffnete, sah er Sinah Dietrichs Konterfei auf dem Bildschirm. Er schreckte zusammen und brauchte einige Sekunden, bis er mit zitternden Händen die Lautstärke nach oben gedreht hatte. Er hörte noch die letzten Klänge des TV-Jingles, als er hektisch auf den Aufnahme-Button klickte. Dann griff er zum Telefonhörer und wählte die Nummer, die ihm die Rupp gestern gegeben hatte.

***

Sinah zupfte ihr helles Jackett zurecht. Gemeinsam mit Posseidoni stand sie hinter dem polierten roten Moderationstisch, der vor der gläsernen Wand des TV-Studios platziert war.
Der Kameramann justierte seine Einstellungen. »Noch zwei Minuten«, informierte er die beiden.
Sinah sah zu ihm rüber und setzte einen flehenden Blick auf, um ihm zu zeigen, wie wenig Lust sie auf das nun Kommende hatte. Tom bemühte sich, ihr Zuversicht zu vermitteln, auch wenn er ihre Abneigung absolut nachvollziehen konnte.
Er hatte sich einige Meter weit entfernt an einem Stehtisch platziert, wo er gute Sicht auf den kleinen Bildschirm der Kamera und den Moderationsplatz, aber auch den Großbildschirm auf der Theaterbühne hatte.
Das Theater war so brechend voll wie das Pooldeck.
Sinahs Chefs, der Eventmanager und der Generalmanager, standen einige Meter entfernt an einem anderen Stehtisch. Auch Kapitän Buske war kurz nach ihnen eingetroffen und hatte sich zu den beiden gesellt. Er hatte Tom freundlich zugenickt und ihm bedeutet, zu ihnen zu kommen.
Aber Tom hatte mit einer freundlichen Geste abgelehnt. Es belastete ihn, dass sie dem Käpt‘n einige wichtige Informationen vorenthielten. Weder ahnte er, dass die TV-Sendung womöglich in Kiel mitverfolgt werden konnte, noch wusste er davon, dass Schneider einen der Verbrecher festgesetzt hatte und sie gemeinsam versuchten, die

Standorte der Bomben und Störsender zu ermitteln. Aber Schneider hatte schon recht: Es war besser, Buske war nicht informiert und konnte so auch nicht verantwortlich gemacht werden. Es tröstete Tom nur, dass diese Kriminellen von all dem ebenfalls nichts ahnten.
»Noch dreißig Sekunden«, sagte der Kameramann soeben und Tom realisierte, dass Sinah jemand neben ihm zunickte, als auch schon eine Hand an Toms Schulter fasste.
»Hallo«, flüsterte Wulfert, der gleichzeitig Sinahs stummen Gruß erwiderte. »Kann‘s los gehen?«
Noch bevor Tom antworten konnte, zählte der Kameramann die letzten Sekunden herunter.
Der übliche TV-Jingle erklang und der Kameramann nahm die hübsche Mediamanagerin in eine Großaufnahme. Sinah drückte ihren Rücken gerade und hob routiniert das Mikro an den Mund. Tom beneidete sie nicht um die Aufgabe, ein Interview mit diesem Mann zu führen.
»Einen schönen Nachmittag wünsche ich Ihnen allen, meine Damen und Herren. GCL-TV meldet sich heute zu einer Sondersendung«, begann sie und vermied auffallend ihr sonst so fröhliches Lächeln. »Wie Sie wissen, liebe Gäste, war dies der Wunsch der Männer, die unser Schiff gekapert haben.«
Tom sah zu Buske, der sich äußerlich nichts anmerken ließ, konnte jedoch ahnen, dass dieser Begriff ihm durch alle Knochen gehen musste.
»Sie möchten Ihnen einige Informationen zukommen lassen«, fuhr Sinah fort. »Deshalb habe ich Herrn Posseidoni neben mir, dem ich auch gleich das Wort erteilen möchte.«
Der Kameramann zog die Linse weiter auf, sodass Posseidoni neben Sinah sichtbar wurde.
»Ich bitte Sie, genau zuzuhören«, fuhr Sinah fort. »Im Namen des Kapitäns und des Generalmanagers möchte ich noch einmal an Sie

appellieren, sich exakt an die Anweisungen zu halten. Wir alle wünschen uns keine Eskalation der Situation.«
Tom wunderte sich über Sinahs Kaltschnäuzigkeit. Das hatte wirklich überzeugend geklungen. Er realisierte, wie Wulfert neben ihm ein Grinsen übers Gesicht huschte.
»Ich danke Ihnen vielmals«, übernahm nun Posseidoni. »Es fällt doch leichter, unpopuläre Dinge bekannt zu geben, wenn man eine so charmante Vorstellung erhält.«
Tom wusste nicht, ob er über diese Floskel lachen oder sich davor ekeln sollte.
»Wie ich gestern bereits mitgeteilt habe, ist das Schiff mit mehreren Sprengsätzen versehen. Kapitän Buske hat sich bereit erklärt, meinen Wünschen zu entsprechen und Kurs auf Vung Tau zu nehmen, wo wir morgen früh ankommen werden.«
Der Kameramann nahm nun Posseidoni in die Großaufnahme, sodass Sinah aus dem Bildschirmausschnitt verschwand.
»Damit wir alle das Schiff verlassen können, müssen wir natürlich das Lösegeld rechtzeitig erhalten. Der Zeitfaktor spielt dabei eine nicht unerhebliche Rolle. Sie, liebe Kreuzfahrer, sollten sich bis dahin ruhig und vernünftig verhalten. Ich bitte Sie herzlich, Geduld zu haben. Die werden sie vor allem morgen benötigen, denn ich muss Ihnen nun leider eine unangenehme Mitteilung machen.«
Posseidoni machte eine kurze Pause. Sein filigranes Lächeln verbreitete sich noch ein wenig mehr, ohne jedoch seine Anmut zu verlieren und gehässig zu wirken. Aber Tom konnte er damit nicht täuschen: Das machte dem Mistkerl definitiv Spaß.
»Wir werden morgen in Vung Tau nämlich«, noch einmal wartete er eine Sekunde, »nicht anlegen.«
Posseidoni ließ dies wirken und wartete eine Reaktion ab. Es dauerte einige Sekunden und Tom dachte schon, dass gar nichts passieren würde, doch dann setzte langsam Gemurmel um ihn herum ein, das schnell

lauter wurde. Tom sah zu Buske hinüber, der ganz offensichtlich perplex war. Auch für ihn schien dies eine neue Information zu sein.
»Warum denn nicht?«, fragte Sinah.
Der Bildausschnitt der Kamera zeigte nun wieder beide.
Posseidoni kostete den Moment noch einige Sekunden aus, bis er antwortete: »Zu Ihrer eigenen Sicherheit«, entgegnete er dann und ließ erneut eine Kunstpause entstehen. »Nun ja, wie Sie sich denken können, werden in solchen Fällen die Behörden benachrichtigt. Wir gehen davon aus, dass die GSG-9 bereits das Kommando übernommen hat. Diese Sondereinsatztruppe ist darauf spezialisiert, Geiseln gewaltsam zu befreien. Eine solche Aktion fordert immer Tote und Verletzte. Da das jedoch – dessen bin ich mir sicher – niemand von uns möchte, gilt es, einen solchen Zugriff zu verhindern. Es ist deshalb sicherer für uns alle, wenn wir nicht im Hafen liegen, weil es dort viel einfacher wäre, uns anzugreifen. Wir werden erst einmal in einiger Entfernung zum Hafen ankern.«
Das lautstarke Gemurmel war während Posseidonis Erläuterungen ein wenig abgeebbt. So wenig das Gesagte, darüber gab sich Tom keinen Illusionen hin, wirklich etwas mit Sorge um die Gäste zu tun hatte, klang es trotz allem sinnvoll. Keiner wollte sich ausmalen, was passieren würde, sollte eine Spezialeinheit versuchen, das Schiff zu stürmen. Tom konnte Sinah ansehen, dass es ihr nicht anders erging.
»Wir werden die Übergabe des Lösegelds anders regeln«, fügte Posseidoni noch hinzu.
»Und danach können wir gehen?«, fragte Sinah ohne Umschweife.
Posseidoni lächelte freundlich. »Sobald wir uns abgesetzt haben.«
Sinah nickte nur und sah für einen kurzen Moment zu Tom. Dann hakte sie nochmals nach: »Wie wird das vonstatten gehen?«
»Sie werden verstehen, dass ich Ihnen darüber noch nichts sagen kann, aber ich garantiere Ihnen, dass Sie die Gelegenheit erhalten

werden, das Schiff zu verlassen, sobald wir unseren sicheren Abzug garantiert haben.«
»Gut«, entgegnete Sinah mit gezwungener Freundlichkeit.
»Das wäre fürs Erste eigentlich alles«, schloss Posseidoni nun mehr zu ihr als zur Kamera ab, wandte sich jedoch noch einmal an die Gäste: »Liebe Kreuzfahrer, ich möchte an dieser Stelle noch einmal betonen, dass es mir leidtut, Ihnen allen so viele Umstände zu bereiten.«
Tom sah zu Buske, der seine Abscheu wenig verbergen konnte. Tom hatte eigentlich erwartet, dass Sinah die Sendung nun mit einer Schlussmoderation beendete.
Doch sie setzte eine letzte Frage hinzu: »Herr Posseidoni, vielleicht wäre es sinnvoll, die Gäste dahingehend zu beruhigen, dass Sie keine Waffen einsetzen.«
Posseidoni sah sie überrascht an und wusste offensichtlich für eine Sekunde nicht, was er darauf antworten sollte.
»Es gab bereits Todesopfer«, erklärte sie.
Posseidoni zögerte einen weiteren Moment, dann sprach er erneut in die Kamera: »Um es nochmals deutlich zu machen: Unnötige Opfer lagen nicht in unserer Absicht. Aber man kann daran sehen, wie gefährlich es ist, zu versuchen, uns aufzuhalten. Verstehen Sie mich richtig: Wir sind keine Ungeheuer. Es geht uns nicht darum, Menschen zu töten. Wir haben noch nicht einmal Waffen an Bord gebracht. Trotzdem können wir die Bomben jederzeit zünden. Sobald aber unsere Forderungen erfüllt sind, werden wir abziehen und Sie können wieder nach Hause. Mehr gibt es dazu nicht zu sagen.«
Damit schloss Posseidoni, dessen Miene sich verfinstert hatte. Fast hätte ihm Tom das Ganze abgenommen, aber er war nicht in der Stimmung und dadurch abgelenkt, dass er darüber nachdachte, was diese Information, würde sie in Deutschland ankommen, für eine Sondereinsatztruppe bedeutete. Wäre das nicht geradezu eine Einla-

dung, einen Befreiungsversuch zu unternehmen? Wenn die glaubten, sie könnten die Bomben entschärfen, dann gab es doch keinen Hinderungsgrund, das Schiff zu stürmen und zu versuchen, die Bande zu überwältigen.
Sinah moderierte die Sendung ab und verabschiedete sich von den Zuschauern. Das Gemurmel schwoll wieder an.
»Ihr seid raus«, informierte sie der Kameramann und Sinahs Körperhaltung entspannte sich.
Posseidoni reichte ihr die Hand. »Frau Dietrich, ich danke Ihnen sehr. Es war mir eine Freude, mit Ihnen vor der Kamera zu stehen.«
Sinah sah auf die Hand hinab, ergriff sie aber nicht. Sie nötigte sich ein höfliches aber ebenso distanziertes Lächeln ab und Posseidoni zog seine Hand ohne eine Reaktion zurück und machte eine dezente Verbeugung.
Dann drehte er sich entschlossen nach vorn und sah zum Kapitän. »Herr Buske. Es ist Zeit, die Firmenleitung zu kontaktieren.«
Buske schien dies schon erwartet zu haben und war bereits auf dem Weg zum Moderationstisch. »Wurde auch Zeit«, brummte er.

***

»Oh Gott. Es geht ihr gut, Willie!«
Sarah drückte sich so stark an Willies Brust, dass ihm beinahe die Luft wegblieb.
»Ich hab‘s dir doch gesagt, näh«, antwortete er sanft. Er war mindestens ebenso erleichtert wie Sarah.
Alle waren anwesend – Patrick Müller, Schmücker, Bettina, Jansen – und starrten auf den inzwischen wieder schwarzen Monitor.
Schmücker war der Erste, der nach Sarahs freudestrahlendem Ausbruch etwas sagen konnte: »Nach Vung Tau also.«
»Und die wollen gar nicht anlegen«, stellte Bettina fest.

»Das würde ich an ihrer Stelle auch nicht tun«, bemerkte Willie trocken.
Sarah ließ in los.
»Ja. Auf See ist es nahezu unmöglich, kontrolliert an Bord zu kommen und noch viel unwahrscheinlicher, dass es unbemerkt bleibt«, ergänzte Patrick Müller.
Jansen sah das anscheinend anders: »Unsere Leute sind auch dafür ausgebildet, auf offener See zuzugreifen«, stellte er mit eisiger Stimme fest.
»Das werden Sie doch nicht ernsthaft in Erwägung ziehen«, entgegnete Müller.
Jansen verzog keine Miene. »Habe ich nicht gesagt.«
»Es gab bereits Tote«, bemerkte die noch immer bewegte Sarah neben Willie und ergriff heimlich dessen Hand.
»Ich halte mir nur alle Optionen offen«, erklärte Jansen stoisch. »Deshalb wird meine Mannschaft auch in einer Stunde nach Vung Tau starten.«
Sarah sah Willie ängstlich an, doch er wusste in diesem Augenblick auch nichts zu sagen.
»Gibt es Neuigkeiten zum Lösegeld?«, erkundigte sich Jansen weiter.
»Kann in vier Stunden, egal wohin, überwiesen werden«, informierte ihn Bettina. »Vom Firmenpräsident persönlich abgesegnet.«
»Okay. Wer wird das Geld dann dort abholen?«
»Eigentlich würde ich das am liebsten selbst erledigen«, entgegnete Schmücker mit einem Seitenblick zu Bettina, die sofort protestierte. Die beiden schienen sich bereits darüber unterhalten zu haben. »Vielleicht könnte ich vor Ort mehr tun«, wandte er verärgert ein.
Doch Bettina schüttelte bestimmt den Kopf. »Das haben wir doch schon durch, Schmücker. Wer soll denn dann hier die Leitung übernehmen?«

»Patrick natürlich«, trotzte der Oberkommandeur.
»Die Aussage des Präsidenten war eindeutig«, stellte Bettina entschieden fest. »Haben wir denn schon ein Flugzeug?«, wandte sie sich an Sarah, Schmücker ignorierend.
»Ein Privatjet ist gechartert und steht aufgetankt am Flughafen Kiel-Holtenau bereit.«
»Gute Arbeit. Wer auch immer das Geld abholt, ein Flug nach Vietnam dauert über zehn Stunden. Spätestens um zwölf Uhr sollte der Jet starten. Kannst du das der Fluggesellschaft schon ankündigen?«
Sarah verließ eilig das *Golden Gate*.
»Das heißt, wir können den Erpressern sagen, dass wir das Lösegeld zahlen«, stellte Patrick die Frage an Bettina und Schmücker, die sich beide ansahen.
»Wir haben das Okay des Präsidenten.«
»Das ist doch schon mal was«, stellte Jansen fest.
Willie sah auf die Uhr des Großbildschirms, den der Operator nun wieder auf Radaransicht umgestellt hatte. 7:14. In Asien war es jetzt bereits Mittag. Das Schiff würde irgendwann morgen früh in Vung Tau sein.
»Wir sollten uns nun abstimmen, wie wir weiter vorgehen«, entschied Jansen.
»Sie ist wieder da«, rief in diesem Moment einer der beiden Operatoren und Schmücker wirbelte herum.
»Tatsächlich, seht doch«, rief der Oberkommandeur erfreut aus und eilte zum Kontrollbildschirm, der die *GCL SOLARIA* auf einer Position um vieles östlicher als zuletzt anzeigte.
Das rote Fragezeichen war verschwunden und stattdessen wurden neben dem Schiff die GPS-Daten angezeigt, die momentane Geschwindigkeit von vierzehn Knoten und der Zielhafen Vung Tau.
»Sehr gut«, bemerkte Bettina.
Schmücker pflichtete ihr fröhlich bei: »Viel besser.«

Nur Jansen schien es ebenso wie Willie zu ergehen und keinen Grund zur Freude zu sehen. »Nun gut. Dann können wir erwarten, demnächst einen Anruf zu erhalten«, stellte er nüchtern fest.
Bettina drehte sich zu ihm. »Woher wollen Sie das wissen?«
»Weil sie wahrscheinlich zu diesem Zweck die Störsender abgeschaltet haben, näh«, erklärte Willie.

***

Tom, Sinah und Wulfert standen gemeinsam am Moderationstisch. Nach der Sendung hatte sich das Theater sehr schnell geleert und die meisten Passagiere waren unmittelbar abgezogen, einige frustriert, andere ängstlich, manche wütend. Aber was sollten sie auch tun? Sie mussten sich damit abfinden, solange in diesem schwimmenden Gefängnis eingesperrt zu sein, bis die Entführer ihr Geld hatten und sie ziehen ließen. Zumindest die meisten hatten dies auch begriffen, aber eben nicht alle. So gab es auch ein paar Gäste, die sich schon während der Sendung lauthals aus der Menge heraus beschwert hatten. Und nachdem sich bereits der Großteil der Passagiere entfernt und Tom sich mit den beiden anderen am Moderationsplatz unterhalten hatte, war zuletzt noch der beleibte Herr Franzke zielstrebig auf Wulfert zugestürmt und hatte ihn schon von Weitem angeblafft, dass er sich das nicht gefallen lasse, die Firma zu wenig unternehme und sie hier hängen ließe. Er hatte nicht nur GCL, sondern explizit Wulfert ganz persönlich juristische Konsequenzen angedroht.
Wulfert war ruhig geblieben und hatte ihm sachlich erklärt, dass man bei der aktuellen Lage nichts tun könne und er es für besser hielt, abzuwarten. Das hatte Franzke aber noch viel mehr auf die Palme gebracht. Schnaubend vor Wut hatte er Wulfert am Arm ge-

packt und ihm lauthals ins Gesicht gebrüllt, das sei ihm scheißegal und er wolle sofort nach Hause.
Tom hatte sich schon bereit gemacht, dem Hotelmanager in einer körperlichen Auseinandersetzung beizustehen, auch wenn der schwergewichtige Streithahn für Wulfert sicher kein ernsthaftes Problem darstellte. Doch als Wulfert souverän antwortete, er könne gerne den Sicherheitsoffizier bitten, eines der Rettungsboote zu Wasser zu lassen, momentan seien es bis zum nächsten Festland höchstens zweihundertfünfzig Seemeilen, war Franzke perplex zurückgewichen und hatte sich davongemacht.
»Was für ein …« Tom rollte mit den Augen.
»Standard. So einer ist bei jeder Tour dabei. Mindestens einer«, meinte Sinah amüsiert.
»Dass die noch einige Überraschungen bereithalten würden, konnte man sich ja denken«, stellte Wulfert nun fest.
»Ja … Die behalten uns natürlich hier, bis sie sicher sind«, meinte Tom. »Was sonst?«
»Wenn man wüsste, wie sie fliehen wollen …«, grübelte Sinah halblaut.
Sie würden also morgen früh nicht in Vung Tau anlegen. Wie wollten die Gangster dann flüchten? Forderten sie von der Firma einen Hubschrauber oder wollten sie das Schiff zur Flucht nutzen? Das klang alles wenig überzeugend: Mit der ersten Variante kam man nicht besonders weit und war auch leicht beobachtbar, das zweite war zu träge für eine schnelle Flucht und auch viel zu auffällig.
»Konnten Sie schon etwas erreichen bei der Suche nach den Störsendern?« Sinahs Frage riss Wulfert aus seinen Gedanken.
Er schüttelte den kahlen Schädel. »Bis jetzt nicht. Wenn ich nur wüsste, wo dieser verfluchte IT-Techniker steckt.«
»Können wir nicht versuchen, das über die Bordkameras herauszufinden?«

»Das brauchen wir gar nicht«, wandte Tom nun ein. Die beiden anderen sahen ihn verwundert an. »Posseidoni will jetzt die Firma kontaktieren.«
»Ja, und?«
»Wie kann er das tun, wenn die Störsender jedes Signal blockieren?«
»Sie haben recht«, pflichtete ihm Wulfert überrascht bei.
»Aber sicher. Dafür müssen sie die abschalten«, entfuhr es Sinah.
»Haben Sie Ihr Satelittenhandy dabei?«, sie sah Tom an.
Tom zog es lächelnd aus seiner Tasche.
Sinah und Wulfert sahen sich um, ob sie jemand beobachtete.
»Haben Sie eine Verbindung?«, flüsterte Sinah.
»Noch nicht. Aber wenn: Wen können wir anrufen?«
Nachdenklich sah Sinah Wulfert an. »Bettina Rupp?«
Der Hotelmanager grübelte eine Sekunde, dann stimmte er zu. »Die könnten wir auf dem Dienstanschluss erreichen.«
»Und was wollen wir denen sagen?«, wollte Tom wissen.
»Na, dass wir entführt wurden.«
»Das erfahren sie gerade eh, wenn sie es nicht schon längst wissen«, wandte Wulfert ein. »Nein. Wir sollten sie fragen, wie wir uns verhalten sollen. Vielleicht können wir ihnen irgendwie helfen.«
In diesem Moment surrte das Telefon und zeigte Tom damit an, dass er SMS-Nachrichten hatte.
»Ich habe Netz«, entfuhr es ihm etwas laut und er versicherte sich mit einem schnellen Blick, dass es außer ihnen keiner gehört hatte.
Das Handy zeigte ihm die Liste der eingegangenen Nachrichten an. Zwei davon waren übliche Informationsnachrichten des Netzbetreibers zum aktuellen Tarif in diesem Teil der Welt. Die anderen zwei waren von Hartmut. Eine war die lapidare Antwort auf seine gestrige SMS kurz vor der Weihnachtsgala: *Dann bis später, du Geyer.* Die andere war einen halben Tag jünger, also spät am Heiligabend

in Deutschland, verfasst worden: *Ich dachte, du meldest dich noch mal? Konntest du was rausfinden? Bleib dran und ruf an, wenn du was Konkretes hast.* Mittlerweile war Tom das alles konkreter, als ihm lieb war, doch dafür war jetzt keine Zeit. »Wir müssen uns jetzt schnell entscheiden«, stellte er bestimmt fest. »Die werden die Störsender nicht lange ausgeschaltet lassen.«
»Hast du Bettinas Nummer im Kopf?«, fragte Sinah. »Scheiße, nein«, entfuhr es Wulfert.
»Ich auch nicht.«
»Mist, was machen wir jetzt?«
Für eine Sekunde sahen die drei sich ratlos an und Tom hatte schon Angst, die Gelegenheit, die sich ihnen gerade bot, würde wie ein Ballon ungenutzt zerplatzen.
Doch dann hatte Sinah eine Idee. »Geben Sie mir das Telefon.«
»Ist sie dir eingefallen?«, wollte Wulfert wissen.
»Nein«, antwortete sie mit entschlossenem Blick, »aber eine andere. Die kenne ich auswendig.«

***

Sarah Küpers war mit sich zufrieden. Sie hatte die letzten Verabredungen mit der Charterfirma getroffen und ihnen mitgeteilt, dass ein Vertreter von GCL um zwölf Uhr mit dem Privatjet nach Vung Tau aufbrechen sollte. Der Chef des kleinen Unternehmens hatte ihr persönlich versprochen, dass er sich nicht nur um eine Starterlaubnis zu exakt dieser Zeit kümmern, sondern auch schon mit den Zoll- und Sicherheitsbehörden sprechen würde. Private Charterfirmen hatten meistens direkten Kontakt zu den Behörden und konnten erwirken, dass man in dringenden Fällen von den üblichen Formalitäten absah und ihre Gäste schnell durchwinkte. Das und der Name

GERMAN CRUISE LINES würden sicher ausreichen, dass der Flug pünktlich und schnell starten konnte.
Sie hatte beinahe gute Laune, erkannte aber in diesem Moment, dass dies viel weniger daran lag, dass sie ihren Job gut machte, als an der Tatsache, dass sie soeben ihre beste Freundin in einer Livesendung sehen konnte. Sie hatte gut ausgesehen, etwas erschöpft vielleicht. Das konnte aber auch die Anspannung gewesen sein. Sarah kannte Sinah genau: Dass sie mit einem Verbrecher eine Live-Sendung machen sollte, war sicher nicht ihre Entscheidung gewesen. Und das würde den langen Trotzkopf auch ordentlich genervt haben.
Sarah erhob sich von ihrem Schreibtisch und wollte zurück ins *Golden Gate*, um Bettina über die letzten Neuigkeiten zum Flug zu informieren. Als sie schon fast aus ihrem Büro heraus war, hörte sie ihr privates Handy klingeln und hielt inne. Für einen kurzen Moment dachte sie darüber nach, es einfach klingeln zu lassen. Wer sollte es auch sein, am ersten Weihnachtsfeiertag? Ihre Mutter vielleicht? Oder ihr Bruder? Es war noch früh am Morgen. Hauptsächlich, weil sie dann doch die Neugierde packte, ging sie zurück und zog das Handy aus ihrer Handtasche. Das Display zeigte eine fremde Nummer mit außerordentlich vielen Ziffern an. Sie drückte die grüne Taste und meldete sich förmlich mit ihrem vollen Namen.
»Sarah. Gott, bin ich froh, dass du rangehst! Kannst du mich hören? Hier ist Sinah!«
Das Handy glitt ihr vor Schreck beinahe aus der Hand, als sie die Stimme erkannte. Sinah hatte einen leichten Halleffekt, aber ansonsten hörte sie ihre Freundin in Asien laut und deutlich.
»Sinah«, rief sie entsetzt ins Telefon. »Ja. Natürlich. Mein Gott, von wo rufst du an?«
»Vom Schiff natürlich!«
Sarah wurde fast sauer in ihrem Schock. »Das ist mir klar … Schätzchen«, setzte sie hinzu, um es abzumildern.

»Wo bist du?«
»Im Office. Wir haben Eure TV-Sendungen gesehen.«
»Guuut! Pass auf, ich hab wenig Zeit. Der Anführer der Bande wird euch demnächst kontaktieren. Sie wollen das Geld morgen an Bord bringen lassen und wenn sie es haben, wollen sie irgendwie verschwinden. Wir wissen nicht wie. Aber wir sind auf der Suche nach den Sprengsätzen und den Störsendern und versuchen, euch auf dem Laufenden zu halten.«
»Ihr seid was?« Sarah war fassungslos. »Seid ihr verrückt?«
»Nein, Sarah. Wir wollen nur nicht blöd rumsitzen und uns unserem Schicksal ergeben.«
»Das sind Verbrecher, Sinah. Die scheinen zu allem entschlossen!«
»Ist uns auch klar. Habt ihr schon entschieden, was passieren soll? Sind die Behörden alarmiert?«
»Ja, die GSG-9 ist schon hier und bald unterwegs nach Vung Tau«, antwortete Sarah, die sich zusammenreißen musste, um sich konzentrieren zu können. Der Gedanke eines Befreiungsversuches bohrte sich in ihre Magengrube.
»Die wollen aber nicht das Schiff stürmen, oder?« Sinah schien ihre Gedanken zu lesen.
»Der Verantwortliche hält sich das noch offen. Jansen ist sein Name, Olaf Jansen.«
»Shit«, entfuhr es Sinah am Telefon. »Das klingt nicht gut. Aber vielleicht können wir ihm irgendwie helfen, die Situation besser einzuschätzen oder ihm gar sagen, wo die Bomben versteckt sind.«
Sarah war den Tränen nahe. »Sinah. Ich bitte dich…«
»Seine Nummer, kannst du mir seine Nummer geben?«
»Die habe ich jetzt nicht hier«, brüllte sie verzweifelt.
»Dann schick sie auf dieses Handy. Hast du gehört? Das ist das Satellitenhandy von Tom Geyer, dem Journalist von der *Hamburger Abendpost*. Wir erhalten die Nachricht vermutlich nicht rechtzeitig,

aber irgendwann, wenn die den Störsender wieder ausschalten. Sag ihm, wir kontaktieren ihn, sobald es geht.«
»Okay. Mach ich. Oh Gott, Sinah, sei bitte vorsichtig.«
»Bin ich doch immer. Nur nicht mit Männern.«
Sarah musste lachen. »Sinah, das ist kein Spaß. Das sind Mörder.«
»Ich weiß. Sie haben schon drei Leute getötet, auch wenn sie behaupten, das seien nur Unfälle gewesen. Den armen Fielmann haben sie auch auf dem Gewissen.«
»Also dann verhalt dich ruhig und mach keinen Scheiß!«
»Schon gut, Kleines. Ich pass auf mich auf.« Sarah mochte nicht, wenn sie *Kleines* zu ihr sagte, nur weil Sinah mehr als einen Kopf größer war. Das wusste die auch genau. »Die haben angeblich keine Waffen. Sag das dem GSG-9 Mann. Und es sind insgesamt vier Bomben an Bord. Hörst du? Vier! Eine ist bereits hochgegangen.«
»Mach ich«, sagte Sarah ergeben.
»Wenn wir es schaffen, sie alle zu lokalisieren, dann teilen wir euch das mit. Der GSG-9-Mann kennt sich hier nicht aus, wird aber sicher Pläne von Schmücker erhalten.«
»Shit, Sinah.«
»Noch was. Die haben Komplizen in der Crew! Unser IT-ler macht mit denen gemeinsame Sache und einer der Pyrotechniker. Sascha Gulkow. Wir haben ihn geschnappt und verhören ihn.«
»Oh mein Gott, Sinah! Was tut ihr nur!«
»Geht nicht anders.«
»Sinah. Willie ist auch hier.«
»Das ist gut, Süße. Grüß ihn von mir. Also, Schätzchen, ich leg jetzt auf. Mehr wissen wir momentan nicht.«
»Sinah. Ich …«
»Mach dir keine Sorgen. Wir passen schon auf.«
»Du darfst auf keinen Fall ein Risiko eingehen! Hörst du, Sinah.«
»Wenn ich zurück bin, gehen wir ins *Urige*, Kleines.«

»Machen wir, Große, machen wir«, antwortete sie bemüht, zuversichtlich zu klingen. Dann tutete es in der Leitung.
Sarah ließ den Arm mit dem Handy sinken. Sie zitterte am ganzen Leib und ihr war schlecht.
Oh Gott, Sinah.
Ihre Augen füllten sich mit Tränen. Ihr wurde schwindelig und kalter Schweiß bildete sich auf ihrer Stirn. Sie spürte, wie sich ihr Magen drehte.

***

»Es ist Kapitän Buske«, meldete der Operator fast hysterisch dem Oberkommandeur.
Willie spürte, wie ein nervöses Kribbeln über seinen Nacken wanderte.
»Gut. Aktivieren sie die Freisprechanlage«, entgegnete Schmücker.
Doch der Operator wurde von Jansen aufgehalten: »Warten Sie. Herr Schmücker – haben Sie alles behalten, was wir besprochen haben?«
»Jaja«, antwortete dieser ungeduldig. »Kooperativ zeigen, aber möglichst viel Zeit rausschinden, eindeutige Aussagen verlangen, nichts von der Videoübertragung erwähnen und um Gottes Willen niemanden provozieren. Richtig?«
Willie musste lachen. Jansen hatte Schmücker ein schnelles Briefing zum Kontakt mit Geiselnehmern verpasst, dem Schmücker teilweise ein wenig ungehalten gefolgt war. Es musste für den Oberkommandeur wie eine Schulmeisterung gewirkt haben, obwohl Jansen für seinen persönlichen Geschmack dabei nicht im Geringsten herablassend agiert hatte. Am wichtigsten war Jansen dabei gewesen, dass sein *Hai* die Gelegenheit bekam, sich vor Ort mit seiner Truppe einzurichten.

»Können wir jetzt?«, erkundigte sich Schmücker ungeduldig.
»Stellen Sie bitte die Freisprechanlage an«, befahl Jansen dem Operator.
Stille im Raum. Schmücker atmete noch einmal durch.
Dann meldete er sich. »Hallo Detlef, Schmücker hier.« Schmückers Stimme hallte ein wenig wegen der Freisprechanlage, aber sie klang fest und entschlossen.
»Hallo Schmücker«, antwortete Buske gut verständlich. Die Verbindung war einwandfrei.
»Wie geht's dir?«, fragte Schmücker ernst.
»Wie soll es mir schon gehen? Wir haben die geplante Route verlassen, mein Schiff wird von einem anderen kommandiert und meine Gäste und die Crew werden bedroht.«
»Klar, Detlef. Viel passiert, seit Patrick gestern den Staff am Telefon hatte.«
»Und das Ganze hat schon meinen Umweltoffizier, den Chief und den Securitychef das Leben gekostet.«
»Mein Gott …«
»Ja. Wie du dir denken kannst, habe ich hier jemand bei mir. Er nennt sich Alan Posseidoni und ist der Anführer der Gruppe, die uns bedroht. Ich werde jetzt auf laut schalten, dann können wir uns unterhalten. Sie haben Forderungen. Ich möchte deshalb eines vorwegschicken, damit du informiert bist: Es gab eine Sprengung, die im Incinerator-Raum hochging und einen zum Glück nicht allzu schlimmen Schaden an der Außenwand verursacht hat. Die Integrität des Schiffes ist nicht allzu sehr beeinträchtigt. Ihr müsst euch noch keine Sorgen machen. Das Schiff ist fast voll manövrierfähig und das Leck konnte abgeschottet werden. Es befinden sich aber weitere Sprengsätze an Bord und sie drohen damit, diese zu zünden.«
»Ich weiß, Detlef. Bei uns ist ein Drohbrief eingegangen, der eine Lösegeldforderung stellt.«

»Wie viel wollen sie denn haben?«
»Fünfzig Millionen.«
»Na, dann weiß ich ja jetzt, was unser aller Leben wert ist«, meinte Buske trocken. »Wie die die Bomben an Bord bringen konnten, wissen wir nicht. Aber Frank Ströhl, unser IT-Techniker, kollaboriert mit diesen Leuten. Ich schätze, das hat einiges vereinfacht. Ich aktiviere jetzt die Freisprechanlage und übergebe an Posseidoni.«
Schmücker drehte sich zu der Gruppe im *Golden Gate* um, die ihn gespannt anstarrte. Sein ernster Blick wanderte von Müller zu Jansen, dann zu Willie und zuletzt zu Bettina.
Dann hörten sie die sanfte Stimme, die Willie und die anderen bereits von dem Video des Weihnachtsabends und der Direktübertragung vor wenigen Minuten kannten: »Einen schönen guten Morgen wünsche ich Ihnen, Herr Schmücker«, kam es aus dem Lautsprecher.
»Morgen. Hier spricht Daniel Schmücker, Oberkommandeur und Repräsentant der *GERMAN CRUISE LINES*«, sagte er sachlich.
»Sehr erfreut, Herr Schmücker«, entgegnete Posseidoni höflich. »Ich hoffe, unsere Nachricht hat Sie gestern zur gewünschten Zeit erreicht und Sie hatten Gelegenheit, Ihr Team zu aktivieren und entsprechende Maßnahmen zu ergreifen.«
»Unser Notteam ist gut aufgestellt, auch wenn der Zeitpunkt nicht viel schlechter sein konnte.«
»Ich weiß, Herr Schmücker, ich weiß. Das tut mir auch wirklich leid. Es sind sicher auch Behörden da«, stellte Posseidoni nun fest. »Ich nehme an, ein Vertreter der GSG-9?«
Jansen trat schnell neben Schmücker. »So ist es. Hier ist Olaf Jansen.«
»Oh, ich fühle mich geehrt, dass der Chef persönlich bemüht wurde. Es freut mich, Sie kennenzulernen, Herr Jansen. Okay, über die Rahmenbedingungen hat Sie ja bereits Herr Buske informiert. Leider ist

es aufgrund einiger unvorhersehbarer Interventionen der Schiffscrew zu Komplikationen gekommen«, fuhr er fort.
Schmückers Rücken drückte sich durch.
»Sie müssen mir glauben, dass dies nicht in unserer Absicht lag«, erklärte Posseidoni fast schon jovial. »Die Sprengung im Incineratorraum erfolgte zu einer Zeit, in der sich normalerweise niemand dort aufhält. Und auch die anderen beiden Opfer wären wahrscheinlich vermeidbar gewesen.«
»Ich werde es den Angehörigen ausrichten«, knurrte Schmücker und Jansen warf ihm einen scharfen Blick zu.
Posseidoni machte eine kurze Pause, reagierte aber nicht weiter. »Auf der anderen Seite zeigt Ihnen dies, dass wir es ernst meinen. Wir werden uns nicht aufhalten lassen. Es liegt an Ihnen, weitere Opfer zu vermeiden.«
»Mehr wollen wir nicht«, antwortete Schmücker.
»Wie Sie sicher momentan durch die GPS-Positionierung erkennen können, sind wir auf dem Weg nach Vung Tau.«
Schmücker schwieg.
»Herr Schmücker, haben Sie das Geld auftreiben können?«
Schmücker sah Jansen an. »Wir arbeiten noch daran.«
»Dann sollten Sie schnell arbeiten, damit Sie es morgen Früh übergeben können.«
Willie konnte erkennen, wie Schmücker sich zur Ruhe zwang. »Das wird nicht ganz reichen, Herr Posseidoni.«
»Wie darf ich das verstehen?«
»Wir habe es zwar zusammen und können es auch auf eine Bank in Vietnam überweisen, aber eine solche Summe dort in bar abzuheben, ist nicht ganz einfach. Die werden dort nicht so viele europäische Devisen haben. Dollars wären ein kleineres Problem, aber Euro …«
»Nun, dann sollten Sie versuchen, das zu beschleunigen«, antwortete Posseidoni kühl.

»Unser Firmenpräsident ist persönlich an der Sache dran. Er versucht gerade, einen Teil der Summe in Singapur aufzutreiben. Bis das aber in Vung Tau ankommt, ist es bestimmt zwölf Uhr mittags bei Ihnen.«
»Nun gut. Das ist zwar später, als gewünscht, aber wir haben ein wenig Zeit, Herr Schmücker. Die Frage ist, ob ihre Passagiere sie auch haben.«
Willie sah, wie Schmücker um Fassung rang.
»Wir bitten Sie, Ruhe zu bewahren«, sprang Olaf Jansen ein. »Wenn Sie das Geld wollen, müssen Sie uns die Zeit geben, es zu beschaffen.«
»Gut, gut. Ich sage nur, dass die zugegeben gut versorgten aber eben auch verwöhnten GCL-Gäste mit jeder Stunde, die verstreicht, nervöser werden. Unsere Ankündigung, dass wir nicht anlegen, bis wir das Geld erhalten haben, ist nicht gerade auf Verständnis gestoßen. Sollten die Gäste den Eindruck bekommen, dass GCL sich nicht genügend bemüht, oder schlimmer: wir den Eindruck erhalten, dass sie uns hinhalten, dann wäre der Schaden vielleicht beträchtlich.«
Schmücker sah sich ängstlich zu Bettina um, die gebannt mit halb geöffnetem Mund neben Willie stand.
»Also: dreizehn Uhr. Keine Minute später«, fuhr Posseidoni bestimmt fort und drosselte dann die Lautstärke seiner Stimme. »Um Ihnen den Ernst der Lage zu verdeutlichen, verrate ich Ihnen, dass die Sprengladungen vollautomatische Zünder haben. Die erste wird morgen Abend, am zweiten Weihnachtsfeiertag, um exakt neunzehn Uhr Ortszeit unweigerlich detonieren. Weitere folgen viertelstündlich.«
Posseidoni ließ die Worte lange nachklingen. Willie lief es eiskalt den Rücken hinunter bei der Vorstellung dieser fatalen, tödlichen Reihe. Er erschrak fast, als Jansen eine Frage stellte:
»Wie viele Bomben sind es?«

Es entstand eine kurze Pause. »Das kann ich Ihnen leider nicht verraten, Herr Jansen. Wir werden Sie morgen Vormittag erneut auf dieser Nummer kontaktieren«, fuhr Posseidoni fort. »Das Schiff wird auf Reede vor dem Hafen von Vung Tau liegen, ab morgen früh. Als Geldboten wünschen wir uns einen Vertreter der Firma.«

»Wenn Sie es wünschen, übernehme ich das selbst«, preschte Schmücker vor und Willie spürte, wie Bettina sich zusammenreißen musste.

Doch bevor sie wirklich reagieren konnte, überraschte sie Posseidoni mit einer unerwarteten Frage: »Verzeihen Sie, Herr Schmücker, aber ist der *Director Maritime Management* vor Ort?«

Das schlug ein. Schmücker drehte sich erstaunt zu Patrick Müller um, der aufgeschreckt war und sofort zu ihm eilte.

»*Director Maritime Management*? Ja … der ist hier? Warum?«

»Ich wünsche mir Herrn Müller als Geldboten. Ich habe einige Interviews mit ihm gesehen, damals, beim Vulkanausbruch in Island. Und auch bei der Sandy-Umroutung scheint er eine Schlüsselrolle gespielt zu haben.«

Willie war nicht der Einzige, der davon überrascht wurde. Posseidoni kannte sich wirklich sehr gut aus mit den internen Strukturen bei GCL. Woher hatte er nur all diese Informationen?

Schmücker war stinksauer. Das war unschwer an seinem Ton zu erkennen: »Wie soll das ablaufen?«

»Wir senden um zwölf Uhr dreißig einen Vertreter des Schiffes per Tenderboot zum Hafen. Gleichzeitig werden die Gäste und die Crew aufs Außendeck gebeten. Sobald das Tenderboot mit Müller und dem Geld auf dem Weg zur *SOLARIA* ist, erhalten alle die Erlaubnis, in die Rettungsboote zu gehen – wie bei einem General-Emergency-Alarm.«

»Und dann werden Passagiere und Crew evakuiert?«

»Wenn wir unseren Rückzug gesichert haben, kann die GSG-9 an Bord kommen und die Sprengsätze entschärfen. Sie sollten sich nur beeilen. Es wird dann nicht mehr viel Zeit bleiben.«
Willie rechnete innerlich nach, wie lange eine vollständige Evakuierung dauern würde. Viel mehr fragte er sich allerdings, wie diese Geiselnehmer eigentlich von Bord kommen wollten.
»Wenn Sie es wünschen, kann Patrick Müller auch persönlich an Bord bleiben, unseren Abzug bestätigen und Ihnen behilflich sein, das Schiff zu retten«, bot Posseidoni an.
Schmücker sah sich nach Patrick um, der kurz überlegte und dann nickte.
»Wir sind einverstanden«, antwortete Schmücker.
»Abschließend noch eine Bitte an die GSG-9: In unser aller Interesse, Herr Jansen, bitte keine Mätzchen. Sie können sich nicht sicher sein, dass wir nicht auch Bomben auf dem Promenadendeck haben, wo sich dann alle Gäste befinden. Sollten wir auch nur einen Ihrer Hubschrauber in der Nähe entdecken oder Sie versuchen, bei der Geldübergabe irgendetwas zu drehen, das Geld markieren oder gar das Schiff stürmen, dann werden wir nicht zögern, das Schiff zu sprengen.«
»Herr Posseidoni, wir wünschen uns alle keine Eskalation.«
»Es freut mich, das zu hören.«
»Dann sind wir uns einig«, stellte Jansen fest und ging in die Offensive: »Nun haben aber auch wir einige Wünsche, Herr Posseidoni.«
»Bitte.«
»Sollte es bei der Sprengung Verletzte gegeben haben, dann bitten wir Sie, diese mit dem Tenderboot an Land zu schicken. Und die Leiche des verunglückten Umweltoffiziers Fielmann.«
Willie stutzte bei Jansens harmloser Formulierung. Von *verunglückt* konnte wohl nicht die Rede sein.
»Zweitens muss ich darauf hinweisen, dass jedes weitere Opfer als Eskalation interpretiert werden und uns zum Handeln zwingen wür-

de. Ihr Ziel sollte es also sein, keine weiteren Personenschäden zu verursachen. Und drittens: Herr Müller wird das Geld nicht alleine überbringen. Ich werde ebenfalls mit an Bord kommen.«
Willie sah Bettina an, die mindestens ebenso überrascht war wie er. Bisher hatte Jansen erklärt, er würde seinen Einsatz von hier aus koordinieren. Warum hatte er sich nun anders entschieden?
»Sie wünschen, mit an Bord zu kommen?«, hörten sie nun den ebenfalls überraschten Posseidoni.
»Ja. Da uns nicht viel Zeit bleiben wird, die Sprengsätze zu entschärfen, und ich einer der drei Fachmänner unserer Einheit bin, möchte ich nach Ihrem Abzug so schnell wie möglich damit beginnen.«
Das klang logisch.
Es entstand eine Pause, in der Posseidoni anscheinend nachdenken musste.
Nach einigen Sekunden meldete er sich wieder: »Einverstanden. Einen Verletzten werden wir mit dem Tenderboot an Land schicken. Allen anderen geht es gut. Noch. Was Ihren Wunsch angeht, an Bord zu kommen, muss ich Sie aber leider enttäuschen. Ich kann Ihnen nur anbieten, dass Müller Ihnen sofort Bescheid gibt, wenn wir das Schiff verlassen haben.«
Jansen dachte eine Sekunde nach. »Klingt fair«, sagte er nur.
»Gut. Dann sind wir uns einig. Wir kontaktieren Sie morgen gegen elf«, schloss Posseidoni und Kapitän Buske meldete sich nochmal.
»Schmücker? Bist du noch da?«
»Ja, Detlef. Was ist?«
»Wenn das alles vorbei ist, dann reiche ich meine Rente ein und wir spielen jeden Samstag Golf.«
Schmücker drehte sich kopfschüttelnd um und schmunzelte.
»Okay, Detlef. Das machen wir. Mast und Schotbruch.«
»Ahoi«, antwortete Buske noch, dann war die Leitung tot.

Schmücker sah fragend zu Jansen.
»Das war gut«, stellte dieser sofort fest. »Wirklich. Ich denke, er hat Ihnen die Story mit dem Geld abgekauft. So haben wir genügend Zeit, uns in Position zu bringen.«

***

»Ich will jetzt wissen, wo die Störsender sind!« Schneider schlug Sascha gegen den Hinterkopf.
»Ich kann es Ihnen wirklich nicht sagen. Glauben Sie mir doch«, wimmerte der Ukrainer. Er zitterte am ganzen Leib.
Langsam wurde er mürbe. Schneider hatte ihn jetzt schon mehrere Stunden in der Mangel.
»Die haben das sicher erwähnt, als ihr euch getroffen habt.«
»Nein, wirklich nicht«, heulte Sascha mit hängendem Kopf.
Schneider glaubte ihm allerdings überhaupt nichts. »Du willst mich doch verarschen. Und natürlich weißt du auch nicht, wo die anderen Bomben versteckt sind.«
»Nein.«
»Scheiße!« Schneider schlug mit der Faust auf den Tisch vor Sascha. Er packte ihn und drehte ihn mitsamt dem Stuhl zu sich. »Du Arschloch. Was glaubst du eigentlich, was wir mit dir machen? Ich werf dich wie du bist über Bord und lass dich ersaufen.« Er gab ihm eine Ohrfeige. »Sieh mich an, du Drecksau!«, schrie er.
Sascha riss die Augen wieder auf, die er in Erwartung eines weiteren Schlages zugekniffen hatte.
»Verdammte Scheiße! Ich glaub dir kein Wort!«
Sascha sah ihn ängstlich an. Schneider holte aus. Als Sascha sich zusammenkrümmte, ließ er den Arm wieder sinken.

Nach einigen Sekunden sah der Ukrainer wieder hoch und Schneider grinste ihn an. »Willst du was trinken? Du musst doch durstig sein.«
Sascha nickte zögernd.
Schneider nahm die Flasche Wasser, die neben der Tür auf dem Boden stand, und drehte den Verschluss auf. Sie war bereits halb leer, weil er selbst einige Male davon getrunken hatte. Durchdringend sah er Sascha an und nahm einige große Schlucke, dann hielt er ihm die Flasche hin. »Auch?«, fragte er lächelnd.
Sascha sah ihn flehend an.
»Dann sag mir, wo sie sind.«
Sascha sah ihn aus leeren Augen an.
»Wenn du mit uns zusammenarbeitest, dann werde ich der Polizei sagen, dass du uns behilflich warst«, bot er an und nahm einen weiteren Schluck.
Sascha lachte matt und ließ erschöpft den Kopf nach unten fallen.
»Da ist noch jemand von Ihrer Firma, glaube ich«, sagte er leise.
Schneider stutzte. Wie meinte er das? Er ging mit der Flasche in der Hand zu Sascha und stellte sich direkt vor ihn. »Von unserer Firma?«
Sascha hob den Kopf und sah ängstlich zu ihm auf. »Ja.«
»Hier auf dem Schiff?«
»Nein. In Kiel, glaube ich.«
»In Kiel?«
»Ja«, meinte Sascha unsicher.
»Du meinst, es gibt jemanden, der unsere Firma beobachtet?«
»Nein. Ich glaube, es gibt einen, der bei Ihnen im Kontrollzentrum sitzt.«
»Das glaubst du doch selbst nicht«, schrie Schneider.
»Doch. Ich glaub, ich hab Gabriel so was sagen hören.«

Schneider wurde sauer. Er warf die Wasserflasche in die Ecke und packte Sascha am Kragen. »Du willst mich verarschen. Erzählst mir irgendwas, nur damit ich dich in Ruhe lasse. Du kleiner Pisser. Ich schlag dir die Zähne ein, wenn du mich anlügst.«
»Ich sage die Wahrheit«, brüllte Sascha wütend und versuchte, sich aus Schneiders Griff zu befreien.
Doch der packte nur noch fester zu. »Wer soll das sein? Das glaubst du doch selber nicht! Wer! Wer?«, brüllte Schneider und schüttelte den völlig erschöpften Ukrainer, der nur noch wenig Widerstand entgegensetzen konnte.
»Weiß ich nicht!«, kreischte Sascha und sprang auf, womit er Schneider überrumpelte.
Er warf sich gegen Schneider, doch der konnte sein Gleichgewicht halten und schlug Sascha mit voller Wucht ins Gesicht. Der taumelte zur Seite, verlor das Gleichgewicht und knallte mit dem Kopf gegen die Ecke des Tisches und fiel wie ein Seesack zu Boden.
Einige Sekunden war es still. Schneider sah auf ihn hinab. »Was ist?«, fuhr er ihn an. »Wach auf, du mieses Stück Scheiße.«
Dann sah er die rote Lache, die sich langsam um Saschas Kopf bildete.

***

Frank Ströhl wischte sich mit dem Handrücken den Schweiß von der Stirn und befeuchtete seine Unterlippe, die noch immer von gestern schmerzte. In dem winzigen Locker, in dem der IT-Techniker bestimmt schon über zehn Minuten saß und auf das verabredete Zeichen wartete, war es entsetzlich heiß. Der Locker befand sich direkt hinter dem Schornstein an einer der höchsten Stellen des Schiffs und die Sonne hatte schon den ganzen Morgen un-

erbittlich auf den kleinen Raum herabgebrannt. Kein Wunder, dass sich darin so gut wie kein Sauerstoff mehr befand. Das Atmen fiel Frank entsetzlich schwer.
Gabriel hatte darauf bestanden, dass er vor Ort auf seinen Anruf wartete und dann den Störsender sofort wieder aktivierte. Aber bisher hatte ihn noch niemand angepagert und so langsam machte sein Kreislauf schlapp.
Der Raum maß höchstens vier mal vier Meter. Die Hälfte davon nahm bereits das Notstromaggregat in Anspruch, das hier oben für einen eventuellen Ausfall der Stromversorgung im Maschinenraum installiert war. Die Kühlung dieser Anlage und die Nähe zu den Abgasrohren des Schornsteins allein machte den Locker selbst in den Abendstunden schon heiß genug. Aber jetzt, an einem heißen Mittag in Asien, war es schlicht unerträglich.
Der professionelle Jammer, Militärausrüstung vermutete er, und die weitere Apparatur, die bisher noch gar nicht zum Einsatz gekommen war, nahmen nochmals Platz weg und es war nicht nur heiß und schwül, sondern auch noch entsetzlich eng. Seine beige Uniform bildete bereits dunkle Flecken unter den Armen.
Wann rief Gabriel endlich an? Er hoffte nur, dass ihrem Anführer wirklich ganz klar war, dass mit der Deaktivierung des Jammers auch andere Kommunikationswege wieder funktionierten. Zwar war hier draußen auf See kein Handynetz erreichbar und den Mailverkehr hatte er über die Software und einige Manipulationen am bordeigenen Server außer Gefecht gesetzt, die Störung des UKW-Funks blieb ebenfalls unbeeinflusst, aber neben dem Satellitentelefon der Brücke würde auch die GPS-Blockierung außer Kraft sein. Die Positionsdaten des LRIT-Systems würden wieder gesendet und das Schiff solange auch zu orten sein. Hätten diese Burschen noch einen GPS-Jammer besorgt, der lediglich die Ortungssignale blockierte, dann wäre das gar nicht nötig gewesen. Ihr Jammer funktionierte

jedoch so, dass sie GPS und Satelliten-Telefonie gleichzeitig durch eine starke Rauschmodulation unterbanden. Das war zwar effektiv, aber auch etwas plump. Und es hatte zur Folge, dass sie, während Posseidoni seine Säuseltelefonate führte, auch wieder auf den Radarschirmen der ganzen Welt zu sehen waren.
Er kannte zwar Posseidonis Plan nicht, wusste also nicht, ob das von Bedeutung war und an sich war ihm das auch egal, er befolgte nur Anweisungen. Aber wozu hatten sie sonst die Einzelteile des leistungsstarken Jammers und des zweiten Gerätes, das noch auf seinen Einsatz wartete, an Bord geschmuggelt und hier zusammengebaut? Doch wohl, um sie von der Bildfläche verschwinden zu lassen und jede Form der Kommunikation unmöglich zu machen.
Aber für die Zeit, in der Posseidoni mit Kiel telefonierte, waren sie definitiv wieder sichtbar. Gut, ihm konnte es egal sein. Vielleicht kam ja ein Kriegsschiff vorbei und ballerte diese Terroristen von Bord und sie alle gleich mit. Wenn er hier draufging, war es wenigstens vorbei. Wäre da nicht ein ganz schwacher Hoffnungsschimmer, dass Andrea noch lebte, hätten sie ihn niemals dazu zwingen können.
Warum hatte er das diesem brutalen Schneider eigentlich nicht ins Gesicht gekotzt? Was hätte es denn geändert? Dieser Verbrecherbande wäre es sicher gleichgültig gewesen. Aber selbst wenn nicht: die brauchten ihn – noch. Sollten die Streifenhörnchen von der Brücke es doch wissen, dass die seine Frau direkt aus ihrem Haus entführt hatten. Dass Schneider nicht so weit dachte, wunderte ihn nicht, aber dass auch der Rest der Brücke ernsthaft annahm, er würde freiwillig seine Kameraden und seinen Arbeitgeber im Stich lassen und gemeinsame Sache mit diesen Mistkerlen machen, enttäuschte ihn sehr.
Seit vierzehn Jahren war er nun bei der Firma und verdankte ihr wirklich viel. Er hatte sich damals, in den Anfängen von GCL, als

es noch einfach war, sich zu profilieren, sehr schnell zum gefragten IT-Techniker hochgearbeitet, verdiente mittlerweile mit den kumulativen Zuschlägen für langjährige Mitarbeiter wirklich gutes Geld und hatte bei einem seiner Einsätze seine Frau kennengelernt, die als Hausdame für die Firma tätig war. Als verdiente Department-Heads, sie die Chefin des kompletten Housekeepings, er der Chef der Kommunikation, hatten sie es in den letzten Jahren geschafft, ihre Einsätze fast komplett parallel zu setzen und so stets nicht nur zur Arbeit an Bord zusammen zu sein, sondern folglich auch die gemeinsame Urlaubszeit vereint nutzen zu können. Ihre jeweiligen Land-Supervisors hatten auch meistens gut mitgespielt und alles war in bester Ordnung gewesen. Warum sollte er seiner Firma also in den Rücken fallen?

Verbittert wischte sich Frank erneut den Schweiß von der Stirn. Was taten die da eigentlich so lange auf der Brücke?

Sie waren vor sechs Jahren nach Manila, die Hauptstadt der Philippinen gezogen, als Andreas letztes Elternteil gegangen war. Beide hatten in Manila so viele nette Freunde … seine Frau als Chefin einer Abteilung, die quasi nur aus Filipinos bestand, natürlich mehr als er. Und als die Eltern gestorben waren und sie nichts mehr in Deutschland hielt, hatten sie den Schritt gewagt und sich dort ein wundervolles Häuschen gekauft – für ein Fünftel von dem, was es in Deutschland gekostet hätte.

Andrea war nun schon über drei Wochen verschwunden. Er hatte natürlich sofort abheuern wollen, als sie sich plötzlich nicht mehr meldete und die Firma kurzfristig einen Ersatz für sie schickte. Sie war einfach weg; über Telefon und E-Mail nicht mehr zu erreichen. Freunde, die er aktivierte, waren mehrmals bei ihnen gewesen und hatten dann die philippinische Polizei benachrichtigt. Doch die konnte ebenfalls nichts herausfinden. Es war entsetzlich. Vor allem, weil er hier an Bord war und nichts tun konnte. Als er dann Druck

bei seinem Chef an Land machte, dass er nach Hause wolle und schon alles gepackt hatte, erreichte ihn eine SMS von seiner Frau; er sollte sie zurückrufen. Mein Gott, war er erleichtert gewesen. Doch als er anrief, vernahm er nicht Andreas, sondern Gabriels zynische Stimme. Er verkündete ihm, dass er sie in seiner Gewalt hätte und versicherte, dass seine Frau wohlauf sei und ihr nichts geschehe, wenn er ihnen behilflich wäre. Er sollte die Störsender unauffällig an Bord holen, sie zusammenbauen und an einem geeigneten Ort verstecken, sollte die Sperrung der Kommunikation vorbereiten und einige Kameras zur richtigen Zeit unauffällig außer Gefecht setzen.
Was hätte er denn machen sollen? Sicher, er hätte die Firmenleitung oder den Kapitän informieren können, aber das wäre Andreas Todesurteil gewesen. Nach den schlimmen Ereignissen der letzten Tage hatte er allerdings nicht mehr viel Hoffnung, dass sie noch lebte. Aber er musste sich an diesen dünnen Strohhalm klammern.
Frank schloss die Augen. Er konnte gleich nicht mehr. In dem kleinen Locker waren sicher über fünfzig Grad. War Andrea bereits tot? Diese gemeinen Schweine ließen ihn einfach zappeln und gaben ihm kein Lebenszeichen von ihr. Aber solange auch nur die geringste Hoffnung bestand, dass Andrea noch lebte, würde er alles tun, was die verlangten. Schließlich ging es für die Firma nur um Geld. Für ihn aber ging es um alles.
Schluss! Es reichte. Frank konnte nicht mehr. Er stand auf. Wenn er jetzt nicht ging, kippte er in dieser Sauna hier einfach um und dann konnte er den Pager nicht hören und auch den Jammer nicht wieder aktivieren. Er musste hier raus. Gerade wollte er die Tür des Lockers öffnen, als sein Pager endlich piepte.

***

»Dachten Sie wirklich, wir legen einfach an und uns auf den Präsentierteller?«, fragte Posseidoni mit seinem Handy in der Hand, das er unmittelbar nach dem Telefonat aus der Tasche gezogen hatte.

Buske antwortete nicht darauf. Er hatte überhaupt nichts gedacht. Die hatten die Oberhand, die entschieden, was hier passierte. Nicht er.

»Der Jammer ist wieder aktiviert«, sagte Gabriel.

Schlief der eigentlich nie? Buskes Geduld wurde mit jeder Minute, in der diese Leute auf seinem Schiff waren, mehr auf die Probe gestellt.

»Wie soll das ablaufen?«, hakte er bei Posseidoni nach, der von seinem Handy aufsah und ihn herausfordernd anblickte. »Die Geldübergabe«, erklärte er sich ungeduldig weiter.

»Wir schicken Gabriel mit einem Tenderboot rüber, das den Geldbooten an Bord bringt«, antwortete Posseidoni gelassen. »Wenn dieser Patrick Müller auf dem Weg zu uns ist, können die Passagiere die Rettungsboote besetzen.«

Posseidoni sah erneut auf sein Handy. Es musste ein Satellitenhandy sein, schloss Buske, denn er hatte anscheinend während des Telefonats mit Kiel Empfang gehabt und eine Nachricht erhalten.

»Noch was, Alan«, sagte Gabriel nun und lenkte Posseidoni von dem Telefon ab. »Sascha hat sich noch nicht gemeldet.«

Buske fühlte einen Stich in der Brust.

Es war schwer einschätzen, was Posseidoni gerade dachte, als er Gabriel lange ansah. »Wie lange ist er überfällig?«

»Eine Stunde.«

»Hast du es schon in seiner Kabine versucht?«

»Geht nicht ran.«

Posseidoni sah nun zu Buske und durchbohrte ihn mit einem forschenden Blick. Buske realisierte, wie sein Kiefer leise mahlte und zwang sich, ihn locker zu lassen.

»Ich hoffe nicht, dass wir Probleme bekommen, Kapitän.«
»Noch mehr Probleme? Kann mir kaum vorstellen, wie das gehen soll.«
Posseidoni sah ihn immer noch an. Dann drückte er ohne ein Wort eine Taste auf seinem Handy und las erneut die Nachricht, die er erhalten hatte. Einige Sekunden Stille, dann blickte er wieder auf. »Tatsächlich nicht?«, fragte er höflich und reichte Buske das Handy.
Der nahm es und sah auf das Display: *Mediamanagerin Dietrich sendet heimlich via TV-Übertragung Nachrichten an Kiel. Muss unbedingt unterbunden werden. Bisher noch keine entscheidenden Infos rausgegangen. Schmücker ist noch blind wie ein Maulwurf.*

***

»Die Verbindung war ausgezeichnet.« Zufrieden gab Sinah ihm das Telefon zurück.
Tom sah sie fragend an.
»Das war Sarah Küpers, die persönliche Assistentin von Bettina Rupp«, erklärte sie ihm, »und meine beste Freundin.«
Sinah war froh, dass Willie im Headoffice war. Ihr war klar, dass die Kleine sich entsetzliche Sorgen machte. Sie beide verband nun mal eine ganz besondere Freundschaft, die fast inniger war, als Blutsverwandtschaft. Sicher, Sinah hatte auch Angst und machte sich große Sorgen, aber im Gegensatz zu Sarah steckte sie mitten drin und das machte es irgendwie leichter. Sie war mehr damit beschäftigt, was sie tun konnten, um die Firmenleitung oder die GSG-9 zu unterstützen. Hätte sie in Kiel gesessen und Sarah wäre an ihrer Stelle in dieser Situation auf dem Schiff gewesen, sie wäre ebenso vor Sorge umgekommen.

Sarah war stets die sensiblere von ihnen beiden gewesen, deshalb hatte sie auch nach einiger Zeit nicht mehr auf dem Schiff arbeiten wollen. Man musste schon ein gutes Maß an Leidensfähigkeit besitzen, um mehrere Monate eingesperrt zu sein und die manchmal sehr strengen hierarchischen Strukturen zu ertragen. Das hatte ihre Freundin irgendwann nicht mehr gewollt und sich deshalb um eine Stelle in Kiel bemüht. Und der Job bei Bettina war ein außerordentlicher Glücksgriff gewesen. Dort konnte sie ihr Organisationstalent und ihre Schiffserfahrung gleichermaßen einsetzen.

»Wo ist Christian hin?«, erkundigte sie sich bei Tom, der auf dem Handy herumtippte.

»Ich weiß es nicht«, antwortete er abwesend. »Noch haben wir Netz.«

Wulfert war, kurz nachdem Sinah die Verbindung mit Sarah erhalten hatte, davongeeilt und bisher nicht mehr aufgetaucht.

»Also, Sie werden irgendwann eine Nachricht erhalten. Sarah will uns die Handynummer der GSG-9 schicken«, sagte Sinah zu Tom, der ihr nicht wirklich zuhörte. »Tom?«

»Sicher«, antwortete er, war jedoch noch immer auf sein Satellitenhandy fixiert. »Die GSG-9 also. Klingt nicht gut.«

»Sie sagte, die sind bereits auf dem Weg. Und sie schickt uns die Nummer des Chefs, Olaf Jansen.«

»Der GSG-9-Kommandeur?«, erkundigte sich Wulfert in diesem Moment hinter ihr.

»Du kennst den?«

»Nur seinen Namen. Und was wissen die bis jetzt?«

»Nicht mehr als wir.«

»Ich weiß aber mehr«, sagte Wulfert, rückte etwas näher und senkte verschwörerisch die Stimme. »Ich habe Schneider angerufen und ihm gesagt, er solle mal im Security Office die Kameras beobachten und schauen, ob er den IT-Techniker irgendwo findet.«

»Und?«

»Er hat ihn entdeckt, auf Deck elf in einem AC-Locker«, sagte Wulfert. »Wo die Notstromaggregate sind. Dort oben hat sich Posseidoni heute auch schon herumgetrieben.«

»Woher wissen Sie das?«, fragte Tom, der noch immer mit seinem Handy beschäftigt war.

»Erinnern Sie sich an Angelika? Sie hat ihn dort gesehen.«

»Klingt vielversprechend«, freute sich Sinah. Wenn die sich dort beide aufgehalten hatten und Ströhl während des Aussetzens der Funksperre, war es nicht unwahrscheinlich, dass sich die Störsender dort befanden. »Die Frage ist, wie wir das unauffällig kontrollieren können.«

»Das würde ich momentan nicht versuchen. Nicht am helllichten Tag. Zu viele Leute unterwegs. Aber ich kann das gegen Abend machen«, schlug Wulfert vor.

»Ich habe auch noch eine weitere, äußerst erschreckende Information erhalten. Haltet euch jetzt gut fest: Wie es aussieht, gibt es im Kieler Office einen Komplizen.«

Das traf Sinah wie ein Hammer. »Niemals!«

»Hab ich auch gesagt. Aber das war die Aussage von Sascha.«

Sinah wollte es nicht glauben. »Wer?«

»Keine Ahnung.«

»Sollten die es wirklich geschafft haben, jemanden ins Headoffice einzuschleusen?«

»Immerhin haben sie es auch geschafft, Sascha hier an Bord zu bekommen«, wandte Tom ein.

»Und den IT-Techniker dazu zu bringen, Ihnen zu helfen«, ergänzte Wulfert.

Wenn man es so sah …

»Aber Sascha weiß nicht, wer es ist?«, hakte Sinah nach.

»Nein.«

»Vielleicht kann Schneider es noch aus ihm rausholen.«
Wulfert schüttelte den Kopf. »Aus dem holt er gar nichts mehr raus.«
»Warum?« Sinah ahnte nichts Gutes.
»Er ist tot«, sagte Wulfert leise.
Sinah fuhr es durch alle Knochen. »Was? Was hat Schneider getan?«
Wulfert zog die Schultern hoch. »Er sprach von einem Unfall.«
»Das kann ich mir vorstellen«, keuchte Sinah mit belegter Stimme. Sie war außer sich. Sie hätten Schneider nicht mit Sascha alleine lassen dürfen. Das hätte sie eigentlich wissen müssen! Doch bevor sie sich weiter darüber aufregen konnte, fuhr sie erneut zusammen, weil der Pager an ihrem Gürtel surrte.
Tom steckte sein Handy wieder ein. »Aus. Jetzt ist das Netz wieder weg.«
Genervt nahm Sinah den Pager, sah auf die Anzeige und erschrak. »Kapitän«, informierte sie die beiden Männer und entschuldigte sich, um zum nächstgelegenen Telefon zu eilen.
Es tutete nur ein einziges Mal, dann ging der Kapitän bereits ran. »Frau Dietrich, wo sind Sie gerade?« Buskes Ton klang nicht sehr freundlich. »Ich möchte Sie auf der Stelle sprechen!«
»Soll ich zu Ihnen auf die Brücke kommen?«
»Natürlich! Oder soll ich Ihnen hinterherlaufen?«
So unfreundlich hatte sie den sonst so höflichen Kapitän noch nie erlebt.
»Kommen Sie in den Konferenzraum neben meiner Kabine. Sofort.«
Schon hatte er aufgelegt. Sinah bekam es ein wenig mit der Angst zu tun.

***

Schmücker tigerte nachdenklich vor dem Großbildschirm im *Golden Gate* hin und her. Das Signal zur *SOLARIA* war kurz nach dem Telefonat mit Posseidoni wieder abgebrochen und das Schiff somit seit mehr als einer halben Stunde wieder unsichtbar für seine millionenschwere Kontrolleinheit.

Das hatten sie bei dessen Entwicklung nicht in Erwägung gezogen, dachte Willie: dass man auf dem Schiff die Aussendung der Daten sabotieren könnte. Er saß mit Bettina, Müller und Jansen am Besprechungstisch, um ihre weiteren Schritte zu diskutieren.

»Gut. Was wissen wir?«, resümierte Jansen. »Ein IT-Mitarbeiter macht gemeinsame Sache mit denen. Den können sie gut gebrauchen, um die Kommunikation zu unterbrechen.«

»Und für ihn war es sicher auch kein Problem, technisches Equipment an Bord zu schmuggeln«, stellte Willie fest.

Müller nickte nachdenklich.

»Was wir nicht wissen: Wie viele Sprengsätze sind es und was für welche? Wir wissen auch nicht sicher, ob sie nicht doch Waffen mit an Bord gebracht haben, auch wenn sie etwas anderes behaupten.«

»Das dürfte aber schwieriger gewesen sein, als den Sprengstoff«, bemerkte Willie. »Zu auffällig.«

»Ausschließen können wir es aber nicht«, wandte Müller ein.

»Und Sie wollen nun doch nach Asien?«, erkundigte sich Bettina bei Jansen.

»Ich denke, es ist das Beste. Wir gewinnen Zeit.«

»Dann fliegen Sie um zwölf mit mir«, entschied Müller.

Jansen nickte.

»Das bedeutet aber nicht, dass Sie vorhaben, einen Befreiungsversuch zu starten«, erkundigte Müller sich mit sorgenvoller Miene.

Jansen schüttelte den Kopf. »Es bedeutet gar nichts. Das müssen wir vor Ort entscheiden.«

»Dann schlage ich vor, dass du jetzt packen gehst, Patrick«, entschied Bettina. »Sarah wird einen Transfer für Herrn Jansen zum Flughafen organisieren.«
Müller stand auf. »Okay. Ich werde um halb zwölf Uhr am Flughafen sein.«
»Vielleicht kannst du ja mal wieder selbst fliegen«, setzte Bettina hinzu, in dem Versuch, die Situation aufzulockern.
Willie sah ihm nach. Er wusste nicht, ob er ihn um die Aufgabe beneidete, fast zwölf Stunden nach Asien zu fliegen, um dort mit fünfzig Millionen Euro Bargeld auf ein mit Bomben gespicktes Schiff zu gehen. Andererseits konnte er wenigstens etwas Sinnvolles tun.
Als Müller durch die Tür stürmte, stieß er beinahe mit Sarah zusammen, die soeben das *Golden Gate* betrat. Sie war kreidebleich, als sie eintrat.
Bevor Willie etwas sagen konnte, fragte bereits Jansen nach: »Was ist denn mit Ihnen los? Sie sehen aus, als hätten Sie einen Geist gesehen.«
»So etwas Ähnliches. Ich habe soeben mit Sinah Dietrich telefoniert.«
»Mit Sinah?«, stieß Willie sofort aus. »Wie denn das?«
»Sie hat mich angerufen.«
»Was?«, brachte Bettina nur heraus.
»Dieser Reporter, der an Bord ist, hat ein Satellitentelefon dabei, das anscheinend funktioniert, solange die Störsender nicht aktiv sind. Und sie wissen, wie viele Bomben es sind. Es sind insgesamt vier Stück. Eine ist bereits explodiert.«
»Wie können sie das wissen?«, hakte der ebenso überraschte Jansen nach.
»Sie haben einen Komplizen gefangen genommen und ihn verhört.«
»Keine gute Idee«, sprach Jansen aus, was Willie dachte.
Sarahs Miene wurde noch ängstlicher, als sie es ohnehin schon war.

»Erzählen Sie bitte alles der Reihe nach und so detailliert, wie möglich«, bat Jansen.
Sarah schilderte daraufhin ihr aufwühlendes Gespräch mit Sinah und, dass sie auf der Suche nach den Störsendern und den Bomben waren.
»Sehr riskante Angelegenheit«, stellte Jansen nachdenklich fest, als sie fertig war. »Aber sollte es ihnen wirklich gelingen, die Standorte herauszubekommen und uns diese zu übermitteln, dann wären wir auf jeden Fall im Vorteil. Ich schlage vor, Sie senden Sinah erst einmal meine Handynummer. Beim nächsten Aussetzen der Störsender wird sie sie hoffentlich erhalten.«
Resigniert nickte Sarah.
»Kommen Sie mit. Ich habe mein Handy nebenan.«
Mit hängenden Schultern verließ Sarah mit Jansen das *Golden Gate*.
Willie machte sich ernsthafte Sorgen. Was, wenn das Ganze aufflog und eskalierte? Wenn die herausfanden, dass die Mediamanagerin hinter ihrem Rücken gegen sie arbeitete?

***

Sarah und Jansen waren im Büro angekommen und hatten die SMS mit knappen Anweisungen und Jansens Kontaktdaten bereits abgeschickt. *Pass auf dich auf, Sinah*, hatte Sarah an die SMS angehängt, bevor sie die Sendetaste gedrückt hatte. Sie konnte das alles nicht glauben und hoffte, es sei nur ein entsetzlich realistischer Alptraum, aus dem sie jeden Moment erwachen würde.
»Machen Sie sich keine Sorgen, Frau Küpers«, sagte Jansen sanft.
Sarah schreckte auf. In diesem Moment – sie konnte später nicht mehr sagen, wie es gekommen war oder ob sie überhaupt irgendeinen rationalen Grund dafür gehabt hatte – fasste sie einen folgenreichen Entschluss: »Ich will mit.«

Kapitel V

»Du gehst unter keinen Umständen mit auf das Schiff! Hast du mich verstanden!?«
Willie wiederholte sich, das wusste er, aber die Vorstellung, dass seine Sarah mit Olaf Jansen und Patrick Müller nach Asien flog, um dort die Geldübergabe und das Empfangsteam für die Geiseln zu organisieren, bereitete ihm außerordentliche Bauchschmerzen. Der pulvrige, schmutzige Schnee unter ihren Stiefeln knarzte, als er sie in seine Arme nahm.
Es war nicht viel los auf dem einzigen Rollfeld des eingeschneiten Kieler Flughafens. Der Flughafen wurde schon lange nicht mehr für Linienflüge genutzt. Außerdem war Weihnachten.
Kiel-Holtenau war 1914 entstanden, auf einer Fläche, die beim Bau des Nord-Ostsee-Kanals eingeebnet worden war, 1937 aber erst mal in einen Militärflugplatz umgewandelt worden. Erst in den Sechzigerjahren folgte der Ausbau der Rollwege und ein erstes Abfertigungsgebäude, von dem aus zwischen 1970 und 1973 sogar Passagiere von *PanAm* nach West-Berlin abgefertigt wurden und später sogar die *Lufthansa* einige Linienflüge angeboten hatte. 1995 wurde aus dem Militärflugplatz wieder ein ziviler. 2001 war sogar mit der Planung eines Ausbaus begonnen worden, doch dazu kam es nicht mehr. Privat gecharterte Jets konnten jedoch von hier aus starten und dies nutzte auch die *GCL* gelegentlich.
Sarah hatte versucht, es Bettina und Willie damit zu verkaufen, dass sie für den Präsidenten den persönlichen Telefonkontakt mit der Bank in Vung Tau hergestellt hatte. Doch es war für alle des Notteams um Schmücker und Bettina zu offensichtlich gewesen, dass ihre Beweggründe ganz andere waren, auch wenn Bettina ihr den Gefallen getan und Willie in seiner Entrüstung damit ausgebremst

hatte, es sei *vielleicht gut, wenn Patrick Hilfe bei der Bank hätte*. Er hatte noch protestiert, dass Müller sicher in der Lage sei, einen Geldkoffer alleine zu tragen, unterlag den beiden Frauen dann aber. Es war entschieden, auch wenn es ihm gar nicht schmeckte. Außerdem gab es tatsächlich noch ein professionelles Argument: Sarah hatte viel Erfahrung im Krisenmanagement und konnte vor Ort die anstehende persönliche Betreuung der sicher zum Teil traumatisierten Gäste koordinieren.

Das alles interessierte Willie aber wenig. Wen wollten sie damit überzeugen – ihn oder sich selbst?

»Mach dir keine Sorgen, Willie. Ich will nur da sein, wenn Sinah von Bord geht.«

Sarah umarmte ihn noch mal und Willie fiel es verdammt schwer, sie wieder loszulassen.

Er hatte darauf bestanden, mit zum Flughafen zu fahren, um sich persönlich von ihr zu verabschieden. Gemeinsam standen die beiden in der Kälte vor dem Hangar, in dem der Privatjet bereitstand, und warteten auf Müller, der laut Fluggesellschaft schon eingetroffen, aber noch bei der Abfertigung im Terminalgebäude war. Jansen war bereits in den Jet gestiegen und wollte sich mit dem Piloten absprechen.

Willie sah auf seine Uhr und rechnete. »Um circa sechs Uhr Ortszeit werdet ihr landen. Dann habt ihr genügend Zeit.« Der kalte Wind schlug ihm ins Gesicht.

Willie war nicht überrascht gewesen, dass der kleine Kieler Flughafen noch genauso aussah wie damals, als er zuletzt mit seinem Großvater hier gewesen war. Das neue Abfertigungsgebäude kannte Willie noch nicht. Es war aber ebenso unscheinbar wie das alte und überhaupt der ganze Flughafen, der hauptsächlich als Stützpunkt der Marineflieger bekannt war. Von hier war das Marinefliegergeschwader 5 seine Such- und Rettungseinsätze mit den *Sea-King*-Hubschrau-

bern geflogen, das erst vor einem Vierteljahr in den *Fliegerhorst Nordholz* umgezogen war. Würden vielleicht auch bald solche Rettungshubschrauber über der *GCL SOLARIA* in Asien kreisen?
»Wir sind bereit zum Start«, sagte in diesem Moment Jansen in ihrem Rücken.
Als Willie und Sarah sich zu ihm umdrehten, wurde er beim Anblick der Kampfuniform des toughen GSG-9-Offiziers wieder daran erinnert, dass er Sarah nicht in einen Urlaubsflieger Richtung Kreta setzte, sondern … Er schluckte.
»Fehlt nur noch Müller«, meinte Jansen. »Laut Pilot wird er gerade durch den Zoll gewunken.«
Willie spürte Sarahs Hand an der seinen und es schnürte ihm die Kehle zu. Am liebsten hätte er Jansen gebeten, sie einfach nicht einsteigen oder ihn wenigstens mitfliegen zu lassen, aber beides hätte Sarah nicht zugelassen, das wusste er genau. Sie war zwar eine eher zurückhaltende junge Frau und wirkte auf den ersten Blick etwas zierlich und fragil – sicher mit einer der Gründe, dass sie seinen Vaterinstinkt weckte –, hatte aber eine starke Persönlichkeit und hätte ihm schlicht einen Vogel gezeigt, wenn er versuchte, sie davon abzuhalten.
»Ich möchte Sie beide noch um etwas bitten«, sagte Jansen ernst. »Wir haben von Frau Sinah Dietrich erfahren, dass schon zwei Mitarbeiter der Firma in diese Sache verwickelt sind. Wir werden beide durchleuchten.« Er machte eine Pause und wählte seine Worte ganz bewusst. »Es ist nicht auszuschließen, dass die GCL noch durch weitere Komplizen infiltriert wurde.«
Willie spürte, wie Sarahs Griff fester wurde. Sie hatte eiskalte Hände. Natürlich fand sie diesen Gedanken nicht angenehm, aber Willie hatte sich diese Frage auch schon gestellt und man musste den Tatsachen ins Auge sehen.
»Ich möchte Sie beide bitten, über alle Informationen, die wir erhalten und untereinander austauschen, strengstes Stillschweigen zu

bewahren. Erzählen Sie niemandem davon – auch keinen Kollegen. Je weniger Leute eingeweiht sind, was vor sich geht und was unser Kenntnisstand ist, um so besser.«

»Sie können sich auf uns verlassen«, sagte Willie ernst.

Kurze Zeit später bemerkten sie Patrick Müller, der – bewaffnet mit einem kleinen Köfferchen – über das weiße Rollfeld auf sie zu eilte. Er grüßte sie hastig, war nur kurz überrascht, dass Sarah nun ebenfalls mit im Flugzeug sitzen würde, schüttelte Willie nochmals eilig die Hand und sprang dann direkt hinter Jansen in den Jet.

»So. Dann kanns wohl los gehen«, stellte Sarah lapidar fest, konnte aber ihre Unsicherheit nicht vor Willie verbergen.

»Bettina könnte deine Hilfe gut gebrauchen im Büro, näh«, machte Willie einen letzten kläglichen Versuch, aber Sarah lächelte nur.

»Willie, ich pass schon auf mich auf, näh. Versprochen.«

Sie gab ihm einen Kuss auf die Wange, drehte sich dann entschlossen um und folgte den beiden Männern in die Maschine.

Sekunden später wurde die Treppe eingefahren, die Turbinen starteten dröhnend und das Flugzeug rollte unter lautem Geheul langsam aber unaufhaltsam auf die vom Schnee freigeräumte Startbahn zu, die eine pechschwarze Schneise in das sonst weiß bedeckte Flughafengelände schlug.

Willie sah dem kleinen Flugzeug nach, wie es in die dunkle Bahn einscherte, auf seine Startposition rollte, um dann sofort auf dem schwarzen Streifen Fahrt aufzunehmen und abzuheben.

Steil ging der Jet nach oben und Willie konnte den Blick nicht von ihm lassen. Auf dem Weg nach Asien, zu einem Entführungsdrama mit fast dreitausend Menschen – und seine Prinzessin mitten drin.

Als der Jet bereits an die graue Wolkendecke stieß und immer vager und trüber wurde, surrte es leise in Willies Hosentasche. Er zog sein Handy heraus und sah auf das Display: *Wann bekomme ich endlich mein Weihnachtsgeschenk? :-)*

***

Heilige Scheiße!
Hartmut Schüssler saß aufrecht in seinem Bett und stierte auf sein Handy, das ihn gerade aus dem Schlaf gerissen und ihm den Empfang einer Nachricht angezeigt hatte. Sein Kopf dröhnte. Er hatte gestern Abend nach der ersten Flasche *Moscafratta* noch nicht genug gehabt und auch die zweite des vollmundigen Rotweines noch fast zur Hälfte geleert. Der teure *Barrique* machte zwar keinen allzu schweren Kopf, die Menge hatte aber ausgereicht, um ihn beim dritten Film des langweiligen Heiligabendprogramms auf dem Sofa einschlafen zu lassen. Nach fünf war er dann in einer ziemlich verbogenen Lage aufgewacht und hatte sich ins Bett geschleppt.
Erlaubte Tom sich einen Scherz oder nicht? Nein, entschied er. Dazu war Tom zu professionell.
Er las die Nachricht erneut durch und kniff dabei ein Auge zu, um die Buchstaben besser fokussieren zu können.
Bin in der Hölle gelandet. Schiff nach Vung Tau entführt und Lösegeld gefordert. Bereits mehrere Opfer. Drohung, das Schiff komplett in die Luft zu jagen. GSG-9 ist bereits eingeschaltet. Exklusive Story, wenn wir freikommen. Versuch, bei der Firmenleitung was rauszukriegen, um die Geschichte zu füttern. Achtung! Du musst Sarah Küpers persönlich sprechen und ihr unbedingt sagen, in der Firmenleitung sitzt ein Spion! Wenn ich lebend zurückkomme, bringe ich dich um.
Die *GCL SOLARIA* entführt? Eine Erpressung mit Bomben, wie in einem der vielen schlechten Filme zu diesem Thema? Wahnsinn! Was sollte er jetzt tun? Sollte er die Behörden benachrichtigen? Die schienen ja wohl schon davon zu wissen. Einen Mitarbeiter am Weihnachtsfeiertag nach Kiel in die GCL-Zentrale schicken? Er bezweifelte, dass er jetzt jemanden erreichen würde und Tom hatte

ja geschrieben, dass dort ein Komplize der Entführer saß! – Wie verdammt noch mal hatte er das wieder herausgefunden?
Sollte er wirklich auf eine SMS hin selbst in den Wagen steigen und am Weihnachtsfeiertag nach Kiel fahren? Auf jeden Fall musste er seine Setzer in der Redaktion benachrichtigen und sie darauf vorbereiten, dass der *Aas-Geyer* mal wieder über einer fetten Beute kreiste und sie vorsichtshalber zwei ganze Seiten in den kommenden Ausgaben reservierten. Dass er jetzt schon eine Headline raus haute, war ausgeschlossen, dafür hatte er noch zu wenig Informationen. Warum rief ihn dieser Trottel nicht einfach an?
Hartmut starrte ins Leere und wog seine weiteren Schritte ab. Zumindest einen Kollegen konnte er im Laufe des Tages sicher aktivieren und ihn, zur Recherche verdonnern, ihn Fälle und Berichte von anderen Schiffsentführungen und Piraterie ausgraben lassen und es Tom damit leichter machen, mit dem Material seine Story abzurunden. Er selbst konnte bei der Reederei anfragen und um einen Termin mit dieser Frau Küpers bitten.
Die Vorstellung, sich in seinem Zustand eine Stunde ins Auto zu setzen, behagte ihm gar nicht. Ihm war schlecht und er war sich über seinen nicht unerheblichen Restalkoholpegel im Klaren.
Besser nicht.
»Mann, Mann, Tom!«
Aber die Story war definitiv zu heiß, um sie zu ignorieren.
Er musste an 1985 denken, als die *ACHILLE LAURO* entführt worden war. Das war ein Medienspektakel gewesen. Auch wenn die Sachlage, soweit er das einschätzen konnte, damals ein wenig anders gelegen hatte: Am 7. Oktober 1985 war die *ACHILLE LAURO*, die zu einer Mittelmeerkreuzfahrt ausgelaufen war und sich gerade mit achtzig Passagieren sowie dreihundert Besatzungsmitgliedern auf der Fahrt von Alexandria nach Port Said im Nordosten Ägyptens befand, während die übrigen dreihundertfünfzig Gäste einen Landausflug zu den

Pyramiden machten, von vier palästinensischen Terroristen entführt worden. Diese drohten, die Passagiere einen nach dem anderen zu töten, falls der Staat Israel nicht umgehend fünfzig ihrer Gesinnungsgenossen freiließe. Sollte jemand versuchen, die Passagiere zu retten oder die Geiselnehmer anzugreifen, würden sie das Schiff in die Luft sprengen. Damals – Hartmut war noch ein blutjunger Schreiberling – hätte er vieles dafür gegeben, selbst exklusiv dabei zu sein oder einen Kollegen mitten im Geschehen zu wissen. Auch wenn die Sache letztlich wirklich sehr hässlich verlaufen war. Die Entführer hatten Crewmitglieder und Passagiere gefoltert, ließen einen Hafen in Syrien anlaufen und verlangten gleichzeitig Verhandlungen mit den Botschaftern Italiens, der USA, Großbritanniens und der Bundesrepublik Deutschland. Um ihren Forderungen Nachdruck zu verleihen, schossen sie einem gelähmten amerikanischen Touristen jüdischer Abstammung in Brust und Kopf und zwangen anschließend den Schiffsfriseur und einen Kellner, die Leiche samt Rollstuhl über Bord zu werfen.

»Das waren Terroristen damals«, sagte er laut und hielt sich dabei den Brummschädel.

Aber woher wusste er, dass die Typen auf der *SOLARIA* keine waren? Hartmut schüttelte den Kopf und legte sein Handy auf den Nachttisch. »Sarah Küpers also. Okay.«

Noch einmal ließ er sich zurück in sein Kopfkissen fallen und starrte an die weiße Decke. »Und wo zum Teufel liegt eigentlich dieses beschissene Vung Tau?«

***

»Gut, was wissen wir? Die Firma hat eine Lösegeldforderung erhalten. Müller ist unterwegs hierher, und die GSG-9 auch«, fasste Wulfert für sie zusammen.

Er und Tom hatten sich, nachdem Sinah vor einigen Stunden überraschend auf die Brücke zitiert worden war, eine Zeit lang unterhalten und abgewägt, ob sie noch etwas Konkretes tun konnten, sich dann aber dafür entschieden, auseinanderzugehen. Wulfert wollte einige Dinge im Büro erledigen, denn es war einiges vom Tagesgeschäft liegengeblieben. »Ich muss trotzdem alle Restaurants am Laufen halten, sonst drehen die Gäste durch. Außerdem muss ich wenigstens eine halbe Stunde Powernapping machen«, hatte er erklärt. Tom ging es nicht anders, auch wenn er nicht erwartet hatte, dass er schlafen konnte. Er war zwar in seine Kabine gegangen und hatte sich ein wenig hingelegt, hatte sich aber wie erwartet nur hin und her gewälzt. Sein Magen rumorte noch immer, auch wenn er den Eindruck hatte, dass sein Körper sich ein wenig an das Geschaukel gewöhnt hatte.

Sinah hatte ihn angepagert und ihn aus einem dösigen Halbschlaf gerissen. Als er sie zurückrief, hatte sie ihn mit einer grauenvollen Nachricht überrascht: Posseidoni hatte erfahren, dass der Live-Stream der TV-Sendung trotz Störsender funktionierte und das GCL-Headoffice die Sendungen mitverfolgen konnte.

Ihr Chef, Eventmanager Hübner, hatte getobt. Auch Kapitän Buske schien äußerst ungehalten gewesen zu sein und hatte sie suspendiert, vermutlich aber nur zu ihrem eigenen Schutz, um Posseidoni zu zeigen, dass er kooperierte.

»Macht aber nichts«, sagte Sinah. »Dann habe ich jetzt wenigstens freie Hand für weitere Ermittlungen.«

Tom musste lachen.

Wulfert und er hatten verabredet, sich um 18:00 Uhr mit Schneider in der *MIDNIGHT BAR* zu treffen, wo er, Tom und Sinah nun in einer Ecke am Tresen standen und auf den Sicherheitsoffizier warteten. Seine SMS an Hartmut hatte Tom, wenn auch mit schlechtem Gewissen, nicht erwähnt.

»Glaubst du wirklich, dass die die Gäste und die Crew einfach gehen lassen?«, fragte Sinah.
Tom hatte ebenfalls Zweifel daran, auch wenn Posseidoni so wirkte, als ob er zu seinem Wort stehe. Gabriel hingegen machte den Eindruck, als würde er es vorziehen, das ganze Schiff mit ihnen allen in die Luft zu jagen. – Keine Zeugen.
»Wenn sie die Kohle wirklich haben, dann ist es ihnen vielleicht recht, erst mal Ballast abzuwerfen und dadurch mobiler zu werden. Die Frage bleibt immer noch, wohin sie dann verschwinden wollen«, meinte Wulfert.
»Oder ob sie nicht doch vorhaben, die Bomben noch zu zünden, wenn sie das Geld haben und abhauen können«, wandte Sinah ein.
Eine Möglichkeit, an die Tom gar nicht wagte, wirklich zu denken.
»Wo bleibt Schneider?«, lenkte sich Tom von den unangenehmen Optionen ab. Doch die beiden anderen sahen ihn nur achselzuckend an. Sinah schien es recht zu sein, wenn Schneider nicht kam. Tom wusste auch nicht recht, ob es eine gute Idee war, die beiden momentan zusammenzubringen. Sinah war wegen des Vorfalles mit Sascha stinksauer gewesen. Auch wenn sie noch nicht wusste, was genau vorgefallen war, stand für sie fest, dass Schneider ihn zu hart angefasst und ihnen damit die Möglichkeit genommen hatte, die genauen Standorte der weiteren zwei Bomben aus ihm herauszubekommen. Deshalb war er sich sicher, dass ein Gespräch zwischen den beiden mit hoher Wahrscheinlichkeit zu einer Eskalation führen würde.
Doch bevor er sich das weiter ausmalen konnte, betrat Schneider bereits die Bar und hatte noch eine Person im Schlepptau. Es war der Communication-Officer.
»Eike? Warum bringt er denn diesen Wimmerknochen mit?«, fragte Wulfert leise.
»Wirst du gleich sehen«, sagte Sinah, noch bevor die beiden zu ihnen stießen.

»Morgen«, begrüßte Schneider sie mürrisch. Er schien äußerst schlecht gelaunt zu sein. »Ich dachte mir, es kann nicht schaden, wenn wir technisches Verständnis in unser Team aufnehmen«, erklärte er ohne Umschweife. »Eike weiß, dass wir auf eigene Faust arbeiten. Es hat ein wenig Überredungskunst gebraucht, um ihn davon zu überzeugen, aber jetzt ist er Feuer und Flamme.«

Eike sah ganz und gar nicht so aus, als ob er Lust hatte, Kopf und Kragen zu riskieren, aber Schneider schien ihn davon überzeugt zu haben, dass er ihn brauchte. Auch wenn Tom noch nicht ganz verstand wozu.

»Suspendiert«, bemerkte Schneider unmittelbar danach süffisant zu Sinah.

Tom hatte schon Angst, dass es nun losgehen würde, doch zu seiner Überraschung brauste sie nicht auf.

»Das hätte verdammt schiefgehen können«, setzte Schneider ernst hinzu. »Haste wenigstens frei wie ich. Woher konnten die eigentlich davon wissen?«

»Das frage ich mich auch schon die ganze Zeit. Technisch ist es nicht überprüfbar, ob sich die Landseite in den Live-Stream einschaltet.«

»Das lässt nur einen Schluss zu«, stellte Tom fest, der darüber schon den ganzen Nachmittag nachgedacht hatte.

»Der Komplize in der Kieler Zentrale hat es ihm gesagt«, stellte Wulfert trocken fest.

Alle sahen sich bedrückt an. So offen ausgesprochen klang das äußerst bedrohlich, aber es war die einzige Erklärung. Und wenn das stimmte – was wussten die dann noch?

Sinah Dietrichs konnte ihre Verbündeten dahingehend beruhigen, dass Posseidoni noch nichts von Saschas Gefangennahme beziehungsweise seinem Tod ahnte, das hatte sie dem für sie äußerst aufwühlenden Gespräch auf der Brücke vor fast vier Stunden eindeutig entnehmen können.

Ihr war noch immer schwindelig bei dem Gedanken daran. Nur haarscharf war sie einigermaßen glimpflich aus der Sache heraus gekommen. Dennoch hatte das Gespräch, nachdem die Sache mit dem Live-Stream abgehakt war, einen sehr unangenehmen Verlauf genommen, denn Posseidoni wollte wissen, wo Sascha steckt: »Ich möchte, dass Sie Sascha Gulkow für mich finden«, hatte er von Buske verlangt. »Er ist einer unserer Leute und hat sich seit gestern Abend nicht mehr gemeldet. Sollten Sie mir bis morgen früh keine Informationen zu seinem Verbleib liefern, dann muss ich Gabriel anweisen, Gäste über Bord zu werfen.«

»Und der Alte hat dich nicht mehr nach Gulkow gefragt?«, fragte Schneider.

»Nein. Der Generalmanager wurde mit der Suche beauftragt. Ich habe keine Ahnung, was der Käpt‘n weiß oder ahnt. Er meinte, ich soll mich weiter um Tom kümmern. Und dir, Norman, soll ich ausrichten, du sollst dich zurückhalten. Und dann sagte er in einem echt merkwürdigen Ton, wir sollten jetzt äußerst vorsichtig sein.«

»Sascha werden sie jedenfalls nicht finden«, stellte Schneider trocken fest.

»Warum?«, wollte Tom genauer wissen.

»Fischfutter«, stellte Sinah fest und sah Schneider vorwurfsvoll an.

Tom sah vor seinem geistigen Auge schon Gabriel, wie er wahllos Passagiere packte, an Deck zerrte und über Bord warf. »Wie gehen wir jetzt weiter vor?«, fragte er leise.

»Ich schlage vor, dass wir weiterhin versuchen, unauffällig Informationen zu sammeln«, meinte Schneider. »Ich denke, es ist sinnvoll, dass wir in zwei Gruppen arbeiten. Es wird bald dunkel. Ich und Wulfert versuchen herauszufinden, ob sich der Störsender tatsächlich in einem der AC-Locker auf Deck elf befindet. Haben wir ihn

lokalisiert, rufen wir Eike dazu und er kann ihn gegebenenfalls deaktivieren.«
Eike nickte unsicher. Ihm schien die Vorstellung gar nicht zu gefallen.
»Ihr zwei«, fuhr Schneider fort und wandte sich an Tom und Sinah, »werdet versuchen, den Rest der Bomben zu finden.«
»Klingt für mich gut«, meinte Sinah.

***

»Achtzehn Uhr. Er fehlt seit über neunzehn Stunden.«
»Im Notfall kann ich alle seine Aufgaben selbst erledigen«, erklärte Gabriel selbstsicher.
»Ich weiß«, meinte Posseidoni. »Ich will trotzdem wissen, wo er abgeblieben ist.«
»Was ist los?«, fragte Frank, der soeben zu ihnen stieß. Sie hatten ihn auf die Brücke zitiert. »Ich dachte, ich soll den TV-Stream blockieren?«
»Das kann warten«, sagte ihm Posseidoni verärgert. »Wir werden eh keine Sendung mehr an Bord der *SOLARIA* erleben. Ich möchte, dass Sie etwas anderes für mich tun.«
Posseidonis herablassender Ton ging Frank mehr und mehr auf die Nerven. Er hatte keine Lust mehr, sich noch länger von diesem schmierigen Typen herumkommandieren zu lassen. »Ich schlage vor, dass Sie mir erst einmal das geben, was Sie mir bereits vor zwei Wochen versprochen haben. Ich möchte endlich einen Beweis, dass Andrea noch lebt.«
»Wenn du dich nicht zusammenreißt, dann ist sie noch heute tot«, fuhr ihn Gabriel an.
Doch Frank hielt die Ungewissheit nicht mehr länger aus. »Ich glaube euch Schweinen kein Wort mehr. Entweder ich bekomme

jetzt ein Lebenszeichen von ihr oder ihr könnt mich gleich über Bord werfen. Ob ihr einen Spoofer in Gang setzen und richtig bedienen könnt, werdet ihr dann ja sehen.« Das Gerät, das direkt neben dem Störsender im Locker auf Deck elf stand und noch auf seinen Einsatz wartete, war um einiges komplizierter als der Jammer.
Die Gesichter der beiden blieben undurchsichtig.
Frank wusste genau, was er gerade aufs Spiel setzte. Wenn Andrea wirklich noch lebte und er diese skrupellosen Kerle zu sehr herausforderte, dann spielte er mit dem Leben seiner Frau. Auf der anderen Seite wollte er sich aber nicht noch länger hinhalten lassen. Entweder war sie noch am Leben, dann konnten die es ihm auch beweisen und dann würde er auch weiterhin alles tun, was sie verlangten, oder sie war tot und er würde keinen Finger mehr für die Mistkerle rühren und wollte lieber sofort ebenfalls von ihnen getötet werden.
Ungerührt musterte Posseidoni ihn lange, dann sagte er zu Gabriel: »Zeig es ihm.«
Gabriel zögerte einige Sekunden trotzig, doch Posseidoni signalisierte, dass er darauf bestand. Der Hüne fixierte Frank, griff in einer übertrieben langsamen Geste in seine Brusttasche und zog ein Foto heraus. Lange und genussvoll sah Gabriel darauf. Sein Mund verzog sich zu einer gemeinen Fratze.
Frank griff danach und erstarrte: Das war tatsächlich Andrea! Sie saß in einem kahlen Raum auf einem Hocker. Ihre Kleidung war schmutzig, so wie ihr Gesicht, auf dem sich – Frank musste fast lachen – ein leichtes Schmunzeln abzeichnete. Typisch Andrea, sie lächelte immer, wenn eine Kamera in der Nähe war, selbst in dieser Situation! Sein Herz klopfte bis in die Haarspitzen. Vor ihrer Brust hielt Andrea eine Ausgabe des *Manila Bulletin*, einer philippinischen Tageszeitung. Frank hob das Bild ganz nah an sein Gesicht, um das Datum der Titelseite erkennen zu können.: neunzehnter De-

zember. Das Bild war tatsächlich nur fünf Tage alt! Ihm fiel ein Stein vom Herzen. Aber seine Frau sah entsetzlich aus. Dass sie in dieser Situation auch noch ein Lächeln aufsetzte, machte den Eindruck noch schlimmer, noch grauenvoller. Aber sie lebte! Andrea lebte!

»Auf der Rückseite des Bildes ist eine Adresse im Außenbezirk Manilas, fünf Kilometer von Ihrem Zuhause entfernt. Dort finden Sie Ihre Frau.«

Frank sah Posseidoni ungläubig an. Sie hatten sie gar nicht erst aus Manila rausgebracht? Irgendwie war er davon ausgegangen, dass sie sie wer weiß wohin verschleppt hatten. Aber sie war nur wenige Kilometer von zu Hause entfernt!

»Wenn wir innerhalb der nächsten zwei Tage von Bord kommen, wird sie sicher noch nicht verdurstet sein«, setzte Gabriel mit einem gemeinem Grinsen hinzu.

»Was soll das heißen?«, brauste Frank auf.

»Unsere Mitarbeiter wissen, dass sie verschwinden müssen«, erklärte Posseidoni kühl. »Sie werden seit gestern weg sein und sie zurückgelassen haben. Das heißt, wir stehen ein wenig unter Druck.«

Franks Magen zog sich zusammen.

»Wie lange kann man ohne Wasser überleben, Alan? Drei Tage?«, fragte Gabriel mit offensichtlichem Genuss und nahm Frank das Foto mit der Adresse aus der Hand. »Bei diesem Klima wohl eher weniger.«

»Wenn wir nicht wie geplant verschwinden und Sie nicht rechtzeitig jemand hinschicken können, dürfte es jedenfalls knapp werden«, meinte Posseidoni kalt.

Frank musste sich zusammenreißen, um diesem Monster nicht an die Gurgel zu springen.

»Also Frank, bleiben Sie ruhig. Wenn alles glatt geht, stehen Ihre Chancen nicht schlecht. Ich möchte, dass Sie sich an die Überwachungsmonitore setzen und Ausschau nach Sascha halten. Er ist seit gestern verschwunden und wir vermuten, dass ihm etwas zugestoßen ist. Werden Sie das für mich tun?«

»In Ordnung. Ich versuche, ihn zu finden«, willigte Frank ein und bemühte sich, seine Emotionen unter Kontrolle zu halten.

»Und du, Gabriel, versuchst ebenfalls Sascha zu finden. Aber wichtiger ist mir, dass du diese Mediamanagerin im Auge behältst.«

»Das werde ich. Wenn sie noch einmal versucht, uns zu linken, wird ihr das nicht guttun.«

»Aber reiß dich zusammen«, sagte Posseidoni scharf. »Es geht hier nicht darum, möglichst viele Leute umzubringen. Hast du verstanden? Wir wollen Aufmerksamkeit, kein Gemetzel. Und pass auch auf diesen Schreiberling auf, der immer bei ihr ist.«

***

Es war bereits 20:30 Uhr. Sie suchten schon seit über zwei Stunden systematisch das Schiff ab und waren gerade mal von Deck vierzehn bis Deck neun gekommen.

Sinah war sehr gut vorbereitet gewesen, was Tom erneut beeindruckt hatte: Von Eike hatte sie sich Schiffspläne geben lassen, in den dieser gemeinsam mit Wulfert und Schneider die wichtigsten Locker und potenzielle Verstecke markiert hatte, die sie nun alle der Reihe nach abarbeiteten.

»Das Schiff wird routinemäßig vor dem Auslaufen durchsucht, aber wie wir an der Sprengladung im Incinerator-Raum gesehen haben, sind sie ziemlich clever vorgegangen«, hatte Schneider sie belehrt. »Aber passt auf. Nichts Verdächtiges anfassen.«

Tom konnte beim besten Willen nicht einschätzen, ob sie wirklich eine Chance hatten, die restlichen Sprengsätze zu finden. Auf ihn wirkte das alles wie ein ziel- und hilfloses Herumstochern. Aber Sinah schien davon überzeugt zu sein und zumindest hatten sie ganz oben angefangen und arbeiteten sich Deck für Deck nach unten.

»Wissen Sie, wie so ein Sprengsatz aussehen könnte?«, fragte Sinah, die soeben den Stauraum der *KUNST GALERIE* geöffnet hatte, in dem sich in Regalen die Portraits und Gemälde bekannter Künstler stapelten.

»Nur aus Filmen. Aber da ticken die ganz laut, haben rote Lämpchen oder gar Zeituhren, die anzeigen, wann die Dinger losgehen.«

Sinah musste lachen. Sie ließ sich wirklich durch nichts die Zuversicht nehmen. Aber ihre Zeit verrann: Noch heute Nacht würde das Schiff vor Vung Tau sein und morgen Mittag sollte bereits die Geldübergabe stattfinden. Was dann geschehen würde, stand in den Sternen.

Tom bückte sich und sah unter einem der Regale nach, aber außer Papier und Verpackungsmaterial aus Plastik konnte er nichts entdecken. Um einen besseren Einblick zu bekommen, kniete er sich hin. Plötzlich knallte es unter ihm. Sinah wirbelte erschrocken herum, aber er hatte sich nur auf Luftpolsterfolie gekniet, deren Bläschen geplatzt waren.

»Erschrecken Sie mich doch nicht so!«

»Sorry«, entschuldigte er sich. »Was, äh … glauben Sie, wie lange wir benötigen, um alles zu durchsuchen?«

»Bei unserer jetzigen Geschwindigkeit: zwei Wochen.«

»Na, dann haben wir ja noch viel Zeit, uns näher kennenzulernen.«

»Vielleicht hätten wir unten anfangen sollen«, meinte Sinah nun. »Wenn ich die wäre, würde ich Bomben im untersten Teil des Schiffes deponieren. Aber dafür brauchen wir Schneiders Generalschlüssel. Wulfert hat keinen Zugang zu Maschinenanlagen und dergleichen.«

»Wir machen jetzt erst mal das und später treffen wir Schneider ja sowieso.«

»Was glauben Sie, warum die die Bombe im Maschinenraum so offensichtlich direkt neben der Leiche des Chiefs deponiert haben?«
»Weil die sich sicher fühlen. Keiner der Crew kann sie entschärfen.
»Hm …«

***

Sie kamen äußerst gut voran. In einigen Stunden würde Vung Tau schon in Sichtweite sein. Kapitän Buske war irgendwie froh, auch wenn er nicht wusste, was der morgige Tag für sie alle bereithalten würde. Zumindest war das Lösegeld unterwegs und sie erfüllten damit Posseidonis Forderungen.
Nur die Sache mit dem Pyrotechniker war noch offen. Schneider hatte inzwischen Gelegenheit gehabt, Buske über den Verbleib von Sascha Gulkow zu informieren. Seine Möglichkeiten waren begrenzt: Schneider opfern und hoffen, dass das Posseidoni von den Gästen fernhielt oder alles auf eine Karte setzen – aber was, wenn sie dann wirklich Gäste töteten?
»Köpke!«, beorderte er seinen Staff-Captain zu sich.
Sein Stellvertreter trat nach einigen Sekunden aus dem Backoffice neben ihn. »Was gibt's?«
»Wir halten den Kurs. Noch vier Stunden und wir liegen vor Vung Tau.«
»Aye, Kapitän«, bestätigte Köpke und sah ihn lange forschend an.
Buske hatte keine Ahnung, was sein alter Freund gerade dachte.
»Was ist?«
»Bin froh, wenn der Spuk vorbei ist.«
»*Wenn* er vorbei ist«, entgegnete Buske skeptisch und legte seinen Kopf schief.
»Hast du dich schon entschieden, ob du Schneider ausliefern willst?«

Buske schüttelte nachdenklich den Kopf. »Nein. Es ist nicht abzusehen, was dann passieren wird. Auch wir zwei sind im Zweifelsfall dran, denn die werden uns nicht glauben, dass wir nichts davon wussten.«

Köpke sah nachdenklich zu Boden. »Ich möchte ungern das Schiff in einer solchen Situation ohne Kapitän wissen. Ich könnte behaupten, dass es eine eigenmächtige Anordnung von mir war«, schlug Köpke vor und sah zu Buske auf.

»Mach dich nicht lächerlich«, brummte dieser. »Erstens wissen wir nicht, ob sie dir das glauben, und zweitens ist es auch dann nicht sicher, ob das Ganze nicht eskaliert.«

Köpke nickte. »Vielleicht können wir sie bis zur Geldübergabe hinhalten. Was nützt es denen denn, wenn sie Unschuldige töten?«

Buske zog die Augenbrauen hoch. Auch wenn er das insgeheim selber hoffte, so zweifelte er doch daran. Köpke war bei dem Disput mit Posseidoni nicht dabei gewesen und konnte deshalb nicht einschätzen, wie sehr dieser ihn unter Druck gesetzt hatte. Aber er musste sich für heute Abend erst einmal an den dünnen Strohhalm klammern, dass Posseidoni nichts Unsinniges tun würde. »Kann sein. Auf jeden Fall vorerst keine Heldentaten.«

Köpke sah ihn lange ohne Reaktion an, doch es war angekommen.

Die beiden zuckten zusammen, als sich die Schleusentür öffnete: Posseidoni, Gabriel und Frank Ströhl betraten die Brücke.

Vorbei mit der angenehmen Ruhe, dachte Buske.

»Guten Abend, die Herren«, begrüßte Posseidoni sie in seinem gewohnt anmaßenden Ton.

Buske antwortete nicht. Er fühlte sich kaum noch in der Lage, diese selbstgefällige Art und Weise länger zu ertragen. Während Frank und Gabriel sich zu den Überwachungsmonitoren im Backoffice begaben, kam Posseidoni zu Buske.

»Weitermachen«, befahl er seinem Staff, der daraufhin zurück in sein Büro ging.

»Gibt es Neuigkeiten?«, erkundigte sich Posseidoni.
»Nein, nichts«, entgegnete Buske mürrisch.
»Äußerst schade«, erwiderte Posseidoni und sah zur Fensterfront hinaus. »So friedlich auf See, nicht wahr.«
»Wenn Sie meinen.« Buske hatte beim besten Willen keinen Nerv für diese Spielchen.

***

Frank und Gabriel standen im Backoffice und stierten angestrengt auf die Überwachungsmonitore. *Die wissen gar nichts*, dachte Köpke. Offensichtlich hatten sie noch keine Ahnung, was mit ihrem Komplizen geschehen war.
Frank schaltete einige Male die verschiedenen Ansichten durch. Es gab im Backoffice lediglich vier Monitore. Um die Perspektiven der über hundertvierzig Sicherheitskameras durchzuklicken, benötigte man schon ein wenig Zeit. Und man musste bei der Wahl der Kameraansicht das Glück haben, dass sich eine gesuchte Person gerade dann im entsprechenden Bereich aufhielt. Es blieb eine Suche nach der berühmten Stecknadel. Aber Köpke wusste: Die Nadel war nicht mehr im Heuhaufen. Er beobachtete vom Schreibtisch aus die vergebliche Suche.
Frank switchte durch die verschiedenen Kameraansichten, doch nach einiger Zeit wurde Gabriel ungeduldig, stieß ihn zur Seite und übernahm selbst das Bedienpanel. Beleidigt wandte sich Frank von den Bildschirmen ab und sah Köpke an.
»Es wäre einfacher, wenn ihr uns sagen würdet, was ihr mit Sascha gemacht habt«, stellte er genervt fest.
Aber Köpke dachte nicht daran, ihm irgendetwas zu sagen. »Lass mich in Ruhe«, entgegneter er schroff.

»Hör zu, Hardy«, meinte Frank kleinlaut. »Ich möchte, dass du weißt, dass ich niemandem hier an Bord etwas Böses wünsche.«
»Ach«, rief Köpke empört und schnellte dabei aus seinem Bürostuhl hoch, sodass Frank erschrocken zusammenzuckte. »Das bringst du aber sehr überzeugend rüber.«
Frank sah ihn erschrocken an und brauchte einen Moment, um sich zu sammeln. Unschlüssig kam er einen Schritt näher.
»Vorsicht«, zischte Köpke.
Frank erstarrte.
»Ich bin zwar ein alter Mann, aber nicht, dass es dir so geht, wie gestern mit Schneider.«
»Hardy. Hör zu … Es tut mir leid, aber du musst mir eines glauben …«
»Halt verdammt noch mal dein Maul!«, brüllte ihn Gabriel an. »Ich habe deinen Freund Schneider entdeckt. Er und Wulfert machen sich an den Störsendern zu schaffen!«

***

»Jemand zu sehen?«, fragte er leise und suchte verzweifelt nach dem Schlüsselloch.
»Nein. Alles ruhig. Keine Sau unterwegs«, sagte der Sicherheitsoffizier nuschelnd.
Wulfert musste sich ein Lachen über Schneiders Ausdrucksweise verkneifen. Er war einfach ein typisch trockener Norddeutscher und auch wenn er sonst nicht viel mit dem eigenwilligen LSA anfangen konnte, so war ihm das doch zumindest irgendwie sympathisch.
Sie hatten lange gewartet, bis es ihrer Meinung nach wirklich einsam genug dort oben war und sie davon ausgehen konnten, dass sich auch keine Gäste mehr dorthin verirrten. Dann hatten sie den

unauffälligsten Weg zu Deck elf genommen. Der Zugang zu einigen technischen Anlagen dort lag jedoch ziemlich auf dem Präsentierteller: backbordbordseitig direkt an der Joggingstecke, unmittelbar unter dem Schornstein mit dem riesigen, nachts beleuchteten GCL-Logo. Nun war es aber zum Glück sehr ruhig und menschenleer auf dem gesamten Pooldeck und Wulfert versuchte, mit Schneiders Generalschlüssel die Tür zu dem Korridor zu öffnen.
Es war gar nicht so einfach, im Dunkeln die Schlüsselöffnung zu finden, obwohl die grelle Logoschrift sich direkt über ihnen befand. Der Schein der metergroßen Lettern war zwar mit bloßem Auge bis zu zwei Seemeilen weit zu erkennen, fiel hier aber so ungünstig, dass das Licht nicht das Türschloss traf.
»Endlich«, meinte Schneider, als Wulfert schließlich die Tür zu dem kleinen Gang öffnete, der zu mehreren versteckten Räumen im Inneren führte. Der Hotelmanager überlegte, ob er in seinen vielen Jahren für GCL schon jemals hier war und musste passen. Soweit er aber wusste, befanden sich da drin nur technische Einrichtungen, mit denen er nichts zu tun hatte. Es war heiß und die nahen Abgasrohre dröhnten dumpf.
»Was ist hinter all den Türen?«
»Hinter der dort befinden sich die Motoren für die hinteren Lifte«, informierte ihn Schneider. »Dort hinten rechts ist einer der Wassertanks. Hier links sind nur Luftschächte zur Kühlung der Abgasrohre.«
Er nahm Wulfert den Generalschlüssel ab und öffnete die Tür. Zum Vorschein kam ein einigermaßen großer Raum, der völlig leer und an der Außenseite mit luftdurchlässigen Metalllammelen verkleidet war. »Nichts«, stellte Schneider fest und schloss die Tür wieder.
Wulfert registrierte, dass er sich nie über die Form der Abgasrohre des Schiffes Gedanken gemacht hatte. Eigentlich wusste er es: Sie waren natürlich nicht so geformt, wie es nach außen den Anschein hatte, sondern rund und viel schmaler als das mächtige Konstrukt

zwischen dem Pooldeck mittschiffs und dem Sportfeld auf Deck vierzehn. Alles andere war lediglich Verkleidung und Design, um sich von Konstruktionen anderer Kreuzfahrtlinien wie zum Beispiel den typisch gelb-schwarzen runden Schloten der Costa-Linie abzusetzen. Und wenn man genau hinsah, dann erkannte man auch sechs schwarze einigermaßen dünne Rohre, die dort oben aus der Spitze der windschnittigen Pyramide herauslugten.

»Was ist dort drin«, tuschelte er Schneider zu.

»Notstromanlage«, entgegnete dieser und drehte den Schlüssel um. Behutsam öffnete er die Tür und trat vorsichtig ein.

Wulfert folgte ihm. Der Raum lag im Halbdunkeln, beleuchtet durch ein kleines Notlicht in einer der entfernteren Ecken. Aus der Tatsache, dass Schneider den Lichtschalter erst suchen musste, entnahm Wulfert, dass auch der LSA sich nicht sehr oft in diesem Raum aufhielt.

Endlich fand er den Knopf und die Neonröhren begannen zu blinken, um dann plötzlich den Raum taghell werden zu lassen. Wulferts Augen benötigten einige Augenblicke, bis sie sich darauf eingestellt hatten. Dann aber erblickte er direkt vor ihnen auf dem Boden eine mobile Vorrichtung, die für ihn schon allein wegen ihrer militärisch-grünen Einfärbung und den dicken schwarzen Antennen, die an ihrer Hinterseite steil nach oben standen, nicht nach einem Notstromaggregat aussah.

»Bingo«, bestätigte Schneider seine Vermutung.

Der LSA kniete sich vor die tarnfarbene Kofferbox, öffnete mit spitzen Fingern die beiden Schnallen des Deckels und klappte ihn langsam auf. Zum Vorschein kamen mehrere Bedienteile mit Knöpfen und rot blinkenden Dioden-Lämpchen. Die Einheit war offensichtlich scharf. Am unteren Rand des Panels befand sich ein mächtiger, roter Hauptschalter, der auf *On* gedreht war. Darunter stand eine Typen-Bezeichnung: *TX-VIP-MP 2.0.*

»Militärzubehör?«, fragte Wulfert.
»Sieht so aus. Eike wird uns das sicher genauer sagen können. Auch was das da sein könnte.« Schneider deutete auf ein zweites Gerät, das in der Ecke stand.
»Wo ist der eigentlich?«
»Habe ihn ins IT-Office geschickt. Ich würde gerne wissen, was Frank sonst noch manipuliert hat, an der Bordsoftware oder den Security-Systemen vielleicht.«
»Das Ding hier kann also Satellitentelefonie und Handynetz lahmlegen? Ich habe eine vierzehnjährige Tochter zu Hause und könnte so was gut gebrauchen.«
»Sollte das hier wirklich ein Jammer sein, dann müssen wir uns überlegen, wann genau wir ihn deaktivieren. Die werden schnell Wind davon bekommen. Wir haben genug gesehen«, stellte Schneider fest und klappte die Kiste wieder zu. »Ich schlage erst mal Rückzug vor.«
Gemeinsam begaben sie sich wieder in den Korridor. Schneider löschte das Licht und schloss hinter ihnen ab.
Als sie zu der Tür kamen, die zurück auf den Joggingparcours führte, hielt Wulfert mit der Türklinke in der Hand noch einmal inne und drehte sich zu Schneider um: »Wenn wir der GSG-9 wirklich die Positionen der Bomben mitteilen könnten, dann stände einem Sturm des Schiffes eigentlich nichts mehr im Weg.«
Schneider nickte. »Und dann werden diese Arschlöcher ihr blaues Wunder erleben.« Er grinste.
Einen Wimpernschlag später sah Wulfert, wie sich Schneiders Augen voller Entsetzen weiteten, drehte sich reflexartig um und sah direkt in das hasserfüllte Gesicht Gabriels, der ihm die Faust ins Gesicht schlug. Wulfert wurde nach hinten geschleudert und von Schneider aufgefangen. Vor Wulferts Augen tanzte ein Feuerwerk blitzender Punkte. Er konnte sich gerade noch unter Gabriels nächs-

tem Schlag wegducken, der aber sowieso Schneider galt und ihn hinter Wulfert zu Boden gehen ließ. Ohne nachzudenken machte Wulfert in geduckter Haltung einige schnelle Schritte nach vorn, umklammerte den Rumpf des Hünen und schob ihn mit aller Kraft nach hinten. Der verlor das Gleichgewicht und versuchte, nicht nach hinten überzukippen, dabei wurde er von Wulfert zur Tür hinaus bis an die Reling geschoben. Gabriels Schrei gellte über das leere Pooldeck, als sein Kreuz gegen die Brüstung krachte. Doch nur einen Augenblick später fuhren die Ellbogen des Riesen auf Wulferts gekrümmten Rücken herunter und schlugen wie Hämmer ein. Wulfert schnappte nach Luft, bekam aber keine Zeit zur Erholung, denn Gabriel rammte ihm das Knie ins Gesicht und schleuderte ihn von sich.

Wulfert sah schon wieder Sterne und taumelte über den Joggingparcours. Er schmeckte, wie sich sein Mund mit Blut füllte, verlor das Gleichgewicht und fiel benommen auf die Knie. Alles drehte sich. Aber er wusste genau, dass er nur wenig Zeit hatte, und zwang sich deshalb, nach der Reling zu greifen und sich hochzustemmen. Als er sich umdrehte, stürmte Gabriel schon erneut auf ihn zu. Gerade noch rechtzeitig konnte er dem Schlag ausweichen. Gabriel schlug ins Leere und Wulfert packte ihn von hinten, wollte ihm von oben herab einen Schlag verpassen, war jedoch viel zu langsam. Gabriel hatte sich blitzschnell herumgedreht und donnerte ihm von unten die Faust ans Kinn. Wulfert wurde kurz schwarz vor Augen. Er taumelte nach hinten und stieß gegen etwas Hartes, dachte noch, dass das die Holzleiste der Reling sein musste, da kippte sein Oberkörper bereits nach hinten und seine Füße verloren die Bodenhaftung. Seine Beine strampelten in der Luft und er kippte rücklings über die Brüstung. Im Fallen sah er noch die hell erleuchtete Letter des GCL-Logos am Schornstein, dann schlug er mehrere Meter weiter unten hart auf dem Pooldeck auf.

Kein Schmerz, nur Entsetzen erfüllte sein Bewusstsein. Wie in einem Film sah er oben seinen Widersacher stehen und zufrieden zu ihm herabblicken, kurz darauf traten Frank und der blutende Schneider neben Gabriel. Dann wurde es endgültig schwarz.

***

Kapitän Buske sah hinüber zu dem Lichtermeer am Ufer. Sie waren vor einer halben Stunde wie geplant in Vung Tau angekommen und lagen nun vor dem kleinen Hafen auf Reede. Es war Mitternacht. Bereits einige Zeit zuvor hatte wie erwartet die Hafenbehörde angefragt, was sie vorhatten, ob sie sich in Seenot befänden oder einen Lotsen benötigten. Er hatte versucht, sie zu vertrösten und so vage wie möglich zu bleiben, aber natürlich wussten sie sowieso Bescheid – Kiel hatte sie selbstverständlich informiert – und insofern war das nur ein Zugeständnis an Posseidoni gewesen, der zu dieser Zeit neben ihm gestanden hatte.

Buske erschrak, als das Telefon klingelte. Das alles nahm ihn mehr mit, als er sich eingestehen wollte.

«Beckenbruch. Sieht schlimm aus, Käpt'n«, informierte ihn Schiffsarzt Münsch am Telefon.

»Danke, Henning«, erwiderte Buske ernst und legte auf. »Das nächste Opfer«, brachte er nur heraus.

Das Ganze geriet mehr und mehr außer Kontrolle: Schneider gefangen, der Hotelmanager schwer verletzt … Man musste ihn dringend in eine Klinik bringen. Ob er dort wiederhergestellt werden konnte, war ungewiss.

»Ich habe Sie gewarnt, Kapitän«, riss Posseidoni ihn unsanft aus seinen Gedanken.

Sofort stieg flammende Wut in ihm auf und Buske wirbelte herum. »Was haben Sie?«, stieß er wütend aus. »Mich davor gewarnt, dass

Sie der Reihe nach unschuldige Menschen töten oder zu Brei schlagen werden?«
Posseidoni musterte ihn und Buske ertappte sich, wie er ernsthaft darüber nachdachte, ob er in einer körperlichen Auseinandersetzung zumindest eine Chance gegen den filigranen aber deutlich jüngeren Mann hatte. Wenigstens wäre dann alles vorüber, egal wie. Die nervliche Belastung wurde immer größer, aber er durfte sich nicht durch eine unbesonnene Tat aus der Verantwortung stehlen. Auch wenn er momentan ein herzhaftes Verlangen danach verspürte.
»Haben Sie von Schneiders Aktionen gewusst?«, fragte ihn Posseidoni kalt.
»Nein«, warf Buske ihm verärgert hin.
Posseidoni sah ihn lange und durchdringend an. »Und Sie wissen auch nicht, wo der arme Sascha sich aufhält?«
Buske schüttelte trotzig den Kopf, während Posseidoni ihn noch immer musterte. Irgendwann wurde es Buske zu blöde und er wandte sich ab.
»Ich weiß nicht warum, aber ich glaube Ihnen«, bemerkte Posseidoni nun. »Es spielt aber eigentlich keine Rolle. Wir brauchen ihn nicht mehr. Heute Mittag ist das alles vorbei. Ihr Hasardeur sitzt eingesperrt im Bordgefängnis und Wulfert ist auch außer Gefecht. Fehlen nur noch die beiden anderen.«
Buske sah überrascht zu ihm auf.
»Aber sicher, Herr Kapitän. Wir wissen, dass auch Frau Dietrich und Tom Geyer in die Sache verwickelt sind.«
Buske rang um seine Fassung und wusste nicht, was er sagen sollte.
»Herr Posseidoni …«
Weiter kam er nicht, denn das Gesicht des Verbrechers verzog sich zu einem überlegenen Grinsen: »Und das Problem dürfte sich in diesem Moment auch in Luft aufgelöst zu haben.«
Buske verstand erst, als er bemerkte, dass sein Gegenüber auf einen der Überwachungsmonitore starrte, auf denen gerade einer der grö-

ßeren Lagerräume der Provision zu sehen war. Die Mediamanagerin und der Journalist waren dort zu sehen. Offensichtlich durchsuchten sie den Raum. Sie stöberten in allen Ecken, hoben Pakete an, öffneten sogar das eine oder andere.

»Herr Posseidoni, ich bitte Sie …«, setzte Buske an, doch er wurde erneut unterbrochen.

Gabriel und Frank betraten die Brücke.

»Gut gemacht«, lobte Posseidoni seinen Handlanger, der neben ihn trat und auf den Bildschirm starrte.

»Und was machen wir jetzt mit denen?«, fragte dieser sofort.

Posseidoni dachte eine Sekunde lang nach und wandte sich dann an den IT-Techniker: »Die Provision ist ein brandgefährdeter Bereich, oder nicht?«

»Sicher«, bestätigte Frank.

»Dann ist in diesen Räumen sicher eine CO2-Anlage eingebaut.«

Der Kapitän erschrak bis ins Mark. Kohlenstoffdioxidlöschanlagen waren in vielen Bereichen des Schiffes zusätzlich zum Feinzerstäuber-System installiert, vor allem in den Bereichen, in denen sich empfindliche Güter oder elektrische Anlagen befanden. Sie vermieden unnötige Wasserschäden, weil die Funktionsweise des Löschvorgangs eine ganz andere war: Der Raum wurde nicht mit feinem Wassernebel bestäubt, sondern komplett mit CO2-Gas geflutet und dem Feuer so der Sauerstoff entzogen. Natürlich hatte das zur Folge, dass jeder lebende Organismus, der sich in dem Raum befand, ebenfalls erstickte. Buske brach der Schweiß aus, als Posseidoni sich zu seinem Komplizen umdrehte und er dessen fieses Lächeln sah.

***

»Bettina Rupp.«

»Mit wem spreche ich bitte?«

»Bettina Rupp am Apparat.«

Er war irritiert. Er hatte doch mehrmals die Nummer gecheckt und war sich hundertprozentig sicher, dass er die von Sarah Küpers in Kiel gewählt hatte. »Entschuldigen Sie, aber ich wollte eigentlich Frau Küpers persönlich sprechen.«

»Die ist momentan leider nicht zugegen. Mit wem spreche ich denn?«

»Hartmut Schüssler von der *Hamburger Abendpost*.« Hartmut konnte genau hören, wie am anderen Ende der Rollladen runterging. Das kannte er schon. Doch er war entschlossen, ihn wieder zu öffnen. »Wann ist sie denn wieder da?«

»Sie ist auf Geschäftsreise. Es kann dauern, bis sie wieder zurück ist.«

»Nun, sie wird ja nicht gleich in Asien sein.« Das schien schon gewirkt zu haben. Es entstand eine Pause, die er aber zu überbrücken wusste. »Darf ich fragen, was für eine Position Sie bei GCL haben?«

Als Hartmut Schüssler die Antwort hörte, legte sich ein feines Strahlen auf sein Gesicht. Er war bereits bei einer der Führungskräfte gelandet. Sehr gut. Mit ein wenig sanftem Druck würde er bei dieser Frau sicher schnell einen Gesprächstermin erhalten.

»Das trifft sich ja gut: Ich habe gehört, Sie haben ein kleines Problem.«

Stille am anderen Ende der Leitung, dann ein hilfloser Versuch auszuweichen.

Doch Hartmut ließ sich nicht abwimmeln und hakte nach: »Auf welcher Position befindet sich die *SOLARIA* denn im Moment?«

Wieder eine unverbindliche Antwort.
»Wissen Sie, ich habe mir heute Nachmittag eine App mit dem Namen *Boat Watch* heruntergeladen, die die aktuellen AIS-Daten aller Schiffe weltweit in Realzeit erfasst, nur leider nicht die der *GCL SOLARIA*. Die ist nirgends zu entdecken.«
Erneute Stille in der Leitung. Er justierte nochmals nach.
»Muss ich morgen eine Schlagzeile mit dem Titel GCL-Kreuzer vermutlich in Asien gesunken herausbringen?«
Endlich lenkte seine Gesprächspartnerin ein und gab vage zu, dass *GCL* momentan gewisse Schwierigkeiten auf einem ihrer Schiffe hätte, dann folgte das Angebot eines baldigen Rückrufes.
»Aber vergessen Sie mich nicht, Frau Rupp«, machte er höflich Druck und setzte noch einen drauf: »Es könnte auch in Ihrem Interesse sein, ich habe nämlich diesbezüglich interessante Neuigkeiten für Sie.«

***

»Die Proviant-Abteilung ist ja riesig.«
»Lagern sie mal Essen und Verbrauchsgüter für so viele Menschen bis zu Feuerzeugen, Servietten und Klopapier. Der Proviantmeister muss Güter für vier Wochen vorrätig haben.«
Tom war müde und hatte verdammten Kohldampf. Sie hatten bereits mehrere Räume der Provision akribisch durchsucht und jeder war mindestens so groß gewesen, wie sein Wohnzimmer, allerdings um einiges kälter, denn die Lebensmittel waren bei minus achtzehn Grad gefroren.
»Bei einem einzigen Loading erhält er zwischen achtzig und hundert Tonnen Ware.«

»Tonnen«, versicherte Tom sich noch einmal und Sinah sah von einem Karton auf, den sie soeben geöffnet hatte. »Sicher«, bestätigte sie lächelnd.
»Okay, das ist eine Menge«, stellte Tom fest. »Aber hier drin scheint es leider nichts zu essen zu geben.«
Sie schüttelte den Kopf. »Non-Food-Lager.« Sinah schloss den Karton zwischen ihren Beinen wieder und stieß ihn frustriert mit dem Fuß von sich. »Das ist einfach zu viel, um es alles genau zu durchsuchen.«
Sie waren nun schon über sechs Stunden auf dem Schiff unterwegs. Einen ersten Erfolg konnten sie tatsächlich verbuchen: Sie hatten ein merkwürdiges Objekt im Theaterbereich, direkt unter der Vorbühne gefunden. Dort unten waren sehr viel technische Geräte verbaut und deshalb war es wahrscheinlich bisher niemandem aufgefallen, doch als sie mit einer Taschenlampe unter den runden Steg geblickt hatten, war Tom ein verdächtiges Gerät ins Auge gefallen. Der herbeigerufene Eike bestätigte ihre Vermutung: Sie hatten die dritte Bombe gefunden. Blieb noch eine.
Diese Bombe war perfide platziert: Detonierte der Sprengsatz bei gefülltem Theater, würde er viele Menschen direkt in den Tod reißen. Um ein Loch in die Schiffswand zu sprengen, hatten die Gangster hingegen die Bombe im Maschinenraum. Wo könnte die letzte sein? Was würde für die Verbrecher Sinn machen?
Frustriert stand Sinah breitbeinig in einer Ecke des Lagerraumes und riss erneut einige Kartons aus einem Regal. Sie wurden immer radikaler. Anfangs hatten sie noch Skrupel gehabt, doch mittlerweile hatte sich das bei beiden so abgenutzt, dass sie wahllos Dinge verschoben, Pakete und Kartonagen herauszogen und ziemlich viel Unordnung machten.
»Der Proviantmeister wird sich morgen freuen«, bemerkte Tom mit schlechtem Gewissen.

»Egal«, entgegnete Sinah ohne aufzusehen. »Ich rede ganz früh mit ihm.« Sie zerrte unbarmherzig so lange an einem Stapel von Kartons, bis er aus dem Regal kippte.
»Sinah, wenn sich darin ein Sprengsatz befunden hätte, dann hätten wir es jetzt sofort bemerkt«, meinte Tom vorwurfsvoll.
»Ach … das bringt doch nichts«, sagte sie frustriert und drehte sich zu ihm um. »Hier drin ist nichts.«
Doch Tom war anderer Meinung: »Vielleicht sollten wir noch mal dort hinten nachsehen«, erwiderte er lächelnd, denn durch den umgefallenen Stapel war etwas freigelegt geworden, dass für ihn exakt so aussah wie das Ding, das sie im Theater gefunden hatten.
»Das darf nicht wahr sein!«, stieß sie freudig aus.
Sie räumten eilig noch einige Kartons zur Seite, um sich das Ding genauer anzusehen, aber es war eindeutig. Freudig schnappte Sinah sich den Hörer des Wandtelefons und wählte die Pagernummer von Eike.
»Die haben sie aber gut versteckt«, stellte Tom fest, als sie wieder aufgelegt hatte.
»Trotzdem haben wir sie gefunden«, freute sich Sinah und strahlte ihn an.
»Ja: Vier von vier!«
»Tom. Wir haben sie alle!«
Sinah überraschte ihn mit einer spontanen Umarmung und Tom atmete einen Hauch ihres Parfums ein. Doch bevor er es richtig genießen konnte, erstarrten die beiden durch das ohrenbetäubende Heulen eines Alarmsignals.
»Shit«, entfuhr es Sinah, die ihn entsetzt anstarrte.
»Was ist das?«
»Der CO2-Alarm.« Sinah deutete auf eine rote Lampe über der Tür, die angefangen hatte zu blinken.

Noch bevor Tom sie fragen konnte, was das zu bedeuten hatte, erschrak er durch ein lautes Zischen über ihnen und im selben Moment wurde ihm eiskalt.

»Das ist Kohlenstoffdioxid! Hochgiftig«, brüllte Sinah, die sofort über einige Kisten sprang und dabei beinahe stolperte. »Wir müssen sofort raus hier!«

Das war leichter gesagt als getan, denn sie hatten hinter sich so viele Kartons und anderes Material aus den Regalen gezogen, dass sie sich damit den Weg zur Tür äußerst ungünstig verbaut hatten. Gemeinsam bahnten sie sich einen Weg, um an die Ausgangstür zu gelangen.

Währenddessen strömte das Gas durch mehrere Düsen an der Decke des Raumes gnadenlos auf sie herab. Es wurde neblig und kälter. Toms Kopf hämmerte und ihm wurde schwindelig, sein Puls raste.

Endlich an der Tür angelangt, versuchte Sinah, sie zu öffnen, aber vergeblich.

»Automatische Türverriegelung. Damit niemand reinkommt, wenn das Gas ausströmt.«

»Gibt es einen zweiten Ausgang?«, brüllte Tom sie in Panik an.

»Hier unten nicht, nein.«

»Scheiße!«

Verzweifelt versuchte Sinah noch einmal, die Tür zu öffnen. Erfolglos.

Tom spürte einen entsetzlichen Stich in seinem Hinterkopf, sein Herz raste. Er atmete in tiefen Zügen, doch es schien zu wenig. Schlagartig kamen ihm Bilder von damals in den Kopf. Es war, als ob sie ertranken. *Wir müssen nach oben*, dachte er in Todesangst und riss Sinah fort von der Tür. Das Gas war sicher schwerer als Luft. Er zerrte sie zu einem der Kartonstapel und wollte sie dazu bewegen, dort hinaufzuklettern, aber sie riss sich los und suchte in den Regalen nach etwas.

Seine Augen tränten und ihm wurde schwindelig. Sein Herz raste. Lange hielt er das nicht mehr aus. Er konnte die Augen nur noch mit Mühe offenhalten. Verzweifelt versuchte er, Sinah in dem dichten Nebel zu entdecken. War sie bereits zusammengebrochen und erstickt?
»Sinah«, rief er mit letzter Kraft. »Sinah!« Er musste husten. Seine Lungenflügel brannten.

***

Sarah drehte den Knopf an ihrer Armbanduhr weiter. Der Minutenzeiger umrundete mehrmals das goldene Zifferblatt und sie hörte erst damit auf, als die Uhr 01:30 anzeigte. Vung Tau war sechs Stunden vor der europäischen Zeit. Sie saß alleine im hinteren Teil des beeindruckenden Jets. Jansen und Müller hatten sich ganz vorne von der Flugbegleiterin ein Abendessen servieren lassen.
Die Fluggesellschaft hatte nicht zu viel versprochen. Die Innenausstattung des *Falcon-7X* war äußerst luxuriös. Sarah hatte zwar für die Firmenleitung des Öfteren einen Jet bei der Privatfirma gebucht, selbst aber erst ein einziges Mal in einem solchen Flugzeug gesessen. Ebenfalls mit Müller, als er Bettina und sie zu einem kurzen Rundflug abgeholt hatte.
Sie war müde, auch wenn es eigentlich noch nicht sehr spät war. Wenn sie allerdings früh einschlief, war sie morgen wenigstens einigermaßen fit. Sarah war sich nur nicht sicher, ob sie vor Aufregung überhaupt schlafen konnte.
»Alles in Ordnung?«, fragte Jansen, der zu ihr in den hinteren Bereich des Jets gekommen war.
»Ja, alles okay. Ich mache mir nur unnötige Gedanken.«
»Wir werden sie dort rausholen«, versuchte er, ihr Mut zu machen.

Sie sah in seine entschlossenen Augen und das half ihr tatsächlich ein wenig. »Nennen Sie mich doch bitte Sarah.«
»In Ordnung … Sarah«, antwortete er lächelnd. »Ich heiße Olaf.«
»Kann ich Sie etwas fragen, Olaf?«
»Sicher. Was Sie wollen.«
»Haben Sie schon einmal einen Menschen getötet?«
Jansens freundliches Lächeln verschwand. »Das musste ich in meiner Laufbahn leider schon mehrmals.«
»Muss eine aufwühlende Erfahrung sein.«
»Schwer zu beschreiben. Man muss sich damit trösten, unschuldige Leben zu retten. Aber viel besser macht es das nicht. Es gibt fast immer Umstände, die einen in irgendeiner Weise Verständnis für die Handlungsweisen der Getöteten aufbringen lassen. Wenn die Sachlage aber so ist wie in diesem Fall, dann habe ich mit meinem Gewissen wenig Probleme. Einen Raubmörder zu erschießen, um Hunderte, vielleicht Tausende zu retten ist eine einfache Rechnung.«
Sarah sah Jansen lange an. Er hatte ein so freundliches Äußeres, fast unscheinbar. Seine Augen strahlten Güte aus und sie konnte sein angenehmes und warmes Erscheinungsbild nur schwer mit dem vereinbaren, was er von sich gab. »Was passiert denn bei einem solchen Einsatz? Ich kenne das nur aus Filmen, kann mir aber nicht vorstellen, dass das in echt so abläuft.«
»Meine Männer sind seit einigen Stunden vor Ort. Sie haben in der Nähe des Hafens eine Kommandozentrale eingerichtet. Die interne Befehlsstelle wird mit Funk- und Videoüberwachung ausgestattet, Kommunikationswege und Zuständigkeiten werden geklärt. An Land werden Beobachtungs- und Präzisionsschützenstellungen vorbereitet und schnelle Fahrzeuge bereitgestellt, falls die Täter sich überraschend absetzen wollen. Hubschrauber und Tauchequipment sind auch verfügbar, falls wir bei Nacht das Schiff stürmen müssen.

Von Herrn Müller habe ich detaillierte Pläne erhalten. Aber selbst wenn wir überraschend auf das Schiff kommen könnten, ist das Zielgebiet einfach viel zu gewaltig und unüberschaubar, um zügig nach Personen oder Bomben zu suchen. Es gibt so viele mögliche Verstecke für Sprengsätze und Zielpersonen.«

»Was müssten Sie denn wissen?«

»Da wären zunächst Identität und Aussehen aller Komplizen. Allein das erscheint nicht so einfach, da sich vermutlich nicht alle als solche enttarnt haben. Dann müssten wir in der Lage sein mit Sicherheit zu sagen, ob die Täter bewaffnet sind. Im Falle eines tatsächlichen Zugriffes versucht man auch, den genauen Aufenthaltsort der Zielpersonen und der Geiseln zu kennen, um die Verletzung Unschuldiger zu vermeiden. Aber wie soll das gehen bei fast dreitausend Personen? In unserem Fall ist es schon einmal gut, dass wir wissen, wie viele Sprengsätze es sind. Aber wir müssten auch die genauen Positionen kennen und wissen, ob sie mit Funkzündern versehen sind. Sonst jagen die die Dinger im Falle eines Zugriffs sofort in die Luft.«

Niedergeschmettert sah Sarah ins Leere. Vorn im Jet war Müller soeben aus dem Bad gekommen und machte sich daran, sich schlafen zu legen.

»Aber die Firma hat das Geld doch aufgetrieben und ist bereit, die geforderte Summe zu zahlen.«

Jansen lächelte sie milde an, enttäuschte sie aber in ihrer Hoffnung, dass damit alles gut war. »Das Problem bleibt, dass wir nichts Sicheres über die Motive dieser Leute wissen. Leider. Sind sie wirklich einfach nur auf das schnelle Geld aus oder haben wir es mit Terroristen zu tun, die möglichst viele Menschen töten wollen.«

Er hatte wirklich ein Talent, die Dinge beim Namen zu nennen.

»Aber es ist von Vorteil, dass wir zumindest von ihrem Anführer das Aussehen kennen. Und ihre Freundin hat uns ebenfalls sehr weiter-

geholfen. Wir kennen die Anzahl der Bomben und das LKA konnte durch den Namen – Sascha Gulkow über Interpol ein paar Dinge herausfinden.«
»Tatsächlich?«
»Ja. Er scheint aus Russland zu stammen und war bis vor einigen Jahren Sprengstoffexperte der *Speznas*, einer Spezialtruppe des Militärs, die allerdings mangels finanzieller Mittel nahezu aufgelöst wurde. Die Männer dieser Truppe sind weitgehend in den privaten Sektor gegangen. Und wir konnten eine Verbindung zu einer Person herstellen, deren Beschreibung auf diesen Posseidoni passt. Sein Name ist Danylo Tyhr.«
»Wirklich?«, sagte Sarah abwesend. Sie dachte an Sinah und hoffte, dass es ihr gut ging. »Das muss doch etwas sein, das man sein Leben lang mit sich herumträgt«, murmelte sie dann leise.
»In der Tat.« Jansen hatte genau verstanden, wovon sie sprach. »Man hat einem Menschen das Leben genommen. Das Schlimmste, was man überhaupt tun kann.« Er lächelte sie milde an und stand dann auf. »Versuchen Sie jetzt zu schlafen, Fräulein Sarah.«
Sie sah sich Jansen nochmals ganz genau an, als er sich einige Meter weiter vorn auf eine Liege setzte und noch für einen Moment dort so verharrte.
Fräulein Sarah. Sie ließ es ihm durchgehen. In seiner Position bekam man vielleicht nicht so mit, dass das *Fräulein* inzwischen eher eine Beleidigung war. So hatte er es jedenfalls sicher nicht gemeint. Auch wenn dieser Mann durch das was er sagte vermittelte, dass er ohne den Atem dafür anhalten zu müssen Menschen töten konnte: Sie sah doch auch Güte und Besonnenheit und war sich sicher, dass er auf keinen Fall ein unnötiges Risiko eingehen würde.
«Gute Nacht, Olaf.«
»Gute Nacht.«
Wenn sie ehrlich mit sich war, *wollte* sie sich dessen sicher sein.

Kapitel VI

Er war in seine Kabine gegangen, um sich ein wenig Ruhe zu gönnen. Es war schon bald halb zwei und er hatte morgen viel vor.
Showdown in Saigon. Irgendwie passend, fand er.
Behutsam zog er sich die Schuhe aus, stellte sie exakt parallel zu einander vor das Fußende seines Bettes, setzte sich in aller Ruhe auf die Kante und ließ sich dann behutsam auf das Kissen sinken. Er war zufrieden mit sich. Es war alles unter Kontrolle. Sie hatten ihre internen Gegner enttarnt und dingfest gemacht – auch die beiden, die augenscheinlich die Bombe im Proviantbereich entdeckt hatten. Mit so viel Widerstand hatte er gar nicht gerechnet; seiner Erfahrung nach waren Zivilisten durch die Bank Waschlappen. Nun, es gab Ausnahmen. Sie hatten sogar einen ihrer Männer verloren – er ging nicht davon aus, dass Sascha noch lebte, auch wenn Schneider diesbezüglich dichthielt –, aber sie brauchten ihn sowieso nicht mehr; die Bomben waren scharf und konnten jederzeit gezündet werden, solange er sich in der Nähe des Schiffes befand. Morgen um 19:00 Uhr würde die erste auch ohne sein Zutun hochgehen, dann allerdings wäre er nicht mehr auf dem Schiff.
Alles läuft wie geplant, Danylo.
Er schnaubte grimmig. Seit einem halben Jahr trug er nun den falschen Namen *Alan Posseidoni.* Ein bisschen überkandidelt, aber egal. Sollten die Leute sich doch den Kopf darüber zerbrechen, ob es nun eine Anspielung auf den Gott des Meeres oder den Film mit dem absaufenden Kreuzfahrtschiff war. Tatsächlich fiel ihm ein griechisches Restaurant gleichen Namens ins Auge, als er seinem Auftraggeber einen Namen nennen sollte. Seinen richtigen Namen hatte er seit Jahren nicht mehr benutzt. Wenn er ihn sich nicht von Zeit zu Zeit in Erinnerung rief, würde er ihn vermutlich irgendwann

vergessen. – Seinen Familiennamen einfach vergessen, so wie seine Familie, die es nicht mehr gab.
Er rieb sich die Augen. Den Namen *Tyhr* gab es noch oft in der Ukraine, aber er war ein Einzelkind gewesen, seine Eltern ebenfalls und die Geschwister seiner Großeltern hatten es nicht geschafft, eigene Familien zu gründen – oder sie am Leben zu halten. Eine scheiß Gegend, in der sie beheimatet waren: Revolution, Weltkrieg und Bürgerkrieg, was anderes gab es wohl nicht. Dabei hatten seine Eltern es eigentlich geschafft, waren nach der Auflösung der Sowjetunion als Diplomenten nach Deutschland gegangen. Er war in Wohlstand aufgewachsen, hatte Bildung genossen, es sich gut gehen lassen – ein *Playboy*, wie sein Vater manchmal meinte. Berlin am Ende des letzten Jahrtausends war aber auch wie gemacht für Exzesse aller Art – und er hatte einige Dinge entdeckt, von denen er nicht gedacht hätte, dass sie ihm Spaß machen.
Aber dann mussten die Europäer ja Druck machen und die Ukraine in ihre schwitzigen Arme schließen. Janukowitsch floh nach Russland, der feige Drecksack, und seine Eltern wurden zurückbeordert.
Er raufte sich die Haare beim Gedanken an die bodenlose Dummheit seines Vaters, tatsächlich zurückzugehen. Noch wütender war er aber über sich selber, dass er damals mitgegangen war. Wenn er ehrlich war, wurde er von der Sorge getrieben, sein Vater könnte ihm womöglich den Geldhahn zudrehen.
Und dann die Entlassung aus dem Staatsdienst, der Prozess … Wie hatte ihm entgehen können, dass sein Vater korrupt war und alle möglichen Geschäfte machte? Über Nacht waren sie mittellos. Sein Vater drückte sich vor der Verantwortung. Als er an einem kalten Märzmorgen von einer in billigen Kaschemmen durchsoffenen Nacht nach Hause kam, fand er seine Eltern erhängt im Flur. Ein letzter Gruß. Die Bosheit dahinter, der Frust seines Vaters über das sorglose Treiben seines Sohnes war nicht zu übersehen.

Er hatte eilig das Nötigste gepackt und war gegangen. Er versuchte mit dem Namen *Tyhr* bei den Separatisten im Osten Fuß zu fassen, aber als Sohn korrupter Diplomaten war er weit weniger willkommen, als er angenommen hatte. Also musste er sich mit neuem Namen seine Sporen selbst verdienen, den Umgang mit Waffen lernen und den Umgang mit jenen, die vor Patriotismus glühend um Führung bettelten.
Krieg ist ein merkwürdiges Geschäft, hatte er festgestellt. Es gelten keine Regeln und wer sich dennoch an welche hält, verliert. Der Skrupellose siegte über die mit Gewissen, der Gefühlskalte über die Zartbesaiteten. Er brauchte nichts von beidem, wie er schnell feststellte: weder Gewissen noch Skrupel. Auch keine Empathie. Ihm war es einerlei, wer wen auf welche Weise tötete, solange etwas für ihn dabei heraussprang. Und wenn man jeden, der einem im Weg steht, einfach beseitigen und es dem Feind in die Schuhe schieben kann, umso besser.
Im Herbst 2014 hatte er bereits eine eigene kleine Einheit, auf die sich der zuständige Gebietskommandant verließ, im Frühjahr 2015 war er selbst zum Warlord geworden und hatte neben Kämpfern auch Adjutanten, ein brauchbares Beschaffungswesen und praktisch die Polizeigewalt über ein Gebiet von annehmbarer Größe: groß genug, um es sich einigermaßen gutgehen zu lassen, aber noch gut zu halten.
Dann schickte Putin Freischärler, die dafür sorgen sollten, dass die Dinge in der Ostukraine sich wunschgemäß entwickelten. Zum Glück traf er auf Gabriel, statt auf einen putintreuen Betonkopf. Gabriel hatte nahezu dieselben Neigungen wie er selbst, er war lediglich etwas emotionaler veranlagt, ein ausgeprägter Sadist, der sich aber hervorragend beherrschen konnte, wenn die Situation es erforderte. Er hatte sein Handwerk bei der russischen Marine gelernt, würde aber auch jederzeit einen erstklassigen Serienkiller abgeben.

Gemeinsam bauten sie ihren Machtbereich bis zum Sommer 2017 aus, mussten aber einsehen, dass sie feststeckten. Dieser verfluchte Grabenkrieg konnte sich noch Jahrzehnte hinziehen. Sie waren im stinkenden Niemandsland zwischen Russland und Europa gefangen, ohne Aussicht auf Besserung. Da überbrachte ihm einer der OSZE-Kontrolleure, die in der Gegend herumschlichen, wie Halbstarke im Rotlichtviertel, einen Brief von einem ehemaligen Geschäftspartner seines Vaters. Weiß der Teufel, wie er ihn gefunden hatte und woher er überhaupt wusste, dass er für derlei Angebote empfänglich war, aber das war angesichts der Möglichkeiten, die sich boten, völlig egal. Der Mann, ein in Deutschland ansässiger ukrainischer Geschäftsmann, wollte ihm einen Kontakt zu einer Person vermitteln, die jemanden suchte, der in der Lage war ein Kreuzfahrtschiff zu befehligen. Er hatte nicht lange überlegen müssen, was genau damit gemeint war, schließlich war er kein Kapitän, sondern Anführer einer Miliz. Es wurde ein Treffen in Mariupol organisiert, wo sein neuer Auftraggeber in an Bord einer Privatjacht traf.
Er hatte ihm die komplette Durchführung eines bis ins kleinste Detail ausgeklügelten Plans anvertraut und ihm die nötigen Spesen vorgeschossen. Das Gute an dem Plan war seine Einfachheit – nur nichts Kompliziertes. Das Ganze war mit einigen Mann machbar. Letztlich brauchte er neben Gabriel fast nur noch einen Sprengmeister; da kam ihm Sascha aus seiner Einheit gerade recht. Der hatte sich dem Widerstand auch nicht gerade aus Patriotismus angeschlossen, sondern weil er als Pyromane ansonsten im Knast gelandet wäre. Zum Glück hatte er bei der Armee gelernt, sachgerecht mit entzündlichem Material umzugehen. Er war perfekt für ihre Zwecke, er konnte notfalls aus Haarspray und einem Kaugummi eine Bombe basteln.
Zu dritt hatten sie dem Drecksloch bei Melitopol den Rücken gekehrt und sich in die Türkei abgesetzt, wo sie mit falschen Papieren

nach Thailand weitergereist waren. Von Bankok ging es dann auf die Philippinen.
Die Reise nach Asien, die Materialbeschaffung und Entführung von Ströhls Frau in Manila – ein Kinderspiel. Auch die Einschiffung, die Zwangsrekrutierung von Ströhl und die Außerkraftsetzung einiger Überwachungskameras, die Installation der Sprengladungen ... alles war glatt über die Bühne gegangen. Der tote Umweltoffizier und die widerspenstigen Crewmitglieder waren vergleichsweise harmlose Komplikationen, er hatte mit mehr Schwierigkeiten gerechnet, dass er ein paar Exempel statuieren müsste, noch eine zweite Bombe zur Demonstration zünden, mit lebenden Schutzschilden herumlaufen und dergleichen, aber nichts davon. Gabriel war geradezu enttäuscht, dass er keine Gäste über Bord werfen durfte.
Er verzog kurz das Gesicht: Gabriel, eine nahezu perfekt steuerbare Waffe – wenn man seine Bedürfnisse kannte und bediente.
Morgen würde der Vertreter der Firma, *Director Maritime Management Patrick Müller* – was für ein Titel! – das Geld an Bord bringen und sie würden untertauchen. Doch zuvor würde es einen mächtigen Knall geben. Sein Auftraggeber in Kiel, der ihn zum Glück rechtzeitig über die Aktivitäten von Dietrich informiert hatte, würde zufrieden sein. So bekam jeder, was er wollte – die Grundvoraussetzung für gute Geschäfte. Denn selbst wenn die GSG-9 noch rechtzeitig eintreffen sollte und die eine oder andere Bombe finden und entschärfen konnte: Einer der fünf Sprengsätze würde sicher hochgehen.

Kapitel VII

Der Christus von Vung Tau. Kapitän Buske nahm müde das Fernglas von den Augen. Er war ein gläubiger Mann, doch in der aktuellen Situation fiel es selbst ihm schwer, seine einzige Hoffnung in ein Stoßgebet zu dieser zweiunddreißig Meter hohen Jesusstatue zu setzen, die in einer Meile Entfernung mit ausgebreiteten Armen über der Stadt thronte und, bestrahlt von der Morgensonne, scheinbar gütig zu ihnen herüberblickte. Was brachte das, wenn diese gottlosen Verbrecher, die sie alle bedrohten, keine Achtung vor solchen Dingen hatten?

Buske hatte das Wahrzeichen von Vung Tau, das christliche Touristen wie buddhistische Pilger gleichermaßen anzog, zuletzt vor über zehn Jahren gesehen. Der Hafen war zu klein für den Kreuzfahrtbetrieb und die Anlegestellen für Schiffe mit einer Höchstlänge von hundertfünfzig Metern ausgelegt. Daher steuerten die um einiges längeren Schiffe der GCL-Flotte stattdessen den Hafen *Phu My* an, der ungefähr dreißig Kilometer weiter den Saigon-River hinauf lag. Dies hatte den zusätzlichen Vorteil, dass die Gäste leichter und vor allem schneller von Bord kamen und die Anfahrt zur beliebten Metropole Hồ-Chí-Minh-Stadt nicht so lang dauerte. Deshalb hatte er, obwohl er die letzten Jahre öfter die Südostasien-Route gefahren war, die Stadt und auch die Statue schon lange nicht mehr gesehen.

Vung Tau lag etwa sechzig Kilometer südlich der Hauptstadt und war immer ein wichtiger Hafen gewesen, besonders während der französischen Kolonialzeit. Neben der wichtigen Industrie war die Stadt ein Touristenzentrum. An den langen ganzjährig nutzbaren Stränden machten vor allem Vietnamesen Urlaub, viele aus Hồ-Chí-Minh-City, dem ehemaligen Saigon, das von den Einheimischen allerdings trotzig weiterhin so genannt wurde.

Sie lagen am südwestlichen Ende vor Anker, wo die kleine Halbinsel am weitesten ins Meer hineinragte und auf einem der beiden kleinen grün bewachsenen Hügel, die ihnen die Sicht auf den größten Teil der Hafenmetropole verdeckten, die Christus-Statue friedlich aufs Meer hinaus blickte. Am Fuße der beiden Hügel, die Buske, als er sie als junger Seemann zum ersten Mal erblickt hatte, amüsiert als den *wahren Meerbusen* betitelt hatte, zog sich die Küstenstraße entlang.
Es war wie üblich viel los um das kleine Hafenbecken. Das hatte Buske bereits durch seinen morgendlichen Check des AIS-Monitors feststellen können. Auch das LRIT-System zeigte über dreißig größere und kleinere Handels- und Containerschiffe im Umkreis an, mehrere Schnellfähren sowie zwei Kreuzfahrtschiffe, die allerdings den Hafen nur passierten und nach Phu My weiterfahren würden. Nur die *SOLARIA* war nicht auf dem LRIT-Monitor zu entdecken. Er konnte sich vorstellen, wie frustrierend es für Schmücker in Kiel sein musste, so gänzlich von einem seiner Schiffe abgeschnitten zu sein. Weitaus schlimmer war es, dass Wulfert und Schneider von Gabriel dabei erwischt worden waren, wie sie die Position des Störsenders ausgekundschaftet hatten. Den Hotelmanager hatte es übel erwischt. Sie mussten ihn nachher, wenn das Tenderboot losfuhr, um Patrick Müller mit dem Lösegeld im Hafen abzuholen, auf jeden Fall an Land bringen, um ihn schnellstmöglich in ein Hospital überführen zu lassen.
Aber noch viel schrecklicher war die Tatsache, dass es schon wieder Todesopfer zu beklagen gab. Entsetzlich! Kaltblütig hatte Posseidoni Sinah Dietrich und Tom Geyer in der Provision vergast. Buske musste beim Gedanken an diesen unglücklichen Ausdruck schlucken, aber ihm fiel einfach nicht ein, wie er diesen feigen Mord sonst nennen sollte. Regungslos hatte der Verbrecher vor den Überwachungsmonitoren gestanden und zugesehen, wie der Raum mit Kohlenstoffdioxid

geflutet wurde und die beiden verzweifelt an die verriegelte Tür gestürmt waren. Buske hatte gebettelt und um Gnade gefleht, aber es hatte nichts genutzt. Wortlos hatte Posseidoni beobachtet, wie die beiden armen Seelen dort unten um ihr Leben kämpften.
Bevor es ganz vorbei war, hatte sich der Raum durch die schnelle Abkühlung mit Kondenswasser gefüllt, sodass sich ein grauer Nebel des Schreckens über die Szene legte. Buske empfand es als eine Gnade, dass er das grausame Ende nicht mehr mit ansehen musste.
Das Wortgefecht, das sich danach ereignete, war wohl das schlimmste und ernüchternste, das er je in seinem Leben geführt hatte. Er hatte nicht erwartet, dass dieser Mann, der bei allem, was er bisher schon verbrochen hatte, doch ein wenig kultiviert wirkte, derart grausam und gefühllos sein konnte. Diese Ansicht musste er nun revidieren. Es gab einen Grund, warum Posseidoni der Anführer war.
Als es vorbei war und Buske sich wieder einigermaßen im Griff hatte, bat er Posseidoni, die Leichen bergen lassen zu dürfen. Doch Posseidoni hatte ihn unbewegt angesehen und abgelehnt. Fassungslos über eine solche Unbarmherzigkeit hatte Buske ein mattes »Wieso?« hervorgebracht.
»Unnötige Sentimentalität. Lassen Sie uns professionell bleiben.« Mit diesen Worten hatte er ihn gestern Abend einfach stehen lassen.
Dieser Mann hatte kein Herz, das stand für Buske nun fest. Und er würde es nicht zulassen, dass dieses Scheusal davonkam.
»Beeindruckend, nicht wahr?«, überraschte ihn in diesem Moment eben dieses Ungeheuer, das von ihm unbemerkt die Brücke betreten hatte.
Buske fuhr herum und sah Posseidoni wütend an. »Was?«
»Die Statue«, meinte Posseidoni selbstgefällig.
Buske ließ sich seine Überraschung nicht anmerken.
Stumm hielt Posseidoni ihm die Hand hin und Buske reichte ihm nach einigem Zögern widerwillig das Fernglas.

»Die vierthöchste Christus-Statue der Welt, weit größer als die in Rio de Janeiro, aber wohl lange nicht so bekannt.«
Buske schwieg. Er hatte keine Lust auf Small Talk.
»Das ist das Los der kleinen und unwichtigen Länder, nicht wahr? Auch wenn sie vielleicht wundervolle und schützenswerte Schätze haben – solange sie nicht auch wirtschaftlich wichtig sind, werden sie und ihre Kulturgüter ebenso wenig wahrgenommen wie politische Missstände, blutige Kriege oder gar der Tod vieler unschuldiger Menschen.«
Buske wandte sich ab und rollte genervt mit den Augen. Politische Statements aus einem solchen Mund. Ein Killer, der sich als Oberlehrer aufspielte – widerlich.
»Europa hat einen Bruderkrieg direkt vor der Haustür, aber anstatt einzugreifen und Stärke zu zeigen, verschanzt es sich hinter diplomatischen Plänkeleien, NATO- und EU-Gipfeln und nichts sagenden Wirtschaftssanktionen gegen Russland. Erbärmlich.«
»Herr Posseidoni – was wollen Sie von mir?«
»Schon gut, Herr Kapitän. Ich sehe schon, Sie sind nicht in Stimmung. Ist das Tenderboot bereit?«
»Jederzeit. Aber es ist noch eine Weile hin bis zwölf Uhr.«
»Wo kann es anlegen?«
»Sehen Sie die kleine Pier am östlichen Fuß des linken Hügels? Ich werde dem Hafenmeister vorschlagen, dass wir dort landen.«
»Gut überschaubar. In Ordnung. Ich werde Schneider mit rüberschicken. Ich will ihn von Bord haben. Und ihm Gabriel mitgeben, damit er keinen Unfug treibt.«
Buske war ein wenig überrascht. Wollte er damit Gnade zeigen? Gestern Abend hatte er das nicht getan.
»Sobald das Tenderboot uns verlassen hat, können Sie das Zeichen zur Evakuierung geben und die Passagiere sich auf ihre Musterstationen begeben. Ich nehme an, ihr Headoffice wird das brennend

interessieren. Wir schalten den Störsender vorher ab, damit Kiel das live über die Übertragungskameras verfolgen kann.«

Buske kommentierte das nicht. Es war ihm momentan gleichgültig, was Kiel sah und was nicht. Hauptsache, die Passagiere kamen schnell und unversehrt an Land.

»Wissen Sie, wann der Bau dieser Statue begann?«, fuhr Posseidoni munter fort. »Es war 1974, im letzten Jahr des Vietnamkrieges. Drei Millionen Opfer. Wissen Sie, ich glaube, diese Welt ist einfach von Grund auf schlecht. Genauer gesagt ist es der Mensch, der schlecht ist. Er lernt einfach nicht dazu. Damals wie heute: Kommunisten gegen Kapitalisten, Christen gegen Muslime, Nord gegen Süd. Groß gegen Klein. Und immer baden es die Unschuldigen aus. Das ist sozusagen menschlicher Standard.« Er zwinkerte Buske zu. »So ist das nun mal. Aber davon weiß dieser Stahlbetonriese da drüben nichts. Er breitet gnädig seine Arme über seine Schäfchen aus und platzt beinahe vor Nächstenliebe. Er hat sich von Grund auf getäuscht, dieser Prophet: Es gibt keine Güte in dieser Welt, keine Barmherzigkeit und mit Sicherheit gibt es auch kein Vergeben.«

Buske sah Posseidoni von der Seite an. Hatte sich dieser ansonsten so gebildet wirkende Mann etwa seine eigene Weltanschauung zurechtgebastelt, mit der er seine Verbrechen rechtfertigte? Er wandte sich ab und sah hinaus aufs offene Meer. Im Gegenlicht der aufgehenden Sonne näherte sich am Horizont ein Flugzeug, das offensichtlich zur Landung auf dem nahen Flughafen von Vung Tau ansetzte.

Sarah blickte aufgeregt aus dem kleinen Fenster des Jets hinab auf das herannahende Vung Tau. Dort unten lag sie, die *GCL SOLARIA*, direkt vor dem Hafeneingang. Sie sah so friedlich aus von hier oben – wenn man nicht daran dachte, dass sie mit vier Bomben gespickt war. Auf einem der gegenüberliegenden Hügel entdeckte sie eine schneeweiße gigantische Statue, konnte sie aber nicht genau erkennen. Wie ein typischer Buddha sah sie jedenfalls nicht aus.

***

Es war ein Uhr nachts in Kiel, also sieben Uhr morgens in Vietnam. Sie hatten tatsächlich herausgefunden, dass Sascha mit ihnen zusammenarbeitete. Er war ein wenig beeindruckt. Es machte aber nichts. Er hatte gestern die SMS abgeschickt und man hatte sich um die nervige Mediamanagerin und ihren Journalisten gekümmert. Eine entsprechende Antwort auf seine SMS war bereits eingetroffen: *Aufsässiger Sicherheitsoffizier unter Arrest, Hotelmanager im Hospital, Dietrich und Geyer tot. Alles unter Kontrolle.* Das klang doch gut.

Dass die Presse schon Wind davon bekommen hatte, war indes eine äußerst positive Wendung. Er hatte sowieso vorgehabt, demnächst eine anonyme Meldung zu verschicken. Das erübrigte sich nun. Es würde sich schnell herumsprechen. Und dass das LKA einige Dinge über Sascha Gulkow herausgefunden hatte und auch den waren Namen Posseidonis ermitteln konnte, störte nicht besonders. Er würde ihn nicht mehr verraten können: Es waren bereits Söldner angeheuert, die ihn und Gabriel in Manila beseitigen würden, wohin sie sich mit der Beute absetzen sollten. Er selbst würde bei diesem Zugriff dabei sein, als Ritter in goldener Rüstung, die skrupellosen Täter eigenhändig gestellt. Er würde als Held zurückkehren und die Firma konnte gar nicht anders, als ihm den sicher bald vakanten Posten des Oberkommandeurs anzubieten.

Aber dazu musste zunächst die Geldübergabe wie geplant stattfinden und das ohne weitere Störungen. Deshalb war es auch gut, dass die Störenfriede aus dem Weg waren.

***

Stille.
Absolute Stille.
Einsam und alleine lag er auf dem Meeresgrund und vergrub seine Hände in das Körnerbett, ballte sie zu einer Faust, sodass der Sand zwischen seinen Fingern hindurchglitt.
Irgendwann öffnete er die Augen. Es war stockdunkel um ihn, und er genoss die Stille und Einsamkeit hier unten.
Alles war gut, es war vorbei.
In diesem Moment nahm er ein Licht neben sich war. Sein unscharfer feuchter Blick erfasste einen glänzenden Schimmer, sein nasses Grab wurde heller, er sah sich um und dann nahm er das Objekt war, das in einiger Entfernung von ihm auf dem Meeresgrund lag.
Die Scheinwerfer des Automobils blendeten ihn. Als sich seine Augen endlich ein wenig auf das Licht eingestellt hatten, erkannte er es: Es war der alte BMW.
Da entdeckte er hinter der Glasscheibe eine Gestalt auf dem Beifahrersitz. Zunächst dachte er, er sei es selbst. Er sei aus seinem Körper herausgestiegen und sehe sich nun selbst dort im Wagen sitzen. Doch dann erkannte er die Gestalt und sein Körper krampfte sich zusammen vor Verzweiflung.
Sie war es!
Er nahm alle seine Verbitterung und Wut zusammen und legte sie in einen einzigen Verzweiflungsschrei. Aber die Tiefe des Meeres sog die Schallwellen in sich auf, wie ein Schwamm eine verschüttete Flüssigkeit.
Ein tonloser Schrei in der Stille der Tiefe.

Er wachte auf, konnte aber nicht gleich seine Augen öffnen. Seine Lieder waren klebrig und schwer wie Blei, sein Körper matt und schlaff. Sein Kopf dröhnte. Hatte er geträumt?

Jedenfalls hatte er endlich einmal tief geschlafen und ihm war zum ersten Mal auch nicht mehr schlecht. Das lag sicher daran, dass er so fertig war – oder daran, dass das Schiff sich nicht bewegte.
Das Schiff? Gott, das Schiff!!
Tom erschrak. Das Schiff bewegte sich nicht?
Nun fiel ihm alles wieder ein: Die Proviantabteilung … Die Bombe! … das Gas? Was … *Oh Gott, Sinah!*
Tom öffnete seine verklebten Augen, doch es war stockdunkel. Déjà-vu.
Er schien auf einem Bett zu liegen. War er in seiner Kabine? Benommen wollte er nach dem Lichtschalter greifen, zog die Hand aber sofort wieder zurück, als er ein Stechen verspürte. Er tastete nach der Stelle und fand einen harten Gegenstand, der in seinem Arm unter der Haut steckte.
In diesem Moment realisierte er ein Geräusch: Es befand sich noch jemand hier. Direkt neben ihm! Er erstarrte. Er horchte. Hatte er sich geirrt? Nein. Da war es wieder. Jemand war da. Er wagte nicht, zu atmen, schluckte leise seinen Angstspeichel hinunter.
Doch noch bevor er sich zu etwas entschließen konnte, hörte er ein jämmerliches Stöhnen, das ihm irgendwie bekannt vorkam. Diese Stimme …
Er ignorierte das Stechen, tastete ungeschickt nach der Nachttischlampe und fand endlich den Lichtschalter. Grell leuchtete es ihm in die Pupillen. Als sich diese endlich scharf stellten und das Flimmern aufhörte, erkannte er als Erstes einen dünnen Schlauch, der nach oben und zu einer durchsichtigen Flasche an einem Metallständer führte. Hinter der Infusion entdeckte er Jennys Kamera, die auf einem Stuhl in der Ecke lag, an dessen Rückenlehne sein Jackett hing. Er war also wirklich in seiner Kabine.
Ein erneutes Stöhnen schreckte ihn abermals auf und er wandte den Kopf zur Seite. Also doch! Es war Sinah, die neben ihm lag. Sie

schlief noch – oder lag sie im Koma? – und hatte wie er einen Infusionszugang im Arm stecken, neben sich am Bett eine Flaschenhalterung stehen.
Wie waren sie hierhergekommen? Wer hatte sich um sie gekümmert?
Er hatte noch dieselbe Kleidung an wie gestern Abend, ebenso Sinah. Man hatte sie offenbar in aller Eile notdürftig versorgt.
Aber wie waren sie da nur herausgekommen? Er zuckte zusammen bei der Erinnerung, empfand das Brennen in der Lunge erneut, die Todesangst … die Panik. Elsa. Sinah hatte etwas gesucht … Sie hatte eine Tasche hochgehalten, mit der Aufschrift *ELSA*. Genau! Jetzt erinnerte er sich wieder. Wie ein Geist war sie aus dem Nebel aufgetaucht, die Tasche vor sich haltend, aus der sie eine orange Atemmaske herausriss und ihm sofort aufs Gesicht presste. »Fünfzehn Minuten«, hatte Sinah geröchelt. Eine Viertelstunde! Das war wenig. Das Letzte, woran er sich erinnerte, war Sinah, die panisch nach Atem rang, die Augen weit aufgerissen. Dann war er wohl ohnmächtig geworden.
Sinah veränderte gerade ihre Position. Es ging ihr anscheinend gut – kein Koma, sie schlief. So hatte Jenny damals auch dagelegen … aber sie war tot gewesen.
Es klopfte an der Tür. Tom schreckte zusammen.
»Ja«, sagte er lauter als er wollte und Sinah stöhnte neben ihm im Schlaf.
Die Tür öffnete sich und Eike steckte den Kopf herein. »Tom, sind Sie wach?«, flüsterte. »Wie geht es Ihnen?«
»Beschissen, aber anscheinend leben wir«, antwortete Sinah zu Toms Überraschung.
Er sah sie verblüfft an. »Sinah? Alles in Ordnung?«
»Soweit ja. Wie kommen wir hierher?«

»Ich habe Sie mit dem Doc und einer Krankenschwester hergebracht«, informierte sie Eike schüchtern. »Wir wussten nicht, was wir sonst mit Ihnen tun sollten.«
Nervös erzählte Ihnen Eike, was vorgefallen war und dass er sie buchstäblich in letzter Sekunde hatte retten können. Er war sofort nach dem Pagerruf an ein Telefon geeilt, aber als er zurückgerufen hatte, war niemand rangegangen. Zu diesem Zeitpunkt, schloss Tom, musste im Proviantlager schon der CO2-Alarm geheult haben und so hatten sie das Klingeln nicht hören können. Weil sich niemand meldete, war Eike losgegangen, um nachzusehen, wer ihn um diese späte Zeit noch aus der Provision angerufen hatte. Als er die Treppe zu dem Locker hinabgestiegen war, hatte er bereits die Warnblinkleuchte gesehen und kurz danach das Signal des CO2-Alarms aus dem Raum vernommen. Zum Glück war direkt vor dem Lager eine Feuerstation mit Gasmaske angebracht und so konnte er gefahrlos die Sicherheitsverriegelung überbrücken und die beiden Ohnmächtigen aus dem sauerstoffleeren Raum ziehen. Gemeinsam mit dem herbeigerufenen Arzt hatte er sie in Toms Kabine gebracht und dort versteckt. Ihnen war klar gewesen, dass die Verbrecher nichts davon erfahren durften.
»Da haben wir ja verdammtes Glücke gehabt«, meinte Sinah.
»Das kannst du laut sagen«, stellte Eike fest. Schneider und vor allem Wulfert hatten weniger Glück gehabt, erzählte er weiter, aber den Störsender hatten sie wenigstens gefunden. Er befand sich tatsächlich im Locker unter dem Schornstein. »Aber das haben wir teuer bezahlen müssen.«
Sinah und er brauchten eine Weile, um das zu verarbeiten.
Schließlich war es Eike, der das Schweigen brach: »Wulfert hat's wirklich schwer erwischt. Sie werden ihn nachher von Bord bringen.«
Sinah stutze, ebenso Tom.
»Nachher? Wie spät ist es denn?«

»Kurz nach elf«, informierte sie Eike.
Sinah sah Tom erschrocken an.
»Shit«, entfuhr es Tom. Ungläubig griff er nach seinem Handy. Es war 11:07 Uhr.
»Dann bleibt jetzt wenig Zeit«, stellte Sinah entsetzt fest. »Wenn wir nur Kontakt zu Jansen aufnehmen könnten.«
»Das könnt ihr«, überraschte sie Eike.
Die GPS-Verbindung war wieder aktiv, der Störsender wohl abgeschaltet.
Sinah strahlte. Sie war ebenso elektrisiert von dem Gedanken wie Tom: Sie hatten alle Informationen, die Jansen benötigte, und sie hatten zudem auch noch Empfang. Und obendrein waren sie zum Glück auch noch am Leben! – Jetzt brauchten sie nur noch unbemerkt an Deck zu gehen, um mit Toms Satellitenhandy eine Nachricht an Jansen zu schicken.
»Worauf warten wir?«, stieß Sinah fröhlich aus.

***

Willie kratzte sich nachdenklich an seinem kurz geschorenen Hinterkopf. Er war hundemüde. Es war 6:25 Uhr, aber demnächst sollte drüben in Asien die Übergabe von fünfzig Millionen Euro stattfinden und hoffentlich kurz darauf die *SOLARIA* evakuiert werden. Er hoffte, dass das bis acht alles über die Bühne gegangen sein würde, dann nämlich sollte dieser Hartmut Schüssler von der Zeitung hier eintreffen und es wäre gut, wenn sie ihm mitteilen konnten, dass alle Passagiere sowie auch die Crew das Schiff sicher verlassen hatten.
Er konnte es noch immer nicht fassen. War die Presse tatsächlich schon dahintergekommen, dass eines der GCL-Schiffe entführt worden war! Das würde doch nur Ärger geben. Sie hatten momen-

tan wirklich anderes zu tun. Schmücker war stinksauer gewesen, als ihnen Bettina von dem Telefonat berichtet hatte. »Wer hat eigentlich genehmigt, dass wir einen Reporter auf das Schiff lassen?« Dann hatte er eine wütende Tirade über Firmeninterna und die Unwägbarkeiten im Umgang mit der Presse von sich gegeben. Aber letztlich nutzte ihnen das nichts. Sie mussten mit der neuen Situation umgehen. »Hol diesen Schüssler her«, hatte Willie vorgeschlagen. »Angriff ist die beste Verteidigung. Er soll kommen und wir erklären ihm die Lage. Dann wird er verstehen, dass er vorerst dichthalten muss, bis die Passagiere außer Gefahr sind. Dafür ist er live dabei und kann aus erster Hand berichten. Guter Deal. Du beziehst ihn einfach mit ein und vielleicht hat sich die Lage bis dahin schon entspannt.«

Doch dazu musste jetzt erst einmal die Geldübergabe glattgehen.

Willie sah sich nach dem Großbildschirm um, der noch immer dunkel war. Eigentlich erwarteten sie seit einer Viertelstunde einen Videoanruf von Jansen und Sarah aus Vung Tau. Willie fieberte dem schon sehnlichst entgegen. Jansen wollte den Stand der Vorbereitungen seines Teams kontrollieren, während Patrick und Sarah sich sofort auf den Weg zur Bank gemacht hatten, um das Geld abzuholen. So langsam wurde es Zeit, dass sie sich meldeten, denn vor Ort war es bereits nach elf und schon bald sollte die Geldübergabe stattfinden.

Willie nahm sich einen weiteren Kaffee. Es war verdammt noch mal eine grauenvolle Uhrzeit.

***

Die silberne Fassade des Gebäudes glänzte blendend in der Mittagssonne. Die *Vung-Tau-Hydrofoil-Fast-Ferry-Station* war ein futuris-

tisch anmutender Bau, dessen weiche, verschachtelt abgestuften Formen ein wenig an das Guggenheim-Museum in Bilbao erinnerten. Ein wenig kantiger, nicht ganz so geschwungen, aber ebenso metallisch schillernd. Sarah war überrascht, ein solches Gebäude hier draußen vorzufinden. Die kurze Fahrt vom Stützpunkt hierher war im Gegensatz zum Stadtkern, in dem sie heute Morgen das Geld von der Bank geholt hatten, sehr trist gewesen.
Der erhobene Ort, auf dem die GSG-9 ihre Einsatzzentrale eingerichtet hatte, lag etwas abseits von Vung Tau. Jansens Truppe residierte in einem der wenigen Gebäude, die sich auf einem kleinen Bergkamm am Südzipfel befanden. »Ausgezeichnet«, hatte Jansen seinen Kollegen, den Hai gelobt, als er heute Morgen gemeinsam mit Müller und ihr eingetroffen war und alles besichtigt hatte. »Hier oben hat man gute Sicht zur Stadt und gleichermaßen über die gesamte Küste.« In dem Gebäude befand sich die Verwaltung der örtlichen Wasserversorgung. Es gab Büros, einen Aufenthaltsraum und ein kleines Bad. Neben dem Gebäude stand ein acht Meter hoher Wasserturm, auf dem Sarah schon bei ihrer Ankunft einen Mann in Uniform entdeckt hatte der, bewaffnet mit Gewehr und Fernglas, Ausschau hielt. Man hatte wirklich sehr gute Sicht nach allen Seiten und natürlich hinaus auf die See. Die Straßenanbindung war sehr gut und das zweistöckige Gebäude bot den Vorteil, dass die drei mattschwarzen Hubschrauber, die hinter dem Gebäude gemeinsam mit vier Militärfahrzeugen parkten, vom Meer her nicht zu sehen waren, wo in etwa tausend Meter Entfernung die *SOLARIA* vor Anker lag, deren aufgemaltes Walfisch-Lächeln bei ihrer Ankunft wie galliger Hohn gewirkt hatte.
Unmittelbar nach dem Bezug ihrer Notquartiere hatten sich Sarah und Müller aufgemacht, das Geld bei der örtlichen Bank abzuholen. Zur Sicherheit hatte ihnen Jansen acht seiner Leute als Eskorte mitgegeben – es war ja kein Kleckerbetrag. Sarah fand den Gedanken,

mit fünfzig Millionen Euro durch die Stadt zu fahren, auch nicht besonders angenehm und war froh über die Unterstützung.
Es war alles gut vorbereitet gewesen. Sarah hatte dem Chef der Bank, mit dem sie von Deutschland aus telefoniert hatte, die Hand schütteln können und gemeinsam hatten sie sich in den Tresorraum begeben, wo er ihr zwei sehr unscheinbare Geldkoffer übergab. Kurz nach zehn waren sie bereits zurück und so blieb noch viel Zeit, sich auf die Geldübergabe vorzubereiten.
Nun war es nach 12:30 Uhr, sie standen unten an der Pier und das Tenderboot war bereits am Übersetzen. Pünktlich zur Mittagsstunde hatten sich die Entführer der *SOLARIA* gemeldet und ihnen mitgeteilt, dass sie die Störsender abgeschaltet hatten, bald das Tenderboot losschicken würden und sich mehrere Personen an Bord befänden, darunter auch – Sarah erschauerte bei dem Gedanken – die Leiche des getöteten Fielmann. Dennoch war sie froh, dass der Moment der Übergabe endlich da war.
Träge kämpfte sich das gelbe Tenderboot durch die Gischt und näherte sich vorsichtig der Pier. Als es fast schon an der Kaimauer angelangt war, erkannte Sarah ein ihr bekanntes Gesicht: Norman Schneider. Auf ihn hätte sie tatsächlich verzichten können. – Sie hatte die unschöne Geschichte über ihn und ihre Freundin aus erster Hand erfahren, als sie und Sinah vor einigen Wochen telefoniert hatten. Neben Schneider stand ein hochgeschossener blonder Mann, dessen Blick Sarah unmittelbar Angst machte. Für sie stand sofort fest, dass er zu der Bande gehören musste.
Wortlos sahen Jansen, Müller und sie zu, wie der Steuermann das Boot vorsichtig an die Pier lenkte. Ein Matrose warf einem Hafenmitarbeiter ein Seil zu, das dieser um einen Poller wand und festzog, dann wurde auch schon das zweite Seil befestigt. Die Luke des Tenderbootes öffnete sich, und Sarah erschrak, als direkt dahinter eine Bahre zum Vorschein kam. Ängstlich versuchte sie zu erken-

nen, wer darauf lag. Doch erst als der Steuermann und Schneider – der, wie sie erst jetzt erkannte, an den Händen gefesselt war - die Bahre anhoben und vorsichtig hinaus und auf die Pier trugen, konnte sie einen Glatzkopf entdecken und war im ersten Moment beruhigt, dass es nicht Sinah war, dann erkannte sie das Gesicht von Hotelmanager Christian Wulfert.
Sarah ging hin und kniete sich zu Wulfert. »Christian, hallo«, sprach sie ihn erschrocken an.
Er war bei Bewusstsein aber offensichtlich benommen und antwortete nur mit einem leichten Stöhnen.
»Was ist passiert?«
»Hatte einen kleinen Unfall«, bemerkte der lange Blonde kalt. Noch bevor Sarah sich näher erkundigen konnte, wandte der sich Patrick Müller zu: »Ist das das Geld?«
Er griff mit beiden Händen nach den Koffern. Doch Müller zog sie zurück. »Ich übergebe das Lösegeld persönlich an Ihren Anführer«, erklärte er bestimmt.
Der Hüne ließ seine Arme wieder sinken. Sarah sah, wie seine Muskeln sich spannten und das Kreuz sich begradigte. Sein eisiger Blick durchbohrte Müller, dann aber verzog sich sein Gesicht zu einem breiten Grinsen und er nickte. »Alles klar.«
Nachdem er wortlos zugesehen hatte, wie Schneider und der Matrose einen weiteren Verletzten und einen grauen Sarg auf den Kai getragen hatten, ließ er mit einer lässigen Handbewegung Müller den Vortritt und folgte ihm auf dem Fuß in das Tenderboot. Schneider ließen sie einfach mit verbunden Händen auf der Pier stehen.
Sofort wurden die Leinen losgemacht und noch bevor die Luke geschlossen war legte das Boot wieder ab. Breitbeinig stand der blonde Riese an der Seitenöffnung des Tenderbootes, das sich schleichend vom Pier entfernte, und sah zu Schneider, Jansen und ihr herüber.

»Wir sehen uns, Gabriel«, rief Schneider wütend.
»Das glaube ich kaum«, antwortete dieser lautstark. Sein überhebliches Grinsen machte Sarah noch immer Angst.
Als die Luke geschlossen wurde und das Tenderboot sich weiter entfernte, kniete Schneider sich zu Wulfert hinab und schlug ihm mit den zusammengebundenen Händen unsensibel auf die Schulter. »Kopf hoch, Christian, das wird schon wieder.« Dann stand er wieder auf und drehte sich zu Jansen um. »Sie dürften der Einsatzleiter sein. Norman Schneider, mein Name, Sicherheitsoffizier der *GCL SOLARIA*«.«
Sarah glaubte zu erkennen, dass Schneider strammstand.
»Sie können uns sicher einiges über die Lage auf dem Schiff erzählen«, stellte Jansen fest.
Schneider setzte sofort einen wichtigtuerischen Blick auf. »Das kann ich. Wenn Sie mich von den Fesseln befreien, kann ich Ihnen auch sagen, wer alles zu der Bande gehört.«
»Denken Sie?« Jansen hatte bereits ein Messer in der Hand.
»Schneider«, rief Sarah ungeduldig, »kannst du mir etwas über Sinah sagen? Geht es ihr gut?«
Schneider drehte sich zu ihr und sah sie mit einem leeren Gesichtsausdruck an. Sie konnte seinen Blick nicht einschätzen, aber je länger er sie so anstarrte, desto besorgter machte es sie.
»Schneider! Nun sag schon«, drängte sie.
Mit einem Achselzucken sah dieser zu Jansen, dann wieder zu ihr. »Es tut mir leid. Sinah ist tot.«
Sarah erstarrte. »Tot?«
Schneider nickte. Dann berichtete er, dass Tom und Sinah versucht hatten, die Positionen der Bomben zu ermitteln, in einem Lager der Provision eingesperrt und mit CO2 vergast worden waren.
Entsetzt folgte Sarah den grauenvollen Ausführungen Schneiders, der erst vor einer Stunde vom Kapitän davon erfahren hatte und für

den GSG-9-Chef scheinbar eine Agentenstory daraus machen wollte, in der er nicht nur die beiden dorthin geschickt hatte, sondern der Kopf hinter dem Widerstand gegen die Entführer war.

Sarah hörte seine Worte, doch sie konnte ihnen keinen Glauben schenken. Sie hatte doch erst gestern mit Sinah gesprochen und es hatte so geklungen, als ob sie alles unter Kontrolle hätte. Doch je weiter Schneider fortfuhr, desto mehr bohrte sich ihr die Erkenntnis in die Seele, dass er ihnen nicht irgendeine fiktive Schauergeschichte erzählte, sondern die Schilderung von Sinahs und Tom Geyers qualvollem Tod. Mit Gas!

»Sie hatten nicht den Hauch einer Chance«, endete er melodramatisch und schien nicht zu realisieren, dass er ihr gerade das Herz herausriss.

Jansen sah Sarah mit ehrlichem Mitleid an, als Schneider endlich fertig war. Er hatte sie nicht aus den Augen gelassen und wusste jetzt nicht, was er sagen sollte. »Sarah …«, brachte Jansen nur heraus.

Doch sie hörte ihn nicht. Sie hatte sich abgewandt und war schon weit weit weg … in der Küche ihrer Wohngemeinschaft mit Sinah, in der sie an einem fröhlichen Heiligabend zusammengesessen und Glühwein getrunken hatten – exakt vor vier Jahren. Verbittert und mit Tränen in den Augen stand sie am Rand der Pier und sah hinüber zur *SOLARIA*, die noch immer freundlich vor sich hinlächelte und an deren Seitenluke gerade das Tenderboot angekommen war und das Blutgeld aufnahm. Wozu war sie hierhergereist? Was machte das alles noch für einen Sinn? Sinah war tot. Alles war vorbei.

»Fräulein Sarah«, hörte sie aus weiter Ferne. »Fräulein Sarah!«

Sie drehte sich mit Tränen in den Augen um.

»Sie müssen jetzt stark sein. Wir müssen uns um die anderen Opfer kümmern.«

Er hatte recht. So schlimm das alles war, sie musste es ignorieren; ignorieren und weitermachen. Auch wenn sie momentan nicht wuss-

te, wie sie auch nur einen Fuß vor den anderen setzen sollte. Schweigend sah sie die beiden an. Ihr Inneres war leer. Sie fühlte nichts mehr.
Gar nichts.

***

Clemens Franzke hatte einen Scheißhunger. Gemeinsam mit hundertdreißig weiteren schwitzenden Passagieren stand er nun schon eine Ewigkeit mit dieser lächerlichen Rettungsweste auf dem Promenadendeck herum und wartete ungeduldig darauf, dass der räudige Kerl von der Brücke endlich die Erlaubnis gab, die Rettungsboote zu besetzen.
Er hatte leider verschlafen, sodass er das Frühstück verpasst hatte. Er war zwar von seinem Handy wie üblich um halb zehn geweckt worden, aber unglücklicherweise hatte er sich im Dunkeln noch einmal rumgedreht und war erneut eingenickt. In dieser beschissenen Innenkabine hatte man ja auch keine Orientierung, wie spät es wirklich war. Eine absolute Dunkelkammer. Und eine Durchsage des scheiss Kapitäns mit der Ankündigung, dass die Passagiere bald durch den Generalalarm auf die Musterstationen gerufen würden, war auch erst gekommen, als es schon viel zu spät war. Hektisch hatte Franzke sich angezogen und war ins Restaurant geeilt, doch schon im Aufzug dorthin – er hatte ewig warten müssen, bis endlich einer gekommen war, der nach oben fuhr – war der Alarm erklungen und als er im Restaurant ankam, hatte ihm ein Maitre in Rettungsweste mitgeteilt, dass bereits geschlossen sei und er in seine Kabine gehen solle, um seine Rettungsweste zu holen. Da hatten auch schon sieben lange Töne des Notsignals so lautstark gedröhnt, dass der Restaurantleiter sicher kein einziges Wort von dem ver-

stand, was Franzke ihm alles an den Kopf warf. Als zuletzt noch der entsetzlich lange letzte Ton erklang, war Franzke bereits so außer Atem gewesen, dass er aufgegeben und den Rückweg angetreten hatte. Dabei musste er dann aber gegen den nicht enden wollenden Strom von Menschen ankämpfen, die bereits Rettungswesten anhatten. Als er endlich seine verdammte Rettungsweste hatte und völlig durchgeschwitzt im Treppenhaus ankam, hatte ihm so ein junger Fatzke der Crew mitgeteilt, dass er den Fahrstuhl nicht mehr benutzen dürfe. »Brennt das Schiff, oder was?«, hatte er gebrüllt, sich dann aber fluchend und nach Luft japsend die Treppenstufen hochgequält. Da ertönte schon der Gong und kurz darauf eine Durchsage: »Herr Franzke aus Kabine vier-drei-drei-null, bitte begeben Sie sich auf ihre Musterstation. Ich wiederhole …« Was für Arschlöcher!

Schwitzend und röchelnd war er schließlich auf seiner blöden Musterstation angekommen, wo ihn alle angesehen hatten, als ob er einen an der Waffel hätte. Der verantwortliche Offizier, dieses Arschloch, hatte ihn vorwurfsvoll angesehen, mit spitzen Fingern ein Häkchen auf seiner Liste gemacht, das Megafon in die Hand genommen und verkündet: »Na, dann wären wir ja endlich vollzählig.« Franzke hatte einige der Passagiere frech grinsen sehen. Dann hatte auch noch ein Crewmitglied an seiner Rettungsweste rumgefummelt, weil die angeblich nicht korrekt angelegt war. Schwachkopf!

Er war fertig und es ging nichts voran hier. Sein Magen röhrte wie ein Hirsch in der Brunftzeit und ihm war entsetzlich heiß. Er stand jetzt schon über eine halbe Stunde mit all diesen Leuten sinnlos auf dem Promenadendeck rum, eingezwängt in die verfluchte Weste, die ihm die Luft abschnürte, und wartete auf die beschissene Durchsage des Clowns von der Brücke. Er hatte schon vor zehn Minuten verlangt, dass man ihm während der Wartezeit etwas zu essen brachte. Dann wollte er sich mit etwas zu trinken begnügen, doch

der elende Offizier hatte ihn nur verständnislos angesehen und gesagt, dies sei eine Notevakuierung und kein Picknick.
Dass er sich nicht nur über den Hotelmanager, sondern auch über diesen Affen und überhaupt über die ganze Mannschaft bis hin zu dem rückgratlosen Kapitän beschweren würde, hatte er schon für sich beschlossen. Aber die Tatsache, dass sie sie nun hier in der asiatischen Hitze schmoren ließen, sprengte alles bisher Dagewesene. Er wollte endlich runter von diesem Pott und nach Hause.
Nie wieder Urlaub auf einem Schiff. Das steht fest. Eher wandere ich mit dem Alpverein quer durch den Himalaja.
Ein Gong erklang und störte seine innere Frusttirade. Kurz darauf hörte er die Stimme des Kapitäns, der zunächst zweimal den englischen Befehl »Abandon Ship« gab – endlich! – und sich dann an die Passagiere wandte. Jetzt kam sicher wieder eine seiner schwülstigen Reden, mit denen er sie die letzten zwei Tage wiederholt genervt hatte. Er informierte alle, dass die Crew angewiesen sei, ihnen in die Rettungsboote zu helfen und diese, wenn sie komplett voll waren, abgefiert würden.
»Abgefiert«, wiederholte Franzke abfällig. Konnte der Angeber nicht deutsch reden?
Es könne allerdings eine Weile dauern – natürlich! –, denn erst wenn das Lösegeld auf der Brücke sei, dürfe das Abfieren beginnen.
»Wahrscheinlich hilft er diesem gewissenlosen Galgenvogel auch noch, das Geld zu zählen«, maulte Franzke lauthals.
»Seien Sie doch still«, fuhr ihn diese elende Angelika an, die in einiger Entfernung mit ihrer Mutter am Arm gestützt stand und ihn schon oft genervt hatte.
»Was geht Sie das an?«, blaffte er.
»Seien Sie doch froh, dass wir endlich von Bord dürfen!«
»Die hätten auch einfach in den Hafen fahren können und uns da raus lassen.«

»Haben Sie nicht verstanden, dass Posseidoni das nicht zulässt?«
»Ach, lassen Sie mich doch in Ruhe!«, wehrte er sich gegen diese niederträchtige Person.
Dann ging es endlich los und sie durften in die Boote steigen. Einer nach dem anderen kletterten die Passagiere vor Franzke, gestützt von den Crewmitgliedern, die den Einstieg rechts und links flankierten, in das Rettungsboot und es füllte sich zusehends.
Als Franzke endlich an die Reihe kam, war der Innenraum schon fast komplett voll. Ärgerlich schlug er die Hand einer jungen Frau von der Crew zur Seite, als diese seinen Arm fassen wollte. »Ich kann das selbst! Im Augenwinkel sah er, wie diese die Augen verdrehte. »Das habe ich gesehen! Ich werde mich über Sie beschweren.«
»Machen Sie das«, antwortete diese freche Person gleichgültig.
Suchend stand Franzke im Eingang des Bootes und konnte keinen Sitzplatz entdecken.
»Hier vorne, bitte«, rief einer der Besatzung ihn zu sich.
Als er mit viel Mühe in den Mittelgang geklettert war und sah, wo der Kerl ihn hinsetzen wollte, stutze er. »Das ist nicht Ihr Ernst«, maulte er. »Das ist ja halb auf dem Boden. Das ist doch ein Platz für ein Kleinkind.«
»Die Plätze im Rettungsboot sind alle gleich breit – oder schmal«, meinte der Seemann kühl.
»Dann kann ich ja gleich stehenbleiben. Da passe ich niemals hin«, stellte Franzke fest.
Doch der Matrose gab sich unbeeindruckt: »Sie müssen sich setzen, das ist Vorschrift. Also bitte.«
»Bei der Deutschen Bahn hat man auch keine Sitzplatzgarantie«, rief Angelika.
Einige der Gäste prusteten und Franzke hätte am liebsten kehrtgemacht und wäre wieder ausgestiegen. Doch das wollte er dieser im-

pertinenten Person ganz sicher nicht gönnen. Trotzig drehte er sich um und warf sich zwischen die beiden Passagiere auf den ihm zugewiesenen Platz, presste sie dabei um einiges auseinander. Verärgert glotzten die beiden Frauen ihn an, doch das war ihm egal. Er saß.
Schon war das winzige Boot vollgepfercht. Es schwankte bei jeder Bewegung und es war entsetzlich eng. Franzke bekam jetzt schon keine Luft mehr. Wie sollte das erst werden, wenn sie hinabgelassen wurden und hinüberschipperten? Die Luke wurde, wie er es vorhin schon bei den benachbarten Rettungsbooten gesehen hatte, geschlossen und nun saßen sie da und warteten.
Draußen hörte Franzke die Stimme des Kapitäns durch das Walkie-Talkie des Offiziers plärren. Es war so heiß – er war von oben bis unten durchgeweicht. Seine Hosen klebten an seinen nassen Beinen wie Küchenfolie an einem Stück Hühnchen.
Hühnchen!
Sein Magen knurrte so laut, dass die Hälfte der Leute ihn anstarrte.

***

»Läuft alles ganz gesittet«, meldete Köpke, der Schneider auf dem Promenadendeck bei der Evakuierung der Passagiere vertrat, durch das knisternde Walkie-Talkie.
Mit dem Funkgerät in der Hand stand Kapitän Buske auf der Nock der *SOLARIA* und beobachte, wie die Gäste unten auf Deck fünf nach und nach in die ausgeschwenkten Rettungsboote verfrachtet wurden. Es lief zum Glück alles ohne größere Panik oder Gezeter ab, wenn er den Schilderungen seines Stellvertreters dort unten glauben durfte.
Endlich. Es ging voran.

Mehr als die Hälfte der Boote baumelte bereits randvoll mit jeweils hundertfünfzig Mann auf Position. Die Dinger boten wenig Komfort, man saß wie in einer Sardinenbüchse. Doch da die Übersetzung hinüber zum Land nicht allzu lange dauern würde, machte er sich darüber keine Gedanken. Hauptsache, sie waren vom Schiff.
So langsam wurden es leer auf Deck fünf. Gut. Buske checkte regelmäßig über seine Monitore die Vorgänge auf dem Promenadendeck. Er musste an Schmücker und Rupp denken, die sicher ihrerseits im *Golden Gate* in Kiel standen und es über den Großbildschirm verfolgten. Selbstverständlich war es für sie ein ebenso skurriler Anblick wie für ihn. So etwas hatten sie alle noch nie zu Gesicht bekommen: Die Gäste eines GCL-Schiffes gingen in die Rettungsboote.
»Läuft doch wie am Schnürchen«, bemerkte Posseidoni selbstgefällig hinter ihm und erinnerte den konzentrierten Kapitän daran, dass er nicht alleine war. Dass ein solches Manöver auch seine Schwierigkeiten und Risiken barg und deshalb Stress und Sorge für ihn bedeutete, konnte diese Landratte natürlich nicht mal erahnen. Und wenn, dann interessierte es ihn natürlich einen Dreck.
Buske checkte erneut die Kameraansichten des Promenadendecks. Es stach ihn bitter ins Herz, als er für eine Sekunde glaubte, Sinah Dietrich unter den Passagieren zu entdecken. Ein Gast sah ihr wohl ähnlich.
Wo blieb eigentlich Patrick Müller, fragte er sich mürrisch. Köpke hatte ihn schon vor mehreren Minuten angefunkt und ihm mitgeteilt, dass sie diesen mit zwei Geldkoffern an Bord geholt hatten und er sich auf dem Weg zur Brücke befand.
Just in diesem Moment klingelte es an der Schleusentür. Einer der Brückenoffiziere öffnete.
Mit ernstem Blick kam Müller, gefolgt von Posseidonis blutrünstigem Komplizen Gabriel, auf ihn zu und drückte ihm die Hand.

»Patrick, schön dich zu sehen«, sagte Buske.

Müllers mulmiger Blick verriet, dass er dies lieber unter ganz anderen Umständen gehört hätte.

Posseidoni versuchte erst gar nicht, Müller die Hand zu reichen, als er ihn begrüßte: »Ich freue mich, Sie persönlich kennenzulernen, Herr Müller«, teilte das Scheusal in säuselndem Ton mit.

Müller sah ihn nur wortlos an und hob nach einigen endlosen Momenten kurz beide Arme, hielt die Koffer hoch. »Das Lösegeld.«

Zufrieden sah Posseidoni die zwei Geldkoffer an, zögerte aber, sie an sich zu nehmen. »Geben Sie sie ruhig meinem Assistenten«, sagte er nach einer Weile.

Gabriel griff sofort nach den Koffern, legte sie auf eines der Schaltpulte, öffnete sie nacheinander, sah hinein und blinzelte Posseidoni dann grinsend zu.

»Dann können wir ja die Rettungsboote zu Wasser lassen«, stellte Buske fest.

»Nur nicht so hastig, Herr Kapitän«, meinte Posseidoni und Gabriel lachte.

***

»Dauert wohl noch eine Weile!«, rief der Offizier vom Promenadendeck aus ins Boot hinein.

Franzke begriff nicht recht. Was sollte das heißen? Man sollte sie doch nun hinunterlassen? Noch bevor er sich darüber genauer Gedanken machen konnte, erschrak er, weil das Boot einen kleinen Schlenker weg vom Schiff machte und nach einem kurzen Moment der Schwerelosigkeit krachend gegen die Schiffswand schlug. Er wurde nach hinten und gegen die Schienbeine eines Mannes geschleudert, der direkt hinter ihm saß und lauthals aufschrie.

Das Rettungsboot machte einen erneuten Schlenker und Franzke wurde schwindelig. »Was ist denn los? Lassen sie uns jetzt runter?« Aber das Boot bewegte sich nicht abwärts, sondern baumelte auf Höhe des Promenadendecks hin und her.
»Jetzt wird es mir aber bald zu bunt«, brauste Franzke auf, als das Boot erneut gegen die Schiffswand schlug. Franzke beugte sich nach vorn, drückte seine Knie durch und stand auf.
»Was tun Sie da?«, rief der Matrose erschrocken. »Setzen Sie sich sofort wieder hin!«
Aber Franzke dachte nicht daran. Er wollte wissen, was los war.
Doch dann schwang das Rettungsboot plötzlich wieder aus und schlug mit aller Wucht gegen das Schiff, sodass er zurück auf seinen Sitz geschleudert wurde, wobei er beidseitig die Nachbarn rammte, die sich wütend beschwerten.
Franzke ignorierte sie und machte seinen Hals so lang es ging, um durch das Fenster etwas erkennen zu können. Wenn er sich ganz stark reckte, konnte er die beiden Hügelkronen auf dem rettenden Festland sehen – keinen Kilometer entfernt. Doch was war das? Die bewegten sich seitlich weg! »Was ist hier los!«, rief er. »He, Seemann«, schnauzte er den Bootsführer an. »Was geht da vor sich?«
»Wir drehen«, antwortete dieser verblüfft, als er nun durch das Fenster hinaussah.
»Ich will wissen, was das soll!«, brüllte Franzke.
Da rief von draußen der Staff-Captain in das Boot hinein: »Bitte halten Sie sich gut fest, meine Damen und Herren.« Köpke war seine Besorgnis anzumerken.
»Was soll das? Warum fahren wir«, schrie Franzke panisch.
»Sie kapieren gar nichts, oder?«, fauchte Angelika Carstensen nun. »Der lässt uns nicht gehen.«
Franzke sackte kraftlos in sich zusammen, als er begriff, was sie meinte.

***

Ungläubig starrte Buske Posseidoni an, der keine Miene verzog, während Gabriel unverschämt grinste wie ein Honigkuchen am Seemannssonntag.
»Wenn Sie das Geld haben, können Gäste und Crew das Schiff verlassen, haben Sie gesagt!«
»Ich sagte aber nicht, dass das sofort passieren würde.«
»Sie lassen die Gäste jetzt gehen!«, brüllte Buske außer sich und sah Patrick Müller, der ebenso fassungslos zu sein schien wie er, hilflos an.
»Noch nicht, Herr Buske«, sagte Posseidoni ruhig.
»Sie haben es zugesagt!«
»Wie gesagt, sie werden bald von Bord können. Aber zuerst muss unser Rückzug wirklich gesichert sein. Wer garantiert mir denn, dass die GSG-9 nicht eine Invasion plant, sobald die Gäste von Bord sind? Vielleicht schert die Ihr Leben und das Ihrer Crew wenig? Ich möchte lieber kein Risiko eingehen.«
Buske wollte einfach nicht glauben, was er hörte.
»Außerdem hatten *Sie* zugesagt, zu kooperieren. Und trotzdem haben nicht nur Schneider und Wulfert, sondern auch die Mediamanagerin mit ihrem Kompagnon versucht, uns zu schaden. Wir sind quitt, denke ich.«
»Und was gedenken Sie nun zu tun?«
»Wir fahren Richtung Brunei.«
»Was?« Das traf Buske wie ein Schock.
Brunei lag über fünfhundert Seemeilen und damit fast vierundzwanzig Fahrstunden entfernt. Bei ausgeschwenkten und besetzten Rettungsbooten war es äußerst gefährlich, überhaupt Fahrt aufzunehmen, weil diese hin und her baumelten und sich jemand darin verletzen könnte. Außerdem hatte er doch selbst gesagt, dass seine

Bomben mit Zeitzündern versehen waren und in etwas mehr als fünf Stunden, also um 19:00 Uhr hochgingen.
»Sie sind verrückt!«, brachte er nur heraus.
Doch sein Gegenüber sah ihn nur gelassen an. »Ganz und gar nicht, Herr Buske. Nur vorsichtig. Eine kleine Rückversicherung, dass wir nicht angegriffen werden.«
Gabriel verzog das Gesicht zu einem breiten Grinsen.
»Solange die Passagiere an der Außenwand hängen, wird die GSG-9 es nicht wagen, uns anzugreifen.« Kalt sah Posseidoni den fassungslosen Kapitän an und wartete.
Doch Buske dachte nicht daran, so etwas Wahnsinniges anzuordnen. Breitbeinig stand er da und verschränkte seine Arme trotzig vor der Brust.
»Nehmen Sie jetzt Kurs auf, sofort!«, bellte Posseidoni plötzlich und Patrick Müller neben ihm machte einen kleinen Satz. »Sonst jage ich uns alle auf der Stelle in die Luft!«
Buske sah ihn ratlos an. Würde er das tun? Mit dem Lösegeld in der Hand? Vermutlich hätte er eine gute Chance, lebend von Bord zu kommen, während alle anderen damit beschäftigt wären, die Passagiere zu retten. Er schloss müde die Augen. Wann würde dieser Albtraum endlich ein Ende haben? Was musste noch alles geschehen? So viel stand fest: Ohne Unfälle und weitere Tote würde das hier nicht ausgehen.
Buske atmete tief durch und ergab sich dann seinem Schicksal: »Steuermann, gehen Sie auf Kurs Südost, Richtung Brunei.«
»Na sehen Sie. Das ist vernünftig«, freute sich Posseidoni. »Und lassen Sie Ihre Leute bekannt geben: Sollte es jemand wagen, sein Rettungsboot zu verlassen, fliegen wir hier auch alle in die Luft!«
Schwachsinn!, dachte Buske. Wenn er und die anderen Offiziere auf der Brücke diese beiden Gangster jetzt einfach über den Haufen schießen würden, ohne dass noch einer Gelegenheit hätte, eine

Fernbedienung zu benutzen, könnten Sie die Rettungsboote abfieren und die Gäste wären in Sicherheit. Aber sie hatten keine Waffen. Zu riskant. Und vielleicht waren ja noch unentdeckte Gangster an Bord. *Verflucht!*

***

Frustriert stieß Frank mit dem Fuß gegen das Störgerät und kickte es beiseite. Es hatte seinen Job gemacht. Gabriel hatte ihn vor einer halben Stunde, kurz bevor er zum Hafen übersetzte, angewiesen, den Jammer zu deaktivieren, damit Kiel die Vorgänge auf dem Promenadendeck mitverfolgen konnte. *Zynische Hunde*, dachte er. *Die sollen in Kiel tatenlos zusehen können, wie die krepieren.* Dann war dieses Arschloch ins Tenderboot gestiegen und zum Hafen gefahren. Verbittert beugte er sich zu der grünen Kiste hinab und hob den Spoofer mit beiden Armen auf den Tisch. Frank schwitzte schon wieder. Er musste tief durchatmen, um in dem kleinen Raum auf Deck elf überhaupt ein wenig Sauerstoff abzubekommen. Es reichte ihm so langsam.
Widerwillig steckte er das Netzkabel des Gerätes in eine der Dosen und betätigte den klobigen Hauptschalter. Sofort ging die GPS-Einheit an und zeigte ihm auf einem kleinen Display die aktuellen AIS-Daten der *SOLARIA*. Ein zweites identisches Display daneben aktivierte sich kurz darauf, das jedoch im Gegensatz dazu nur lauter Nullen darstellte.
Er hatte keine Ahnung, was die genau mit dem GPS-Fälscher vorhatten, aber es interessierte ihn mittlerweile nur noch wenig. Mit jeder Stunde, die er hier an Bord blieb, wurde es unwahrscheinlicher, dass seine Frau noch lebte. Sie war jetzt mindestens achtundvierzig Stunden ohne Wasser und mit jeder Minute wurde es fraglicher, wie lange sie das noch durchhalten würde. Wenn er nicht bald

von diesem Schiff runterkam, würde er sie nicht mehr retten können. Fast beneidete er Wulfert. Wenn er an seiner Stelle zusammengeschlagen und von Bord gebracht worden wäre, dann hätte er wenigstens die Behörden in Manila verständigen können. Aber dazu brauchte er natürlich zuerst das Bild mit der Adresse, das Gabriel noch immer in seiner Tasche trug. Erstmal hatte er keine Möglichkeit, zu ihr zu gelangen und bald würde das auch nichts mehr nützen.
Dann aber wäre es auch sinnlos, dass er diesen Dreckskerlen half, weitere unschuldige Menschen zu töten. Die Frage war also: Wie lange wollte er da noch mitspielen?

***

»Sie nehmen tatsächlich Kurs nach Südost«, meldete Schmücker entsetzt und starrte ungläubig auf den Überwachungsmonitor im *Golden Gate*.
Willie war fassungslos. Die schlechten Nachrichten nahmen kein Ende. Nicht genug, dass sie soeben erfahren hatten, dass diese Monster Sinah Dietrich und Tom Geyer kaltblütig ermordet hatten, nun ignorierten sie auch noch alle Verabredungen, fuhren mitsamt den Passagieren in den Rettungsmitteln los und brachten damit alle Menschen darin in äußerste Lebensgefahr.
»Sollte die GSG-9 uns folgen, dann garantiere ich für nichts«, kommentierte Posseidoni das Manöver trocken. Er hatte Kiel soeben darüber informiert, dass sie Vung Tau verließen.
»Die Gäste werden niemals lebendig dort ankommen«, sprach Willie verzweifelt das aus, was alle dachten.
Doch dieser Wahnsinnige gab sich völlig unbeeindruckt.
Bettina starrte Willie entsetzt an. In voller Fahrt würden die ausgeschwenkten Rettungsboote hin und her pendeln und gegen die

Bordwand schlagen. Es war nur eine Frage der Zeit, bis die eingepferchten Insassen Verletzungen davontrugen. Davon abgesehen würden die bei den Wetterbedingungen in den kleinen Dingern nicht nur durchdrehen, sondern viele würden auch Probleme mit dem Kreislauf bekommen, seekrank werden oder einen Hitzschlag erleiden. Das Schlimmste jedoch war, dass die Rettungsboote nicht ewig halten würden. Früher oder später würde das Material der Aufhängungen nachgeben. Die Aufhängungen waren einfach nicht darauf ausgelegt, dass das Schiff fuhr.

Erschüttert starrte Willie auf den Überwachungsmonitor, der die beiden Kameraperspektiven der leer gefegten Promenadendecks zeigte, auf denen nun nur noch ein paar ratlose Offiziere standen. Er sah, wie die Operatoren versuchten, die Zurrleinen, die die Boote ans Schiff heranzogen, so stramm wie möglich unter Spannung zu halten, doch je mehr Fahrt das Schiff aufnahm, desto schwerer fiel ihnen das.

»Sollte die GSG-9 uns folgen oder sollten wir ein Kriegsschiff oder die hiesige Küstenwache in der Nähe entdecken, dann werfen wir ein Boot nach dem anderen ab«, drohte Posseidoni noch einmal, dann unterbrach er die Verbindung.

Jansen hatte über eine Parallelverbindung live mitgehört. »Verdammt«, brachte er nur heraus.

***

Jansen war wie versteinert. Er hatte mit vielem gerechnet: dass die Gegner versuchten, mit einigen wenigen Geiseln in einem der Rettungsboote an Land zu gehen, um sich mit ihnen als Schutzschild ins Landesinnere durchzupressen. Oder dass sie eines der kleinen und schnellen Rescue-Boote zu Wasser ließen und versuchten, damit erst einmal die Küste hinauf zu fliehen. Für beide Szenarien hatte er vorgesorgt. Er hatte auch einkalkuliert, dass sie versuchten, sich unter die landenden Geiseln zu mischen, um sich so an seinen Leuten vorbeizumogeln. Auch eine überraschende Flucht per Hubschrauber oder Wasserflugzeug hatte er berücksichtigt, denn das war denkbar: Laut den Radardaten aus dem Stützpunkt befanden sich einige nicht genau zu identifizierende Flugobjekte im umliegenden Luftraum, die die Schwerverbrecher hätten abholen können. All diese Varianten hatte er bedacht und Vorbereitungen getroffen. Dass der Gegner jedoch mit dem kompletten Kreuzfahrtschiff und allen Passagieren darauf die Flucht antrat, hatte er nicht erwartet. Mussten sie nun die gesamte Einheit innerhalb eines Tages nach Brunei verlegen? Er kannte den Hafen nicht. Wie waren die örtlichen Begebenheiten dort? Hatten sie die Möglichkeit, dort einen Zugriff zu wagen? Aussichtslos, solange sie die Positionen der Sprengsätze nicht kannten.

Breitbeinig und mit den Armen auf dem Rücken verschränkt stand Jansen im Büro des Stützpunktes vor dem Monitor und dachte angestrengt nach. Was hatten die verdammt noch mal vor? Es mussten jetzt schnell Entscheidungen getroffen werden.

»Wir können die doch nicht einfach abhauen lassen«, stieß Schmücker verzweifelt aus.

»Solange sie die Gäste dort als Schutzschild benutzen und die Bomben noch scharf sind, können wir nichts tun«, stellte Willie am anderen Ende der Welt frustriert fest.

»Aber die Bomben gehen doch in fünf Stunden hoch, hat der Mistkerl gesagt. Das schaffen die niemals«, warf Schmücker verbittert ein.

Sie hatten die Verbindung zu Jansen weiterhin offen. Schneider meldete sich, weil Jansen schwieg: »Vielleicht hat er uns angelogen. Oder er lässt sich auf offener See abholen und überlässt das Schiff seinem Schicksal.«

»Ich muss nachdenken«, warf Jansen ein. »Ich melde mich in spätestens fünfzehn Minuten wieder.« Er beendete die Verbindung.
Verdammt. Sie hatten keine Zeit. *Wir müssen an Bord gehen. Bleibt nur stürmen!* Aber das hatte wenig Aussicht auf Erfolg.
»Was wollen Sie jetzt unternehmen?«, drängte Schneider.
»Geben sie mir ein paar Minuten«, antwortete Jansen genervt und wandte sich ab.
Er sah zu Sarah, die ihn mit verweinten Augen anstarrte. Sie hatte die Vormittagsstunden, nachdem sie mit Müller das Lösegeld abgeholt hatte, damit verbracht, in aller Eile die Rettungsmannschaften mit Ärzten und Psychologen zu koordinieren und auf die Ankunft der Geiseln vorzubereiten.
Tapfer hatte sie sich gehalten. Er hatte sie einige Male bewundernd beobachtet, wie entschieden sie am Telefon agierte, Behörden kontaktierte, Ärzte briefte, Feldbetten, Verpflegung und persönliche Betreuung organisierte und regelmäßig ihre Chefin auf den neuesten Stand brachte. Jetzt, nachdem die bittere Nachricht vom Tod ihrer Freundin sie so schwer getroffen hatte, war sie allerdings kraftlos. Die Nachricht, dass die Passagiere nicht kamen, hatte ihr dann den letzten Funken Entschlossenheit genommen. Jansen sah ihr an, was sie dachte: All das war nun nutzlos, ihre Bemühungen mit einem Mal obsolet geworden. Die Passagiere würden nicht kommen.
Und ihre Freundin auch nicht.
Nie wieder.
»Fräulein Sarah«, sagte er weit weniger aufmunternd, als geplant.
Er zuckte zusammen, als sein Telefon klingelte. Unwillig wandte er sich von Sarah ab und nahm es aus der Tasche. »Olaf Jansen«, meldete er sich. Eine Sekunde später riss er verblüfft die Augen auf. »Frau Dietrich? – Sinah Dietrich?«, fragte er fassungslos und Sarah erstarrte ihm gegenüber unmittelbar zur Salzsäule.
»Frau Dietrich … Sie können sich nicht vorstellen, wie sehr mich Ihr Anruf freut.«

***

»Gespenstisch«, bemerkte Sinah und benutzte exakt das Attribut, an das auch Tom gerade dachte.

Das Schiff war leergefegt, keine Menschenseele zu sehen.

Tom hatte sich in den vergangen Tagen so sehr an den Trubel des Schiffes gewöhnt gehabt. Immer waren Urlauber auf den Decks unterwegs gewesen, hatten sich unterhalten, man hatte immer jemanden in den Gängen getroffen … und nun lag alles einsam und verlassen da. Eine Stille, die nur durch die noch immer in allen Bereichen dudelnde Hintergrundmusik durchbrochen wurde, die soeben *Rock the Boat* spielte und die verlorene Stimmung, nur nochmals verstärkte.

»Äußerst gruselig«, stimmte er zu.

Während des Alarms vor einer Stunde hatten sich Sinah und Tom unter die Menschenmenge gemischt und waren im hinteren Treppenhaus auf Deck fünf unauffällig nach achtern in Richtung *KINDERCLUB* abgebogen, um von dort aus Jansen anzurufen. Sie waren beide äußerst optimistisch und fröhlich gewesen, konnten Sie ihm und der über alle Maßen glücklichen Sarah doch vermelden, dass sie es geschafft hatten, die Positionen aller vier Bomben herauszufinden. Um so mehr waren sie deshalb geschockt, als man ihnen mitteilte, dass Posseidoni nicht vorhatte, die Gäste abziehen zu lassen. Stattdessen hatten sie mitsamt den Passagieren in den Rettungsbooten den Hafen verlassen und machten sich auf den Weg nach Brunei.

Tom war gefrustet. Sie hatten erfolgreich die Bomben ausgekundschaftet, waren dabei beinahe draufgegangen und jetzt brachte es ihnen gar nichts.

Sie schlichen sich gerade über einen der Crewgänge zurück zu seiner Kabine. Es nutze ja nichts: Sie mussten sich wieder verstecken und abwarten.

Tom hatte Hunger und überlegte sich, wie lange er schon nichts mehr gegessen hatte. Es musste gestern am frühen Abend gewesen sein oder gar mittags. Die Aussicht, wahrscheinlich für die nächsten Stunden auch nichts zwischen die Zähne zu bekommen, frustrierte ihn noch mehr. Er erinnerte sich daran, dass er noch einen Müsliriegel in seiner Reisetasche hatte.

Eine Tagesreise nach Brunei? Sie fuhren schnell. Toms Magen hatte es ihm sofort wie ein zuverlässiger Sensor gemeldet. Soeben wurde er hinter Sinah von einer erneuten Schiffsbewegung überrascht und unerwartet gegen die Wand gedrückt. Ihm wurde wieder schlecht und er wusste nicht, ob von der Fahrt oder von seinem leeren Magen.

Für die letzten Meter zu seiner Kabine mussten sie durch den Gästebereich. Sinah schielte vorsichtig durch eine Tür, die vom Crewbereich hinaus in den Kabinengang führte. »Die Luft ist rein«, flüsterte sie.

Sie glitten hinaus und den Gang hinab zu seiner Kabine. Noch auf dem Weg dorthin zückte er schon seine Karte und sie huschten hastig hinein. Kurz glaubte er, hinter ihnen jemanden gehört zu haben, aber als er sich umdrehte, war nichts zu sehen.

»Mehr kann ich ihnen nicht anbieten«, entschuldigte er sich, als sie in der Kabine waren.

Er reichte Sinah, die sich auf die Bettkante gesetzt hatte, die Hälfte seines Riegels.

»Mondänes Frühstück«, bemerkte sie verbittert.

Tom antwortete ihr nicht. Er sah ihr an, wie deprimiert sie war. Und sie hatte ja auch recht. Was hatte es ihnen nun eingebracht, dass sie Kopf und Kragen riskiert hatten? Er tröstete sich damit, dass sie zumindest mehr Glück hatten als Wulfert und Schneider.

»Was können die nur vorhaben«, dachte Sinah laut.

Tom hatte keinen Schimmer.

Sie erschraken beide bis ins Mark, als das Telefon klingelte. Sinah hatte reflexartig die Hand am Hörer, dann jedoch zögerte sie. »Wer ruft uns hier an?«
»Keine Ahnung.«
»Soll ich rangehen?«
»Keine Ahnung!«

***

»Also Willie, ich halte euch auf dem Laufenden. Ja, ich passe auf mich auf. Gott, Willie, bin ich froh!« Sarah schob ihr Handy in die Tasche.
Sie war im Glücksrausch. Noch immer völlig perplex stand sie auf dem Platz vor dem Stützpunkt und konnte ihr Glück noch immer nicht fassten, nicht glauben, dass Sinah vor wenigen Minuten angerufen hatte. Sie war am Leben! Und so verrückt es klang: Sie und dieser Geyer hatten sogar herausgefunden, wo die Bomben versteckt waren. Einfach unglaublich!
Jansen hatte entschieden, das Gros seiner Leute sowie zwei der Hubschrauber sofort mit der Transportmaschine nach Brunei zu verlegen. Er und ein paar Kollegen würden dann kurz darauf mit dem dritten Helikopter nachkommen. »Sie kommen natürlich mit«, hatte er Schneider und ihr verkündet.
Wie es dort weiterging, wusste keiner, aber im Moment machte sie sich darüber noch wenig Gedanken. Vollgepumpt mit Adrenalin war sie einfach nur froh, dass Sinah noch am Leben war.
Überglücklich sah hinaus aufs Meer, wo die *GCL SOLARIA* vor Kurzem am Horizont verschwunden war.

***

»Schalten Sie mal Ihr TV an!«, sagte Eike ohne Begrüßung.
»Wie bitte?« Sinah hatte schließlich doch abgehoben.
»Sehen Sie sich die Bugkamera an, schnell!«
Sinah nahm die Fernbedienung und aktivierte den Fernseher. »Was wird das nun wieder«, stöhnte sie, als sie endlich die Frontansicht des Schiffes gefunden hatte.
In einiger Entfernung waren mehrere kleine Dschunken zu sehen. Sie alle wanderten auf dem Bildausschnitt behäbig aber stetig nach links, gemeinsam mit der Sonne, die über ihnen stand.
»Wir ändern den Kurs?«
»Richtig«, stimmte ihr Eike zu.
»Wo fahren wir hin?«, fragte Tom.
»Das weiß ich auch nicht. Jedenfalls nicht Richtung Brunei.«
»Nein? Gibt es irgendetwas anderes in der Nähe?«
»Keine Ahnung«, meinte Sinah. »Ich bin kein Nautiker. Meinen Sie, die haben es sich anders überlegt?«
Tom zweifelte daran. »Ich denke eher, dass das Ganze eine Finte ist. Wahrscheinlich wollen die irgendwo landen und sich dann absetzen. Aber wo?«
Sie blickte erneut auf den Bildschirm. Anscheinend hatten sie Richtung Westen beigedreht.
»Wir brauchen eine Karte«, bestimmte Tom.
»Ich habe welche hier«, hörten sie Eike gedämpft durch den Telefonhörer.
Sinah aktivierte die Freisprechanlage.
»Wir scheinen nach Westen zu fahren, Eike«, stellte Tom fest. »Gibt es da irgendwas?«
»Na ja, Vietnam läuft nach unten hin spitz zu. Vielleicht wollen sie in den Süden des Landes. Ich wüsste aber nicht, wozu.«

»Noch eine andere Idee?«
»Das nächste Land ist schon Thailand.«
»Macht auch nicht mehr Sinn«, meinte Sinah.
»Noch was?«, drängte Tom.
»Nein, sonst ist da nichts. Nur Wasser, verdammtes asiatisches Meer. Sonst nichts.«
Wo wollten die verdammt noch mal hin? Sie konnten nicht ernsthaft glauben, dass sie mit diesem riesigen Schiff nicht auffielen. Selbst, wenn sie die Störsender wieder aktiviert hatten, war ein Kollos wie die *SOLARIA* ja nicht einfach unsichtbar. Flugzeuge oder Satellitenkameras konnten sie leicht finden.
»Einen Moment«, sagte Eike. »Da ist noch ein kleiner Punkt auf meiner Karte.«
Ungeduldig saßen die beiden auf der Bettkante und sahen sich an.
»Eike, was ist?«
»Sekunde«, antworte er gestresst. »Ich schaue, ob ich noch eine größere Karte habe.«
Sinah schloss die Augen und massierte sich die Nasenwurzel.
»Ich hab‘s«, hörten sie Eike ausrufen. »Da ist noch eine kleine Insel im Südwesten von Vung Tau. Ungefähr hundert Seemeilen entfernt. Ungefähr auf unserem jetzigen Kurs.«
»Tatsächlich?«
»Con Dao, eine kleine Inselgruppe vor der Küste. Aber da ist nichts. Ein paar Häuser auf der Hauptinsel und eine winzige Pier, an dem vermutlich Fähren anlegen, der dürfte für uns viel zu klein sein und das Wasser zu seicht für unseren Tiefgang.«
»Liegt aber genau auf unserem jetzigen Kurs?«, wollte Sinah nochmals bestätigt haben.
»Soweit ich das beurteilen kann, ja. In nicht einmal drei Stunden wären wir bei der aktuellen Geschwindigkeit dort.«
Tom sah Sinah ungläubig an. »Die säßen auf der Insel in der Falle.«

»Eike«, rief er.
»Ja?«
»Ist da ein Flughafen?«
»Wie es aussieht, ja.«
Sinahs Augen weiteten sich. Natürlich! Ein Flughafen und damit eine ideale Möglichkeit, nach Brunei, Manila, Thailand oder wer weiß wohin zu flüchten.
Tom strahlte sie an. »Wir müssen noch mal Jansen anrufen.«

***

»Alle raus hier!«, rief Schmücker wütend und sah Bettina und Willie an, als wolle er gleich in die Luft gehen. Er selbst war noch immer perplex, denn soeben war Hartmut Schüssler mit der Nachricht rausgerückt, dass laut Tom Geyer ein Maulwurf der Entführer in der Zentrale von *GERMAN CRUISE LINES* saß. Das LKA war bereits informiert und sie würden sofort damit beginnen, jeden einzelnen der Anwesenden zu durchleuchten.
Mich sicherlich auch, dachte er. Ein mulmiges Gefühl beschlich ihn.

***

Con Dao also. Er musste fast lachen. *Wirklich idyllisch.* Abgeschieden, schwer mit dem Schiff zu erreichen, eigentlich nur von Vung Tau aus mit einer einzigen Fähre pro Tag, und so gut wie gar nicht besiedelt. Dass es dort eine Polizeistation gab, bezweifelte er – dafür aber einen kleinen Flughafen, auf dem man sicher leicht eine vollgetankte Maschine verstecken konnte. Ideal um in aller Ruhe an Land zu gehen und sich aus dem Staub zu machen.

Auch wenn es ihm nicht schmeckte: Kapitän Buske zog innerlich den Hut vor der simplen aber effizienten Lösung. Er fragte sich nur, ob die Entführer ernsthaft glaubten, dass die GSG-9 nicht mitbekam, dass die *SOLARIA* den Kurs geändert hatte und nun auf die Inselgruppe zusteuerte. Sie waren zwar vom Festland aus nicht mehr sichtbar, aber der Störsender war nicht aktiv und die *SOLARIA* deshalb auch auf allen AIS-Monitoren der ganzen Welt zu sehen. Kiel konnte nicht nur auf den Kameraübertragungen vom Promenadendeck die prall besetzten und bei voller Fahrt haltlos hin und her baumelnden Rettungsboote beobachten, sondern musste ebenso wie dieser Olaf Jansen wissen, dass sie sich nicht auf dem Weg nach Brunei befanden. Posseidoni musste also doch damit rechnen, dass die Einsatztruppe schon in diesem Moment darauf reagierte und ihre Kräfte umbeorderte.

Con Dao, was für eine Ironie. Ausgerechnet die Insel, auf der er vor mehr als zehn Jahren einmal mit seiner Frau für vier Wochen einen romantischen Urlaub verbracht hatte. Deshalb hatte er auch sofort begriffen, wo die Reise hinging, als ihm Posseidoni überraschend befahl, den Kurs westwärts zu ändern.

Das würde ein Wiedersehen geben. Con Dao lag verwunschen ganz im Süden Vietnams, einigermaßen weit draußen. In den letzten Jahren hatte sich der einsame Archipel als Tauch- und Schnorchelparadies herumgesprochen, war aber noch immer ein ziemlicher Geheimtipp und hatte sich viel friedliche Natürlichkeit erhalten. Dazu passte, dass die Luftansicht der Inselgruppe ein wenig so aussah wie ein kniender Mensch, der betete – oder meditierte.

Er erinnerte sich, dass es dort damals nur fünf Autos auf der gesamten Hauptinsel gegeben hatte. Erst vor drei Jahren, so hatte er gelesen, war dort feierlich die erste Ampel an einer der paar Straßenkreuzungen errichtet worden. Die Inseln waren also noch immer ein Ort der Ruhe. Das aber, soviel stand für ihn jetzt schon fest, würde sich noch heute drastisch ändern.

Buske warf einen Blick auf die Monitore. Er machte sich Sorgen um die Leute in den Rettungsbooten. Sie waren nun schon bald zwei Stunden dort eingepfercht, je hundertfünfzig Mann, bei mehr als achtundzwanzig Grad Celsius in einem winzigen stickigen Raum, der auch noch hin und her schlingerte. Das war selbst für hartgesottene Seeleute eine Tortur. Wenigstens waren es bei voller Fahrt nur noch zwei Stunden bis Con Dao. Er hoffte nur, dass die Stahlseile und Träger das bis dahin aushielten. Aber wenn sie langsamer fuhren, riskierte er, dass sie nicht rechtzeitig ankamen. Es war bereits 15:45 Uhr. Wenn Posseidoni nicht gelogen hatte, gingen die Sprengladungen in drei Stunden hoch. Sie mussten sich tatsächlich sputen.
»Noch vierundfünfzig Seemeilen. Ein Katzensprung«, bemerkte Posseidoni gerade selbstgefällig und riss Buske aus seinen Gedanken. Er und Gabriel standen einige Meter entfernt an einem der anderen Überwachungspaneele. »In ein paar Stunden hat der ganze Spuk ein Ende.«
Buske sah hinüber zu Patrick Müller, der verloren in der Seitennock stand. Er musste sich genauso hilflos fühlen wie er. Der charmante und erfahrene Seemann, der selbst lange Zeit Kapitän der Flotte war, hatte nicht mehr tun können, als den Botenjungen zu spielen und das Geld zu übergeben.
»Kapitän für Staff«, krächzte Köpke durch das Walkie-Talkie.
Buske ergriff es sofort. »Hört.«
»Wir haben ein Problem in Rettungsboot fünf. Einer der Gäste dreht völlig durch. Er brüllt herum, ist aggressiv und ich habe Angst, dass er dort drin um sich schlägt, wenn es so weitergeht.«
Buske blickte zu Posseidoni, der jedoch nur flüchtig aufsah und den Kopf schüttelte.
»Versuch ihn zu beruhigen. Wir dürfen keinen aus den Booten lassen«, sagte Buske frustriert. Er konnte sich vorstellen, was er da von seinem Stellvertreter verlangte.

»Käpt'n«, hörte er den erschöpften Köpke.
»Was ist?«
»Es gibt in mehreren Booten auch schon Anzeichen für Dehydrierung, Seekrankheit und erste Panikattacken.«
»Scheiße«, entfuhr es Buske. Er blickte zu Posseidoni, der ihn nicht mal ansah, sondern mit dem Zeigefinger hin und her wackelte. *Verdammter arroganter Mistkerl.* »Lass die Bootsbesatzungen das Wasser in den Tanks der Rettungsmittel und die Sickness-Pillen austeilen. Das wird die Leute etwas beschäftigen und vielleicht ein wenig beruhigen.«
»Werden wir machen.«
Verdammt. Und noch fast zwei Stunden.
Irgendwann würden die Gäste nicht mehr auf die Anordnungen hören. Wenn das so weiterging, hatten sie bald auch noch einen Aufstand und womöglich eine Eskalation an Bord, die man nur noch schwer in den Griff bekommen konnte. »Ich sehe keine Veranlassung, die Gäste derart zu foltern«, blaffte er frustriert in Richtung Posseidoni. »Das ist unmenschlich und völlig unnötig!«
Posseidoni verzog keine Miene.
Buskes schwitzige Finger umklammerten das schwere Funkgerät noch fester. Er sah Gabriel in die kalten, ausdruckslosen Augen und tat ein paar Schritte näher an die beiden heran. Für eine Sekunde fiel der Blick von Gabriel auf das Walkie-Talkie in seiner Hand, fixierte aber sofort wieder Buskes Augen. Sie wussten beide, dass der alte Kapitän bei einer Auseinandersetzung keine Chance hatte. Aber vielleicht ahnte dieses Scheusal nicht, wie sehr ihm das mittlerweile egal war. Herablassend grinste der Hüne ihn an.
Buske donnerte das Walkie-Talkie auf den Tisch neben Posseidoni, der erschrocken zusammenzuckte.
»Was soll das Ganze, verdammt?«, brüllte er und starrte in die pechschwarzen Augen Posseidonis.

»Contenance, Herr Kapitän!«
»Sie können mich mal mit Ihrer Contenance! Da unten leiden Menschen. Sie haben Angst, sie haben Durst und vielen ist speiübel. Wir haben auch alte Leute an Bord und Kinder! Vielleicht wissen Sie nicht, wie es ist, in einem solchen Boot eingepfercht zu sein und über längere Zeit herum zu schlingern. Ich weiß es nur zu gut. Da würde wahrscheinlich selbst mir das Kotzen kommen!«
»Reißen Sie sich zusammen! Es wird sie nicht umbringen.«
»Abgesehen von der Gefahr, dass ein Tragseil reißt, kann es sein, dass es zu Kreislaufkollapsen kommt oder zu Panik! Wollen Sie das?«
»Ich will nur, dass Sie die Leute beruhigen.«
»Je länger das dauert, desto schwerer wird das! Wenn erst mal einer anfängt in so einer Sardinenbüchse zu kotzen …«
»Dann sollten Sie dafür sorgen, dass wir so schnell wie möglich nach Con Dao gelangen.«
»Und dann? Glauben Sie nicht, dass die GSG-9 bereits unterwegs ist?«
»Die haben keine Ahnung«, blaffte Posseidoni, riss sich dann aber zusammen und atmete einmal tief durch. Das überhebliche Lächeln kehrte zurück, als er fortfuhr: »Haben Sie schon einmal etwas von Spoofing gehört, Herr Buske«, fragte er von oben herab und Buske wusste sofort Bescheid. Unter *GPS-Spoofing* verstand man das Aussenden von Störsignalen, welche das NAVSTAR-GPS-Signal imitierten. Dabei wurden formal gültige, aber falsche Positionsdaten erzeugt und übermittelt. Ziel war es, die GPS-Signale zu fälschen und damit andere Positionsangaben vorzutäuschen.
Genial. Wahrscheinlich denken alle, dass wir noch auf dem Weg nach Brunei sind!
»Aber sicher«, antwortete Buske so gleichgültig er nur konnte. Gleichzeitig warf er einen Blick auf den LRIT-Monitor und erkann-

te sofort, dass dieser die *SOLARIA* noch immer mit dem alten Kurs gen Süden anzeigte. Jeder, der sie via Satellitensignal suchte, musste das Schiff am falschen Ort vermuten. *Diese Hunde*, dachte er und unterdrückte einen Anflug von Anerkennung. Keiner wusste, wo sie waren, und das würde auch so bleiben, bis sie in Sichtweite von Con Dao gelangten.
Hochnäsig stand Posseidoni vor ihm und genoss die kleine Überraschung.
Doch Buske dachte nicht daran, ihm den Triumph zu gönnen. Aber wenn er ehrlich war, war es genial: Die winzige Hafenbehörde der Insel würde sicher erst einmal mit der überraschenden Situation überfordert sein. Bis die dann das Festland benachrichtigt hatten und die Information in Kiel und bei Jansen ankam, würde es längst zu spät sein. Außerdem war die GSG-9 dann schon fast in Brunei und mehrere Flugstunden entfernt. Die Gangster hätten genug Vorsprung, um zu verschwinden.
Ohne die Spur einer Regung fixierte Buske sein Gegenüber. »Na, dann hoffe ich für Sie, dass die Behörden in Con Dao uns ankern lassen«, meinte er kühl.
Posseidoni wollte schon antworten, da fiel ihm Gabriel ins Wort: »Vorher sollten wir uns noch um ein anderes Problem kümmern.«
Fragend sah Posseidoni Gabriel an, der ihn mit einer Kopfbewegung auf einen der Monitore aufmerksam machte. Buske sah einen Augenschlag lang den Anflug von Überraschung und Wut über dessen Gesicht fliegen. Dann blickte er selbst auf die Mattscheibe und eine Mischung aus freudiger Verblüffung und Fassungslosigkeit traf ihn. Hätte er nicht die Datums- und Zeitangabe der Monitoranzeige gesehen, hätte er geglaubt, es sei eine alte Aufnahme. Aber auf dem Bildschirm waren ohne Zweifel Sinah Dietrich und Tom Geyer zu sehen, die gerade auf Deck drei die *Crew Road* entlangschlichen.

»Es wird Zeit, dass wir für dieses Problem eine endgültige Lösung finden«, schnarrte Posseidoni.

***

Ließen die tatsächlich die Passagiere in den Rettungsbooten? Das konnte nicht mehr lange gut gehen. Diese verdammten Mistkerle waren wirklich skrupellos. Frank war zurück in sein Büro gegangen und hatte entsetzt an den Überwachungsmonitoren mitverfolgt, wie erst alle in die Boote verfrachtet und dann darin gefangen gehalten wurden, während sie wieder Fahrt aufnahmen.

Er musste an Andrea denken. Sie war robust, hielt einiges aus. Sie würde kämpfen bis zuletzt. Aber was nutzte das, wenn er nicht rechtzeitig kam? Auch wenn sie so lange durchhielt, wie es nur ging – wenn er nicht bald von diesem Pott runterkam, war es definitiv zu spät. Er würde sie verdurstet vorfinden und sein Leben wäre wertlos. Und das der dort hilflos baumelnden Passagiere auch, wenn das so weiterging. Es reichte jetzt wirklich mit unschuldigen Opfern!

Als er verzweifelt seine Ellbogen auf den Tisch stemmte, um sein Gesicht in den Händen zu vergraben, erschrak er plötzlich von einer Bewegung auf einem der Überwachungsmonitore. In diesem Bereich des Schiffes konnte doch jetzt niemand mehr sein. Aber da schlich jemand die *Crew Road* entlang. Entsetzt richtete er sich auf, als er die beiden erkannte. Wie war das möglich? »Also da hol mich doch der …« Sollte er Posseidoni darüber informieren? Das wäre abscheulich. Aber was, wenn die beiden den Ablauf und damit auch seine Heimkehr weiter verzögerten?

Noch bevor er sich diese Frage beantworten konnte, wurde er auf eine weitere Person aufmerksam, die er auf einem der anderen Monitore wahrnahm. Es war Gabriel, der offensichtlich auf dem Weg nach unten war und demnächst den der beiden anderen kreuzen würde. Mit stierem Blick nahm er immer gleich zwei Stufen auf einmal. Und dann bemerkte Frank auch die Feueraxt, die das Schwein dabeihatte.

***

Tom hielt sein Satellitenhandy – die einzige Chance, Jansen über die Kursänderung zu informieren – fest umklammert in seiner rechten Hand und folgte Sinahs schnellen Schritten. Sie hatte sich entschieden, lieber einen Weg durch den Crewbereich zu nehmen. Dort, vermutete sie, würden sie vielleicht auf den Überwachungsmonitoren nicht so sehr auffallen, wie in den Passagiergängen.
Bis kurz vor der Crewmesse waren sie keiner Seele begegnet. Die beißende Stille, die in den sonst so belebten Gängen herrschte, war schier unerträglich. Hier unten gab es noch nicht einmal die im Gästebereich omnipräsente Backgroundmusik.
Tom dachte darüber nach, dass diese Geräuschlosigkeit einfach nicht zu einem Kreuzfahrtschiff passte. Sie war so fehl am Platz wie auf dem Oktoberfest. Er hatte einmal an einem Karfreitag den *Hamburger DOM* besucht. Es war ein unglaublich bedrückendes Erlebnis gewesen. Nur das Quietschen der Gondeln und das Rattern der Achterbahnwaggons war zu hören gewesen, weil am Karfreitag keine Musik gespielt werden durfte.
»Wir gehen ganz nach hinten bis zur Provision und dann hoch und nach hinten aufs Crewdeck«, erklärte Sinah.
Bei dem Wort *Provision* zog sich sein Magen zusammen. Was hatten sie gestern Abend für ein Glück gehabt, dass Eike sie gerade noch rechtzeitig aus dem Lager herausziehen konnte, bevor sie elendig erstickt wären.

Als sie an der Crewmesse vorbeikamen, bemerkte er noch ein weiteres Gefühl in seinem Magen: Er hatte einen Mordshunger. »Wie lange haben wir eigentlich nichts mehr gegessen«, fragte er Sinah, die sofort stehen blieb und sich zu ihm umdrehte. Ihr schien es ebenso zu gehen wie ihm. Kein Wunder, es waren sicher zwanzig Stunden seit ihrer letzten Mahlzeit vergangen. »Kommen Sie. Wir biegen kurz ab und sehen, ob wir etwas finden.«

Die Messe war ebenso menschenleer wie der Rest des Schiffes. Wo sonst täglich hunderte Besatzungsmitglieder ihre Mahlzeiten einnahmen, fanden sie jetzt nur verlassene Tische vor. Sinah steuerte zielstrebig den Bereich an, wo das Essen ausgegeben wurde. Der Menüplan des Tages hing neben der verschlossenen Essensausgabeluke.

»Heute kein Service«, kommentierte Sinah trocken und griff in einen Korb, in dem sich wenigstens ein paar Scheiben Brot befanden. »Besser als Nichts«, stellte sie fest und reichte ihm ein Stück abgepackte Butter und ein Messer. Hastig schmierten sie sich Stullen.

»Kommen Sie, wir setzen uns für einen Moment«, meinte Sinah.

Als sie Platz genommen hatten fühlte es sich noch falscher an als zuvor. Einsam saßen sie mit ihren Broten da und sahen sich an. Es war skurril und die Stille unerträglich. Tom ignorierte es und setzte gerade an, in sein Brot zu beißen, da klingelte Sinahs DECT-Telefon an ihrem Gürtel und durchbrach die eiserne Stille. Sie erschraken beide bis ins Mark und Sinah ließ ihr Brot auf den Tisch fallen.

***

Verdammt. Wo waren die beiden hin? Gabriel hatte mit Riesenschritten das Treppenhaus genommen, das von der Brücke bis hinab in den Crewbereich reichte. Es hatte auf dem Bildschirm so ausgesehen, als wollten sie in den hinteren Bereich des Schiffes. Wie waren die nur aus dem Proviantlager entkommen? Er hatte doch mit eigenen Augen gesehen, wie sie dort unten hilflos nach Luft geschnappt hatten. Und jetzt tauchten die plötzlich wie aus dem Nichts wieder auf.

Er passierte die Doppelaufzüge und bog um die einzige Ecke, die der *Crew Highway* auf dieser Ebene machte. Von hier aus hatte man Sicht bis ganz nach hinten zur Proviantabteilung. Aber die beiden waren nicht zu entdecken. Waren sie irgendwo abgebogen? Vielleicht hoch zu Sinahs Büro oder weiter hinten in den Passagierbereich?

Auf dem Weg die *Crew Road* hinab versuchte er, möglichst leise zu gehen, um sie nicht aufzuscheuchen, denn in dieser Stille konnte man selbst die Tritte seiner gummibesohlten Stiefel hören. Wo waren die nur abgeblieben?

Als er am Treppenhaus angekommen war, das zu den Büros hinaufführte, hielt er inne. Sollte er hier die zwei Decks nach oben gehen und nachsehen, ob sie sich in ihr Büro geschlichen hatten? Vielleicht wollten sie versuchen, irgendwelche Nachrichten abzusetzen? Das war ihnen ja schon einmal gelungen. Oder waren sie doch noch weiter nach hinten ins Schiff gelaufen?

Gabriel wollte gerade ins Treppenhaus einbiegen, als er ein Geräusch aus einer anderen Richtung den Gang hinab hörte. Es war das Klingeln eines Telefons und es kam aus der Crewmesse.

***

Das Display zeigte die Nummer des Communication-Büros an.

»Wer ist das?«, fragte Tom.

»Eike«, antwortete sie und ging ran.
Ihr Atem stockte, als sich am anderen Ende nicht der tapsige Communication-Officer, sondern der Meuterer Frank meldete: »Sinah! Gott sei Dank gehst du ran.«
Ihr Herz setzt einen Moment aus. Sie hatten sie entdeckt!
»Sinah! Ihr müsst sofort da verschwinden!«
»Was? Ich versteh nicht.«
»Gabriel ist auf dem Weg zu euch! Er hat eine Feueraxt!«
»Warum …?«
»Das ist jetzt doch egal. Ich sitze hier in meinem Kontrollraum und kann euch über die Kameras in der Messe beobachten. Er ist nur einige Meter entfernt an der Treppe hinauf zu den Büros und macht sich gerade auf den Weg zu euch. Haut sofort ab!«

***

Als er, die Axt im Anschlag, in die Crewmesse stürmte, konnte er niemanden entdecken. Zur Sicherheit zog er erst mal die Tür hinter sich zu. Die Tische und Bänke standen alle in Reih und Glied, nur an einem waren zwei Stühle abgerückt und Brote lagen darauf.
Leise schlich er durch die Reihen. Er ging in die Hocke und blickte unter die Tische. Bis hinüber zur gegenüberliegenden Wand konnte er nichts entdecken. Langsam erhob er sich wieder und lauschte. Sein Blick fiel auf eine Tür, über der *Offiziersmesse* stand. Leise schlich er hin. Seine Schuhe quietschten bei jedem Schritt, aber sonst war nichts zu hören. Bei der Tür angekommen lauschte er wieder – nichts. Er öffnete sie und sah in den Raum hinein. Leer. Er schloss die Tür und wandte sich um, spitzte die Ohren.
Dann hörte er hinter einer Tür zu seiner Rechten ein Geräusch.
Natürlich. Ratten verkriechen sich immer in der Kombüse.

***

»Was machen wir jetzt«, flüsterte Sinah, die Tom panisch durch eine Tür in die im Halbdunkeln liegende Küche gezerrt hatte. Erst als sie unter eine Anrichte gekrochen waren, hatte sie ihm leise erklärt, was Frank ihr gerade gesagt hatte.

»Wir verstecken uns, bis dieses Monstrum wieder weg ist«, flüsterte Tom zurück. Was sollten sie sonst tun? Sich stellen und darauf hoffen, dass er sie einfach nur einsperrte?

»Hat die Küche noch einen zweiten Ausgang?«, fragte er fast unhörbar.

»Ja, da hinten gibt es noch einen Notausgang.«

Tom konnte in der dürftigen Notbeleuchtung nichts erkennen.

»Warum hat Frank das getan?«

»Das weiß ich doch nicht.«

Erneut sah er zum Notausgang und horchte, ob er Gabriel draußen im Speisesaal hören konnte. »Vielleicht sollten wir versuchen …«

Sie hörten das Quietschen der Tür.

Scheiße. Er ist hier!

Tom konnte förmlich sehen, wie Angstschweiß auf Sinahs Stirn trat. Ihm erging es nicht anders. Wenn dieser brutale Mörder sie hier fand, dann …

Er lauschte, konnte aber nichts hören. Nach einer Weile bemerkte er, dass er nicht mehr atmete und zwang sich, vorsichtig Luft zu holen. Er sah dabei in Sinahs panische aber trotzdem schöne Augen. *Wird das das Letzte sein, was du siehst?*

In diesem Moment schlug die Axt über ihnen in die metallene Tischplatte ein, spaltete sie ein Stück weit, sodass der Axtkopf augenblicklich durch sie hindurchdrang und zwischen Sinahs und Toms Kopf drohend zum Vorschein kam. Krachend fielen mehrere Metalltöpfe, die auf der Anrichte gestanden hatten, auf den Boden und rollten auseinander.

Sinah schrie entsetzt auf und rutschte zur Seite. Tom rollte sich aus ihrem Versteck und kam hastig auf die Beine.
»Ah, da seid ihr ja, ihr kleinen Schiffsratten«, brüllte Gabriel und riss die Axt wieder aus der Anrichte, die die beiden von dem Wahnsinnigen trennte.
Seine Augen blitzen im Dunkeln. Als er einen Schritt nach vorne trat, fiel das schwache Notlicht auf sein Gesicht. Durch das fiese Grinsen verzog sich die hässlich klaffende Wunde in seiner Fratze. Er sah furchterregend aus.
Toms Herz schlug so hektisch, dass er glaubte, es springe jeden Moment aus seinem Körper. Er und Sinah machten ein paar Schritte nach hinten, bis sie an eine weitere Arbeitsfläche stießen. Tom realisierte erst jetzt, dass Sinah seine Hand ergriffen hatte und sie wie in einem Schraubstock zusammenpresste. Hektisch sah er sich um. Die Fluchttür, die sie erwähnt hatte, konnte er noch immer nicht entdecken. Sollten sie versuchen, durch die Tür, durch die sie hereingelangt waren, zu fliehen?
»Hören Sie, Gabriel …«, versuchte er es mit Diplomatie.
»Fresse«, unterbrach er ihn. »Es wird schnell gehen, versprochen«, sagte er und sprang mit einem Satz über die Arbeitsplatte.
Tom und Sinah wichen blitzschnell zur Seite, doch Gabriel schwang schon die Axt. Tom konnte gerade noch einen weiteren Schritt nach hinten machen und den Bauch einziehen, als der schwere Schafft knapp an seinem Rumpf vorbeizischte und ihn nur um wenige Zentimeter verfehlte.
Sinah kreischte entsetzt auf und quetsche noch stärker seine Hand. Da fuhr auch schon der nächste Hieb des Wahnsinnigen auf ihn herab, diesmal von oben. Tom schaffte es im letzten Augenblick zur Seite zu springen und Sinah mit sich zu reißen. Die Axt schlug in die Tür des Kühlschranks hinter ihnen ein.
Sie gewannen einen Moment, weil Gabriel die Axt erst mal herausziehen musste, und Tom taxierte erneut die Lage: *Zwei Leute, ein*

Gegner, zwei Fluchtwege. Er schüttelte Sinahs Hand ab, drückte ihr das Satellitenhandy in die Hand und stieß sie Richtung Notausgang. »Laufen Sie!«
Erschrocken sah sie ihn einen Augenschlag lang an, dann schnellte sie los, als Gabriel schon zu seinem nächsten Schlag ausholte. Mit einem horizontalen Hieb wollte er sie an der Flucht hindern, doch sie duckte sich rechtzeitig und entkam ihm knapp.
Tom sah noch, wie ihr Haarschopf im Dunkeln der Küchenecke verschwand, dann machte er blitzschnell kehrt und stürmte zur anderen Tür. Er hatte sie gerade aufgerissen und wollte in den Speisesaal stürzen, da packte ihn Gabriel am Kragen und riss ihn mit solcher Wucht zurück in die Küche, dass Tom zu Boden fiel und mit dem Schädel gegen den Kühlschrank krachte. Ihm wurde kurz schwarz vor Augen, dann war schon Gabriel über ihm und hob grinsend die Axt. Ein schriller Schrei ertönte in diesem Moment und Sinah kam, mit einer Decke bewaffnet, in Toms Sichtbereich. Sie warf die Decke über Gabriel und dessen Axt, sich selbst mit ihrem ganzen Gewicht gegen ihn und riss ihn damit zu Boden. Hart schlug er gegen eines der metallenen Tischbeine der Anrichte. Tom benötigte mehrere stolpernde Pulsschläge, bis er begriff, dass es noch nicht vorbei war. Gabriel hatte sich schon wieder gefangen, befreite sich aus der Decke, kam halb hoch und stieß Sinah mit einem harten Fußtritt von sich, als wäre sie eine Puppe. Sie wurde in die Ecke geschleudert, stieß sich den Kopf und blieb reglos liegen. Schon kam Gabriel auf die Beine und holte erneut mit der Axt aus, doch die hing noch in der Decke fest, auf der Gabriel stand. Tom griff panisch nach irgendetwas und traf ihn mit einem Kochtopf am Kopf, wovon dieser erneut gegen das Tischbein knallte. Der Hüne erschlaffte und blieb liegen.
Stille, durchbrochen von schwerem Atmen.
Tom sah hinüber zu Sinah, die benommen in der Ecke kauerte. Schwerfällig stemmte er sich hoch und kroch hinüber zu Gabriel,

der besinnungslos da lag, mit einer blutigen Wunde am Schädel.
Er taumelte weiter zu Sinah. »Geht es Ihnen gut?«
»Ja.«, stöhnte sie.
Sie rieb sich den Kopf und sah ängstlich zu Gabriel hinüber. Als sie einige Schritte nähertrat, schwankte sie. Tom ergriff ihren Arm. »Das war … verrückt … Danke.«
Sie sah zu ihm auf. »Viele gute Dinge kommen aus kopflosen Entscheidungen.«
Für einen kurzen Moment hatte er das magische Gefühl, ein tiefes Band würde zwischen ihnen bestehen, als ob sie sich schon seit Jahrzehnten kannten.
Dann hörten sie ein dumpfes Stöhnen und erschraken. Gabriel bewegte sich, verheddert in der Feuerdecke.
Entsetzt starrte Sinah ihn an. »Wir müssen weg hier.«
Das ließ Tom sich nicht zweimal sagen. Sofort wandte er sich zur Tür und war bereits halb draußen. »Shit«, hörte er sie sagen und drehte sich um.
Verloren stand Sinah da und hielt das Satellitenhandy in der Hand: Das Display war gerissen und das Gehäuse plattgedrückt.

***

Das panische Kreischen aus den Rettungsbooten war weniger geworden. Die meisten der beklagenswerten Gäste schienen sich in den letzten drei Stunden an die ruckartigen Bewegungen gewöhnt zu haben sowie an den Gedanken, dass fünfzehn Meter unter Ihnen die See und damit womöglich der Tod lauerte. Außerdem hatten auch, so war zumindest Köpkes Eindruck, viele schon nicht mehr die Kraft, permanent zu heulen, zu schreien und panisch zu krächzen, wenn das unter voller Fahrt stehende Schiff mal wieder von einer Welle getroffen wurde und die kleinen Rettungsboote erneut haltlos an ihren Stahlseilen herumschlingerten, hart gegen die Bordwand schlugen und ihre Insassen heftig durchschüttelten. Stattdessen waren einige in ein erschöpftes Gewimmer verfallen, andere saßen nur apathisch da und ließen alles stumm über sich ergehen. Immer mal wieder kam es zu kleineren oder größeren Wutausbrüchen Einzelner, zu aggressiven Auseinandersetzungen, weil der eine gegen einen anderen geschleudert worden war, jemand einen Ellbogen abbekommen hatte oder in der Enge seinem Nebenmann auf den Fuß getreten war. Die Nerven lagen blank. Natürlich.

Regelmäßig ging Köpke die einzelnen Rettungsboote ab, sah nach, wie es den Leuten ging, versuchte zu trösten und zu beschwichtigen, die Situation herabzuspielen oder sich einfach nur anmotzen zu lassen. Mehr als das und die Sichtkontrolle der Stahlseile auf eventuelle Beschädigungen und Materialermüdungen konnte er nicht tun. Zum Glück hatte Posseidoni es wenigstens auf sein hartnäckiges Insistieren hin erlaubt, dass der Schiffsarzt und eine der Krankenschwestern ihm dabei halfen, sich um die Leute zu kümmern, sie ein wenig zu beruhigen und einfach für sie da zu sein. Henning und seine einfühlsame Kollegin waren wirklich eine große Hilfe.

Gemeinsam mit einem Team des Bootsmanns hatte Köpke versucht, die schweren Rettungsboote mit zusätzlichen Tauen stärker zu fixieren, aber bei voller Fahrt nutzte das einfach zu wenig. Das Eigengewicht der Boote mitsamt den Passagieren darin bildete aber eine zu gewaltige Schwungmasse.

Um die durchgeschüttelten Leute ein wenig zu beschäftigen, hatten sie angeordnet, dass die Bootsführer die bordeigenen Wasservorräte der Rettungsmittel ausgaben. Ob das abgestandene Zeug den Durst linderte, konnte er nicht sagen. Vielen war sowieso längst schlecht. Auch das hatte er erwartet und eine große Zahl Spuckbeutel, Pillen gegen Seekrankheit und auch den Notproviant ausgeben lassen.

Das alles war gar nicht so einfach in einem solchen Boot, denn die Ausrüstung war unter den voll besetzten Sitzbänken verstaut. Man musste dafür einige Passagiere von ihren Plätzen holen, sie solange stehen lassen und das alles bei voller Fahrt und mit geschwächten, genervten, aufgekratzten Menschen, die bei dieser Bruthitze auch noch in den sperrigen Rettungswesten steckten. Aber was sollte er machen? Ohne die Dinger hatten sie bei einem Sturz hinab ins Wasser noch nicht einmal den Hauch einer Chance. In einem der Boote war es sogar zu einem Handgemenge gekommen, als ein cholerischer Mann wider allen Anordnungen versucht hatte, das Boot zu verlassen.

Tatenlosigkeit konnte – psychologisch gesprochen – ziemlich viel Schaden anrichten, das war Köpke bewusst. Und deshalb war es gut, dass die Ausgabe der Pillen und des Proviants ein wenig Zeit und Organisationsaufwand erfordert hatte. Die Leute waren beschäftigt und dadurch ein wenig abgelenkt gewesen. Sie konnten etwas tun. Er hatte in Absprache mit Buske erlaubt, gegebenenfalls die doppelte Menge an Seekrankheitspillen zu verteilen. Die Dinger waren harmlos, sedierten aber ein wenig. Es war ihm lieber, wenn der ein oder andere sich etwas matt und antriebslos fühlte, als dass er aus Angst und Hilflosigkeit aggressiv wurde und Streit anfing oder das Boot vollkotzte und damit womöglich eine Kettenreaktion auslöste.

»Staff für Kapitän«, krächzte es aus dem Walkie-Talkie.

Köpke griff an seinen Gürtel. »Staff hört.«

»Statusbericht.« Er klang entsetzlich genervt.

Kein Wunder. Köpke ließ sich lieber hier unten auf dem Promenadendeck von Gästen anschreien, als oben auf der Brücke mit diesen Schweinehunden zu stehen, die für all das verantwortlich waren.

»Soweit alles ruhig. Die Gäste benehmen sich einigermaßen und versuchen, sich zusammenzureißen. Aber lustig ist das Ganze nicht.«

»Kann ich mir vorstellen.«

»Es gibt immer mal wieder kleinere Aufstände, aber bisher halten sie sich gut. Nur Boot fünf mit Herrn Franzke, mit dem du auch schon das Vergnügen hattest, ist etwas schwierig.«

»Franzke, jaja. Eine besondere Sorte Gast. Halten die Trägerseile der Davits?«

»Bis jetzt ja. – Noch.«

»Pass auf, Hardy. In einer Dreiviertelstunde muss Con Dao in Sicht kommen. Dann können wir ihnen etwas Sichtbares präsentieren, das ihnen Hoffnung macht.«

Köpke atmete auf. Wenn sie nur schon dort wären! Waren diese Terroristen endlich von Bord, konnten sie sofort mit der Ausbootung beginnen, die Rettungsinseln für die Crew aktivieren und alle in Sicherheit bringen. Wenn das erst einmal anlief, war alles Weitere egal. Selbst wenn es dann noch in dem einen oder anderen Boot zu medizinischen oder emotionalen Problemen kam, konnte man das an Land schnell wieder auffangen. Hauptsache, sie kamen bald von diesem todgeweihten Schiff herunter.

»Detlef«, funkte er seinen alten Freund nochmals an. »Wir schaffen das, oder?«

»Hardy«, meldete sich sein Kapitän, »dazu gibt es keine Alternative.«

»Aye, Käpt‘n«, antwortete er und stellte das Walkie-Talkie wieder auf Standby. Er sah das Promenadendeck hinab bis ganz nach hinten, wo sich ein Großteil der Crew seit zwei Stunden die Beine in den Bauch stand. Viele von ihnen kannte er seit über zehn Jahren und mit einigen verbanden ihn enge Freundschaften. Andere wiederum waren zum ersten Mal auf einem solchen Schiff. Junge Leute, die noch ihr ganzes Leben vor sich hatten, die hier hergekommen waren, um Spaß zu haben, dort zu arbeiten, wo andere Urlaub machten, die Welt zu sehen und etwas zu erleben. Und weder ihre

Eltern zu Hause noch sie selbst hatten geahnt, dass sie hier in eine solche Hölle geraten würden.
Dann hörte er ein lautes Geschrei aus einem der Boote. Er sah zu Henning hinüber, der gerade mit der Krankenschwester einige Wasserflaschen in ein Boot reichte. Was war da los? *Boot fünf. Nicht schon wieder.*

***

Franzke konnte nicht mehr. Er wischte sich den Schweiß von der Stirn, während er ungläubig auf seine Armbanduhr starrte. Seit mehr als drei Stunden waren sie schon hier eingepfercht. Was glaubten die eigentlich, wer sie waren? Und warum wehrte sich die Schiffsleitung um diesen unfähigen Kapitän nicht gegen diese Folter?
Das Rettungsboot erhielt einen neuen Schlag von der Seite und schwenkte einmal mehr haltlos vom Schiff weg, bevor es mit donnerndem Getöse wieder gegen die Bordwand prallte. Eine hysterische Frau schrie lauthals auf, als sie das markerschütternde Knirschen des Kunststoffs auf Metall hörte, das sie alle nun schon gut kannten.
Franzke wusste nicht, was mehr zermürbte: dieses fiese Geräusch, das permanente Schütteln des kleinen Bootes, die dauernden Schläge gegen das Schiff, der Schwindel, die Hitze, der Gestank oder am Ende doch der Durst und vor allem der furchtbare Hunger. Schlecht war ihm schon lange – er wusste nicht, ob wegen dem steten Gebaumel oder weil er heute überhaupt noch nichts gegessen hatte. Es stank entsetzlich nach Schweiß und Urin. Er war sich sicher, dass sich schon mehrere Leute eingenässt hatten. Auch die alte Frau neben ihm hatte er in Verdacht. Es war ekelhaft. Aber auch er selbst musste dringend, obwohl er das Zeug eigentlich schon dreimal aus-

geschwitzt haben musste. Warum konnten sie eigentlich nicht wenigstens diese beschissenen Rettungswesten ablegen? Solange sie eh nicht zu Wasser gelassen wurden, sah er einfach nicht ein, warum sie die unbequemen Dinger anhatten, die einem die Gurgel abschnürten.
Ein Kind schluchzte zusammengekauert in einer Ecke. Es heulte eigentlich schon, seit es ins Rettungsboot eingestiegen war. Das nervte entsetzlich. Weiter hinten im Boot saß ein grauhaariger betagter Mann, dem es körperlich trotz des hohen Alters gut zu gehen schien, der aber einen Knall haben musste. Er betete lautstark seit einer Stunde ohne Unterlass und das fand Franzke noch nerviger als das Gejammer des kleinen Balgs.
Sein Magen knurrte mittlerweile so, dass er fast das Beten und das Geplärre übertönte. Er nahm einen Schluck von dem ekligen Wasser, das verteilte worden war, brachte es aber nicht hinunter. Stattdessen kam eine erneute Welle Brechreiz und er spuckte das Wasser vornüber gebeugt zwischen seine Beine.
»He, lassen Sie das!«, motzte die unmögliche Frau neben ihm und zog ihre Beine an.
»Kann ich doch nichts für!«
Ihm war so schlecht. Die scheiß Pillen hatten überhaupt nichts bewirkt. Eine erneute Hitzewallung traf ihn und nun hatte er endgültig genug. Er griff zu der Schnalle seiner Rettungsweste und öffnete sie. Dann versuchte er, die zwei Flügel um seinen Hals zu spreizen, damit er seinen Kopf herausnehmen konnte.
»Was machen Sie da!«, rief der Bootsführer.
»Ich verschaffe mir Luft!«
»He«, protestierte die alte Dame neben ihm.
Er ignorierte sie und verlagerte seinen Körper ein wenig in die Diagonale, um Platz für die Ellbogen zu bekommen. Nun konnte er die Rettungsweste über den Kopf ziehen.

»Ziehen Sie sofort Ihre Weste wieder an!«
»Das werde ich nicht. Das Ding schnürt mir die Luft ab.« Trotzig nahm er das Ding zwischen seine Beine. »Und ich bin der Meinung, dass es hier allen so geht. Warum lassen Sie das mit sich machen?«
Nur das schluchzende Kind kam ihm zu Hilfe: »Mami, darf ich auch die Weste ausziehen?«
»Nein, Liebes, das geht nicht.«
»Nun lassen Sie das Kind doch«, meinte Franzke.
Ein weiterer Gast in einer der hinteren Ecken meldete sich: »Eine Erleichterung wäre es sicher.«
Endlich, dachte Franzke.
»Wenn wir in die Luft fliegen, sind Sie erlöst«, mischte sich nun die Carstensen wieder ein. Die hatte ihm gerade noch gefehlt. »Wenigstens bin ich bis dahin nicht erstickt«, maulte Franzke.
»Nun hören Sie zu«, rief der Bootsführer nun. »Wenn wir jetzt alle hundertfünfzig Mann die Westen ausziehen, dann haben wir hier drin noch viel weniger Platz.«
Mehrere Leute fingen an zu brüllen. Der Bootsmann versuchte, sie zu beruhigen, aber keiner hörte ihm zu. Wild ging das Geschrei durcheinander und das Kind fing wieder an zu heulen.
»Was ist hier los«, rief in diesem Moment der Staff-Captain zur Luke herein.
»Erneute Visite«, rief Franzke ihm abfällig zu. »Sie kommen genau richtig.«
»Die Gäste wollen die Rettungswesten ausziehen«, sagte der Bootsführer.
»Hören Sie«, rief Köpke gegen das Stimmengewirr an, doch niemand reagierte. »Hören Sie bitte zu!«, rief er erneut und die Leute verstummten endlich. »Das geht nicht. Sie brauchen die Dinger bald. Die Mannschaft tut alles Notwendige, aber Sie müssen sich zusammenreißen und noch ein wenig durchhalten. In circa einer Stunde kommen wir an. Also halten Sie durch, ich bitte Sie.«

Alle waren still. Franzke konnte es nicht fassen. Sie kuschten! Alle! Ein paar Streifen auf den Schultern und schon traute sich keiner mehr, etwas zu sagen. Als jedoch er etwas sagen wollte, machte das Boot wieder eine Pendelbewegung und krachte gegen die Bordwand.

In diesem Moment spürte Franzke wie sich sein Magen umdrehte. Ein erneuter Brechreiz übermannte ihn und diesmal gab es keinen Halten mehr. Im letzten Moment konnte er sich nach vorne beugen und noch während er zwischen seine Füße kotze, fragte er sich, wie es möglich war, dass sich in seinem Magen überhaupt noch etwas befand.

Kapitel VIII

»So halten Sie doch still!« Langsam ging ihm ihr Herumgehopse auf die Nerven. Wie sollte er die Blutung stoppen, wenn sie alle paar Sekunden aufsprang?
Ungeduldig zerrte Tom Sinah wieder zurück auf den Stuhl und presste ihr die Mullbinde auf die offene Stirnwunde, die sie sich dank Gabriels Tritt zugezogen hatten.
Sie waren nach Achtern geflüchtet und hatten sich im *KINDER-CLUB* versteckt, weil Sinah wusste, dass dort zwar auch Kameras installiert waren, aber diese von der Durchlaufschleife auf der Brücke seltener angesteuert wurden als Deck fünf oder die Gangway. Und sie war sich auch sicher gewesen, dass sich dort ein Verbandskasten befand. Den brauchten sie jetzt beide.
Aber Sinah konnte sich überhaupt nicht mehr einkriegen ob der zugegeben frustrierenden Tatsache, dass sie die Kommunikationsmöglichkeit zu Jansen und Sarah verloren hatten. »Es ist meine Schuld. Verdammt«, stieß sie immer wieder zornig aus und fuhr dabei schon wieder herum. »Ich hätte das Handy da liegen lassen sollen, wo ich die Feuerdecke gefunden habe.«
»Sie können nichts dafür«, wiederholte er zum x-ten Mal.
»Es ging alles so schnell. Ich hätte trotzdem ahnen müssen, dass es keine gute Idee ist, das Gerät in der Hand zu halten und …«
»Sinah, wenn sie nicht so schnell gehandelt hätten, dann wäre ich jetzt tot«, wandte Tom ein.
»Wer weiß, ob er seine Drohung wahr gemacht hätte.«
»Ich bitte Sie. Der war doch schon im Blutrausch.« Tom hob die Mullbinde etwas an, die Blutung schien tatsächlich nachzulassen. »Ich denke, ich kann es jetzt desinfizieren.«

»Aua«, beschwerte sich Sinah prompt, doch Tom wusste, dass sie weniger das Desinfektionsmittel schmerzte als der Verlust des Satellitentelefons. »Was machen wir denn jetzt?«

»Sie sind dran«, antwortete Tom, als er ihr eine neue Binde mit Pflaster auf der Wunde fixiert hatte.

Sie nahm das Verbandszeug an sich, überließ ihm ihren Platz und sah sich seinen blutenden Hinterkopf an. »Hat Ihnen ein ordentliches Loch reingehauen, der Neandertaler«, stellte sie fast anerkennend fest. »Aber blutet kaum noch. Ich desinfiziere es nur, klebe ihnen aber kein Pflaster in die Haare.«

Das Mittel brannte mehr, als Tom erwartet hatte. Er biss die Zähne zusammen. Im selben Moment machte das Schiff eine erneute Stampfbewegung und ihm wurde mal wieder schwindelig.

»Noch immer seekrank?«

Tom nickte nur und versuchte, sie davon abzulenken, weil ihm das mittlerweile wirklich peinlich war. »Bilde ich es mir ein oder rieche ich hier Diesel?«

»Ja. Kann manchmal sein, wenn wir unter voller Fahrt stehen. Dann zieht es vom Schornstein je nach Windrichtung auch mal knapp übers Schiff und hier nach hinten. Riecht ein wenig nach Treibstoff, richtig. – So, schon fertig.« Tom drehte sich zu ihr und sah ihr in die blauen Augen.

»Jedenfalls danke ich Ihnen nochmals sehr. Sie haben mir das Leben gerettet.«

Verlegen lächelte sie ihn an. »Keine Ursache, Thomas.«

Er musste schmunzeln. *Thomas* hatte ihn nur seine Mutter genannt. – Und Jenny, in ganz bestimmten Situationen.

»Also, dass Sie immer noch derart mit der Seekrankheit kämpfen, ist relativ ungewöhnlich«, kam sie auf das unleidige Thema zurück.

Tom sah sie eine Weile lang milde lächelnd an, bis er entschied, dass sie es ruhig wissen konnte: »Es hängt wahrscheinlich damit zusammen, was mir in der Kindheit passiert ist.«

Sinah blickte ihn fragend an und er spürte, dass es jetzt kein Zurück mehr gab. Er sprach nicht gerne darüber und erst recht nicht mit Menschen, die er so attraktiv fand wie sie. Er war kein Macho, aber ein Mann hatte selbstsicher zu sein und jederzeit Herr seiner selbst, nicht das Opfer der eigenen Vergangenheit. Doch jetzt würde sie nicht lockerlassen, das sah er ihr an.
Sie zündete sich eine Zigarette an.
»Geben Sie mir auch eine?«
Als er sie sich angezündet hatte, erzählte er ihr die Geschichte mit der Grube in der Garage, das dieselnde Wasser, die glückliche Rettung …

»Jedenfalls bin ich dem Tod nur knapp von der Schippe gesprungen und wäre beinahe jämmerlich ersoffen«, schloss Tom schließlich.
Er hatte versucht, alles ein wenig harmloser zu gestalten, als es in Wahrheit für ihn gewesen war. Aber so wie sie ihn jetzt ansah, war ihm das nur leidlich geglückt.
»Das ist ja furchtbar«, sagte sie und nahm seine Hand.
Er wusste nicht, wie er auf die Geste reagieren sollte, und ließ es, auch wenn es sich falsch anfühlte, einfach geschehen. »Seither bin ich wie eine Katze und habe ein kleines Problem im, mit und auf dem Wasser.« Er grinste schief.
»Muss schwierig für Sie sein, hier auf dem Schiff«, meinte Sinah.
Sie ahnte nicht, wie schwierig. Wie denn auch? Sie kannte ja nur die halbe Story. »Ich komme klar, wie Sie sehen«, sagte er lächelnd, richtete sich auf und sah hinaus aufs Meer. »Wie machen wir jetzt weiter? Wir können Jansen oder ihr Headoffice nicht kontaktieren. Die wissen nicht, dass wir gar nicht nach Brunei unterwegs sind, sondern bald auf irgendeiner vietnamesischen Insel landen.«
»Ich weiß«, antwortete Sinah verbittert. Verzweifelt hatte sie vorhin noch einmal überprüft, dass sie nach wie vor keine Verbindung zur Landseite hatten.

»Wäre nicht schlimm, wenn ich mir sicher wäre, dass die einfach nur abhauen und uns gehen lassen. Aber was, wenn nicht? Oder wenn wir nicht genügend Zeit haben, das Schiff zu verlassen?«
»Sagen Sie es schon: Ich habe es vermasselt«, meinte Sinah frustriert und sah kraftlos zu Boden.
»Sinah. Sie haben Ihr Bestes gegeben. Sie haben schon mehrmals Ihre Haut riskiert, um die Situation zu unseren Gunsten zu verbessern. Und Sie haben mir das Leben gerettet – mehrmals.«
Sinah nickte erschöpft. Er konnte sehen, dass sie sich zwingen musste, ihn anzusehen. Sie hatte Tränen in den Augen.
»Also reißen Sie sich jetzt am Riemen und helfen Sie mir, eine Lösung zu finden, okay?«
Sie brauchte einige Sekunden, um sich zu sammeln, doch dann konnte er sehen, wie sie sich zwang, wieder durchzustarten. »Gut«, sagte sie energisch und klang wieder wie die Frau, die er kannte. Sie ließ seine Hand los und richtete sich auf.
»Das Handy ist Schrott. Ich glaube auch nicht, dass Eike es reparieren könnte. Haben wir eine andere Möglichkeit, eine Nachricht abzusetzen?«
Sinah schüttelte den Kopf. »Wüsste nicht wie. Die Telefonleitung scheint nach wie vor gestört zu sein, auch wenn die mobilen Bordtelefone wieder funktionieren. E-Mail und dergleichen sind auch lahmgelegt.«
»Wir wissen, wo der Störsender ist. Eike könnte ihn außer Betrieb setzen.«
Sinah sah ihn nachdenklich an. »Das merken die doch sofort. Ich mag Eike eigentlich. Wollen Sie, dass es dem gutmütigen Kerl so ergeht wie Wulfert?«
Tom musste lachen. »Warum hat Frank uns gewarnt?«, fragte er nun. »Glauben Sie, er hat ein schlechtes Gewissen bekommen? Vielleicht könnte er uns helfen. Immerhin war er es, der die Kommunikation unterbrochen hat.«

Sinah zog die Nase kraus. »Finde ich sehr riskant. Außerdem hätten wir auch da das Problem, dass die es sofort mitbekommen würden.«
Tom zog mutlos die Schultern nach oben. »Was sollen wir dann tun? Ein Leuchtfeuer fällt ebenfalls auf und eine Flaschenpost dauert wahrscheinlich zu lange.«
Jetzt war es Sinah, die Lachen musste, wenn auch nur kurz.
Nervös tigerte sie hin und her. »Verdammt, Sinah, denk nach. Denk schon nach!«
Er sah ihr zu, wie sie konzentriert und voller Energie ihre Kreise zog. Hatte er ihr soeben tatsächlich fast sein bitterstes Geheimnis anvertraut? Warum? War es nur, weil es zur Situation passte? Oder weil die beiden gemeinsam zweimal knapp dem Tod entronnen waren? Oder war es vielleicht, weil sie ihn an Jenny erinnerte?
Er zwang sich, nicht weiter darüber nachzudenken und sich lieber auf die aktuelle Situation zu konzentrieren. Jansen brauchte nur einen kleinen Wink, dass sich der Plan geändert hatte. Das musste doch irgendwie zu bewerkstelligen sein. »Gibt es nicht in den Rettungsbooten irgendwelche Signalmittel, die wir verwenden könnten?«
»Sicher. Radartransponder, Notsignale und natürlich auch Leuchtraketen und so Zeug. Aber wir haben schon festgestellt: zu auffällig. Außerdem sind die gerade unter Beschlag genommen.«
Tom schürzte die Lippen. So langsam verlor er die Hoffnung.
Er sah durch die Fensterfront des *KINDERCLUBs* hinaus auf das Außendeck, wo sich ein hübscher Pool mit einer Rutsche befand und um den unzählige bunte Spielsachen herum lagen. In dem kleinen Pool schwamm verloren ein orangefarbener Schwimmring. Er sah so einsam und gleichgültig aus, wie er dort allein im Wasser trieb. Sollten sie nun wirklich tatenlos zusehen, wie diese Kidnapper mit ihnen auf eine einsame Insel zusteuerten und dort wahrscheinlich das Schiff und sie im Stich ließen? Tom wollte das einfach nicht

akzeptieren. Irgendetwas in ihm sagte ihm auch, dass es eine Lösung gab, geben musste!
Das Schiff wurde von einer weiteren Welle getroffen. Das Wasser in dem Kinderpool schwappte an einer Seite über den Rand. Verloren trieb der Schwimmring in den Wellen des Pools.
Tom ergriff ein merkwürdiges Gefühl. Zunächst dachte er, er sei niedergeschlagen, weil er vorhin wieder an sein traumatisches Erlebnis in der Kindheit und an Jennys schrecklichen Unfall gedacht hatte. – *Der Tod lässt sich nicht betrügen.* – Doch es war kein melancholischer Anflug, der ihn packte, vielmehr das unbestimmte Gefühl, dass der schwankend im Wasser treibende Schwimmring ihm etwas sagte, ihn an irgendetwas erinnerte.
Es fühlte sich genauso an wie das Jucken seines Reporter-Gens. Warum schlug das jetzt an? War es etwas von damals, als er klein war? Er kam nicht drauf. Nein, es musste etwas anderes sein. Irgendetwas, das er die letzten Tage erlebt oder gesehen hatte. Aber er konnte nicht sagen, was. Tom wusste nicht warum, aber er fragte sich, wie tief der kleine Pool wohl war. Sicher nicht mehr als vierzig Zentimeter.
In zwei Stunden würden die Bomben das Schiff zerfetzten. Wenn sie es nicht schafften, Jansen zu informieren, und dieser nicht rechtzeitig die Dinger lahmlegen konnte, flog hier alles in die Luft; mitsamt dem *KINDERCLUB*, dem Pool und dem Schwimmring darin, der verlassen auf dem schwankenden Wasser trieb. Toms Blick schweifte verloren nach oben und an die Brüstung hinter dem Pool, wo die Kinder einen wirklich wundervollen Ausblick vom Heck aufs Meer hinaus hatten. Dann fiel sein Blick auf einen Rettungsring, der dort an der Reling für alle Fälle bereit hing, und jetzt juckte es noch mehr.
»Sagen Sie, Sinah, wie haben wir eigentlich Fielmann finden können?«

Sinah sah ihn erstaunt an und antwortete zunächst nichts. Sie schien sich zu fragen, wie er nun ausgerechnet darauf kam. »Durch einen Rettungsring mit einer Notleuchte daran«, sagte sie schließlich lapidar. »Sie selbst haben ihn doch im Wasser entdeckt.«
»Aber wie wusste die Brücke, wo er sich *ungefähr* befand, in welcher Richtung sie überhaupt suchen mussten?«
»Durch die sofortige Markierung der Position nach der MOB-Meldung auf der Brücke«, antwortete sie. Er sah ihr an, dass sie noch überlegte, doch er selbst ahnte schon, wo er ungefähr hin wollte mit dem Gedanken. »Und?«, schupste er sie noch einmal an.
Sie dachte nach. Dann erhellte sich ihr Gesicht: »Und durch den ausgeworfenen *Search-and-Rescue-Transponder*«, rief sie plötzlich und fing an zu strahlen. »Das könnte funktionieren! Wenn wir so ein Ding auswerfen, könnte eines der umliegenden Schiffe das Signal auffangen. Mit etwas Glück informieren sie die Küstenwache.«
»Und das würde keinen Alarm auf der Brücke auslösen?«
»Das schon, aber keinen lauten, keinen Tumult. Wenn die dort ein wenig clever sind, wird es Posseidoni nicht bemerken.«
Genau das wollte er von ihr hören.

***

Sein Kopf dröhnte, als wäre ein Panzer über ihn hinweggedonnert. Der schwere Metalltopf, an dessen Kante sein Blut klebte, war das Erste, was er erblickte, als er benommen auf dem kalten Küchenboden erwachte und vorsichtig die Augen öffnete. Sofort stach ihn ein beißender Schmerz in seiner linken Schläfe und zog sich über die ganze Stirn bis in den Hinterkopf. Mühsam richtete er sich auf. Eine erneute Schmerzwelle traf ihn.
So langsam nahm er es persönlich.

Interessiert besah er sich seinen bluttriefenden Ärmel. »Was für eine Sauerei.« Aber die Blutung schien nachzulassen.
Benommen blickte er sich um und fand einen blanken Topfdeckel in seiner Nähe. Als er die Hand nach ihm ausstreckte, blitzte es erneut in seinem Schädel, als würde jemand ein Messer darin umdrehen.
»Scheiße«, keuchte er.
Er nahm den glänzenden Topfdeckel und hielt ihn sich vor das Gesicht. Direkt über seinem unterlaufenen, stark geröteten Auge hatte er einen lang gezogenen Riss, aus dem Blut quoll. Seine Stirn war rotverschmiert und sein Haar klebte daran.
Wie ein Zombie, dachte er.
Die Ratten waren entkommen. Wie sollte er das nur Alan beibringen? Abgesehen davon konnte man nicht einschätzen, was die inzwischen alles herausgefunden hatten. Er war sich sicher, dass Schneider und dieser dreckige Wulfert mit den beiden unter einer Decke gesteckt hatten. Sicher war, dass sie den einen oder anderen Sprengsatz gefunden hatten. Sie wussten von dem im Maschinenkontrollraum und der Bombe in der Proviantabteilung. Hatten sie auch die unter der Theaterbühne gefunden? Wer weiß. Aber sie hatten sicher nicht die Fähigkeit, sie zu entschärfen. Im Maschinenraum hatten sie außerdem sicher nicht gesucht. Wer würde schon eine zweite vermuten? Er grinste. Und diese weitere Bombe würde das Schiff zerfetzen wie ein Stein, der in ein Kartenhaus krachte.
Wie lange hatte er hier gelegen? Gabriel sah auf die Uhr. Es war bereits halb fünf. So langsam musste ihr Ziel schon in Sichtweite sein.
Als er aufstand, taumelte er. Er atmete noch einmal tief durch, beugte sich vorsichtig hinab und hob die Feueraxt auf.

***

Sinah raste den Passagiergang hinunter. Sie hatte sich entschieden, nicht über Deck drei und an der Crewmesse vorbeizugehen, um nicht Gefahr zu laufen, diesem Monster erneut zu begegnen. Irgendwann würde es aufwachen und weiter nach ihnen suchen.

Sie war noch immer wie elektrisiert von ihrer Idee: Zur Sicherheit wollten sie zumindest zwei dieser Transponder abwerfen. Also war Tom nun auf dem Weg zum Crewdeck achtern, von wo aus sie vor zwei Stunden Sarah und Jansen angerufen hatten, um einen Rettungsring mit Transponder auszusetzen, und sie würde gleich ebenfalls eine der Bojen ins Meer werfen. Das dürfte genügen, um Aufmerksamkeit zu erregen.

Der nächste *Search-and-Rescue-Radar-Transponder*, von dem sie wusste, befand sich mittschiffs, befestigt an einem Rettungsring, direkt an der Reling auf Deck fünf, ungefähr auf Höhe der Rezeption. Dort schlich sie sich, wenn sie spät abends in ihrem Büro arbeitete, gerne mal hinaus aufs Promenadendeck, um eine Zigarette zu rauchen. Doch der Bereich diente auch als Einstiegsplattform für die Rettungsboote, die momentan voller Passagiere waren.

Kein geeigneter Ort, um diskret einen Rettungsring abzuwerfen.

Zwei weitere Transponder wusste sie backbord und steuerbord ganz vorn auf dem Crewdeck, wo die Mannschaft direkt über dem Bug einen bescheiden ausgestatteten aber exklusiven Bereich zum Sonnenbaden für sich allein hatte. Doch der *Blechbeach*, wie er liebevoll genannt wurde, befand sich direkt unter der Brücke und war von dort aus fast komplett einsehbar. – *Fast* komplett. Denn die Transponder befanden sich im hinteren Teil des *Blechbeaches* fast ganz zur Wand hin, und dieser Bereich wurde durch die Balkone der vorderen Suiten nach oben zur Brücke hin verdeckt. Es sollte also kein Problem sein, sich mit ein wenig Vorsicht hinauszuschleichen

und einen der beiden Transponder unauffällig ins Meer zu werfen. Sie riskierte dabei nur, dass jemand auf dem Promenadendeck die Blinkleuchte der Boje, die sich bei Kontakt mit Wasser automatisch aktivierte, entdeckte, wenn das Schiff an ihr vorbeifuhr. Doch die Mannschaft dort hatte momentan sicher etwas anderes zu tun, als das Meer unter ihnen zu beobachten.
Sie nahm die hintere Treppe bis hinauf zu Deck sieben und bog dann in den Passagiergang ein. Nun bis ganz nach vorn, wo eine Tür ins Treppenaus und wieder nach unten führte.
Auf Deck fünf angekommen blieb sie vor der Tür stehen, die hinaus zum *Blechbeach* führte. Sie war außer Atem und musste sich kurz erholen. Wenn das alles vorbei war, nahm sie sich vor, musste sie wieder mehr Sport machen.
Vorsichtig öffnete sie die schwere Metalltür nach draußen. Sofort schlug ihr wieder die typisch asiatische Hitze gepaart mit extrem hoher Luftfeuchtigkeit entgegen. Direkt hinter der Tür war eine Brüstung, die im Halbrund das Crewdeck abschloss und sich genau unterhalb der Suitenbalkone befand.
Das ist die Grenze für dich, dachte Sinah nervös. *Bis hier hin bist du von der Brücke aus für keinen dort oben zu sehen.*
Der Gedanke, dass sie sich eigentlich nicht zu verstecken brauchte und in aller Seelenruhe unbeobachtet agieren konnte, gefiel ihr. Souverän wandte sie sich nach rechts und war mit zwei Schritten an dem Rettungsring mit dem Transponder, der an der Metallbrüstung für sie bereithing. Sie musste ihn nur abnehmen und ins Wasser werfen. Hatte Tom seinen schon ausgeworfen? Der Weg hierher hatte sie sicher einige Minuten gekostet, während er in wenigen Augenblicken an seinem Ziel gewesen sein musste. Sie war sich sicher, dass er seinen bereits abgesetzt hatte, insofern musste sie nicht warten.
Mit beiden Händen ergriff sie den Rettungsring, löste ihn aus der Befestigung und trat an die hohe Außenreling der *SOLARIA*. »Das

ist eindeutig besser als eine Flaschenpost«, sprach sie sich selbst Mut zu.
»Aber auch um einiges dümmer.«
Sie erschrak bis ins Mark und wirbelte herum, erstarrte beim Anblick des blutverschmierten Gabriel mit der Axt in der Hand.

***

Kapitän Buske sah mit halb zugekniffenen Augen über den Bugmast der *SOLARIA* hinweg und zum Horizont hinaus. Die Sonne stand tief. Voraus lag golden schillernd Con Dao, das vietnamesische Paradies, das er seit zehn Jahren nicht mehr zu Gesicht bekommen hatte. Es war 17:30 Uhr, sie lagen in der Zeit. Gott sei Dank! Den Leuchtturm von Bay Canh, einer der unbewohnten kleinen Nebeninseln, konnte er bereits erkennen. Sie waren noch circa zehn Seemeilen entfernt und steuerten mit Höchstgeschwindigkeit auf die Inselgruppe zu.
Sie hatten es tatsächlich bis hierher geschafft, ohne dass etwas Schlimmeres passiert war. Für die Passagiere, die wider allen Sicherheitsregularien seit vier Stunden in den frei hängenden Rettungsbooten darbten, war es eine Tortur gewesen. Ihr Ziel lag fast auf der Höhe des Äquators und es war den ganzen Mittag entsetzlich heiß und schwül. Sie alle hatten mit Erschöpfung, Seekrankheit und Dehydrierung zu kämpfen, vereinzelt war es zu Kreislaufproblemen, Angstzuständen oder kleineren Aufständen gekommen. Aber zum Glück hatte sich kein Rettungsboot losgerissen oder war zu weit vom Schiff weggependelt und an der Außenwand zerschellt. Für Buske grenzte das an ein Wunder.
Doch noch waren sie nicht da und es gab keinen Grund, schon sorglos zu werden. Der kleine gelbe Haifisch an der Spitze des Bugmasts, den der erste Kapitän der *SOLARIA* als Windrichtungs-

anzeige hatte installieren lassen, tanzte nervös hin und her. Buske befahl Köpke, der vor einer Viertelstunde auf die Brücke zurückgekehrt war und das Ruder übernommen hatte, die Fahrt ein wenig zu drosseln. Die Windverhältnisse und auch die Strömung um die Inselgruppe würden die letzten Meilen noch mal ruppiger werden lassen.

Von all dem wusste Con Dao dort drüben nichts. Friedlich lag der Archipel aus sechzehn Inseln, von denen nur Con Son wirklich bewohnt war, vor ihnen in der Abendsonne. Über zweihundert Kilometer Küstenlinie, Dutzende traumhafte Strände und einsame Buchten gesäumt von Palmen machten Con Dao zu einem Traumziel, das mit den beliebtesten Orten der Karibik konkurrieren konnte. Es war allerdings nicht immer so friedlich gewesen auf Con Dao: Zur Kolonialzeit, um 1860 herum, hatten die Franzosen daraus eine Gefängnisinsel gemacht, die bekannt dafür war, dass die Häftlinge dort unter den schlimmsten Bedingungen in eine Art Tigerkäfig eingepfercht worden waren, sodass Con Dao schnell den Beinamen *Hölle auf Erden* erhalten hatte.

Buske kontrollierte die Daten auf der Radaranzeige und sah dann erneut auf die Videoüberwachung der Promenandendeck-Kameras. Das Ausschwenken und Schlagen der Boote ließ etwas nach.

»Wir werden von der Hafenbehörde auf Con Dao gerufen«, informierte ihn Köpke.

»Lassen Sie sie rufen«, sagte Posseidoni kaltschnäuzig.

»Wir müssen ihnen antworten«, wandte Buske energisch ein. »Die wollen wissen, wo wir hinwollen und ob sie uns einen Lotsen schicken müssen.«

Posseidoni schüttelte den Kopf.

Buske wusste: Es hatte keinen Sinn, zu insistieren. Posseidoni schien alles exakt geplant zu haben. Die Hafenbehörde würde es zunächst weiterversuchen. Bis die realisierten, dass da etwas nicht

stimmte, und die Behörden des Festlandes benachrichtigten, war es wahrscheinlich schon zu spät.
Posseidoni trat neben Buske und sah auf die Anzeigetafel. »Können Sie mir das vergrößern?«, fragte er.
Buske sah ihn lange an. »Alles, was Sie wünschen«, antwortete er bissig und zoomte den Radarausschnitt von Con Dao näher heran. Sein Blick fiel dabei auf die zwei Geldkoffer, die Gabriel auf dem Pult über der Radaranzeige deponiert hatte. *Das alles nur für ein paar Kröten.*
»Ich möchte, dass sie in diese Bucht fahren«, bestimmte Posseidoni und zeigte auf den Ostteil der Hauptinsel.
Das wunderte Buske nicht sonderlich. Sie liefen die Insel von Nord-Osten her an und brauchten nur einen kleinen Bogen um zwei kleine Appendixe des Eilands zu machen, um zu der verlassenen Bay zu gelangen, in der der Flughafen der Inselgruppe lag.
»Sie wissen schon, dass wir sie mit unserem Tiefgang nicht bis vor die Haustür fahren können? Die Insel ist von Korallenriffen umgeben.«
»Lassen Sie das meine Sorge sein«, sagte Posseidoni ungeduldig. »Sie steuern bitte so weit es geht hinein.«
»Sollen wir eines der Rescue-Boote klar zum Abfieren machen?«, wollte Buske wissen, in der Hoffnung, dass er sie schon bald los wäre.
Posseidoni lächelte nur.
In diesem Moment hörte Buske die Schleusentür hinter sich. Ihm stockte der Atem, als der blutverschmierte Gabriel die Brücke betrat, die Feueraxt in der Hand. Er hatte sich einen leblosen Frauenkörper über die Schulter geworfenen, knallte die Axt wütend auf eines der Anzeigenpulte und ließ den schlaffen Körper von Sinah Dietrich wie einen Sack Kartoffeln daneben fallen.
»Oh Gott!«, keuchte Buske.

Die bewusstlose Sinah sah schrecklich aus: blutverschmiert, die rechte Wange stark geschwollen. Auf der Stirn hatte sie eine mit Pflastern fixierte Mullbinde – Buske konnte sich nicht vorstellen, dass Gabriel ihr den Verband angelegt hatte.
Er stellte erleichtert fest, dass sie atmete. Aber die junge Frau sah entsetzlich aus. Doch unter den gegebene Umständen freute er sich schlicht, dass er sie überhaupt lebendig wiedersah.
Buske brachte kein Wort heraus. Gabriel ließ sich in der Nock auf einen Stuhl der Sitzgruppe fallen. Er sah noch schlimmer aus als Dietrich. Zum Fürchten.
Zufrieden besah sich Posseidoni die bewusstlose Sinah. »Gut. Hat uns auch genügend Ärger gemacht.«
»Und war gerade dabei, noch mehr zu machen«, sagte Gabriel schnaufend. »Wollte einen Rettungsring mit Radarsonde abwerfen.«
»Ach«, kommentierte Posseidoni und besah sich Sinah erneut. »Ungezogenes Ding. Sie haben Ihre Crew nicht im Griff, Herr Kapitän«, spöttelte er gelassen. »Und ihren Komplizen hast du fachgerecht entsorgt?«
Gabriel spuckte blutigen Speichel in eine Serviette, die er vom Stapel auf dem Beistelltisch gegriffen hatte, und presste sie sich auf die Wunde über seinem Auge.
Posseidoni sah erwartungsvoll zu seinem Adjutanten. »Gabriel?«
Buske schluckte. Er betete darum, nicht schon wieder eine Todesmeldung zu erhalten.
»Nein.«
»Nein?«, fragte Posseidoni irritiert.
»Ist mir entwischt«, zischte Gabriel.
Buske straffte sich. Geyer war entkommen! Er sah zu Köpke hinüber, dem es ebenso schwerfiel, seine Freude zu verbergen.
Posseidoni schlenderte zu Gabriel, nahm eine Serviette von dem Stapel und beugte sich zu ihm hinab. Er sah sich dessen zerschun-

denes Gesicht an und wischte ihm vorsichtig einen Blutfleck von der Stirn. Gabriel ließ den Arm sinken und hielt ihm seinen Kopf hin.

»Ich muss mich entschuldigen, Herr Kapitän«, sagte Posseidoni sanft, dann bohrte er seinen von der Serviette umhüllten Finger brutal in Gabriels Stirnwunde, der gellend aufschrie. »Ich scheine meine Crew ebenfalls nicht im Griff zu haben.«

Gabriel schlug Posseidonis Hand beiseite und sprang im selben Moment auf. Die beiden starrten sich an und Buske erwartete jeden Moment, dass der stämmige Gabriel den um fast einen Kopf kleineren und viel schmächtigeren Posseidoni mit einem einzigen Hieb niederschlagen würde. Doch es passierte nichts.

»Such ihn, du Nichtsnutz«, blaffte Posseidoni so scharf, dass der Riese zusammenzuckte. »Sofort!«

Buske sah überrascht zu, wie Gabriel seinen Anführer noch einige Sekunden fixierte, dann aber die Axt nahm und die Brücke verließ.

»Wie schön, wenn man sein Hobby zum Beruf machen kann«, brummte Posseidoni halblaut. Dann wandte er sich Sinah zu und betrachtete sie interessiert.

»Ich würde gern den Schiffsarzt heraufbitten, wenn es Ihnen recht ist«, bat Buske.

»Tun Sie das.«

Posseidoni drehte sich um und ging in die Seitennock, wo er seine beiden Arme erhob, den hölzernen Handlauf mit beiden Händen umfasste und hinüber nach Con Dao sah, das mit jeder Minute näherkam.

»Ruf Henning an und sag ihm, dass wir einen Notfall haben«, ordnete Buske an.

Köpke war schon dabei.

Buske besah sich die Mediamanagerin, die noch immer keine Regung zeigte. Gabriel hatte sie übel zugerichtet. Er bewunderte ihren

Mut. Sie und Geyer hatten viel riskiert. Er konnte gar nicht sagen, wie froh er war, dass die beiden es gestern noch irgendwie geschafft hatten, aus dem gefluteten Proviantlager herauszukommen. Fast noch mehr freute es ihn, dass Geyer jetzt erneut entkommen war.
Sinah hatte versucht, einen Rettungsring mit Radarsonde abzusetzen? Das war eine glänzende Idee. Wenn ein Schiff, das sich in der Nähe befand, das Signal auffing, die LRIT-Anzeige aber gar kein Schiff anzeigte, musste das die Schiffsleitung ordentlich irritieren. Sie würden in jedem Fall die Behörden benachrichtigen und nötigenfalls auch Kurs auf die Position nehmen. Schade, dass es ihr nicht gelungen war.
»Der Arzt kommt«, informierte ihn Köpke. »Und du solltest dir mal den Radarschirm ansehen, Detlef«, meinte er nebenbei.
Buske stutzte. Er wandte sich zu dem Bildschirm, der sich direkt neben dem zerschundenen und regungslos daliegenden Kopf der Mediamanagerin befand und überflog die angezeigten Objekte. Schnell entdeckte er einen rot blinkenden Punkt knapp vor Con Dao, fast exakt auf der Position, wo sie sich momentan mit der *SOLARIA* befanden: Die Anzeige eines *Search-and-Rescue-Radar-Transponders*.

***

Radar-Transponder? Hartmut Schüssler verstand nur Bahnhof. Wovon redete dieser Mann, der es schaffte, in jeden Satz ein »Näh« einzubauen? Und wo lag Con Dao? Wenn er das Fachkauderwelsch richtig entschlüsselte, hatte ein Schiff in der Nähe Con Daos dem Notteam von GCL gemeldet, dass sie ein Notsignal aufgefangen hatten und man vermuten konnte, dass es von der SOLARIA stammte, und zwar von einer ganz anderen Position, als erwartet.

Offenbar waren die GPS-Daten auf ihrem Beobachtungsmonitor gefälscht worden. *Was es nicht alles gibt!* Der Flottenkommandeur hatte daraufhin fluchend angeordnet, sofort Con Daos Radarzentrum anzurufen und dessen Hafenbehörde hatte die Sache vor wenigen Minuten telefonisch bestätigt. Anscheinend hatten sie schon seit Längerem ein großes Schiff auf dem Radar und bereits die Behörden in Vung Tau informiert, weil es sich nicht meldete.

Zusammen mit dem aufgeregten Willie Löwes stand Hartmut ein wenig abseits und beobachtete die hektischen Abläufe im Kontrollzentrum. Schmücker und die kleine Frau Rupp telefonierten herum, zwei weitere Personen waren hektisch mit ihren Handys beschäftigt und der einzige Operator, der noch hier war, beobachtete gleichzeitig die diversen Monitore. Seine Information, dass einer der Kriminellen im Kieler Headoffice saß, hatte für reichlich Wirbel gesorgt. Das Team war sofort radikal ausgedünnt worden und das LKA hatte jeden einzelnen Mitarbeiter des Notteams vernommen und die jeweiligen Angaben auf Herz und Nieren geprüft, aber wenn er die Zeichen richtig deutete, tappten die diesbezüglich noch völlig im Dunkeln.

Auf einem großen Bildschirm war das Promenadendeck der *SOLARIA* zu sehen, wo einige Offiziere hektisch hin und her gingen, immer wieder in die Rettungsboote sahen und offensichtlich versuchten, die Leute darin zu beruhigen.

»Wann soll die erste Bombe gezündet werden?«, fragte Hartmut.

»In fünfundsiebzig Minuten, näh.«

»Und die GSG-9 ist auf dem Weg nach Brunei?«

Löwes nickte besorgt. »So eine Scheiße. Wir hätten nur ein einziges Mal die Ansicht der Bugkamera aktivieren müssen, näh, und hätten sofort gesehen, dass die abgedreht haben«, ärgerte er sich immer noch. »Aber wir waren total auf das Promenadendeck und die Rettungsboote fixiert.«

Gerade öffnete sich dort eine Tür und zwei Matrosen trugen eine junge blonde Frau heraus und legten sie auf den Metallboden des Decks. Ein älterer Mann und eine Frau folgten ihnen und knieten neben ihr nieder.
»Oh Gott, das ist Sinah Dietrich«, stieß Willie aus.
Bettina Rupp trat näher an einen Bildschirm. »Du hast recht!«
»Die Mediamanagerin? Die Kontaktperson von Geyer?«, wollte Hartmut wissen.
Löwes bestätigte es ihm.
»Aber wo ist der Geyer?«
»Keine Ahnung.«
Noch etwas mehr als eine Stunde!
»Hat das LKA noch etwas über diesen Posseidoni herausgefunden«, erkundigte er sich bei Löwes.
»Sein richtiger Name ist Danylo Tyhr. Diplomatensohn. Vermutlich ukrainischer Separatist.«
»Das ist nicht viel.«
Löwes nickte nur.

***

Hektisch sah Jansen auf die Uhr: 17:55. »Fünfundsechzig Minuten bis zur ersten Detonation«, brüllte er.
»Verdammte Scheiße«, rief Norman Schneider.
Jansen konnte es nicht fassen. Sie hatten sie tatsächlich in die Irre geführt!
»Con Dao? Noch nie davon gehört«, schrie Sarah gegen das Dröhnen der Hubschrauberturbinen an, die zwar schallgedämpft waren, aber im Cockpit trotzdem einigen Lärm verursachten.

»Ich auch nicht. Aber es klingt plausibel«, antwortete Jansen in gleicher Lautstärke. »Sie könnten dort noch vor der angekündigten Detonation türmen.«
»Verdammte Schweine«, brüllte Schneider.
Sie hatten sofort nach dem Funkspruch die Flugrichtung geändert, waren aber schon ziemlich weit im Süden gewesen. Wie es aussah, würden sie Con Dao nur knapp vor der ersten Detonation erreichen. Viel schlimmer war es, dass Jansens Team schon vorausgeflogen war und eine Stunde Vorsprung hatte. Die würden also um einiges später eintreffen. Er war wie vor den Kopf geschlagen. Was sollte er allein mit den paar Leuten gegen die Terroristen ausrichten? Er konnte nur hoffen, dass er wenigstens schnell aufs Schiff kam, um noch die Chance zu erhalten, die Bomben zu entschärfen.
»Glauben Sie, dass etwas Schlimmes an Bord passiert ist, dass sie den Kurs geändert haben?« Sarah sah ihn ängstlich an.
Er schüttelte den Kopf. »Nein. Das haben die von Anfang an so geplant.«
»Wie kann so was gehen? Das Schiff war seit Stunden wieder im *Golden Gate* auf dem Monitor.«
»GPS-Spoofing«, rief er.
Sie sah ihn nur fragend ann.
»Gefälschte GPS-Daten, die ein Objekt durch eine komplizierte Technik auf eine falsche, völlig andere Position versetzen«, erklärte Schneider.
Jansen rieb sich die Augen. Denkbar war das. Vor einigen Jahren hatten ein paar Studenten aus Texas bewiesen, dass so etwas technisch möglich war. Sie hatten die Brückencrew einer Luxus-Jacht dadurch umgeleitet, dass sie ihnen falsche GPS-Daten vorgegaukelt hatten. *Der Pirat von morgen entführt Schiffe per GPS*, hatte der Stern damals getitelt, als bekannt wurde, dass die *WHITE ROSE OF DRACHS* zwischen Monaco und Rhodos fehlgeleitet worden war.

»Und dann haben sie draußen auf dem Meer einfach unbemerkt die Richtung geändert«, ergänzte Schneider.
»Exakt.«
Sarahs sah abwesend zum Fenster des Helikopters hinaus in den Abendhimmel. Die ersten Sterne waren zu sehen. Jansen konnte sich vorstellen, an wen sie gerade dachte.
Die Lage war ernst, sehr ernst. Noch etwas mehr als eine Stunde und die Bomben auf der *SOLARIA* detonierten – alle fünfzehn Minuten eine. Das musste sie zunächst als gegeben annehmen; die Hoffnung, dass es ein Trick sein könnte, war keine Handlungsgrundlage. Es blieb verdammt wenig Zeit.
»Wie lange brauchen wir noch bis Con Dao«, rief Jansen nach vorn.
»Zwanzig Minuten«, brüllte der Pilot.
Das klang doch gar nicht so schlecht. Er sah in die Runde der paar Soldaten, die mit an Bord des Hubschraubers waren. Sechs Mann saßen außer Sarah, Schneider und ihm in dem *Eurocopter*. Um den Großteil des Teams und des Equipments schnell nach Brunei schaffen zu können, hatte er entschieden, dass die *Antonov* mitsamt den zwei Kampfhubschraubern so schnell wie möglich startete und voraus flog, er mit dem Rest der Einheit in ihrem Transporthubschrauber nachkäme.
Nach Brunei waren es etwas über tausend Kilometer. Für ihren turbinenbetriebenen *Eurocopter EC-155* stellte das kein Problem dar. Durch Zusatztanks war seine Reichweite auf tausenddreihundert Kilometer erweitert worden und mit einer Reisegeschwindigkeit von fast dreihundert km/h wären sie in drei Stunden dort gewesen. Doch nun hatten sie umkehren und ein gutes Stück zurückfliegen müssen.
Wie würden die Piraten weiter vorgehen? Wahrscheinlich würden sie das Schiff so nahe wie möglich an die Küste heransteuern, dann mit einem der schnellen Rescue-Boote flüchten. Sicher wartete

schon irgendwo ein Fahrzeug an der Küste, um sie direkt zum Flughafen zu bringen. Von dort aus wären sie mit einem Flugzeug sofort weg und dann würde es schwer werden, sie aufzustöbern.

»Wenn diese Kidnapper nicht mehr auf dem Schiff sind, dann können wir die Leute doch sofort evakuieren, nicht wahr?«, fragte Sarah. Sie sah aus, als würde sie jeden Moment anfangen zu heulen.

»Das dauert aber schon ein paar Minuten«, schränkte Schneider neben ihr ernüchternd ein. »Wenn dort ein wenig Brandung ist und die Boote beim abfieren hin und her baumeln, dann ist es nicht möglich, alle gleichzeitig auszusetzen. Man läuft sonst Gefahr, dass sie gegeneinander donnern und sich gegenseitig aufschlagen wie Kokosnüsse.«

Jansen ärgerte sich. Musste Schneider es derart drastisch ausschmücken? Er konnte doch sehen, dass sich Sarah Sorgen machte. *Niemals emotional Involvierte in operative Überlegungen einweihen.* Diesen Grundsatz hatte er früh gelernt und auch immer befolgt. Es brachte nichts, wenn Beteiligte dabei waren, wenn man abwog, zehn Leute zu Opfern, um hundert zu retten, oder man Wahrscheinlichkeitsraten von Verletzungen oder Tötungen durchrechnete. Doch mit Sarah, Schneider und der aktuellen Situation konnte er nicht so verfahren. Parallel zu seiner Arbeit musste die Versorgung der Überlebenden gesichert und organisiert werden. Das war nun mal ihre Aufgabe. Jansen erschrak selbst über die Formulierung *Überlebende*, die ihm gerade das erste Mal in den Sinn kam.

»Aber wenn die weg sind, können Sie doch sofort aufs Schiff«, setzte Sarah erneut an. »Sinah kennt die Positionen der Bomben und kann sie Ihnen zeigen.«

Jansen nickte zuversichtlicher als er es wirklich war und hoffte, dass Schneider den Mund hielt.

»Und dann müssen Sie sie nur noch entschärfen. Insofern ist es doch gut, dass Sie als Erster dort ankommen.«

Jansen nickte und sah erneut auf die Uhr. Bald war es finster. Aber das konnte auch ein Vorteil sein. Der Helikopter war extrem leise, getarnt und hatte eine spezielle Seilwinde, um Personen abzusetzen. *Nur noch entschärfen,* dachte er gallig, *drei Bomben. Unter Zeitdruck.*

***

Wo steckte sie nur? Sie hatten doch verabredet, dass er hinten auf dem Crewdeck auf sie wartete. Sinah hatte ihn vor über einer halben Stunde verlassen und war noch immer nicht zurück. Das war eindeutig zu lange.

Tom musste an Jenny denken. »Der Tod lässt sich nicht betrügen«, sagte er laut zu sich selbst. Er hatte Sinah nicht alles erzählt. Nicht dass der Tod sich tatsächlich gerächt hatte – nur nicht an ihm direkt, sondern an Jenny. Er hoffte nur, dass Sinah nichts zugestoßen war. Wenn Gabriel sie in die Finger bekommen hatte … Tom traute sich nicht, den grauenvollen Gedanken weiterzuspinnen.

Trotzdem: Sie war überfällig. Nervös ging er auf dem Crewdeck auf und ab. Als er an die Reling kam und hinaus sah, entdeckte er zu seiner Überraschung Land auf der Steuerbordseite, vielleicht noch einen Kilometer entfernt. Erst jetzt realisierte er, dass die Schiffsbewegungen aufgehört hatten. Waren sie schon so nahe an Con Dao? Verdammt! Posseidoni und seine Komplizen würden demnächst fliehen. Er hoffte nur, dass Kiel oder Jansen ihren Wink erhalten würden.

»Verdammte …« Er hielt es nicht mehr länger aus, ging zu einem Telefon, das an der Wand befestigt war, zögerte – W*as soll's* – und wählte ihre Nummer. Sechs mal ließ er es klingeln, dann legte er wieder auf. Sie ging nicht ran. – Was hatte das zu bedeuten?

Erneut tigerte er auf dem Deck auf und ab, sah ein weiteres Mal über die Brüstung und hinüber zum Festland. Wenn er von hier aus ins Wasser sprang und zu der Insel schwamm, wäre er alle Sorgen los. Eine verlockende Vorstellung, aber keine echte Option. Er konnte die Leute hier nicht im Stich lassen und erst recht nicht Sinah.

Aber länger hier zu warten, machte auch keinen Sinn. Er entschied sich, in seiner Kabine nachzusehen, die bis vor Kurzem so etwas wie ihre konspirative Basisstation war. Vielleicht tauchte sie dort auf.

***

Sein Kopf dröhnte. Er war noch immer ein wenig benommen. Der Stoß gegen das metallene Tischbein hatte ihm ziemlich zugesetzt. Verdammte Schlampe! Er würde sich später in aller Ruhe bei der Blonden dafür revanchieren.

Jetzt musste er erst mal diesen Journalisten erledigen. Mit ihm würde er auch kurzen Prozess machen, ihn sachlich erlegen und fertig. Aber dafür musste er ihn zunächst finden. Gerade überlegte er, ob er den IT-Fuzzi darauf ansetzten sollte, dem er befohlen hatte, vor den Überwachungsmonitoren in seinem Büro Position zu beziehen, da klingelte das Telefon der Blondine an seinem Gürtel. Er grinste. Das konnte ja nur einer sein. Er sah auf das Display: Crewdeck fünf.

Gabriel lachte, als der das noch klingelnde Telefon wieder in die Gürtelhalterung steckte. »Die Jagd beginnt.«

***

Tom schlich vorsichtig den Passagiergang von Deck fünf hinab. Weiter vorne würde er zum Promenadendeck gelangen, doch dort wollte er ganz sicher nicht hin. Er lief sonst Gefahr, entdeckt zu werden.
Aber so langsam kannte er sich hier aus. Auf dem halben Weg, das wusste er mittlerweile ganz sicher, würde er zu einer Tür mit der Aufschrift *Crew only* gelangen und dort konnte er das Treppenhaus nach oben nehmen.
Er sah auf die Uhr: 18:06. Sinah ging nicht ans Telefon und war seit bald fünfundvierzig Minuten verschollen. Sollte er versuchen, Eike zu erreichen? Vielleicht hatte der eine Idee. Aber jetzt musste er erst mal unbehelligt zu seiner Kabine gelangen. Vorsichtig eilte er den Gang hinab und auf das grüne Leuchtschild zu, unter dem er die Abzweigung in das Crewtreppenhaus wusste.
Ohne Sinah war er doch aufgeschmissen. Er kannte sich schlicht zu wenig aus auf dem Schiff, um die nächsten Schritte alleine zu planen. Wenn die Verbrecher endlich von Bord waren und das Chaos losbrach, die Gäste evakuiert wurden, dann war er hoffnungslos verloren. Selbst wenn Jansen rechtzeitig eintraf und er ihn fand: Er konnte ihm beim besten Willen nicht zeigen, wo die drei Bomben versteckt waren – er würde die Orte nicht alle schnell genug wiederfinden.
Er erreichte die Tür zum Treppenhaus und drückte die Klinke runter. Nur schwer ließ sich die eiserne Tür öffnen, er musste fast sein ganzes Körpergewicht dagegenstemmen. Gerade wollte er durchschlüpfen, als ihn eine Bewegung innehalten ließ, die er im Augenwinkel am Ende des Ganges wahrgenommen hatte. Er sah den Passagiergang hinab und erschrak bis ins Mark: Breitbeinig stand dort Gabriel, mit blutig zerschundenem Gesicht und Axt in

den Händen, wie in einer Szene aus Stephen Kings *Shining*, und durchbohrte ihn mit hasserfüllten Augen.

Da ist er, der Hirschbock ... na, eher ein Rehlein. Es hat erkannt, dass ich es im Visier habe. Seine Äuglein blitzen vor Angst. Was tut es? Läuft es ins Treppenhaus? Dann hat es zumindest zwei Fluchtwege, nach oben und nach unten. Aber nein, das scheue Tierchen ist nicht so schlau. Es bekommt Panik. Es rennt los, den Passagiergang hinab, geradewegs dahin zurück, wo es hergekommen ist. Du dummes Ding! Mach es mir nicht zu einfach!

Toms Herz hämmerte wie eine Dampframme. In Panik rannte er den Gang wieder zurück. Wieso eigentlich? Es war ein Reflex gewesen. Er hatte für eine endlos lange Sekunde in die mordlüsternen Augen des Monstrums gesehen und den Kopf verloren. Nur weg! Erst jetzt, als er schon einige Meter hinter sich gebracht hatte und sein Bewusstsein wieder die Kontrolle an sich riss, realisierte er, dass er sich in einer Sackgasse befand, nirgends Unterschlupf finden oder abbiegen konnte. *Scheiße!* Ein weiteres Mal würde Gabriel ihn nicht entkommen lassen. Tom hatte im Laufe der letzen Tage schon viel zu viel Glück gehabt.

»Wo willst du denn hin, Rehlein?«, hörte er Gabriel hinter sich.

Arschloch! Verzweifelt ging Tom seine Möglichkeiten durch. Ganz am Ende des mit Kabinentüren gesäumten Ganges lag die Tür, die ihn wieder zum Crewdeck zurückführen würde, doch da saß er dann endgültig in der Falle. Wenn er in eine der vielen Kabinen flüchten könnte, um sich dort zu verbarrikadieren, wäre er für kurze Zeit sicher, doch die waren natürlich alle verschlossen und es wäre ja auch nur ein sinnloser Aufschub.

»Komm ... komm, mein Rehlein«, hörte er Gabriel in unheimlichem Ton hinter sich singen.

Der hatte wohl zu viele Horrorfilme gesehen. Der leere Gang verstärkte die schauerliche Stimme noch. Tom konnte nicht anders, als sich zu ihm umzudrehen: Das Monster stampfte in aller Ruhe auf ihn zu. Beim Anblick dieses Ungeheuers, dessen linkes Auge blutunterlaufen und entsetzlich blau und angeschwollen war, packte Tom das blanke Grauen. Das war er, der Tod, der jetzt seinen Anteil wollte. Jenny war nur der Vorgeschmack gewesen.

Sieh nur die Verzweiflung in seinen Augen. Es weiß, dass es nur noch kurz zu leben hat, will es aber nicht wahrhaben. Noch hofft es, noch hat es den Willen, zu entkommen.
Was tut es? Wo will es hin?

Tom fuhr in Panik herum und sah den Gang hinunter. Er bemerkte ein weiteres grünes Leuchtschild an der Decke. Ein Stück weiter den Gang hinab gab es anscheinend noch ein Treppenhaus! Tom rannte los.
»Wo willst du denn hin?«, hörte er Gabriel rufen.
An der Tür angelangt, riss er die Klinke runter und warf sich gegen die schwere Eisentür. Eine Sekunde später stand er im Crewtreppenhaus. Nach unten oder oben? Unten. Er wusste nicht warum, aber er hatte keine Zeit, darüber nachzudenken.
Als er gerade mal die ersten Stufen genommen hatte, hörte er bereits den Körper seines Verfolgers gegen die Tür prallen, warf erschrocken den Kopf herum und sah erneut in diese seelenlosen, mordlüsternen Augen.
»Mach es uns nicht schwerer als nötig«, sang Gabriel und lächelte, aber seine Augen blieben kalt.
Tom konzentrierte sich wieder auf die Stufen unter ihm, von denen er immer gleich zwei auf einmal nahm. *Nur nicht stolpern!*

Gabriel genoss das Schauspiel. Die Panik, die Todesfurcht des Wildes. Wie er das liebte! Er konnte die Angst seines Opfers förmlich riechen. Eigentlich brauchte er nicht zu beobachten, wohin es lief. Er hatte die Witterung aufgenommen und würde es erlegen. Die Jagd hatte ihn schon immer begeistert, aber die Jagd auf Menschen war die Krönung.

Tom sprengte die Metallstufen hinab, die mit jedem Aufprall unter seinen Füßen mehr schmerzten.
Deck vier.
Deck drei.
Sollte er hier abbiegen und die *Crew Road* hinab flüchten? Aber da war er doch ebenso sichtbar und leicht zu erwischen wie oben im Passagierbereich. Ohne weiter nachzudenken, ergriff er wieder entschieden den Handlauf und stürmte weiter die Treppe hinunter, nahm weiterhin mehrere Stufen auf einmal und landete schnell auf Deck zwei. In vollem Lauf warf er sich gegen die Tür am Treppenende, aber außer einer Schmerzwelle, die ihn an den Rand einer Ohnmacht brachte, passierte nichts.
Sackgasse.
Verdammt!
Schwer atmend besah er sich die verzierte Tür. Ein riesiger Gabelschlüssel war daran befestigt, Größe sechzig oder so. Über ihm war Gabriels Kichern zu hören, der sich nicht die Mühe machte zu rennen. Mit einem kurzen Blick prüfte Tom den Abstand – nur eine halbe Treppe! Die Panik steigerte sich.

Diesen Moment an einer Jagd liebte er ganz besonders und kostete ihn immer so gut es ging aus, zögerte ihn stets in größter Vorfreude so lange es ging künstlich hinaus: den Moment, in dem das Wild realisierte, dass die Flucht vorbei war, die Jagd zu Ende und der

Augenblick des Todes unmittelbar bevorstand. Er genoss es, zu sehen, wie der Gesichtsausdruck sich allmählich änderte, den Übergang zu beobachten, den langsamen aber auch nur in einem Wimpernschlag zu erhaschenden Umschwung von der noch brennenden Hoffnung über die allmählich dämmernde Erkenntnis bis hin zur bitteren Gewissheit, dass es jetzt vorüber war. Dieser kurze Moment gab ihm immer ein ganz besonderes Gefühl, auf das er sich während einer Jagd freute und sie ihm versüßte. Ja, das Vergnügen an einer Jagd bestand im Grunde genommen aus nichts anderem als der süßlichen Vorfreude auf diesen einen stillen und äußerst erotischen Augenblick.

Und dieser Moment ist nun für dich gekommen, mein Rehlein.

Geyer saß in der Falle.

Schon als dieser weiter oben den Weg zum Maschinenraum hinab nahm, hatte Gabriel seinen Gang amüsiert verlangsamt, genüsslich einige Sekunden lang innegehalten und sich mental auf das vorbereitet, was nun kommen würde. Er wusste, dass Geyers Weg auf Deck zwei ein unmittelbares Ende haben würde, denn die Tür zum Maschinenkontrollraum war mit derselben Fingerabdruckanlage gesichert wie die Brücke.

Ängstlich, ja panisch, sah Geyer zu ihm hoch. Er hoffte nur, dass das Weichei jetzt nicht anfing zu winseln und um Gnade zu flehen – das würde alles versauen.

***

Blaue Stunde, dachte Buske. Bald war es endgültig dunkel. Mit dem Sonnenuntergang um 17:38 Uhr, vor mehr als einer halben Stunde, hatte die Dämmerung eingesetzt und war bereits weit fortgeschritten.

Sie lagen auf Reede vor Con Dao, ungefähr eine halbe Seemeile von der Küste entfernt, Auge in Auge mit dem lang gezogenen *Bay Canh Beach*, an dessen rechter Flanke das Ende der Start- und Landebahn des örtlichen Flughafens schon zu sehen war.
Selbstgefällig stand Posseidoni an der Glasscheibe der Brücke und blickte durch das Fernglas hinüber zur Küste. Wenn man genau hinsah, konnte man die Lichter des kleinen Flughafengebäudes von hier aus bereits entdecken.
Wegen der starken Brandung hatten die Seitenstrahlruder etwas Mühe, das Schiff ruhig auf Position zu halten. Das konnte noch lustig werden, wenn sie nachher die Rettungsboote zu Wasser ließen, dachte Buske. Nicht nur, dass sie so immer nur jedes zweite abfieren konnten, weil sie sonst Gefahr liefen, dass die Boote zusammenstießen, nein, bei der Überfahrt zum Strand würden die Passagiere auch noch mal kräftig durchgeschüttelt werden. Aber dazu mussten sie erst einmal die Möglichkeit erhalten, die *SOLARIA* zu evakuieren. Es wurde verdammt noch mal Zeit, dass diese Mistkerle sein Schiff verließen. Mit jeder Minute wurden und die Chancen geringer, alle rechtzeitig vor dem großen Knall von Bord zu bekommen. Warum hauten die nicht endlich von seinem Schiff ab? Noch war bürgerliche Dämmerung, aber nicht mehr sehr lange. Die Dunkelheit würde die Sache nicht einfacher machen.
Die Dämmerung, der Übergang von Sonnenuntergang zur finsteren Nacht hatte für Astronomen und Nautiker drei nach Grad der Dunkelheit unterteilte Phasen: die *bürgerliche*, die *nautische* und die *astronomische.* Während der ersten konnte man noch bequem ein Buch lesen, ohne künstliches Licht zu benötigen. Die Sonne stand höchstens sechs Grad unter dem Horizont, sodass ihre Strahlen noch die oberen Luftschichten der Erde erreichten, die ihr Licht reflektierten und den Himmel mehr oder minder erhellten. Nur die ersten

Gestirne waren am Abendhimmel zu sehen, Planeten wie Venus und Jupiter, auch manche der hellsten Sterne wie Sirius. Die zweite Phase der Dämmerung war die nautische – Sterne bis zur dritten astronomischen Größenklasse wurden sichtbar –, sie endete, wenn die Sonne zwölf Grad unter den Horizont gesunken war. Verschwand sie dann tiefer als achtzehn Grad, war auch die letzte Phase, die sogenannte *astronomische Dämmerung vorüber*. Der Himmel wurde tief dunkel und war übersät mit Sternen. Und damit endete dann auch die blaue Stunde.

»Was ist nun?«, stieß Buske ungeduldig in Posseidonis Richtung aus. »Haben Sie nicht irgendeine Verabredung?«

***

»Hören Sie, Gabriel«, versuchte Tom völlig sinnlos ein Gespräch in Gang zu bringen. Seine Stimme zitterte, während sein mit Adrenalin vollgepumptes Hirn vibrierte und verzweifelt nach einem Ausweg suchte.

Doch Gabriel hob nur grinsend die Axt und kam weiter gemächlich die Treppe herunter. Stufe für Stufe. Mit nervenzerfetzender Langsamkeit, die Hoffnung suggerierte, wo keine war.

»Die GSG-9 ist unterwegs. Wir haben einen Transponder abgeworfen. Sie sollten schleunigst verschwinden.« Worte waren Toms Metier, die Axt Gabriels.

»Das glaube ich nicht«, sagte dieser entspannt. »Ich habe deine kleine Komplizin nämlich erwischt.«

Tom stockte der Atem. *Mein Gott, Sinah!* »Was haben Sie mit ihr gemacht?«, brüllte Tom wütend und verzweifelt.

»Na was wohl?« Grinsend hob er die Axt. »Das ist nicht alles mein Blut.«

Tom wollte es nicht wahrhaben. Dieses Scheusal! Und jetzt … war er an der Reihe. Verbittert und hilflos sah er sich um. Außer einem Feuerlöscher, der an der Wand befestigt war, konnte er nichts entdecken, womit er sich wehren konnte. Aber bis er das Ding aus der Verankerung hatte, wäre er längst durch einen Axthieb erledigt. Dass er an dem Koloss vorbei die Treppe hochkam, konnte er auch vergessen. Er saß in der Falle. In der Falle!
In Todesangst machte er eine schnelle Bewegung in Richtung des Feuerlöschers, doch Gabriel sprang die letzten zwei Stufen herab und schnitt ihm den Weg ab. Seine Augen blitzen.
Was nun? Irgendwas! Jetzt!
Er zwang sich, seinen Angreifer genau zu beobachten und ihm tief in die Augen zu sehen. Das blutunterlaufene Auge war beinahe ganz zugeschwollen und die Stirn darüber an der Stelle, wo er ihn mit dem Kochtopf getroffen hatte, durch eine hässliche Wunde aufgerissen.
»Ich habe ebenfalls einen Rettungsring mit Radartransponder abgeworfen«, versuchte er es noch einmal, weil ihm nichts besseres einfiel.
Für eine Sekunde herrschte Stille. Tom schien Gabriel damit aus dem Konzept gebracht zu haben, denn er hielt einen Moment inne. Dann holte er brüllend mit der Axt aus und schlug mit wutverzerrtem Gesicht nach ihm. Nur Millimeter zischte das Mordinstrument neben Toms Schulter vorbei, der gerade noch rechtzeitig zur Seite springen konnte, und schlug hart auf den Metallboden auf, bevor Gabriel den Schwung herausnehmen konnte.
Hatte er ihn wohl doch wütend gemacht! Das war seine Chance! Tom reagierte sofort, stieß Gabriel mit aller Wucht zu Seite, rannte los und sprang auf die erste Stufe – weiter kam er jedoch nicht, denn Gabriel packte ihn von hinten, riss ihn zurück und schmetterte ihn gegen die Tür des Maschinenraums. Heftig schlug Tom mit dem Rücken dagegen, war vor Schmerz wie gelähmt, da stand der Hüne auch schon vor ihm.

Gabriel wusste nicht, worüber er sich mehr ärgerte: dass es diesem Arschloch womöglich wirklich gelungen war, einen Radartransponder auszuwerfen, dass er nicht riskieren konnte, diese Möglichkeit zu ignorieren oder dass er jetzt nicht genügend Zeit hatte, um dessen Tod so langsam und qualvoll wie möglich zu gestalten. Wenn es stimmte, hatten sie keine Zeit mehr zu verlieren.
Na gut, dann kurzen Prozess.
Der Journalist stand ängstlich und mit zur Abwehr erhobenen Hände da. Mehr als sich einzunässen, würde er nicht mehr tun, das stand fest. Er machte eine Finte und sein Opfer wich erwartungsgemäß zur Seite und nach unten aus. *Jetzt!* Er ließ die Axt auf den Schädel des Journalisten niedersausen, der abermals unter dem Schlag wegtauchte. Gabriel traf stattdessen den Türrahmen, wobei es ihm die Axt aus der Hand schlug. Seine Hände brannten wie Feuer, die Axt fiel zu Boden und er taumelte zurück, war für einen Moment völlig irritiert: Die Schleusentür hatte sich geöffnet und der Journalist war rückwärts in den Maschinenkontrollraum gefallen. Der sprang sofort wieder auf und wollte die Tür hinter sich zuschlagen, doch Gabriel war schneller und konnte seinen Fuß in den Türspalt klemmen. Der Schmerz, als die schwere Eisentür gegen seinen Fußknöchel krachte und diesen zum Knirschen brachte, ließ ihn fast den Verstand verlieren. Außer sich vor Wut warf er sich mit aller Wucht gegen die Tür.

Tom wurde von der auffliegenden Tür gegen eine Anzeigetafel geschleudert. Dann war Gabriel über ihm und schlug ihm die Faust ins Gesicht. Noch mal und noch mal. Tom verlor den Halt und schlug auf dem Boden auf. Das Letzte, was er sah, war der tote Chief-Engineer, der mit einer Eisenstange im Bauch auf dem Boden saß.

***

18:41 Uhr. Verdammt!
Ohne jede Eile sah Posseidoni zu Buske, schlenderte dann in aller Seelenruhe zu dem Pult, auf dem die zwei Geldkoffer deponiert waren. Er nahm sie und stellte sie vor sich ab. Er schien alle Zeit der Welt zu haben, obwohl ihn sein Handlanger soeben aus dem Maschinenraum angerufen und ihm gesagt hatte, er hätte den Journalisten unschädlich gemacht, dieser hätte aber behauptet, dass er noch einen Radartransponder ausgesetzt habe.
Unschädlich gemacht. Buske befürchtete das Schlimmste.
Posseidoni schien es zu genießen, den zunehmend panisch werdenden Buske auf die Folter zu spannen. Wartete er womöglich extra, um ihnen die kostbare Zeit für die Evakuierung zu rauben? Er wünschte diesem Sadisten, dass die GSG-9 ihn bereits an der Küste erwartete. Wenn es nach ihm ging, konnten die ihn dort ohne Vorwarnung über den Haufen schießen.
Bis dahin hatte Posseidoni zu Buskes großer Freude nichts davon gemerkt, dass ein *Radar-Transponder* von der *SOLARIA* abgeworfen worden war. Selbst als ein in der Nähe befindliches Schiff sie gerufen hatte, war Posseidoni kein Verdacht gekommen. Er hatte Köpke nur befohlen, den Funkruf zu ignorieren. Das war natürlich für das andere Schiff der Grund, eine Meldung abzusetzen. Köpke und er hatten sich insgeheim gefreut wie die Schneekönige.
»So, Herr Kapitän. Nun trennen sich also unsere Wege«, sagte Posseidoni jetzt.
Endlich!
»Ich bedanke mich für ihre Gastfreundlichkeit, Herr Buske.«
Fast glaubte er, dieses niederträchtige Individuum erwartete nun noch eine höfliche Verabschiedung oder gar einen Händedruck, wie Posseidoni dastand, mit dem Blutgeld vor sich auf dem Boden.

»Ja. Nun«, zwang Buske sich zu einer Bemerkung, nur um die Sache zu beschleunigen.
Aber es geschah nichts. Was wollte dieser Mistkerl bloß? Worauf wartete er?
»Wollen Sie noch ein Erinnerungsfoto?«, fauchte Buske.
Posseidoni studierte ihn, machte aber noch immer keine Anstalten zu gehen. Buske warf einen Blick hinüber zu Müller und Köpke, die mit ebenso ratlosen wie ungeduldigen Mienen dreinschauten.
»Also, machen wir jetzt ein Rescue-Boot klar und sie verschwinden einfach? Ja?«
Posseidoni lächelte süffisant.
»Das wird nicht nötig sein«, meinte er. »Sie haben doch schon so viele Boote klargemacht.«
»Wie meinen Sie das?«
»Wir verzichten auf unnötigen Luxus und nehmen eines ihrer Rettungsboote zum Übersetzen.«
Wollte er lieber mit einem der lahmen Krücken übersetzen als mit dem schnellen Rescue-Boot? »Die sind doch alle voll mit Passagieren«, sagte er lahm.
»Dann werden wir wohl eines davon zur Hälfte wieder leerräumen müssen«, erwiderte Posseidoni kühl.
So langsam dämmerte es Buske und es brodelte in seiner Brust. War es nicht genug, dass dieses Scheusal mit jeder Sekunde, die er hier vertrödelte, ihre Lage verschlimmerte? Nun hatte er auch noch vor, mit einigen Geiseln überzusetzen, wahrscheinlich, um einen eventuellen Angriff auf dem Weg zum Rollfeld auszuschließen.
»Das können Sie vergessen«, sagte Buske entschieden.
Doch Posseidoni blieb hart: »Herr Buske, ich habe Zeit. Mein Flugzeug wartet auf mich. Sie hingegen sollten bald damit beginnen, das Schiff zu evakuieren, meinen Sie nicht?«
Mit starrem trotzigem Blick fixierte Buske ihn.

»Also ordnen Sie an, dass sechzig Personen aus Rettungsboot fünf wieder aussteigen. Der Rest bleibt an Bord und setzt mit uns über. Dafür sind sie die Ersten, die an Land kommen.«
Buske gab auf. Müde befahl er Köpke, mit aufs Promenadendeck zu gehen und alles zu veranlassen.
Zufrieden nahm Posseidoni die Geldkoffer. Doch dann stutze er plötzlich, als sei ihm noch etwas Wichtiges eingefallen, und wandte sich an Müller: »Herr Müller. Sie haben sich als Geldboote bisher sehr bewährt. Würde es Ihnen etwas ausmachen, mich zu begleiten?«
Buske erstarrte und sah in das ebenso überraschte wie entsetzte Gesicht seines Kollegen.
»Wie bitte?«, fragte dieser ungläubig.
»Na ja. Bringen Sie den Job zu Ende«, meinte Posseidoni lapidar und hob die zwei Geldkoffer an.
Müller sah ihn lange an, dann nickte er resigniert und ergriff die zwei Koffer.
»Patrick …«, wollte Buske intervenieren.
»Schon gut, Detlef. Ist schon gut.«

***

Seine Lunge brannte, als er die *Crew Road* hinabrannte, doch Frank Ströhl ignorierte es. Es zerriss ihn innerlich. *Warum tust du das, verdammt?*
Er verstand sich selbst nicht. 18:54 Uhr. Was er vorhatte, war Wahnsinn! Doch er konnte nicht anders. Er rannte weiter.
Frank hatte hilflos an seinen Monitoren gesessen und dabei zusehen müssen, wie Gabriel den Journalisten über das halbe Schiff verfolgt hatte. Es war ihm klar gewesen, dass er diesmal kurzen Prozess machen würde. Diese Verbrecher waren kurz vor ihrem Ziel und die

erste Bombe würde demnächst hochgehen. Er wusste nicht, welche zuerst explodieren würde, aber Gabriel und vor allem der Pyrotechniker Sascha hatten damit geprahlt, was für eine enorme Sprengkraft die Dinger hätten. Gabriel musste also zwangsläufig großes Interesse daran haben, jetzt schnell von Bord zu kommen. – Trotzdem hatte er Geyer gnadenlos gejagt.
Der Journalist war den Passagiergang hinab in Richtung Heck geflüchtet und ins Staircase abgebogen. Dort aber hatte er sich falsch entschieden und war in eine Sackgasse geraten. Als er sich auf Deck drei weiter nach unten und in den Schiffsrumpf orientiert hatte, war für Frank klar gewesen, dass der Wettlauf so gut wie vorbei war. Über die Kamera über dem Eingang zum Maschinenkontrollraum, dem Vorraum zum Maschinenraum, in dem noch immer die Leiche des armen Chiefs lag, hatte er den Kampf zwischen Gabriel und Geyer beobachtet. Hätte er die Augen davor verschließen sollen? Fast hätte er es getan. Doch dann hatte er die Todesangst in Geyers Blick gesehen und sich vorgestellt, dass Andrea gerade genauso um ihr Leben kämpfte. Sie hätte nicht gewollte, dass er tatenlos zusah, wie ein Mensch kaltblütig ermordet wurde. Auch nicht, wenn er sie dadurch hätte retten können.
Also entschloss er sich einzugreifen und entriegelte gerade rechtzeitig die Tür zum Maschinenkontrollraum, wodurch der Journalist eine neue Chance bekam. Allerdings hatte er sie nicht nutzen können.
Frank kam vor dem Treppenhaus an, das hinab zum Maschinenraum führte. Was hatte er eigentlich vor, wenn er wirklich auf Gabriel traf? Er hatte keine Ahnung! Gegen diesen Riesen war er machtlos, hatte in einem direkten Kampf nicht den Hauch einer Chance. Was er allerdings hatte, waren Entschlossenheit und Wut – eine verdammte Wut auf dieses Stück Dreck, dass seine Andrea entführt hatte und sterben lassen wollte.

Er hatte, bevor er loslief, noch gesehen, dass Gabriel den Journalisten nur an einer Dieselwanne festband, statt die Axt zu holen und ihn sofort zu erledigen. Er vertraute auf die Bombe im Maschinenraum. Danach war Gabriel verschwunden. Der wollte jetzt natürlich aufs Promenadendeck. Die wollten jetzt flüchten – ohne ihm das Foto auszuhändigen!
An der Tür zum Treppenhaus, wo er hoffte, auf Gabriel zu treffen, sah er einen schweren Feuerlöscher und riss ihn aus der Verankerung. Dann öffnete er leise die Tür, schlüpfte hindurch und schloss sie vorsichtig hinter sich. Lauschte.
Von unten hörte er Gabriel schwer atmend die Treppe heraufkommen. Er schien geschwächt.
Frank presste sich an die Wand, umklammerte den Feuerlöscher. Dann sah er Gabriels blutige Hand auf dem Geländer.
»Sieh an, unser Judas«, blaffte Gabriel überrascht, als er um die Ecke trat. »Warum bist du nicht auf deinem Posten?«
Ich lasse dich nicht gehen, wollte Frank sagen, brachte aber kein Wort heraus.
Gabriels Mundwinkel zuckten minimal nach oben, als er die Situation verstand. »Echt, jetzt?«
Frank umfasste den Feuerlöscher noch fester.
»Du hast einen Versuch«, flüsterte Gabriel und hob die Axt.
Frank fing heftig an zu zittern, seine Knie wurden weich. Er konnte das nicht. *Oh Gott Andrea, es tut mir leid!*

***

»Ihr Lakai scheint sich zu verspäten.«
Sinah schrak hoch und wusste zunächst nicht, wo sie war. Der rötliche Boden war heiß und hart. Dann erkannte sie, dass sie bei den

Rettungsbooten lag. Einige Meter entfernt sah sie Köpke mit einem weiteren Offizier stehen, dann erst nahm sie Posseidoni und Müller wahr, die vor der Eingangsluke standen.
»Der kommt schon«, meinte Posseidoni gelassen.
Köpke dagegen wirkte äußerst nervös und ungeduldig. »Wenn Sie nicht bald das Schiff verlassen, dann wird es zu spät sein«, drängte er.
Benommen versuchte Sinah, einen klaren Kopf zu bekommen und ihre Gedanken zu sammeln. Das Letzte, woran sie sich erinnerte, war die furchteinflößende Fratze von Gabriel, der zu einem Schlag ausholte. – Wie war sie hierhergekommen? Wie lange war sie weggetreten gewesen? Und wo war Tom?
»Sie sind wach.«
Sinah sah hoch. Eine der Krankenschwester stand neben ihr. Der Schiffsarzt war auch da.
Abfällig sah Posseidoni zu ihr herüber. Dann blickte er ernst auf seine Uhr. Sinah glaubte, einen Hauch von Nervosität über sein Gesicht fliegen zu sehen.
Köpke schien es ebenfalls bemerkt zu haben. »Kommt wohl doch nicht.«
»Gehen Sie mir nicht auf die Nerven«, blaffte Posseidoni. Dann sah er wieder zu Sinah. »Was gibt es da zu grinsen?«
»Ich grinse nicht«, log Sinah.
»Seien Sie froh, dass Gabriel Sie nicht getötet hat. Ich weiß gar nicht, was in ihn gefahren ist.«
»Vielleicht ist er am Ende doch menschlicher als sie«, antwortete sie ohne zu zögern und rappelte sich vorsichtig auf.
Der Arzt ergriff ihren Arm und half ihr. »Langsam, Sinah. Du hast ordentlich was abbekommen.«
»Danke.«
Als sie, wenn auch ein wenig wackelig, schließlich stand, starrte Posseidoni sie noch immer an. Erst jetzt nahm sie durch die Ein-

stiegsluke hinter ihm die Passagiere war, die dort im Rettungsboot zusammengepfercht saßen und ängstlich zu ihnen heraussahen. Unter ihnen befand sich auch dieser Franzke, der völlig am Ende schien und nur noch wimmerte.

Posseidoni sah erneut auf seine Uhr. »Gut. Er hatte seine Chance«, entschied er nun kaltblütig. »Lassen Sie das Boot ab«, befahl er Köpke, machte eine Kopfbewegung zu Müller, ließ ihm mit den zwei Geldkoffern den Vortritt und folgte ihm dann in das Boot.

»Abfieren«, rief Köpke erleichtert zu den Kollegen hinauf, die am Steuerpult der Winden postiert waren.

Sinah ging vorsichtig einige Schritte näher an die Reling und sah hinüber zu Posseidoni, der sie nicht aus den Augen ließ, während Köpke den Kapitän über Walkie-Talkie darüber informierte, dass es nun losgehe.

Die Seilwinden starteten. Nach einem ersten Ruckeln, das einige entsetzte Schreie der Passagiere im Rettungsboot zur Folge hatte, senkte sich dieses langsam der Wasseroberfläche entgegen.

Noch immer durchbohrte Posseidoni Sinah mit stierem Blick. »Bevor ich es vergesse, Frau Dietrich«, rief er nun, »Ihr Freund hatte weniger Glück als Sie.«

Sinah erschrak. »Was soll das heißen?«

Er grinste nur. Dann schlug das Boot relativ sanft auf dem Wasser auf.

»Die Seile entriegeln«, rief Köpke hastig.

Während Köpke sofort per Walkie-Talkie veranlasste, dass nun jedes zweite Boot abgelassen wurde, ging Sinah ganz an die Reling, lehnte sich nach vorn und blickte hinab zu dem Boot. Als es langsam losfuhr und Kurs auf die Küste der vietnamesischen Insel nahm, erhaschte sie noch einmal einen Blick auf diesen skrupellosen Verbrecher. Dieses gewissenlose Schwein ließ seinen Komplizen hier einfach hängen.

Wieso war Posseidoni sich so sicher, dass die Passagiere im Boot ihn nun nicht überwältigten? Doch die Leute waren am Ende, vermutlich hatte keiner mehr die Energie, es auch nur zu versuchen.
Neben Posseidoni stand Patrick Müller und sah sie fast verzweifelt an, ließ den Blick über die *SOLARIA* gleiten.
Sinah konnte keinen klaren Gedanken mehr fassen. In ihrem Kopf tobten jetzt alle möglichen Schreckenszenarien, was dieses Monster mit Tom angestellt haben mochte.
Ihr fiel sein Pager ein. Sie griff nach ihrem Telefon, um seine Nummer zu wählen, aber es hing nicht an ihrem Gürtel. »Hardy«, sagte sie zu Köpke. »Kann ich mal dein Telefon haben?«
Dieser gab es ihr, ohne den Blick von dem Rettungsboot zu wenden, das gerade vorsichtig ins Wasser gelassen wurde.
Als sie das Gerät in Händen hielt – warum auch immer –, war ihr erster Impuls jedoch nicht, Toms Pagernummer zu wählen, sondern die ihres eigenen DECT-Telefons.

***

Mutlos und verbittert wollte Frank Platz machen, wollte aufgeben und alle Hoffnung fahren lassen, seine geliebte Frau jemals wiederzusehen.
Gabriel erkannte das und sagte gönnerhaft: »Dacht ich‘s mir doch«. Er ließ die Axt sinken.
Da klingelte plötzlich Gabriels Telefon und Frank schreckte auf. Gabriel sah irritiert hinab an seinen Gürtel und in diesem Moment stieß Frank ihm den Feuerlöscher ins Gesicht.

***

Tom musste seinen Arm unnatürlich weit verdrehen, um auf seine Uhr sehen zu können. 18:56 Uhr. Noch vier Minuten – wenn Posseidoni nicht geblufft hatte.

Die Fesseln schnitten wie Klingen in seine Handgelenke. Er hatte sich extrem verbiegen müssen um zu erkennen, dass es kein Seil war, das ihn an einer Metallstange in seinem Rücken in dieser Dieselwanne festhielt, in der die schmutzige Flüssigkeit ihm bis zur Hüfte stand, sondern Kabelbinder. Er versuchte mühsam, sich aufzurichten, aber die Fesseln hinderten ihn daran. Sein Gesicht fühlte sich an, als sei ein Bus drübergefahren und brannte wie Feuer.

Wenn er seinen Hals lang machte, konnte er gerade so über den Rand der Wanne sehen. Ihm war sofort klar, was das für ein Objekt war, das wenige Meter von seiner Position entfernt auf einem der Motorblöcke der *SOLARIA* stand und ihn demonstrativ anstarrte. Gabriel musste es extra für ihn dorthin gestellt haben.

Er erinnerte sich noch, wie er am Vortag darüber fabuliert hatte, dass solche Bomben nicht so aussahen, wie in Spielfilmen. Sie hatte keine digitale Anzeige, auf der eine Uhr die Restzeit anzeigte, sondern war einfach nur ein unscheinbare Metallkiste in der Größe eines Handkoffers, an dessen Vorderseite ein kleines Zahlenschloss angebracht war. Es sah fast aus wie ein Kosmetikköfferchen, mehr nicht. Aber Tom wusste, dass das verdammte Ding tödlich war.

Jetzt war es also soweit. Er brauchte keine Anzeige um zu wissen, dass seine letzten Minuten abliefen. Um 19:00 Uhr würde die erste Bombe losgehen, hatte Posseidoni angekündigt und dann jede Viertelstunde eine weitere. Tom zweifelte nicht daran, dass diejenige, die er jetzt gerade vor sich hatte, die erste sein würde. Wollte Posseidoni so richtig Schaden anrichten, dann musste die Detonation so tief wie möglich im Schiff geschehen, also genau hier im Maschinenraum auf Deck zwei.

Hatte der Tod ihn also endlich. Es tröstete Tom, dass ihn die Explosion sofort in Stücke reißen würde und er nicht elendig ertrinken musste, wenn das Wasser eindrang.
Es würde ihm jedenfalls besser ergehen als dem Chief-Engineer. Er sah sich nach dessen Leiche um, die er, kurz bevor ihn Gabriel ausknockte, noch gesehen hatte, aber er konnte sie nirgends entdecken.
»Wenn ich dich in die Finger bekomme, Hartmut«, sagte er laut und knurrte verbittert. Jenny kam ihm in den Sinn. Sie hatte im Gegensatz zu ihm keine Chance mehr gehabt, sich auf den Tod vorzubereiten. Heimtückisch hatte er sie überrascht und angefallen. Tom hatte aber auch nicht die Gelegenheit erhalten, sich von ihr zu verabschieden, ihr wenigstens noch einmal in die Augen zu blicken und ihr zu sagen, wie sehr er sie liebte, wie sehr er ihr für alles dankbar war. Weinend hatte er ihren schlaffen Körper in die Arme genommen und ihre kalten Lippen geküsst.
Erst später, viel später, hatte er darüber nachgedacht: Der Tod ließ sich doch begreifen. Er ließ sich durchaus rational verstehen, nur konnte man ihn emotional nicht erfassen. Verstehen konnte man es schon, dass ein geliebter Mensch plötzlich nicht mehr da war, aber dieses Verstehen war geradezu eine Boshaftigkeit des Schicksals, ein Fehler im System, ein Riss im Universum, der für eine einzelne Seele definitiv eine Überforderung darstellte. Doch damals, als er heulend auf Jennys leblosen Körper hinabgeblickt und sich gefragt hatte, warum der Tod sie geholt hatte, nicht ihn, da war er wütend geworden, so wütend, dass er wie ein Tier gebrüllt hatte, um sich geschlagen, bis die hilflosen Insassen des anderen Wagens es schafften, ihn von ihr wegzuzerren.
Es beruhigte ihn sehr, dass die Katze bei Jennys Eltern war. Sie würden sich gut um Tabby kümmern … Schön.
Jetzt war keine Wut mehr in ihm. Damals hatte sich alles verändert, alles war komplett anders geworden mit Jennys Tod. Und mit den

Jahren hatte sich die Wut und Verzweiflung verklärt, verklärt zu der festen und einzigen Gewissheit, dass, wenn er dem Tod einmal gegenüber träte, er ihm für diesen ungerechten Affront ins Gesicht spucken würde.
Tom atmete durch. Nur noch wenige Minuten.
Er wusste nicht, warum er Sinah nicht die ganze Geschichte erzählt hatte, aber jetzt war es zu spät. Sie war tot und er gleich auch. Er wartete darauf, dass sein Leben vor ihm ablief, beneidete kurz all jene, die aus ganzem Herzen an ein Leben nach dem Tod glaubten, dabei an das Paradies oder fünfundsiebzig Jungfrauen dachten. Er lachte auf: Fünfundsiebzig Jungfrauen! Wo sollten die denn herkommen? Und wie paradiesisch konnte das schon sein, allein mit fünfundsiebzig Frauen … Er kicherte kraftlos, während ihm Tränen über das brennende Gesicht liefen.
Gleich war es soweit.

***

Ungläubig sah Frank hinab zu dem Fleischhaufen am Fuß der Treppe, um den sich eine Blutlache bildete. Ein Treffer mit dem Feuerlöscher mitten in die hässliche Fratze hatte genügt. … Gabriel hatte sich beim Sturz die Treppe hinunter wohl das Genick gebrochen und noch ein paar andere Verletzungen zugezogen, jedenfalls war Frank sich sicher, dass der hin war.
Das Telefon klingelte noch immer.
Der war tot, ganz bestimmt.
Rrrrring ... rrrring ...
Er ging vorsichtig und mit dem Feuerlöscher in Händen zwei Stufen hinab, dann versagten ihm die Knie. Es war ein ekelerregender Anblick. Fassungslos und zitternd betrachtete er den schlaffen Körper

des Hünen, dessen Kopf unnatürlich verdreht war. Alles war voller Blut.

Rrrrring ... rrrring ...

Frank riss sich zusammen und ging noch einige Stufen weiter nach unten, dann noch weiter und schließlich ganz hinunter, bis er vor der Leiche stand, die ihn aus toten Augen anstarrte. *Kalt waren sie ja schon vorher*, dachte er bitter. Dann aber entschied er, dass dieses Scheusal es nicht anders verdient hatte. Er stellte den Feuerlöscher neben die verdrehten Beine Gabriels, beugte sich hinab und nahm das Telefon. Es hatte immer noch nicht aufgehört.

Rrrrring ... rrrring ...

Das Klingeln ging Frank durch Mark und Bein. Er vermutete Posseidoni am anderen Ende, der sicher schon ungeduldig auf Gabriel wartete.

Rrrrring ... rrrring ...

Er hielt es nicht mehr aus und ging ran.

»Warum tust du das jetzt?«, fragte Sinah Frank wenige Sekunden später.

»Das ist jetzt doch nicht wichtig«, antwortete Frank.

Sinah riss sich zusammen und versuchte, sich auf die neue Situation einzustellen: Tom war nicht tot, aber die Bombe im Maschinenkontrollraum konnte jeden Augenblick hochgehen. Sie wusste sofort, dass diese die erste sein musste. Das war nur logisch.

»Wir treffen uns am Eingang zum Maschinenraum«, brüllte Sinah in den Hörer. In diesem Moment explodierte die erste Bombe und riss ihr den Boden unter den Füßen weg.

Kapitel IX

Das Schicksal singt manchmal merkwürdige Lieder.
Es war wieder milder geworden an diesem Tag vor fünf Jahren. Der Winter hatte lau begonnen, einige Tage vor Weihnachten hatte es jedoch in ganz Deutschland ordentlich abgekühlt. Eisige Kaltluft aus Sibirien drückte die Temperatur teils auf weniger als Minus zwanzig Grad. Aber nachdem am Heiligabend sogar wie bestellt ein wenig Schnee gelegen hatte, war das Thermometer bereits am Tag darauf wieder angestiegen und bis zum zweiten Weihnachtstag war das weiße Glück auch schon wieder nahezu überall weggeschmolzen.
Nur an dieser einen Stelle nicht.
Sie waren auf dem Weg zurück nach Hamburg gewesen. An sich eine nette Geste von Hartmut, dass er sie eingeladen hatte, bei diesem Weihnachtsessen dabei zu sein, obwohl sie seit Jahren nur noch als Freiberufler für die Zeitung arbeiteten. Das Budget für das Weihnachtsessen war eigentlich ausschließlich für die Festangestellten der Abteilung, nicht für die freien Mitarbeiter vorgesehen, und Hartmut war in solchen Dingen in der Regel mehr als strikt, um nicht zu sagen kleinkariert.
Tom wusste nicht, was ihn dieses Jahr geritten hatte, aber Hartmut hatte seine Einladung damit begründet, dass Jenny und er *feste Freie* und trotz Selbstständigkeit dem Blatt seit Jahren treu verbunden wären. Allerdings hatte ihn das nicht davon abgehalten, mehrmals zu betonen, dass das nur eine Ausnahme sei und nicht die Regel werde.
Am Abend hatte sich dann herausgestellt, dass Hartmut doch noch etwas anderes im Schilde führte und ihn für einige Tage nach China schicken wollte, wo derzeit in einigen Provinzen Unruhen herrschten.
So richtig viel Lust hatte er eigentlich nicht gehabt, für ein Weihnachtsessen extra bis nach Poppenbüttel rauszufahren, auch wenn es

noch nicht mal eine halbe Stunde Fahrt war, aber Jenny hatte darauf bestanden, dass sie hingingen: »Hartmut ist so stolz darauf, am Weihnachtsfeiertag noch einen Tisch für alle bekommen zu haben … und ich will mal wieder mit dir ausgehen. Basta!«, hatte sie bestimmt und ihm einen Kuss aufgedrückt.
Also hatte er sich rasiert, einen Anzug aus dem Schrank geholt, sich von ihr die Krawatte binden lassen und genossen, dass sie ihm ein Kompliment für sein gutes Aussehen in dem Zweireiher machte. Sie selbst hatte umwerfend ausgesehen in ihrem Cocktailkleid.
Stocks Fischrestaurant lag an der Alsterschleife am Rande von Hamburg und bewarb sich als *Treffpunkt für Genießer im Alstertal*. Tom und Jenny kannten den Laden, sie waren dort ab und zu im Sommer, weil die da tatsächlich sehr guten Steinbutt zubereiteten, den Jenny liebte, aber auch – und das war das Entscheidende für Tom – wirklich erstklassiges irisches Steak. Zudem gab es dort eine wundervolle Terrasse, auf der man an lauen Sommerabenden sitzen konnte.
Der Abend war nett gewesen, was man so als *nett* bezeichnete, die Runde der Kollegen angenehm und die Gespräche hatten sich wenigstens nicht alle um die Arbeit gedreht. Hartmut hatte sich ein paar Male in seiner unverbesserlichen Art in den Vordergrund gespielt, aber in einem, wie Tom fand, an diesem Abend ertragbaren Maße, sodass die Stimmung über die ganze Zeit hinweg sehr gut und gelöst gewesen war.
Als sie um 23:30 Uhr aufgebrochen waren, hatten zwei ihrer liebsten Ex-Kollegen protestiert und auch Hartmut, der schon einige Schnäpse zu viel hatte, wollte sie nicht gehen lassen. Doch Jenny und Tom hatten am nächsten Tag viel zu tun, denn sie wollten nach Damüls in den Skiurlaub fahren, weswegen Tom auch den China-Auftrag abgelehnt hatte. So waren sie nach einigem Hin und Her aufgebrochen, nachdem Jenny noch einen Cognac mit Hartmut hatte

trinken müssen, während er ihr auf seine unnachahmliche Art eher peinliche Komplimente machte.
Die Straßen waren nicht glatt gewesen. Tom hatte es extra getestet, weil im Autoradio von *überfrierender Nässe* die Rede gewesen war. Tom hatte zwei Glas Rotwein getrunken, aber über mehrere Stunden, und so war es kein Problem, noch zu fahren. Für den Ernstfall hatten sie geplant gehabt, ein Taxi zu bestellen, aber es war einfach nicht nötig gewesen.
Der einfachste Weg zu ihrer Wohnung im Hamburger Stadtteil St. Georg führte eigentlich über die Bramfelder Chaussee, er hatte trotzdem lieber den Weg über die Alte Landstraße genommen und war dann über den Stadtpark gefahren, statt über die Mundsburg.
Als sie in die Saarlandstraße einbogen, schlingerte der BMW für einen kurzen Moment und Jenny entfuhr ein amüsiertes »Hoppla«. Der letzte Cognac war eindeutig zu viel gewesen. Etwas schlapp saß seine Liebste neben ihm und sah ihn an. Tom glaubte, trotz der Dunkelheit ihre ein wenig geröteten Wangen zu erkennen und musste schmunzeln. Sie war berauschend schön. Wenn sie ein bisschen beschwipst war, noch viel mehr, fand er.
Es begann zu nieseln, als er in den Mundsburger Damm Richtung Außenalster abbog. *Hamburger Schietwetter.* Kein einziges Auto war unterwegs. Tagsüber war hier immer viel Verkehr, aber jetzt, kurz nach Mitternacht, war kaum noch jemand unterwegs. Die Nachrichten brachten eine Meldung über weltweite Gedenkfeiern für die Opfer des Tsunamis vor fünf Jahren.
»Weißt du noch? Unser erster Abend in dem Bungalow auf Koh Tao«, hatte sie versonnen gefragt und ihn dabei angestrahlt und damit genau das ausgesprochen, woran auch er in diesem Augenblick dachte: an ihre Ankunft in diesem thailändischen Paradies, wohin sie damals nach ihrer Hochzeit gereist waren, den Wahnsinnsblick aus ihrem Schlafzimmer aufs Meer hinaus und wie entsetzlich

schlecht es ihm gegangen war auf der Überfahrt mit dem Schnellboot.

Und dann … Es ging ganz schnell. Vielleicht hatte er die Eisschicht auf der Straße unterschätzt, aber wahrscheinlich hätte das auch nichts genutzt. Er hatte zu Jenny rüber gesehen und den Wagen, der hinter den Bäumen der Papenhuder Straße hervorgekommen war, zu spät bemerkt, hatte das Lenkrad rumgerissen, war auf die Bremse getreten und hatte es hinbekommen, dass sie nur den Kotflügel des anderen Wagens erwischten. Aber sie kamen nicht zum Stehen. Er versuchte gegenzulenken, um das Schlingern des Autos auszugleichen, wodurch es endgültig ins Schleudern geriet und unkontrolliert auf die Brüstung der Brücke über den Mundsburger Kanal zuschoss – es fühlte sich an, wie eine fassungslos lange Ewigkeit, bis sie gegen die Brüstung prallten.

Das Wasser dort ist nicht sehr tief. Es reicht gerade mal, um ein Auto bis über das Dach zu bedecken.

Als er zu sich kam, war der Innenraum des BMW schon fast vollständig mit eiskaltem Wasser gefüllt. Er musste seinen Kopf nach oben zur Decke drehen, damit er überhaupt noch Luft holen konnte. Wie schlaffe Säcke schwebten die weißen Airbags vor ihnen im Wasser. Jenny hing bewusstlos im Sitz, fast in derselben Position, wie vor dem Unfall. Ihr Kopf war zu ihm gewandt, als ob sie ihn noch immer ansähe. Er versuchte, ihren Gurt zu lösen, aber er bekam ihn nicht auf. Mehrmals drückte er den verdammten Knopf, doch das Ding klemmte. Er riss wie verrückt daran, aber der Verschluss gab sie nicht frei. Er musste zwischendurch Luft holen und schnappte in den wenigen Zentimetern, die noch zwischen dem Autodach und dem Wasser waren, nach Atem. Es roch nach Diesel und in seinem Kopf blitzte ein Bild von damals auf, das schlimmste Ereignis seines Lebens – bis zu diesem Tag. Noch einmal tauchte er unter und riss verzweifelt an Jennys Gurt. Ihr Kopf schlingerte wie in Zeitlupe mit, als er ver-

zweifelt zog und zerrte. Irgendwann sprang der verdammte Verschluss auf.
Tom riss Jenny an sich und schüttelte sie, aber sie reagierte nicht. Sein Sauerstoff ging schon wieder aus und er wollte über sich Luft holen, doch das Auto war nun vollgelaufen. Er geriet in Panik. Der Geschmack von Diesel in seinem Mund sagte ihm: Wenn er es nicht bald schaffte, raus zu kommen, dann würden sie beide sterben. Er betätigte den Türöffner und stemmte sich gegen die Autotür. Einige Zentimeter weit ließ sie sich öffnen, dann jedoch stieß sie gegen etwas Hartes, einen Stein vielleicht, und ging nicht weiter auf. Tom konnte gerade mal seinen Arm durch den Schlitz quetschen, mehr ging nicht. Ihm war klar, dass er gleich bewusstlos werden würde. Die Fenster! Elektrisch ... funktionierte nicht. Er stemmte sich gegen die Innenseite der Tür und schob sich über Jenny hinweg zur Beifahrertür, die sich öffnen ließ. Er zog Jenny hinter sich hinaus und war Sekunden später an der Oberfläche, und füllte seine Lungen röchelnd mit Luft.
Die Ärzte konnten ihm nicht sagen, ob es noch etwas genutzt hätte, wenn er etwas früher rausgekommen wäre, wenn die Fahrertür sich hätte öffnen lassen. Zu dieser Zeit war ihr Gehirn vermutlich schon mehrere Minuten ohne Sauerstoff und als sie sie dann aus dem Wasser raus hatten und mit der Beatmung anfingen, war es längst zu spät. Ob sie es geschafft hätte, wenn der Gurt früher aufgegangen wäre? Es war müßig, darüber nachzudenken, dennoch hatten ihm diese Fragen die folgenden Jahre das Leben zur Hölle gemacht.
Als er damals in eine Decke gewickelt an der durchbrochenen Brüstung gestanden und auf den Kanal hinab geblickt hatte, wo noch immer ein orangener Rettungsring im eisigen Wasser trieb, während die Ärzte im Rettungswagen verzweifelt versuchten, Jenny zu reanimieren, musste er die ganze Zeit daran denken, wie sie sich kurz zuvor noch darüber amüsiert hatte, wie er damals auf dem Weg nach Koh Tao über der Reling hing und nicht wusste, wann er sich end-

lich übergeben würde. »Weißt du, dass du seit damals nie wieder einen Albtraum gehabt hast?«, hatte sie gesagt. »Seit unserer Hochzeitsreise nach Thailand nicht mehr.« Sie waren wegen der Gedenkfeierlichkeiten zur Tsunami-Katastrophe darauf gekommen. Immer hatten die beiden ein schlechtes Gewissen bei dem Gedanken gehabt, dass sie durch diese Apokalypse, die fast einer Viertelmillion Menschen das Leben und noch vielen mehr die Lebensgrundlage genommen hatte, ihr Glück gefunden hatten. Er konnte sich noch genau an ihre letzten Worte erinnern: »Stell dir vor, diese Katastrophe wäre nicht passiert. Unser beider Leben wäre ganz anders verlaufen.« Er hatte es in dem Moment mit einer lapidaren Antwort darüber abgetan, dass sie sich dann eben irgendwann in der Redaktion kennengelernt hätten und sie hatte ihn auf ihre unverwechselbare Weise angelächelt, als ob sie sagen wollte: *Ich hab's gewusst, du glaubst eben doch an Schicksal.* Zu einer Antwort war sie nicht mehr gekommen.
Die Ärzte im Krankenhaus hatten alles versucht, aber irgendwann mussten sie aufgeben. Als Tom das schwerfällige Gesicht des jungen Oberarztes sah, der aus der Intensivstation zu ihm trat, war ihm bereits alles klar gewesen. Weggetreten hatte er sich die üblichen Floskeln angehört – *alles versucht…aber nicht mehr möglich* – hatte Mitleidsbekundungen über sich ergehen lassen … Erst als er einen Satz des Arztes aufschnappte, in dem dieser den Plural benutzte, kam er wieder zu sich, nahm die Gesichter der inzwischen anwesenden Schwiegereltern wahr: »Was haben Sie gesagt?«
»Dass es mir besonders leidtut, dass sie ausgerechnet jetzt, in ihrem Zustand …« In diesem Moment begriff der Arzt, dass Tom und auch Jennys Eltern völlig ahnungslos waren. Hilflos stotterte er herum: »Entschuldigung, ich dachte … ich … wusste nicht … Es tut mir leid. Herr Geyer: Ihre Frau war schwanger.«
Ein tagheller Blitz zerschnitt sein Innerstes!

***

Gleißendes Licht blendete ihn. Er fühlte sich schwerelos und wie in Watte gebettet. Kein Laut drang an seine Ohren. Totale Stille. Wundervolle Wärme umschlang ihn. Kein Schmerz, nur absoluter Frieden und stille Demut. Er spürte gar nichts, außer der schrecklich-glanzvollen Gewissheit, dass er jetzt tot sein musste. Er tanzte in den wärmenden Wogen des Jenseits, nein, er schwebte.

Dann realisierte er vage Dieselgeruch und kurz darauf stellte er erschrocken fest, dass ihm die Luft wegblieb.

Als Tom nach Atem schnappend aus dem Dieselwasser auftauchte und die Augen aufriss, blickte er in ein Inferno: Der Maschinenraum stand in Flammen und wurde von hereinbrechenden Wassermassen geflutet. Die enorme Explosion hatte nicht nur die Wand zerfetzt, die den Kontrollraum vom eigentlichen Maschinenraum getrennt hatte, sondern auch ein Loch in den seitlichen Rumpf des Schiffes gerissen. Durch das Leck schoss Wasser herein, bewirkte aber nicht viel gegen die vielen kleinen Brandherde, die durch austretenden Kraftstoff oder Öl angefeuert wurden. Es stank nach verbranntem Kunststoff, er musste husten und würgen. Der blau-schwarze Qualm brannte in den Augen. Einige noch intakte Kontrollanzeigen blinkten und piepten wir wahnsinnig. *Wie bei McDonalds*, schoss es ihm durch den Kopf und er hätte fast laut aufgelacht. *Die Hölle ist ein piependes Schnellrestaurant.*

Das holte ihn irgendwie zurück: Er war nicht von der Bombe zerfetzt worden – wie war das möglich? Er schüttelte sich und sah sich um. Warum war er nicht tot? Unmöglich! Die Bombe stand doch direkt vor ihm. Oder … Hatten die Schweine gleich zwei Bomben hier unten versteckt?

Er sah sich um und entdeckte tatsächlich den Kasten, den Gabriel ihm vor die Nase gestellt hatte, halb begraben unter Trümmern auf einem der ramponierten Motorblöcke. Es wunderte ihn, dass das Ding durch die Erschütterung nicht gleich mit hochgegangen war. *Glück gehabt*, dachte er. Dann aber fiel sein Blick auf die hereinströmenden Wassermassen. Der Raum würde bald vollgelaufen sein, was ihm sofort einen Adrenalinschub verpasste. Er zerrte an seinen Fesseln.

»Schadensmeldung!«, brüllte Buske quer durch die Brücke.
»Leck in der Bordwand, Steuerbord! Starker Wassereinbruch, Käpt‘n!«, antwortete der Zweite Offizier hektisch aus dem Dunkeln.
»Scheiße. Maschinen?«
»Drei und vier ausgefallen. M-eins und M-zwei scheinen noch zu funktionieren. Navigation läuft.«
»Staff für Käpt‘n«, rief Buske in sein Walkie-Talkie, das jedoch still blieb. »Stabilität?«, brüllte er wieder in den Raum.
»Noch vorhanden, aber mit der Menge Wasser, die eintritt, werden wir bald Schlagseite bekommen!«
Ein Schauer lief Buske über den Rücken. Hatten sie erst einmal Krängung, ließen sich die restlichen Rettungsboote nicht mehr ordentlich abfieren. Genau das war der Knackpunkt bei der *COSTA-CONCORDIA*-Katastrophe gewesen.
»Köpke für Käpt‘n«, brüllte er wütend ins Walkie-Talkie.
»Staff hört«, meldete sich dieser endlich außer Atem.
»Wie sieht es dort unten aus, Hardy?«
»Wir hatten ein Scheißglück! Keines der Rettungsboote wurde getroffen! Sie waren an der Stelle, wo die Detonation ein Loch in die Wand gerissen hat, noch nicht abgelassen.«
Buske konnte es kaum glauben, dass Posseidoni auch hier eiskalt Hunderte von Toten einkalkuliert hatte.
»Wo ist das Ding genau hochgegangen«, wollte Köpke wissen.
»Maschinenkontrollraum! Wie geht‘s den Passagieren und der Crew?«

»Hat sie ordentlich durchgeschüttelt, aber wir lassen weiter die Rettungsboote ab. Sechs sind schon unten, die letzten zwei der ersten Charge gehen gleich ab. Dann können wir die anderen aussetzen.«
»Ich fürchte, wir werden nicht mehr so viel Zeit haben, Hardy«, meinte Buske bitter.
»Habe ich mir fast gedacht. So groß?«
»Ja, verdammte Scheiße. In einigen Minuten haben wir Schlagseite.«
»Shit. Diese Schweine!«, hörte er Köpke fluchen. »Was willst du tun?«
Buske überlegte. Die Pumpen würden bei dieser Stärke des Wassereinbruchs wenig auffangen können. Er musste Zeit gewinnen, aber wie? Die nächste Bombe explodierte bereits in weniger als einer Viertelstunde und er wusste nicht wo! Vielleicht würde die dem Schiff schon endgültig die Stabilität nehmen, vielleicht würde sie auch die Brücke zerfetzen – wer wusste das schon? Noch dazu war es nun komplett dunkel und das würde alles noch schwieriger machen.
Verzweifelt sah Buske zur rettenden Küste, die kaum noch zu erkennen war und auf die wie zum Hohn das kleine beleuchtete Rettungsboot unbehelligt zuhielt, das Boot, in dem dieser erbarmungslose Schurke saß, gemeinsam mit seiner Geisel Müller und dem Blutgeld.
Buske stand breitbeinig gerade, der Horizont war geneigt. – Verdammt!
Sie brauchten Zeit, doch genau die hatten sie nicht: Das Schiff lief unwiderruflich in einem weiteren Compartment voll und bekam bereits Schlagseite. *Detlef! Tu etwas!* Um die restlichen Passagiere und die Crew von Bord zu schaffen, musste er den Pott in einer einigermaßen senkrechten Lage halten. Wenigstens eine Zeit lang.
»Hardy«, brüllte er wieder ins Walkie-Talkie, »ich steuere das Schiff an die Küste!«

Eine Sekunde Stille.
»Okay. Ich werde Crew und Gäste darauf vorbereiten. Aber macht schnell, wir werden nicht viel Zeit haben.«
Das war Buske bewusst. Wenn sie auf Grund liefen, bekam das Schiff zwar erst einmal Stabilität, aber ob das so blieb, war kaum vorherzusagen, denn je mehr der Maschinenraum volllief, je stärker die Brandung an das Schiff schlug und sie nach irgendeiner Seite oder Lage drückte, konnte das Schiff in die eine oder andere Richtung kippen.
»Sind die abgelassenen Rettungsboote weit genug entfernt?«, erkundigte er sich bei den Posten in den Nocks.
Diese bestätigten.
Also tu es, Detlef!
»Steuermann, halbe Kraft voraus. Lenken Sie das Schiff in die Bucht«, ordnete er entschieden an.
Der Steuermann sah ihn einen kurzen Moment lang entsetzt an, dann überwand er seine Starre und gab Kurs und Geschwindigkeit ein.
»Sobald wir Bodenberührung haben und das Schiff ruhig liegt, macht ihr weiter mit der Evakuierung!«, brüllte er ins Funkgerät.
Köpke bestätigte.

Das Wasser stieg unaufhörlich.
Durch die Detonation hatte sich auch der Boden verformt und die Metallstange, an die er gebunden war, hatte sich etwas gelöst. Die verdammten Kabelbinder schnitten wie Klingen in seine Handgelenke, aber er rüttelte und zerrte dennoch weiter, bis die Schmerzen unerträglich wurden.
Keuchend dachte Tom nach. Dann versuchte er etwas anderes. Er holte Luft und ließ sich nach unten sinken, bis er mit dem Hintern den Boden berührte. Er machte seine Beine lang, bis sie gegen die Innen-

wand der Dieselwanne stießen. Mit aller Kraft drückte er seine Knie durch und stemmte den Rücken gegen die Eisenstange. Sie gab etwas nach, aber er schaffte es nicht, sie aus ihrer Verankerung zu lösen. Erneut presste er mit aller Gewalt, doch das verdammte Ding hielt.
Nach Luft schnappend tauchte er wieder aus der ekligen Kraftstoffbrühe auf, die noch mehr in den Augen brannte, als der Qualm. Das Wasser stand bereits höher, als er erwartet hatte. Er bekam Panik. Sein schlimmster Albtraum: Ertrinken. *Alles, nur das nicht!* Ihm wurde schlecht. Es fühlte sich an wie seine Seekrankheit. Wenn er es nicht besser gewusst hätte, hätte er gedacht, das Schiff bewegte sich wieder.

Schon fuhr die *SOLARIA* an und nahm Kurs auf die Küste. Das Schiff reagierte bereits ein wenig instabiler, Buske spürte es genau. Die Krängung hatte schon zugenommen. Was wohl Posseidoni dachte, wenn er sah, dass die *SOLARIA* ihm folgte? Buske wünschte sich, dass dieses Dreckstück annahm, er verfolge ihn mit dem gesamten bombenbeladenen Schiff. Er knirschte grimmig mit den Zähnen, als er daran dachte, diesen Schweinehund über den Haufen zu fahren, was natürlich unmöglich war.
Dessen Rettungsboot erreichte soeben die Küste Con Daos. Bis zum Flughafen war es höchstens zwei Kilometer – die Lichter des Rollfeldes erhellte von hier aus gut sichtbar die Nacht über der Insel – und wenn kein Wunder geschah, war Posseidoni bald spurlos verschwunden.
In diesem Moment hörte Buske ein merkwürdiges saugendes Geräusch, das er nicht kannte oder zumindest auf der Brücke noch nie wahrgenommen hatte. Es klang wie eine Turbine und wurde schnell lauter. Es dauerte, bis er begriff, dass es von außerhalb kam. Sekunden später blendete ihn taghelles Licht: Ein Hubschrauber sank aus dem Himmel herab, direkt vor die Scheibenfront der Brücke.

Endlich!, dachte er und nahm das Walkie-Talkie hoch: »Hardy! Ist Sinah noch da unten bei dir?«
»Nein!«
»Ist die schon in einem der Rettungsboote?«
»Da wollte ich sie eigentlich haben. Aber sie hat sich strikt geweigert. Warum?«
»Die GSG-9 ist eingetroffen!«

***

19:08 Uhr.
Es war gespenstisch. Das mächtige Schiff sah in der aufkommenden Nacht aus wie ein grinsender Koloss aus einem schlechten Titanenfilm. Die *SOLARIA* hatte soeben gedreht und driftete mit dem hell erleuchteten und unverwechselbar lächelnden Wal am Bug auf den breiten Strand von Con Dao zu. Rechts und links davon schaukelten die kleinen beleuchteten Rettungsboote wie Papierschiffchen auf dem Kielwasser des Riesen, aus dessen Rumpf an der Steuerbordseite Flammen schlugen und Rauch aufstieg. – Die erste Bombe war explodiert.
Über dem Schiff kreiste der Hubschrauber der GSG-9, der Schneider und Sarah mit zwei der Männer vor nur wenigen Minuten am Strand abgesetzt hatte und aus dem sich Jansen gerade mit seinen wenigen vor Ort befindlichen Spezialisten auf das Schiff abseilte.
Konnte er jetzt noch etwas ausrichten? Sarah jedenfalls war völlig hilflos. Ohne die vorbereiteten Rettungskräfte und das Equipment konnte sie den Opfern mit gar nichts beistehen.
Über 2000 erschöpfte Gäste und 600 Crewmitglieder, ohne jede Unterstützung gestrandet. Eine Katastrophe!

Doch obwohl sie hier nichts beisteuern konnte, war sie verdammt froh, hier zu sein. War Sinah in einem der hilflos herum schaukelnden Rettungsboote? Sie hoffte es sehr.
Schneider, der neben ihr im Sand lag, war ebenso fassungslos ob des verrückten Anblicks. Gerade, als sie sich gemeinsam mit den zwei Leuten von der GSG-9 hinter einer Düne versteckt und in Deckung gegangen waren, hatte die dröhnende Explosion auf der *SOLARIA* sie aufgeschreckt. Entsetzt hatten sie mitansehen müssen, wie die Flammen aus der Bordwand schlugen. Diese waren inzwischen weniger geworden und einem glimmenden Rauch gewichen, der aus dem Inneren des Rumpfs erhellt wurde und sich in der Nacht über dem Schiff verlor.
Sarah sah hinüber zu den versprengten kleinen Booten, die verstreut in der Dunkelheit Kurs auf die Küste nahmen. – Wie auch die *SOLARIA*, die nun langsam näherkam und deren Beleuchtung das Wasser ringsum erhellte.
»Das Schiff hat doch viel zu viel Tiefgang!«, sagte Sarah leise.
»Sicher. Noch einige Meter und es wird auf Grund laufen. Aber genau das wird der Alte damit bezwecken.«
Das erste Boot landete soeben am Strand.
»Wir müssen den Menschen helfen!«, meinte Sarah und wollte aufstehen.
Doch Schneider hielt sie am Arm zurück. »Ich glaube nicht, dass dort Passagiere an Bord sind«, sagte er ruhig. »Rettungsboot fünf hat noch vor der Explosion abgelegt.«
Erst jetzt begriff Sarah. Die Verbrecher mussten sich darin befinden! Wie zur Bestätigung lud soeben einer der beiden ganz in schwarz gekleideten Männer der GSG-9 sein Sturmgewehr neben ihr durch. Der zweite ging neben Schneider hinter der Düne in Deckung. »Das Team wird in circa vierzig Minuten auf dem Flugplatz landen«, sagte er.

»Haben Sie Schusserlaubnis?«, fragte Schneider.
»Bei eindeutiger Identifikation. Wird nicht so einfach, bei den Sichtverhältnissen.«
»Ich erkenne Posseidoni, selbst wenn es stockdunkel ist«, erklärte Schneider selbstsicher.
Der GSG-9-Mann sah ihn kurz an und reichte ihm dann sein Nachtsichtgerät.
In diesem Moment klappte die Luke des Rettungsbootes auf.
Als die Seitenklappe des Rettungsbootes auf dem Sandboden aufschlug, presste er sein Auge gegen das Zielfernrohr, kontrollierte erneut den Griff um den Handlauf seiner Waffe und nahm den Ausstieg ins Fadenkreuz.
Dann kam der Erste raus. Es ging los. Ein fülliger ängstlicher Mann mit irgendetwas in der Hand kletterte aus dem Rettungsboot. Das war keines der Ziele, das war eine Geisel.
»Verdammt, die kommen nicht alleine«, bestätigte sie der Soldat.
Mehrere weitere Personen sprangen nacheinander heraus, alle hielten etwas in Händen. Dann erkannte sie, dass es Rettungswesten waren. Schnell waren es über zwanzig Leute, von denen jeder in eine andere Richtung rannte.
»Scheiße«, stieß der Soldat aus, »ich kann keine Zielperson lokalisieren.«
Da ertönte ein lautes und furchterregendes Krachen und Knarzen, das den gesamten Strand erfüllte: Das Schiff war soeben auf Grund gelaufen.

Das ohrenbetäubende Geräusch, das die *SOLARIA* erzeugte, als sie auf Grund lief, hallte vibrierend durch das gesamte Treppenhaus. Es klang, als ob er sich im Innern eines vor Schmerz schreienden Wales befand, der von einer Harpune getroffen war. Der Aufprall schleuderte Frank gegen die Metalltür am Eingang zum Maschinenraum.

Was machte er noch hier? Die Chance, dass Geyer die enorme Explosion in unmittelbarer Nähe hatte überleben können, war gleich Null. Es wäre viel vernünftiger, schleunigst das Schiff zu verlassen und auch Sinah dazu zu bringen, in eines der Rettungsboote zu steigen. Stattdessen wartete er hier auf sie.
Es war Wahnsinn!
Ungläubig sah er hinab auf seine noch immer zitternde Hand. Er hielt es tatsächlich zwischen seinen Fingern: das rettende Foto, auf dem auf der Rückseite die Adresse stand, wo Andrea gefangen gehalten wurde. Ängstlich drehte er es um und blickte auf die Adresse in Manila. Gabriels Blut klebte daran. Ihre Chancen stiegen erheblich, wenn er Unterstützung durch die Reederei, die Behörden oder auch nur Sinah Dietrich bekam. Denn er selbst würde viel zu lange bis nach Manila brauchen.
In diesem Moment erklang die Durchsage des Kapitäns: »Abandon Ship! Abandon Ship! Alle Rettungsboote selbstständig zu Wasser!«

Verdammte Kacke!, dachte Schneider. Es hatte geklungen, als ob ein Hundert-Tonnen-Container über Beton geschleift wurde, als die *SOLARIA* Bodenkontakt erhielt. Buske hatte ordentlich Stoff gegeben, um den Kahn mit viel Wucht auf Grund zu setzen, damit der sich festfuhr und dadurch stabilisiert wurde. Er hätte es an seiner Stelle nicht anders gemacht.
»Alle Rettungsboote selbstständig zu Wasser!« *Die Sache eskaliert.* Nach einem kurzen Schreckmoment hob er das Nachtsichtgerät wieder an die Augen und versuchte krampfhaft, einen von den Schweinen unter den Leuten zu entdecken, die aus dem Rettungsboot gesprungen waren.
Bei dem gruseligen Krach eben waren sie alle herumgewirbelt und hatten in einer Art Schockstarre auf die gestrandete *SOLARIA* gestarrt. Schneider versuchte, den Moment zu nutzen, um diese Mist-

kerle zu finden. Er zuckte mit dem Fernglas von Person zu Person, sah den dicken Franzke, dann die alte Schauspielerin, Unbekannte und teilweise bekannte Gesichter, aber Gabriel oder Posseidoni waren nicht zu entdecken.

»Scheiße. Wo sind die?«, stieß er frustriert aus und nahm das Fernglas runter. Er überflog den Strand mit bloßem Auge, ob er etwas Verdächtiges entdecken konnte. Seine Augen gewöhnten sich zügig an die Dunkelheit, die nur von der Schiffsbeleuchtung durchbrochen wurde. Aber da war nichts. Nichts!

Die Gestrandeten wendeten den Blick wieder von der *SOLARIA* ab, drehten sich um und setzten ihre hastige Flucht fort. In diesem Moment hörte Schneider einen hysterischen Schrei von rechts, wo er Franzke gesehen hatte. Als er hinsah, erkannte er Posseidoni mit Müller im Schlepptau die, jeder mit einem Aktenkoffer in der Hand, den Strand entlang stürmten.

»Da! Da ist Posseidoni«, rief er und zeigte hin.

Sofort schwenkte einer der beiden GSG-9-Leute sein Sturmgewehr in die Richtung. Sarah erschrak und hielt sich ängstlich die Ohren zu.

Dann fiel der Schuss.

»Scheiße«, fluchte der Schütze.

Posseidoni war soeben mit seiner Geisel am Ende des Strandes angelangt und hatte sich ins Gebüsch geschlagen.

Sinah erschrak, obwohl sie diese Durchsage schon erwartet, ja sie sogar herbeigesehnt hatte, die Endgültigkeit begrüßte, die darin lag: Die letzten Passagiere und die Crew verließen das Schiff. Bald würde niemand mehr hier sein.

Sarah würde ausflippen, wenn sie erfuhr, was sie hier machte. Natürlich. Köpke hatte recht. Es war verrückt! Tom musste dort unten umgekommen sein und keiner wusste, welches der nächste Spreng-

satz war, der hochging. Vielleicht der in der Provision, die nicht weit entfernt vom Maschinenraum lag.
Aber Tom und sie waren nicht umsonst so weit gekommen. Sie hatten nicht nur die Positionen der Bomben herausgefunden, sondern auch einen Weg gefunden, Jansen zu kontaktieren und ihm dies mitzuteilen. Und selbst, als das Schiff die überraschende Kursänderung durchgeführt hatte, hatten sie eine Möglichkeit gefunden, ihn darüber zu informieren. – Zumindest hoffte sie das inständig.
Als Sinah die stählernen Treppen hinabeilte, überschlugen sich ihre Beine fast ebenso wie ihre Gedanken. Auf Deck vier stolperte sie einmal und konnte sich gerade noch am Handlauf festhalten, um nicht die Treppe hinunterzustürzen. Taumelnd bog sie um die Ecke und erschrak sich fast zu Tode: Auf dem nächsten Absatz lag Gabriel, blutüberströmt und in einer unnatürlich verbogenen Haltung. Sie musste sich überwinden, um weiterzugehen und sich dann schnell an dem entstellten Körper vorbeizuschieben. Ein Schauder lief ihr über den Rücken, als sie das viele Blut sah. Dann hörte sie von unten ein Geräusch und erinnerte sich daran, dass sie keine Zeit hatte.
Als sie auf Deck zwei ankam, wartete Frank schon ungeduldig vor der Schleusentür zum Maschinenkontrollraum. Sie erschrak, als sie sah, dass bereits Wasser unter der Tür hervorquoll.
»Oh Gott«, entfuhr es ihr.
»Wir können froh sein, dass die Brücke die Watertidedoor noch nicht geschlossen hat, sonst würden wir gar nicht hier reingekommen«, sagte Frank sofort.
»Warst du das da oben?«, fragte sie.
»Gewissermaßen«, antwortete Frank unsicher, drehte sich dann jedoch wieder zu der Schleusentür um.
»Was machen wir jetzt?«, fragte Sinah atemlos.
»Das fragst du mich?«, entgegnete Frank und sah sie ratlos an.

Als sie nicht antwortete, zuckte er mit den Achseln. »Was soll‘s.« Er legte seinen rechten Daumen auf die Fingerprintanlage und nach drei Sekunden hörten sie ein leises Klicken.
Er musste sich mit seinem ganzen Gewicht dagegenstemmen, Sinah half ihm. Dann öffnete sich die schwere Eisentür langsam nach innen und Wasser schoss ihnen entgegen.
Sinah erschrak entsetzlich, doch als sich der erste Schwall ins Treppenhaus ergossen hatte, ließ es ein wenig nach und sie wateten durch das knietiefe Wasser in den Maschinenkontrollraum; beziehungsweise das, was davon noch übrig war. Trümmer lagen überall herum, verkohlte Computerteile und verschmorte Anzeigetafeln trieben im Wasser. Die Wände waren verbeult, verzogen und geschwärzt. Am stärksten hatte es die Geräte zum eigentlichen Maschinenraum hin getroffen. Sie waren zum Teil zu Klumpen verschmolzen.
Aus dem Maschinenraum nebenan dröhnte es; einer der Motoren lief anscheinend noch. Ungläubig starrte Sinah auf das Leck in der Ecke des Raumes, das nicht nur den Blick in den brennenden ersten Maschinenraum freigab, sondern auch hinaus zum Meer, außerhalb des Schiffes. Sie schauderte bei dem Anblick. Sinah hatte so etwas noch nie gesehen. In der von der Wucht der Explosion verbogenen und aufgerissenen Außenhülle des Schiffes klaffte ein drei Meter großes Loch. Sie hörte panische Stimmen von draußen, Motorgeräusche von den Rettungsbooten. Mit jeder Welle, die auf das Schiff zurollte, schwappte das Wasser über den Rand des Schlundes und in den Raum hinein.
Zum Glück hatte der Kapitän das Schiff auf Grund gesteuert. Dadurch hatte es sich ein wenig gehoben und der Wasserspiegel stand nur knapp über der Höhe des Maschinenkontrollraums.
Als sie sich gerade dazu zwingen wollte, sich von dem skurrilen Anblick abzuwenden, erweckte ein Licht von draußen ihre Aufmerksamkeit. »Frank, sieh doch!«

Soeben fuhr draußen, in nur wenigen Meter Entfernung, friedlich ein Tenderboot an dem verkohlten Schlund vorbei. Durch die kleinen Fenster des Boots sah sie einige Passagiere und auch Leute in Uniform. Sie erkannte den Showmanager, der sie perplex anstarrte, daneben ihren Chef, Eventmanager Hübner. Sinah wusste nicht, wie sie reagieren sollte, und tat einfach gar nichts, wartete nur starren Blickes, bis das Boot außer Sicht war. Es hatte ausgesehen, wie ein nächtlicher Landausflug.

Dann hörte sie ein leises Stöhnen aus dem Maschinenraum. Ungläubig sah Frank sie an.

»Tom«, rief Sinah. »Tom, sind Sie das?«

Keine Antwort.

»Komm mit!«, schrie sie Frank an und watete hektisch durch das Wasser zu dem Leck.

Als sie dort war, stand es ihr schon bis zu den Oberschenkeln. Vorsichtig zwängte sie sich an der scharfkantigen verbeulten Wand vorbei. Frank folgte ihr.

Ein Inferno empfing sie. Der erste Maschinenraum stand halb in Flammen. Mehrere Brandherde loderten, sogar das Wasser selbst schien zumindest an der Oberfläche teilweise zu brennen. – Irgendwo musste Treibstoff auslaufen.

»Tom, wo sind Sie?«, kreischte Sinah panisch und watete weiter in den Maschinenraum hinein.

»Sinah, warte«, schrie Frank hinter ihr. »Es ist gleich Viertel nach sieben.«

Doch sie ließ sich nicht aufhalten. »Die Bombe hier ist doch bereits explodiert.«

Der Maschinenraum hatte zum Kontrollraum hin eine kleine Metallplattform, von der aus man auf die ersten zwei Maschinen hinabblicken konnte, die ein wenig weiter unten im Rumpf installiert waren. Sie war von der Detonation verbeult und zum Teil abgerissen. So trat Sinah, als sie durch das Loch in der Trennwand schlüpfte, auf einen wankenden, steil abfallenden Metallboden. Sie musste sich an dem fast komplett zusammengefalteten Geländer festhalten, um nicht sofort ins Wasser abzurutschen.

Das Motorengeräusch wurde lauter. Es kam offensichtlich aus dem nächsten Raum, in dem sich zwei weitere Motorblöcke befanden. Diese hier waren von der Explosion definitiv zerstört.

»Tom. Sind sie hier irgendwo? Machen Sie ein Geräusch, wenn Sie nicht anders können!« Sie lauschte.

Nichts.

»Tom!«

Dann vernahm sie tatsächlich ein gurgelndes Geräusch aus einer Ecke und just in diesem Moment sah sie auch Toms Haarschopf aus einer Wanne blitzen, aber sofort wieder abtauchen.

»Oh Gott, Tom!«

Die Wanne war fast völlig mit Wasser gefüllt und mit jeder Welle, die durch die zerfetzte Außenwand hereinbrach, floss mehr hinein.

»Halt mal«, wies sie Frank an und drückte ihm das DECT-Telefon des Staff-Captains in die Hand.

»Sinah«, konnte Frank gerade noch sagen, da war sie auch schon zu den Maschinen hinab ins Wasser gesprungen, das ihr sofort bis zum Kinn stand.

Es stank entsetzlich nach Schweröl und Diesel und legte einen schmierigen Film auf ihr Gesicht. Eine erneute Welle schwappte über den Rand des Lecks ins Innere des Schiffes. Als sie Sinah erreichte, schlug ihr die stinkende Brühe ins Gesicht. Die Mischung aus Salzwasser und Schweröl brannte wie Feuer. Sie musste würgen, weil sie etwas in den Mund bekommen hatte.

»Ich komme!«, keuchte sie.

Sie stampfte hektisch durch das Wasser, das bis zu ihren Ohren hinauf schlug, doch sie kam kaum voran, kämpfte gegen die Wellen und den glitschigen Boden. Verzweifelt ruderte sie mit aller Kraft mit den Armen und watete weiter auf die Dieselwanne zu. Als sie sie fast erreicht hatte, stolperte sie und tauchte unter.

Ungläubig sah Frank zu, wie Sinah sich durch das ölige Wasser vorwärtskämpfte. Geyer schien die Explosion tatsächlich überlebt zu haben und drohte nun, in der mit Wasser gefüllten Wanne zu ertrinken. Der Rauch des brennenden Schweröles ließ Frank husten. Es stank entsetzlich nach Diesel.

Von seiner Position auf der Empore konnte er über den Rand der Dieselwand sehen und beobachten, wie Geyer um jeden Atemzug kämpfte. Das Wasser war schon längst über seinen Kopf geschwappt. Er musste seinen Hals überdehnen, um den Mund zwischen den Wellen über dem Wasserspiegel zu halten.

»Beeil dich doch, Sinah«, rief Frank in Panik.

»Er scheint gefesselt zu sein«, brüllte Sinah, die endlich bei ihm angelangt war.

»Moment!« Hastig griff er in die Tasche seines Overalls, musste eine Sekunde suchen und zog zusammen mit Andreas Foto das Messer heraus, das er immer bei sich trug. Er erschrak für eine Sekunde, als er das Foto sah. »Sinah«, rief er und wollte ihr das Messer zuwerfen, als er ihren starren Blick sah, der auf etwas hinter ihm gerichtet war.

Er drehte sich um, sah das blutüberströmte Gesicht Gabriels, dann traf ihn eine Eisenstange. Noch im Fallen war er darüber entsetzt, dass er das Messer krampfhaft festhielt, während die Hand, die das Bild von Andrea hielt, losließ.

Tom schloss die Augen und ließ es geschehen. Es war soweit.

Er ließ sich auf den Boden sinken und genoss die friedliche Stille, wurde ganz ruhig. Aus weiter Entfernung hörte er das Stampfen der

noch immer laufenden Motoren. Die Fesseln schmerzten nicht mehr und der Diesel brannte nicht länger in Nase und Mund.
Er schwang leicht im wogenden Wasser hin und her.
Es war gut, dass es vorbei war. Endlich! Er hieß den Tod willkommen.
Komm schon, dachte er und verzog sein Gesicht zu einem wütenden Grinsen. – Dann wurde er gepackt und nach oben gerissen. Die brüllenden Schmerzen an den Handgelenken waren sofort wieder da. Eine Sekunde später spürte er Lippen auf seinem Mund.

Das Adrenalin raste durch seinen Körper und half Frank, schnell wieder klar zu werden. Dem zweiten Schlag, konnte er ausweichen, sich zur Seite rollen. Gabriel war geschwächt und nicht mehr besonders schnell. Wackelig stand er über Frank. Grinste. Tropfte ihn mit seinem Blut voll. Starrte ihn irre an, während er erneut zum Schlag ausholte.
Doch diesmal duckte sich Frank nicht. Er dachte nicht daran. Er würde Sinah das Messer geben, dafür musste Gabriel weg. Er beobachtete dessen Bewegungsablauf ganz genau, berechnete, wie der Hieb kommen würde, stemmte sich im richtigen Moment auf die Knie und riss die Arme nach oben. Als er den nicht besonders kräftigen Schlag abfing und Gabriels Arme ergriff, war dieser völlig überrascht. Frank packte die Eisenstange und wollte sie dem Scheusal entreißen, doch Gabriel hielt dagegen. Als Frank losließ und mit dem Messer auf Gabriel losgehen wollte, hob der die Stange wieder und trat gleichzeitig Franks Hand mit dem Messer weg. Dann schlug er zu, an Frank vorbei, kippte plötzlich, fiel und stürzte ins Wasser.
Frank begriff erst, als er den schwarz maskierten Mann mit Schutzweste und Helm hinter Gabriel entdeckte. Eine endlose Schrecksekunde lang stand Frank einfach nur so da. Er blickte hinab auf Ga-

briel, der mit ausgestreckten Armen und zerfetzter Brust leblos auf dem Wasser trieb. Tot. Diesmal wirklich. Dann sah er zu dem Mann mit der Waffe und las *GSG-9* auf der schwarzen Schutzweste.
»Das Messer, Frank«, kreischte Sinah panisch und holte Frank zurück.
Sofort warf er es ihr zu. Dann legte er das DECT-Telefon weg und sprang selbst ins Wasser, fischte das Foto heraus, das da inmitten des Ölfilms trieb. Er drehte es mit zitternden Händen um. Die Schrift mit der Adresse war zwar nass und verschmiert, aber man konnte sie noch lesen.

Das Erste, was er sah, als er die Augen aufriss, war Gabriel, der ihn aus ungläubigen Augen anstarrte. Dann wurde er an ihm vorbei hochgezerrt und tauchte auf, kam über die Wasseroberfläche, saugte gierig Luft in seine brennenden Lungen, pustete, spuckte, als ihm wieder Wasser in den Mund schwappte. Dann realisierte er, dass er hochgehalten wurde.
»Holen Sie Luft, ich muss Sie kurz loslassen«, hörte er.
Sinah!
Er versuchte, seinen Atem zu beruhigen, sog kräftig Luft ein und tauchte wieder unter. Der Griff um seinen Arm löste sich.
Dann wurde an den Kabelbindern gerissen, es brannte wie Feuer, aber seine Hände waren wieder frei. Er bewegte erlöst die Arme, machte Schwimmbewegungen, füllte seine Lungen erneut gierig mit Luft, während Sinah versuchte, ihn zu stützen.
Einen Moment später durchzuckte ihn eine Erinnerung und er war sofort wieder voll da: »Wir müssen hier weg! Es gibt eine zweite Bombe! Der Kasten da!«, schrie er und zeigte hin. Er griff nach ihr, doch sie zuckte zurück.
Sie drehte sich um und schwamm sofort los, direkt auf die Bombe zu. *Was tust du?* Als sie, dort angelangt, halb aus dem Wasser ge-

stiegen war und die mit Trümmern bedeckte Kiste vorsichtig frei gelegt hatte, brüllte sie: »Jansen! Kommen Sie hierher!«
»Nicht anfassen«, antwortete eine feste Stimme.
Tom wandte sich um und sah den grauhaarigen Mann in schwarzer Uniform. Sein kurz geschorenes Haar war nass und er trug ein Headset, an das er in diesem Moment griff. »Achtung. Weiterer Sprengsatz im Maschinenraum«, gab er durch.
Im nächsten Moment war er auch schon im Wasser und bewegte sich blitzschnell auf Sinah zu.
»Wir haben keine Zeit mehr«, rief sie panisch.
»Machen Sie, dass Sie hier rauskommen«, befahl er, als er bei ihr war.
Sinah zögerte kurz, dann sprang sie wieder ins Wasser und schwamm zu Tom, während Jansen versuchte, die Bombe sanft unter den Trümmern herauszuziehen, aber sie hing irgendwie fest.
Gemeinsam hopsten und schwammen Sinah und Tom im brusthohen Wasser zu Frank, der auf der halb herabhängenden Empore kniete und ihnen aus dem Wasser half.
Tom starrte ihn an.
»Fragen Sie nicht«, meinte Sinah nur. Dann kletterte sie durch das Loch hinüber in den Kontrollraum. Tom und Frank folgten ihr.
»Sascha sagte doch, es seien insgesamt vier Bomben«, keuchte sie.
»Verstehe ich nicht!«
»Offenbar meinte er vier noch intakte Bomben, nachdem die erste bereits hochgegangen war!«
»Verdammt!«
Als sie bei der Schleuse angelangt waren, versperrte ihnen eine schwere Metalltür den Weg. Sinah starrte sie entsetzt an.
»Die war vorhin noch nicht hier«, stellte Tom fest.
»Watertidedoor«, erklärte sie. »Ich habe Ihnen davon erzählt. Zur Abschottung der einzelnen Compartments. Absolut wasserdicht und feuerfest.«

***

»Wir haben die Schotten in allen Sektionen geschlossen«, informierte Buske seinen Oberkommandeur. »Das wird das Schiff stabilisieren. Dann können wir nur noch beten.«

»Sind alle von Bord?«, erkundigte sich Schmücker nervös.

»Nach unseren Informationen ja. Bis auf Geyer, der es nicht geschafft zu haben scheint, Sinah Dietrich, die ihn sucht, und die GSG-9-Leute, die an Bord sind.«

»Oh Gott«, stieß Hartmut Schüssler aus, der neben Willie stand.

Das Bild der Videoübertragung war sehr schlecht. Buske und der Staff-Captain waren nur ab und zu zu sehen, dann wieder fast nur helle Schlieren oder einfach nur Schwarz.

Jansen war eingetroffen. Vielleicht konnte er noch etwas retten. Willie bemerkte, dass er an den Fingernägeln kaute und zwang sich, die Hände in die Hosentaschen zu stecken. Es war nicht auszuhalten, tatenlos im *Golden Gate* rumzustehen. Bettina konnte sich wenigstens um die Organisation der Flüge für die Opfer kümmern und dass das Psychologen-Team umgeleitet wurde. Er hingegen konnte nur hilflos auf die nächste Horrormeldung warten.

Die Passagiere und die Crew waren in den Rettungsmitteln oder bereits an der nahen Küste. Wenigstens etwas. Er konnte sich allerdings vorstellen, wie das dort nun aussah. Nächtliche Bilder des grauenvollen *CONCORDIA*-Unglücks kamen in ihm hoch. Die arme Sarah musste mit den Massen der Opfer völlig überfordert sein.

»Dann seht zu, dass ihr auch da wegkommt«, sagte Schmücker soeben.

Buske sah Köpke kurz an und schüttelte dann den Kopf. »Wir werden das Schiff nicht aufgeben. Noch nicht.«

»Detlef. Du musst jetzt gehen«, insistierte Schmücker.

»Die GSG-9 ist eingetroffen. Wir werden die Bomben finden und entschärfen«, sagte Buske entschieden.

Willie sah auf die Uhr.
»Detlef. In wenigen Minuten wird die nächste Bombe explodieren«, krächzte Bettina nun.
»Dann ist das so, Bettina. Ich bin sicher, sie haben sie weit unten im Rumpf deponiert. Da sind zehn Decks zwischen uns.«
»Und wenn nicht?«, hakte Schmücker besorgt nach.
»Dann finde ich Con Dao einen hübschen Platz zum Sterben«, antwortete Buske lächelnd.
Auch Köpke schien diese Möglichkeit zu akzeptieren.
Stille. Außer dem nervtötenden Piepen einiger Anzeigen bei dem einzigen anwesenden Operator, der konzentriert an seinem Monitor saß, die Daten der *SOLARIA* überprüfte und gleichzeitig hektisch die Kameraansichten der einzelnen Bereiche nach noch zurückgebliebenen Menschen absuchte, hörte man nichts.
19:14 Uhr. Gleich sollte die nächste Bombe hochgehen. Willie kaute schon wieder an einem Fingernagel. Dass dieser Chefredakteur ihn permanent beobachtete, war ihm mittlerweile gleichgültig. Vielleicht riss die Bombe ein so großes Loch in den Rumpf, dass das Schiff, das momentan relativ sicher auf Grund lag, Schlagseite bekam und kippte. Es war aber ebenso denkbar, dass sie auch einen Sprengsatz an einer ganz anderen Stelle deponiert hatten. Auf der Brücke zum Beispiel. Willie schluckte. Natürlich hatte Buske mit seinen Leuten alles abgesucht, aber …
»Begeben Sie sich wenigstens in einen öffentlichen Bereich, näh«, schlug er Buske nun vor.
Doch dieser winkte nur ab. »Wenn der Sprengsatz explodiert, sind wir beide die Einzigen, die darauf reagieren können. Dieses Schiff ist fünfhundert Millionen Euro wert.«
Und wenn es eine Milliarde wäre, dachte Willie, es war es nicht wert, dafür zu sterben! Doch die beiden alten Dickköpfe schienen sich entschieden zu haben. Schmücker platzte fast vor Wut, Willie

konnte es ihm ansehen. Aber auch er wusste, ebenso wie Willie, dass die beiden alten Haudegen recht hatten. Riss die nächste Bombe ein weiteres Leck in den Rumpf, dann konnten sie von der Brücke aus Maßnahmen einleiten, die den Kahn wenigstens notdürftig stabilisierten.
Schmücker dachte noch einen Moment lang nach, verschränkte unwillig die Arme vor der Brust und nickte ernst, ergab sich der bitteren Logik der Eskalation. »Aye, Kapitän«, stieß er leise aus. »Viel Glück, Detlef.«
Der Alte festigte seine Haltung, nickte ebenfalls und setzte dabei ein fast fröhliches Lächeln auf. »Aye«.
In diesem Moment wurde Buske durch das Klingeln seines DECT-Telefons abgelenkt. Er sah irritiert auf das Display. »Staff-Captain?«, fragte er, sah diesen verwundert an und ging ran.
Willie konnte das Entsetzen sehen, das die Gesichtszüge des Kapitäns verzerrte.
»Sinah, wo sind Sie?«, rief er in den Hörer.

»Wir sind im Manschinenraum«, brüllte Sinah ins Telefon.
»Die Brücke muss sie mit der Notfunktion ausgelöst haben. Lässt sich von hier aus nicht rückgängig machen«, erklärte Frank.
Tom begriff nur, dass sie keine Zeit mehr hatten. Die Bombe würde jeden Augenblick explodieren und sie befanden sich ganz sicher nicht weit genug davon entfernt, um nicht getötet zu werden. Sinah und er waren zurück in das Inferno geeilt, um nach dem Telefon zu suchen.
»Ja, im Maschinenraum«, bestätigte Sinah erneut.
Tom sah hinüber zu Jansen, der auf einem Trümmerhaufen vor dem kleinen Kästchen kniete, das er bereits geöffnet hatte. Vor sich hatte er ein kleines Mäppchen mit Werkzeug liegen und stierte das Ding an, als ob es mit ihm reden könnte.

»Was tun Sie hier?«, fragte er seelenruhig, ohne von der Bombe aufzusehen.
»Wir kommen nicht aus dem Kontrollraum raus«, rief ihm Tom zu.
»Viel Zeit bleibt Ihnen nicht mehr«, antwortete Jansen, der wie in Trance war.
Tom konnte seinen Blick nicht von ihm abwenden. Er sah aus, als ob er meditierte. In der Hocke kniend saß er vor dem Sprengsatz wie ein buddhistischer Mönch, der seine Andacht hielt.
»Okay, alles klar«, bellte Sinah ins Telefon.
»Kommen Sie voran?«, rief Tom zu Jansen hinüber.
Jansen nickte kaum wahrnehmbar, nahm eine Lupe aus seiner Mappe, drehte den Kopf zur Seite und brachte sich noch näher an das Gehäuse heran. Langsam und vorsichtig griff er mit einer Pinzette hinein.
»Frank! Tut sich was?«, schrie Sinah indes.
»Nein!«, brüllte es von drüben.
»Käpt‘n!«, stieß sie aus.
»Nur die Ruhe!«, rutschte es Tom heraus und er hätte sich am liebsten die Zunge abgebissen.
Sinah warf ihm einen flammenden Blick zu, dann sagte sie erleichtert: »Okay, danke.«
In diesem Moment ertönte aus dem Nebenraum ein lautes Piepen.
»Sie öffnet sich!«, brüllte Frank im selben Moment. »Kommt!«
Sie sprangen beide hinüber, wo sich entsetzlich gemächlich das Schott Zentimeter für Zentimeter öffnete.
»Kommen Sie, Jansen, die Tür öffnet sich!«, schrie Tom.
»Gleich«, antwortete der GSG-9 Chef sanft.
»Gleich wird zu spät sein«, krächzte Sinah zurück. »Es ist Viertel nach sieben!«
Verzweifelt versuchte Frank durch die Tür zu gelangen, aber der Spalt war noch zu schmal für seinen stämmigen Körper. Schon waren Sinah und Tom hinter ihm und Frank machte den beiden Platz.

»Gehen Sie zuerst durch. Sie sind schlanker«, keuchte Tom.
Sinah zwängte sich mit aller Gewalt durch den Spalt. Dann presste er selbst sich als Nächster durch, während es weiterhin wie verrückt piepte.
»Lassen Sie das Ding doch«, rief Frank noch zu Jansen rüber. »Wir können hier raus!« Dann quetschte er seinen fülligen Körper in den nun etwas breiteren Spalt.
»Nicht nötig«, hörten sie im selben Moment Jansens Stimme.
Und durch die sich nun immer weiter öffnende Tür konnte Tom Jansen erkennen, der dort stand, mit dem schwarzen Todeskästchen in der Hand, aus dem einige Drähte herausragten.
»Das Ding explodiert nicht mehr.«

***

Warum hatte er keine weitere Explosion gehört? Die nächste Ladung hätte bereits hochgehen müssen. Doch das war jetzt nicht mehr wichtig. Er musste sich an den Plan halten. Mit dem etwas behäbigen Müller im Schlepptau schlug Danylo Tyhr sich so schnell es ging durch die Büsche zu der einzigen Straße, die es hier im Naturschutzgebiet gab und die, das wusste er seit ihrer Ortsbesichtigung, denselben Namen trug wie der Flughafen selbst: Cỏ Ống. *Ống*, hieß soviel wie Rohr' oder Gras und das kniehohe, feste und schilfartige Zeug, durch das sie sich gerade quälten und das nur manchmal durch Sandstreifen unterbrochen wurde, machte dem Namen alle Ehre. Es waren höchstens hundert Meter bis zur Straße, wo das Fahrzeug hinter dem einzigen – leer stehenden – Gebäude versteckt war.
War die GSG-9 tatsächlich bereits hier? Der Hubschrauber, den er vorhin zu sehen geglaubt hatte und das dumpfe Ploppen einer Ku-

gel, die neben ihm in den Sand gefahren war, ließen keinen anderen Schluss zu. Vermutlich eine Nachhut, die noch rechtzeitig den Kurs wechseln konnten, sonst wären sie am Strand von einer größeren Einheit empfangen worden.

Wie waren die ihnen auf die Schliche gekommen? Hatte die GPS-Fälschung nicht ordentlich funktioniert? Hatte Ströhl einen Fehler gemacht? War er abtrünnig geworden? Egal. Seine Frau würde nicht überleben und insofern erhielt er, wenn es wirklich so war, seine Strafe. Vielleicht hatte dieser Journalist ja auch wirklich einen Transponder abgesetzt. Es war, wie es war.

Er fühlte sich jedenfalls sicher, denn er hatte Müller bei sich. Selbst, wenn sie sie am Flughafen bereits erwarteten, würde das nichts machen. Er wusste, wie die GSG-9 arbeitete: Die Sicherheit der Geiseln hatte stets oberste Priorität. Mit Müller im Schlepptau würden sie ihn gehen lassen.

Tief sackten seine schweren Schuhe im Sand ein. Es war mittlerweile stockdunkel. – Gut so. Nur noch wenige Meter, dann musste die Straße kommen. Fest umfasste er den Koffergriff. Den zweiten trug seine Geisel.

Sie waren endlich an der einsamen Straße. Danylo sah sich um und orientierte sich. »Da lang«, bestimmte er harsch und zog den schnaufenden Müller hinter sich her.

Als er den Schuppen am Straßenrand entdeckte, hielt er für einen kurzen Moment an. Müller hinter ihm schnappte nach Luft, war so viel Anstrengung wohl nicht gewohnt. Schreibtischtäter. Sie näherten sich langsam dem Gebäude und Danylo holte den Autoschlüssel aus der Tasche.

Da blendete ihn plötzlich ein grelles Licht, zwei Scheinwerfer waren auf sie gerichtete.

»Lassen Sie den Koffer und die Waffe fallen und legen Sie die Hände in den Nacken. Hier spricht die GSG-9. Sie sind umzingelt.«

Wie angewurzelt blieb Danylo am Rande der schlecht befestigten Straße stehen. Er war praktisch unbewaffnet, hatte nur ein Steakmesser aus dem Speisesaal, das er sich dort irgendwann eingesteckt hatte. Damit, dass man ihn hier abfangen könnte, hatte er nicht gerechnet. Die Pistole im Handschuhfach des Wagens nutzte ihm nun wenig. Und das Fahrzeug auch nicht. Selbst wenn er es bis dahin schaffte, hatten sie bestimmt die Reifen zerstochen. *Scheiße!*
»Nehmen sie die Hände in den Nacken«, wiederholte die Stimme aus der Dunkelheit.
»Machen Sie keinen Fehler«, rief Danylo. »Ich bin nicht alleine.«
»Wir haben Sie genau im Visier. Legen Sie langsam Ihre Waffe hin, stellen Sie den Koffer ab und heben Sie die Hände!«, schnarrte die Stimme.
Langsam hob Danylo die Arme, beugte den Oberkörper nach vorn, legte das Messer nieder und stellte den Koffer auf den Boden. Er richtete sich wieder auf und nahm beide Arme hoch.
»Stellen Sie bitte auch Ihren Koffer ab«, ertönte die Stimme erneut.
Müller tat es sofort.
Ein GSG-9-Mann trat vorsichtig aus der Dunkelheit. Das sah für ihn nicht so aus, als wäre er tatsächlich umzingelt. Vermutlich waren das dieselben Typen wie am Strand, hatten ihnen den Weg abgeschnitten. Mussten ja auch keinen lahmen Bürohengst mitschleppen. Es war stockdunkel und die hatten mit Sicherheit Nachtsichtgeräte, er nicht.
Er überlegte. Müller stand stockstarr zwei Meter rechts von ihm. Danylo ließ langsam die Hände sinken.
»Lassen Sie die Hände oben«, rief der Mann, der nun bis auf ungefähr zehn Meter an sie herangekommen war und dessen Stimme auch durch die dämpfende Maske hindurch sehr jung klang. Er schien ein wenig unsicher zu sein.
Danylo entschied sich, ihn zu ignorieren. Und es geschah – nichts. Gut.

Als der vermummte, mit Helm und schusssicherer Weste bekleidete Soldat auf fünf Metern heran war, konnte er sehen, dass dieser eine Pistole auf ihn richtete.
Nur eine Pistole.
Danylo war nun sicher, dass es nur zwei Mann waren, so vorsichtig, wie die sich verhielten: einer hier, der andere sicherte. Er versuchte, die Position des zweiten Schützen einzuschätzen, vermutlich in der Richtung, aus der der andere gekommen war. Er kniff die Augen zusammen und starrte in die Nacht. Da – hatte da nicht etwas geblitzt? Eine Reflexion auf einem Gewehr oder einer Linse? Musste reichen.
»Machen Sie keine Dummheiten, sonst erschieße ich Sie«, rief der Junge, der nun beinahe bei ihm war.
Doch Danylo hatte sich längst entschieden.
»Alles in bester Ordnung«, sagte er leichthin, machte zuerst einen vorsichtigen, dann einen schnellen Schritt nach rechts und hin zu seiner Geisel.
Ehe der junge Soldat reagieren konnte, war Danylo hinter Müller gesprungen und benutzte ihn als Schutzschild gegen den Scharfschützen in der Dunkelheit gleichermaßen, wie gegen die Pistole des Mannes vor ihm. Er schob Müller blitzschnell vor sich her, stieß ihn gegen den Soldaten und griff sofort nach dessen Waffe. »Halt«, konnte diese Pfeife nur noch ausrufen, aber Danylo reagierte nicht darauf, sondern versuchte, sie ihm zu entreißen. Nun war der Soldat zwischen ihm und dem Scharfschützen, er durfte sich nur nicht herumwirbeln lassen. Die eigentliche Einheit war dies definitiv nicht, vermutlich nur ein Begleittrupp.
Danylo bekam wieder Oberwasser, schöpfte neue Energie und Entschlossenheit: Erstaunlich einfach konnte er ein paar Schläge gegen Solarplexus und Kehlkopf anbringen, bevor er auf ernsthafte Gegenwehr traf. Er musste einige Treffer hinnehmen, dann aber schaffte er es, dem Mann die Waffe aus der Hand zu schlagen.

»Aufhören, oder ich schieße!«, bellte es plötzlich einige Meter entfernt.
Danylo wich erneut gekonnt einem Haken des jungen Soldaten vor ihm aus und versuchte gleichzeitig zu erkennen, woher das gekommen war. War der Scharfschütze schon herangekommen? Dann war das auf jeden Fall ein nicht zu unterschätzender Profi. Er packte den Jungen vor sich und brachte ihn zwischen sich und den anderen, dessen Position er aber nur ahnen konnte. Wo war die Pistole des Burschen?
In diesem Moment krachte ein Schuss durch die Nacht.

***

Die zwei weiteren Sprengsätze zu entschärfen war für Jansen und seine Männer ein Leichtes gewesen, nachdem Sinah und Tom ihnen deren Position gezeigt hatten. Sie waren alle baugleich, ein gern gemachter taktischer Fehler. Und sie hatten auch genug Zeit, denn die Bombe, die Jansen zuerst entschärft hatte, war in der Tat diejenige gewesen, die als Nächstes explodieren sollte.
Während er dort unten vor dem Sprengsatz kniend versucht hatte, gelassen zu bleiben, um konzentriert arbeiten zu können, hatte er sich damit beruhigt, dass auch eine der anderen Bomben die Nächste sein konnte. Das bläute er auch seinen Männern tagtäglich ein: Man muss sich auf irgendeine Weise fokussieren. Wie, war nicht das Entscheidende, da hatte jeder seine eigene Technik. Es nutzte jedenfalls niemandem, in einer Gefahrensituation die Nerven zu verlieren. Todesangst, Panik, Wut … auch Mitgefühl: jede Form von Emotionen machte einen zum Opfer, machte schwach, unkonzentriert und damit angreifbar. Sein erster Grundsatz war: Sei ein Werkzeug. Nur wer sich im Ernstfall völlig im Griff hatte, konnte ohne Ablenkung das tun, was nötig war – und hatte damit die besten

Überlebenschancen. Es ging darum, alles Nebensächliche auszublenden, einen Zustand völliger Loslösung und größter Klarheit zu finden und diesen auch im entscheidenden Moment schnell abrufen zu können. Für ihn persönlich hatte sich eine Meditationstechnik seines Hapkido-Lehrmeisters als äußerst hilfreich erwiesen. – Hapkido war eine passive Kampftechnik, die aus Korea stammte und ihren Ursprung in einer japanischen Kampfkunst hatte. Ihr wichtigster Bestandteil war jedoch nicht das Training der körperlicher Auseinandersetzung, sondern die Geheimnisse der inneren Fokussierung durch Meditation: Nur dadurch, dass er auch in den letzten Sekunden vor der drohenden Detonation diese innere Kraft und absolute Klarheit in sich trug, mit sich im Reinen war und sein Chi – seine geistige und körperliche Stärke – aktivieren konnte, die Situation als gegeben hinnehmen, hatte er konzentriert die entscheidenden Schritte durchführen und den Sprengsatz entschärfen können.
Er seufzte leise. Schnee von gestern. Jetzt war eine neue Situation.
Nichts Verdächtiges zu sehen.
Was hatten seine beiden Frischlinge, die Tyhr stellen sollten, nur falsch gemacht? Er hatte von ihrem Scheitern durch das Headset erfahren, aber dann war die Verbindung abgerissen. Er hoffte nur, dass die beiden überlebten.
Tyhr war wahrscheinlich auf dem Weg zum Flughafen. Zu Fuß, vermutete Jansen. Seine zwei Jungs hatten das Fahrzeug gemeldet und dass sie es unbrauchbar gemacht hatten. Und er hatte noch eine weitere Information erhalten, eine ganz entscheidende.
Jansen sah erneut durch sein Fernglas. Es war nichts zu entdecken. Der Boden unter ihm war sandig und trocken. Keine Menschenseele war zu sehen. Alles war völlig ruhig. – Viel zu ruhig!
Hapkido – Die Dinge sehen, wie sie wirklich sind, dachte er. Diese Technik wandte er auch jetzt an, um innere Ruhe zu finden und sich in Geduld zu üben. Bald würde er Klarheit haben.

***

Müller lag hechelnd und völlig außer Atem neben ihm. Der Weg war sehr anstrengend gewesen. Hätten sie nur den Wagen gehabt, doch der war nicht angesprungen. Natürlich nicht.

An sich war es ein Kinderspiel gewesen, die beiden Jungspunde zu überraschen. Sie waren einfach nicht aufmerksam. Er war durch den Bürgerkrieg gut im Nahkampf ausgebildet. Diesen jungen Burschen hingegen fehlte die Erfahrung – und zudem etwas, das er ihnen definitiv voraushatte: Todesmut. Keiner dieser jungen Männer wollte hier draufgehen. Er hingegen hatte nichts zu verlieren. Wenn man ihn erwischte, ging er für Jahrzehnte ins Gefängnis. Das jedoch hatte er schon vor vielen Jahren entschieden: Sollte es jemals dazu kommen, dass man ihn einsperrte, er seine Freiheit verlor, dann würde er kurzen Prozess machen. – Freiheit oder Tod.

Er wusste, dass auch hier am Flughafen ein Empfangskommitée wartete. Das komplette Team der GSG-9 schien aber immer noch nicht vor Ort zu sein; auch wenn sie der Weg hierher mehr Zeit gekostet hatte, als geplant. Bisher hatte er aber nur einen einzigen Mann entdecken können, der am Ende des Rollfeldes in der Nähe der Cessna lauerte. Der allerdings wusste, was er tat, das hatte Danylo sofort erkannt. Gut getarnt, sehr gut. Ohne das Nachtsichtgerät des jungen Burschen hätte er den Mann niemals entdeckt. Nicht mal im Restlichtverstärker war er zu entdecken, nur mithilfe des Infrarots. Das musste Jansen sein. Gut, dass er nun auch bewaffnet war. Er würde mit ihm fertig werden, keine Frage. Gutmensch gegen Killer, der Vorteil lag auf seiner Seite. Er musste nur sicherstellen, dass seinem Piloten nichts passierte.

Vielleicht machte Jansen einen Fehler. Vielleicht, wenn man ihm mitteilte, dass seine beiden Kindersoldaten wohlbehalten zurück waren. Unbewaffnet, aber unverletzt. Er hatte sie nicht ohne Grund

laufenlassen – aneinandergefesselt, damit es etwas länger dauerte, bis sie den Strand erreichten.
Er sah sehnsüchtig zu dem Flugzeug auf dem Rollfeld hinüber. Die Cessna würde sie sicher aus der Gefahrenzone und nach Manila bringen. Das allerdings nur, wenn sie demnächst auch ihre Reise antraten, denn sonst würde die GSG-9-Einheit eintreffen und sie entweder direkt daran hindern, überhaupt zu starten oder aber sie über dem Meer in der Luft stellen. Er war sich sicher, dass die vietnamesischen Behörden mitspielten.
Es hing letztlich alles davon ab, dass man sie nicht zu den Philippinen mit ihren versprengten Inseln verfolgen konnte, wo es genügend wilde Landeplätze gab und der Luftraum so chaotisch war, dass ein Flugzeug unterhalb des Radars dort leicht unterging. Waren sie erst einmal dort, standen ihre Aussichten sehr gut.
Aber dazu mussten sie erst einmal hier wegkommen.
Und dann war da noch der Hubschrauber, der ausgeschaltet werden musste.

Jansen sah auf die Uhr. Schon halb acht durch. Er lächelte gequält. Endlich mal arbeitete die Zeit für ihn, denn bald würde die *Antonov* mit dem Rest seines Teams eintreffen. Dann wären die Aussichten äußerst gering, dass Tyhr doch noch mit der kleinen Maschine türmen konnte, die aufgetankt ungefähr fünfzig Meter von seiner Position entfernt auf dem Rollfeld bereitstand.
Dass Tyhr und Müller noch immer nicht hier waren, machte ihm mit jeder Minute mehr Sorgen. Hatte Tyhr sie irgendwie täuschen können? War die kleine Cessna, die privat auf einen Fantasienamen gechartert war und für 19:00 Uhr eine Starterlaubnis hatte, nur eine Finte gewesen und der Verbrecher längst mitsamt Geld und Geisel über einen anderen Weg verschwunden?

Über sein Headset hörte er die Meldung, dass die beiden verschwundenen Soldaten am Strand eingetroffen waren. Er bewegte sich keinen Millimeter, obwohl es ihn wirklich freute.
Was genau passiert war, wusste er nicht. Nur dass sie beide angeschossen wurden. Wie das möglich war, wo er ihnen doch tagtäglich einschärfte, dass der eine sicherte, während der andere das Zielobjekt entwaffnete, konnte er nur vermuten.
Er war froh, dass er sich wie immer auf seine Intuition verlassen und nach der Entschärfung der Bomben direkt den Hubschrauber angefordert hatte, um sich von der *SOLARIA* abholen zu lassen.
Seine Intuition hatte ihm jedoch nicht verraten, dass Sicherheitsoffizier Schneider ihm in den Heli helfen würde und noch viel weniger, dass auch Sarah Küpers darin sitzen würde. Beide hatten darauf bestanden, mit zum Flughafen zu kommen. Während es bei Küpers wohl eher der Wunsch war, von ihm persönlich etwas über den Verbleib ihrer besten Freundin zu erfahren, schien es bei Schneider eine ganz andere, wenn auch nicht minder persönliche Angelegenheit zu sein: Er wollte dabei sein, wenn Tyhr aufgegriffen wurde. Da er per Seilwinde an Bord gekommen war, musste er die beiden notgedrungen mitnehmen, für eine Zwischenlandung am Strand war keine Zeit.
Er hatte den Heli in sicherer Entfernung landen lassen und beiden befohlen, sich nicht wegzubewegen. Dann war er zum Rollfeld gerannt.

***

Sarah war glücklich. Die Bomben waren entschärft, die *SOLARIA* sicher und weitere Opfer gab es bislang keine. Die meisten der Gäste und Crewmitglieder waren zwar erschöpft aber unversehrt am

Strand von Con Dao gelandet. Sarah konnte es kaum erwarten, mit Bettina und Willie zu sprechen, um es ihnen persönlich zu berichten. Und Sinah ging es gut! Sie hatte sich zwar laut Jansen mehrmals waghalsig in Gefahr gebracht, aber es überlebt. Sie würde später eine Standpauke dafür bekommen, auch wenn die natürlich nicht das Geringste brachte.

Schneider stöhnte ungeduldig neben ihr. Der überhebliche Sicherheitsoffizier zeterte, seit Jansen weg war, ohne Unterbrechung. Sie war froh und zornig zugleich, dass der Pilot den Helikopter verlassen hatte, um sich umzusehen. Immer wieder wiederholte er lauthals den Begriff, der ihn am meisten aufgebracht hatte: *Zivilisten.* Wäre sie nicht so gut gelaunt gewesen, wäre sie ihm schon längst über den Mund gefahren.

Erneut sah Schneider auf seine Uhr. Jansen war bereits seit über einer halben Stunde weg. »Zivilist … Pah! Ich glaube nicht, dass der den Mann erwischt. Der ist viel zu clever.«

Sarah antwortete nicht. Schon lange nicht mehr.

»Und er ist verdammt gefährlich.«

Warum sollte sie ihm sagen, wie viel sie von Jansen hielt, als Mensch und als Einsatzleiter? Sie hatte ihn in all dem Chaos der letzten beiden Tage als einen in sich ruhenden sicheren Pol erlebt und schätzen gelernt. Er wusste nicht nur ganz genau, was er tat, er strahlte dabei auch noch große Ruhe und Gelassenheit aus. Obwohl sie wusste, dass er einen Menschen töten konnte und es auch schon getan hatte, fühlte sie sich wohl in seiner Nähe. Sie erschrak ein wenig bei dieser Erkenntnis.

»Ich weiß nicht, was es da zu grinsen gibt«, bemerkte Schneider aufgebracht und sah erneut auf seine Uhr. Sie hatte gar nicht bemerkt, dass sie lächelte.

»Hör zu, Schneider, wir können hier nichts tun, außer uns auf die Leute von der GSG-9 verlassen.«

Abfällig sah Schneider sie an. Ein sarkastisches Lachen entfuhr ihm.
Sie spürte Wut in sich aufsteigen. »Wenn ich es richtig verstanden habe, dann hast du das Schiff auch nicht im Alleingang gerettet.«
Schneider sah sie voller Abscheu an. »Also Kiel und dieser Jansen haben uns auf jeden Fall wenig dabei geholfen«, konterte er und sie wollte soeben etwas erwidern, kam aber nicht mehr dazu. Die Tür des Helikopters wurde aufgerissen und Sarah erschrak zu Tode, als sie erst die Pistole sah und dann Tyhrs Gesicht.

***

Jansen spürte das beruhigende Gewicht der Waffe in seiner Hand. Die MP 7, die er in Händen hielt, vereinte die Vorteile mehrerer Waffentypen: Sie hatte das Gewicht und die Handhabung einer normalen Maschinenpistole, verband dies aber mit der Kadenz und der Durchschlagskraft eines Sturmgewehrs. Zusätzlich hatte er noch seine Glock 17; die war mit einem Halfter, den er sich speziell hatte anfertigen lassen, direkt über seinem Po angebracht.
Er hatte sich noch nicht entschieden, ob er einen Fangschuss wagen würde, wenn er Tyhr erblicken sollte. Die Sichtverhältnisse waren gut, seine Position hier am Rand des Rollfeldes äußerst günstig. Aber Tyhr war nun mal nicht allein und Jansen wollte kein unnötiges Risiko eingehen. Wenn er allerdings einen gesicherten Schuss abgeben konnte, war er dazu bereit. Ohne zu zögern.
Dazu mussten die beiden aber erst einmal auftauchen. Sollten sie nicht binnen zehn Minuten hier sein, dann musste er davon ausgehen, dass es einen Plan B gegeben hatte.
Erneut entkrampfte er seine Finger, schloss für einen Moment die Augen und atmete tief in seine Mitte. Dann nahm er eine Bewegung

im Nachtsichtgerät war. *Endlich!*, dachte er, stutze aber sogleich, als er realisierte, dass die dunklen Gestalten, die nun das Rollfeld betraten, aus Richtung des Helikopters kamen. Als sie deutlicher wurden, musste er erneut sein Chi bemühen. *Scheiße.* Patrick Müller, Sarah Küpers und Norman Schneider. Einen Moment später entdeckte er hinter ihnen noch eine weitere Person: Tyhr. Bewaffnet. Wo war der Heli-Pilot?!

»Herr Jansen«, rief Tyhr fröhlich in seine Richtung.

Jansen hätte sich fast die Hand an die Stirn geschlagen. Das Infrarotfernglas seiner Kollegen! Aber er beherrschte sich, kämpfte den aufkommenden Zorn nieder. *Zeige niemals eine Reaktion. Beobachte die Kräfte des Gegners und bediene dich ihrer!*

»Herr Olaf Jansen«, rief Tyhr erneut. Diesmal lauter und bestimmter. »Ich bitte Sie, keine überstürzten Entscheidungen zu treffen.«

Jansen versuchte, Tyhr in sein Visier zu bekommen. Doch dieser war hinter den dreien gut verschanzt. *Kein gesichertes Schussfeld*, hallte es in seinem Kopf. Der Mistkerl wusste genau, wo er sich verschanzt hatte.

Sarahs Knie waren weich wie Butter. Sie zitterte am ganzen Leib und der Schweiß stand ihr auf der Stirn, schon seit Tyhr sie gezwungen hatte, aus dem Helikopter zu klettern.

»Herr Jansen. Bitte nehmen Sie die Hände nach oben und kommen sie unbewaffnet aus Ihrem Versteck«, rief Tyhr hinter ihnen. Er presste sich geradezu an sie.

Jansen schien zu zögern. Was hatte er vor?

»Erschießen Sie den Dreckskerl«, rief Schneider neben ihr. Doch es geschah nichts. Sarah schluckte den Angstspeichel zum erneuten Male hinunter.

»Bitte verhalten Sie sich zivilisiert«, sagte Tyhr im Plauderton. »Herr Jansen, ich bitte höflichst.«

Sarah schloss für einige Sekunden die Augen. Als der GSG-9-Chef aufstand und sein Gewehr demonstrativ von sich warf, beruhigte sie sich ein bisschen. Der Anblick und die Nähe dieses Mannes machte ihr ein wenig Mut. *Er weiß, wie man mit einer solchen Situation umgeht.* Trotzdem wirkte alles ganz unwirklich auf sie. Sie hatte das Gefühl, außer sich zu stehen, alles von oben zu beobachten. Ängstlich sah sie sich zu Tyhr um, der seine Waffe nun auf Jansen gerichtet hatte, der langsam über das Rollfeld näherkam.
»Hier bin ich«, rief er, seine Hände nach oben haltend.
»Feigling«, zischte der Sicherheitsoffizier neben ihr.
»Halt den Mund, Schneider!«, sagte Müller scharf.
»Was haben Sie jetzt vor«, erkundigte Jansen sich bei Tyhr.
»Ich werde verschwinden«, antwortete dieser fast schon amüsiert.
»Ihr Freund Gabriel ist tot.«
»Hat's dieses Schwein endlich erwischt«, freute sich Schneider.
Tyhr schien das wenig zu interessieren. »Schneider, Sie und die junge Dame gehen bitte zu Herrn Jansen.«
Das ließ sich Sarah nicht zweimal sagen. Schneider jedoch zögerte.
»Sie können uns nicht alle gleichzeitig erschießen«, stellte er trotzig fest und bewegte sich nicht.
»Mach keinen Scheiß, Schneider«, sagte Müller, doch der sah ihn nur fragend von oben herab an.
Einige Sekunden vergingen. Tyhr und Schneider blickten sich nur an. Dann richtete der Geiselnehmer seine Waffe auf Schneider. »Wenn Sie sich trauen, gern«, meinte er selbstsicher.
Sarah bekam es mit der Angst zu tun. Schneider war hoffentlich nicht so blöd. Nach einem weiteren endlosen Moment, der sich wie ein Gummiband in die Länge zog, lenkte er Gott sei Dank ein und kam zu Jansen und ihr.
»Gut«, sagte Jansen ruhig. »Jetzt Sie, Herr Müller. Geben Sie ihm das Geld und kommen Sie zu mir.«

Doch Tyhr hob drohend seine Waffe an und schüttelte lächelnd den Kopf. »Müller kommt mit mir.«
»Sie haben, was Sie wollten. Wenn Sie ohne Geisel fliehen, hat eine Verfolgung nicht mehr oberste Priorität.«
Doch Tyhr ignorierte ihn und ging zu Müller. Beide standen sie da, jeder mit einem Koffer mit jeweils fünfundzwanzig Millionen Euro darin. Warum verschwand Tyhr jetzt nicht einfach?
»Seien Sie vernünftig. Sie brauchen jetzt keine Geisel mehr«, versuchte es Jansen erneut und stemmte die Hände in die Hüften. In diesem Moment realisierte Sarah erst die Pistole in Jansens Rücken.
»Herr Müller, geben Sie ihm den Koffer«, kommandierte er jetzt, machte einen Schritt auf die beiden zu, griff mit einer geschickten Körperdrehung unauffällig nach hinten und riss noch im selben Moment seine Pistole hervor. Doch Tyhr hatte es bemerkt, hob unmittelbar die Waffe und schoss – fast gleichzeitig mit Jansen.

***

Chiiiie, ging es ihm als erstes durch den Kopf.
»Herr Jansen, hören Sie mich?«
Jemand schüttelte ihn. Seine Brust schmerzte bei jedem Atemzug. Er schüttelte die kurze Benommenheit ab, öffnete die Augen und sah in das panische Gesicht von Sarah Küpers, die gerade den Klettverschluss seiner schusssicheren Weste aufriss.
»Herr Jansen, Olaf, geht es Ihnen gut?«
»Alles in Ordnung, Fräulein Sarah«, log er und versuchte, sich zu bewegen.
Die Weste hatte den Schuss abgefangen, aber seine gesamte linke Brusthälfte brannte wie Feuer. Wahrscheinlich war eine Rippe gebrochen. Dass er nicht sofort von dem Schuss umgekippt war, lag

einerseits an seinem Training, aber nicht zuletzt auch daran, dass das nicht das erste Mal war. Er war gerade ziemlich sauer auf die beiden jungen Burschen, die sich nicht nur ihre Waffen, sondern auch das Nachtsichtgeräht hatten abnehmen lassen; weit noch mehr darüber, dass sie es versäumten, ihn über Letzteres zu informieren.

Sarah half ihm vorsichtig, sich aufzurichten. Benommen saß er auf dem Boden und versuchte, sich zu orientieren.

»Geht es?«, erkundigte sie sich erneut.

»Schon okay, die Weste ist zuverlässig«, tat er die Frage ab und versuchte, den Schmerz aus seiner Brust zu atmen. Wo war Tyhr? »Helfen Sie mir auf.«

Als er stand, bekam er endlich einigermaßen Luft. Dann sah er Tyhr am Boden liegen. Er hatte ihn tatsächlich getroffen. Der Entführer lag bewusstlos auf dem Rollfeld, Hemd und Hose waren blutgetränkt. Ein Bauchschuss. Er konnte nicht sagen, ob Tyhr noch lebte. Vermutlich war er nur bewusstlos, aber wenn die Blutung nicht bald gestillt wurde …

Neben Tyhr stand der strahlende Schneider. »Sie haben ihn erledigt«, freute dieser sich, »sie haben dieses Dreckschwein tatsächlich erschossen.«

Jansen ignorierte den Sicherheitsoffizier und sah sich nach seiner Waffe um, taumelte plötzlich. Sarah war sofort bei ihm und stützte ihn.

»Wo ist Müller«, fragte Jansen benommen.

»Ich bin hier.«

Stöhnend drehte Jansen sich zu ihm um. »Verdammte Scheiße«, entfuhr es ihm.

Sarah brauchte eine Weile, bis sie begriff. Dann aber traf die Erkenntnis sie wie ein Schlag.

»Was wird das?«, brachte Schneider nur heraus.
Müller hatte seine Glock in der Hand und auf sie gerichtet.
Jansen war nicht weiter überrascht, hatte er doch schon fast damit gerechnet. »Der unbekannte Dritte.«
»So ungefähr«, meinte Müller nur.
»Das erklärt auch, wie Sie gleich zwei Männer meiner Truppe überwältigen konnten«, stellte Jansen resigniert fest.
»Drei, wenn Sie Ihren Hubschrauberpiloten dazurechnen möchten.«
»Patrick … Doch nicht Sie«, stammelte Sarah.
Er ignorierte sie.
»Hören Sie zu, Herr Müller«, machte Jansen da weiter, wo er bei Tyhr aufgehört hatte, »Sie haben das Geld. Also nehmen Sie es und verschwinden Sie.« Jansen sah auf den Koffer in Müllers Hand und verzog abfällig das Gesicht.
»Ach ja, das Geld. Wenn es nur darum gegangen wäre … Aber es wird helfen, da ich dank Ihnen demnächst arbeitslos sein werde.«
»Um was soll es denn sonst gegangen sein?«, blaffte Schneider.
»Um Dankbarkeit! Um Treue und Verdienste!«, schrie Müller plötzlich außer sich. »Das solltest du doch am besten nachvollziehen können. Du wärst auch längst an der Reihe mit einer Beförderung zum Staff-Captain!«
»Patrick«, wollte Sarah ihn beschwichtigen.
Seine Blicke trafen sie wie Dolche. »Und du, Sarah, musst es doch auch wissen. Du warst dabei, in all den Jahren, an all den Krisenwochenenden, die wir zusammen mit der Mannschaft im Kieler Office verbracht haben. Wir waren es, die alles gemanagt haben! Wir drei! Bettina, du und ich! Wir haben alle Probleme gelöst. Wir haben die Arbeit gemacht. Nicht Schmücker! Und ich war es auch, der der Firmenleitung klargemacht hat, dass wir einen Oberkommandeur brauchen – dringend brauchen! Und dann haben die ihm den Posten gegeben!«

Sarah starrte ihn an. »All das wegen verletzter Ehre und Anerkennung? Die Toten, ein ganzes Kreuzfahrtschiff versenkt …«, meinte sie nur.
»Was hast du erwartet?«, platzte es dann plötzlich aus ihr heraus, »dass sie dir einen Orden dafür geben?«
»Dass sie sich dafür erkenntlich zeigen, dass ich mein Leben für diese Arbeit geopfert habe; für diese Firma. Dass ich mein privates Glück immer hinten an gestellt habe. Ja!«
»Haben Sie wirklich geglaubt, dass Sie damit durchkommen?«, fiel nun Jansen ein. »Und dass niemand herausfinden würde, dass Sie hinter der ganzen Sache stecken? Irgendjemand redet immer. Oder wird gefasst, wenn er das Geld ausgeben will.«
Müller sah zu dem bewusstlosen Entführer hinüber? »Die beiden Söldner hätten das so oder so nicht überlebt, dafür war gesorgt. Ich wäre wieder aufgetaucht und wäre der Held gewesen, der seine Geiselnehmer durch einen cleveren Trick töten und ihnen dadurch entkommen konnte. Und Schmücker hätte niemals den Posten behalten. Niemals!«

Sarah vernahm Müllers Worte, aber sie konnte und wollte nicht glauben, was sie hörte. So fremd war ihr Müller plötzlich. Dieser Mann, dem sie die letzten Jahre blind vertraut, mit dem sie in einigen Situationen eng zusammengearbeitet hatte und den sie, hätte man sie noch vor fünf Minuten gefragt, ohne zu zögern als guten Kollegen und auch als einen Freund bezeichnet hätte, war ein Irrer. Ein völlig durchgeknallter Irrer. Es kam ihr vor, als stünde sie einem gänzlich Fremden gegenüber.
»Aber jetzt hat sich das alles schon hier auf Con Dao erledigt«, stellte Müller nun fest. »Vielleicht sollte es so sein.«
»Nur leider ist damit auch Ihre Fassade in sich eingestürzt«, wandte Jansen ein. »Das da«, er sah zu Tyhr, »sieht womöglich schlimmer

aus, als es ist. Vielleicht überlebt er es. Und Sie können nicht mehr zurück.«
»Ja«, sagte Müller. »Es würde auch keinen Sinn machen, sie jetzt alle zu töten, das ließe sich mit den heutigen Mitteln irgendwie rekonstruieren, habe ich recht? Der ursprüngliche Plan war gut. Aber na ja, der Mensch denkt und Gott lenkt, nicht wahr?« Müller grinste und sah sie an. »Ich muss notgedrungen umdisponieren. Also, Sarah, darf ich dich bitten, den zweiten Geldkoffer an dich zu nehmen?«
»Herr Müller«, stieß Jansen zornig aus und als Sarah zu ihm sah, blickte sie in einen Gesichtsausdruck, den sie noch nicht von ihm kannte und wunderte sich.
Erst als Müller seine Pistole hob und sie am Arm packte, begriff sie und das Herz schien ihr in die Magengrube zu rutschen.

***

»Verdammt knapp!«, stieß Willie erleichtert aus und atmete einmal richtig durch. Er hatte das Gefühl, seit einer Dreiviertelstunde permanent den Atem angehalten zu haben.
Soeben hatte sich ein erleichterter Kapitän Buske per Telefon bei ihnen im *Golden Gate* gemeldet und mitgeteilt, dass alle Bomben entschärft wurden und das Schiff in Sicherheit war.
Bettina überraschte Willie mit einer kräftigen Umarmung.
»Und die Passagiere?«, erkundigte sich Schmücker.
»Alle am Strand von Con Dao und in Sicherheit.«
»Wie geht es Tom Geyer?«, platzte Hartmut Schüssler heraus, der neben ihnen stand.
»Auch dem geht es gut. Sinah Dietrich auch. Haben zwar ein paar Blessuren, aber sind sonst wohlauf. Wären aber beinahe mit einer der Bomben in die Luft geflogen.«

Willie konnte gar nicht sagen, wie glücklich er war. Es ging allen gut und auch das Schiff war außer Gefahr. Nun brauchten sie nur noch eine positive Nachricht von Müller, dass Tyhr ihn freigelassen hatte und auch er ungeschoren und gut aus der Sache rausgekommen war. – Und Willie brauchte unbedingt eine Nachricht von Sarah, dass es ihr gut ging.

***

In ihrem Kopf herrschte absolutes Chaos, während sie atemlos hinter Müller her taumelte, der sie Richtung Hangar zerrte. Er war es gewesen, der diesen menschenverachtenden Plan geschmiedet hatte, der dreitausend Menschen in Gefahr brachte. Er hatte diese Männer engagiert, diese Psychopathen, hatte sicher auch den Sprengstoff besorgt und dafür gesorgt, dass er unauffällig aufs Schiff gebracht werden konnte. Und selbstverständlich war er es, der den Erpressungsbrief Heiligabend auf ihrem Schreibtisch deponiert hatte. Dieser Schuft! Er war die ganze Zeit über all ihre Schritte informiert gewesen, hatte seine Komplizen an Bord auf dem Laufenden halten können und sich an ihrer aller Sorge geweidet.
Sinah war ihm genauso egal wie all die anderen, die ihn für ihren Freund und Kollegen gehalten hatten. Was für ein Schwein! Der Gedanke daran, dass er beinahe den Tod ihrer Freundin zu verantworten hatte, schnürte ihr den Hals zu.
Was hatte dieser Irre jetzt mit ihr vor? Würde er auch sie töten, wenn sie ihm nicht mehr nützlich war? Noch brauchte er sie als Geisel, aber war er erst mal in Sicherheit, was wurde dann aus ihr?
Sie zweifelte, dass dieser Mann, der sich so überraschend als skrupelloses Scheusal entpuppt hatte, zögern würde, sie einfach aus dem Flugzeug zu stoßen.

Jansen schien das ähnlich zu sehen. »Tun Sie das nicht«, hatte er gesagt, sich selbst angeboten.
Doch Müller hatte ihn einfach stehenlassen: »Verzeihung, aber Sarah ist die charmantere Begleitung.«

Er hatte es fast geschafft, dort stand die Maschine zur Flucht bereit. Er hätte vor Wut schreien können, dass sein Plan so kurz vor dem Ziel gescheitert war. Dabei war es zunächst besser gelaufen, als erwartet: Gabriel war an Bord geblieben, das vereinfachte die Sache eigentlich, denn er war sich zum Schluss nicht mehr sicher, ob Tyhr diesen Killer wirklich unter Kontrolle hatte. Es sah perfekt aus, wenn nicht der Hubschrauber mit Jansen aufgetaucht wäre. Tyhr hätte sich zumindest bis zu den Philippinen zurückhalten müssen, der hatte keinen Flugzeugschein. Dort aber hätten ihn die angeheuerten Killer bald erledigt. Und er selbst wäre dann als gefeierter Held nach Kiel zurückgekehrt.
Das hatte Jansen ihm vermasselt. Oder Sinah Dietrich. Das ließ sich nicht so genau sagen. Kein einziger dieser verdammten Querulanten hatte sich an die Sicherheitsrichtlinien gehalten, die besagten, dass man die Gäste zu keiner Zeit einer Gefahr aussetzen durfte! Sie hätten all diese verdammten Aktionen überhaupt nicht durchführen dürfen. Das war illegal! Nur daran war sein Plan gescheitert, dass diese Leute einfach keine Befehle befolgen konnten!
Er zerrte sie hinter sich hier.
Sarah hatte mit allem zugegebenermaßen am wenigsten zu tun, was er mit ihr machen würde, hatte er noch nicht entschieden. Er mochte sie, sie hatten in den letzten Jahren viel zusammen erlebt. Aber sie war letztlich genau wie die anderen, verstand ihn nicht, fand nicht, dass er den Posten verdient hatte … Verdammte GCL-Schlampe!
Er musste erst einmal durchatmen, als sie die Cessna erreichten. Nun bemerkte er auch, dass sie kreischte und auf ihn einredete. Er

hatte kurz den Impuls, ihr einen Schlag mit der Waffe zu verpassen, damit sie endlich die Klappe hielt, wollte Jansen jedoch nicht unnötig provozieren. Womöglich drehte der durch, wenn er beim unschuldigen *Fräulein Sarah* Blut sah – der Mann stand wohl auf die Kleine. Sollte der sich mal schön um den angeschossenen Ukrainer kümmern. Er starrte die Waffe in seiner Hand an. Es war nicht Jansens Waffe, sondern die Glock, die der junge Soldat hatte fallenlassen, als Tyhr auf ihn losging. Hätte er sie nicht aufgehoben und den zweiten Kerl niedergeschossen, wären sie womöglich gar nicht erst soweit gekommen.

Ein seltsames Gefühl, auf jemanden zu schießen. Die Toten auf dem Schiff hatten ihn nicht berührt, das hatte Tyhr zu verantworten. Aber dieser Schuss, diese Waffe, der berührungslose Tod … Er war verblüfft.

Sarah schluchzte nur noch. Gut so. Er war erschöpft, das war alles viel anstrengender geworden, als er angenommen hatte. Der verdammte Fußweg durch das Dickicht und dann weiter hierher zum Flughafen hatte viel Kraft gekostet. Aber das machte nichts. Bald würde er sich ausruhen können.

Müller öffnete die Flugzeugtür und schob Sarah hinein. Er sah sich noch einmal um, konnte aber niemanden mehr sehen. Die waren vermutlich schon auf dem Weg zum Helikopter. Na egal. Wenn Jansen nicht selbst einen Hubschrauber fliegen konnte, nutze ihm das wenig.

»Setz dich auf den Rücksitz«, befahl er Sarah.

Sie tat es schluchzend.

Was ihn am meisten ärgerte, war, dass die Bombe im Maschinenraum nicht mehr hochgegangen war. Wäre sie detoniert, wäre das Schiff unweigerlich vollgelaufen und auch der erfahrene Buske hätte nicht verhindern können, dass eine halbe Milliarde Euro in Form der *SOLARIA* gesunken wäre. Und das alles nur, weil Gabriel, die-

ser Psycho, es nicht geschafft hatte, Dietrich und Geyer rechtzeitig unter Kontrolle zu bekommen!
Aber das änderte nichts an der Tatsache, dass diese Aktion die Firma nicht nur fünfzig Millionen Euro Lösegeld, sondern auch noch ein beträchtliches Maß an Prestige kosten würde. Und Schmücker seinen beschissenen Posten, da war Müller sich sicher. Nun würde der arrogante Oberbefehlshaber endlich dafür bezahlen. Sie alle würden die Rechnung dafür zahlen.
Er kletterte in die Cessna und kümmerte sich um Sarah.

»Team muss demnächst eintreffen!«
»Danke«, knurrte er in sein Headset.
Wütend stürmte Olaf Jansen zu dem Flughafengebäude, wo er beim Anflug mit dem Heli einige Fahrzeuge hatte stehen sehen. Schneider hatte er, gegen dessen Willen, bei Tyhr gelassen, damit er sich um ihn kümmerte.
Jansen hatte verdammte Schmerzen. Seine Brust brannte wie Feuer und das Atmen fiel ihm noch immer äußerst schwer, aber darauf konnte er jetzt keine Rücksicht nehmen.
Er hatte befürchtet, dass Müller zu den Entführern gehören könnte, seit seine zwei Männer so unerwartet ausgeschaltet worden waren. Sie hatten nicht sagen können, woher der zweite Schuss gekommen war, ob von Tyhr oder ob noch jemand in der Dunkelheit gelauert hatte, aber im Grunde war es am wahrscheinlichsten, dass Müller mit drinsteckte. Aber er hatte seine Rolle so gut gespielt und es war so weit hergeholt, dass ausgerechnet jemand aus der Firmenleitung bei der Sache mitmachte …
Wäre Tyhr alleine mit Müller auf dem Rollfeld erschienen, hätte er sie überwältigen können. Ganz sicher. Aber sie hatten neue Geiseln ins Spiel gebracht und damit das Gleichgewicht wieder zu ihren Gunsten verändert.

Er versuchte, einen klaren Gedanken zu fassen und die Situation neu zu bewerten, aber es fiel ihm verdammt schwer, denn er war stinksauer.
Warum eigentlich? War es, weil er mit dem Drahtzieher fast zehn Stunden lang in demselben Flugzeug gesessen hatte und ihn quasi mit Sicherheitsgeleit selbst hier her und auf das Schiff gebracht hatte? Oder war es, weil dieser nun wieder einen unschuldige Zivilisten entführt hatte. Einen Zivilisten? Nein – der Begriff passte hier einfach nicht!
Er kam dem Flughafengebäude näher und entdeckte die beiden Jeeps, die daneben geparkt waren.
Jedenfalls fiel es ihm gerade verdammt schwer, seine Wut zu unterdrücken. Zum ersten Mal, seit er damals seinen Hapkido-Grad erfolgreich erhalten hatte, dessen Lehre ihm jede Form offensiver Gewalt verbot, hatte er Lust, einem Menschen von sich aus etwas anzutun.
Hapkido verbot es, einen Menschen aktiv anzugreifen. Aber momentan hatte er verdammt großes Verlangen danach, diesen Müller – egal wie – zur Strecke zu bringen.
Er erreichte die Fahrzeuge – billige japanische Pick-ups – und rüttelte kurz an der Tür des vordersten Wagens. Er hatte keine Zeit, seine Regierung würde für alles bezahlen. Er schlug mit dem Ellbogen die Scheibe ein, riss die Tür auf und schloss den Wagen in Sekundenschnelle kurz. Da hörte er bereits das Propellergeräusch der Cessna.

Das Flugzeug schob sich das einsame Rollfeld von Con Dao hinab. Sarah lag mit gefesselten Händen im Fußraum hinter dem Pilotensitz. Das Klebeband, das Müller gefunden hatte, schnitt sich immer tiefer in ihre Haut, je mehr sie versuchte, es zu lockern.
Müller drückte den Hebel nach vorne und der Motor des Kleinflugzeuges begann zu dröhnen.

Sarah wurde durchgeschüttelt und schrie auf, weil sie sich an einer hervorstehenden Schiene der Sitzbefestigung stieß. Sie stemmte sich hoch und wuchtete sich mühsam auf die hintere Sitzbank.
Schon fuhr das Flugzeug an und nahm Geschwindigkeit auf.
Sie sah aus dem Fenster auf die unbeleuchtete Fahrbahn. Kurz darauf entdeckte sie einen Pick-up, der aus dem Halbdunkeln ohne Beleuchtung auf sie zu raste. Sie konnte nicht erkennen, wer am Steuer saß, war sich aber trotzdem sicher, dass es Jansen war. Doch so, wie sie die Geschwindigkeit der Cessna, die immer mehr beschleunigte, und des Jeeps einschätzte, würde es ziemlich knapp werden. Er würde sie wohl nicht mehr erreichen.
Sie dachte an Willie und sein Weihnachtsgeschenk, das zu Hause auf sie wartete. Und in diesem Moment beschloss Sarah, dass sie ihr Weihnachtsgeschenk verdammt nochmal haben wollte. …

Müller packte den zitternden Steuerknüppel fester. Gleich hatten sie genügend Fahrt, um abzuheben. Hinter der Startbahn lag das Meer. Man konnte die *SOLARIA* sehen, die Buske auf Grund gesetzt hatte. Müller konnte sich nicht helfen, er hatte den Eindruck, dass der beleuchtete Wal am Bug des Schiffes ihn angrinste. – War ihm das noch immer nicht vergangen?!
In diesem Moment warf ihm Sarah von hinten die gefesselten Arme über den Kopf und zog sie nach hinten. Müller schrie auf und verriss den Steuerknüppel, das Flugzeug schlingerte bedrohlich. Er ließ los und packte die Arme, die sich um seinen Hals schlangen, schlug blindlings nach hinten, traf aber ins Leere. Er bekam ihr Haar zu packen, doch als er verzweifelt daran zog, wurde der Klammergriff um seinen Hals unerträglich und er versuchte, die dünnen Ärmchen wegzubiegen – vergeblich. Mit dem Mut der Verzweiflung hatte Sarah unglaubliche Kraft entwickelt. Die Landebahn! Er musste Schub wegnehmen oder hochziehen, sonst würden sie ins Meer

stürzen! Verzweifelt warf er sich mit seinem gesamten Gewicht nach vorne, zog die federleichte Sarah mit sich, dann ruckte er nach hinten und traf sie mit dem Hinterkopf im Gesicht. Die Arme um seinen Hals erschlafften. Er nahm Schub weg und trat auf die Bremse, während er die ohnmächtige Frau von sich stieß und seinen Kopf aus der Umklammerung zog.

Die Landebahn war für Jets ausgelegt, die Cessna brauchte nicht so viel Anlauf. Das reichte noch, erkannte er. Entschlossen schob er den Schubregler wieder nach vorne. Da bemerkte er den Pick-up, der neben ihm fuhr. Höhnisch grinste er zu Jansen hinüber. Was fuchtelte der Idiot da bloß herum? Müller wandte seinen Blick nach vorne. Da sah er die Lichter, die aus der Dunkelheit auf ihn zukamen. Der Pick-up brach nach rechts aus und die gewaltige *Antonov* raste auf ihn zu. Wollten die Irren hier landen? Die Landebahn war doch viel zu klein, aber … Schreiend schob Müller den Schubregler auf Anschlag, ohne hochzuziehen, um unter der *Antonov* hindurchzuschießen. Er musste direkt hinter dem Riesenflugzeug hochziehen, damit sie nicht ins Wasser stürzten, aber das Monstrum nahm und nahm kein Ende. Die Landebahn war zu Ende und über ihm immer noch Leitwerk. Ein kurzes Rumpeln über Gras, dann das Wasser. Er zog den Steuerknüppel ruckartig an sich heran, doch es war zu spät. Die *SOLARIA* grinste ihn höhnisch an, als sich die linke Tragfläche ins Wasser bohrte und all seine Pläne zerstörte.

Er konnte nicht mehr sehen, dass die *Antonov* wieder hochzog und in ausreichender Höhe Luftlandetruppen absetzte, die sanft mit Fallschirmen herabglitten wie vereinzelte Schneeflocken.

Kapitel X

Die Morgendämmerung ergoss sich über den lang gezogenen Strand wie eine erlösende und alle Sünden vergebende Brandung. Noch war die Sonne nicht hinter dem Osthügel der vietnamesischen Insel aufgegangen. Die *SOLARIA* lag, wenn auch angeschlagen und ein wenig in Schräglage, sicher und friedlich wie ein in der Ebbe gestrandetes Hausbötchen an der Küste Con Daos. Nur wenige Meter vor dem Schiff lag die kleine Cessna. Beinahe wäre sie an der Spitze der *SOLARIA* zerschellt.

Kapitän Buske stand auf der Brücke und sah versonnen hinüber zum Strand, auf dem rege Betriebsamkeit herrschte. Die Firmenleitung in Kiel und auch Sarah Küpers hatten die letzten Stunden viel geleistet. Die beeindruckende junge Dame hatte es trotz des erlittenen Schocks bei der Bruchlandung geschafft, die Versorgung und Betreuung der gestrandeten Gäste zu organisieren, wobei die Insulaner halfen, wo sie nur konnten. So waren die Asiaten. Er lächelte.

Unterdessen war es dem Headoffice bereits gelungen erste Flugzeuge zu chartern, um Gäste und Crew möglichst schnell und unkompliziert von der Insel zu schaffen und nach Hause zu bringen. Es würde natürlich eine ganze Weile dauern, aber unter diesen Umständen konnte man mehr als zufrieden sein. Die Medien würden nicht viel zu meckern finden. Mal abgesehen von dem faulen Ei in den eigenen Reihen stand die GCL gut da.

Das Team der Psychologen, das für Vung Tau geplant gewesen war, war vor einigen Stunden eingetroffen und kümmerte sich nun um Gäste und Crew, führte Gespräche, spendete Trost und beruhigte diejenigen, die ihre Angst durch Aggression abbauten. Franzke stand natürlich kurz vor einem Herzinfarkt, kaum dass er sich von der strapaziösen Überfahrt wieder erholt hatte. Buske grinste. *Einer pro Tour – mindestens.*

Da die ersten Flüge sicher noch bis zum Mittag auf sich warten lassen würden und die meisten der Gäste noch bis zum Abend, einige wohl noch bis zum nächsten Morgen hier ausharren mussten, ließ Sarah Küpers Proviant von der *SOLARIA* holen, um die Versorgung durch die Küchenmannschaft an Land zu gewährleisten. Kluges Mädchen. Spätestens mittags würde am Strand ein ordentliches Buffet aufgebaut werden, als wäre das alles nur ein geplanter Landausflug.

Der Anblick der fast dreitausend Leute auf dem schmalen Strandstreifen von Con Dao war allerdings bizarr. An so einem Ausflug hätten normalerweise nur hundert oder zweihundert Menschen teilgenommen. Aber es war wundervoll zu sehen, wie die Menschen dort zusammenrückten, sich gegenseitig halfen und Trost spendeten.

»Staff auf der Brücke«, hörte Buske eine feste Stimme hinter sich. Er drehte sich um und sah den erstaunlich gut gelaunten Köpke zur Schleusentür hereinkommen.

»Der Chefkoch hat soeben abgelegt, mit einem bis oben hin gefüllten Tenderboot«, informierte ihn sein alter Freund.

Der Proviant war also auf dem Weg zum Strand.

»Essen ist gut für geschundene Seelen«, sagte Buske und grinste.

Köpke sah ihn strahlend an. Alle Not, aller Stress der verrückten letzten Tage war verschwunden. Sie hatten es geschafft! Der Teufel hatte sie nicht geholt und auch wenn das Schiff einige Blessuren abbekommen hatte, so waren doch alle Gäste und die meisten Mitglieder der Crew mit dem Schreck davongekommen, die *SOLARIA* gerettet.

Patrick Müller würde seine Strafe zu Hause vor Gericht erhalten, sobald die vietnamesischen Behörden ihn auslieferten. Buske schnaubte zufrieden bei dem Gedanken, dass Müller erst mal Bekanntschaft mit vietnamesischen Gefängnissen machen würde, bevor er nach Deutschland kam. Selbst Einzelhaft würde ihm dann

vermutlich wie ein Kuraufenthalt vorkommen. Tyhr – oder wie immer der Kerl auch hieß – würde wohl nicht so viel Glück haben, andererseits war der Bursche zäh und überlebte womöglich, trotz der eingeschränkten medizinischen Versorgung auf dieser kleinen Insel. Was aus Frank Ströhl werden würde, konnte man noch nicht sagen. Dass er zu seinen Taten gezwungen worden war und er schlussendlich Sinah und Geyer geholfen hatte, würde ihm sicher mildernde Umstände einbringen. Eine eventuelle Strafe schien ihm allerdings egal, er war glücklich gewesen, als Buske ihm mitteilte, dass die Behörden in Manila seine Frau gefunden hatten – lebend.
Die unschuldigen Opfer, die das alles gekostet hatte, kamen Buske in den Sinn. Er sah hinab zu der Cessna. *Was für ein Wahnsinn.* Zwei Möwen zogen einsam ihre Bahn über dem Meer und umkreisten das Flugzeug neugierig. Er erinnerte sich an einen alten Matrosen-Aberglauben, dass die Seelen verstorbener Seeleute in Möwen wohnten. Der Gedanke gefiel ihm, dass seine toten Mannschaftskameraden nun ihre Kreise über dieser an sich paradiesischen Insel zogen und sich nochmals den Ort des Geschehens ansahen, um dann auf und davon zu fliegen.
»Und wir zwei Hübschen?«, fragte Köpke.
Buske musste lachen. Er hatte den Staff noch nie, noch nicht einmal bei privaten Treffen, derart formlos erlebt.
»Was machen wir jetzt, Detlef?«
»Hardy, ich kenne eine fabelhafte Bar, ganz hier in der Nähe. Dort habe ich damals immer mit meiner Frau gesessen. Ich denke, wir werden in ein, zwei Stunden übersetzen, kurz auf dem Strand nach dem Rechten sehen, etwas Präsenz zeigen und uns danach dort einen doppelten Gin bestellen. Was hältst du davon?«
Köpke schmunzelte. »Aye, Käpt‘n. Dazu gibt es keine Alternative.«
Buskes Grinsen wurde noch breiter.

***

»Die Küchenmannschaft holt den Proviant von Bord. Wir sind also gut versorgt«, informierte Sarah ihre Chefin.

»Gut. Sehr gut«, lobte Bettina sie.

Müde stand Sarah vor dem kleinen Bildschirm. Sie war am Rande ihrer Kräfte. Die ganze Nacht durch hatte sie Notrationen, Getränke, Stranddecken, Beruhigungstabletten und vor allem Leute organisiert, die sich um die Opfer kümmerten. Es war ja letztlich alles da, musste nur organisiert und verteilt werden. Die Crew funktionierte in dieser Krisensituation ausgezeichnet, nicht nur die eingeflogenen Psychologen, nein, fast keiner der Bordmannschaft schwächelte. Alles lief wie am Schnürchen.

Es war ein tolles Bild gewesen, als die Einheimischen heute Morgen mit Fahrrädern oder mit bis zu fünf Leuten auf einem einzigen Moped am Strand eintrafen, um den Opfern beizustehen. Sie konnten zwar fast alle kein Wort Deutsch oder Englisch, aber Empathie und Mitleid waren international. Den meisten Gästen genügte es schon, zwischen all den geschockten und abgekämpften Gesichtern ein fröhliches Lächeln zu sehen und die Gewissheit zu haben, nicht allein zu sein. Andere wiederum quatschen ihre Helfer voll, mussten alles los werden, auch wenn ihr Gegenüber nicht das Geringste verstand.

»Hat es … Ausfälle gegeben?«, fragte Schmücker nun.

Sarah schüttelte den Kopf. »Nein. Ein paar kleinere Panikattacken und zwei Kreislaufkollapse. Einige Kinder hat es natürlich ziemlich mitgenommen, aber die Psychologen kümmern sich um sie und erfahrungsgemäß stecken die Kids so etwas meistens am schnellsten weg.«

»Gut, gut«, meinte Schmücker.

Sarah blickte auf und den Strand hinab. Gerade ging die Sonne über dem südchinesischen Meer auf. Der rote Ball tauchte ganz behutsam

und vorsichtig aus dem Wasser auf, schien noch zu zögern, sich nicht so richtig zu trauen, als ob er zuerst fragen wollte, ob nun alles vorbei sei, die verrückten kleinen Menschen nun aufgehört hätten, sich gegenseitig zu drangsalieren.
So zögerlich musste sie auch damals aufgegangen sein, als der wahnsinnige Vietnamkrieg endlich vorbei war, dachte Sarah. *So ein Wahnsinn, was wir uns gegenseitig antun.*
»Sarah«, holte sie Bettina in die Gegenwart zurück.
»Ja«, erwiderte sie sofort und versuchte, möglichst professionell zu klingen.
»Wie geht es denn Ihnen?«, wollte Bettina wissen und Sarah setzte das beiläufigste Lächeln auf, das sie parat hatte.
»Es … es war verdammt knapp. Du kannst dir gar nicht vorstellen, wie knapp.«
Bettina sah sie verständnisvoll an und nickte. Dann lächelte sie und Sarah fiel auf, dass sie ihre Chefin gerade zum ersten Mal geduzt hatte. Sie räusperte sich. »Ich bin trotzdem froh, dass ich hier bin … Bettina«, sagte sie und bemühte sich, fest zu klingen.
Bettina nickte erneut. »Dann höre ich dich später wieder.«
»Ist Willie in der Nähe?«, wollte Sarah noch wissen.
Bettina sah lächelnd zur Seite. »Natürlich.« Es sah ein bisschen so aus, als würde sie weggeschoben, als er ins Bild kam.
»Kleines, geht‘s dir gut?«, rief Willie.
»Ja, Willie, alles in Ordnung«, log sie.
Er schien es ihr anzusehen.
Nach einer kleinen Pause hellte sich ihr Gemüt wieder ein wenig auf und sie fragte heiser: »Verrätst du mir, was ich zu Weihnachten bekomme?«
Willie musste lachen. »Schuhe natürlich, näh«, antwortete er. »Verdammt schöne und verteufelt teure Schuhe, meine Kleine.«
Nun war sie es, die lachen musste.

»Okay. Wir melden uns wieder, sobald wir mehr über die Flugverbindungen wissen und wie wir euch alle von der Insel herunterkriegen«, verabschiedete sich Bettina.
Dann wurde der Bildschirm schwarz.
Sarah sah den Feuerball nun schon fast voll über dem Meeresspiegel stehen. Gerade legte das Tenderboot mit dem Küchenchef und dem Proviant an.
»Was für eine Nacht«, bemerkte Jansen, der die ganze Zeit neben ihr gestanden hatte.
»Das können Sie laut sagen«, antwortete Sarah, ohne ihren Blick von dem Sonnenaufgang zu nehmen.
Sie hatten alles im Griff. Bald war der Albtraum vorbei.
Auch für sie.
Den Aufprall der Cessna hatte sie gar nicht mitbekommen. Als sie erwacht war, lag sie bereits in eine Decke gehüllt auf dem Gras am Ende der Landebahn. Sie war pitschnass und Jansen hatte auf sie herabgeblickt und dabei wieder die hübschen Lachfältchen bekommen.
»Hatten Sie Gelegenheit, mit Ihrer Freundin zu sprechen?«, erkundigte er sich nun und beobachtete mit ihr zusammen den Sonnenaufgang.
Sarah freute sich, dass er fragte. Sie hatte Sinah tatsächlich vor zwei Stunden am Strand entdeckt und war zu ihr geeilt. Sie hatten sich so fest umschlungen, dass sie beide Atemnot bekamen, und als sie sich losließen, waren beide verheult. Dann hatte Sarah Sinah einen Tritt verpasst und gezetert: »Wie kannst du es wagen, dich in solche Gefahr zu bringen?« Doch Sinah hatte nur frech gegrinst und gemeint: »Du darfst ganz still sein«, worauf beide grinsen mussten. Schließlich hatte ihr Sinah Tom Geyer vorgestellt.
»Ich bin froh, dass alles gut gegangen ist, Fräulein Sarah«, holte sie Jansen wieder zurück.

Mit warmem Blick sah sie dieser Mann an, der mit bloßen Händen Menschen töten konnte. »Bisher hat mich nur meine Mutter *Fräulein* genannt und das auch nur, wenn sie sauer war: *So nicht, Fräulein*, hieß es immer, wenn ich mich vor den Hausaufgaben drücken wollte oder zu spät nach Hause kam.« Sie zwinkerte ihm zu.
Er grinste verlegen und wandte sich ihr zu.
»Also gut, Sarah: Ich heiße Olaf.«
Er wollte ihr gerade die Hand reichen, da überraschte sie ihn mit einer Umarmung.
Als sie sich zögernd aus der Umarmung lösten, blickten sie wieder zu dem mit Menschen übersäten Strand, der nun ganz von der Sonne beschienen wurde. Einige Meter von ihnen entfernt saß ein etwas übergewichtiger Mann im Sand. Er war nach vorne gebeugt und schien zu zittern. Sarah konnte nicht erkennen, ob er weinte. Als sie zu ihm gehen wollte, kam eine ältere Dame mit einem Teller und setzte sich neben ihn. Sie kamen schnell ins Gespräch. Wenig später hörte sie die beiden schon lachen.

Epilog

Das wenige, was sie anhatte, stand ihr glänzend, fand Tom.
»Wo bist du so lange gewesen?«, erkundigte er sich und meinte es nicht wirklich ernst.
»Ich habe mich hübsch gemacht«, antwortete sie kokett.
»Für wen?«, fragte er, bekam aber keine Antwort.
Sie war nach dem Dessert aufgestanden und hatte sich entschuldigt, sie wolle sich kurz frisch machen. Aber das hatte auffällig lange gedauert. Als Sinah zurückkam war sein Glas Rotwein bereits fast leer.
»Was willst du morgen machen?«, fragte er sie.
»Ach … egal. Strandspaziergang, etwas essen … irgend so was.«
»Keine besonderen Wünsche?«
»Ich bin wunschlos glücklich«, antwortete sie lächelnd und sah ihn an.
Er wusste genau, was sie meinte. Das Abendessen war fabelhaft gewesen, sie hatten keine Verpflichtungen und sie waren verdammt noch mal am Leben. Und …
Es entstand eine Pause, in der sie sich nur ansahen und Tom nicht wusste, was er sagen sollte.
»Dann … dann sehen wir uns morgen beim Frühstück?«, fragte er schließlich unsicher.
Sinah lächelte. »Könnte passieren. Wenn ich nicht einfach mal ausschlafe.«
Tom lachte.
»Dann … also gute Nacht«, sagte sie.
Beide standen auf. Sie umarmte ihn zum Abschied und ging. Er sah ihr nach, wie sie durch die Hotellobby schwebte und in Richtung Aufzug verschwand.

Wenig später stand er ein bisschen verloren in seinem Hotelzimmer an der Brüstung der Terrasse und sah hinaus aufs Meer. Sie hatten sich entschieden, gemeinsam noch ein paar Tage auf Con Dao zu bleiben, alles sacken zu lassen und die Ereignisse zu verarbeiten. Die Hotelzimmer im *Six Senses Resort* waren zwar sündhaft teuer, dafür aber auch äußerst luxuriös. Hartmut würde sich grün und blau ärgern, wenn er die Spesenabrechnung bekam.
Gestern war Toms exklusiver Bericht erschienen. Die Story hatte natürlich eingeschlagen wie eine Bombe. Als er Sinah davon erzählt und dabei genau diese Metapher benutzt hatte, waren sie beide in ein etwas hysterisches Lachen verfallen.
Er war froh, dass er weit weg von Deutschland war, wo ihn die Kollegen, die gesamte Medienmeute sicher bestürmen würde. Noch viel zu präsent waren die aufwühlenden Geschehnisse und noch viel zu dominant dieses Gefühl der Mattheit, wie er es nur aus der Zeit nach Jennys Tod kannte. Als ob man vor Tagen einen Marathon gelaufen wäre und sich noch immer nicht von den Strapazen erholt hätte.
Er drehte das Glas in seinen Händen. Was für ein Tag war heute eigentlich? Er hatte kein Zeitgefühl mehr. Bereits in den Tagen auf dem Schiff hätte er oft nicht mehr sagen können, wie viel Uhr es war oder was für einen Tag sie eigentlich hatten. Und auch jetzt, wo er nicht mehr auf der *SOLARIA* war, fiel es ihm immer noch schwer. Ein gutes Zeichen, fand er. Es fühlte sich gut an.
Erst als die Bomben angefangen hatten, zu ticken, dachte er, ja, da hatte die Zeit plötzlich eine unglaubliche, fast dämonische Bedeutung erhalten und er hatte immer genau gewusst, was die Stunde geschlagen hatte. Weil es Lebenszeit gewesen war – Überlebenszeit.
Die Brandung wusch nur einige Meter entfernt sanft über den weißen Sand des Strandes vor seiner Terrasse. Er dachte an den Maschinenraum, seine letzten Sekunden und wie das Wasser über sein Gesicht geschwappt war. Irgendetwas hatte sich seither verändert.

»Steht dir übrigens gut«, riss ihn Sinah aus seinen Gedanken, ihre Terrasse grenzte direkt an die seine.
Erst als sie ihren Zeigefinger an ihr Kinn legte, begriff er, was sie meinte: Er hatte heute seinen Bart abrasiert, den er seit fünf Jahren getragen hatte.
»Danke.«
Gemeinsam blickten sie aufs Meer hinaus.
Irgendwann würde er ihr die ganze Geschichte erzählen. All die Jahre bis Jenny kam, seit dem Unfall in seiner Kindheit, als er in diese Grube in der Garage gestürzt war, hatte er sich vor dem Ertrinken gefürchtet, hatte entsetzliche Panik davor gehabt, dass der Tod sich irgendwann an ihm rächen und ihn sich auf diese Art holen würde. Jenny hatte ihn ausgelacht, das war nun mal ihre Art gewesen, und ihm mit ihrer unvergesslich trotzigen Miene erklärt, sie wolle auf ihrer Hochzeitsreise mit ihm ans Meer. Und dann war sie einfach mit ihm ins Schwimmbad gefahren.
Tom musste schmunzeln. Ein warmes, altvertrautes Gefühl machte sich in ihm breit.
Ohne ihn auch nur zu fragen, ob er sich überhaupt von ihr therapieren lassen wollte, hatte sie ihn in ein Freibad geschleppt, ihn zum knietiefen Kinderpool geführt und sich mit ihm geduldig hineingesetzt – mit einer Flasche Bier in der Hand. Dort hatten sie über eine Stunde gesessen, geredet und gelacht. Und am Abend war er tatsächlich eine halbe Bahn im Kinderbecken geschwommen. Danach war alles vorbei gewesen. Er hatte es überwunden gehab – bis zu dem Tag, an dem sie ertrank. Mit einem Schlag war alles wieder da gewesen: die Ängste, die Träume. Viel schlimmer als davor.
Doch das spielte jetzt keine Rolle mehr. Er hatte überlebt. Und auch die grauenvollen Momente dort unten, alleine im Maschinenraum, hatte er überstanden. Jenny hatte ihm dort beigestanden. Und Sinah.
»Geht es dir gut?«, fragte sie ihn und er sah sie an.

»Ja. Weißt du, Sinah, vor ein paar Jahren wäre ich wahrscheinlich ziemlich wütend darüber gewesen, dass du mich da unten aus dem Wasser gezogen hast.«
Sie sah ihn lange an. Dann überraschte sie ihn: »Ich weiß.« Sie trat noch näher an ihn heran und blickte ihm in die Augen. »Aber zum Glück ist es heute ja anders.« Dann küsste sie ihn.
Er konnte nichts sagen, als sie ihn losließ.
Sinah schon: »Hör mal, Tom. Wie oft habe ich dir jetzt das Leben gerettet? Ich denke, du schuldest mir ein Dankeschön«. Sie wandte sich kokett um und ging, ohne sich noch einmal umzusehen, über ihre Veranda in ihr Zimmer.
Hatte ihn Jenny hierher geschickt? Vielleicht ließ der Tod sich nicht betrügen. Möglicherweise ließ er sich nicht übers Ohr hauen, aber es konnte ja sein, dass Jenny einen speziellen Deal mit ihm ausgehandelt hatte …
In diesem Moment fiel ihm wieder ein, was heute für ein Tag war, der 29. Dezember: Heute vor genau fünf Jahren war seine Frau beerdigt worden.
Ja. Es hatte sich etwas verändert in ihm: Er sah Jennys Tod, nein, das Leben – das Leben nach ihrem Unglück, *sein* Leben nach dem Unglück, nicht mehr als eine Pflicht an oder gar nur einen Trotz gegen den Tod. Nein. Es war vielmehr eine Wette. Eine Wette mit dem Tod – oder mit Gott, er war sich nicht sicher. Aber es war eine Wette darauf, dass es besser werden würde, dass das Leben noch etwas für ihn bereithielt. Etwas, wofür es sich noch lohnte weiterzumachen.
Jenny will nicht, dass ich aufgebe. Sie will, dass ich diese Wette gewinne.
Vielleicht war das auch ein Zeichen von ihr gewesen; ihre Art zu sagen, dass es Zeit war, abzuschließen. Das würde zu ihr passen.
Tom sah hinüber zu Sinahs Verandatür, die sie offengelassen hatte.
Er lächelte.
Er freute sich auf zu Hause. Und auf Tabby.